我的中国芯

郭振建 著

长篇报告文学　龙芯中科的前世今生

LOONGSON

中国言实出版社

图书在版编目(CIP)数据

我的中国芯：龙芯中科的前世今生 / 郭振建著. --
北京：中国言实出版社，2022.12
ISBN 978-7-5171-4169-3

Ⅰ.①我… Ⅱ.①郭… Ⅲ.①报告文学—中国—当代
Ⅳ.①I25

中国版本图书馆CIP数据核字（2022）第247472号

我的中国芯——龙芯中科的前世今生

责任编辑：曹庆臻
责任校对：王建玲
封面题字：刘洪彪

出版发行：中国言实出版社

地　　址：北京市朝阳区北苑路180号加利大厦5号楼105室
邮　　编：100101
编辑部：北京市海淀区花园路6号院B座6层
邮　　编：100088
电　　话：010-64924853（总编室）　　010-64924716（发行部）
网　　址：www.zgyscbs.cn　　电子邮箱：zgyscbs@263.net

经　　销：新华书店
印　　刷：北京中科印刷有限公司
版　　次：2023年3月第1版　　2023年3月第1次印刷
规　　格：710毫米×1000毫米　　1/16　　26印张　插页2
字　　数：388千字

定　　价：87.00元
书　　号：ISBN 978-7-5171-4169-3

谨以此书

献给为建立我国自主信息化技术和产业而奋斗的

忠勇之士、英雄人物！

献给关注支持龙芯成长发展的

读者朋友们！

前言　没有料到的龙芯奇迹

　　进入 21 世纪，一枚小小的芯片，犹如缺血的心脏，似乎让东方巨人的中国感觉到被掐住"命门"一般阵痛，一度曾陷入"缺芯"困境，震惊了全世界，也掀起史无前例大国科技竞争的刀光剑影。

　　芯片是一个国家的核心科技，它与"两弹一星"一样，是国家的产业支柱、安全基石，无情地将中国卷入到一场不是飞机大炮和热核武器的较量，而是一场旷日持久的高科技、生产力的质量经济战，让看不见的硝烟炮火深深笼罩蔓延到信息产业的各个角落。

　　时势造英雄，危困出俊杰。这是中华大地一个颠扑不破的真理。

　　在此特殊背景下，一位杰出科学家从科技争锋的波涛汹涌中走来，带着一支忠诚、强悍、铁血的英雄团队，心忧社稷，怀着科技强国的伟大抱负，以神农尝百草、背水不惧战的大无畏气概，同西方强大信息垄断企业展开持久战……二十年如一日，他们挣脱科研奖项、职称、论文、名利等的羁绊，燃烧青春、奔跑前行，奋勇攻关、冲锋不止，研制出具有完全自主知识产权的龙芯 CPU 系列产品，以及独立于美英的计算机自主指令系统架构——龙架构（LoongArch），创造出一个响亮的中国科技品牌——龙芯中科。

2022 年 6 月 24 日，龙芯中科首次公开发行股票并在科创板上市，吹响矢志不渝建设我国自主信息技术体系和产业生态的集结号。

此成果，标志着龙芯撬动了中国自主信息技术产业的发展进程，冲破国际强大信息产业巨头在中国的垄断霸权，不仅让中国信息技术产业走出被西方列强任意摆布的低端产业链，逐步终结我国信息技术产业被剥削、被压榨的历史，而且逐渐走上中高端位置，向着改变国际信息技术产业大格局的方向迈进。

这位杰出的科学家，就是中国科学院计算技术研究所研究员、龙芯中科技术股份有限公司董事长胡伟武。

有业内人士说，在中国硬核科技企业阵容中，让人最敬佩的应当有龙芯。喜欢龙芯的理由很多，主要是有受人敬仰的灵魂人物、有可歌可泣的英雄团队和可敬可爱的龙芯文化，还有为国家和人民立德、立功、立言的传奇。

这里有脚踏实地、不走捷径、不图功名，二十年如一日矢志打造"中国芯"科研人的故事，可颠覆人们对科学界的认知；这里有为民请命、仗义逆行，扭转中国信息产业关键核心技术乾坤的故事，可看到怒目金刚"孺子牛"的身影；这里有恪守信仰、眺望长空，誓将为人民做龙芯高高举过头顶奋斗者的故事，可唤起人们对理想信念的忠贞追寻；这里有信守承诺、信誉如山，对合作伙伴坚持技术"兜底"老实人的故事，可让极端利己主义的自私无地自容；这里有热血青春、风雨兼程，把艰难挫折当作搏击人生最大机遇来战胜的故事，能够击毁佛系人生的心理支撑；这里有重做轻说、行大于言，用苦干实干撑起一片天地的故事，让一切虚伪、浮夸、浮躁相形见绌；这里有胆大包天、前瞻未来，对建立公平普惠世界信息技术产业格局的战略思考从未停歇的故事，可窥视到走一步看十步、深邃旷远的战略远见，践行"市场带技术"而不是"市场换技术"、"直道超车"而不是"弯道超车"、构建美英之外的自主信息技术产业体系而不是在别国的技术体系"底座"上建造信息技术产业大厦，让中国人的信息化眼光投向更远的未来……

但真正触动我激情良知的，是龙芯英勇逆行的专注、睿智、不屈的风骨。

龙芯中科脱胎于中国科学院计算技术研究所，是研制中国自主龙芯CPU产品的高科技企业。

而CPU研制是世界性难题，艰难程度相当于在一根头发丝宽度上，排列出几千根电路连线，在一个指甲盖大的芯片中集聚几十亿甚至几百亿计的晶体管，囊括完成超大规模集成电路的功能。

目前，世界上最紧俏的人才设计CPU，最先进的工艺生产CPU，技术高精尖程度不言而喻。

在当今社会很多人不屑铁杵磨针而急躁浮躁的情形之下，有着超强战略眼光的胡伟武，率领龙芯团队与众不同，远离急于求成和沽名钓誉，谢绝西方列强的技术施舍、拉拢和诱惑，一门心思通过自主研发实现中国CPU产业的自立自强。他们心无旁骛干一件事，设计"中国芯"；他们九死一生圆一个梦，斩断国际垄断企业技术控制中国信息技术产业的妄念；他们无所畏惧为一个理，中国人是不受欺压、不可战胜的……在业已奋斗拼搏20年，取得一系列重大科研成果的情况下，明知技术依旧与国际大牌CPU厂商还有一定差距，但仍毫不气馁，矢志不渝奋力追赶奔跑，永不言弃、永不服输……

在一些群体媚骨远胜于风骨的趋炎附势氛围之下，他们远离科技奖评比，不屑好大喜功的鲜花、掌声、出场费，不为世俗名利所累，不被金钱待遇奴役，不受虚名所惑而卑躬屈膝，风骨卓尔不同，气节浩然长空。尽管拥有琳琅满目的科研成果，随便拿出几项来，都响当当、硬邦邦，甚至能换来某些人想得到的耀眼光环和显赫名利，但胡伟武他们并没有拿成果换奖项，成果只用于服务于祖国和人民。

在有的单位领导与群众分三六九等、等级严格的现实之下，龙芯摒弃"官僚化"体制，从严约束领导，抑制待遇悬殊等不公，竭力创造"官兵"一致的工作生存环境，敬重每一位员工的人格、情感、尊严，最大限度调动主人翁的奋斗自觉。企业高管与普通员工一起奋战、一起学习、一起甘苦，没有领导车位、领导小灶、领导通道……相反，中高层要加最多的班，挑最重的担子，还不能参评最高荣誉"龙芯之星"奖，倡导践行吃苦在前、享受在后，功德垂范。

胡伟武20多平方米的办公室三面墙靠外，冬冷夏热，自然条件差。用他的话说，冬天我的房间暖和了，相信公司所有员工办公室都不会冷。将心比心体贴员工冷暖，模范带头缩小领导与群众之间的差别，营造公平和谐的人文环境，让人们的生命与灵魂徜徉于舒坦、轻松的天地之中。

在一些领域人际关系复杂、潜规则大行其道的情况之下，他们内部战友相待，简简单单、清清爽爽、朴朴实实，心不累、情不忧、志不惑，有闪闪发光的大爱；一切都真诚交往，拿事实说话，靠本领吃饭，凭业绩进步，工作生活在真诚、透明、坦率、友善的情感世界中，内心踏实、温馨、浪漫。

在一些地方大而化之、言大于行热衷浮夸的风气之下，他们拙诚笃实、务真求实，不声张、不轻浮、不争辩，重做轻说、重义轻利，埋头苦干，善于让铁的事实说话。当一些业内人士模棱两可、不求甚解，甚至恶意贬低龙芯某项技术不行，但又说不出子丑寅卯来时，他们不抱怨、不气馁、不委屈，而是经过苦苦探索，将问题定位精准、机理弄清，搞出一个水落石出的结果，令人唏嘘叹服。

在有的人不屑牺牲奉献、追求个性个体利益的价值趋势之下，他们崇尚大局大势，坚定小我服从国家民族的大情大义，倡导吃亏是福、吃苦是乐，闷头加班加点奋斗、无怨无悔赶路。为了龙芯事业，有老婆生孩子不能守候在旁的理解，有推迟婚期、放弃年假的慷慨，有怀孕挺着大肚子飞奔的英姿，还有忘我拼搏奋进的乐观豁达，比比皆是，铸就了默默奉献为荣、不事张扬的高贵品格。

在个别人放纵欲望、怀疑理想信仰的迷茫困顿之下，他们高擎信仰旗帜，锤炼为人民做龙芯的一颗红心，坚持自力更生艰苦奋斗的工作作风，践行实事求是的思想方法，将实现个人梦想与科技强国的伟大抱负融为一体，让理想信念的热血在心中汩汩流淌，爱国奉献的火焰在胸中熊熊燃烧……

愿将腰下剑，直为斩楼兰。

历史已经铭记住了这样几个节点：

2001年，第一代龙芯创业者准备打造龙芯CPU时，几乎没有人料到能够做出来，怀疑目光冷若冰霜，藐视态度不寒而栗，但第一款中国CPU芯片得以诞生，震惊了世界，振奋了国人，阅尽人间春色，卓尔不群。

2006年，他们开始推广龙芯CPU市场应用时，几乎没有人料到能够用起来，不知受了多少奚落和冷嘲热讽，不知遇到多少鄙视疏远、困难挫折，不知吃了多少闭门羹。有人甚至说，如果龙芯卖出去了，我从此倒立着走。但他们不信鬼、不信邪，破天荒开辟出了一块块产业化根据地，不但卖出去了，还开启我国计算机核心技术对外授权的先河，实现了令人难以置信的突破，风景这边独好。

2010年，在人们困顿疑惑的目光中，他们响应党的号召，集体放弃中科院计算所事业编制，下海创办龙芯中科公司，走上闯荡市场、自负盈亏的生死搏击之路，磨砺锋利之剑、披荆斩棘。

2013年，在国家重大专项转向主要支持引进国外CPU技术的情况下，他们陷入断粮、断炊、断薪的危难，一度步入生死无助两茫茫的困境。仍然没有人料到，龙芯团队绝大多数核心成员，经受住了来自其他高科技企业几倍甚至百万年薪的诱惑，绝地逆行，向市场图生存，竟然通过自我拯救、自我突围，起死回生跃出低谷，实现自我涅槃。

2015 年，他们在自主化应用中，与引进国外 CPU 技术的各方展开激烈竞争。他们提出，判断技术是否先进的标准，不是看跟美国人跟得紧不紧，而是看跟应用结合得紧不紧。通过打通技术链，进行系统优化，很多应用在每个局部都不如国外技术的情况下，竟然做到应用的整体性能超过国外引进技术，让挤垮龙芯的企图化为泡影，又将乾坤力挽回。

2020 年，还是在很多人忧虑中国人做信息技术体系和产业生态，难于上青天时，依然没有人料到，龙芯过五关斩六将，突破层层封锁，研制出独立于美英的计算机自主指令系统架构 LoongArch，简称龙架构（LA 架构），建立起链接几千家企业、几十万名研发人员的产业链，具有中国特色的自主信息技术产业体系生态正在形成。基于龙架构的龙芯 3A5000 处理器性能超越引进国外技术的产品，逼近市场主流水平，彻底在国外强大信息产业集团的垄断霸权中撕开一个巨大口子，让龙芯迈入新时代，启航新征程。

龙芯故事如此传奇，新的传奇、新的动听故事还在接续！

因为，他们的基因、使命、格局、情怀，决定了能书写美丽的传奇故事。

我们仍然期待着……

目 录

下篇　红心烂漫

引子：这是最后的机会！

世纪之交，中国科学院计算技术研究所所长、中国工程院院士李国杰发出大声疾呼，中国应尽快启动研制高性能通用处理器，即CPU芯片，再晚了就没有机会了。

科海天涯，回头无岸。

站在今天的视角，回望中国计算机技术发展演进的足迹，可以看到三个时代的鲜明烙印。

新中国成立头30年，在我国建立独立自主工业体系的伟大征程中，第一代计算机人不畏一穷二白的窘境，从零起步、发愤图强，从原材料开始制造计算机，打造出具有自主知识产权的电子管计算机、晶体管计算机、集成电路计算机等。我国计算机技术工业实现了完全自主化，但没有实现规模市场化。

改革开放以来特别是加入世贸组织后，我国工业体系实施调整、全面融入国际市场，世界先进计算机技术蜂拥而来。第二代计算机人勇立潮头，基于美西方主导的Wintel体系（微软的Windows操作系统+Intel的CPU）和AA（谷歌的Android操作系统和ARM的CPU）体系构建起我国信息产业大厦。这一时期，我国计算机技术产业完全市场化，但丧失了自主性。

新世纪以来，尤其是党的十八大后，第三代计算机人抢抓机遇、逆势前行，以创新发展为主题，以产业发展为主线，以自主体系建设为目标，不惧强大对手，不畏艰难困苦，奋力推进我国信息技术产业包括CPU和操作系统在内的关键核心技术自主创新。在市场化条件下，实现信息技术产业自主性。

在世纪之交，极具战略眼光的李国杰深深感到，越是及早启动 CPU 芯片研发，参与国际信息技术产业开放市场的竞争，就越有机遇和优势，掌握主动权！如果错过了今后 15 年的战略机遇期，技术差距越拉越大、技术壁垒越筑越高、产业链越来越紧密，就会彻底掉队，丧失自主建设的机遇和可能，再怎么拼搏努力，也难以进入国际 CPU 俱乐部，让中国在信息技术产业始终落后于他国。

李国杰院士认为，CPU 芯片技术属于一个国家的战略性核心技术、国之基石，决定着一个国家的信息技术产业命运。而单纯依靠国外的核心技术，跟着别人的技术体系走，就会形成技术依赖症，始终受制于人，让中国信息技术产业长期处于低端，不可避免地接受西方列强在技术上的剥削、奴役、宰割；更有甚者，会给国家经济产业安全、国家安全带来隐患，危及中华民族的自立自强和生存发展……

"银河号"事件中，失去导航信息支持的 38 名勇士在茫茫大洋中，经受漂泊、威胁、恫吓等屈辱，让泱泱大国的尊严受到极大挑战，让国人心头有不泯的愤懑和忧伤。驻南联盟大使馆的惊天一炸，更是炸醒了沉溺于盛世的浮华一梦，杀戮甚急、千古奇冤，依然是中国人心中的一处伤痛。科技不如人，就没有制衡敌国的镇国利器，就难以逃脱被欺负、被颠覆的命运。

科技实力乃真理，国之大事，死生之地，存亡之道，不可不察也。

关键核心技术，尖端复杂，含金量高。西方发达国家始终当成政治、军事、经济、外交的重要筹码，看作维护国际霸权、享受超级红利的"命根子"，具有极其严格的管控保护措施……我们用钱买不来、用市场也换不来，过去不行，今后也不可能，必须彻底丢掉幻想、自力更生、自主研发。

特别是 CPU 芯片更是巨大复杂的系统，只有通过自主研发实践，才能真正掌握技术本领。而通过引进国外技术，即使拿到人家的 CPU 源代码，看懂了每一行，成千上万、几百万行的代码拼凑起来，还是难懂其中的所有奥妙。别国就可轻轻松松设置"后门"幽灵，埋下毁伤"地雷"，造成难以排除的巨大安全隐患，甚至是致命一击。

自主研发 CPU 芯片是国家安全的战略需要，也是民族复兴的应有之义！中国人必须在这一战略技术上有所作为。

这是历史赋予新一代计算机人的庄严使命，是祖国的召唤，发展之必然，必须勇敢地背负起沉重十字架在沼泽地里艰难跋涉，负重前行……不论遇到什么样的风雨泥泞，经历多少次跌倒爬起，遭受何等烈度的困顿、挣扎、艰难，都必须前赴后继，勇敢地探索掌握这一关键核心技术，从而建立中国自主信息技术体系和产业生态，不负民心所系，不负时代所托。

|上 篇|

初心如磐

第一章　梦回千百里

1.激情燃烧的岁月

奠基华夏计算机，英名长存浩然气。

2021 年 8 月 27 日，北京西郊的万安公墓，苍松掩映，翠柏高耸，望不到尽头的墓碑整齐排列着，犹如一个巨大威严的方阵，凄婉寂寥地矗立在苍茫岁月的生命长河之中。

胡伟武双手虔诚地捧着一束橘黄色菊花，步履缓慢地穿行在长长的甬道和墓碑之间，脚步轻轻、飘然而行，不发出大的声响，生怕惊扰沉眠于此的逝者们。

他在刻有"杨立铭、夏培肃之墓"前停下脚步，脸色肃穆、神情凝重，小心翼翼对墓碑进行了一番擦拭，尔后伫立在墓碑前，将这束鲜花和装有一枚最新研制成功的龙芯 3A5000 芯片的盒子，放在干干净净墓碑前，十分虔诚地缓缓鞠了三个躬，用江浙普通话说道：

夏老师，今天是您逝世 7 周年的日子。我向您汇报，我们最新研制的龙芯 3A5000 成功了，实现了自主指令系统，性能已逼近国际主流 CPU 芯片的水平，预计再过 2 至 3 年，再有一次迭代，就能达到市场主流 CPU 芯片的性能了。

　　言毕，胡伟武心潮起伏，思绪万千。恩师夏培肃的音容笑貌又一次浮现在眼前，尘封的往事奔来眼底。

　　这是作为我国第三代计算机人杰出代表的胡伟武，向驾鹤远去的第一代计算机人夏培肃的一次例行祭奠。每年清明和恩师逝世纪念日，他都会前来扫墓，表达哀思祭奠之情。今天，他又用敬献最新科研成果的独特方式，告慰恩师，传承事业。

　　坐上返回的车辆，万安公墓渐渐消失在视野之中，鳞次栉比的建筑群在眼前相继掠过。胡伟武的思绪，又回到上个世纪五六十年代中国计算机事业发轫起航久远的历史之中。

　　恩师夏培肃，一生与计算机结缘，在二进制的复杂世界中探索，率先实现中国计算机人的一个科技大梦。她人生的光辉与巅峰来自于计算机，人生终结时的遗憾也源于计算机！

　　胡伟武更知道，恩师是中国计算机事业的光荣与骄傲，也是中国女性科学家的杰出楷模。她一生心忧家国、优雅恬淡，用特有的责任、勇气和报国追求，研制出我国第一台自主设计的电子计算机——107 机，享有"中国计算机之母"美誉。她一辈子桃李不言、下自成蹊，靠榜样和表率的力量，培养出以韩承德、李国杰、胡伟武等为代表的 60 多位计算机英才，被视为中国计算机事业的奠基人之一，丰碑高耸，后人敬仰。

　　2010 年，中国计算机学会为表彰夏培肃院士的卓越成就，授予夏培肃首届终身成就奖。2014 年，中国计算机学会专门设立"夏培肃奖"，每年向在计算机科学、工程、教育等领域，做出杰出贡献的女性科研人颁发此奖，使之成为计算机科学领域的一面旗帜与标识。

　　2021 年 9 月，中国计算机协会追授夏培肃院士"中国计算机行业发展终身成就奖"，再次褒奖她的历史性贡献，足见高山仰止，英名永存。

　　从众多历史图片视频等资料中，我清晰看到，夏培肃身材高挑，体态匀称，年轻时貌美如玉、优雅文静，步入老年后，尽管鬓染秋霜，但依然仪态优雅、精神矍铄，形象永远是温婉大方，衣服始终是笔挺利索，气质仍然是坚强典雅，将东方女性科学家的高贵端庄、忠贞报国的光辉形象留在了天地之间。

夏培肃 1923 年出身于重庆江津的一个书香门第，家庭显赫。祖父夏风薰是前清朝秀才，一生执教为民、育才荣华。父亲夏鸿儒学养丰厚、颇有功名，曾在江津县创办学校及实业，后来参加民主同盟运动，为民族独立而奔走奋斗；母亲黄孝永是当时的师范毕业生，曾任江津女子小学校长等。

从小就饱受家庭文化环境氛围熏陶的夏培肃，聪明伶俐、天赋超群，博览群书、学养不凡，涉猎《四书》《离骚》等古籍经典，崇敬民族仁人志士，知晓牛顿、居里夫人、爱因斯坦等世界科学巨匠，立志投身科研事业。

斯时，夏培肃的求学人生，正值中国内忧外患的战乱时期，日本帝国主义的铁蹄大肆入侵蹂躏，还对大后方的重庆等地实施狂轰滥炸。国将不国、山河破碎的深重灾难，更是激起夏培肃对国家积贫积弱的忧心，矢志发愤学习报国图强。

1947 年，从国立中央大学走出来、在上海交通大学重庆分校研究生毕业的夏培肃，以优异成绩考入英国爱丁堡大学电机系，成为一名留洋博士，主要研究电路理论、自动控制和非线性微分方程及其应用。

这属于当时十分热门的重点专业，格外翘楚。

在赴英国读博前夜，即将告别生于斯、长于斯而沦陷苦难的故乡时，夏培肃心思沉重，漫步在嘉陵江之畔，望着滚滚向前的家乡河，思绪久久不能平静。岸边那一浪又一浪的波涛，拍打着江堤发出有节奏的声响，似乎也撞击着她的心房……从此一别远走天涯，是寻找个人清静安逸的美好前途，还是学成归来，拯救眼前这个千疮百孔、多灾多难的祖国呢？她有点犹豫了，但父亲夏鸿儒对自己的教诲又一次回响在耳畔：

读书人要以天下为己任，不论在任何时候都要有责任感，有胆识勇气，不管个人做出什么样牺牲，都应为报国强国而奋斗。

父亲叮嘱中的责任、勇气、报国三个关键词，再一次如同江涛拍岸般叩击着她的心扉，让夏培肃铭刻在心、难以忘怀。

此刻，她也想起古语"儿不嫌母丑，犬不嫌家贫""谁言寸草心，报得三春晖"等。是的，任何时候都不能嫌弃灾害深重的祖国，不能抛弃可爱多情的故土。自己即祖国的一部分，自己有前途，祖国也不能永远黑暗着。

留学告别家乡之时，她拉着妹妹夏培静的手深情地说，现在你们搞革命，以后我们回来建设新中国。

在英国读博期间，夏培肃与远渡重洋也在爱丁堡大学读博士，同样也是热血报国的青年才俊杨立铭恋爱了。琴瑟和鸣、终成眷属，他俩在异国他乡缔结了百年好合。

然而，有一件事在夏培肃心中掀起层层波澜。

那是一个周日，英国热情的房东太太邀请她吃午饭，饭后闲暇，她随便拿起房东家小女儿的地理书翻阅，书中竟然赫然写道，中国贫穷落后至极，男人抽鸦片，女人裹小脚；中国人晚上睡得早，是因为太穷，没有钱买油点煤油灯……

看到此处，夏培肃愤怒了，拿着书找房东太太质问道，你们国家的教科书怎么这样不负责任，简直是诋毁丑化中国人，抽鸦片、缠小脚的时代早已过去了。

然而，让夏培肃没有料到的是，房东太太脸上浮现出了不屑，轻蔑地说，中国就是贫穷落后，这是事实呀，有什么问题吗？

那你们知道鸦片战争吗？你们知道英国人侵略中国的事实吗？夏培肃反诘相问。

房东太太茫然了，无奈地摇摇头，脸上流露出困惑与尴尬……

这是夏培肃在异国他乡，亲身感受到祖国母亲仍然蒙受着鄙夷歧视，这些耻辱在西方人眼中已是根深蒂固。她多么渴望自己背后的祖国能够强大起来，宁愿让别人嫉妒、憎恨、害怕，也不愿被人瞧不起。

新中国成立的消息传至英国，已经以优异成绩获得博士学位的杨立铭和完成博士后学业的夏培肃，喜极而泣，扬眉吐气，为祖国的新生而格外兴奋豪迈。

朝鲜战争爆发后，我英勇的志愿军将士雄赳赳、气昂昂，跨过鸭绿江，首战两水洞，激战云山城，会战清川江，鏖战长津湖……迫使美国为首的十六国联合国军步步后退，全线大溃败。从此向全世界昭告，新中国面貌焕然一新，彻底摆脱了软弱无能的"东亚病夫"称号，获得了令人瞩目的集体自尊。

英国社会各界对华人刮目相看。夏培肃在学校和出入社交场合，明显感觉受到了肃然起敬和极大尊重，就连房东太太傲慢与偏见的眼神也消失了，随之而来的是和善与敬重。

梁园虽好，非久居之乡。归去来兮！助国自强……血液里流淌着报国之情的夫妻俩，多情地眺望东方，思念之情越来越强烈，盼望着新中国的召唤。

这一天终于等到了。1951年7月的一天，他俩收到清华大学教务委员会副主任周培源的邀请信。大意是，新中国百废待兴、求贤若渴，人民满怀豪情，盛邀有识之士归来，参加社会主义新中国建设。

彼时，英国于1950年在西方国家中率先承认新中国，表现出一定友好姿态。杨立铭、夏培肃趁势准备办理相关手续，向导师辞行。而杨立铭的导师是大名鼎鼎的诺贝尔奖得主马克斯·玻恩，世界著名物理学家、量子力学奠基人之一。

马克斯·玻恩非常看好这对年轻俊杰，厚望有加，专门邀请到家里茶叙。玻恩夫人准备了英国精致的茶点。

炽热的暖阳洒进客厅，充满和煦与温馨。玻恩脸上露出英国绅士的微笑，端起茶杯喝了一口，意味深长地说，你俩是难得的人才，愿意留下来我担保加入英国籍，获得很好工作生活待遇，也有配套完备的科研条件，为世界科技事业有所作为。

望着导师热情期待的神情，他俩沉默着低下了头，相顾无言，唯有心脏在剧烈跳动……

他俩不知如何直面导师诚挚的目光，那希冀中充满着关心爱护和纯真友谊，直言回绝有损师道，会不会让导师颜面扫地而失望呢？

沉默、沉默，还是沉默……

玻恩也察觉到他俩另有所思，便缓缓神情道，不愿加入英国国籍也行，等有了科研成果，再返回中国大陆，为国家发挥更大作用！

对于导师的好意盛情，杨立铭不好说什么，便向夏培肃投来求助的目光。夏培肃抬起头来，略带歉疚地对玻恩说，老师，我们已经接到国内的邀请信，中国人有传承很久的祖训，国家需要而不归者，是不肖子孙、数典忘祖，于心不安、于情不合，会被家人和朋友耻笑而鞭挞的。

玻恩脸上掠过一丝惊愕，似乎理解了中国人家国一体的观念，眼前这两位中国留学生不嫌弃国弱家贫，毅然决然难能可贵，不可强求啊。

他仍然包容般露出微笑，点点头表示理解。

最后，他俩还是对导师多年的培养，表达了真挚感谢，热情邀请如有时日来世界东方的中国做客，他俩一定以优异成绩汇报。

1951 年 7 月底，杨立铭、夏培肃终于登上回国的客轮，辗转返回祖国，成为上个世纪 50 年代初，与钱学森、邓稼先、梁思礼等先后归国的新中国第一代科学家。

回国后，夫妻俩被安排在清华大学任教。杨立铭成为物理系副教授、教授，后到北京大学任教，逐渐成长为中国核物理方面的权威、中国科学院院士，使中国在国际原子核理论物理领域占有一席之地。他与"两弹一星"元勋于敏合著的《原子核理论讲义》，成为一部经典教材。而夏培肃在清华大学电机系电讯网络研究室任副研究员，后调任中国科学院计算所担任研究员，1991 年当选中国科学院院士。他俩是我国少有的 18 对夫妻院士之一，有着伉俪深情、报国弥坚的传奇佳话。

水木清华，钟灵毓秀。

时光再回到 1952 年秋，古朴厚重的清华园内凉风习习、清爽宜人，在质朴无华老式建筑群的著名数学家华罗庚家中，华罗庚与几位清华英才促膝相谈，探讨研制中国电子计算机事宜。这几位中，有当时通晓世界前沿电讯网络技术的闵乃大、夏培肃，以及王传英。

作为民族脊梁、科学先锋的华罗庚，眺望世界科技发展方向，向党中央提出研制电子计算机的建议，得到充分肯定后，他专门在清华物色了几位青年科学家。

华罗庚语气沉重地说，帝国主义对新中国进行重重封锁，我们必须自力更生、发愤图强，向科学技术进军，研制出中国人自己的计算机，粉碎敌对势力的阴谋，彻底与工业计算惯用的"笔头子""算盘子"告别，为国家经济建设做贡献。

讲到这里时，华罗庚缓了缓语气说，可惜我自己是搞数学研究的，隔行如隔山啊！经过慎重考虑，还是请闵乃大、夏培肃和王传英组成一个电子计算机科研小组，隶属中国科学院数学研究所，开展研究计算机工作。

从零起步，研制中国人自己的计算机，这是何等神圣的使命！闵乃大、夏培肃、王传英相继表态，决心克服一切困难、不负重托。

夏培肃回忆当时走上自主研发计算机之路时说，人的一生中，常常会有一些改变命运的转折点，对我来说，这个重要转折点就是 1952 年秋的一个夜晚，我第一次见到华罗庚教授时的会谈。

正是这个转折，夏培肃走上开拓探索中国计算机技术之路，为中国计算机事业奋斗了一生。

然而，刚刚从战火硝烟中走出来的新中国，科研设施非常落后，被西方国家远远甩在后面，再加上西方资本主义国家的经济贸易封锁，引进西方技术的路被堵死了，参考借鉴学习也极其艰难，只能将希望寄托于东方阵营的苏联……

这个中国最早从事计算机研究的 3 人小组，闵乃大负责全面工作，重点钻研计算误差和布尔逻辑；夏培肃负责研究计算机结构和逻辑设计、搜集资料；王传英偏重做脉冲电路实验和实验室建设。

在当时一穷二白的情况下，研究高科技计算机技术，难度是可想而知的，真如老虎吃天无从下口啊。

国内没有电子计算机原理的书，也没有高价值参考资料，唯一能够获得的参考文献就是一些英文期刊。夏培肃他们克服重重困难，一边从图书馆英文期刊中查找相关计算机的论文，一边委托国外同学帮助寻找资料。当找到一些有用的资料后，由于没有复印机，他们只能用手工一个字一个字抄录下来，尔后反复理解消化……

经过半年之久的艰苦调研和实验，1953年底，夏培肃所在的计算机小组提出自主研制中国第一台电子计算机的设想。这台计算机与美国在1951年完成的EDVAC计算机的规模相当，其存储器准备采用示波管存储器，而不用EDVAC计算机所用的水银延迟线存储器。

一切探索研究步履艰难，踉跄而行。

1956年夏，周恩来总理亲自主持制定我国《十二年科学发展规划》。在华罗庚、钱学森、钱三强等有力推动下，将大力发展计算机事业作为加快国家现代化进程的四大紧急措施之一，并于同年在中国科学院成立计算技术研究所（中科院计算所）。另外三个方向为半导体、电子学、自动化，同时列入规划强力推进。

夏培肃参加为期3个月的规划制定，见证描绘了中国计算机科研的宏伟蓝图，明确的发展路径是，先仿制后自行设计，循序渐进推进研制工作。

同年，中科院组织代表团赴苏联参观学习，夏培肃有幸入选成行。在莫斯科和列宁格勒（今圣彼得堡）的参观访问中，夏培肃十分珍惜，以极大热情观摩了苏联的计算机研究、生产和教育，还自费购买大量关于计算机的材料，将俄语设计资料翻译成中文，包括一本1000多页的手册。

拓展了见识视野，得到了资料，研制工作便有了依据和抓手。于是，计算所买回苏联的计算机设计图纸，派出以张效祥为队长的实习队，到苏联学习取经，摸索仿制路子。

1958年9月，计算所基于苏联M-3研制出103型通用电子计算机；1959年10月，基于苏联BESN-Ⅱ研制出104型通用电子计算机，开启了我国引进技术研制通用电子计算机的先河。

模仿研制一路顺畅，首战告捷。而后续的自主研制却举步维艰，面临着突如其来的重重困难。

当时，自主研发电子计算机3人小组，突生变故。王传英于1955年被国家选派去苏联学习原子能，改行步入新的科学领域。闵乃大于1958年向中科院申请，调到电子研究所工作，后被派往民主德国讲学。

计算机 3 人小组只剩其一，夏培肃进退维谷。

面对两位同伴的相继离开，面对壁垒森严的技术难关，面对后续极其繁重的研制任务，夏培肃自主研发计算机的希望显得更加渺茫！是顺水推舟也步同伴后尘，还是矢志不渝坚守呢？

夏培肃陷入苦苦思索与挣扎之中，横在她面前又是一次人生道路的重大抉择！

夜晚，她思索了很多，耳边又一次回响起父亲"责任、勇气、报国"谆谆教诲，想起华罗庚教授的殷切期望，想起祖国和人民发展计算机事业的迫切需要，想起外国人瞧不起中国人的一个个屈辱故事、悲惨情景……

杨立铭也很为难，试探地询问妻子说，他俩都走了，你一个人能行吗？

能行也得行，不行也得行！再怎么也不能让组织和华罗庚先生失望！不能让研制中国人自己计算机的事业折戟于摇篮之中。倔强的夏培肃向爱人道出了心声。

是的，被困难吓倒、打"退堂鼓"不是中国科研人的作风，也不是夏培肃的性格。她再次咬紧牙关，决定一门心思"一条道走到黑"，决不放弃！

夏培肃鼓足劲头和勇气，全力投入到自主设计计算机之中。她几乎是两点一线，从家里到实验室，再从实验室到家里，带领几名学生和有关科研人员，夜以继日、加班加点、倾尽心智、全力搏击……

弹指一挥就是 3 个春秋，夏培肃带领科研团队，圆满完成了我国第一台自主通用小型电子计算机 107 机的总体功能设计、逻辑设计、工程设计、部分电路设计，以及调试方案设计等。黄玉珩设计出一个串行磁心存储器，赵鼎文等设计了一个直流稳压电源，让 107 机设计逐渐完善和丰满。

接着，锲而不舍，接力推进。

进入后期电路测试和整机调试时，夏培肃又亲力亲为、带头奋战，紧紧盯在第一线，精细做好每个环节，及时解决有一个信号没有和时钟脉冲对齐等问题。

1960 年 4 月，初春的北京明媚而温暖，长安街天安门城楼上的红墙黄瓦、飞檐雕梁，在阳光下金灿夺目，显示出雄伟壮观的气派；万寿山道路两旁的海棠花已经盛开，披上淡淡浓妆；玉渊潭的樱花竞相绽放，白色、红色、粉色争奇斗艳，真有满园春色关不住的艳丽。

值此，我国第一台自主设计研制的 107 小型通用电子计算机呱呱坠地，横空出世了。

这是我国第一代电子计算机的代表之作、开山之作。该机采用世界"计算机之父"冯·诺依曼体系结构，主要采用二进制、定点，字长 32 位、补码；磁芯存储器容量为 1024 字节；机器可执行 16 种操作：接收、发送、接收反码、逻辑加、逻辑乘、移位、加法、溢出不停机的加法、减法、乘法、除法、无条件转移、条件转移、非零转移、打印、停机。机器主频达到 62.5 千赫。

整个计算机系统是个庞然大物，占地 60 平方米，有 6 个机柜，使用电子管 1280 只，包括中央处理器 2 个、磁心处理器 2 个、电源 2 个；另外，还有发报机 1 台、电传打印机 1 台、控制台 1 个。计算机功耗达 6000 瓦，运算速度每秒 250 次。

经鉴定，该机可连续运行 20 多个小时，运算流畅、稳定可靠，开关机方便，特别是能经受得住停电的冲击，性能稳定良好，达到设计指标。

而美国采用冯·诺依曼结构的第一台通用计算机 EDVAC，在 1949 年研制成功后，到了 1960 年，才达到每天工作超过 20 小时，平均无差错工作时间为 8 小时。

再者，107 计算机比仿制苏联的 103 机，无差错工作时间长几十倍。

如此重大成果、科研奇迹，在中国计算机发展史上写下浓墨重彩一页，有力证明中国人在西方技术和物资封锁围堵下，仍然有志气有能力研制出自己的计算机。中国人的智慧是无穷无尽的，国外的封锁围堵是无效而愚蠢的。

这也标定了 107 计算机总设计师夏培肃，在中国计算机事业上奠基人的重要地位。

107计算机一经诞生，就担负起重大使命、发挥出重要作用。中国科学技术大学以107计算机为依据，编写了计算机原理和程序设计讲义，作为计算机专业、力学系、自动化系、地球物理系的教材；还承担包括气象潮汐预报计算、原子反应堆射线能量分布计算、原子核结构理论中的矩阵特征值及特征向量值计算等。

随后，夏培肃将情感与精力投入到更广更深的计算机发展事业中。她通过大量详尽的理论分析和数以万计的实验印证，提出全机特性阻抗匹配的概念、导线不分支原则、分布式地网等重要学术思想，解决大型计算机高速信号传输时出现的波形畸变等问题。这些成果为研制高性能计算机制定了工程设计规范，被国内多个研究大型计算机单位采用或参考。她提出的最大时间差流水线原理，大大提高了流水线计算机的频率，或大幅提升运算速度，或使用较慢的电路实现过去只有高速电路才能实现的高速计算机。

同时，中科院计算所开启研制第二代计算机——晶体管计算机的步伐。科学家们心往一处想、劲往一处使，奋力攻关，用2万多支晶体管、3万多支二极管，于1965年研制成功我国第一台大型晶体管计算机，即109乙机。

在此基础上，又进行技术改进，推出109丙机。该机也是一个庞然大物，由好几个机柜组成，使用长达15年，有效算题10万小时以上，在我国"两弹"试验中发挥出重要作用，享有"功勋机"的美誉。

同样是1965年夏，为加快航天事业发展，实现卫星上天的民族夙愿，我国启动研制箭载卫星的微型计算机。也就是说，研制体积小、重量轻、功能强的集成电路计算机——世界上第三代计算机，实现一次全新的技术迭代升级。

中央专委将任务下达给中科院，要求一年之内完成任务。

时任中科院党委书记兼副院长、早期参加革命的老一辈无产阶级革命家张劲夫宣布，中科院成立计算所二部，专门研制微型计算机，亦称156计算机。他在主席台上，激动异常地挥舞着双手说，我是提着脑袋把任务要来了，大家一定要好好干，决不能辜负党和人民的重托，按时把微型计算机研制出来，为卫星上天建功勋。

斯时，研制微型计算机，主要有五个方面困难。一是科研基础差、项目要求高，我国集成电路技术非常薄弱，再加上国外技术封锁，只能自行探索，难度极大。二是首次研制适应航天的集成电路计算机，目标任务不具体，连做什么样的计算机、硬件配置、外围接口等都没有明确说明，只能边研究边定目标，且行且看。三是以前设计的计算机只包括控制、内存、外设及电源四大部件，而现在要连接诸多空间系统的敏感元件、传感器和执行机构，都是全新课题，有很大风险和不确定性。四是研制的微型计算机要经受得了高温、严寒、高湿等特殊环境考验，能够像暴风雨中的雄鹰一样，无所畏惧搏击长空，具备勇敢、坚强、持久的特殊品格。五是不仅要做出箭载计算机，还要研制地面测控台，解决200多米的长线数字信号传输问题，以满足系统测试和发射需求。

中科院从全国范围内抽调优秀科学家，我国半导体著名专家、苏联科学院院士黄敞全面负责技术工作，中科院沈绪榜任设计组组长，中科院计算所、电子所、物理所等7个单位的专家上阵攻关。大家边查找资料，边进行模块电路设计，不断变更尝试适用的电路组合。电路设计组和半导体工艺组反复交流，确定集成电路品种，提出电路模块的逻辑功能、电气性能、时序关系、引脚及结构要求等。

随后，由整机室的运控组、存储器组、外设接口组分别进行电路设计，反复实验测试和定型，再交付半导体企业进行生产制作。

156课题是国家重大科研，关乎卫星上天的大事。大家激情燃烧、热血沸腾，主动放弃节假日，夜以继日忘我奋斗。每天深夜，苍茫夜幕下的中关村，156课题组灯火通明、挑灯夜战，大家披星戴月进取攻关、铁血奋战创造奇迹，留下了"灯火辉煌156"的赞誉。

计算所二室工程师韩景春，是封装工作的技术负责人。在试验用什么化学药品封装时，当时没有机器设备去鉴别分析，时间紧迫，他只好不顾个人安危，用自己的舌头去品尝，感到有毒不对劲时，就立即跑到水龙头上，捧一口口凉水冲洗，冲掉沾染的毒性。

就是在这样以身许国、英勇奉献精神的驱使下，韩景春带领人员把研制出的组件全部封装好，出色完成了任务。

历经整整一年的不懈奋斗，1966 年 8 月，156 计算机研制终于画上圆满句号，顺利通过整机检查程序。当计算机激昂地唱着《东方红》乐曲，打印出醒目的标语时，大家雀跃欢呼、热烈拥抱，激动而幸福地流淌下滚滚热泪……

156 微型计算机的光荣诞生，标志着我国计算机研发跨入集成电路时代，开创了计算机在航天领域应用的先河，在我国计算机发展过程中具有举足轻重的重要意义。

1966 年 9 月的一天，北京中关村中科院大操场里红旗招展、鼓乐齐鸣，隆重举行庆祝大会。敬爱的周恩来总理在繁忙中出席讲话，充分肯定中科院为我国科技事业做出的突出贡献，热情赞扬 156 微型计算机全体研发人员的辛勤奉献。周总理还说，你们打破了帝国主义对我国的技术封锁，创造了计算机事业的空前壮举，党和人民感谢你们，历史不会忘记你们……真挚而充满深情的褒奖，永远铭刻在研发人员的生命记忆之中。

时光驶入 1976 年隆冬，曾经在研发 156 计算机中以身试毒的工程师韩景春，却患重病住进了医院，而且病情急转直下。他在病情危重神志不清的生命弥留之际，仍然用微弱的声音断断续续念叨着中国计算机事业。

那一刻，守候在病榻前的家人和同事，心如刀绞、泪洗脸颊，有着撕心裂肺般的痛苦和悲伤。

不惧风险、英年早逝的韩景春，用生命尽头的情感独白和无尽惦念，表达了生命所系、情感所托，真诚地向中国计算机事业祝福，向中国科技强国憧憬。

英雄不朽，悲壮雄浑！永远在眷恋护佑中国计算机事业的铿锵步伐。

踏着英雄的足迹，以夏培肃等为代表的第一代计算机人，继续向前探索、搏击、奋进……

到了 1981 年，夏培肃主持研制的高速列阵处理机 150-AP 获得成功。她提出的总体功能设计、逻辑设计和工程设计一体化的思想，在研发实践中显示出巨大威力，使得该机运算速度提高到每秒 1400 万次浮点运算，与早期仿制苏联 104 机每秒 1 万次相比，提高了 1400 多倍，也超过当年美国对我国禁运同类产品的运算速度。

1983 年，中科院计算所圆满完成我国第一台大型向量计算机——757 机，计算速度达到每秒 1000 万次浮点运算。同年，国防科技大学成功研制出银河——1 亿次巨型计算机，成为我国高性能计算机研制中的又一个重要里程碑。

这是巨大进步、非凡跨越！受到国内外广泛关注，也为我国石油勘探、工业建设等运算做出突出贡献。

夏培肃还将视野拓展到计算机理论研究与育人领域。1956 年至 1962 年，她负责筹办 4 届计算机技术培训班，担任主讲教师，培养人才达 700 余名，涌现出一批又一批科学领军人物，诸如张效祥、金怡濂、李三立、杨芙清等。

英才辈出，群星璀璨。她培养人才的影响力远远超越了研制计算机本身。

早在 1959 年，36 岁的夏培肃就被中科大聘为计算机教研室首任兼职主任，在计算机专业发展规划、课程设置、教材编写、实验室建设等方面，倾注大量热诚和心血，指导规范计算机教学课程体系，成为我国计算机学科的创始人、奠基人。

她还创办中国计算机领域最有影响力的刊物《计算机学报》，以及针对国外发行的英文学术期刊 *Journal of Computer Science and Technology*。她与许孔时等人合作，主持编写《英汉计算机辞典》，担任《计算机科学技术百科全书》副主编等。

《中国计算机纪年》作者汤姆·马拉尼惊叹道，我从未见过那个时代的其他女性，能够像夏培肃一样，具有如此重要的地位，并在自己的领域中担任核心的领导角色，堪称是一位伟大的女性。

是啊，夏培肃以无与伦比的卓越成就，奠定了中国自主研发计算机的基石，成为我国自主研发计算机的标志性人物。

当我有幸步入中科院计算所展览馆，看到大厅内唯有一尊雕塑，就是夏培肃院士的雕像，足见她举足轻重的特殊地位。雕像基座约 1 米高，上面安放着夏培肃全身青铜像，像高六七十厘米，短发、长裙，双脚并拢，两手自然垂于前身交叉，脸庞俊俏，双目向远眺望，绽放出青春而温柔、高傲而睿智的光芒，有着不言自威、沉稳大美的神韵……这让我想到了新中国第一代杰出女性林徽因、何泽慧、林巧稚等。

尽管她们与夏培肃是不同领域的知识女性，但共同的端庄、永远的美丽，就是不惧任何艰难困苦，始终将优雅、大气、恬淡，以及中华女性的真善美书写到了历史长空。

此刻，夏培肃优雅恬淡的美好形象，也在我的脑海里扎下根，成为一种永恒。

这也让我联想到夏培肃早年人生中，所经历的常人难以承受的重大磨难。

第一次磨难是 1962 年初夏，夏培肃与丈夫杨立铭，正潜心投身科研而无暇顾及家庭之时，年仅 7 岁的大儿子，在院子后的菜地里玩耍，不慎滑入粪坑而溺亡……

痛失爱子，悲痛欲绝。无情厄运迅猛扑来，令夏培肃猝不及防，但她没有责怪、抱怨、沮丧，而是以惊人毅力，更加热爱生活、珍惜亲情了。

第二次磨难是 1968 年初，史无前例的"文化大革命"，也让中科院计算所发生了批斗学术权威的荒诞之事。计算所成立夏培肃专案组，对她无情批斗，先是将她十几年积攒的计算机资料，十几本记录科研事项的厚厚保密本，以及档案室保存的科研报告、设计资料等，荒谬地扣上"反革命"的帽子，收缴付之一炬烧毁了。令夏培肃痛心疾首、心如刀绞。

接着，造反派给她定为"现行反革命分子"，戴高帽子进行批判，莫须有审查她留学期间的"叛国"行径。审查无果后，又将她关进牛棚，除了言语谩骂、羞辱，还限制吃饭喝水、百般折磨……幸好有好心人暗暗保护，得以死里逃生，熬过了半年之久的生死劫难。

从牛棚中解放出来的夏培肃，仍没完全逃离厄运，而是承担起计算所打扫厕所、清除垃圾等苦差事，还要到计算所工厂的印制板车间打杂工、做苦活累活，让学贯中西的女科学家，一度成为清洁工……

　　而当计算所研制 1025 计算机遇到重大困难时，夏培肃急在心头，主动站出来说，我可以给大家讲讲计算机信号传输问题。有识之士冒着风险让她做了一次技术辅导，让大家收获颇丰、视野大开。于是，她又做计算机传输反射、传输速度、负载分布等一系列辅导报告，破解计算所科研中的一道道难题。这才使得军管组免除她打扫厕所等苦差，允许重返科研岗位。

　　第三次磨难是 1970 年，夏培肃随同杨立铭来到江西鲤鱼洲的五七干校，住进茅草房开荒种地，进行劳动改造。夏季，她参加水稻育苗、插秧、挠秧、收割等，在 40 多度炎热酷暑中进行高强度劳作，几度差点晕倒在稻田里。冬季，她又成了饲养员，负责喂养 7 头牛，还参加挑土、背砖、帮厨等，整天如同陀螺一般打转转。因经常赤着双脚在凉水里泡，她患上严重风湿病，长期备受病痛折磨……

　　不管何种苦难，都没有击垮夏培肃的信仰和意志。她将苦难当作一种磨炼，没有怨恨、愤懑、牢骚，相反更加忧党报国，义无反顾投身科研实践，将人生全部智慧和心血倾注在祖国计算机事业中。

　　而对待个人名利，她泰然淡泊，恪守"不义而富且贵，于我如浮云"，永葆高贵人格，身正为范。

　　2002 年 9 月 28 日，当我国第一枚高性能通用处理器 CPU 龙芯 1 号成功发布，终结中国计算机技术"缺芯"尴尬历史，开启自主研制计算机芯片新纪元时，作为研制龙芯 CPU 的功臣胡伟武，受到国内主流媒体和公众极大关注。

　　有媒体问，研发龙芯 CPU 最需要感谢的人是谁？胡伟武毫不犹豫回答说，我的导师夏培肃院士。

　　龙芯 1 号课题组将这枚芯片命名为"夏50"，以此纪念夏培肃从事计算机事业和教育 50 周年，向精忠报国的夏培肃院士献上最高的深情礼赞。

　　在中科院计算所纪念夏培肃从教 50 周年会议上，步入耄耋之年的夏培肃，身着一袭淡雅之装出现在学生群中。胡伟武、唐志敏等众多学生，簇拥着夏老师齐唱《长大后我就成了你》。

伴随着悠扬舒缓的旋律，大家边鼓掌边哼唱，从心间流淌出那充满温度的歌词：

> 小时候我以为你很美丽，领着一群小鸟飞来飞去。小时候我以为你很神气，说上一句话也惊天动地。长大后我就成了你，才知道那间教室放飞的是希望……

随后，学生们将一束芬芳四溢的鲜花，恭敬地献给夏培肃。她从容坦率，端坐在一把椅子上，脸上浮现出一抹彩云，享受着人生又一幸福时刻。

摄影师"咔嚓、咔嚓"，留下永恒的历史瞬间。此时，夏培肃面色红润，精神矍铄。这也是她人生长河中一个激动人心的彩虹与浪花，但她却仍然如常，波澜不惊、恬淡优雅。

这绝不是一张普通师生合影照，而是我国计算机事业奠基人夏培肃，将自己毕生为祖国和人民承载的"责任、勇气、报国"的血脉基因，传承给新一代中国计算机人的一次精神接力、一次情感延伸。

夏培肃望着一张张熟悉脸庞上的自信、勇敢、坚强，眼神仿佛透过时光隧道，看到了半个世纪前的自己。从前的自己也曾是这个样子，青春年少、意气奔放，谁说他们不是一个个的自己，半个世纪后也会像自己这般模样！

她会心地笑了，满意无比，那端庄优雅而皱皱褶褶脸颊宛如盛开的花朵，美丽绚烂！也在中国计算机浩瀚天空留下"云山苍苍，江水泱泱；先生之风，山高水长"的优美华彩……

2. 改革春风背后的酸楚与兴奋

1972年2月21日，全球格局再一次风云突变、重新洗牌，震惊了全世界。

美国第37任总统理查德·尼克松，乘坐"空军一号"从大洋彼岸万里迢迢飞到中国，进行了一次永载史册的历史性访问，使得自新中国成立20多年来，一直处于封冻和敌对状态的中美关系破冰回暖。

就在尼克松访华几个月后的夏天，由6名美国计算机专家组成的代表团访问中国，在北京、上海参观了计算机设备，观摩中国用于天气预报、结构分析、水坝计算等领域的计算机，包括我国第三代计算机——111型计算机。

美国专家对中国自主研制水平深感震惊。他们做梦都没想到，在西方资本主义国家严密封锁、苏联切断援助的极端困苦条件下，中国人计算机技术几乎没有停滞，科研人员竟然如此见多识广，研制的计算机系统比他们预想的要先进得多。

惊诧之余，美国专家纷纷投来困顿目光，感到不可思议。

随着中美关系的趋稳，西方的封锁围堵逐渐解冻，经贸往来逐渐展开，特别是中国改革开放大门徐徐打开，使得中国经济很快融入世界经济发展产业圈，在国际产业链条中扮演起一个不可替代的重要角色。

从信息产业领域看，以夏培肃、张效祥、金怡濂等为代表的我国第一代计算机人，在研发起步晚基础弱的情况下，历经20多年的探索拼搏，奋发图强，完全依靠自主技术研制出了比较先进的计算机，掌握了关键核心技术，但没有实现市场化产业化，计算机技术亟待实现从计划体制向市场体制的跨越转变。

这个转变，说起来容易做起来难，可谓是脱胎换骨的巨大飞跃，也是参与市场竞争规律性的蜕变，十分艰难，好比是一次翻天覆地的浴火重生。

彼时，中国正处于改革开放初期，人们的思想观念异常活跃。对待国外花花绿绿先进技术与充裕富足，羡慕者有之，膜拜者有之，向往者有之，隔膜者有之，畏惧者有之，纠结不安者有之，拒绝远离者也有之……

特别是在旧的体制盘根错节、旧的观念根深蒂固情况下，在国外跨国信息企业强大实力挤压下，业内许多专家缺乏信心，对国内发展计算机技术有两种观念比较流行。一个是造不如买，自研出力费劲效益低，难以赶上国外技术，不如直接花钱购买核心技术，可直接跨入现代化，获得最快最好效益。再一个是市场换技术，向跨国信息企业开放中国庞大市场，进行合资合作，进行生产组装、技术服务等，换取国外先进技术，助推中国信息技术升级换代。

青春浪漫的思想观念，如同一阵阵狂飙飓风，卷起千重浪、吹拂万里云，在计算机研发领域掀起一次次"头脑风暴"、一波波惊涛骇浪。

1984 年底，中科院计算所领导将大规模集成电路室的黄令仪等技术骨干召集起来说，所里经费太紧张了，没有资金支持大规模集成电路计算机研发了……其真正用意，是停下计算机集成电路核心技术研发的步伐，准备直接引进国外先进技术，走市场为导向的产业化路子，与国际产业市场相接轨。

这一年，中科院计算所做出大胆创举，创建引进国外先进计算机核心技术的联想公司。以柳传志为代表的 11 名科技人员，用 20 万元经费和 20 多平方米一间房子，艰难驱动市场经济条件下的中国计算机事业开拓之门，开启了中国第二代计算机人走市场化的征程。

他们坚持以企业为主体、市场为导向，引进国外核心技术，进行技术集成创新，让以生产销售计算机为主体的联想公司迅速崛起，蓬勃发展，成长为备受瞩目的中国计算机生产龙头企业。

1987 年 3 月，中科院计算所正式撤销大规模集成电路研究室，停滞了国家自主研制计算机核心技术的步伐。

至此，这个主持研发中国自主计算机的"国字号"，被誉为"中国计算机事业摇篮"的单位，由于研发经费短缺、发展思路换挡，不得不将系统结构、操作系统、CAD 工具、集成电路等队伍解散，让计算机核心技术研发步入晦暗岁月。

这种离奇的命运，同所有中国计算机人开了一个天大玩笑，使得一颗颗技术种子在身世浮沉雨打萍中凋零，有的甚至被时代的洪流所湮没而消失。

但是，一颗颗忧伤、焦虑、辛酸的心灵，仍然在扪心叩问，"大国芯"何去何从？仍然在担忧中国信息事业的前途未来！低调地蛰伏起来，随时准备召必回、战必行！

上个世纪 90 年代，伴随着汹涌澎湃的市场化大潮的激荡，世界信息跨国企业——美国英特尔公司率先跻身中国市场，先后在北京、上海、重庆等 12 个大城市设立代表处。接着，英特尔在中国成立基于英特尔架构的实验室、研究中心、半导体产品工厂等。英特尔核心技术产业力量迅速扩张，蔓延到了神州大地。

随之，美国微软公司也进军中国市场，在中国成立有限公司、研发中心、全球技术支持中心等，不断加大对中国软件产业的合作投资，技术产业发展如火如荼。紧接着，美国苹果公司、谷歌公司，以及英国的 ARM 公司等世界信息产业巨头，相继涌入中国，凭借强大核心技术优势攻城略地，建立产业生态，形成咄咄逼人之势。

中国庞大市场风云跌宕、群雄逐鹿！成为世界信息产业发展的大市场。

在潮起潮落、后浪推前浪的市场化演进中，中国第二代计算机人的又一杰出代表倪光南，闪亮登场。1981 年 8 月，他应邀来到西方发达的加拿大国家研究院工作，担任访问研究员。这里条件优越，有配套先进的实验室、现代舒适的生活环境，以及年薪 4.3 万加元的待遇，让年轻的倪光南咋舌惊叹、大开眼界。

只拿薪酬来说，按当时官方汇率折算，相当于当时他在国内计算所工资的 70 倍。这对于工薪阶层来说，简直是一个天文数字。

两年的访问工作一晃而过，加拿大国家研究院被倪光南出色能力所打动，再一次向他伸出橄榄枝，提出以更高薪酬待遇，挽留他长期在加工作。留下，就是现代优越的工作生活，大显身手的舞台；返回，条件、待遇、工作与国外是冰火两重天，人生说不定还会危机四伏，科研工作注定是坎坷曲折的艰辛之路……

此时，魏晋著名诗人曹植《白马篇》中"名编壮士籍，不得中顾私。捐躯赴国难，视死忽如归"，又一次在倪光南胸中激荡。他还在想，好男儿志在家国、伟丈夫心骛八荒，决不能偏安于舒适安逸，只有心系祖国，人生才有更大价值意义。

于是，他婉言谢绝加方的好意，毅然做出回国的决定。临行前，他自掏几千加元，购买了能够研制几台汉字微机样机的关键器材，包括Z80CPU、SRAM、DRAM、接口等超大规模集成电路芯片和C语言编译器等，做好经受艰难困苦考验的心理准备……

1984年12月，倪光南出任联想公司总工程师，将"联想式汉字处理系统"的全部技术带入企业，组织科研人员进行该系统产品化科研攻关，以及联想系列微型机的创新研发，取得巨大成功。

柳传志率领的联想人，在商业创新道路上奋力搏击、愈行愈远，毅然与国际品牌计算机厂商展开激烈竞争，以最低成本、最高效益的优势，击败许多对手，拉低计算机价格，让计算机走入中国千家万户，推动了中国信息化产业强势发展。

联想公司当之无愧夺得中国电脑公司第一品牌，还将联想电脑生意做到全世界，威震天下，名声远播。

伴随着第一个联想专卖店在北京落成，联想公司致力于计算机生产与营销，让各式各样的专卖店如雨后春笋般发展，迅速扩张形成庞大的专卖店体系，打造出一个商业"巨无霸"，创造出中国信息化产业史上的神奇。

时至前些年，在中关村许多大厦里，人们每天可以看到有经销商把联想电脑上上下下搬运，让联想电脑遍及神州大地。这也是联想庞大产业和营销特色。

当我们把目光再投向湖北西部的一个贫困县，整个县城只有一家电脑专卖店，这家店还是联想。联想已将贸易营销做到极致，下沉到中华大地的每一片空间，达到炉火纯青的地步。

而脱胎于中科院计算所的联想公司，不遗余力打造庞大"实业帝国"之时，中国第二代计算机人才方阵中，又涌现出一位传奇式人物。

他就是李国杰，率领曙光高性能计算机从研发到产业，走上了另一条从集成创新到技术创新的成功之路。

李国杰，1943年生于湖南邵阳市，从小受湖湘文化的浸染熏陶，心忧天下、矢志报国。但他的人生饱经坎坷，苦涩艰辛。

　　上个世纪 60 年代，由于父亲被错误地划为"右派"，李国杰尽管品学兼优，在全国高考中考出一流大学的录取高分，但只能委屈地到三类的专科大学读书。毕业后，又被无情地下放到铁路机务段做了一名普通机修工。后来，国家落实政策拨乱反正，李国杰以优异成绩考入北京大学物理系，能够在未名湖畔、博雅塔下学悟人生。

　　然而，偏偏又赶上"四清"运动，他在北大毕业后，又一次被扫地出门，来到邵阳计算机厂当了一名电镀工，开始接触计算机。

　　国家恢复研究生考试制度后，人生又一次向李国杰招手。他以出色成绩考入中国科学技术大学，师从郑世荣教授读硕士研究生，并在夏培肃的指导下在计算所完成了硕士论文，再次跨越了人生厄运。

　　1981 年，38 岁的李国杰被夏培肃举荐到美国普渡大学读博，专攻信息技术，主要从事计算机结构、并行算法、人工智能等研究。1987 年学成归来的李国杰，胸怀丘壑、如虎添翼，极目千里也。

　　生活中的诸多坎坷和磨难，并没有将李国杰坚韧顽强的性格征服，反而浇铸了他"博大胆识铁石坚，刀光剑影任翔旋"的侠骨义胆。

　　2021 年 11 月 7 日早晨，寒风呼啸、千里飘雪，入冬第一场大雪将京畿大地装点得银装素裹。中科院计算所外的街道两旁，一棵棵青松巍然挺立，绿意盎然的枝头挂满了雪花，犹如一束束盛开的白梅、格外耀眼。我们访谈已近耄耋之年的李国杰时，他对突降 10 多度的严寒，并无不适与怯意，相反神采奕奕、情趣颇浓。

　　这位曾经在中国信息技术领域叱咤风云的关键人物，中国工程院院士、中国科学院大学终身教授，仍然像室外巍巍挺立的青松一般，风骨凛然，迎风傲雪。

　　谈起往昔创业发展计算机核心技术的话题，李国杰那古铜色脸庞上写满豪迈，仍然兴致盎然，声如洪钟，尘封多年的往事记忆犹新、清晰如昨……明亮的眸子闪烁着熠熠光泽，忧国之心、爱国之情殷殷可见。

　　让人仿佛从他激情澎湃的言语、壮志已酬的神色里，谛听到他血液的奔腾，心电的嘶鸣，那种为祖国计算机而生、为民族信息化事业英勇奋斗的火光，又一次燃烧起来，点亮整个房间，让我感慨感动、叹服钦佩……

我们向这位风骨卓尔、功勋卓著的老科学家，投去敬佩而求索的目光。

他回忆道，我在美国读博深造，最大的收获是，更加清醒感受到中美两国在信息技术领域的巨大差距，真有"曾经沧海难为水，除却巫山不是云"的感觉。从踏上回国征途那一天起，我就感到自己肩负着兴我民族信息技术产业的特殊使命，背上沉重的十字架，行进在极深的泥淖之中，开启异常艰难的人生苦旅。

记得1990年春节刚过，春风吹拂了神州，大地的冰雪融化了。47岁的李国杰，被国家科委聘为国家智能计算机开发研究中心主任。

大器晚成，破解中国高性能计算机受制于人、任人宰割的困局危局。

高性能计算机不是工作生活中用的普通电脑，而是结构系统复杂的大型计算机，块头庞大，每秒计算万亿次、千万亿次，具有超强计算能力。主要应用于气象、地质勘探、科学研究，以及互联网、云计算、大数据等方面，属于国之重器，也是西方国家对我国禁运的重点产品之一，旨在封锁中国掌握此技术。

而中国使用的高性能计算机大多来自国外，几乎都摆放在了特殊的"玻璃房"内。外国人通过"玻璃房"监控计算机的使用，不允许用于军事目的。也就是说，中国花钱买来的高性能计算机，做什么、如何做还得听洋人话，自己没有权利。

如此一个个没有自主权的"玻璃房"，无时无刻不诉说着我泱泱大国信息技术上的落后无能，让许多计算机人把"玻璃房"看作心中的苦涩与伤痛，甚至是一种耻辱，时常痛彻心扉、不能自抑。

对此，国家在"863计划"中设立200万元，决意破解高性能计算机这一难题。

用200万元，攻克"计算机王国"桂冠的高性能计算机这个摩天岭，似乎杯水车薪，显得有点异想天开。再加之，担负研发任务的智能计算机研发中心的所有人，没有人参与过研发高性能计算机，无任何经验。

高性能计算机如何研制？前程异常渺茫，甚至是一片漆黑。朋友同行为李国杰捏着一把汗，担心搞砸了误国害己啊！

但李国杰雄心勃勃、昂首挺胸，横眉竖目道，国有疑难我不担当谁担当，我不决斗谁决斗！

他也深深意识到，中国与发达国家在高技术发展上差距不只是技术，更在于胆识与魄力，缺乏决斗精神更是致命弱点。强大科研事业，首先须强大精神胆魄，脊梁骨必须硬起来，才可能突出重围；否则，没有任何希望。

障百川而东之，挽狂澜于既倒。方显雄心大略矣！

李国杰在介绍智能计算机研发中心的小册子扉页，激情澎湃写下这样一段话：

中国一流的计算机科研人员的聪明才智未必低于国外，只要凝聚起一批脚踏实地、不慕虚荣、决心为振兴民族高科技产业而拼搏的斗士，外国一流计算机实验室能做的事情，我们也一样能做到。

此言是李国杰的肺腑之言，直截了当阐明科研突破不是不能也，而是不为也！要敢于做斗士、勇士、猛士，有赶超国外先进技术的熊心豹胆。

据此，李国杰他们给研发的中国高性能计算机，取名为曙光，意在创造中国计算机技术的一缕曙光，鲜艳灿烂，照亮中国高科技前行的道路。

曙光、曙光，紫气东来、霞光万道，红艳艳在东方璀璨夺目……这是何等充满希望、富有光辉，令人神采飞扬、激情向往。

伴随着无限希望豪迈，曙光高性能计算机研发如期展开，利用国外CPU，自主研制把包括多个CPU的主板，实施技术集成创新。第一阶段研发颇为艰难，硬件组、软件组等6个组，八仙过海、各显神通，创造性奋勇攻关。硬件组主要开展各种CPU芯片及接口芯片的理解，钻研多机系统的构成、硬件设计工具的使用等。软件组设计Unix操作系统的程序多达数百万行，浩如烟海，茫无头绪。他们责任到人，一个人分几十万行，一行一行解析，一点一滴掌握，最终找出算法，画出了结构图。

进入攻坚阶段，更是困难重重，常常因缺失一个小零件而犯愁，有时要等上好几天。这让激情似火的创业者们，忧心如焚，寝食难安。

李国杰看在眼里、急在心头，苦思冥想一番后，做出大胆决定：选派精锐科研小组，到美国硅谷进行"洋插队"，借用美国配套齐全的计算机产业环境搞研发，边学习边攻关，边借鉴边应用，绝地求突破。

1992 年 3 月 11 日的动员部署会，气氛凝重、格外紧张，大家脸上写满了焦虑、不安。但李国杰坚信，只要勇敢地跨出这一步，抱定背水决战的信念，定能成功。他显得格外轻松，露出微笑沉声说道，我们研制中国人的高性能计算机叫曙光 1 号，是创造国家信息化产业的一缕曙光，将照亮中国计算机领域高科技的未来，意义特别重大。你们大胆去干，我相信你们一定能做得出来……

青年科研人的爱国热忱很足、潜能很大，一旦将自身责任与祖国前途命运系在一起，一旦将理想信念和冲锋决战之火点燃，战斗力就能得到极大爆发，每个细胞、每个因子都能神奇起来，创造无限可能、无限神奇。

大家一个个心潮澎湃、眼睛湿润了，绽放出晶莹的泪光。有一位感慨地说，李老师，我们若不把曙光 1 号做出来，就没脸回来见您，更无颜面对江东父老！就是抱着为国争光、决一死战的信念，突击小组信心十足奔赴美国硅谷，租住一大套房子，每天工作十四五个小时，不分昼夜拼搏。他们牺牲节假日双休日，日复一日、月复一月，锲而不舍、奋勇向前；累了，就躺下打一会儿盹，稍缓过劲来，爬起来接着继续干……

直到翌年春节后，攻坚告捷。他们紧绷的神经才放松了，心满意足带着初步调试好的几块主板光荣凯旋，接着在国内展开联调及软件移植工作。

1993 年 10 月，曙光 1 号联调联试结束。科技部组织专家进行技术鉴定，得出的结论是：实现了总体目标，达到 1990 年初同类国际先进水平。参与鉴定的一位中国科学院副院长异常兴奋地说，曙光 1 号咬住了国际高性能计算机发展的"尾巴"，赶上了末班车，喜从天降啊。

的确，曙光 1 号研发成功，扬眉吐气，壮我国威，彻底冲破了西方国家在高性能计算机技术方面对我国的封锁围堵，打了一场震惊世界的漂亮仗。1994 年的全国两会上，曙光 1 号研发成果写入国务院总理所作的政府工作报告。

　　曙光 1 号诞生后的第 3 天，西方国家就宣布解除每秒运算 10 亿次的计算机对我国的禁运，让那些伫立在中国被供奉的一个个"玻璃房"黯淡失色。这也再一次印证，只要技术能力得到突破，对手就会解除封锁，封堵我国自主研发的技术走向市场，并发展壮大！

　　仲春，国家智能计算机研发中心实验室里，洋溢着激动欢快的气氛。时任国务委员、国家科委主任宋健，在有关部门领导陪同下，兴致勃勃观看了曙光 1 号并行计算机的演示，对这一重大科研成果给予肯定。

　　宋健对李国杰等人说，智能计算机中心是新时期中国经济产业的黄埔军校，是培养计算机人才的摇篮，希望你们能形成一支"敢死队"，像当年刘邓大军一样，冲出重围，成为我国发展高性能计算机的一支生力军。

　　想当年，战火纷飞、英勇搏击，革命者冲锋陷阵连霄汉；看如今，改革春潮涌，风雷动、旌旗奋，仍然需要敢打敢拼的"敢死队"，让计算机高科技给国家经济建设插上翅膀，鹰击长空、高飞远行。宋健主任言之有道。

　　是啊，李国杰率领曙光人走的第一步，稳健结实、惊天动地，极大地激发了民族自信心自豪感，也给予曙光人技术创新注入冲天干劲和热情！曙光人志气满满，豪情万丈。

　　接着走的第二步是，以弱胜强、以卵击石，发展高性能计算机产业，与国际"巨无霸"跨国企业在开放市场展开殊死较量，再一次背水决战，将不可能变成可能。

　　1995 年后，在国家有关部门支持下，李国杰率领团队以曙光 1 号 2000万元知识产权为基础，创建曙光信息产业有限公司，亲任董事长，开辟曙光技术成果产业化路子。

　　李国杰他们再次突击，率领团队突破"蛀洞路由"这一关键技术，研制成功将大量 CPU 芯片连接起来的路由芯片，迅速推出曙光 1000 并行计算机。这是我国第一台实际运算速度超过每秒 10 亿次浮点运算的并行机，对推动我国并行计算应用发挥出至关重要作用，获得 1997 年我国信息领域唯一的国家科学进步一等奖。

曙光 1000 成功后，他们集中精力将现有成果系列化、商品化和产品增值升级，推出 10 多种适合市场不同需求的多处理机，开始推广规模较小的机群系统，在市场迅速打开局面，逐渐成为能同国外大公司叫板参与市场竞争的高端服务器生产商和供应商。

接续告捷，成果非凡。曙光人赶超国际先进水平的步伐更加铿锵，再行推出曙光 2000、曙光 3000 超级服务器，基本上每年推出一代新产品，高性能计算机速度从 200 亿次到 1100 亿次，再提高到每秒 4000 亿次浮点运算。

曙光 3000 的计算能力，超过国外当时对我国禁运的高性能计算机一个数量级，成为中国科学院知识创新工程的重大成果，为提高我国综合国力做出贡献。

中国高性能计算机发展，显示出"两岸猿声啼不住，轻舟已过万重山"的突出成就！

壮哉、天下奇迹，美哉、国之大幸！

2000 年 7 月，美国亚洲情报中心向美国政府提交的一份评估报告，客观评价了曙光高性能计算机的业绩：

> 考察中国高性能计算机的研究开发，从小规模到中规模的系统、软件系统、工具与应用软件，可以发现中国人正在摆脱落后，几乎非常接近西方……自主开发的系统，包括曙光服务器，采用了机群体系结构并有其他与 IBM-SP2 相关的特性。高性能计算技术的研究与开发，集中在一些主要城市大学里的国家高性能计算中心，大多数由国家智能计算研究开发中心和曙光公司的研发人员指导……特别是他们的曙光服务器系统，提供了在并行硬件和软件领域的重要实践基础……

曙光公司创建短短 5 年，凭着驾驭市场的过硬技术和本领，在国内超级服务器市场斩获成功，成为一块金字品牌。2000 年，占据了国内超级服务器 20% 以上的市场份额，随后成功在香港证券股票市场上市，截至 2001 年成为一个净资产超过 8 亿元人民币的信息骨干企业，踏上高速发展的快车道。

事实上，曙光走技术集成创新与产业化相结合的道路，是中国第二代计算机人对国家信息化事业的突出贡献，带给中国信息技术产业的精神财富远远超过曙光高性能计算机本身，更有价值，更值得珍视！

3. 背负沉重十字架

雄关漫道路远兮，不老青春魂未离。

如果说，李国杰开创我国高性能计算机研制和产业发展的先河，是一种忧国忧民、科技报国的生动实践；那么，不怕得罪人，敢于同科技领域一些顽瘴痼疾做斗争，毅然启动支持龙芯 CPU 研发、振兴中科院计算所、给国家科技发展建言献策，又成为他甘当科技界计算机领域"鲁迅"的真实写照。

斯时，年过半百的李国杰，内心始终燃烧着母校北大"德先生""赛先生"民主科学的不熄火焰，怀揣李大钊、陈独秀、鲁迅等先贤燃烧自己照亮未来，我以我血荐轩辕的精神。他横眉竖目、斗志高昂，为推动研发龙芯 CPU 和强大国家科技而奔走、劳顿、呐喊。

忧国报国之情，天地可鉴、日月点赞。

上个世纪末，改革开放的激情与春潮在神州大地澎湃激荡……而中国计算机技术走向何方？时任国家科委常务副主任的朱丽兰充满信心地说，李国杰同志，你在发展高科技上有远大抱负，我们都会帮你担起发展计算机事业的沉重十字架，开创出一片新天地。如此厚重的希望，寄托在了李国杰身上！

1996 年一个漫漫长夜，李国杰牵头给国务院发展研究中心原主任马洪起草《发展高科技难在何处》的报告。他再次思绪滚滚、激情飞扬，极目千里、刨根问底，发出了切中时弊的"时代解答"。

当时中国高科技领域，仍然在探索中前进、异常艰难，尤缺观照历史、立足当下、经略未来的远见卓识。

李国杰似乎如同"鲁迅"一般，在暗夜中看到了光亮。他一针见血写道，发展高科技难在"以市场换技术"的思路难扭转，而采取市场换技术，只能是将市场拱手相让，却换不到真正的高技术；我国有关单位和企业大量进口国外零部件组装加工，表面上在短时间内可缩小与国外的差距，但是我们自己掌握的技术要赶上别人，不但不会缩短时间，可能时间会更长，陷入到"引进—落后—再引进—再落后"的恶性循环之中……

在当时，能够突破主流认识观的裹挟，将"以市场换技术"分析得如此深刻透彻、鞭辟入里，十分难能可贵，算得上是语出惊人的远见卓识，点中了我国高科技发展的"死穴"。

还有一个盛夏，李国杰随同中国科学院代表团赴日本考察，他被日本一个信息产业企业所吸引，就认真剖析其成功的奥妙与诀窍。这个企业坐落在东京郊区，规模不大，厂房不多，但却控制着世界上的芯片填料。

就是这样一个小工厂，一旦停工停供，全世界的芯片填料价格就会暴涨3倍，不可小觑。

这种填料，看起来不起眼，但技术含量高、应用范围广，一般的企业难以生产，属于最关键最共性的技术。

更为重要的是，在信息技术领域，掌握关键共性技术的国外跨国企业，主宰着整个产业链。一个是，他们很容易在异常复杂的技术产品中设置"后门"，关键时可能危及国家安全、祸患无穷；再一个是，利用关键共性技术霸占产业链高端，制定不公平贸易规则，使得不掌握核心技术的中国企业，只能做贸易和加工类技术，始终处于产业链低端，永无休止接受国外跨国企业的剥削与压榨，出最多力气，流最多汗水，却只能收获最少利润，拾人牙慧。

而以追逐资本利润为最高目标的国外跨国企业，每一个毛孔都散发着资本的贪婪，甚至吃了肉连骨头都不想往外吐。这样"黑心"的产业生态，异常残酷，可以说是杀人不见血！

　　这就让李国杰进一步感到，关键共性技术属于战略性技术、"卡脖子"技术，在产业链中起着决定性作用。作为"国字号"研究单位，必须在研发如此关键共性技术上有所作为、为国建功。而计算机 CPU 芯片就是一项关键共性技术，其战略意义还是投入强度，也绝不亚于当年的"两弹一星"。

　　对此，李国杰没有停留在认知表层，而是马不停蹄走访国家有关统计单位，对我国 CPU 芯片产业现状进行定性与定量分析研判。

　　从统计结果看，20 世纪 90 年代末，国际芯片市场份额分布占比情况是，美国 40%，日本 25%，韩国 12%，中国 1.2%。我国在整个国际市场中所占的份额比例很小，与大国地位极不相称。

　　再从芯片行业产量看，1970 年我国年产量与美国、日本差距不大，落后美国 6 年、落后日本 3 年；1976 年我国落后美国 10 年、落后日本 8 年；1988 年我国落后美国 20 年、落后日本 18 年；到了 1996 年我国落后美国 24 年、落后日本 20 年。20 多年来，我国与世界芯片生产强国的差距逐渐拉大，从落后美国 6 年已扩大到 24 年，其差距仍在逐年递增，情况堪忧……

　　如不迎头追赶、缩小差距，而继续落后下去，真有被踢出大规模集成电路研发"国际俱乐部"的危险。李国杰分析比对数据后，心头吃惊，脑门开始冒汗了。他深深意识到，中国信息技术产业已到了危急存亡之关头。

　　科研人必须痛下决心，横戈跃马为国担当，不能困顿于荆棘之中。

　　从追赶的时间窗口看，李国杰综合各种资料分析认为，上个世纪后 30 年，信息技术处于早期使用的逐步推广阶段，到了 21 世纪前 15 年，就进入广泛普及时期。这个阶段，不光追求高性能，还比拼耐用实用和安全可靠、成本低廉。那么，这 15 年，就是我国追赶世界信息技术的难得窗口期，机不可失。如果不快马加鞭，错过这 15 年，就可能技术层次越拉越大、技术壁垒越筑越高，永远也追赶不上，甚至会成为大国之殇。

　　李国杰的这种分析结果，在国家信息化产业论坛上公布后，引起许多领导和专家的震惊与反思。

　　也有人说，凡是国外禁运的技术，我国绝处求生、向死而生，都能搞上去，如"两弹一星"和高性能计算机，就做得相当好；而国外不禁运的技术产品，就有依赖性，我国几乎都搞不上去。

市场如战场！计算机 CPU 芯片技术，在国际巨头英特尔、微软等的强大垄断之下，中国几乎不可能靠自己的 CPU 占领通用计算机市场，并突出重围。

恰恰就是这种认知观念，极其可怕！似乎我国只有在自我封闭和受到封锁的绝境下，才能发展 CPU 芯片技术。

谬误至极，误国误民矣。

李国杰沉声有力地说，我们决不能走回头路，决不能放弃改革开放，重拾闭关锁国、封闭保守！必须学会在开放市场的大环境下，与"狼"共舞，同台竞技，建立发展我国计算机核心技术，努力在与国外跨国企业短兵相接、过招交锋中胜出。

新世纪元年，中国科技发展步入一个关键节点，国家有关部门将研发通用 CPU 再一次提上议事日程，关于重点支持研发通用 CPU 还是嵌入式 CPU 展开讨论。

当李国杰提出做通用 CPU 时，马上就有人反驳道，你想赶上英特尔奔腾 4 吗？这肯定是不可能的，还是先做点电表控制芯片、身份证卡等专用芯片吧。

所说的通用 CPU，是指安装在各种电脑、工作站、服务器上的 CPU，能够执行各种复杂程序，属于最关键最共性的技术。而嵌入式 CPU，技术相对简单，一般只要求运行某种确定的程序，如安装在电视机、汽车等设备上。

通用 CPU 是大规模集成电路发展的源头，如果不敢碰通用 CPU，就只能跟在洋人后面亦步亦趋，受人宰割，处于技术产业链的低端了。

1999 年 12 月，李国杰带着曙光产业如日中天的荣光与底气，走马上任中科院计算所所长，亲自主持召开的第一次业务会议，就抛出研发通用 CPU 这个最关键最共性技术的议题。但是，与会人员大多神色凝重，忧心忡忡。

有人担忧说，所里的大规模集成电路室已解散十几年，我们连做 386

计算机的人都难以找到，研制高端计算机技术就更不可能了，还是量力而行吧。

李国杰神色沉重，昂起头来动情地说，100 多年前，美国物理学家罗兰说："中国人已远远落后于世界进步，以至于我们现在只能将这个所有民族中最古老、人口最多的民族，当成野蛮人。"我们国家过去落后并不可怕，可怕的是不从过去落后中汲取教训、奋发图强，迎头追赶。

有人插话道，有热情诚然可贵，但研制通用 CPU 太难了，现在国内有的企业通过合资引进国外技术，挺先进的，就担心我们自己研制出来的东西落后于引进技术，砸进去钱血本无归呀。

李国杰道，这就需要有胆识和魄力，也是生死搏击！我们懂得计算机基本原理，如果不去打冲锋搞攻坚，就永远也占领不了计算机技术制高点。假如我们只满足于模仿国外公司成熟的技术，不以极大努力向关键核心技术冲刺，我们国家的信息安全除了受制于人，还是受制于人，永远处于国际产业链的下游，以廉价劳动力赚取微薄利润，被世界技术进步所边缘化。

如此深透的警示之语，让大家惊愕了，进而感受到研制 CPU 芯片的极端重要性，以及新任所长李国杰的强大意志。还有人接住话茬说，的确太重要了，不妨一试，走一步看一步！

随后，李国杰进一步阐述道，我们做 CPU 芯片时，如果仍以 386、486、奔腾 1、奔腾 2 按部就班一步一步做，就永远也追赶不上国外，但找到一条与国外不同的发展路子，另辟蹊径、高点起步，走跨越式发展道路，就有可能追赶上国外技术，终结我国计算机"缺芯少魂"的历史。

其实，作为国家信息技术产业智囊团成员，李国杰曾多次参加国家立项计划研究。他也清醒意识到，从 1986 年至 2000 年执行高科技战略规划看，国家总经费盘子也就 100 亿左右，即使全都用来发展大规模集成电路技术也恐怕不够。

经费紧缺，严重制约着研制 CPU 芯片这个关键共性技术。

但李国杰并没有气馁，他深知，没有无缘无故的爱，也没有无缘无故的恨，任何人间奇迹都是逼出来的，八仙过海靠本领、条条大路通罗马。记得几年前，自己挂帅做曙光高性能计算机时，几乎也是不可能，经费十分紧缺、人才极度匮乏，但大家不怕苦、不畏难，几百万行的操作系统源程序一行行抠，许多设计项目一点点干，终于滴水穿石、铁杵成针，创造出历史性奇迹。

压重担，只要方法得当，就能够压出成果来，压出人才来，也能压出石破天惊的成功路子来！

恰时，中科院机关一位领导给李国杰透露，俄罗斯国家微电子所有一种称为"E2K"的CPU技术，声称可以达到奔腾3或4的技术水平，有对外合作意向，计算所可以接洽。

李国杰连夜带领技术人员分析，认为吸收消化俄罗斯的先进技术，跳过386、486，直接到奔腾技术，有可能一步超过586，实现中国信息技术的跨越式发展。

带着无限美好期望、互惠互利双赢的憧憬，李国杰与计算所两名人员乘飞机踏上了俄罗斯的土地，径直来到其微电子所，寻求技术合作。

经过必要的外交礼仪后，双方坐到了谈判桌上。李国杰代表中方阐明计算所研发CPU芯片的意愿、中国未来可预见的庞大市场，初步考虑先期付给对方300万美元作为第一笔合作经费，以后通过股份制方式，继续深化技术合作，共享研发成果……然而，俄方亮出的底牌是，他们技术成果的价值为3亿美元，以此为基础进行技术合作。

双方技术合作的资金差距太大了，简直遥遥千万里！李国杰瞠目结舌、无以应答，只好以儒雅的外交辞令，表达了对异国同行朋友的感谢！

坐在打道回府的航班上，飞机呼啸蓝天纵情翱翔，穿越三千里河山、鸟瞰万里锦绣风光。李国杰陷入深深的思索之中……飞机越过边境线，进入中国境内时，他打开座椅前的折叠板，摊开信笺，挥笔写下立足自主研发"中国芯"的深刻认识，俨然是对出国洽谈合作协议未果的冷峻反思。

李国杰下定决心，不惧千难万险，矢志打造研发中国CPU芯片的英雄团队！

光明磊落真豪杰，踏平坎坷亦风流。在第60届"中国科学与人文论坛"上，一些专家单纯强调国家应增加科研投入，而李国杰则思考得更深、更广、更远。他据理力争说，不光是加大投入，还要考虑实现国家战略任务与企业需求相对接，提高科研效益，实现信息化带动工业化的重大战略目标等。

他还大声呐喊道，我国科技创新主要问题不是缺少投入，而是缺乏创造型人才，在科技管理体制机制上存有障碍而落后，诸如部门利益条块分割、急功近利、小农意识等，都不适应科技第一生产力的发展。他充满焦虑说，要大力抵制各种不负责任、走过场的评审会验收会，坚决反对那些有益局部而损害国家利益的"潜规则"；要努力改变"官本位"落后文化，让科技人才培养去行政化色彩；对科研人才既信任又严格，防止"捧杀"有成果的领军人物……

怒目金刚，直指弊端。但句句振聋发聩，似利剑、如匕首，寒光闪闪，直击那些司空见惯的陈规陋习，正中高科技发展中的利益失衡、效益低下之要害，也刺痛了投机者的灵魂，让许多人清醒起来。

就是直面国外跨国企业负责人，李国杰对自己的观点，也从不藏着掖着，而是单刀直入、剑锋犀利。

在 AMD 召开的高层论坛上，他呼吁道，目前中国信息领域的形势是，核心技术大都掌握在国际跨国公司手中。如果跨国公司企图通过对核心技术的行业标准的垄断，永远占据产业链的高端，迫使中国国内企业永远处于产业链的低端，只能靠廉价的劳动力挣点微薄的组装费和加工费，必将与中国的长期发展战略发生矛盾和冲突，最终跨国企业也得不到好处，明智的跨国公司不能走那条路。

他建议，跨国公司与国内单位和企业，要在关键核心技术方面开展实质性合作，共同推进技术进步，共同拓展新的市场。莫争今朝长与短，风物长宜放眼量。

古人云，一言兴邦，似乎有点言之过重；但一念兴业、一念败业的事，比比皆是也。

李国杰仗义执言、无所畏惧，又负重前行、决不退缩！印证了他威武不屈、富贵不移的君子风范，标定了我国计算机领域里程碑式的风云人物。

有道是，越是艰险越向前，精忠报国只等闲！

4.信息天空俊采星驰

心系京城，总有故人来。

扎根中关村，总有智者在。

对于一名青春芳华的青年，一位志在万里的智者，一个胸怀祖国的勇者，北京中关村这个科技中心，永远是他情有独钟的梦想与追求。

1993年夏，25岁的胡伟武在中国科学院求学已有两载，步入人生关键期。他1991年从中国科学技术大学毕业，免试保送读研，投身夏培肃麾下攻读研究生，钻研计算机系统结构设计，仅用4年半就通过硕博连读获得博士学位，成为计算机领域的一代翘楚。后来，他成为中国第三代计算机人的标志性人物，在本世纪初率领龙芯团队，开启了我国自主研发通用CPU芯片的伟业。

胡伟武典型的江浙才俊，人如其名，个头高挑、仪表堂堂，目光犀利有神，似乎有穿透时空的魅力，眉宇间闪烁着睿智、谦和、坚韧的神采，学养深厚、目标旷远。他中考和高考成绩突出，都是浙江省永康市理科状元，抱负宏大、矢志报国，为人低调、生活朴素，时常穿一身深色中山装或休闲衬衣，文质彬彬、温和敦厚，洋溢着学者的儒雅气质。

继续成长于有"中国硅谷"美誉的中关村，胡伟武感受着融会中华传统文化与现代文明一体首都的灿烂光辉与无尽忧伤。当年康乾时代的圆明园、玉泉山静明园、香山静宜园，盛世已冷、往事如烟；漫步走过北大、清华两座名校的大门，历史兴衰、萦绕脑海，学术之大、责任之大、精神之大的责任奔涌胸膛。那中关村一座座拔地而起的科技大厦，折射出了科技力量、时代风貌，也让他每天都有心驰神往的不一样感受，岁月悠悠、智慧闪烁、日新月异……

记得那是一个雨后天晴的日子，风华正茂的胡伟武与师兄唐志敏结伴而行，一路上有说有笑前往中科院网络中心算题。他俩走进网络中心的大门，穿过一条长长走廊，路过装饰考究的一个实验室，透过玻璃墙看到一台高性能计算机。

唐志敏指着这台计算机介绍道，这是从日本引进的，计算能力很强，也很先进。现在的系统管理权还在日本人手中，每增加一个用户都得日本人批准才行。

唐志敏说着，心情显得有些沉重，眼神中闪过一丝不易察觉的幽幽酸楚。这也是隐藏在所有中国计算机人心中的忧伤与辛酸！

技不如人，就必受制于人。胡伟武感慨道。

胡伟武挺了挺腰板，眼中滑过一丝坚毅与果敢，坚定地说，有朝一日，我们一定要做一台比日本人还快的计算机，就摆放在这台计算机旁边，告诉日本人，中国人做的计算机比他们的跑得还要快！

没过多久，也就是1993年8月初，胡伟武从新闻里看到了震惊中外的"银河号"事件。事件的经过是，7月23日正在公海上正常行驶的中国"银河号"货轮，被美国以所谓装有制造化学武器原料的莫须有罪名，派遣军舰飞机违法跟踪、侦察、骚扰，要求登船检查。"银河号"忍辱负重在海上抛锚，一停就是22天……

经中方据理力争，最终"银河号"驶入达曼港，接受了中国检查组与有美国专家参加的第三方检查组的检查，公布检查结果，证明了"银河号"的清白。

这种侵犯中国主权、践踏国际法的丑行，激起中国社会的强烈愤慨，点燃了许多人的爱国热情……

胡伟武还了解到，美国在此事件中，使用卑劣手段，竟然强制关闭了"银河号"货轮上的GPS导航系统，致使"银河号"货轮陷入失去方向的险境。

海天茫茫，生死漂泊……"银河号"上的38位勇士，不得不经历了最难熬的威胁、恫吓等考验，经受住了最艰难的隐忍。

尽管不屈不挠的斗争，揭露了美国的霸道行径，赢得国际社会的普遍支持，但也折射出中美之间的科技差距。美方掌控着 GPS 导航技术，不得不低头啊。是的，全世界浩瀚无垠的广袤信息天空，已被列强所笼罩，就是我国本土的信息天地，由于信息技术薄弱也受制于人。这就是残酷现实，不容回避！

无论何时，国家命运一定要掌握在自己手中，一定要强大。强大是硬道理，科技是硬实力。如果科技落后，就只能任人宰割、被人欺负了！

改革开放以来，我国信息技术和信息产业融入国际大循环，基于国外信息技术和设备造成的安全隐患与日俱增，而且逐渐成为国之大事。倘若国际风云变幻，突发战事，首先打响的战场应该是信息领域。具备信息技术优势的一方，必将能获得知己知彼的先机，立于战略主动地位……

科技的飞速发展，让信息技术超越了技术本身，附加了许多新功能、新威力。这种特殊魅力，神秘莫测，有时依附于有形物化的高科技装备设施上，有时摇身一变，成为来无踪去无影看不见的无形之物，活跃在导线内、设备中甚至是空气里，成为一种极具强大能量的"双刃剑"，频频出现在大国博弈竞争的舞台上，也成为国际斗争与交锋的新焦点、新战场。

关心世界军事的胡伟武，一直关注海湾战争中使用的信息化高技术武器。彼时，拥有"中东雄狮"之称的萨达姆·侯赛因，统领百万雄师摆下战场，信心满满准备与美军决一死战。但让萨达姆万万没有想到的是，美军没有直接同伊军打一场硬碰硬的机械化战争，而是出人意料首先打了一场高技术信息化战争。

据有关资料解读，战争爆发前，伊拉克受西方制裁，转道从中东其他国家进口了一批西方的先进打印设备。可就是这批打印机，已被安装了"后门"。战争打响后，美军激活打印机上的"后门"程序，让其中隐藏的木马病毒，迅速传染到与之相连的电脑设备里。

霎时间，木马病毒如脱缰的魔鬼，像闪电、似旋风、如雷霆，很快扩散到伊拉克军队指挥系统中，致使伊军指挥系统中毒，骤然失灵瘫痪……

美军就这样兵不血刃轻易夺得制信息权、制空权，将伊军情况掌握得一清二楚，让伊军变成"瞎子""聋子"，对美军动向一无所知，形成了非对称作战的信息代差。这样，美军如同"老鹰抓小鸡"般，对伊军实施毫无预知和防备的摧毁式打击，用阵亡 148 人的代价，取得海湾战争胜利，极具震撼力。这也让信息化战争的特殊魅力不胫而走，引发全世界极大关注。

这次战争，将信息技术推向人类科技竞争的制高点，战争的新天地。我国信息技术比较薄弱的问题，也是迫在眉睫，必须直面应对。

心忧家国的夏培肃，也早已察觉到国家信息技术滞后的风险隐患。1998 年 4 月，夏培肃联合金怡濂、周毓麟两位院士，共同倡议主持召开"高性能计算技术展望"的香山科学会议，研讨我国高性能计算机发展。那时候，我国高性能计算机严重受制于人，在天气预报、石油勘探等领域盖了不少"玻璃房"，即美国商务部派专人监控我国从美国进口的高性能计算机使用，防止我们把高性能计算机用于军事目的。

会议开到第三天，讨论到芯片问题。金怡濂院士发言说，CPU 芯片一定要自主研发，哪怕做个 586（即 Intel 的 Pentium 处理器）也得试试看。1998 年的时候，市场主流产品是奔腾 2 处理器，奔腾 3 处理器也即将推出，性能比 586 高 10 倍以上。

会后，夏培肃会同周毓麟、金怡濂，一起深情陈述，中国要尽快研制自己的 CPU 芯片，倡导自主创新发展计算机产业，确保信息技术掌握在自己手中，化解隐患风险，牢牢掌握国家命运。

沧海横流，擎天砥柱。他们的深情呼唤，振聋发聩，深深触动了作为会议秘书的胡伟武，在他心头埋下一粒投身 CPU 芯片研发的金色种子。这粒种子，一旦有了湿润土壤和阳光温度，一定会发芽破土、茁壮成长。

斯时，李国杰也注意到，上个世纪末，美国国防部已提出严格限制美国计算机核心部件 CPU 技术出口，可以用于高性能计算机的 CPU 出口都要申请许可。可预见，中美关系紧张之时，美国肯定会对我国实行计算机 CPU 等高新技术禁运，再次实施围堵封锁。

即使不禁运，单纯依靠国外核心技术的信息设备，风险依然很大，也可能隐藏"伊拉克打印机"的祸患。后来，发生的微软 Windows 系统"黑屏"事件、斯诺登事件等，再一次告诉人们，国家信息系统控制权尚未完全掌握在自己手中，广阔的信息空间还没有设立屏障和防线，潜在对手随时可以发起没有硝烟的战争，长驱直入我国信息天地，置我于险境。

李国杰在推动曙光公司进军开放市场中，还深切感受到，国外信息企业凭借技术和资本优势，在中华大地上肆意横行，于无声处在市场竞争中侵蚀、掠夺、剥削着中国人的财富，让他陷入极度忧虑之中。

一忧国家计算机研发技术与国际科研实力越拉越大，民族信息技术企业有被淘汰出局的危险；二忧国际信息化产业链壁垒越筑越高，破解产业生态的难度越来越大，失去了宝贵的机遇期，就永远难以跻身入列，始终受制于人；三忧国家经济和其他领域的安全，信息技术设备落后，隐藏着巨大安全隐患，一旦发生国际冲突，后果不堪设想。

而夏培肃将研发中国计算机关键核心技术寄托在了第三代计算机人身上。在一个静谧淡然的周日，她将胡伟武召唤到北京大学 13 号公寓的家中。胡伟武落座后，看到一杯幽幽清香的茶水已经泡好，冒着热气，袅袅如烟。

夏培肃说，我这辈子最大的愿望就是发展中国的计算机事业，我们这代人没有搞好，你要做得比我好。

夏培肃讲话柔声慢语、字句清晰，轻轻回荡在那温馨如春的客厅里……

论年龄，胡伟武与夏培肃相差 40 多岁，属于隔代人，有着隔辈忘年交的亲近感；论学术，夏培肃亲手培养胡伟武好几年，倾注了许多心血，非常器重看好，甘愿当人梯，扶助胡伟武领略计算机学科的无限风光，成为国之栋梁。

对于胡伟武来说，夏培肃既是学术上的榜样，更是精神上的导师！他与恩师接触 20 余载，不管在任何场合，从没听恩师说过个人名利，听到的总是国家有什么需求，我们应该怎么解决国家面临的问题。恩师心忧祖国念念不忘，情系计算机事业终生不渝。

1996 年胡伟武博士毕业时，风华正茂，才学出众，特别是博士学位论文获全国首届百篇优秀论文，可以获得公派公费出国访问的机会。此时国外某高校也伸来橄榄枝，不仅给予较高待遇，还直接让胡伟武负责带领一个团队。但胡伟武留在计算所，每月工资只有 800 多元。

面对国内国外待遇的天壤之别，胡伟武犹豫了，征求恩师的意见。

夏培肃微微一笑说，去他们那干什么！要立志于国家计算机技术早日赶超世界先进水平，为国家做贡献。她给胡伟武讲了自己和自己在国外的同学、李国杰和李国杰在国外的同学例子，还深情地说，国外的同学都很羡慕我们呢。以此证明，留在国内会有更好的发展空间和未来。

恩师一语定乾坤！将胡伟武的人生追求定格在祖国计算机事业上，终身笃定。胡伟武毕业时曾许下两个承诺：一是只要夏老师还在中科院，自己就不离开中科院；二是这辈子决不给外国人打工，做挺直脊梁骨的中国科研人。

现如今，夏培肃又专门召来交代事情，胡伟武恭恭敬敬坐在那里，抬头挺胸翘首望着恩师。只见夏培肃脸上浮现出慈祥而亲切、宁静而淡然的神色，明亮的眼睛饱含着许多希冀之情。这大概是恩师的托付之意、希望之情吧。

随后，夏培肃站起身来，从旁边桌子上抱来一摞资料，放在胡伟武面前说，这些东西是我研究计算机的部分资料，现在就赠送给你了，可能对你以后研究计算机有所帮助。

这是恩师一辈子科研学术的心血，倾注了几十年的智慧、辛劳、情感，赠交给自己意味深重、嘱托如山啊！往昔恩师的谆谆教诲、殷切之情，以及"春蚕到死丝方尽，蜡炬成灰泪始干"燃烧自己而照亮学生的秉性、品格、境界，飞快在胡伟武脑海中萦绕，令他心头一热，感到异常的亲切而温暖。

他急忙站起来，用坚定执着的语气说，请老师放心，学生决不辜负期望重托，为中国的计算机事业奋斗终身，建功国家。

夏培肃把亲切的目光投向胡伟武，看了看，满意地点点头，又谆谆叮嘱说，你现在也是研究生导师了，我们当老师的带学生，就像给人当"梯子"，"梯子"要不断长高，否则别人都不愿意踩你这部"梯子"。

随后，中国第一代计算机人的杰出代表夏培肃，渐渐淡出实验室和学术论坛，但她的生命、情感、精神，仍然在胡伟武为代表的第三代中国计算机人心中流淌、延续、传承……

第二章 龙芯1号横空出世

1.艰难困苦中起步

昨夜西风凋碧树，独上高楼，望尽天涯路。

从上个世纪末到本世纪初，中国改革开放现代化进程进入一个快速发展阶段，各方面人才迅速集聚，各个产业突飞猛进，跃入脱胎换骨、重塑筋骨的关键期。一些爱国图强的科学家，也以登高望远的勇气胆识，眺望国家信息化技术和产业发展大格局，敏锐地提出要甩掉对西方先进技术依赖的"拐杖"，消除我国信息化建设中的巨大安全隐患，尽快发展中国自己的高性能通用处理器。

何为高性能通用处理器？就是将拥有几亿甚至上百亿个半导体晶体管，用特殊的设计技术和生产工艺，浓缩成一个小小芯片，在某一电子产品或装备仪器中发挥"中军帐"的特殊作用，使其成为信息技术领域的基础核心部件，好比信息化建设的钢铁，堪称科技基石。

事实上，芯片的种类很多，一般芯片结合特定应用进行设计，技术门槛相对低一点，针对一些专门行业，譬如洗衣机、电视机等。而高性能通用处理器高级在"通用"二字，技术规模超大，兼容性更强，应用领域广泛，被称之为"芯片王国"的珠穆朗玛峰，巍峨高耸、独领风骚。

如果有兴致，拆开一台计算机，看到那整洁光鲜外壳内的核心部件是一块电路板，电路板上设置着密密麻麻的元器件，也有数十个大小不等的芯片器件，而最核心最关键处于统领地位的芯片，就是高性能通用处理器，简称 CPU 芯片。

这就决定了 CPU 芯片技术复杂、性能高超，犹如信息化领域皇冠上一颗耀眼明珠，光彩夺目、珍奇无比。

同时，它也是一个国家现代化程度的代名词，不仅是计算机、网络服务器、重要通信设备的关键部件，还广泛应用于高铁、列车、卫星、飞机、军舰、导弹、战车等现代化武器装备中。

有人比喻说，大国交锋，得 CPU 芯片者得竞争先机。

别看 CPU 芯片体积微小，就那么一点小东西，但浓缩着超级精华，也像"两弹一星"一样，牵动着一个国家的科技神经，决定着一个国家的实力地位，不可不察也。

可以说，研制 CPU 芯片，是一个现代而时髦的重大课题。

现代高科技各个产业技术发展，与 CPU 芯片密不可分、息息相关。在一定时期看，CPU 芯片主宰着信息技术产业，是技术最为密集最为深奥的一项硬核科技。哪个国家掌握了此技术，哪个国家就可以俯瞰天下，赢得竞争主动权。

环顾世界信息技术天空，神州大地笼罩着厚厚阴霾，真有黑云压城万重山、哀鸿一片天地间的沉重感。一说到我国研发高性能通用处理器技术，学术界和产业界争议很大，认为技术高深、望而生畏者有之，基础较差、缺乏信心者有之，产业落后、错过起步期者有之……

也有专家说，目前全世界 IT 产业格局已形成，完全由国外跨国信息技术企业所控制。每个产业生态都经过二三十年的建设发展，链接了数千家企业、几万个技术要素的跨国合作，要追赶太难了，要撼动几乎不可能！

有人甚至声嘶力竭说，谁不想搞通用处理器的技术研究？谁不想打破国外强大跨国集团的垄断？谁不想在信息技术领域出人头地、扬眉吐气？但凭一腔爱国热情不行，不尊重客观规律盲目蛮干，会给国家造成更大伤害，将我们国家改革开放积攒起来的本钱挥霍得一干二净。

可无数事实证明，真理往往掌握在少数有独到见解的高人手中。

时光到了 1999 年底，已肩负中科院计算所所长一职的李国杰，对国家信息技术领域的缺陷与隐患认识更为深刻，忧思格外紧迫，决心孤注一掷，付诸行动了。

他感到，认准了对国家和民族有利的事，就要毫不犹豫干起来，只满足于在嘴上讨论来讨论去，争论十年八载也没有结果，而且还会在争论中错失大好时机。若错过大好时机，再有三头六臂本领，再行"亡羊补牢"之术，恐怕也无力回天，中国就难以加入世界 CPU 芯片的俱乐部了。

英雄所见略同，见解不谋而合。

新世纪元年，素有"议案大王"之称的北京市人大代表罗益锋，在全国人大会议召开前夕，将我国著名战略科学家、两院院士师昌绪先生执笔的一封信，通过特殊途径递交到有关领导同志手中。

其核心提议是，我国国防科技存在两个隐患，一个是微电子芯片落后，另一个是高性能碳纤维的生产不足。这两个产业关乎国家核心科技竞争力，有待发展。

师昌绪这个名字，社会上鲜有人知，但在业内大名远播、如雷贯耳。他出生于 1918 年，曾任我国高温合金研究组负责人，创办并兼任中科院金属腐蚀与防护研究所所长，是中国科学院院士、工程院院士，有"高温合金之父"美誉。

1952 年时，美国将师昌绪与中国"航天之父"钱学森、"力学之父"钱伟长、"原子弹之父"钱三强，以及"两弹"元勋郭永怀、朱光亚、张文裕等 35 位学者列入黑名单，明令禁止回国。后来，师昌绪与其他爱国科学家一样，冲破重重阻挠归国后，殚精竭虑，精忠报国，在材料研究领域成就斐然，功勋卓著。

提此建议时，师昌绪已是一位耄耋老者，仍心忧天下，情系祖国。

正是有像师昌绪等这样科学泰斗的呼吁，研发"中国芯"等核心高科技被党中央高度重视，使得中国 CPU 芯片的发展火炬，在沉寂十几年后，终于被重新点燃，采取非常之举，加速了发展进程！

　　回过头来说，早于师昌绪上书一年多前，也就是 1998 年 4 月的"高性能计算技术展望"香山科学会议上，夏培肃、周毓麟、金怡濂院士，大声疾呼中国尽快研制自己的 CPU 芯片，尽管引起有关方面高度关切，但由于技术的复杂性，仍没有痛下决心立项研发。

　　2000 年春节刚过，新世纪扬帆起航，人们还沉浸在这个具有特殊意义新春佳节喜悦之中时，李国杰就忧国之忧、急国之急，在申请不到专项经费情况下，毅然以特有的风骨胆魄，冒着巨大风险压力，将研制 CPU 芯片列为计算所内部科研项目，上马实施。

　　至此，中科院计算所从 1984 年底停滞的"中国芯"研发，在时隔 15 年后再度启动，发轫起步，勇敢地踏上了艰难的追梦之路。

　　在全所大会上，李国杰代表所领导宣布研发决定。

　　他慷慨激昂、一言九鼎地说，研制中国 CPU 是一项伟大工程，也是创造性事业，关乎我国的现代化事业，关乎中华民族的长远利益，我们这一代计算机人必须责无旁贷承担起这一神圣使命。研制思路不能在山沟沟里打转转，因循守旧、故步自封，不能走国外走过的路，必须另辟新路，做到高性能、通用，一步到位。所谓的高性能，就是尽可能采用国际先进制造工艺，争取最优质量；通用是着眼于应用，适用范围要大、领域要广，应用于国计民生；一步到位就是方向要正确，技术路线要对头，高点起步，实现技术上的跨越式进步，而不是从模仿 20 世纪 80 年代的国外技术一步步做起，也不搞仅供鉴定会和评奖的"公鸡"，而要改做能够下蛋的"母鸡"，可成批量生产供产业化应用，为国建功。

　　他还说，这项任务由所里的系统结构室来承担，唐志敏主任牵头负责。

　　唐志敏系江苏吴县人，身材高大，国字脸，浓眉大眼，鼻梁上架着一副高度近视眼镜，有着优雅的学者风度。他于上世纪 80 年代从南京大学计算机专业毕业，学养丰厚，视野开阔，1990 年获计算机系统结构工学博士学位，1995 年破格擢升为研究员，是我国计算机研究方面的人才。

　　但 CPU 芯片的研究设计，并非一般 MP3 播放器芯片、身份证芯片，而是一项全新的科研课题，其结构非常复杂，难度非常大，中国人没有研制的先例。大家两眼一抹黑，无处下手，只好把国外计算机拿来拆开仔细端详，但这些计算机里的 CPU 都是"黑匣子"，既无完整资料和源代码，也没逻辑图纸，研究来研究去，仍然一头雾水……只好沉下心来从头学习，自行研究，召开一次又一次研讨会，探寻李国杰讲"一步到位"的方法路子……

岁月如梭，一晃就到了这年深秋，又是一个充满希望的收获季节。计算所启动在全国名牌大学遴选人才的工作。彼时，已晋升为正高职研究员、博士生导师的胡伟武，受所领导委托，启程前往合肥市的中国科学技术大学，进行招生宣传。

坐落在合肥市金寨路 96 号的中科大，是全国"双一流"大学，国家首批"985 工程""211 工程"重点大学之一。胡伟武曾在这座校园度过了 5 个春秋，圆了人生大学之梦；中科大也是他科研起航的一方宝地，寄托着无限理想和抱负。

这是胡伟武 1991 年毕业后第一次返校。踏进母校大门的那一刻，胡伟武百感交集、思绪万千。想当年，他是这座校园里的风华少年、懵懂学子，苦苦求学之人；而如今，再归来已步入而立之年，为人师表了，重回母校网罗志同道合的计算机人才。

人生无定数，苍天有安排！

从校园中走来从事科研学术的人，最喜欢学校里的青春活泼、思维活跃，最留恋校园的浓郁书香、求知氛围，最向往校园的安然静谧、单纯质朴……母校新盖的图书馆、实验楼，显得巍峨耸立、高端大气，散发着现代化的时尚气息和学术品格，让他感到亲切而舒坦、美妙而温馨，似乎这是天底下最好的殿堂、最美的校园、最亮丽的风景。

忽然，一缕淡淡的秋风吹来，枝繁叶密的桂花树随风"沙沙沙"作响，显得优雅熨帖。随之一阵阵诱人的清香扑鼻而来，缠绵悱恻，浩浩荡荡，亦是感时香无声、亦能惊动心！胡伟武纵目望去，那一棵棵桂花树优雅矗立，茂密的绿色枝叶中点缀着橙黄、朱红色的小花朵，恬淡温柔，清新明媚。

记得 1991 年夏，他在母校办理关系告别时，校园里绿茵缤纷、树木葱茏，与师友们依依惜别，仍然一笑作春温、送行晴空微云，使他携带着特有的情感与眷恋，踏上北上京城的奋斗之路。

从此，他走入中科院计算所这座神秘"象牙塔"，师从夏培肃院士，攻读博士学位，参与国家自然科学基金重大项目等课题研究。

在这条曲折崎岖的学术道路上，胡伟武学风严谨、苦心钻研、吃亏做人、吃苦干事，秉承恩师极端认真、极端负责的学术风范，不懈进取，追求卓越。他的博士论文整整修改了 8 个月，不厌其烦、苦其心志，易稿 26 次，终成一篇优秀学术论文，获得首届全国百篇优秀博士论文奖。

接着，他一路跋涉一路火、一路求索一路光，科研行稳至远，学术成果渐丰，被破格晋升为副研究员、研究员，人生迈上"黄金道"。

重返母校的当天晚上，胡伟武故地重访，走入学生时期的实验室。人非物是，景物依旧，原来做实验用手工焊接起来的电路板，灰尘满面，鬓染秋霜，依然静静躺在那里，默默枯立，像一位风烛残年的老人等待故人归来似的，让他心底萌发出花香时节又重逢的感慨……

目睹曾经做实验的熟悉场所，以及触手可及的电容、触发器、译码器等，当年他曾用 400 多个器件，破天荒做出一台与 8086 兼容的 CPU 的轶事，以及半夜三更玩命做集成电路的往事，又一幕幕浮现在眼前，风云跌宕，滚滚涌来，赶也赶不走盘旋在脑海中。

此刻，一种重操旧业的强烈冲动骤然升腾，紧紧积压在胡伟武的心头，挥之不去。

这也让他联想到计算所正在筹备研发的 CPU 项目，耳畔又一次回响起李国杰发人深省的呼吁，想到了恩师夏培肃以及周毓麟、金怡濂院士的深情期望。

两年前，香山科学会议上埋下的研发 CPU 芯片的那粒种子，似乎遇到了良好外部环境，经过光合作用，在胡伟武心中萌芽了。

胡伟武属于那种抱负宏远、意志坚定的人，敏于思、善于行、乐坚守，一旦正确的想法闪现出来，就会义无反顾去实践，舍身忘我去战斗，就是九头牛也难以拉得住。于是，他迫不及待拨通负责 CPU 项目的唐志敏电话。

唐志敏也是夏培肃门下的博士生，论投身师门早晚，比胡伟武早几年，是他的师兄；论工作关系，又同是计算所研究员、博士生导师，属于同事。彼此情深意笃，惺惺相惜，有着共同的语言、志趣、心性。

李国杰、唐志敏、胡伟武等计算机英才，都是夏培肃的学生。他们秉承恩师风范，主动集聚、义无反顾，毅然担当起中国计算机事业中流砥柱的重要角色。

胡伟武单刀直入说，我现在中科大看到大学时期做过的处理器，很有感触，又有重操旧业做 CPU 的念头了。

唐志敏回复道，那太好了，有你入列上阵，担当大任，我可是求之不得，完成任务就更有底气了。

胡伟武说，我斗胆立个军令状，两年之内不把通用操作系统跑起来，提头来见！

唐志敏道，好！有师弟这种不怕困难的信心决心，我们一定能够马到成功、旗开得胜，不负所里的重托。

就这样，一次母校之行的偶然机缘，鬼使神差将胡伟武拉入 CPU 研发团队，成为一位不可或缺的里程碑、灵魂式人物。

斯时，谁也未曾料到后来的发展结局，包括胡伟武本人。他的意外加入，让研发 CPU 的局面迅速打开，一路披荆斩棘、所向披靡，一路绝处逢生、跃出低谷，一路攻关拔寨、凯歌高奏，成为了 CPU 研发总设计师，龙芯航船的"总舵手"。再后来，不但改变了中国 CPU 的命运，而且改写了中国信息化事业的发展历史。

到了 2001 年初，唐志敏与胡伟武将 CPU 研发课题组真正拉了起来，主要成员是他俩手下的七八名研究生，总共十来个人。

计算所在科学院南路 6 号院子里的计算所北楼办公楼里，腾出一个面积达 50 多平方米的 309 室作实验室，从科技创新经费中拿出 100 万元，作为启动资金，开启了轰轰烈烈的中国 CPU 芯片科研事业。

研制 CPU 芯片，从设计流程看，大体分为结构设计、逻辑设计、全定制设计、物理设计等，细分还有系统设计、验证、封装、IP 化等方面。在结构设计确定流水线结构时，胡伟武他们头脑中是一张白纸，没有参考论文，也没有做实验的依据，完全避开"一看论文、二做实验、三出方案"的老套路，硬是凭着科研人的知识积累与第一直觉，大胆想象、自由设计，让思维无拘无束地纵情飞翔，设计出基于操作队列复用的动态指令流水线，达到了理念先进、创新点颇多的奇效。

在结构设计中，他们反复阅读计算机教科书，细细咀嚼有价值的计算机科技文献，遨游在计算机科技王国，不知就查资料，不懂就讨论，不会就摸索，相互启发点拨，硬是用蚂蚁啃骨头的劲头，用一条一条指令、一段一段代码、一个一个模块，将系统结构方案基本定型。

在撰写结构设计文档时，碰到了给 CPU 命名的问题，否则文档很多句子都缺少主语。胡伟武想起农村老家给小孩起名字，常常起得贱一点、土一些，似乎越难听越好养，越能存活下来，有个光明前途。

照着这个思路，胡伟武思索道，我们的芯片要在日趋激烈市场竞争中活下来，肯定很艰难，注定也是个苦命孩子，不妨先起个土一点的小名，内部使用，就叫"狗剩"吧，英文名谐音成"godson"。

一个土得掉渣的"狗剩"名字，在龙芯 CPU 早期结构设计文档中尽情使用。

在系统结构方案确定后，按照传统工程设计的方法，需要编写详细结构设计文档。胡伟武怎么也写不好，甚是苦恼，无奈之下干脆直接用 C 语言写了一个可执行的结构设计模型，然后再把它转换成用 Verilog 写的逻辑设计。

胡伟武在龙芯 1 号研制中，提出的结构设计方法比国际上后来的"可执行的结构设计"方法，早了一至两年。一个是验证设计正确与否，发现错误及时纠正；二是用 C 语言描述系统结构更加严格，将设计中的错误在调试模拟器过程中剔除掉；三是为软件开发提供一个平台，创造更多便利。

胡伟武清楚记得，在 2001 年春节期间，他闭门在家苦其心志、劳其筋骨，坚持写龙芯 1 号 C 模拟器，直到春节结束时，C 模拟器就可以运行简单的指令了。

2001 年春节后，胡伟武兴致勃勃在办公室给自己的博士生张福新演示新编写的 C 模拟器。该模拟器可以从一个文件中读入二进制 MIPS 指令，并按节拍执行这些指令。张福新看后来劲了，直言说，这种调试方法太原始，应该为这个 C 模拟器写个汇编器和编译器。

从此，浓厚的兴趣让张福新加入龙芯课题组，领衔龙芯 1 号操作系统研发，成为胡伟武最得力的助手之一。

张福新，是来自闽西永定县（今永定区）"土楼之乡"的中科大少年班学院高才生。他个头不高、浓眉大眼，天资聪颖、勤奋厚道，善于钻研、为人诚恳。大学期间，他刻苦钻研计算机操作系统，造诣颇深、能力超强。读博士时，胡伟武就让他带一个由若干硕士和博士组成的小组，开展学术研究，可谓是前途无量的俊杰。

不知不觉，时光就进入 2001 年 6 月。北京已是绿茵缤纷、花开花落了，缱绻的春风还未走远，夏日的蝉鸣已落满枝头，天气逐渐炎热起来。突然，计算所通知课题组，所里要在当年 9 月计算所 45 周年纪念日搞一个科研成果汇报展，CPU 研发课题被列为一项重要内容，务必推出有说服力的阶段性成果。

此时，C 模拟器已经能够启动简化的 Linux 操作系统，逻辑设计正在全面展开。从此时到 9 月份提交成果，满打满算 3 个月时间，剩下的逻辑设计、调试验证等，时间特别紧迫，任务艰巨繁重。

必须迅速扩大队伍，打一场突击攻坚战！

此时，计算所绝大多数科研人员对 CPU 项目并不看好，缺乏信心勇气，也没有足够热情。课题组只好吸收一些朝气蓬勃而干劲十足大学毕业的在读研究生参加，充实壮大力量。

当年 6 月，也正是院校大学生择业关键期。中科大少年班里即将毕业的高翔，风华正茂、出类拔萃，被学校确定保送读研，去哪方宝地读研深造呢？

系主任赵保华对高翔说，中科院计算所胡伟武是一位很有建树的博导，正带领队伍研发 CPU 芯片，到他们那边读研边科研，肯定能学到真本领，有大作为的。

　　提及胡伟武的大名，高翔顿时眼前一亮，看到一束绚丽光芒。胡伟武的博士论文是一篇典范力作，入选首届全国优秀博士学位论文，获中科院院长奖学金特别奖。他曾拜读过两遍，写得非常精彩，有高山仰止般钦佩。

　　高翔脱口而出说，如方便的话，请主任把我给胡老师推荐一下。

　　赵保华当即打电话举荐高翔，胡伟武在电话那头热情地说，欢迎、欢迎！课题组正缺人手。其后，高翔就走入胡伟武麾下，成为得力干将。

　　胡伟武对于有志于研发，认同CPU芯片核心价值观而投奔的人才照单全收，没有挑三拣四，全部囊括于团队。王剑、范宝峡、钟石强等一个个有志才俊，跃跃欲试加入课题组，分别被扩充到结构设计、系统设计、逻辑设计等小组，使课题组迅速扩展到30多人，办公室增加了308、311、312等3个房间。

　　王剑也是中科大毕业的高才生，个头中等，脸盘方正，浓重的眉宇间流露着闽东人的憨厚、质朴、谦和。他给胡伟武的印象是厚道踏实，不事张扬，有一股子拼着干的精气神。

　　刚始，加班攻关到深夜，大家饿了就泡方便面吃，困了就只好将办公室当卧室，把桌子和椅子当成床，因陋就简横七竖八凑合着睡觉。次日凌晨，睡着好几个年轻人的办公室，积蓄了太多的能量，满屋子都是臭脚味，浓烈得四处弥漫，呛得人有难受之感……

　　有一次，计算所党委书记邓燕、开国上将邓华之女，来到课题组调研，发现上述尴尬情况后，就现场办公，叫来计算所负责后勤的处长共同商议，专门腾出310室，作为课题组加班临休室，改善了一下休息环境。

　　这是一间二十几平方米的房子，"家徒四壁"、空空荡荡。但胡伟武他们十分高兴，毕竟可以缓解加班深夜后无处可休的窘境。

　　在邓燕书记安排下，310室放置4张高低床、共8个铺位，收拾得干干净净，让深夜加班人员有了一个打盹睡觉的港湾，也多了一分生活依托。

　　根据C模拟器描述的结构设计完成逻辑设计后，须要在仿真环境中用该逻辑设计启动简单操作系统，并在此基础上，将该逻辑设计写入现场可编程芯片FPGA中直接在主板上启动操作系统。这时需要结构设计、操作系统和硬件设计人员进行联调，连续不断昼夜加班调试，现场解决遇到的各种疑难病症。这样，既需有智慧本领，更需要吃苦耐劳……

堪称考验最为严峻的阶段，事关课题组成败进退。

如何凝聚一支刚刚组建不久科研团队的攻关热情呢？胡伟武在实验室墙壁悬挂"人生能有几回搏""求实、求实、求实、创新"两幅标语，以此凝聚人心、鼓舞士气。

事实上，刚开始的攻关奋战问题接连不断。当发现难以排除的复杂错误，整个庞大系统的众多部件，都成了怀疑对象。而用做实验、搞模拟分析定位问题，又非常艰难；时常要做上百次实验，精心分析排查，逐个排除否定，才可能将错误点锁定。

每发现一个错误，说明向着研发成功迈进了一步，多了一份希望。胡伟武会异常亢奋、激越，如同战场上指挥员找到难得战机一般，澎湃起战斗激情，迅速进入冲锋状态，带领大家认真分析病灶，循着问题的蛛丝马迹，通宵达旦搞调试、做实验，不亦乐乎！

当问题排除后，胡伟武又如同打了胜仗一般，依然兴奋着，给大家讲解问题机理、关联及来龙去脉，分享小小成就的喜悦。

而胡伟武讲的一些高难度理论，对于刚刚走入课题组的一些新人来说，显得新奇旷远，懵懵懂懂的。但也许是受胡伟武情绪的感染，也许是受共同理想信念的支撑，不论多么疲惫劳累，大家总是格外有精神，瞪大眼睛、竖起耳朵听讲，保持着津津有味的极大热情……

连续几十个日日夜夜的加班奋战，大家疲惫至极，紧绷的神经有所松懈。一个深夜，胡伟武的身影仍然在实验室晃动，他在检查启动操作系统，发现每次都在最后进入用户态启动各种程序时出错，而且带有一定规律性。

如此发现，让胡伟武顿时兴奋起来，立即将张福新、王剑等人喊来，共同分析疑点。经过一番讨论，大家怀疑是 CPU 中一个称为 TLB 模块的毛病，便投入力量跟 TLB 缠斗了三天两夜，又发现不少问题，接着不厌其烦地一个个修改，向着成功方向迈进。

但每次充满期望的修改，都没有解决最根本问题，迎接的又是失望、扫兴、无奈。这让胡伟武他们苦恼不堪……

2001年8月17日，对于课题组来说是一个悲喜交加的日子。中科院副院长江绵恒率领考察组到计算所调研，同时到课题组察看CPU研发进展情况。

胡伟武端坐在电脑前，熟练敲击键盘，让结构设计在C语言模拟器上运行了Linux操作系统，在逻辑设计的仿真环境中运行了Linux操作系统。然而，新修改后的FPGA文件还没有烧制好，无法做FPGA验证实验，显得有点遗憾，令考察组有些失望。

李国杰深怀歉意说，江副院长，我们经验不足，板子出了点问题，还不能在FPGA上跑，请您多担待包涵啊！

但课题组扎实的功底和过硬的作风，给江副院长等人留下深刻印象。江绵恒露出笑意，充满肯定地说，我相信你们能够不辱使命，让设计尽快跑起来，如期实现我们研制中国人自己CPU的梦想。

江绵恒在返回中科院的路上，就打电话为计算所CPU研发安排了一个500万的中科院知识创新工程方向性课题，并要求具有集成电路设计和生产经验的微电子所作为联合研制单位，与计算所一起承担此任务。

随后相当长的时间，经费拮据一直是困扰研发的难题，让人纠结。

但在李国杰争取下，计算所又给课题组匹配500万元，缓解了经费困难。再后来，李国杰果敢决策，放弃和延缓其他项目研发，将CPU芯片作为重中之重优先保障，最多时候计算所给CPU课题组垫资达8000多万元，全力保障研发，矢志闯出一条血路来。

正是在中科院和计算所强力支持下，课题组人员又振作精神，投入到紧张的查找问题之中。大家茫无头绪地探索着、搏击着……

到了8月18日傍晚，胡伟武仍茶饭不思，坐在饭堂盯着打好静静放在饭桌上的饭菜发愣，若有所思。突然，他头脑灵光一现，有电光石火般炸响，顿感恍然大悟，意识到困扰好几天问题的原因了，便匆匆扒拉了几口饭，急忙赶回实验室，投入战斗状态，进行问题追踪、定位、排除。

紧张奋战一直持续到次日夜晚，暮色平静得像一个黑色的网罩，沉沉地笼罩着大地，乌云在天边翻滚涌动，将夜色压得更加漆黑幽暗起来，让万物生灵进入昏暗之中。一切都显得那么黯淡、深沉、寂寥，唯有墙上闹钟"嘀嗒嘀嗒"作响，格外清晰响亮。

午夜时分，夜色更加阴沉黑暗，窗外隐约传来"轰隆隆"的雷鸣声……胡伟武他们仍然忘我地奋战，用新的测试方法，逐步排除了几个疑点，使得问题准确锁定，得以修正，形成 FPGA 文件并写入 FPGA。

在启动 Linux 操作系统内核过程中，为了解决软件问题，张福新在 Linux 内核中加了很多打印信息以便于调试，因此各种 Linux 启动过程中的调试信息不断在显示器上滚动显示，"呼呼呼"快速往上冒。

张福新沉着稳健解决几个软件问题后，一直紧张地盯着显示器的王剑突然说，我好像看到"Login"翻过去了。在显示器上出现"Login"，是操作系统提示用户登录的提示符，是成功启动 Linux 操作系统内核的标志。

胡伟武赶紧叫张福新去掉 Linux 内核中的调试信息，使 Linux 启动时显示器上显示正常信息。

又过了一会儿，屏幕上终于出现"Login"字样，登录进去，与使用其他机器上 Linux 一样的场景出现了，令人惊喜不已。这说明长达 3 个月的逻辑设计取得了成功，炼狱般的煎熬、奋斗、拼搏，终于得到可喜回报。

坚守在机房中的张福新、王剑、范宝峡等成员，情不自禁击掌欢呼，激动的泪水溢满眼眶……

胡伟武抬头看了看闹钟，时间定格是 8 月 19 日 2 时 42 分。

此刻，窗外雷电交加，闪电带着雷鸣铺天盖地而来，好像整个天空被劈开撕裂似的，接着风声大作，怒吼咆哮，将树木吹得呼呼直响，停马路边上的汽车在电闪雷鸣中发出凄厉的嘶鸣，随着"哗啦啦"的大雨倾泻而来，天地间陷入一片迷茫与混沌的雨幕之中……

这预示着中国 CPU 在风雨中诞生，经受电闪雷鸣和狂风暴雨的洗礼，又在闪电划破夜空中开创未来！

胡伟武在冥冥之中预感到，研发 CPU 的道路，将像 CPU 诞生时的情景，注定不会一帆风顺，肯定有风雨兼程的洗礼、电闪雷鸣的坎坷，也会有雨后天晴的灿烂!

黎明前的暗夜里,这些披着奋战征程的6位勇士仍然亢奋激动,毫无睡意。每个人都亲手操作新生的CPU验证系统,尽情享受研发成功的巨大喜悦。大家还天高海阔地聊人生,谈事业,论生死。

张福新淡淡地说,我最不希望老死,与其慢慢等待生命一点点耗尽,还不如加班加点累死痛快。

王剑回应道,是的,人总有一死,死得有价值才能比泰山还重,名垂青史;死得浑浑噩噩,就会自我悔恨,自然轻于鸿毛啦。

范宝峡接住话茬说,我们现在的计算机技术太落后了,与人家发达国家整整落后二代,如果大家仍然朝九晚五按时上下班,很难赶得上,唯有像当年搞"两弹一星"那样拼命,才会大有希望。

是的,唯有这样拼命干,才有可能在技术上追赶超越;唯有像抗美援朝的英雄们一样,敢于冲锋陷阵,才能走出科技上不受欺负的困境;我们的子孙后代,才有希望重拾"犯我强汉者,虽远必诛"的雄风。胡伟武补充道。

不知不觉窗外天色渐亮,但雨仍然在下,风裹着雨、雨挟着风呼啸而来,雨丝也如千针万线一般,将天空密密麻麻缝了起来,让天地一片朦胧……

胡伟武望了望窗外,略带歉意说,大家辛苦了,今天刚好是星期天,都别再加班了,回去好好补补觉吧!

超负荷劳累一下子放松后,什么样的情况都可能发生。胡伟武回家一睡就是20多个小时,醒来时已是次日早晨了。

胡伟武揉揉睡眼惺忪的眼睛走出家门,迎着早晨的朝阳,向着熟悉的科学院南路的计算所而去……

CPU原型机的研发成功,预示着向研发CPU芯片迈出关键一步,给予课题组极大鼓舞。

当青年学子高翔,从中科大抵京报到时,课题组仍然弥漫在成功喜悦中。胡伟武安排他的第一件事,就是参观刚刚研发的CPU模拟原型机。

那时，北京仍然笼罩在炎热之中，闷热的房间如同蒸笼一般，烘烤得人浑身燥热。胡伟武兴致勃勃带着高翔，来到 309 实验室一个密密麻麻电路板前，用手指着说，这就是我们自己研发的 CPU 模拟原型机。

从小就钟情计算机，上大学又学计算机专业的高翔，深知中国人只会组装使用微型计算机，但做不了计算机核心部件——通用处理器 CPU，而眼前的中国第一款 CPU 验证机，也是开天辟地头一回，了不起呀！

接着，胡伟武让张福新启动这款原型机，在键盘上输入一些操作命令，顿时电路就跑了起来，屏幕上出现相应的图形字符……年轻气盛的高翔被震撼了，异常激动，不由得击掌叫好。他暗暗思索，这不是一般的电路板，而是制造中国 CPU 的电路板，即将结束泱泱大国无芯历史的"争气板"，投身这样的事业终身无悔。

为了争取 CPU 研发更多支持，计算所决定用 FPGA 验证系统在中科院开个鉴定会，提振士气。但开鉴定会时，不能再用"狗剩"这样的小名了，自主研发的 CPU 是惊天动地成果，需要有一个威武响亮的大名。

给刚刚诞生的中国第一款 CPU 取一个什么样名字？大家你一言我一语，说了什么"和芯""泰芯""东方"等一大堆……

名字是一种品牌、形象、气质，伴随着 CPU 的成长和命运，太重要了！

经过反复研究，兼顾 CPU 芯片的民族特性、国家使命，以及计算所做的是源头性技术，是带动提升信息化产业的龙头、领头雁，就将名字锁定在——龙芯。

龙芯象征着民族信息化技术，能够像祥龙一样翱翔九天，如蛟龙一般蹈海大洋，在科学天地纵横驰骋，造福国家和人民。

是啊，龙芯、龙芯！

多么厚重而浪漫的名字，承载着中华民族的气度基因；

多么威武而神奇的名字，挟带着中华民族的千古图腾；

多么阳光而璀璨的名字，折射着中华民族的豁达胸襟，给泱泱大国的身躯增添更多科技文明……

这就标定中国 CPU 的属性、气质、灵魂，陪伴着自主信息技术创新步入风雨兼程的远行。

2．横刀立马来助战

2001 年国庆节一过，北京天气立马凉爽起来。

阳光如同金子一般锃亮锃亮，铿锵有力地挥洒在大地上，秋风好似铁扇一样萧瑟起来，尽情吹拂着，给路边的树叶染上一层层秋霜，呈现出霜叶红于二月花的浪漫。

唐志敏和胡伟武并没有沉湎于逻辑设计和 FPGA 验证成功的喜悦之中，肩并肩行走在计算所楼下的林荫道里，商议 CPU 设计的第二道难关——物理设计。

当时，尽管计算所技术力量雄厚、人才济济，但只有小规模集成电路芯片设计的经历，没有做过大规模集成电路的物理设计，尤其是深亚微米工艺条件下，更是一片空白。

唐志敏无不忧虑地说，我们缺乏这方面的人才、技术、经验，许多人建议还是委托第三方设计，更为稳妥一些。

胡伟武回应道，另找第三方设计不是不可，但必须"以我为主"。我们也搞一支队伍设计，且行且锻炼；否则我们永远掌握不了核心技术，到头来还是竹篮打水一场空，前功尽弃。这样第三方与我们同时进行物理设计和流片，就需要掏两份流片费用，付出更多代价。

是的，我赞成你的观念，两条腿走路多交一份学费值得。走！咱俩一起去见李所长。

唐志敏和胡伟武结伴来到李国杰办公室，阐明立足"以我为主"、联合有关单位同时进行物理设计的想法。

李国杰一锤定音说，你们的想法很好，我支持！

他接着说，我们依靠自己力量顺利完成了 FPGA 验证，搞出 CPU 前端设计，说明我们是很有办法和能力的。芯片设计是赢者通吃的买卖，竞争的就是最后"卡脖子"的关键一招。这让我想起上个世纪 60 年代，计算所做出中国人第一台仿制计算机 103 机时，曾在战火中走过来的老革命张劲夫，就起了个名字叫"有了"。现在我们也要解决 CPU"有了"的问题，我对你们有信心！

正是有了李国杰的信任支持，唐志敏和胡伟武又一次甩开膀子在"以我为主"、两条腿一起走的道路上，从零起步，艰辛跋涉，带领课题组开始学习物理设计，也就是进军 CPU 的后端设计。

的确，对于未曾涉及过物理设计的人来说，那些深奥的可测性设计、单元定制化、布局布线、时序优化、版图验证等，既新鲜又好奇，既复杂又艰难，让他们摸不着门道，也不知如何下手。

但唯一的办法，就是下决心苦学苦钻，一点一滴啃，一个问题一个问题钻，锲而不舍、久久为功，用苦功夫笨功夫！慢慢掌握其中的奥妙。

两个月后，冬天的脚步不期而至，雁声入梦凉、寒风冷如霜，万物进入冬眠蛰伏期。胡伟武带领大家也猫在斗室，一遍又一遍反复阅读数以万计的文档资料，步入物理设计的深奥世界中，咀嚼其中的酸甜苦辣味……

物理设计也是一项系统工程，步入其中就遇到一系列问题。每当摸索着解决了一个环节，下一个问题就接踵而至，成为又一道沟壑，需继续跋涉逾越。经过一次次不畏坎坷、翻山越岭式的拼搏，大家初步摸清了物理设计的路数，有了一定的基础，但距离圆满成功还有重重关隘。

自然，横亘在大家面前的物理设计这个超级大山，也引起李国杰的极大关注。谁做过芯片的物理设计、能够助课题组一臂之力呢？他想到中科院微电子所的黄令仪，半导体研究领域的女中豪杰。

恰好，微电子所也是 CPU 项目的联合研制单位。李国杰对前来交流工作的林琦博士说，你认识微电子所的黄令仪老师吗？

认识，有过一面之交。林琦回答道。

那好，就请你代表我打个电话，请黄令仪老师帮助咱们做一下 CPU 的物理设计。再说了，中科院已安排微电子所成为 CPU 项目的联合研制单位，也有责任参与，所领导层面的工作我来协调。

林琦受领任务后，立即拨通黄令仪的电话，转达了李国杰的盛情邀请。

此时，作为中国第一代计算机人的黄令仪，已步入花甲之年。她生于1936年冬，经历过腥风血雨的晦暗年代，亲身感受过国家落后带来的深重灾难，60年代大学毕业后，投身计算机科研。

她个头不高，形象朴素，方脸、微胖，一头乌黑的短发，衬托得略微年轻一些。长期奋斗在计算机研发领域，在风起云涌的时代浪潮中，她遭遇过诸多挫折，行事更为谨慎稳重。在电话那头，黄令仪沉思片刻说，明天上午我到课题组看看，再说合作之事。

翌日，林琦按约驱车来到朝阳区北土城西路的微电子所，将黄令仪接到计算所CPU课题组，面见唐志敏。

当她俩按照熟人指点敲门推开一个会议室时，看到里边坐着一大群朝气蓬勃的青年人。林琦就将黄令仪介绍给唐志敏说，黄老师是李所长邀请做CPU物理设计的高人，特意来课题组看一看。

黄令仪的出现，犹如喜从天降！唐志敏欣喜万分，兴高采烈介绍了课题组基本情况，还将黄令仪请到实验室，观看研制成功的用FPGA烧写成的CPU验证芯片。

唐志敏激动地说，CPU研发遇到了物理设计这道难关，黄老师如能加入，是给我们雪中送炭，可以说是功德无量、令人感动啊！

唐志敏在众人面前还抱拳作揖道，拜托、拜托黄老师。

黄令仪憨厚地笑了笑说，事关重大，给我几天时间考虑吧。

在离开计算所返回途中，黄令仪随口问道，你们课题组有多少人？林琦回答说，不多，就30多人吧。

这让黄令仪心里"咯噔"一下，陷入沉思。深谙芯片研发的她，暗暗思量，这不开玩笑嘛！研发CPU芯片不是编箩筐、做自行车，技术非常复杂、环节很多，区区30来人，怎么能搞成呢？

此后下决心的日子，让黄令仪异常纠结痛苦。尘封的往事，又如她家乡八桂大地的氤氲般升腾起来，袅袅缭绕，弥漫到眼前，让她欲罢不能。

那是上个世纪80年代改革开放的第一波浪潮，也是国家大规模引进国外计算机核心技术之时。有一天，计算所一位领导专门把黄令仪等几位专家召集起来，饱含内疚与歉意说，现在所里拿不出钱来支持大规模集成电路研究了，请大家能够理解……

听话听音、敲鼓闻声，潜台词就是时代变了，核心技术主要靠引进，经费也拮据窘迫。你们这些搞大规模集成电路的专家不能搞科研了，也不能闹意见呀。

而放弃一辈子所钟情的事业，对于一位有强烈爱国报国情怀的女科学家来说，不啻于晴天霹雳、人生噩梦。

散会后，黄令仪忧伤万分，一走出大楼门口就忍不住失声痛哭起来，泪水顺着脸颊如断了线的珠子一般滚落下来，洒湿衣襟。因为，她骨子与血液里寄托着太多太多的计算机情缘，难道前辈呕心沥血创建的大规模集成电路研究室就终结了吗？难道中国计算机走向"无芯"未来吗？难道中国高科技只能靠引进技术支撑吗？

在英雄无用武之地的万般无奈中，1986 年 12 月，黄令仪毅然辞别计算所，来到中科院微电子所报到，矢志寻找所钟情的芯片事业。

在微电子所，同样面临课题缺少经费的尴尬，但她还是应邀给中日合资的洗衣机厂成功设计了一款专用芯片；还临危受命，赴香港圆满完成"等时间差"芯片的设计，从而积累了一些专业芯片物理设计的宝贵经验。

令黄令仪终生难忘的是，1989 年 11 月她在美国出差期间，听说内华达州拉斯维加斯搞一个国际芯片展览会，就满怀希望与好奇前往，想了解中国有什么样芯片参展，看看国家大规模集成电路发展到了什么样水平？

当她步入琳琅满目的展览会大厅，一个展位一个展位看，整整寻找了一周。每当看到有黄皮肤黑眼睛人的展台，就抱着一线希冀走近打听，结果不是日本就是韩国、新加坡等亚裔国家。最终，她跑了上千个展位，也没有找到中国的一个展台。

最后，好不容易在拥挤的人群中，看到几个拿着长城标识塑料袋的人时，她再度满怀希望地迎上前去，试探着询问，你们是来参展的吧？

不，不是参展的，是来参观的。对方回答道。

　　她心中最后一丝希望被击得粉碎，内心涌动起难以言喻的惆怅、遗憾、苦涩。

　　中国之芯今何在，偌大舞台无故人。她孤零零伫立在展览会大厅外，怔怔凝视着身旁走过的各种肤色的人群，陷入深深的愧疚、纠结、不安之中。

　　上个世纪六七十年代，中国计算机集成电路与国外几乎是同步并行，差距也就几年，而短短十几年，怎么拉下这么大的距离呢？她又一次眼泪汪汪，晶莹的泪珠在眼角旁滑落而下……她慌忙掏出手帕捂住眼睛，擦拭脸颊。

　　好儿女有泪不轻弹！再怎么也不能在异国他乡伤心落泪。

　　这也让她暗暗下定决心，华夏儿女报国不怕难，有生之年，一定要为祖国设计出一款高水平芯片来参展，洗刷耻辱！

　　说到做到，她奔着为国争光而去。

　　为了设计高水平芯片，她潜心钻研各种大规模集成电路的设计方法，从建立版图库、时序库开始，到寄生参数对性能的影响，以及时钟树的生成、全局规划等，瞄准国际水平，奋力攻关搏击，陆续取得两项发明专利。

　　2000年春暖花开之际，黄令仪受邀参加在德国纽伦堡召开的国际专利发明博览会。这是全世界专利发明的一次盛会，星罗棋布的参展摊位，也是浩浩荡荡、连绵数里，数都数不过来。

　　我国是该会创建50年来第一次参展，展位只有一个，代表国家陈列新近发明的专利项目。而其他国家的摊位，仅仅代表一个企业，彰显企业的专利发明水准。

　　黄令仪辗转徘徊于各个展位仔细观摩，颇有慨叹。中国的展台尽管朴素一些、规模小一点，但毕竟实现了零的突破，让全世界看到了东方大国的身影，展现出专利发明的一个侧面，也算是重在参与的一种欣慰吧。

　　在归国前往纽伦堡机场途中，大巴车在高速公路上飞奔，欧洲日耳曼民族的高楼、乡村、田野被抛到了身后，成为了美妙的记忆。

　　此刻，黄令仪接到电话通知，她送的一项专利获得博览会银奖。她欣喜兴奋之余，用手机短信写下一首诗：

> 神州之尊重泰山，赤子荣辱轻鸿毛。
>
> 灵台无计四十载，不觉青丝已成雪。
>
> 纽伦堡夜星光灿，启明银座落中华。
>
> 十年耻痛今宵去，芳草天涯迷人还。

回忆科技报国的一幕幕往事，黄令仪又一次心旌飞扬、壮怀激烈起来。是啊！只要对国家有利，什么个人荣辱、进退去留、力量薄弱，统统可以抛于脑后，还有什么犹豫的呀！

念及至此，她所有的纠结与疑虑，顿时释然了，只要有信心决心，完全能够以一当十、变不可能为可能。她下定决心：为国出征、义无反顾！

2002 年 1 月 21 日，她只身来到计算所，叩开唐志敏办公室门走进去说，唐主任，从现在开始，我和你们一起干 CPU 的物理设计吧。

唐志敏喜上眉梢，兴奋地说，热烈欢迎！您什么时间上班？

后天。

好！我让人准备好办公室，迎接您。

次日上午，黄令仪来到微电子所领导处，汇报准备协助计算所搞 CPU 物理设计的想法。所领导高兴地说，院里要求我们所也参与 CPU 项目，还有经费支持，你去吧，算是所里派出的研发力量；你带的学生愿意去的都可以去，通过研发也能得到锻炼提高。

好吧，我动员动员大家。黄令仪答道。

紧接着，黄令仪回到实验室对大家说，经所领导批准，我准备抽段时间到计算所参加 CPU 物理设计，那儿正是用人之时，可大展身手，谁愿意去？

我愿意去，我也愿意去……杨旭等人积极响应。

那好吧，你们 5 位收拾收拾东西，把该交接的交接好，明天上午咱们就到计算所报到，与他们一起搞 CPU 物理设计。

1月23日，黄令仪如期带领杨旭等5人来到计算所，在大门口恰巧碰到了胡伟武。相互寒暄后，胡伟武领着大家来到准备好的实验室，介绍了研发进程。大家随即就上机熟悉环境，开始受领任务了。

胡伟武由衷感慨说，我们课题组正缺人，黄老师还带来一支生力军，太好了！令人钦佩。

黄令仪腼腆地笑了笑说，你们敢于攀登"芯片王国"珠穆朗玛峰，本身就很了不起，是真正的英雄好汉。我们是来助阵的，当个帮手吧。

用科技来强大祖国，打破中国人搞不出计算机CPU的咒语，是历史赋予我们这一代计算机人的重任，必须勇敢地挑起这副重担！胡伟武道出了自己的心声。

此话尽管平淡，声音不大，但对于黄令仪来说，如同滚滚惊雷在耳边炸响了，有轰鸣响亮之效，令她心头为之一振。她抬头望了望窗外的云卷云舒，动情地说，为祖国搞科研也是我一生的追求，我们心灵相通，有着共同的愿望……

从此，相同的理想抱负将胡伟武与黄令仪紧紧凝聚在一起，成为命运与共的好战友，志趣相投的忘年交，一起为中国CPU呕心沥血，冲锋陷阵。

正是在崇高理想信仰支撑下，黄令仪以及带来的人员，身上也有一种极其特殊的纯粹品格。他们不提一分钱经费，不计较任何待遇，而是全身心融入课题组，无怨无悔地奋勇攻关。

其实，CPU不同于普通的专业芯片，其物理设计更为复杂、难度很大。这对于黄令仪他们来说，也是乡下人进皇城头一回。然而，黄令仪毕竟在微电子芯片领域探索了十几年，有专业芯片物理设计的经验，可以说有一定基础、技高一筹。

黄令仪对课题组前期搞的RTL设计方案，一个个环节看得仔细，研究得深透。她掏出随身携带的一个小本本，一丝不苟做记录，接着精心分析研判，讲出哪些设计没有照顾到后端物理设计的特性，哪些是不合理或错误的地方，以及如何下大功夫调整，将基础夯实打牢。

胡伟武称赞说，是啊，打好地基础好墙，才能盖新房，否则欲速则不达，越快越窝工，甚至还会造成返工。

于是，胡伟武组织力量，利用几十天时间，对烦琐的 RTL 设计进行系统性修改调整，先后进行了 100 多次修改，其中较大修改就有 30 多次。

每次修改都要经历三四个小时或一两天的苦苦奋战，不厌其烦修补好每一处疏漏，力求达到无可挑剔。

龙芯原型系统的前期设计中，没有实现浮点除法，而虽然浮点除法指令在运行中出现次数极少，但对芯片性能影响很大。经过实验，他们发现操作系统模拟一次浮点指令平均需要 3000 多拍，设计比较复杂，耗时很长。有人估计须投入 10 多天奋战才能见效，担心影响整个设计进程。

在技术分析会上，大家七嘴八舌，怎么办？胡伟武痛下决心说，决不能留下浮点除法设计这个缺憾。我来组织攻克这个堡垒，3 天之内搞定。

也有人担忧说，时间紧任务重，不能开玩笑啊。

胡伟武抬起头来，将眉毛挑了挑，一脸严肃地说，我来组织一支突击队，保证后墙不倒。

为了确保项目进度，组织突击队攻关，是龙芯团队常用而行之有效的工作方法。一方面，胡伟武亲身参与定点除法与浮点乘法模块的优化，对这两个模块有深入了解，掌握了参数特性，对设计成竹在胸、胜券在握；另一方面，通过设立后墙，倒逼科研攻关，挖掘最大潜能，催生这支年轻科研团队的精气神，打造一种坚如磐石的精神标高，大幅提升科研效率。

胡伟武审时度势做安排，组织定点除法和浮点乘法的设计人员，采取人员昼夜轮换、设计不间断的办法，接续奋战、勠力攻关，激发出了昂扬血性与斗志。结果不负期望，只用两昼夜就拿下这一城，让浮点除法的设计在 FPGA 中轻松欢快地跑起来。大家佩服信服，倍受振奋。

光阴似箭，日月如梭。

不知不觉就到了 2002 年春节，随着新年钟声的敲响，"噼里啪啦"烟花爆竹的绚丽光芒，在京城天空恣意弥漫起来，点亮了整个夜空，人们沉浸在热烈欢乐的节日氛围之中。

而胡伟武、黄令仪、张福新等 30 多人，却沐浴着浓浓的年味，仍然泡在机房计算机前加班鏖战，继续推进设计，争分夺秒赶进度。

大年初四上午，大家照例在机房里埋头加班，攻关犹酣。突然，计算所所长李国杰、书记邓燕来到机房慰问，给大家带来大包小包许多慰问品。

邓燕动情地说，大家舍弃春节与亲人团圆，在机房里辛苦加班，过一个革命化的春节，其精神难能可贵啊！李所长和我代表所党委向大家致敬了、慰问了！也请大家有空给家里打个电话，转达我们的问候，有亲人的理解、支持、奉献，才有你们在岗位上安心工作，义无反顾。

李国杰接过话茬，也向大家嘘寒问暖，还说，今年秋天将在北京召开我们党的十六大。你们原计划年底前完成的 CPU 设计任务，应当往前提，时间后墙是 9 月底，力争国庆节前完成任务，以优异成绩向党的十六大和国庆节献礼！

讲到这里，李国杰眼睛遽然一亮，特意用欣赏和信任的目光扫视了大家一圈，最后将目光落在了胡伟武身上，目光灼灼，分量如山。

这种目光饱含着深情、期望、憧憬、信任，让胡伟武和大家感到肩头责任巨大，也有暖阳照耀在身上的感觉，火辣辣暖融融的，旋即响起热烈掌声，回荡在机房里……

这就是说，完成设计任务的最后节点是 9 月底，那么 7 月前必须完成所有的设计，如期交付流片，给生产厂家留出两个多月的流片时间。

课题组按照后墙不倒的原则，排出倒计时计划，列出各项工作目标值、路线图、时间点。

踩着任务节点，课题组 4 月初确定了国外第三方物理设计服务公司，并认真进行技术资料交接，让他们承担 A 方案设计任务。

负责查漏验证组工作的有关人员，责任心特别强，认真对密密麻麻的大小模块，一项项过，一点点抠，不漏过任何疑点。他们在交给第三方网表之前，发现一个与跨时钟信号传送有关的危险错误，及时得到纠正。

幸好细心认真发现问题，不然有可能酿成一次难以挽回的颠覆性技术事故。

而课题组真正拿到自主进行物理设计需要的物理库和设计规则，已是 6 月初，距离 7 月初提交流片仅剩一个月时间。

时间紧迫，必须擦亮刀枪上阵搏杀了！实验室气氛顿时紧张起来，大有"探虎穴兮入蛟宫，仰天呼气兮成白虹"般的壮怀激烈。

大家直面物理设计的最后冲刺，目标只有一个，只许成功，不能失败！

经验丰富的黄令仪回想起当年做 757 千万次计算机时，为以防万一每个元器件都有备份的做法。她向胡伟武建议说，胡老师，为确保物理设计的圆满成功，不妨组织两套人马同时设计。

此想法很好，如何实施呢？胡伟武问道。

黄令仪将酝酿多日的方案和盘托出说，两个方案的 B 方案作为一个实验性流片，主要以打通全部技术流程为目标，获取参数和经验，练习掌握本领，由我带领设计；C 方案作一个准备量产的正式方案，对时序要求严、面积要小，布线十分困难，请胡老师亲自带领设计。

两套方案各有优长，两支队伍相互依托，互为备份，探索锤炼能力，确保万无一失，可行！

胡伟武目光炯炯、志坚如铁地说。

连续的加班、加班、再加班，大家放弃了所有的节假日，一个个疲惫得脸色苍白，眼睛里充满血丝，精神也萎靡起来，好似难以继续支撑了。

士气只能鼓，不可泄。胡伟武想到连续加班奋战很辛苦，就对大家说，今晚请大家到计算所旁边的火锅店开一次荤，补充补充能量。

傍晚，大家如约而至，满满坐了三桌，热气腾腾的炉火与阵阵浓香交织在一起，一下就把食欲调动起来。大家边涮边聊，边吃边喝，甚是惬意。

而不胜酒力的胡伟武，几杯下肚就神态微醺、兴致盎然了。他趁着这个难得机会，斟满一杯酒，进行战斗动员说，现在 CPU 研发到了一个最为吃劲的时候了，我们经历了百般艰难，前面就是摩天岭，再坚持一阵子，就能把胜利的红旗插到顶峰，为了我们的成功干杯、干杯！

大家一饮而尽，以酒当歌，血性澎湃。

离开火锅店时，不知谁说了一句，我们合唱一曲《打靶归来》，预祝研发攻关凯歌高奏！

好啊，我们现在不正走在打靶的路上嘛。

于是，大家精神抖擞、引吭高歌：

日落西山红霞飞，战士打靶把营归把营归，胸前的红花映彩霞……愉快的歌声满天飞，歌声飞到北京去，毛主席听了心欢喜，夸咱歌儿唱得好，夸咱枪法数第一……

嘹亮的歌声回荡在火锅店，也激荡在大家心头，让斗志和精神得到一次新的凝聚和鼓壮，一个个又激情似火起来。

当晚，大家又全神贯注投入到寄生参数提取、延迟分析、信号完整性分析等收尾工作中……又经过三昼夜突击，所有调整修改于 7 月 3 日早晨 7 点前完成。

此刻，距离提交流片最后截止日期还有 72 小时。

正当胡伟武、黄令仪等人松了一口气时，一位成员慌慌张张跑来报告说，验证组分析出最大延迟与布线后分析出来的延迟不一样，经检查是由于两边约束不一致，使得跨时钟域的约束与实际情况不符，导致几个门的延迟太大了，不符合要求。

一直盯在第一线的胡伟武，如同临阵指挥的将军一般，敏锐地意识到重新布线来不及了，果断下令说，用手工改版。

黄令仪立即召集杨旭、范宝峡等投入紧张战斗，对着密密麻麻版图认真修改、仔细核对，眼睛盯累了，揉一揉继续盯着看；头脑麻木了，耸耸肩，摇摇头，搓搓脸，接着快速运转……又经过 24 小时接力奋战，手工修改版图结束，降低延迟 0.6ns，达到设计要求。

这时，离最后截止时间还剩两昼夜 48 小时。

正当胡伟武准备在设计报告上签字、提交流片时，一个巨大挑战又猛然袭来，令人猝不及防。测试组发现 C 方案整个处理器的 1 万多个触发器的扫描链，由于设计时的一个小小失误，没有按要求连出来，存有重大隐患，情况危急！

胡伟武顿感脑袋"嗡"的一声，如惊雷击顶一般猛烈，一句话也说不出来……

他镇定下来心里盘算着，如果放弃 C 方案，尽管有 A、B 两个方案保底，但 C 方案是最完美的方案，面积最少、成本最低，抗静电性能、防闩锁效应也最好，很有希望是量产的最佳方案。但按照后墙不倒的原则，没时间返工了。

胡伟武焦急地在实验室徘徊，心如刀绞，隐隐作痛。

他将黄令仪等几位负责物理设计的骨干召集在一起，心情沉重地说，C 方案 1 万多个触发器的扫描链没有连出来，可能没有时间修改了。

会场顿时鸦雀无声，静悄悄的，寂静得好像窒息了一般，唯有一颗颗心脏在"怦怦怦"剧烈跳动……

一会儿后，坐在一角的杨旭抬起头来说，我们可以马上手工再改一次，全力以赴，保证提交流片的时间后墙不倒。

杨旭何许人矣？竟然有如此大的决心与胆识！

杨旭河北阜平人，出身于军人家庭，身材敦实，脸膛方正，性格随和，待人亲切友善；但柔中有刚，骨子里挟带着一股子战士的忠勇之气，不惧任何难事，敢于与对手较量抗争。他本科毕业于清华大学微电子专业，"天行健，君子以自强不息""地势坤，君子以厚德载物"的清华校训，赋予了他睿智、坚韧、顽强的性格，似乎有一种困难压不倒、挫折摧不垮的气质，无论遇到什么样难事急事，都无所畏惧，常有惊人出色的表现。

他的这两句话，尽管声音不大，但在紧张而寂静的气氛中则显得格外响亮，如同昏黄黯淡夜晚里点亮一束火焰，冲破黑夜的茫茫暮色，光亮耀眼，也再一次燃烧起大家的激情……胡伟武心头一热说，那好，半个小时后，召集全体人员到实验室进行再动员再部署。

胡伟武看着由于连续熬夜而极度疲惫、脸上除了充满血丝的眼睛其他部分都是苍白的设计人员，充满深情地说，我们打破国外技术封锁，研制中国第一款不依赖洋人的 CPU，与前辈搞的"两弹一星"一样，也是庄严神圣的重大使命！现在，我们别无选择，只能再度进行手工修改版图，只能成功不能失败，必须打好最后时刻的决战……

黄令仪凭着与流片厂家熟悉的优势，亲自出面协调，得到多一天的宽限。

接下来的三个昼夜，正值北京炎热难熬的日子，白天烈日当空，夜晚闷热难挡，实验室楼外的树叶被晒得打起了卷，树丛中的蝉儿有气无力地嘶鸣……大家埋头在"嗡嗡嗡"散发热量的计算机前，不知疲倦地连续奋战。

这是一种极其特殊的工作模式，胡伟武把大家组织成若干修改版图小组，每组一个人坐在计算机前手工修改版图，另外两个人在旁边紧紧盯着，进行有益的提醒与监督。实际上，每款 CPU 物理设计版图有多少不等的几十层，有晶体管数千万个，非常复杂。

在如此庞大浩瀚的图形中，用眼睛盯着进行人工修改，确实不易！他们硬是凭着超常耐心、超常坚韧、超常意志，如同大海捞针一般艰难，好似沙堆数沙粒一样细致，苦苦进行着艰辛而精微的版图修改。

当疲惫袭来，上眼皮与下眼皮打架撑不住时，或挥拳使劲捶捶背砸砸头，或抹上风油精，让僵硬麻木的思维再度机灵起来。大家坚持、坚持、再坚持，挺住、挺住、再挺住，终于将 1 万多个触发器分成的十几条扫描链连接出来，同时还用手工优化了延迟性能。

7 月 7 日凌晨 3 点，是课题组连续鏖战七昼夜的最后一个凌晨，窗外黑黢黢的，万物仍然在沉睡之中，唯有蝉儿还在低声鸣叫……大家如释重负完成了交付流片的所有文件。胡伟武庄严地在报告上签了自己的名字。

此刻，所有人都脸色蜡黄，眼睛布满血丝，汗水反复浸泡后的衣服紧紧粘在皮肤上，如同发酵了一般，人跟虚脱似的，疲惫到了极限……

胡伟武与黄令仪坐在办公室，相顾无言，唯有奋战难忘，但心中无憾！

3. 实现从 0 到 1 第一跳

鏖战稍停歇，忧心前村壁。

三套流片方案送走后，胡伟武、黄令仪等技术骨干停下紧张忙碌、一路狂奔的身影，激情似火的情绪得以稍事小憩，但脉管里仍然跃动着不熄的火焰。

CPU 芯片的研发，人力和资金投入很大，流片经费昂贵，设计周期较长，成功涉及难以计数的复杂因素，哪个环节出现瑕疵和缺陷，都有可能导致流片失败而毁于一旦。

失败了，除去浪费资金外，就是耽误青春与时间，很难用经济价值来估算。

一般情况下，包括著名国际企业，时常多次流片才能成功，一次成功比较罕见。

决定命运的流片能否成功？一直在他们心中魂牵梦萦。

长时间的等待，让胡伟武心力交瘁，有时半夜三更做噩梦，凌晨三四点醒来就睡不着了，苦苦熬到天亮。

有一次，胡伟武在睡梦中，突然梦到一个设计上存有缺陷，梦中百思不得其解，异常焦急，迷迷糊糊醒来后，赶快起床来到机房打开计算机，查找出有关部分仔细审看，再度确认设计上没有任何问题，又是一场梦中虚惊。

年逾花甲的黄令仪在等待中，更是诚惶诚恐、忧心如焚，导致脖子僵硬得难以动弹了，住进医院躺在了病榻上。医生告诫说，她得了心衰综合疲劳症，至少需要静养半年，以后不能再用电脑了，更不宜操心劳累！

而唐志敏倒是胸有成竹，他安慰胡伟武说，我对咱们还是有信心的，你就把心放到肚子里吧，肯定一举成功，苍天不负有心人。

立足于成功，胡伟武组织张福新、王剑等人，加快完善主板、系统软件设计等，成立由范宝峡等人组成的联调组，准备好芯片回来的各种联调软件设备，再打有把握之仗。

范宝峡亦是课题组核心成员，河南三门峡人，中等身材，面目清瘦、性格随和，做事严谨周到细致，忍耐力极强。他戴着一副高度近视眼镜，目光温和，不乏清新斯文，幽默而包容。

后来，范宝峡逐渐成长为龙芯技术组长、龙芯中科部门经理、副总裁，协助胡伟武分管芯片研发部，主抓龙芯核心研发业务，表现出独当一面、亲切沉着的领导力。

如果说科研攻关是一种智慧与毅力的攀登搏击，检验的是血性、才华、本领；那么焦急等待，则是一种忧心似火般的煎熬，而且日子时光显得特别漫长，情感中交织着盼望、忐忑、担忧等，无疑是对心力的一种特殊考验。

这种忧心焦急的情绪，一直延续到 8 月 9 日中午。这天，北京天空明亮蔚蓝，炙热的太阳如同火球般淫威大发，云彩好像被太阳熔化了一般，消失得不见踪影，万里长空没有一丝浮云，显得幽蓝而清新、旷远而深邃。

此时，寄托着大家无限希望和梦想的 A 方案芯片回来了。

胡伟武早早就等在 105 实验室，显得异常紧张、兴奋，心头交织着难以言喻的复杂情感。他小心翼翼打开装芯片的盒子，如同将军检阅士兵一般，盯着排列得整整齐齐的芯片察看，心情百感交集、异常激动，仿佛每条脉搏都在振荡、跳跃、欢快。尔后，他精心挑选出 3 枚芯片，轻轻用万用表触头进行静态测试。

仪表显示，芯片电源没有短路，引脚的抗阻特征良好，稳定正常。

旋即，胡伟武将芯片交给联调组的范宝峡等人，慎重叮嘱说，你们下午把芯片拿到焊接厂家焊接到子卡上，尔后拿回来咱们调试。

当天晚上 9 点钟，一切准备就绪。

胡伟武将带有 CPU 的子卡插到主板上，操作人员迅速敲击键盘，启动运行一个简单程序，测试芯片的可靠性。大家屏住呼吸，瞪大眼睛盯着屏幕，紧接着就显示出"Godson-1"的字样，大家兴奋得"哇哇哇"一片欢呼。

接着运行 Linux 操作系统，调试终端"呼呼呼——"地往上冒启动信息，运行顺畅。大家正在高兴激动之中，屏幕上的信息却突然停了下来，凝固在那里，一片茫然，随之而来的是紧张、着急、忧虑……胡伟武他们缓了缓情绪，经过深入细致分析，将原因锁定在 BIOS 软件方面。

胡伟武立即带人对 BIOS 进行初始化调试，对操作系统实施优化，一直紧张调试了一个通宵，才让问题化为乌有。

8 月 10 日凌晨，一轮红日从东方冉冉升起，将万道阳光倾洒在京城的高楼大厦上，计算所北楼实验室也披上一层淡淡的霞光，显得格外耀眼明亮。已奋战了一个通宵的胡伟武、张福新等人，仍然毫无倦意，端坐在计算机前，凝神静气用双手击打键盘，将一条条指令输入计算机……

6 点零 8 分，"login："的字样如约而至出现在屏幕上，伫立在胡伟武身旁的所有人按捺不住内心的激动和喜悦，又是"哇哇哇"一阵阵欢呼，有的还兴奋得呼喊着、蹦跳着。张福新、王剑、高翔等人喜极而泣，眼眶里溢出的泪花，也忘记了擦拭，沉浸在了激动与幸福之中。

激越的欢呼声，此起彼伏、响亮激昂，响彻整座楼房，袅袅如烟地飘荡在计算所这栋老式建筑上空，似乎也让夏日的朝阳更加绚丽夺目起来，京城的天空更加蔚蓝明亮、清澈美妙。

胡伟武迫不及待登录进去，用 Vi 编辑新研发 CPU 产生的第一个文件，其中两段话如下：

The historical time of 6: 08 on 2002.8.10 ends an era while begins a new one. The day in which we make computer with only foreign CPUs is gone with the wind of the morning of 2002.8.10. With tears and joys, we announce the successful running of Linux（kernel 2.4.17）with the GodsonlA CPU.

大意是：在 2002 年 8 月 10 日 6：08 这个历史性的时刻，一个时代结束了，同时另外一个时代开始了。在 2002 年 8 月 10 日早晨的轻风吹走了中国只能用国外 CPU 制造计算机的历史，我们含着热泪和自豪宣布 GodsonlA CPU 成功运行 Linux。

The great ecstasy at this moment makes all of our exhausting efforts of the past year be over paid. Though this is only a little step of a long march, it indicates the glorious future of our own CPU。

　　大意是：这份喜悦让我们明白过去一年所有辛苦都是值得的。尽管这仅仅是长征的一小步，但它预示着我们自主 CPU 的光荣未来。

　　然后，胡伟武用测试 IEEE 754 兼容性的测试程序运行一遍，结果没有任何差错，达到流畅顺利；再把主频调到 200MHz 以上，也一切正常，没有任何异常，感觉比在 FPGA 上操作的速度快了很多，十分爽快惬意。

　　长风破浪已到时，直挂云帆济沧海。这是好雨知时节的欣喜，久旱遇甘霖的痛快，也是历经不屈不挠奋斗后如愿以偿的甘甜，更是经受疾风暴雨洗礼之后，换来的一道亮丽彩虹。

　　胡伟武给时刻关注研发进程的李国杰打电话说，李老师，我是胡伟武。

　　没等胡伟武说下去，李国杰就急切追问，怎么样？

　　成了！

　　我马上过来。

　　胡伟武再把电话打给正在北京顺义区开会的唐志敏说，跑起来了。

　　唐志敏一时蒙了，惊讶问，什么跑起来了？

　　胡伟武仍然没有点透，继续含糊说，都跑起来了。

　　唐志敏似乎察觉到讲的是正在研发的 CPU，便接着说，Linux 也跑起来了吗？

　　那当然了。胡伟武自豪地回答。

　　唐志敏连声说，太好了！太好了！在电话那头，高兴得如同小孩子一般手舞足蹈，差点跳了起来。然后说，我现在顺义，马上往回赶。

　　不到 10 分钟，李国杰就赶到实验室，满脸喜色，情绪亢奋激动，认真观看了一次完美无瑕的操作演示后，兴奋地对大家说：

　　苦尽甘来，终成夙愿。你们为计算所立了一次大功，为祖国和人民立了一次大功，向即将召开的党的十六大和国庆节献了一份厚礼，我代表所领导表示敬意、热烈祝贺！

也许有人对此不以为然，但是我们研制出中国第一款龙芯 CPU，功在当今、利在千秋，大大长了中国人的志气，书写出中国计算机历史的新篇章。

也许加班加点辛苦累坏了身体，掉了几斤肉、脱了一层皮，多了不少白发；但长了见识，磨炼了意志，提高了本领。正如你们墙上写着人生能有几回搏，生命里有这样的经历，永远也不后悔，永远是向上的基石、青春的记忆。

也许因为照顾不了家庭和孩子，受到埋怨，让小家有了一些损失，亲情落下一些遗憾，但所有的奉献牺牲都是值得的，迟早会得到理解与补偿；所有爱国奉献者，在成就国家民族的同时，也能成就自己和家庭。

也许加班加点远离了交往应酬，显得孤独寂寞一些，但多了精神担当，多了家国情怀，人生将会更加优秀卓越，或许命运就在这里开始转弯、开始改变……

在热情褒奖后，李国杰还提出要求说，身体是科研的本钱，要合理安排好下一段的工作，该休息的休息，该休假的休假，工作健康两兼顾，科研才能势如虎。

送走李国杰后，太阳已经透过窗户洒进实验室，炽热而明亮。胡伟武异常激动，如同出征打了大胜仗一般兴奋、豪迈。他忽然想起课题组聚餐时唱的《打靶归来》，那是何等豪迈美好！

展现"鲲鹏展翅，九万里，翻动扶摇羊角。背负青天朝下看，都是人间城郭"的壮烈豪迈，以及科技报国为民的战斗情怀……

胡伟武这个想法一经提出，就得到大家热烈赞同。

走！我们现在就出发，到天安门广场去，到毛主席纪念堂去……大家一边慷慨激昂说着，一边收拾东西，兴高采烈走出科学院南路 6 号院大门，拦了两辆出租车进入十里长街。

这天刚好是周六，天安门广场人头攒动，熙熙攘攘，一片热闹非凡。

胡伟武带领团队几位成员前往天安门广场缅怀英烈，接受心灵的洗礼。

胡伟武纵目望去，心情极好，脸上浮现出了笑容。伟大祖国的心脏仍然是那么雄伟壮阔，远处的红墙、黄瓦、雕梁、角楼、云龙，以及金水桥、护城河、天安门城楼，颜色辉煌，气势恢宏，承载着中华民族的千载历史骨血，也烙印着无数岁月的沧桑记忆！

他抬头再仰望雄伟高耸的人民英雄纪念碑，巍峨挺拔，气冲霄汉，耳畔思接历史，再一次回顾1949年9月30日傍晚，也就是新生的人民共和国诞生前夜，毛泽东主席亲自组织举办的人民英雄纪念碑奠基典礼。他用浓浓湘音，高声宣读亲笔撰写的碑文：

> 三年以来，在人民解放战争和人民革命中牺牲的人民英雄们永垂不朽！
> 三十年以来，在人民解放战争和人民革命中牺牲的人民英雄们永垂不朽！
> 由此上溯到一千八百四十年，从那时起，为了反对内外敌人，争取民族独立和人民自由幸福，在历次斗争中牺牲的人民英雄们永垂不朽！

再边走边看，认真凝视周恩来总理用遒劲隽秀楷书题写的碑文。胡伟武思绪难抑、情感飞扬，眼前又浮现出了那波澜壮阔的革命战争，斗志顿然昂扬激越；随之也掠过自鸦片战争以来的一次次民族耻辱，腥风血雨，心情又沉重起来……

是的，这是中国革命胜利的一座巍巍高耸的丰碑，也是民族之魂，凝聚着百余年来无数志士仁人前仆后继的鲜血、生命、精神，来之不易啊！

毛主席纪念堂前聚集的人更多，瞻仰人群排着队，宛如一条逶迤延绵的人流，像长河、如长城、似长龙，缓缓行进，慢慢蠕动，也如同情感的海洋在澎湃、赤诚的心灵在跳动、不屈的精神在延伸……胡伟武他们也捧着一颗赤子之心，汇入到络绎不绝的队伍之中。

经过近两个小时的缓缓前行，他们如愿以偿步入庄严肃穆的纪念堂。走至瞻仰厅时，不时传来轻轻啜泣声……胡伟武深情凝视身着灰色中山装、身盖鲜红党旗的毛主席遗容，百感交集，饱含热泪，对着毛主席遗体深深鞠了 3 次躬，表达景仰之情。

两载艰辛，玉汝于成。

9 月 28 日下午，在工厂流片的 C 方案芯片也如期归来。

要知道，这是胡伟武他们最看好最期待的一款芯片。这里饱含着更多智慧汗水，多少个不眠之夜、多少回困难挫折、多少次超越突破，集聚在这款芯片中。

这一刻，真实到来之时。课题组核心成员悉数聚齐，仍然是激动与忐忑交织。

胡伟武又以庄严神圣之情，小心翼翼打开装芯片的盒子，盯着整整齐齐排列的芯片看了良久。看着、看着，胡伟武突然惊叫一声，怎么引脚歪成这个样子了！

其他人也僵在那里一动不动，眼巴巴瞅着芯片上的引脚发愣，感觉似乎凶多吉少。

胡伟武又自言自语轻声说，是不是路途颠簸造成的呀！随后，他异常谨慎伸手选出两枚好一点的，用万用表进行静态测试，一切正常。

他郑重其事交代说，把芯片拿到工厂焊接到子卡上，准备联调。范宝峡等人受领任务后，兴致勃勃地奔向工厂。

正式联调在当晚 8 点开始，先启动运行一个简单程序，测试芯片的可靠性，接着运行 Linux 操作系统，很快在系统上跑起来，一切顺利。随后，胡伟武让提高主频测试，加到 200MHz 以上，系统运行依然稳定。接着，进行更为严格的浮点测试，还是正常，没有发现异常。

芯片成功了，成功了！

此刻，已是深夜 12 点多，胡伟武心头吊着的一块石头总算落地了，一个神圣的时刻到来了。他神情笃定，气宇轩昂，挺胸抬头走出 105 实验室，准备到三楼办公室打电话发邮件，告知课题组全体成员，让大家分享成功告捷的喜悦。

　　整个大楼走廊里空无一人，空旷寂寥，唯有墙壁上的灯光一闪一闪，神秘地眨着眼睛，还有他的脚步与地面摩擦发出"沙沙沙"的声响……走廊空气中还弥漫着熟悉的方便面味道，格外浓烈……

　　行走在这样寂静而混杂方便面怪味的环境中，胡伟武思绪洞开，张开情感的翅膀纵情飞翔，思念起以往"朝九晚五"太平日子的清闲与情趣。

　　那时候，上下班按部就班、有条不紊。他每天下班准时回家，在班车上给女儿讲故事，教她背《三字经》。回家后帮夫人做饭，炒上两个拿手好菜；礼拜天全家人爬香山去郊游，相濡以沫，其乐融融。

　　而如今，这些司空见惯的亲情显得奢侈而遥不可及，家庭仿佛只是一个旅馆，亲人也显得有些稀罕。女儿每每要求他下班一起坐班车回家，但他一次也没有满足，以至于女儿有一次埋怨说，爸爸只知道做他的"破"CPU，不要我们娘儿俩了。

　　念及至此，胡伟武心头涌上一种眷恋难舍，还有愧疚自责之情。

　　然而，胡伟武感到更对不起的是课题组的兄弟们，大家付出了超乎寻常的努力和牺牲。他曾经无情地规定，每天晚上和礼拜六都属于正常上班，无须通知，自觉执行；只有星期天上班才算加班，按通知执行。最过分的是，有一天深夜12点多了，他还打电话把王剑叫回来加班，似乎有点苛刻了。不知王剑夫人和孩子有没有怨恨呢？

　　他的脑海里，还想到王剑正在上幼儿园女儿画的一幅漫画，画中的王剑挑着一副担子，担子两头的箩筐里，一边是天真可爱的女儿，另一边是正在研发的龙芯CPU。担子被压得弯弯的，王剑艰难地负重前行……

　　这是一位幼小女孩的真情独白。她幼小的心灵深知，父亲王剑特别辛苦，为了研发龙芯CPU而加班加点，每天凌晨才返回家中，早上给家里做好饭，陪伴自己吃过早饭，将自己送到幼儿园，尔后又要返回实验室，继续为龙芯科研而奋斗。

　　如同王剑一样，默默牺牲奉献的龙芯课题组家庭比比皆是！

　　不知不觉走到了办公室，胡伟武不得不收住思绪的翅膀，打开电脑给全组人员发了邮件，还专门给黄令仪打了一个电话，再一次分享成功喜悦。

这时，胡伟武仍然没有睡意，情感又一次活跃起来，想起许许多多清晰如昨的往事。

想到了，李国杰在全所大会上信誓旦旦的豪言，CPU 研发是今年计算所的头等大事，向党的十六大和国庆节献礼，意义特别重大，务必首战告捷。

想到了，课题组花了上千万元国家和人民的血汗钱，终于没有浪费，功成正果，心无愧疚与遗憾。

想到了，恩师夏培肃院士的殷切嘱托，第三代计算机人的国家使命，就是传承前两代计算机人的光荣使命，在开放市场条件下研制计算机核心技术，实现中国信息技术的自主创新。

想到了，那 7 个昼夜紧张激烈的鏖战，天昏地暗的拼搏奋斗，使张福新、王剑、杨旭、范宝峡等疲惫到了极点。他们坐在电脑前手搭在鼠标上，人趴在电脑前，就酣睡进入了梦乡。

想到了，女儿曾天真地说，爸爸，要是你做的 CPU 比不过美帝国主义，我长大后就接着做。

所有这些，有着太多太多的期许、宏愿、感动、伤痛……

那一刻，胡伟武激情难抑，不由得鼻头一酸，泪水夺眶而出，炽热的泪花滚动在脸颊，如同珍珠一般，或悬挂在脸上，或沿着脸腮慢慢滚动着簌簌落下，在深更半夜暗放幽光，默默无语，蕴含着无尽的情感与希冀……

随后，工厂流片的 B 方案芯片也回来了，也是圆满告捷，创造了三套方案全部成功的非凡奇迹。

是的，课题组经历的艰苦、鏖战、心血，在流片成功后就意味着一段历程的结束，成为了过往。成功的喜悦，如同一阵凉爽的秋风，一只纤细的妙手，给龙芯人拭去挂在腮边的泪花，抚平辛劳、纠结、创伤，增添了更大的勇气担当……

病榻中的黄令仪，听到喜讯后，更是兴奋不已，心花怒放了，完全沉浸在无比美好的幸福之中，接着脖子也不痛了，病痛全消，高高兴兴出院重返岗位。

9月20日，横空出世的龙芯1号通过计算所组织的评审测试，各项技术性能达到设计标准。

9月22日，中科院组织鉴定委员会对龙芯1号进行鉴定，认为龙芯1号达到1997年前后国际先进技术水平。

9月28日，中科院在北京农展馆举行高性能通用CPU龙芯1号新闻发布会，迎来龙芯1号面世的高光时刻，向即将召开的党的十六大献礼！

在新华社、中新社、人民日报等主流媒体关注下，中科院领导将龙芯1号芯片展示出来，向全世界发出中国人有了自己第一款CPU芯片的庄严公告。全国人大常委会副委员长、中国科学院院长路甬祥，全国人大常委会副委员长、中国科学技术协会主席周光召等，见证了这一历史性时刻。

这一天，参加新闻发布会的课题组14位技术骨干穿上最体面的衣服，豪情万丈、意气风发，脸上洋溢出激动、豪迈、喜悦，内心涌动着难以言喻的成就感，享受到了无上荣光。

他们聚集在新闻发布会展板前，留下一个永远值得纪念的瞬间，有人戏称为"中国之芯勇士图"。新华网报道：

> 龙芯1号芯片，它的芯核虽然只有钥匙孔大小，却集成了600多万个晶体管，可执行250多条指令，每秒运算速度超过2亿次，性能达到1997年国际芯片设计水平。它可以用在各类计算机上，也可以用在家用电器等产品上，可以运行"红旗"等主流操作系统，进行网络浏览、程序设计等。
>
> CPU也称通用处理器，是现代电子设备运算和数据处理的核心部件，是电脑设备的大脑和心脏。世界上只有美国、日本等少数国家和地区拥有通用CPU的核心技术，中国拥有我们自主设计的"龙芯"，对加强计算机内容的安全保密性意义重大。

南方网报道：

44 年之后，我国信息技术产业再次迎来令人振奋的时刻。1958 年 9 月研制出我国第一台电子计算机的中国科学院计算所，研制出了通用高性能中央处理器芯片——龙芯 1 号，这是我国信息产业掌握计算机核心技术道路上迈出的关键一步。其技术性能与英特尔公司的"奔腾 2 型"芯片性能大致相当，微系统结构、逻辑设计和版图设计都具自主知识产权，硬件设计可以抵御黑客和病毒攻击……

也有专家评估说，龙芯课题组几十号人，用两年多时间完成了英特尔近十年的升级之路，堪称世界信息技术史上的一个奇迹，不可思议。

搜狐网一位记者采访胡伟武说，你们研制出的龙芯 1 号意义重大，填补了中国科技史上的空白，首次解决"大国无芯"的尴尬局面，壮了国威，一些人将你们视为民族英雄。

此刻，34 岁的胡伟武青春焕发，年富力强，内敛而谦逊地说，这个不敢当，我们仅仅做了科研工作者应该做的事。今年正好是抗美援朝上甘岭战役胜利 50 周年，我觉得那些志愿军指战员才是真正的民族英雄，比起他们用鲜血生命创造的人间奇迹，我们微不足道，显得太渺小了。

翌年 1 月，经中国科学院、中国工程院评选，龙芯 1 号技术入选 2002 年中国十大科技进步新闻，同时入选的还有"神舟三号""神舟四号"飞船发射成功，三峡工程导流明渠截流成功等。

龙芯 1 号的成果，永远镌刻在中国信息技术产业的巍峨丰碑上。

第三章　龙芯 2 号光荣问世

1. 目标: 由 1 到 10

万事皆在谋, 未雨绸缪亦从容。

自 2002 年 7 月 7 日凌晨, 龙芯 1 号交付流片后, 胡伟武、张福新他们并没有战马卸鞍、刀枪入库, 脑子紧绷的弦并未完全放松。

特别是将心灵和情感完全融入到龙芯设计之中的胡伟武, 内心有许许多多感慨与感想, 有无穷无尽的愿望和期待。他脑海时常闪现出研发时的酸甜苦辣、重重关隘, 这种情绪在他头脑里赶也赶不走, 始终萦绕回荡, 牵肠挂肚。

每当夜深人静、万籁俱静时, 胡伟武在成功面前找差距, 深刻反省。

龙芯 1 号的主频达 200MHz 以上, 但实际运行程序时, 性能只有同样是 200MHz 主频的奔腾 2 处理器的一半。胡伟武在成绩背后思不足之情更为强烈, 认真分析龙芯 1 号结构设计的缺陷, 为即将展开的龙芯 2 号结构设计做准备……

整整有两个昼夜, 胡伟武又澎湃起难抑激情, 犹如一名未建功勋的勇士, 壮志难酬般端坐在计算机前, 凝神聚气, 精心运用各种测试程序和办法, 试图通过优化软件的方式, 提高龙芯 1 号视频播放性能, 弥补一些让他耿耿于怀的缺憾和瑕疵。

这种努力虽有一些效果，但未能从根本上大幅提升性能，留给胡伟武心头的仍然是一抹难以愈合的伤痕。

他在心中暗暗发誓，在龙芯 2 号设计中，决心一雪前耻做到更好。待从头、收拾旧山河，朝天阙，决心踏平坎坷路，笑谈龙芯报国酬。

胡伟武还清楚记得，在龙芯 1 号新闻发布会上，各级领导和嘉宾对龙芯 1 号报以赞美之时，李国杰并未被成功喜悦冲昏头脑，而是引用《易经》冷静地说，万物生于有，有生于无。如果龙芯 1 号解决了从 0 到 1 的话，那么龙芯 2 号就要解决 1 到 10 的问题，性能至少是龙芯 1 号的 10 倍以上。

提高 10 倍以上性能，这是何等雄心抱负！胡伟武心中喟然慨叹。

向着这一目标冲刺与跨越！标定了胡伟武必须有一种非凡卓越的追求和强大果敢的意志。

2002 年末，在各方科学家的大声疾呼下，在龙芯 1 号研发一举成功的深远影响下，龙芯 CPU 研发引发广泛关注，得到中科院的高度重视和支持。

这个惊天喜讯，也是一个了不起的晋级和跨越！令人无比振奋，雀跃庆幸。

历史在此拐了一个弯，改写了中国自主 CPU 的研发条件和进程。龙芯 CPU 研发得到中科院知识创新工程重大项目支持，也就意味着有了几千万元量级的经费保障。

唐志敏异常激动，利用整整两天时间，认真填写国家科研项目申请书，特别是按照李国杰提出的龙芯 2 号性能提高 10 倍的要求，列出两个具体指标。一是主频达到 500MHz 以上；二是 SPEC CPU2000（国际上权威测试 CPU 性能的工具）达到 300 分以上。而龙芯 1 号分值是 20 分左右，达到 300 分以上，是龙芯 1 号的 10 倍以上，可谓是数量级的大跨越。

这两组数据简明扼要、提纲挈领，将研发龙芯 2 号的目标表达得足够清楚到位。这既是研发人员鼓足勇气攀登的两座高峰，也是紧紧箍在头上的两个"紧箍咒"，让人欲罢不能。

胡伟武神色凝重，坐在办公室反复琢磨这两项指标。他认为，提高龙芯 CPU 的性能是一个综合性指标，主频高低与软硬件结构优化二者不能偏废，须相互兼顾、相得益彰，才能真正提高整体性能。

正如同生活中扛木头，要将 100 根木头从 A 地扛到 B 地，甲每 10 分钟跑一个来回，每次扛 1 根木头，60 分钟扛了 6 根木头；而乙每 20 分钟一个来回，每次扛 4 根木头，60 分钟扛了 12 根木头；丙 60 分钟一个来回，每次扛 6 根木头。这样既不能根据甲跑得快（主频高），就说甲的性能高，也不能根据丙每次扛得最多（每拍执行指令多），就说丙的性能最高；而乙的两项指标适中，兼顾速度与数量，最终扛得木头最多，达到成效最高。

这年深秋，一场缠缠绵绵的秋雨过后，北京天气骤然转凉，萧瑟的秋意铺天盖地而来，颇有"萧瑟秋风今又是，换了人间"的意味。

而龙芯 2 号项目审查会，如期在中科院会议室举行。与会的中科院领导和专家目光炯炯，拿起桌子上厚厚的项目申请资料，认真审看每一项内容。

会议结束后，李国杰、唐志敏、胡伟武一同走出会场准备离开时，中科院副院长江绵恒追到楼道上来，略带关切口吻对李国杰说，李院士，我就把宝押在你们身上了，一定要圆满成功。

此时的李国杰，对龙芯团队的能力颇有信心。他神情凝重回复道，我晓得，龙芯 2 号好比上甘岭战役的五圣山，打赢这一仗才能走活全盘棋，为我国信息技术自主研发奠基负责！

江绵恒紧紧握住李国杰的手说，好！有你这个态度，我就放心了。

这一幕深情对话和殷切期望，深深烙印在胡伟武脑海中，让他彻夜难眠、浮想联翩……他联想到举世闻名的上甘岭战役，这次战役的成功在于彭德怀元帅的作战思路得当，深刻认识到上甘岭地区的 537.7 高地、597.9 高地，是朝鲜中部平康平原的天然屏障，是扼守中部战场的两个前沿要点，守住这两个高地，就守住了战局，志愿军就能赢得整个战争的胜利。

他也想到彭德怀元帅那句话，如果谁把上甘岭丢了，谁就要为朝鲜的历史负责。

是啊，思路决定出路，细节决定成败。如果龙芯 2 号研发失败了，加快中国信息技术自主研发的步伐就会迟滞，也要为历史负责。一定要把龙芯

2 号设计思路和技术原则把握准确，万万不能出现任何差池。

据此，胡伟武确定了龙芯 2 号设计的三条原则：

第一条是充分发挥结构设计优势和软硬件协同的设计原则，通过处理器中各个层次的并行性开发来提高性能。并行性包括指令级并行、数据级并行、线程级并行；其中，指令级并行主要是四发射结构的实现，每拍都执行四条以上指令；数据级并行性的开发，主要是通过 SIMD 的技术实现向量指令；线程级并行性，包括单处理器的多线程技术以及多处理器的多线程……

第二条是以物理设计指导结构设计的原则，由物理设计要求来确定流水线的最大逻辑路径，确定每一级流水线的最大延迟，并在此约束下进行结构设计。前端的结构设计中，要兼顾后端的物理设计，明白相应的逻辑在物理设计上是什么样的，贯通前端与后端设计，谋求设计的整体效益。

第三条是设计和实现方法上稳扎稳打的原则，在设计初期就进行充分的仿真与验证，扎扎实实把基础夯实，走好三大步。第一步是采用标准单元设计，主频定在 200—300MHz 以上；第二步是功能上增加二级 Cache 接口或 DDR 内存接口等，物理设计使用更多的宏单元，主频在 300—400MHz 以上；第三步是功能上增加对多处理器系统的支持，在更多地方使用全定制单元或使用全定制流程，争取主频做到 500MHz 以上。

如此设计思路，经过胡伟武等人深思熟虑，既汲取龙芯 1 号的精华，也摒弃了缺陷，做到扬长避短；既前瞻国际 CPU 发展方向，也立足龙芯团队的技术实力。可以说是意旨高远，符合实际，具有很强的前瞻性和可操作性。

2. 非同凡响的旅行

酷暑八月天，炎热舞翩跹。

一列从北京到四川广元的列车，缓缓穿行在巍峨浩瀚的秦岭之中……车窗外，满目的苍翠碧绿，重峦叠嶂，群峰突兀，高耸的群山与蓝天白云融为一体。

胡伟武端坐在车窗旁，凝视秦岭深处云横阁峻美青松、雾锁山峦起白烟的风景，任由思绪在秦末年间"明修栈道，暗度陈仓"，北宋时期"楼船夜雪瓜洲渡，铁马秋风大散关"，南宋朝代"何处望神州，满眼风光北固楼。千古兴亡多少事？悠悠……"中徜徉，思绪纵横飞翔，穿越古今。

当火车驶入一个长长隧洞，"咣当咣当"在山洞中发出巨大轰响，突然又从山洞中钻出来时，有豁然开朗之感，只见一块石碑上显赫写着"灵官峡"。胡伟武的记忆闸门又一次被撞开，回想着初中语文课本中的散文《夜走灵官峡》，想象着解放军工程兵在巍巍秦岭深山中，用钢钎、铁锤和血肉之躯，打通这条宝成铁路大动脉的往事……

同志，要水吗？一位身着铁路制服的工作人员走近询问，又将胡伟武的思绪从历史纵深拉了回来。

胡伟武面露微笑，向服务员摇了摇头，又回想起这次出差携带的特殊任务。

也就是一个月前，他率领课题组刚刚完成龙芯1号设计任务，在交付生产厂家流片的空档期，计算所领导交给他到四川广元参加一次学术研讨会的差事。会议安排颇为丰富，有集中研讨、课题讲座，也有去神奇九寨沟参观等，算得上是一次轻松浪漫的美差。

出发前，胡伟武将一同出差的课题组张福新等人喊来说，我看这次学术会是一次"神仙会"，咱们可将龙芯2号的设计带上，一边参会一边设计，一边旅行一边工作，两全其美吧。

大家异口同声说，这是一个好主意，在不同的氛围中肯定能够激发出创新火花，做到不虚此行有所收获。

彼时，龙芯1号送去流片，也意味着龙芯2号研发开始。

课题组利用一些时间，对研发龙芯2号进行必要准备，恰逢其时。譬如，对国际知名企业主流CPU进行研究，分析优缺点，有什么是可以借鉴的；初步确定龙芯2号寄存器命名、动态调度，以及运算部件架构等。

而胡伟武将此行重点任务，锁定在研究龙芯2号CPU的取指和访存部件结构，准备啃下这两块"硬骨头"。

会议在广元市的四川职业技术学院举办，组织有条不紊，各项保障十分给力。他们白天参会，该听会的听会，该讨论的讨论，认真完成会议任务。

晚饭后，川北重镇的广元夕阳西斜，热浪逐渐消退一些，山涧的溪流轻轻地欢歌笑语，树枝也婆娑摇曳舞动起来，翠绿在斜阳照耀下显得更加饱满丰盈，富有葱茏细腻的光泽，宛若一幅幅生动美妙的写意油画……

举办方盛邀胡伟武等去游览美丽夜景，感受川北人家休闲浪漫的生活情趣，或参观女皇旧址、石窟艺术，或感受剑门蜀道等历史名胜。胡伟武委婉谢绝，而将几位同事召集到自己寝室内，认真研讨龙芯 2 号取指部分的架构设计。

盛夏的夜色如浓稠墨砚一般深沉，时光如水一样静静流淌、没有声响……当与会人员房间灯光一个个相继熄灭，大都进入梦乡后，唯独 207 室胡伟武房间的灯光还亮着，窗帘外不时映耀出胡伟武、张福新等人的影子。

连续几个晚上，他们在明亮灯光下，一会儿在草稿纸上写写画画，一会儿凝神思索，一会儿热烈辩论，集中智慧对龙芯 2 号 CPU 的整体框架进行设计，力求能有拨云见日般的创新。

最后，会议安排去九寨沟参观，乘坐交通工具是大巴车。胡伟武他们随会议人员一路同行。

上车后，胡伟武主动选择坐在最后一排，试图寻找一种不被打扰的逍遥。

从广元到九寨沟全程 300 多公里，大巴车在川西北高原上奔驰，途经藏族、满族、蒙古族、苗族、羌族等少数民族地区，大山连绵，风光旖旎……车子很长时间都穿行在嘉陵江之间，沿着 108 国道、212 国道逶迤前行……

而胡伟武心里惦念的仍是龙芯 2 号结构设计，便对相邻而坐的负责取指部分调研的龙芯课题组研究生小范说，我们继续研究吧，车跑车的，咱干咱的，互不耽搁。小范说，这多好！车子跑起来还能放飞思维、活跃灵感呐。

共同的情感追求，驱使他俩又进入龙芯2号取指结构设计的讨论之中，沉湎于复杂深奥的芯片理论，你一言我一语，相互启发，碰撞采取何种转移猜测算法？如何消除转移指令后面的延迟槽？取指和转移猜测是以指令为单位还是以发射块为单位？转移猜测是在取指还是在译码阶段进行？如何提高指令Cache的性能？等等。

大巴车仍然在高原上奋力奔驰，车窗外悬崖峭壁，奇峰秀岭绵延不断，一条蜿蜒曲折的大江在公路旁滚滚流淌、奔腾不息……

许多乘客在车子摇晃之中恹恹欲睡，而胡伟武、小范却毫无倦意，激情澎湃，甚至每一次车子前仰后合的颠簸，都能刺激神经，一次又一次不断撬动智慧之门，让灵感火花不断激越、闪亮、迸发。

到了晚上8点多，车子抵达九寨沟时，龙芯2号结构设计的取指部分架构思路也基本成型，一套缜密完整的技术逻辑跃动在这台大巴车最后一排座位之中。

接下来，他们一边游览神奇九寨风光，一边又启动访存部分的结构设计。这项设计更为复杂，其功能与操作系统密切相关，是提高CPU性能的核心部件之一。

胡伟武与大家反复研究，苦苦探索如何降低流水线延迟？如何提高Cache命中率和降低由于Cache不命中引起的等待延迟？还探讨了其他深层次技术问题。

神奇的九寨沟之行，鬼斧神工的大自然馈赠，让胡伟武他们心旷神怡，更让研发龙芯2号在轻松之旅之中，收获了不少灵感和成果。

当旅行结束返京时，以上技术研究也形成相对完整的思路。这也让胡伟武认识到，强大压力攻关可将技术做到极致，而轻松愉悦又能迸发出非凡灵感与创新思维。

此行，胡伟武完全浸淫在龙芯CPU的神秘世界中，对性能与主频的关系有了更深理解。譬如，为什么在龙芯1号的测试过程中，对于一些访存密集的应用，主板频率 83MHz 而 CPU 频率 250MHz 时的性能，还不如主板频率 100MHz 而 CPU 频率 200MHz 的性能？

他将龙芯 CPU 性能，形象比喻为一座城市交通系统的吞吐率，深有感触说，一座城市的交通体系，如果有几处"堵点"，就会影响整个城市的吞吐率；只要有针对性把"堵点"疏通，尽管用力气不大，但整个城市交通吞吐率会极大提高，达到"四两拨千斤"功效。

这年一转眼就快到国庆节了，胡伟武接到中科大的邀请，请他前往母校做学术报告，主要是给青年学子分享龙芯 1 号的研发成果和感悟。

这是一次聚焦龙芯科研课题的出行。胡伟武的头脑再一次活络起来，萌生边做学术交流边搞科研的想法，接续把龙芯 2 号结构设计再往前推一大步。

于是，他找来参与龙芯 2 号设计的技术骨干张福新等人商量道，你们国庆节如果没有其他安排的话，我们利用节假日回一趟中科大，一个是给学校介绍龙芯 1 号的研究成果，另一个是对龙芯 2 号 C 模拟器进行研发，一举两得。

张福新兴奋地说，正合我意，毕业两年了，也想回学校看看。

这年 10 月 2 日，他们如约踏上南下的列车，在京沪铁路线上经天津、济南、徐州等地，携带着国庆 53 周年的愉悦之情，以及龙芯 1 号的厚重成果，一路向南、向南……

在火车厢里，他们心情如同奔驰的列车一般，思绪翻飞，兴致颇浓，一边观赏大江南北的秋色美景，一边又投入到龙芯 2 号结构设计讨论中，真有指点江山、激扬智慧的诗情画意。

当他们走进中科大校园，熟悉的一景一物又触动了记忆，昔日校园生活的往事奔来眼底，顿感格外亲切、温馨、炽热……道路两旁鲜艳的五星红旗迎风招展，浓郁的桂花清香阵阵扑鼻，好像专门欢迎学子归来一般浓烈而多情。

久别重逢的校友，自然与他们热情相聚拥抱，尔后便是接风洗尘，以及浓情热语的叙旧交流，让宴席气氛高潮迭起……

从来就不善觥筹交错的胡伟武，还是端起酒杯表达心声说，我们这次到学校，一个是汇报，向尊敬的老师与学友汇报刚刚研发成功的龙芯 1 号；再一个是找寻研发灵感，借中科大这块风水宝地，利用节假日封闭起来，研发龙芯 2 号模拟器。这样就请师友们理解，接下来的日子就不安排请吃了，给我们找一个没有纷扰喧嚣的清静之地，就是最大的关心照顾。

明白！通情达理的中科大师友，给他们在学校内找了一间闲置的房子，打扫得干干净净，布设了必要的仪器设备，供他们攻关使用。

此后的几天，除去利用半天进行学术汇报外，其余则以这间房子为阵地，全力以赴进行龙芯 2 号的结构设计。

国庆节的中科大，校园里到处洋溢着盛典华彩，朝气蓬勃的园区拥抱着一轮金色的阳光，金桂、丹桂、四季桂羞涩地点缀上红色、黄色小绣球，呈现出叶密千重绿、花开万点艳的美态；花园内的波斯菊、矢车菊、悬崖菊竞相绽放，折射出雍容华贵、仪态万方的容颜，美不胜收。

胡伟武、张福新等人沉浸其中，心情怡然淡定，灵感极大张扬，平心静气对 C 模拟器展开顶层设计，将其分成若干章节，营造阡陌纵横、条理交错的结构。尔后，他们将设计分成三部分，分头开动脑筋进行代码编写，从心灵深处流淌出一行行逻辑语言。

接下来集体会审，相互挑毛病找不足，进行交叉修改，使得集体智慧和个体才华得到充分释放，也让 C 模拟器基本成型。相比龙芯 1 号更趋完善，运算速度得到很大提升。

攻克这一堡垒后，他们接着于微细处下功夫，对结构设计的细节走深走实，对可能出现的问题，进行多维考虑和甄别，力求达到无懈可击。

譬如，在转移猜错取消时需要判断正在执行的指令中，哪些是该转移指令前面的，哪些是该转移指令后面的？张福新等人认为，应当参照国际 MIPS R10000 的使用方法，与国际接轨。但胡伟武感到，这种方法太烦琐，没有达到简洁高效，决不能受国际思维框框的束缚，必须另辟蹊径，走向完美极致。

为此，他们触及本质机理，分析内部各个元素环节的特性，相互探讨、辩论、启发……不论身居斗室、还是漫步校园，不管吃饭就餐、还是收拾就寝，有意义的分析争论相当激烈，唇枪舌剑，你来我往，一直在辨析、碰撞、升华。

最终，他们利用整整两天的相互启发点拨，找到一条言简意赅的办法，使得该问题研究画上圆满句号。

两次愉快而特殊的旅行，巧妙地打开龙芯 2 号高点起步的一扇大门，也展露出高标准设计的凌厉之势。

3. 浇铸血性的鏖战

铿锵起步的激昂，在动员中轰鸣，也在血液里歌唱。

龙芯 2 号设计在前期完成整体框架设计和 C 模拟器的基础上，于 2002 年 11 月底召开全面设计部署会。

由于条件有限，部署会在龙芯课题组会议室举行。课题组 40 多人拥挤在一起，有的坐着，有的站着，还有的靠在墙边，因陋就简进行动员誓师，拉开了整体设计的帷幕。

胡伟武坐在会场中央，全面部署研发工作的具体任务、技术思路、目标要求等，对如何打好龙芯 2 号设计第一仗——RTL 逻辑设计作出说明，明确任务分工。

最后，胡伟武引用李国杰的比喻说，龙芯 2 号研发，比龙芯 1 号规模更大更复杂。我们肩负着神圣的国家使命，除了胜利还是胜利，别无选择！

这段铿锵有力的话，豪迈之情如同惊雷击鼓催征一般，很好将个体价值与伟大祖国信息化事业紧紧系在一起，鼓荡得大家血脉偾张，激情奔涌，决誓打赢这场新战役。

何为龙芯 2 号的 RTL 逻辑设计？是指利用硬件描述语言，一种能够描述逻辑器件的语言，对龙芯 2 号的设计进行描述，有人也将其称作逻辑设计。就此，课题组按照高标准设计的特征，重点组织三个波次突击。

第一波次突击是设计，完成主体任务。大家利用一段较长时间，理解龙芯 2 号的结构。随即进行模块设计，沉下心来编写代码，用一个个英文字母、符号、数字，编写复杂的逻辑语言和逻辑结构，构建 RTL 所有模块。

突击奋战的日子过得飞快，一眨眼就是 2 个多月，日历很快翻到 2003 年 1 月 21 日。课题组完成了龙芯 2 号的 RTL 逻辑代码编写，时间也渐渐逼近春节。

佳节来临心不稳啊！胡伟武在技术分析会上说，越是临近春节，越要心无旁骛，务必将第一波次突击仗打漂亮，争取在春节前完成龙芯 2 号 RTL 代码的初步调试，运行一个包含所有指令的叫 CP0 的小程序，创造开门红的好兆头。

2002 年的春节，课题组是在加班中度过，这次争取在龙芯 2 号的 RTL 仿真环境上春节前调通 CP0 程序，标志着龙芯 2 号逻辑代码的齐套。胡伟武解释说。

有人兴奋地说，我们写个决心书，立字为证鼓士气，激发豪情不松劲。于是，就连夜写了一个十分简洁的决心书，用打印机打在白纸，张贴在 309 实验室的黑板上，内容如下：

> 我们以饱满的热情，决心在春节前在龙芯 2 号的 Verilog 上运行 CP0 测试程序通过，不调试成功誓不回家！
>
> No PAINs, No GAINs

尽管这个决心书，没有华丽辞藻和长篇大论的说理概括，也没有豪言壮语，大概是天底下最为简单的决心书，但也如嘹亮的冲锋号角，格外响亮，一直在大家心中萦绕，鼓舞着士气斗志，焕发着血性豪情。

1 月 22 日早晨，胡伟武端坐在计算机前，将成功运行龙芯 1 号使用的包括所有指令的一段 CP0 测试程序，在新编写的龙芯 2 号 RTL 仿真环境下运行，但系统没有响应，一片漠然跑不起来。

大家顿时紧张起来，重新对每一个模块结构进行核对，对每一行代码认真审看……历经 3 个昼夜紧张奋战，直到 1 月 25 日晚 11 点 45 分，RTL

平台才成功运行功能测试程序，顺利在计算机上跑了起来。

大家在机房里一片欢腾，第一波次突击奋战的所有疲劳烦恼，被成功的欢声笑语所淹没。

伴随着首战告捷，课题组宣布，2003 年春节法定假日正常放假，全体人员得以回家过年。这也是课题组头五年内的唯一一个春节放假。

第二波次突击是联调，发现定位问题。春节过后，在前一阶段初步测试基础上，在 RTL 仿真环境上运行 Linux 操作系统。这是升级的测试联调，难度相对较大。大家边测试，边修改，边调整，聚精会神，一丝不苟。

又经过 9 天紧张工作，RTL 仿真环境成功运行 Linux 操作系统。大家又是一片欢腾，祝贺辛勤奋战的可喜成果。

但是，RTL 系统的庞大性和复杂性，使得再升级运行浮点测试程序时，碰到意想不到的困难。刚开始时，系统有卡顿感，运行速度极其缓慢，甚至出现死机。调试人员面面相觑，不知如何是好？

胡伟武赶来看了现象特征后，沉思片刻说，错误可能出现在调用动态库的过程中，需要我们对 RTL 设计进行系统修改，里边肯定还有不少错误和疏漏，引发运行出现了问题。

于是，10 多名 RTL 设计人员集中在 309 房间，进行封闭式自查自纠，耐心寻找问题。经过几天的认真检查，又发现大大小小错误 20 多处，逐个修改后，使得运行浮点测试程序的联调取得成功突破。

大家击掌欢庆，也感慨研发关山重重、暗礁连连，稍有一丁点疏漏就会迟滞研发步伐！

第三波次突击是调整优化，提升整体性能。这是龙芯 2 号逻辑设计的关键，能否调整优化好各个模块，关乎龙芯 2 号能否实现从 1 至 10 跨越的关键。课题组深谙其中道理，人人打起精神、挺直腰杆，个个全神贯注、全力以赴，投入到新一轮巨大挑战之中。

他们埋头奋战，对每个模块的各个队列、每项设计的各个环节，一步一步精心调整优化，使其达到品质最好，力求完美无缺，也让 RTL 整个设计面积、延迟、性能得到持续优化。

如此实践，让胡伟武他们对调整优化理解尤为深刻，感到既要有铁杵磨针的耐性，下得了苦功夫；也要有庖丁解牛的悟性，悉心掌握规律特点；既要有用百分之一功夫完成一个正确设计的能力，还要有用百分之九十九功夫进行优化的决心，达到精确无误。这样使得大家更加冷静严谨，顽强起来，向着最佳优化去冲刺、去搏击……

彼时，时光已到3月中旬，京畿大地春风料峭，进入春意回大地、万物尽欲言的季节。龙芯2号设计也步入关键时期，RTL设计的FPGA验证全面铺开，物理设计也紧锣密鼓启动。

时刻牵挂龙芯的李国杰来到课题组，对胡伟武说，现在结构设计与逻辑设计初见成效，进展顺利，但物理设计力量还是薄弱，不妨我们与微电子所再度携手联合，请黄令仪老师再助我们一臂之力。

好！黄老师在龙芯1号物理设计中功不可没。她品德高尚，是一位纯粹的科研人，有强烈爱国报国情怀，能加入研发当然是好处多多。

胡伟武接着说，龙芯2号物理设计比龙芯1号难度更大，增加了9个端口寄存器堆的全定制设计。我们现在还没有足够经验，失败的风险比较大。为了保险起见，还是建议两支队伍同时设计，外请专业公司帮我们做一套设计，叫A方案。黄老师率领一支队伍设计叫B方案，一方面互为备份，确保成功；另一方面探索学习，掌握本领。

李国杰对胡伟武安排相当满意，会心地笑了笑说，这样也好，借鉴龙芯1号经验，摸着石头过河，也锻炼摔打队伍，务必抓好细节。

思路决定出路，细节催生成功。

没过几天，计算所与微电子所达成共识，黄令仪率领有关人员，承担起设计龙芯2号寄存堆的任务。同时，国外C公司也承接了业务，展开寄存器堆的设计。

时光进入2003年4月后，突如其来的非典型肺炎在北京肆虐，疫情严重程度超乎想象，传染速度快，难以防范，令人揪心啊。

4月20日，北京确诊病例新增超过百例，疑似病例增至600例，卫生部宣布实施"疫情一日一报制"。北京进入了应急状态，全市中小学停课两周，"五一"黄金周也按下暂停键，大有谈疫色变的紧张气氛。

胡伟武立即召集技术骨干研究对策，决定研发与防疫两兼顾。一个是将实验室与外界隔离，上班人员统一在办公室吃盒饭，中止来访流动；再一个是减轻工作强度，晚上9点必须下班，还发放板蓝根、感冒冲剂等，提高个体免疫力。

然而，进入研发状态技术骨干，热情高涨地拼命工作，全然不顾疫情威胁。有的人通宵达旦加班，进入忘我无我的状态……

一切都按部就班，一切都紧张有序。看似风平浪静，尽在掌控之中，但突发情况，令胡伟武等人猝不及防。

第一件事是，在FPGA平台上验证中，有一个程序的浮点结果有时正确有时错误，诡异离奇，让人有点迷茫。

而张福新在机房里若有所思说，我觉得还是RTL有问题！

一语点醒梦中人。张福新是天生搞科研的料，能力强，悟性佳，在课题组是操作系统研发的权威，往往有惊人的研判能力。

此话提醒了胡伟武，他立即放下正在检查的布线工具文档，下定决心把悬而未决的疑点搞清楚，弄个水落石出。

接下来的两昼夜，胡伟武、范宝峡等对这段出错的程序，认真分析研究，先用FPGA验证，再用C模拟器筛查，还用RTL仿真追踪，终于找到RTL设计中的一处错误，随即用一天时间进行修改。

第二件事是，在龙芯2号的物理设计过程中，有一次经过两天三夜奋战后，胡伟武他们正准备歇息时，负责寄存器堆全定制仿真验证的技术人员小王慌慌张张跑来报告说，胡老师，仿真表明，委托C公司设计的寄存器堆不能正常工作！

C公司是一家有实力的大公司，按理说不至于出现如此差错。胡伟武一边说，一边不可置信地摇了摇头。

小王解释说，这是真的，我们做了好几轮仿真，结果都是寄存器堆有问题。

走！我去看看。胡伟武边说边走，来到仿真寄存器的实验平台旁，仔细观察现象，又亲自对寄存器堆做了更多仿真，确信寄存器堆真有问题。

胡伟武立即给 C 公司设计负责人打电话，但 C 公司并不认为是他们的错误。便只好将他们请到实验室来，反复做实验耐心解释，才终使 C 公司设计人员低下高傲的头颅，认识到自身设计错误，得以改正。

此时已是 7 月天，太阳如同火炉一般烧得正旺，散发出滚烫炽热的能量，烤得大地有点喘不过气来。而接连突发的两次重大故障，让胡伟武他们如芒刺背、心有余悸，浑身汗水涔涔……心里仍然担忧哪个地方还有不易察觉的疏漏，贸然提交流片造成失败，将会带来难以承受的灾难性后果……

高度的忧虑，自然带来提交 A 方案流片前最为精细、十分苛刻的检查。

胡伟武动员张福新、钟石强等精锐力量，继续对寄存器堆进行分析和仿真，一个一个模块检查，一张一张版图验证，不放过丝毫蛛丝马迹。他们经过整整一个礼拜心惊肉跳的检查，排除一系列可能存在的问题后，发现一个关于电源地规划的问题，会导致该模块接地部分供电不足，成为最后关注的焦点。

然而，C 公司技术人员并不认为是问题，反而确认此设计正确无误，旨在让过多的电流通过衬底流掉，保证芯片安全。

争论、争论、再争论，课题组人员与 C 公司反复交涉……

但在当时没有任何经验借鉴的情况下，课题组说服不了对方，只能通过流片的实践来检验，让伟大成功或惨烈失败来做一次佐证。

尽管争论无果，不得不按期提交龙芯 2 号 A 方案流片，但胡伟武心里仍然沉甸甸的，七上八下，一直成为悬而未决的一块心病。

这时，黄令仪率领的队伍将 B 方案的寄存器堆已基本完成，即将推进物理设计，最后面临着验证检查和提交生产厂家流片两个环节。

是选择境外生产厂家还是境内的？境外厂家技术雄厚、设备先进，流片成功把握性更大一些。而彼时，境内的厂家刚刚起步，技术水平不为所知。

胡伟武向李国杰汇报说，国外与境内厂家各有利弊，我们在哪里流片呢？

李国杰紧锁眉头，有感而发说，我们希望别人支持民族工业，用我们的芯片；那我们自己就得带头支持境内厂家，这样才是知行合一，让人信服。不管境内厂家工艺怎么样，总得有人去试，大不了不成功，下次再来。

多么包容的胸怀，多么宽广的度量！

这席掷地有声的话，让胡伟武心里亮堂起来，他表态说，要的就是李老师这句话，那我们就在境内厂家流片，支持民族企业。

接下来，胡伟武带领课题组全力以赴推进物理设计和提交流片前的验证检查。

时至今日，杨旭回忆起当时情景，仍记忆犹新说，龙芯 2 号物理设计是我印象中最紧张、最艰苦的一次。胡老师与大家像打了鸡血一般兴奋，青春在燃烧、热血在澎湃，连续突击了十几天，每天工作十五六个小时，基本上天天都熬到凌晨两三点钟，苦苦奋战、不问西东！大家累得脸色苍白脱了相，没了胃口，每天只吃一顿晚饭，但精神劲头很足，斗志高昂。

杨旭随手打开手机，还调出当年加班突击地点的相片说，人到了极度用脑与辛苦时，所有心思都会转移到某一个兴奋点上，胃就失去知觉，饥饿也感觉不到了，不怕饿来不怕累！

直到 8 月 10 日下午，物理设计布线结束，胡伟武他们心里才踏实了，脑袋瓜不那么紧张压抑，松弛了下来，这才感到肚子"叽里咕噜"叫个不停，饿得前心贴后心难以支撑了。

胡伟武、杨旭、钟石强步行从中关村走到志新桥旁的粥铺吃晚饭。这时，感到什么饭菜都可口美味、俱香无比，狼吞虎咽吃起来。3 人一共吃空了 17 个盘子，简直不可思议，就连点菜的服务员都被吓住了，露出惊讶之色。

随后，他们进行布线，再根据分析结果实施手工调整，修复信号完整性问题和进一步降低延迟，还优化了 DRC 天线。

8 月 12 日晚，夜色深沉漆黑，星星躲得很远很远，如同萤火虫一样闪烁在苍茫天际，让大地显得格外静谧、黯淡……最后进行的验证版图与逻辑设计是否匹配？但是，实验运行结果显示逻辑有错。

于是，课题组赶快对加在芯片最外层的保护环进行检查。但奇怪的是，去掉最外层的一圈保护环，检查显示芯片逻辑正确无误；而加上最外层的一圈保护环检查，芯片逻辑又有错，似乎有点诡诈狡黠，难以捉摸。

夜更深了，月亮渐渐露出尊容，皓月千里，静影沉璧，像一抹薄纱轻轻笼罩在窗户上，不露任何声色，显得轻柔而祥和。胡伟武神色凝重下令说，我们几位做实验的继续查找问题，同时安排人重新做保护环，两边同步推进。

月光仍然皓洁如银、夜色柔美深沉，时间一分一秒流淌……大家或紧张敲击键盘，或仔细盯着屏幕检查，或围在机器旁观察，或静静等待实验结果，与眼前的诡诈问题较量着，也与疲劳与睡意抗争着……

凌晨4点多时，新的保护环做好，重新加在芯片外层，再反复进行验证版图与逻辑图是否匹配检查，终得显示正确的结果。

时光仍在流淌，清晨的晨曦透过窗户映耀进机房，显得格外热烈温馨、和煦灿烂。此刻，所有检查结束没有任何疑问了，胡伟武对钟石强说，交付流片前我们再做最后一次检查，尔后正式交付流片。

钟石强是广西壮族人，中等身材、为人憨厚、性格倔强，既有勤勤恳恳、任劳任怨的作风，也有不屈不挠的斗志、勇气和奉献精神，属于纯粹耿直而不多言语的科研人。

当新的一轮检测开始后，计算机不知疲倦地运行着，时光静静流逝……胡伟武对杨旭说，计算加运行需要三四个小时，咱们小睡会儿吧。

于是，每个人拼接了3把椅子躺了下来。

早晨9点，刚好是计算所正常上班时间，龙芯2号B款芯片完成了最后一轮检查。杨旭从机房拷出文件交付流片时说，昨晚等待检测结果时，真怕一不小心睡过头了。我看到你们都躺下了，就赶忙站起来，生怕咱们3个人都睡着了，就不知道睡到什么时候去，错过流片时间就贻误大事了。

说者无意，听者有心。此话触动了胡伟武，因为他也担心3个人都一觉睡过头耽误了流片时间，也没敢睡着。

那一刻，胡伟武十分感动，涌泉般的泪水溢满了眼眶，在酸楚地打转转，不得不仰头怔怔目视天花板，消解平复心头的激越之情……

是啊，连续十几天的奋战和莫名其妙的突发特情，搞得心力交瘁，疲惫不堪。此刻，年富力强、精力充沛的胡伟武，第一次感受到人的体能是有极限的，人的精神是会崩溃的。

胡伟武仍然盯着天花板，充满深情说，杨旭，你忠于职守、取势宏远，用事精微、堪当一面，定会大有前途。

此后的杨旭，一路秉持优良个性，一路策马驰骋，由技术骨干到技术组长，2010 年龙芯转型市场化运营后，就担当起公司副总裁，协助胡伟武驾驭龙芯航船劈波斩浪，扬帆远行。

回过头来，再说 A、B 两个方案的流片情况。

这年 9 月 5 日下午，龙芯 2 号 A 方案流片归来。当晚，胡伟武立即组织进行联调，芯片加电后很快就能启动一个简单的 BIOS 系统，但运行很不稳定，一会儿卡顿，一会儿程序出乱。接着进行连续 3 天的调试，虽然得到一些有用的结论，如验证了跨时钟域的信号握手机制，但一直无法让系统稳定运行。

胡伟武不得不决定中止联调，将这一令人沮丧的情况报告李国杰和唐志敏，宣布 A 方案研发失败。

虽说胡伟武早就对 C 公司的物理设计存有质疑，对 A 方案不抱太大希望，但真正面对失败的残酷现实时，还是心有不甘、痛苦至极。习惯于多从自己身上找问题的他，总感到自己应负重大责任，辜负了计算所的期望。

再说，毕竟课题组耗时一年多，倾注了太多的精力和情感，太多的青春和梦想，太多的希望与美好！多少次，为了一个小问题而夜不能寐、热血澎湃；多少次，为了一个小细节殚精竭虑、绞尽脑汁；多少次，为了一点进步而心存敬畏、激动不已；多少次，为了一个疑点而争论不休、搞透机理……每一个台阶，都留下清晰而厚重的脚印；每一点进展，都是智慧与心血的凝聚。

播洒出去的汗水并没有浇灌到禾苗换来应有的成功，似乎有"辛苦遭逢起一经，干戈寥落四周星"的苦涩、痛心、惋惜……

胡伟武坐在计算机前，痴痴望着寄存器堆的版图发呆。他还独自郁闷地在办公室徘徊，胡思乱想，想到课题组一个个熟悉的身影，大家加班加点脸色苍白而意志顽强；想到非典期间艰难困苦的考验，没有一人退缩而勇往直前；想到夏培肃、李国杰等前辈为中国 CPU 的大声疾呼，勇担风险而不顾个人荣辱；想到邓燕书记对课题组的特殊照顾，提供必要环境条件，等等。

他感到自己有负重托，对不起计算所领导以及劳心苦劳力苦的兄弟们，真希望李所长、邓书记能痛痛快快骂他一通消消气，或安慰一下。可李国杰见到他神情坦然，只字不提，如若没有发生 A 方案失败一般，这更令胡伟武忐忑不安。

然而，胡伟武毕竟是一位勇者、智者，又经历炼狱般拼搏攻关的摔打磨砺，心智成熟了，很快就从失败阴影中走出来，耐心恭候龙芯 2 号 B 方案流片归来。

2003 年 10 月 16 日夜，喧嚣了一天的计算所北楼终于沉寂下来，星星在幽蓝幽蓝的夜空中闪烁着光芒，像似映耀着什么、预示着什么……胡伟武坐在 105 实验室，焦急等待龙芯 2 号 B 方案芯片。负责芯片联调的杨旭、范宝峡等，有的准备调试仪器，有的收拾机房，都在等待决定命运的时刻……

凌晨 0 点 30 分，寂寥沉静的楼道里传来急促的脚步声，在空旷环境里显得格外清晰。随着"咚咚咚"脚步声的由远到近，胡伟武的心一下提了起来，目光紧盯着房门，热烈期待龙芯 2 号的光临。

105 房间的门被推开了，携带着一股清风。派到厂家取芯片的技术人员风风火火闯了进来，怀中抱着一个方盒子，姿态极其虔诚谨慎。胡伟武迎上前去接过盒子，稳稳放在桌子上，尔后小心翼翼打开，只见盒子里整齐有序排列着几十枚龙芯 2 号芯片。

芯片一个个精致华丽、沉稳凝重，像等待检阅的士兵一样庄严、肃静、神气。

胡伟武深情凝视片刻，从中挑选出一枚芯片，用万用表进行静态测试后，将其放到子卡插槽中盖好，再把子卡插到计算机主板上，随后揿下电源开关。计算机显示屏一阵阵跳动，串串字符如期而至……

随即，一阵热烈的欢呼声在漆黑深夜响起，刚才提到嗓子眼的心又放回到心窝窝里，显得异常激动而温馨，欣慰而快乐，如同吃了蜜一般甘甜、幸福、美妙。

在计算机上再启动一个简单 BIOS 系统，开始运行 Linux 操作系统，一切流畅顺利，运行自如……

凌晨 1 点 10 分，屏幕上呈现出 Linux 操作系统的登录符号"Login："。围在计算机旁的人们又是一阵欢呼，兴高采烈跃然眉宇，无尽欢乐激荡在 105 房间每一个角落，飘飘袅袅，经久不息。

凌晨 4 点 30 分，龙芯 2B 顺利通过其他测试，标志着拥有稳定可靠的性能和卓越品质。

胡伟武用装有龙芯 2 号的计算机在课题组的论坛上，灌了龙芯 2B 出世后的第一瓢水，庄严证明一个新的生命呱呱坠地。

此刻，兴奋不已的胡伟武从自己办公室拿来硅谷朋友送的一瓶 XO，因陋就简拿纸杯当酒杯，以实验室为筵席，给每个人倒了半小杯，将一瓶酒分了个底朝天。

胡伟武豪情满怀地说，请大家端起来，为我们龙芯 2B 的成功！为我们付出的辛勤汗水！为我们拥有的无可比拟的战斗精神，干杯！

干杯、干杯、干杯！激昂响亮的声音回荡在寂静深夜，弥漫在实验室，昭告了又一个"芯片骄子"的诞生。

兴奋喜悦的浪潮，无边无际地弥漫传递着，将研发期间的失败、挫折、艰难淹没得无影无踪，也把龙芯人一往无前、所向披靡的战斗血性，镌刻在历史上，渗透到血液中。

天亮后，龙芯团队主要成员不顾疲劳，再一次精神抖擞来到天安门广场，庄严肃穆伫立在那里，像登上奥运领奖台的体坛健儿一般，在激昂悠扬的国歌声中，凝视鲜艳的五星红旗与红彤彤的太阳一起冉冉升起，向火红的国旗致敬，向伟大的祖国致敬，让科研报国的崇高理想飞向那片豪迈的天空。

这是无比神圣的时刻，胡伟武脑海里回荡起半个世纪前的开国大典上，毛泽东主席在近在咫尺的天安门城楼上高呼"人民万岁！"的声音。

这是亘古未有的深情呼声，是将人民置于最高地位的时代强音，也是一次伟大的呼唤，至今仍穿越在茫茫历史长空，激荡在神州大地乃至全世界五洲四洋……

胡伟武脑海里还闪现出 24 小时前 10 月 16 日 6 点 23 分，中国第一艘载人航天飞船"神舟五号"胜利凯旋，着陆在内蒙古中部的阿木古郎大草原之中，航天英雄杨利伟从容走出返回舱门，向全国人民挥手致意的情景。

历史有惊人的巧合！胡伟武还想到 39 年前 10 月 16 日下午 3 点，我国第一颗原子弹在新疆罗布泊爆炸成功，裹挟着橙红色巨大烈焰的一团蘑菇云冲天而起，打破了超级大国的核垄断核讹诈，昭示着一个东方大国的崛起……现场总指挥张爱萍按捺不住内心的激动，用电话向周恩来总理报告原子弹爆炸成功的喜讯。

当年毛泽东主席在《水调歌头·重上井冈山》中寄予的"可上九天揽月，可下五洋捉鳖，谈笑凯歌还。"以及中华民族千百年来的伟大梦想，一个个得以成功实现……

龙芯 2B 取得成功，它是我国首款 64 位高性能通用 CPU。胡伟武他们将这款芯片命名为 MZD110，以此纪念毛泽东诞辰 110 周年，表达龙芯人传承红色血脉基因的意志决心！

4. "三级跳"大跨越

北京冷风萧瑟，秋去冬来黄金甲。

龙芯 2B 的 Linux-PC 已经不知疲倦地稳定运行一个多月，一切性能均达到预期，令人满意。

胡伟武带人测试表明，最高频率为 300MHz，功耗 1W 至 2W；龙芯

1 号不能胜任的许多应用，包括流媒体的软解压、Open Office 办公软件、Mozilla 浏览器等重量级的应用，在龙芯 2B 都能比较流畅地应用。即使将龙芯 2B 主频调整到 133MHz，明显感觉比 266MHz 的龙芯 1 号还快很多，特别是通过 SPEC CPU2000 对龙芯 2B 分析看，相同主频下龙芯 2B，性能是龙芯 1 号的 3 倍左右，达到 50—60 分。

课题组人员坐在龙芯 2B 做的计算机前，做着各种测试，用重量级的软件来感受它的性能，基本上达到应用流畅，比龙芯 1 号有着更快捷更优雅的体验。

胡伟武在总结分析会上热情洋溢地说，龙芯 2B 取得成功是巨大的，概括起来体现在四个方面。第一，对 64 位四发射乱序执行的处理器核进行流片验证，让我们掌握了核心技术；第二，性能分析方法的改进，掌握了先进技术路线；第三，验证了新的物理设计方法和生产厂家，对国内生产厂家树立了信心；第四，提前提供软件开发平台，为芯片联调做好了准备。

这年底，凛冽的数九寒天到来之时，幸运之神再次降临，龙芯研发受到国家有关部门的极大关注，国产自主 CPU 列入国家"863 计划"和中科院知识创新工程，正式得到国家项目经费支持。

也说明，龙芯课题组在众目睽睽质疑中，不惧艰难研制出中国两款 CPU，以无可争辩的能力，使得研发自主 CPU 上升为国家意志，让龙芯课题组从科研的边缘地带，回归到主流位置。

还是这年冬季，胡伟武被破例召到科技部高新司，受领了龙芯 2C 研制任务，正式拉开龙芯 2 号研发的第二场战役。

彼时，课题组已发展到 80 多人，工作场所从一些零散场所，整体搬到计算所北楼后面一个独立的小白楼。这栋楼是上个世纪五六十年代建造，原用于供电的二层楼房，结构有点陈旧，但面积较大、功能齐全，是课题组独立运行的良好之地。

龙芯项目经费也提高到几千万元，工作模式由最初的小作坊，蜕变为具有一定工业化模式的科研团队。各种制度机制相继建立，科研逐渐步入正轨。

内外环境条件的巨变，让龙芯课题组焕发出昂扬斗志，洋溢出无限生机和活力。大家满怀豪情投身到龙芯 2C 的研发奋战之中，又是 6 个多月的团结拼搏、自我超越，研发任务顺利推进⋯⋯

2004 年 9 月 28 日，正值一年一度的中秋佳节，龙芯 2C 流片在一轮圆月倾洒、万家团聚的月夜凯旋。胡伟武带领技术骨干连夜进行调试，在实验室精心测试、适配、优化。通过提高主频和优化结构，使龙芯 2C 性能提高到龙芯 2B 的 3 倍左右，SPEC CPU2000 分值达到 160—180 分，达到中低端奔腾 3 处理器的性能水平。

龙芯 2 号研发的三级跳，前二级的 2B、2C，已是轻舟穿越万重山、凯歌高奏两年间。

最后一级跳，也是第三场战役——龙芯 2E 的研发，颇有点腥风血雨、绝地一战的悲壮！

一是国产自主芯片研发出现汉芯造假事件，舆论波澜迭起⋯⋯不明龙芯、汉芯真相的坊间，传言甚嚣尘上，关于"龙芯是假自主""骗取国家补贴经费"的谣言，起于青萍之末，在网上炒得沸沸扬扬，质疑声、议论声、声讨声，口诛笔伐，妄言龙芯骗取国家科研经费，什么耻辱、笑话、欺世盗名等，接踵而至。

汉芯与龙芯一字之差，名字太接近了，什么"汉芯龙芯中国芯，芯芯造假"再起风波，将龙芯置于舆论的漩涡之中。

不知实情的网友，把那颗"磨皮芯"的汉芯，误以为是龙芯，义愤填膺地说，龙芯与汉芯是一路货色，全都是彻头彻尾的科技骗子，欺骗和消耗国人的爱国情怀。

有人甚至专设"龙芯打假"网站，嘲讽诋毁龙芯。

从披露的资料看，龙芯研发起步时，汉芯项目也在上海启动，二者并驾齐驱，名声鹊起。龙芯 1 号研发成功，填补国家 CPU 技术空白后几个月；汉芯 1 号发布成功，报道称填补了我国在高端通用 DSP 芯片上的空白。二者好像各有特色，各领风骚。

但随着清华 BBS 上的一封匿名信，爆料汉芯 1 号是从国外公司买入芯片，找人磨掉商标，换上汉芯标识的造假货。官方很快介入调查，媒体公布了上海交大的处理结果：终止汉芯 1 号负责人的科研项目，撤销其"长江学者"称号、政府特贴，追缴相关补贴经费等，让造假者受到应有惩罚。

然而，汉芯造假给国产自主芯片研发特别是龙芯带来的伤害远未结束，龙芯成了最大受害者。舆论在蔓延发酵，以至于当提到龙芯，就有人第一反应是"磨皮芯"。

人言可畏，众口铄金。谬论说上一百遍一千遍，也逐渐会被受蒙蔽的人看成是真理，唾沫星子也能淹死人啊！

由于"汉芯"项目得到了"863 计划"支持，在当时情况下，科技部机关和"863 计划"专家组面临着巨大压力，不少人质疑科技部在"十五"期间安排 CPU 芯片研发是否合适。国产自主芯片，面临极其严格近似苛刻的审查验收！

再者，由于龙芯 2C 的 SPEC CPU2000 分值，没有达到合同要求的 300 分，在当时的特定条件下没有验收。就此"863 计划"专家组组长怀进鹏老师专门打电话安慰胡伟武，让胡伟武铭记在胸，心生暖意。

彼时，经科技日报社组织多家中央新闻媒体参与的评选，龙芯 2 号与"神舟六号"成功发射等入选 2005 年中国十大科技新闻，再次受人瞩目。

科技部高新司分析认为，龙芯课题组基础扎实、技术实力强劲，研发不应亦步亦趋，应当走跨越式跳跃之路。

2005 年 4 月初，高新司一位处长将胡伟武请到办公室，表情严肃地问道，胡伟武同志，"863 计划"原定在"十五"期间，要实现主频 1GHz、SPEC CPU2000 性能 500 分（相当于 1GHz 的主频实际要达到 1.5GHz 的奔腾 4 的性能）的目标，龙芯能按期完成这个指标吗？

胡伟武答道，时间太仓促了，短短几个月，要在"十五"期间完成很困难。

这位领导接着说，根据"863 计划"，在明年 3 月份之前提交验收申请就可以。胡伟武回复道，如果多 3 个月时间，经过努力后应该可以做到。

在巨大的压力下，"863 计划"专家组对龙芯 2E 项目采取审慎态度。据时任高新司司长冯记春说，龙芯 2E 立项时，专家组提了 19 条反对意见，是作为非共识项目由领导直接拍板立项的。

斯时，专家组的压力倒逼、舆论的冲击，如同两座大山一般向龙芯课题组形成压顶之势！

对于社会上的流言蜚语，龙芯人有口难辩。胡伟武苦笑说，搞科研如同干革命，要不怕腥风血雨的考验，更要受得了委屈和误解，那些莫须有的罪名，经过时间沉淀后，一切总会还原清楚的，事实胜于雄辩，真相总会大白。

而技术上的高标准，胡伟武他们进行深入讨论，一致认为，从龙芯研发各个环节看，在微处理器结构、电路设计、工艺、验证等能力上，已经有一定的基础；但在这些技术结合和融会贯通上，特别是各个节点和学科交叉领域是最大的"瓶颈"。

譬如，在处理器体系结构设计中，既要充分理解与处理器紧密联系的操作系统、编译器，以及应用程序的原理和行为；又要考虑所设计的模块和功能部件的电路结构，以及该电路涉及的晶体管和连线的物理行为，以便在设计过程中合理取舍、正确权衡。

找准不足弱项后，课题组制定融会贯通式技术路线，让崭新设计理念，成为龙芯 2E 获得技术突破的增长极。

压力是信任，更是战斗力！

对于葆有战斗血性和激情的龙芯课题组来说，亦是难得良机。他们用逢山开路、遇河架桥的勇气胆识，诠释龙芯团队不是"造假团队"，而是能打硬仗和恶仗的硬核团队。

用王剑的话说，我们别无选择，只能坚定思想和意志，擦干委屈的泪水，继续向前奔跑，用铁一般事实，给龙芯团队验明正身，以正视听。

为了实施融会贯通式设计路线，在研发队伍配置中，胡伟武一改以往按个人擅长专业来编组的做法，而是确定了结构设计、系统设计、物理设计等组长后，将其他专业人员交叉搭配，最大可能让设计人员在专业上相互弥补，融合编组。

在研发攻关中，又进入加班加点昼夜鏖战模式。

一个个不眠之夜，一次次冲锋拼搏。胡伟武的身影活跃在实验室，与大家苦在一起，累在一起，乐在一起，拧成一股绳同战斗，从不放过一个疑点、一处疏漏，力求精益求精、精雕细琢，使得设计扎扎实实向前推进。

当遇到验证版图与逻辑版图难匹配的难题时，张福新、范宝峡、高翔等奋勇冲击，连续奋战数天不下火线，将龙芯人的技术爆发力得到最大限度的彰显。而技术爆发力与顽强忍耐力相叠加，就浇铸成龙芯人无可比拟、所向披靡的战斗力。

就连走入龙芯团队刚刚一年的王朋宇，也深受感染，他再也坐不住了，毅然主动放弃国庆长假回家的打算。

本来王朋宇买了火车票，也给父母打过电话，准备"十一"长假返回河南舞阳县老家，帮家里干几天农活，抢收十几亩责任田里的庄稼。但看到大家没日没夜拼命干，他受到极大震动，立即到火车站将票退掉，找恩师胡伟武请战说，龙芯 2E 流片在即，国庆假期我也不回家了，全力投入学着做验证吧。

胡伟武欣慰地说，也好，我们的随机指令验证平台还需要不断完善，在实践中提高性能，争取更好效果。

就这样，王朋宇提前进入当主力挑大梁的角色，第一次单独肩负重担，开启为龙芯设计保驾护航的验证技术人生。

他也如同一名奔向战场的战士，全身心投入，一丝不苟让设计在随机指令系统上运行，不厌其烦做验证，相继寻找到提交指令顺序、浮点指令等错误，贡献出验证挑毛病找不足的特殊智慧，也将自己的情感融入到龙芯事业中……

2006 年，又一个杨柳吐绿的和煦春天，北京中关村已是绿茵缤纷了，到处梨花淡白柳深青、柳絮飞时花满城。

这年 3 月 15 日，龙芯 2E 流片如期归来。经胡伟武他们连夜调试检测，各项技术指标符合设计要求，性能是龙芯 2C 的 3 倍，经过编译优化后 SPEC CPU2000 分值 500 分以上，达到中低档奔腾 4 处理器的性能，实现了龙芯 2

号"三级跳"的最后一跃。

那么，龙芯 2 号研发"三级跳"，真正带来了什么呢？

《人民日报》刊文窥探出其中的奥秘。文章认为，从龙芯 1 号到 2 号，从龙芯 2B 到 2C、2E，平均 14 个月实现 CPU 性能提升两倍，而摩尔定律是 18 个月翻一番，而龙芯 14 个月翻 3 倍，创造了打破摩尔定律的奇迹，证明了中国龙芯人的非凡创造力和科研力。

文章称，滴水之恩，当涌泉相报。龙芯之"芯"，是中华儿女对自己祖国、对自己师长、对自己父老乡亲的深情报答。

文章还说，以龙芯 2 号走向世界为标志，中国人在贡献自己的聪明才智、知识和技术的时候，实际上已经在推广一个理念，就是人类科技发明应该让整个人类共同享有，它将会逐渐打破某些国家在高科技方面的垄断霸权。

龙芯 2E 有些方面的性能达到世界先进水平，响亮回答了中国人能不能研制出具有自主知识产权 CPU 芯片的重大问题，极大地提振了高科技自主创新的信心。

龙芯人在科研攻关中，一边攻关一边提升能力，先后建立起 EDA 平台、C 模拟器平台、FPGA 验证平台，指令级随机验证平台、Linux 操作系统及工具链平台、硬件实验平台；掌握了高性能超标量处理器的结构设计、Linux 操作系统、物理设计、IP 化、验证等核心技术；还能将这些技术与平台融会贯通，熟悉从系统结构的概念到电路和版图设计的全过程，形成了综合创新能力。

秋风度京畿，大野入苍穹。

2006 年 9 月 13 日，伴随着秋高气爽的习习凉风，国家"863 计划"组织鉴定委员会，对龙芯 2E 进行验收，审核极其严格谨慎，一波三折。

在验收会之前，"863 计划"专家组专门成立测试组，对龙芯 2E 进行现场测试。由于"汉芯"造假事件的影响，由刘鹏老师作为组长的测试组，先背靠背对龙芯 2E 进行调研，咨询很多熟悉龙芯的人了解情况。

现场测试当天，计算所组织相关人员在大楼门口迎接，没想到测试组直接从后门到达实验室，对龙芯 2E 展开测试。

按照惯例，"863 计划"项目由专家组验收。但由于龙芯 2E 的重要性，科技部机关也安排人员参与验收，计算所做了准备；两天后，计算所接到通知，说科技部处长要参加验收；一天后，计算所又接到通知，说司长要参加验收；又过一天后，计算所又接到通知，说科技部部长徐冠华亲自参加验收。

验收会级别层次之高，出乎意料！这样，中科院派院级领导陪同。

鉴于"汉芯"事件的影响，以及龙芯 2C 没有验收，中科院领导专门打电话给胡伟武问道，我是去挨骂还是受表扬？龙芯 2E 的技术指标是不是都完成了？胡伟武据实做了汇报。

验收会上，科技部部长徐冠华和专家组成员听取龙芯 2E 的技术汇报，观看了基于龙芯 2E 低成本电脑的样品演示，深受振奋与感动。

徐部长是上世纪 60 年代的大学生，长期从事遥感应用科学研究，在三尺讲台任教，曾到瑞典斯德哥尔摩大学留过学，知识渊博，学贯中西，荣膺第三世界中科院院士、国际宇航中科院院士等，是典型的专家型领导、领导型专家，有着儒雅、豁达、深邃的品格，对我国信息技术自主创新有独到的战略思考。

他观看龙芯成果甚感满意，频频点头致意，兴致勃勃对胡伟武说，这是我当科技部部长以来唯一一次参加的"863 计划"项目验收。龙芯 5 年一步一个脚印，走得扎实稳健，了不起啊！龙芯 2E 的成功，远远超出计算机硬件技术研制本身，说明我们中国人完全有能力研制 CPU 芯片，让我们对信息技术自主创新更有信心了！

在接受央视新闻联播记者采访时，徐部长底气满满说，龙芯 2E 研发成功表明，我国在"十五"期间安排自主 CPU 研发是完全正确的，也为"十一五"期间国家继续支持自主 CPU 研发打下很好基础。

这是嘉勉，是肯定，更是对自主 CPU 特别是龙芯未来的憧憬与期许。胡伟武和课题组备受鼓舞，深感肩上责任重大，未来任重道远。正如古语所言，路漫漫其修远兮，吾将上下而求索。

紧接着，龙芯课题组没有歇息，一路高歌，继续向新的目标进击……

他们奋力对龙芯 2E 进行产品化改造，突破一些技术难关，辅以适当的 PCI 外设，于 2007 年 7 月推出龙芯 2F，主频达到 800MHz，片内集成 DDR2 内存控制器、PCI、Local、IO 等接口，可应用于个人计算机、行业终端、工业控制、网络安全等领域，成为龙芯历史上的第一款 CPU 产品。

得知龙芯推出 CPU 产品的消息，胡伟武母校中科大的陈国良院士高兴不已。陈院士是胡伟武在中科大上大学时的老师，我国著名高性能计算机专家。他决定用龙芯 2F 搭建一台万亿次高性能计算机，除了用作高性能计算机研究，同时为中科大 50 周年献礼。

这让胡伟武想起 14 年前还是研究生时的往事，在中科院网络中心看到被"玻璃房"保护起来的日本计算机耀武扬威的样子，发誓要做一台比日本人还要快的计算机。这个梦想，已在胡伟武心底积压很久，经常挂念于胸，无论如何得兑现。

此时，陈院士的夙愿与胡伟武的梦想相吻合，只欠东风吹拂。

胡伟武带领人员与中科大陈国良院士的团队迅速携手投入设计，反复优化方案，尔后进行组装、安装、调试等。历经半年多奋战，一台全新的每秒运算 1 万亿次的高性能计算机诞生了，威武神勇般矗立在大家眼前，洗刷了蒙在胡伟武心头的那层阴影，也点亮中国人使用自主 CPU 研制高速计算机的明灯。

基于龙芯 2F 的高性能计算机的推出，以及 2F 在网络安全、科研实验等领域的一些应用，引发科技部和社会各界的关注，也拉直了长期悬挂在有些专家心头的两个问号。一个是中国需要自行研发高性能通用处理器，解决事关国家安全和信息产业安全的重大问题，不研发不行；再一个是中国人有能力研制高性能通用处理器，智慧、本领、血性不比外国人差，外国人能做到的中国人比他们做得不差，甚至还要好还要快。

是啊，数载科研实践，以胡伟武为代表的中国第三代计算机人，敢为人先，在高性能通用处理器领域成为第一个吃螃蟹的人，把"芯片王国"的许多不可能变成可能，将中国第一代、第二代计算机人梦寐以求的夙愿变成现实，标志着我国初步掌握了信息技术领域的核心技术，将中国人自主研发 CPU 的光辉实践，书写到了中国信息化事业的光辉史册上。

平时不苟言笑的李国杰，会心地笑了。他饶有兴致对胡伟武说，古人曾说"事非经过不知难"，通过龙芯处理器研制，我们也认识到，科研工作中也有"事非经过不知易"，但这个"易"不是简单的容易，而是长征过后感到"万水千山只等闲"的"易"。

胡伟武也会心一笑，斩钉截铁说，就像研制"两弹一星"一样，所谓不可能，是因为我们没有去做；只要认真做、做必成，没有什么不可能的。我们真正的困难是形成产业，建立核心技术的产业生态链。

就信息技术本身而言，一旦把窗户纸捅破，做 CPU 就与种萝卜白菜差不多，没有多少高难的。胡伟武说得风轻云淡，海阔天高，眼睛里掠过一道亮彩光芒。

多么轻松幽默的比喻，多么深邃透彻的认知。这是一位勇者经历千锤百炼后的豁达，更是一位智者看透复杂技术本质精髓后的概括，可谓是，只要技艺高、老虎变成猫。

龙芯人心怀高远，士气如虹……

第四章　推广应用难于上青天

1.建立第一个产业化根据地

产业化、产业化，还是产业化！

在那个春光盈盈的日子里，正伏案工作的胡伟武突然接到一个电话，对方恳切地问，您是研发龙芯的胡伟武老师吗？是的，我就是，胡伟武诚恳回答。

龙芯可是给中国人扬眉吐气的正宗高科技国货，我们到哪里能买得到龙芯电脑啊？也长长咱中国人的志气。对方进一步倾吐心声。

胡伟武一时语塞，满脸尴尬，不知如何回答，停顿片刻……无奈，他蹦出两句话说，我们正准备开展产业化工作，谢谢你的关心爱护，我们永远忘不了支持自主科技的热心人。

还有一天，胡伟武收到一封电子邮件，上面写道：

> 尊敬的胡伟武先生，我是杭州的一名退休工人，退休金不高，得知你们研制出了中国人的龙芯，我夜不能寐，激动万分，请给我你的账号，我捐 1000 元退休金，支持你们建立龙芯产业，结束中国人长期使用外国人芯片的被动和危险局面。

无独有偶的两件事，在胡伟武心头掀起层层波澜，有如"乱石穿空，惊涛拍岸，卷起千堆雪"……兴我"中国芯"的科技大梦，一时多少豪杰？

形势急迫，时不待人。如何将龙芯实验室的科研成果，转变为老百姓需要的科技产品？胡伟武沉入深度思索之中……

对于长期埋头实验室搞科研的人来说，脑子里全是技术参数、攻关难题等学术概念，对于将科研成果的产品化及营销，认识极其肤浅，有时甚至将实验室样品当作市场产品，缺乏深层理解与认知，更没有闯荡市场的心理准备。

就连胡伟武本人，刚开始对市场化的认识也是被动的，尚且伫立在深不可测的市场边观察眺望，并没有拨开迷雾，透视市场风云的本质规律特点。

直面龙芯产业化工作、让"下游用户找到龙芯"这个重大课题，龙芯团队被逼到了墙角。胡伟武不得不组织龙芯课题组成员，开展一次次学习讨论，深层思考、探索出路。

胡伟武动情地说，龙芯做产业化要贯彻党和国家关于"发展高科技，实现产业化"的要求，打通科研成果与产业化的通道，创造从科研样品到科技产品的转换机制。

譬如，做科研样品，一般合格率达 50% 即可，把合格样品拿去开个鉴定会就完事大吉，与能不能使用没有多大关联。而一款真正的科技产品，则要求良品率为 99% 以上，而且要好用耐用，不能有明显缺陷不足。

这就是说，实现从科研样品到产品、商品，走产业化发展路子，又是一个非常巨大的跨越，中间须做很多事，解决很多问题，包括对市场的理解，实现工程化细节和可制造性转化，以及售后服务、产品迭代升级等。

有人缺乏信心说，目前我国的芯片市场完全被国外跨国企业所垄断，就连国内信息技术领域的许多骨干企业，也受制于国外 CPU 提供商，形成了密不透风的利益共同体。我们龙芯要打破这个利益体，从零起步做产业化，困难很大。

听到此话，胡伟武戛然收住手中的笔，抬起头来说，做龙芯产业化确实不易，但我们也应看到，中国信息产业成千上万企业，由于不掌握核心技术，电脑等信息化产品卖来卖去，就是比着卖盒子吧，打开盒子里边都一样。大家都在寻求变化，尤其是在夹缝中生存的中小企业，非常愿意接受龙芯这样的新鲜事物，通过改变获得市场新机遇。再说了，我们龙芯作为"国家队"，背靠中科院这个大后方，可提供核心技术和人才支撑，有着地利人和的条件。

随即，胡伟武加重语气道，尽管做产业化有许多难处，但我相信，只要我们做产业对国家有利，就一定能够得到国家支持，逐渐改善产业环境，从而创造有利于建立产业的条件。

胡伟武还与大家剖析英特尔、联想等中外龙头企业的成长经历，深刻认识到，产业化是信息科技成果的最高价值、终极目标，也是龙芯成长必须跨越的一道坎。此坎跨不过去，龙芯就成了空中浮云、水中浮萍，失去了真正价值。

探索产业化、开拓产业化、成就产业化，如同黄钟大吕般，久久回荡在大家心中，成为龙芯人苦苦追寻的目标。

2003 年，中科院计算所在全国信息产业领先的苏州市设立分所，旨在进行科技成果转化。2004 年 1 月，该分所切中常熟市服装城上网需求，计划将龙芯网络计算机应用于商户，提高商城信息化水平。

恰春风激荡江南，大潮扬帆之时。这年胡伟武在宁波出差时顺便到苏州计算所分所调研。正在苏州推广龙芯应用的吴少刚汇报说，常熟市虞山镇的村办企业——梦兰公司，是生产家纺产品的集体企业，希望与龙芯合作实现转型升级，您是不是去考察考察。

吴少刚是安徽安庆人，中等个头，年少英俊，眉目清秀，快人快语，平时留着板寸发型，能张罗、善协调，浑身洋溢着江淮人的聪颖、豁达、敏捷，还有一股子放飞青春的冲天干劲和豪迈情怀。

他 1998 年走入胡伟武麾下攻读硕士和博士学位，参与了龙芯 1 号、2 号的验证和基础应用开发，积极参与龙芯成果转化推广，是一位较早从事产学研深度融合的实践者。

对于吴少刚的提议，胡伟武答应了。但走进常熟市梦兰村认真调研后，胡伟武深感一个村办企业，想转型做龙芯产品的出发点很好，但没有技术基础，怎么能做成功呢？随后，胡伟武又准备带领龙芯课题组的两位骨干，到常熟深入考察，但两位骨干都对村办企业做龙芯成果缺乏信心。这又让胡伟武疑虑重重，难以定夺。

胡伟武紧锁眉头，没有理出个头绪和办法来！

时光飞快，一晃就是第二年春天，又是柳树吐芽春意美的季节，备受关注的 2005 年全国两会如期在京举行。

两会召开期间的一个夜晚 9 点左右，胡伟武接到了李国杰电话，请他到计算所商议龙芯产业化事项。他走进会议室一看，常熟市梦兰村党委书记、梦兰公司董事长、全国人大代表钱月宝已经在座，等待胡伟武共商合作事宜。

钱月宝非等闲之辈，属于女中英豪，创造了民营企业家的非凡传奇，享有全国"十大女杰"美誉。从上个世纪 90 年代起，她连续当选四届全国人大代表，赢得许多褒奖目光。

原来，在钱月宝出席两会前，计算所领导就与梦兰公司达成初步意向，考虑利用龙芯技术和梦兰区位优势，合作生产龙芯高科技产品。

两会期间，钱月宝向媒体透露了这一讯息后。霎时间，一位农村妇女和第一块国产芯片结缘，以及梦兰从"枕芯"到"龙芯"的新闻，如干柴遇到烈火一般，迅速发生猛烈燃烧，十分抓眼球，成为一个新闻亮点，也让无数国人关注期待。

面对"生米煮成粥"的情况，胡伟武心中掀起巨大波澜，倘若放弃与梦兰合作，后果将不堪设想……他痛下决心表态说，既然梦兰有强烈合作意愿，龙芯就迎难而上，到梦兰去创建龙芯第一个产业化基地，闯出一条创业之路。

2005 年 4 月初，春暖花开，春光盈盈。张福新将自己的博士毕业论文交给胡伟武审阅。胡伟武说，我抓紧看，本周末到常熟市看看建立产业化基地的事，你跟我一起去，在火车上咱们聊聊你的论文。

自从胡伟武下定决心在梦兰创建龙芯产业化基地后，就有如芒在背之感，深感这是必须竭尽全力打赢的一场硬仗！否则无法向社会交代，龙芯和梦兰的声誉也毁于一旦。就此，他决定带领课题组基础软件方面的技术领军人物张福新出行。张福新能力超强，善于钻研，做事沉稳，在龙芯课题组属于"小王"级别人物。在必要时就必须断然打出"小王"这张牌，成就产业化基地，走活龙芯成果转化这盘棋。

而此时的张福新，并不知恩师的深意，高兴地说，好啊！陪胡老师到江南水乡走一趟，长长见识，肯定又是人生中一次难忘之旅。

4月8日下午5点钟，胡伟武、张福新等带着行李从中关村出发，准备到北京站坐7：35"夕发朝至"到苏州的火车。

此时，一股浓厚的乌云在天空涌动，伴随着一阵阵滚滚春雷，"噼里啪啦"的雨水倾泻而来，地面上溅起一朵朵盛开的水花，天地间陷入一片烟雨朦胧……

胡伟武、张福新等伫立在路边公交车站的雨棚下，怎么也打不着出租车，心情格外焦急。胡伟武只好找岳父开车送站。可当他们急匆匆赶到北京站时，已是晚上7点半，只能喘着粗气，眼巴巴望着火车站已经关闭的检票口，无可奈何！

接着，他们只好改签当晚北京至扬州的火车票，并通知已经在常熟的吴少刚第二天一早开车到扬州接站，一直等到8点多才踏上南下之旅。

火车在雨中追风逐电般奔驰，将京畿大地甩在身后……胡伟武不禁感慨说，我们阴差阳错踏上烟花三月下扬州的行程，但与唐代李白《黄鹤楼送孟浩然之广陵》中情况迥然不同，古人去扬州是闲情逸趣，一身轻松，而我们则是探寻龙芯产业化，肩上有沉甸甸的担子。

是的，年年岁岁花相似、岁岁年年事不同，龙芯承担的国家使命决定了我们必须风雨兼程赶路，不能稍有怠慢。张福新回应道。

翌日早晨，列车迎着一轮朝阳在轻松明快的音乐声中，抵达扬州火车站。

而从常熟开车赶往扬州接站的吴少刚，因交通事故造成的严重堵车，耽误了接站时间。他给胡伟武打电话说，可能要延误三四个小时。

胡伟武安慰说，不要紧，安全第一，你慢慢行车，我们顺便畅游一下扬州瘦西湖，也了却一桩心愿，不枉此行！

当吴少刚开车抵达扬州时，已近中午时分。大家在扬州简单午饭后，驱车从扬州赶往常熟已是傍晚，胡伟武感慨道，哎！常熟之行一波三折，世事无常啊，注定我们搞产业化不是那么容易，肯定也是风雨波澜。

当晚，胡伟武一行与梦兰公司钱月宝等见面，就建立龙芯产业化基地进行深入细致的考察、商谈、论证等。

梦兰，是一个优雅、浪漫、美妙的名字，寄托着昔日一个南方偏僻农村非同凡响的理想抱负，也诠释钱月宝带领姐妹们，从一根根绣花针做起，绣出代表祖国、代表常熟市形象免检家纺品的非凡壮举。

梦兰地处常熟市东南郊，原名老浜村，曾经是土地贫瘠、荒滩丛生的落后贫困村。但在"当代阿庆嫂"钱月宝带领下，大力发展纺织业，加强思想文化建设，打造出国家驰名商标的梦兰家纺用品，率先成就了小康梦想，将村名改为梦兰村，成为全国首批十佳小康村。

龙芯与梦兰尽管行业不同，但白手起家、艰苦创业的历程相近，不畏苦难、敢为人先的创新精神相同，脚踏实地、产业报国的理想抱负一致……就这样，相似的经历、志趣、理念、情怀，互为赞赏，惺惺相惜，将龙芯与梦兰紧紧凝聚在一起。

龙芯高科技即将扎根梦兰的消息不胫而走，时任常熟市委副书记秦卫星闻讯而来。她对龙芯研制出我国第一款 CPU 芯片，开启中国计算机事业新时代颇有了解，与胡伟武深入对话沟通，感念龙芯自主创新的使命、情怀、格局，惊叹龙芯探索产业化的决心壮举，称赞胡伟武是中国科学家中的杰出代表。

秦卫星说，龙芯团队走产业化路子，契合我国信息化发展方向，顺应浩浩荡荡的时代潮流。常熟市将不遗余力支持，为科技强国添砖加瓦。她还充满信心地预言，龙芯是我国自主科技之苑的一束绚丽花朵，这束花朵绝不会凋零，一定会越开越好，越开越鲜艳，点亮整个神州大地。

有识之士，终能眺望未来。这一预言，10多年后果然变成现实。

正是有了常熟市领导鼎力支持，双方商定：龙芯投入CPU技术力量，梦兰提供土地、厂房、设施等，再利用申请江苏省重大专项扶持资金，创建龙芯产业化基地，开发生产基于龙芯CPU的电脑主板、笔记本电脑、上网本等自主科技产品……

钱月宝满脸含笑，诚恳对胡伟武说，万事俱备，只欠东风，请胡老师派技术专家来梦兰先成立研发中心，我们共同开发龙芯高科技产品。

胡伟武将期待的目光投向张福新、吴少刚，充满深情道，开创龙芯产业化基地、创办技术研发中心的这副重担，就交给你们俩了。

他俩同是胡伟武的博士生。论资历，吴少刚是张福新的师兄，比张福新早一年毕业，先期到常熟创业打拼，已有一定的人脉资源和经验；论技术，张福新一直深度在龙芯天地耕耘，是龙芯操作系统的权威，属于龙芯课题组二号人物。

感受到恩师的器重之情，吴少刚心怀感激抬起头来，用那双真诚而明亮的眸子深情地望着胡伟武，快人快语说，张福新对龙芯技术掌握得比我全面，让张福新担当大任，我当好帮手吧。

如此雅量，颇有让贤举能、共襄大业的气度！

胡伟武会意地点点头，将目光投向张福新说，那也好！张福新为龙芯梦兰产业基地研发中心主任，吴少刚做副手，携手共建产业化基地。我再把胡明昌也派来，你们3个博士在常熟开创一番事业。

胡明昌亦是中科大毕业的高才生，中等身材，清秀方正的脸庞上镶嵌着一双平和、善良、真诚的眼睛，为人质朴谦虚，待人真诚踏实，悟性极高、技术过硬，有着不失内敛博学的学者风度。

恩师发话了，张福新点了点头，默默答应胡伟武的重托。

聪慧过人的张福新，最擅长挚爱的是科研攻关，喜欢独自一人啃书本、深钻研。彼时，到常熟创建产业化基地，也是临危受命，迎难而上！他深知，创办产业化基地比科研攻关还难，更是关山重重，暗河条条，需要付出足够多的代价和牺牲，方可能杀出一条血路，闯出一片新天地。

既然接下这副担子，张福新就要远离龙芯大本营，辞别两个月前在北京结婚组建的小家庭，开始两地分居，像一颗铆钉一样，顽强不息地铆在江南梦兰村，进行一次更加艰辛而未知前程的长期奋斗……

值此，龙芯第一个产业化根据地就在梦兰村诞生了。

首先是起草重大科技成果转化申请书，争取经费支持。他们经历过一个个不眠之夜、一稿又一稿修改调整，长达500多页纸、基于龙芯 CPU 的重大科技成果转化申请书出炉了。此报告，一路顺畅呈到江苏省科技厅，赢得评审专家认可。

当年6月重大专项批复立项，为龙芯产业化基地建设夯实第一块基石。

张福新、吴少刚兴奋地打电话报告喜讯，请求胡伟武再派人员来加强技术力量，投身产业化基地建设。

然而，他们在常熟左冲右突、苦苦探索，进行一系列尝试后，仍然困难重重，步履艰难。龙芯离市场尚有十万八千里，与国际知名企业英特尔、苹果等差距更大，主要是技术滞后，产业生态几乎一片空白，有系统软件、手册资料、声卡等配套短板，也有龙芯技术不够成熟、差错率较多的问题。

一块短板就是一道沟壑，一个缺项就是一处关隘，难以逾越啊！

在张福新、吴少刚的脑海中，再一次响起恩师胡伟武所说的龙芯要走低成本、高性能、节约型发展之路的教诲。是啊，我国是拥有十几亿人口的大国，信息化建设只能走不同于西方的低成本发展道路，特别是广大经济欠发达农村地区的教育领域，亟待低成本电脑的诞生。

然而，研制千元低成本电脑，按照当时传统台式电脑模式，难以行得通。他们广开思路，按照低成本、小型化、便携式要求，搞了无数设计方案，穷尽办法，采取铝挤外壳的工控机散热思路，探索制作龙芯低成本盒子电脑。

2006年夏，伴随着江南大地的酷暑炎热，基于龙芯 2E 的"福珑"盒子电脑光荣诞生。其外形方方正正，貌似一本厚书，携带方便，连接上显示屏和键盘，即可实现电脑的全部功能。

这是龙芯步入产业化的第一款电脑，对研制基于龙芯 CPU 便携式低成本电脑产品的工程化，具有不可或缺的探索意义。

此产品引起全球笔记本电脑研发制造公司——广达电脑杨副董事长的极大关注。

杨副董事长是一位颇有爱国热忱的台湾人，爱国忧心急、报国情弥深。他一个电话，将张福新、吴少刚请到广达电脑设在常熟的工厂，兴致勃勃说，你们龙芯设计生产的低成本电脑，相比西方 CPU 电脑具有很好的成本创新优势，非常有前景，完全可以终结美国人在中国市场的垄断与霸权。

一语成谶，料定了西方列强信息技术产业在中国的末日。

他接着说，美国人在信息技术领域欺负我们中国人太久了，霸道行径太盛了。我们手拉手一起干，把低成本电脑进一步优化，用价格和设计优势闯出一条生路来，让我们中国人在信息化领域挺起脊梁骨，少受窝囊气！

彼时，杨副董事长 58 岁，张福新 30 岁，吴少刚 33 岁，属于两代人，但彼此发展强大民族信息化事业的理念与激情，在一个共同契合点上，碰撞出响亮耀眼的火花。这束火花在茫茫黑夜，驱散了阴霾与暮色，让人心里格外明亮。

随后，杨副董事长率领广达公司全力支持龙芯低成本电脑制作，还给他俩介绍许多电脑产业链上的合作伙伴，使龙芯低成本电脑产业链中的主板、声卡、网卡、系统软件、测试软件等，有了一个个合作伙伴，逐步形成一个完整产业链。尤其是广达公司对制作电脑流程严抠细把、一步一个环节，工程极端精细，龙芯从中体验到制作产品的流程环节，对质量有了深刻的认知和把握。

至此，广达公司成为龙芯产业化道路上的一位老师，提高了对品质管理的认识，掌握了产业链概念，学会了纯粹商业行为的销售。

2007 年冬，饱含无限情感与希望的第一批 300 台基于龙芯 2F 的低成本"逸珑"笔记本电脑，终于在常熟市下线了。张福新、吴少刚望着这些还冒着体温、如同婴儿一般的产品，酸甜苦辣涌上心头，相顾无言，唯有眼眶湿润了……

2008 年 3 月 5 日，备受瞩目的全国两会在京召开。作为全国人大代表的钱月宝，又一次行走在人民代表方阵中。这次参会她脸上始终绽放着笑意，甚至还有一些春风得意，令她自豪不已的是，随身携带的手提包里，提着两台由中国人自己设计制作的龙芯低成本笔记本电脑，是梦兰村的科技大梦，也是民族的科技梦想和希望。

她走到哪里，就将龙芯低成本笔记本电脑演示到哪里，将低成本电脑服务中国教育的理念宣传到哪里，助力国家信息化教育事业，也为龙芯谋生路找出路。

这年9月中旬的一天，常熟市梦兰村格外晴朗，淡淡的白云飘浮在天际清新明快。常熟市主要领导亲临龙芯产业基地调研，吴少刚熟练操作计算机键盘，演示龙芯低成本"灵珑"一体机电脑，一切顺利流畅，完美无瑕。

深知中国计算机核心部件CPU长期依赖国外的常熟市委王书记，是第一次目睹国产CPU的电脑，深深被震撼了，连连点赞称好。

让他引以为豪的是，中国第一批国产自主电脑竟然诞生于小小的梦兰村，而且外观大气、性能优良，除了开机时间稍长一点，其功耗低、成本低、使用门槛低，完全适应中小学教育与广大农村，适应国情而大有用途。

这年年底，常熟市一次性采购龙芯低成本"灵珑"一体机电脑1万台，用于中小学计算机教学和农村村委会图书室，大大改善了基层信息化设施条件。

这年金秋，常熟龙芯产业化基地又传捷报，江苏省政府将采购15万台套龙芯"灵珑"一体机电脑和相关信息化设备，破天荒给5000多所中小学校创建龙芯计算机教室，兴盛基层教育信息化事业。

在当时"国外之芯"电脑遍布全国的大背景下，一次性采购如此之多的国产电脑实属罕见，确实需要很大的决心魄力！财政部国库司把江苏省的这笔采购，列入全国政府采购的重点事例进行了年度推荐，给予充分肯定。

这也是龙芯产业化基地建设以来的第一块大蛋糕，果实丰硕，极具诱惑力。

龙芯人雀跃欢呼、奔走相告，对整个国产信息化软硬件企业都是极大鼓舞，大家似乎从中看到国产自主信息化建设发展的一丝希望。

常熟龙芯产业基地建设迈上一个新台阶，如火如荼、方兴未艾。

张福新、吴少刚更是激情澎湃、斗志昂扬，迅速组成十几人的技术服务小分队，巡回江苏各个中小学校做服务搞培训，让龙芯品牌用起来，打造基于国产自主龙芯电脑的教学新世界。

技术小分队一边安装调试电脑、投影仪器等教学设备，一边磨合软硬件设施，将教学应用迁移到龙芯平台；还对老师进行国产自主信息化知识培训，使得基于龙芯的软硬件设施在基层教学中大显身手。

连续3个春秋的巡回服务，小分队踏遍江苏的山山水水，走遍每一所学校，建好每一套系统，传播国产自主信息化技术的新理念。

龙的传人用龙芯，龙的国度兴龙芯。使用龙芯电脑，就成为江苏中小学孩子们心中的一种情愫、一粒种子，进而熟悉龙芯，挚爱龙芯。

胡伟武深知，治愈中国信息化建设"空芯病"，基础在教育、希望在校园，只有青少年的信息化素质提升了，就能形成强大的自主创新能力，才能后继有人。再者，在学校推广龙芯应用有着天然优势，很容易激扬青少年的情感共鸣，增强信息化强国的热情。

随后，张福新他们再行出击、扩大战果，将基于龙芯CPU产业生态向江苏农村信息化、交通信息化、基层党务政务信息化等领域拓展，让"龙芯之火"在江苏根据地不断壮大延伸……

2. 龙芯能不能卖出去?

龙芯在建设常熟产业化基地之时，在北京龙芯面向国家安全领域的产业化探索也在开启，又是一条异常艰险的万里长征路。

大有"行路难、行路难，多歧路，今安在?"的悲壮!

李国杰深知，当下国内庞大市场被国际信息集团像Intel、微软和AMD等垄断控制，国内计算机整机龙头企业由于不掌握核心技术，也成为国外企业产业链上的一枚枚棋子。他们产业生态成熟，已构筑起很高的技术壁垒。

而龙芯CPU属于后来者，尽管设计得不错，但总体性能滞后于国外和基于国外技术的产品，基础软件薄弱，应用生态不佳。如果形成不了强大产业，在小小常熟梦兰村一个点上的成果很难支撑，也有可能步入以往中国很多科技成果"鉴定会就是追悼会"的宿命，胎死腹中不得善终。

为了防止重蹈覆辙，李国杰急在心头，到处奔走呼吁，想方设法为龙芯科研成果找生存、谋出路，但一次次均在质疑中铩羽而归。

2006 年盛夏一个上午，李国杰打电话给胡伟武说，我约了国家某部门一位局领导，下午我们去汇报龙芯 1 号、2 号的产业化推广。你准备准备，带上相关汇报材料吧。

好的，我马上准备。

下午，李国杰和胡伟武驱车来到该部门办公楼下，先打电话通报姓名、登记，尔后上楼找到工作人员。

工作人员热情招呼说，很抱歉，今天下午会议室非常紧张，只能在走廊里听汇报，并搬了椅子，给每人倒了一杯水。离开时说，局领导在开会，请稍等。

他俩在走廊里足足等了一个小时，才看到提前约好的副局长在工作人员陪同下走来，冲着李国杰说，对不起了李所长，刚开会拖堂，让您久等了。

随后面带歉意说，给你们一个小时吧，下午还有另一个会。

李国杰知道他们工作繁忙，面带微笑彬彬有礼说，好吧！给领导添麻烦了，还是请我们龙芯课题组负责人胡伟武同志，把龙芯 1 号、2 号芯片研发情况汇报一下，恳请领导能够给予关心，支持我们技术成果推广。

特殊的会议就在走廊里开始了！过往人员投来异样目光。

李国杰将准备好的材料递给这位局领导一份。按照既定安排，胡伟武依据准备好的材料，侃侃而谈汇报，将龙芯科研成果的技术指标性能、可应用领域、发展方向等，和盘托出……

汇报条理清晰，全面详细。李国杰和胡伟武将期待目光投向这位副局长，期盼能够心想事成，给予一份惊喜。

然而，得到的却是不卑不亢的婉拒。

这位副局长略带歉意地说，CPU应用可靠性要求很高，反向设计的386处理器都不敢用，正向设计的更不敢用了，还请李所长理解。

李国杰还想解释龙芯CPU的可靠性能，但欲言又止，沉默了下来。

李国杰站在走廊里，脸色阴沉，僵住了。

我们无法想象一位国家级科研权威院士此时此刻的心情，是一种推销高科技产品遇冷的失败感，还是为中国信息化技术发展步履蹒跚、起步维艰的极大忧虑……

李老师，咱们走吧！胡伟武轻声的提醒，终结了李国杰僵立着的神态，便无奈地抬脚离开。

返回途中，李国杰神情凝重地说，在一定意看，推广龙芯CPU是比研发更困难，是一场更加艰苦的持久战。看来还得靠我们自己往前推啊，寻找志同道合的合作伙伴。

胡伟武接住话茬说，尽管我们的CPU牌子不响亮，有待在产业化中不断完善提高；但我敢料定，总有一天国家认识到使用国产自主芯片的极端重要性，会转向启用支持我们龙芯的。这一天不知会等多久，但迟早会来，我坚信这一点。

这一预言，在当时崇洋媚外的情形下，看似有点天方夜谭，但却有着内在深刻的逻辑，可谓是一语中的，料事如神。

斯时，距离胡伟武预言成真，大约有4年之久的时间跨度。

2006年11月，经胡伟武建议，计算所在专门搞科技成果转化的技术转移中心，成立龙芯事业部，抽调课题组有关人员，紧锣密鼓在北京推进产业化。

在艰难探索中，2007年龙芯事业部绝处逢生，闯出一条路子。胡伟武的博士后、来自声学所的汪福全，带领科研人员与某研究所合作，经过百折不挠攻关，共同开发出基于龙芯CPU的CPCI模块，使之成为一个"多用途显示控制系统"。

这种应用于安全领域的"多用途显示控制系统"，技术要求极其特殊，要耐得了高温高湿，必须进行极限环境条件的检测，考验超常过硬本领。于是，他们将装有 6 套龙芯 2E 的 CPCI 模板，放在摄氏 60 度的高温环境中，进行连续 9 天 9 夜 200 多小时的测试，锤炼出了"千磨万击还坚劲，任尔东西南北风"的品格。

测试表明，龙芯产品真金不怕火炼，性能稳定可靠，符合特殊领域应用，实现龙芯 CPU 在安全应用领域的"破冰"效应。

合作单位准备做一个内部的小规模"多用途显示控制系统"客户推介会，在一个只能容纳六七十人的会议室举行。他们担心冷场，有意将规模缩小，还特邀龙芯课题组 20 多人捧场。可当胡伟武、杨旭带人赶到现场时，已座无虚席，人头攒动，六七十人的会议室竟容纳了 100 多人。

用户单位对国产自主 CPU 的热情期待可见一斑，令人欣慰！

一位领导在致辞时满脸绽放灿烂笑容，神气十足地说，今天是历史性的一天，国产龙芯 CPU 可应用于复杂特殊领域，为国争光了！他的语气豪迈，真有扬眉吐气剑出鞘、可喜可贺壮国威的滋味。

为深入推进产业化，2008 年 3 月挂靠在计算所技术转移中心的龙芯事业部，注册成立北京龙芯中科技术服务中心有限公司，简称北京龙芯技术服务中心，主要做面向工控类的产业应用。一方面进行系统开发、工具链完善、用户手册编写、网站建设，以及售后服务队伍组建等；另一方面主动走出去推销龙芯成果，探索龙芯在具有安全要求的工控等领域应用。也就是说，当下游企业想利用龙芯 CPU 芯片或 IP 进行产品研发时，龙芯能提供包括软硬件平台在内的设计开发包，帮助提供解决方案等。

事实上，在西方跨国集团在中国信息领域全面垄断的情况下，建立龙芯产业化基地、开拓龙芯技术市场，犹如在铁桶上插针一般艰难，充满无尽的艰难、寂寞、坎坷、苦涩，甚至是生死考验……

胡伟武一直有个心愿，就是让龙芯电脑能够摆到中关村海龙电子城去卖，与国外品牌电脑同台竞技，展现国产电脑的风采。但是，由于龙芯的知名度以及产业生态尚未建立等诸多因素，走进海龙在当时成了一种奢望。

有人给胡伟武汇报说，目前我们难以跻身海龙，但能不能依托北京龙芯技术服务中心，搞一个龙芯电脑专卖店，投石问路闯一闯呢？

胡伟武眼前遽然一亮说，搞专卖店倒是可以的，看看低成本龙芯电脑在北京有没有市场，尝试尝试。那么专卖店设在哪里呢？

正好技术服务中心一层稍加改造，就能搞成一个营业厅，可进行销售和展示。

因地制宜节省资源，可行！

随即他们开始行动了，一方面精心设计专卖店的结构布局，委托施工队对服务中心一层大厅进行装修；另一方面从常熟龙芯产业化基地，调集龙芯电脑，培训销售人员，办理相关手续，做好专卖店开张营业准备。

2009 年 1 月 8 日，元旦的喜庆氛围还未消退，北京龙芯技术服务中心楼外，则披红挂彩、热闹非凡，楼前布设了"龙芯产品专卖"几个鲜亮大字，数百个红、黄、蓝气球扎成的彩带悬挂在大门上，随着一声"龙芯专卖店成立了"的呼喊声，鞭炮齐鸣、礼花齐发，专卖店门口飘扬起五彩斑斓的丝带，洋溢出喜庆氛围。早已等候在外面的观众，兴致勃勃走入专卖店体验感受龙芯电脑的风采……

基于龙芯 2E 的"福珑"盒子电脑，以及基于龙芯 2F 的"灵珑"一体机、"逸珑"笔记本电脑，都是纯粹国产电脑，令人耳目一新，也吸引了嗅觉灵敏的新闻媒体。当晚，央视《新闻联播》播发龙芯专卖店开业的消息，给产业化探索鼓劲壮威。

然而，由于产业生态等不够成熟，红红火火开业后的专卖店逐渐清冷下来。专卖店成为北京龙芯技术服务中心的窗口，开展业务洽谈，提供包括处理器、开发工具、龙芯防火墙、龙芯电脑维修等，向外拓展辐射龙芯技术。

如今已是龙芯首席工程师的汪文祥，回忆起当年在北京龙芯技术服务中心，跟随市场人员推销龙芯技术的尴尬无奈时，仍然酸楚在胸，有一种恍然困苦、玉汝难成之感。

汪文祥中科大少年班毕业，胡伟武的博士研究生。他是安徽芜湖人，个头高挑，浓眉大眼，国字脸，下巴略微前翘，说话随和，笑容可掬，棱角分明脸庞中有一种阳刚之气，明亮的眼神流露着睿智、聪慧、沉稳，俨然是一表人才的青年才俊，后生可畏！

当时，龙芯人对市场应用概念是模糊的、肤浅的，但有一种初生牛犊不怕虎的雄心和野心。这种心气，如同疯长的野草一样，莽莽苍苍，密密麻麻，恣意在心灵田园里扩张；也有邯郸学步的好奇，把闯市场看得无限美好，好像春天里的花朵一般，只要到了春天，土地就会松软苏醒，枯枝就会吐芽伸展，各种山花野花也会含苞待蕾，竞相开放，染红原野山冈。

其实，市场既有波谲云诡的变幻莫测，也有质优价廉的竞争之道，还有上下链接的应用生态，存有内在供需关系的客观规律和应用生态一体的内在机理。因为，高性能通用处理器 CPU，须在相应操作系统软件上运行；倘若没有软件生态作支撑，硬件设施就是一件"昂贵的废物"，无法获得使用。

早些年，刚刚走入龙芯课题组汪文祥的角色是，一方面学着做龙芯处理器 IP 核，沉浸在龙芯 1 号、2 号的代码堆里，学习代码的要义、逻辑、机理，试图全面掌握设计芯片的核心技术；另一方面则是推销龙芯技术，成天给客户打电话，磨破嘴皮子介绍龙芯技术和产品，期待完成一桩技术合作的美事，或推销出一两件龙芯产品。

那是 2009 年"五一"节长假刚过，一架波音飞机从北京起飞，穿云破雾朝着南国改革开放的前沿——深圳飞去。中午时分，飞机稳稳停落在深圳宝安国际机场。汪文祥随同龙芯市场人员小许走出机舱，汇入川流不息的旅客中。

走出机场后，他们搭乘一辆出租车，匆匆来到 B 电子公司推销龙芯 IP。

主人将他们迎接到一个会议室，分宾主坐定。双方介绍有关人员，小许说明来意，介绍龙芯开发的嵌入式应用 IP 的功能、意义、作用。而汪文祥则麻利地将线路连接好、投影仪架好，操作计算机，准备在屏幕上演示 IP 的功能效果。

小许使出浑身解数，讲得慷慨激昂。大意是这款 IP 怎么好，可以实现什么样功能、达到什么目的……他还用眼睛一个劲瞟着汪文祥，示意他赶快操作计算机，同步跟进在屏幕上演示图像效果。

对方几位技术人员也眼巴巴望着屏幕，期待精彩呈现。

然而，这款 IP 集成开发调试软件突然掉链子、卡壳在那里，画面停滞在屏幕上一动不动，像目光呆滞的老人一般，僵在那里呆板着冷漠着，一点也不给面子。

汪文祥急得满头大汗，埋头直接调软件，可软件也调不动了，一直捣鼓了 10 多分钟，也没能让这款软件青春焕发，呈现出试图展示的精彩效果。

这是汪文祥第一次出来搞推销演示，没有任何经验。但他深知，作为一名技术人员，展示不出好的效果，就是一种无能，甚至等同于失职！他当时真是无地自容，红着脸将头埋得深深的，真想有个地缝钻进去一溜了之，解除眼前的困顿、尴尬、难堪……

对方技术负责人也一脸茫然，旁敲侧击说，不知你们这款 IP 与英国 ARM 的产品性能相比，怎么样？

众所周知，ARM 公司是全球最领先的半导体 IP 供应商，实力雄厚，应用广泛，全世界几乎无人匹敌。

汪文祥脸上肌肉急剧抽搐了几下，无奈回复道，当然 ARM 的东西好用一些，但毕竟是国外的，没有自主知识产权。对方回敬道，不管是谁的，好用是硬道理，不能用或不好用，有知识产权又有什么用呢？

这番话尽管显得刻薄一些，残酷无情，但却道出了市场应用的王道和真谛！也算是此处无声胜有声，暗示了这次推销的结果。

没有什么可说的了，但汪文祥他们似乎还抱有挽回的侥幸，让双方陷入暂时的沉默。

室内顿时鸦雀无声、异常寂静，唯有双方人员的急促呼吸声和墙上闹钟"嘀嗒嘀嗒"作响，显得有点诡异，令人难堪。

最后，还是对方发话说，我们下来再商量商量，能不能合作随后告知你们，谢谢你们对我公司的关心光临，谢谢了。

这是客套话，也是逐客令！

汪文祥迅速收拾电脑什么的，跟随小许与对方告辞。对方把他们送到门口，招招手说，再见，后会有期。

　　离开 B 公司坐上出租车，他们才感到饥肠辘辘，肚子饿得"叽里咕噜"直叫。但推销失利，又让他们不免心灰意冷，没有心思顾及这些了。

　　彼此一路无语，郁闷、伤感、凄楚……

　　回到下榻的宾馆，小许懊恼地说，哎！真没想到掉链子，赶快把计算机接好再调试一下，看看我们的软件问题出在什么地方？

　　汪文祥又一次连通电源线，支起投影仪，开启计算机，结果软件出乎意料地跑起来了，而且优雅、顺畅，完美无瑕地呈现出最佳效果。

　　汪文祥无奈地说，看来我们的配套软件不稳定，时好时孬，尚未在千锤百炼中得到完善，离成熟应用还有很长的路要走。

　　翌日凌晨，太阳还未在东方完全升起，他们就早早起床收拾停当，赶往机场搭上最早的一趟航班，飞往成都双流机场，按约再到另一个大名鼎鼎H 电子公司，继续推销这款 IP，期待东方不亮西方亮，柳暗花明又一村。

　　飞机准时降落，他们仍然是出机场、搭乘出租车，径直前往 H 公司。出租车跑得飞快，两旁鳞次栉比的高楼建筑沐浴在春天的阳光之中，显得富有生机朝气。但他们却苦苦思考着如何应对下一场考试，毫无心思浏览锦城的靓丽容颜和气质风韵，也无欲望品尝一次麻辣火锅的味道，只能与成都的休闲、雍容、风味特色擦肩而过。

　　同样是在会议室，分宾主坐定，介绍有关人员说明来意，展示龙芯开发的嵌入式 IP 功能。汪文祥提起精神，配合小许的汇报，高度紧张地操作着计算机，让 IP 视频演示得顺利流畅，做到了精彩呈现，完美无缺。

　　当汪文祥怀着庆幸与成功的心情，抬头扫视一圈会场，看到对方技术人员仍然是一脸平静，没有一丝的兴奋与激动，也无风雨也无晴。

　　其中有一位拉直声音问道，你们龙芯这款 IP 的调试开发环境能不能在Windows 上跑？能不能提供图形化的性能分析功能？

　　对方一连抛出两个问题，汪文祥无言对答，只好难为情地摇了摇头。

　　还有一位说，你们与国外配套好用的软硬件相比，这也没有、那也没有，使用起来就困难了，即便买了你们的 IP，也无法在我们现有的软硬件系统里跑，那买了就意味着浪费，该怎么办呢？

的确，在国外成熟好用的软件生态体系上，龙芯任何一款不能技术兼容的软硬件产品，都无法在整个体系中应用，只能被孤立起来，成为无所作为的"另类""摆设"，难以融入已有的体系使用。

无奈，他们只能悻悻告辞，打车直奔机场。有道是，劳心苦劳力苦、无功而返，有立场无市场、推销艰难！

一次次闯市场遇到的尴尬、挫折、酸楚，有锥心之痛，深深烙刻在汪文祥骨子和情感之中，深感市场应用比技术研发更难，跌跌撞撞、苦苦挣扎，到处都是荆棘丛生、冷酷冰霜……想把龙芯技术的红旗插遍神州大地，真难，难于上青天！

有人说，如果是风险投资，三五年不见效就撤资了，应更换平台和赛道了。现在苦苦奋斗了8年时间，全面抗战都胜利了，我们还没建成规模企业，何时能看到红日高照呢？

也有人说，全世界电脑技术已发展了几十年，目前形成以英特尔与微软公司控制的桌面和服务器态势，数亿计的电脑使用者适应了这种生态。我们要打破垄断，不仅是与英特尔与微软公司在中国的生死较量，亦是与该体系产业链中数以千计中国独资和合资企业为敌，更是与众多电脑使用者为敌，对手太多太强了，非常之艰难！

还有人说，龙芯应当放弃通用CPU的技术路线，结合专门应用设计产业链短、技术难度低的芯片，尽快形成规模效益，走出苍苍茫茫的沼泽地带。

更有人说，如果搞互联网、技术设备生产加工等见效快赚钱多的项目，立竿见影，大家可能都赚得盆满钵满功成名就了……

胡伟武神情凝重，思绪翻飞，直面龙芯内外各种论调的本质特征，挑灯夜战写下长达1万多字的《龙芯的持久战》演讲稿。从龙芯的使命任务、为什么能够成功、成功需要持久努力、成功的几个发展阶段，纵论龙芯的基因、血脉、初心，强调龙芯必须义无反顾肩负起国家需求的重大使命，担当起壮大国家信息化事业的特殊责任，负重前行，勇敢跋涉。

他还畅谈了龙芯成功的几大因素，以及龙芯持久奋斗的技术积累、产业突破、形成体系等几个阶段。

这篇立意高远、论据翔实犀利之作，切中龙芯内外的"悲观论""速胜论""无为论"的神经脉穴，在一定程度起到思想稳定器作用。让龙芯人走出心态浮躁、急功近利的思想误区，增强了心理定力，将深邃目光投向更加遥远的应用市场，坚定不移继续探索产业化。

在探索产业化征程中，北京龙芯技术服务中心与某研究院携手合作，开发研究一款基于龙芯 2 号系列某芯片的高性能产品。该研究院一轮轮做实验，一次次搞验证，倒逼龙芯解决了芯片的振动、适应高低温等难题，不断提升可靠性，使得芯片质量由三流跃升到一流，获得圆满成功，也让龙芯在安全应用领域有了立足之地……

正是与该研究院具有标志性价值意义的技术合作，使得龙芯人深刻感受到从科研样品到产品华丽转身的艰难与不易，认识到精益求精保证产品质量的极端重要性，在思想观念和情感上有了一次大的飞跃。

苦其心志锤炼芯片性能，耐着性子完善产品质量，不断提升应用效益，让龙芯的产业化探索取得新突破。

该研究院也成为龙芯奋进产业化过程中产品品质管理的老师之一，深刻启迪影响着龙芯。

那是 2008 年，胡伟武带领大家讨论"什么是龙芯的科学发展？"胡伟武动情地说，我们课题组走过几个春秋的风雨历程，从呱呱坠地到蹒跚学步，从龙芯 1 号、2 号到准备研发的龙芯 3 号，下一步走什么样路、如何发展？关乎前途命运。

纵论世界信息技术产业发展风云，胡伟武直截了当说，做通用处理器的世界级企业，不管是英特尔还是 AMD 公司，它们做 CPU 不是孤立起来独自包打天下的，而是组织成一个产业联盟做生态体系，用 CPU 牵引建立完整闭环产业链，而逐渐强大起来的。因为 CPU 的使用，涉及到配套元器件、软硬件产业，包括相关软件供应商、分销商、解决方案提供商等。我们也须一边研发 CPU，一边探索产业生态体系建设，走出一条科学发展的大道。

是啊，单做 CPU 而不建产业生态体系，寸步难行。范宝峡斯文地附和道。

胡伟武接着说，龙芯必须软硬件一起发展，如车之双轮、鸟之两翼，只硬无软走不通，难以获得应用，更难生存发展；先硬后软也走不通，在国外软件架构上培养不出我国自主核心技术能力，也是死路一条，必须一体推进。

高翔接住话茬说，是的，我们经过多年来的摔打，研发 CPU 硬件取得显著成效，但软件及相关配套系统，差距还比较大，需要加快布局。

范宝峡感慨道，对，胡老师软硬件一起发展的想法，符合龙芯实际。我们应当开展基于龙芯 CPU 配套系统的研究开发，以产业发展牵引提高软件能力。

但谁又愿意开发配套产业，乐做配角绿叶呢？先期研发的巨额经费从哪里来？在看不到希望、得不到实际利益时，谁又愿意投入？有这样的企业吗？

哎，很难、很难呐！一种无奈的叹息声，从会议一角迸发出来，迅速蔓延到整个会场，显得有些压抑、灰心、绝望，让人窒息得有点喘不过气来……

刚开始的热烈与兴奋，顿时被悲观情绪冲击得烟消云散。

杨旭轻轻咳嗽一声，心平气和说，从我们龙芯这几年的探索看，建立基于龙芯 CPU 的产业生态确实很难，如果容易了国家早都搞起来了，还能留给我们这一代人吗？正是异常艰难，才需要我们对酒当歌、热血青春，横刀立马、过关夺隘，这是时代赋予我们这一代人的国家使命。

是的，只有把国家使命担当起来，组织力量做，从小做起，做出示范成绩来，有了赚钱效益，就会有一些企业跟进，让星星之火形成燎原之势。胡伟武语气坚定地说。

旋即，胡伟武话锋一转说，当然了，我们也不能闷头自己做，还要广泛动员社会上有家国情怀、有爱国热忱的力量，参与到我们国产 CPU 产业链的板卡、整机、系统软件等开发中来，构建软硬件生态体系。同时，还要加速完善龙芯系列处理器 IP 产品，尽快研发龙芯 3 号，形成龙芯 1 号、2

号、3号系列产品，分别应用于不同产业领域，打造龙芯技术产业集群。

这番富有见地的前瞻式思考，犹如一双巨大有力的手，掀起积压在大家心头的一块巨石，让在座每一位都有拨云见日之感，又充满信心和热情。

在产业化探索喜忧参半，尚且处于生死不明两茫茫的情况下，龙芯人立足当下、眺望未来，使得龙芯软硬件同步发展、走生态体系建设的路子清晰起来。

对于如何深化产业化、打通科研与产品的壁垒？也再一次在龙芯人中探讨起来。

胡伟武认为，要从根本上破解科研与产业"两张皮"的问题，就必须破除单纯为科研而科研、为成果而成果的老套路，肃清"学院派"长期积淀下来的为科研鉴定和论文而驱动研发的陈旧做法，在思想深处进行一次深刻革命。

没有彻底的自我革命，就很难心甘情愿来一次凤凰涅槃式的浴火重生，将陈规陋习铲除掉，真正让科研成果形成产业化。

因为，产业化与"学院派"的思维方式不同，科研的出发点与落脚点不同。"学院派"的科研经费来自于政府项目，主要目的是为了评奖、写论文、评职称、召开科研成果鉴定会。这就标定以单纯学术为导向，与能否转换为生产力无关，只要论文在知名期刊上发表、项目通过鉴定获奖，就万事大吉，相应的职称、待遇、名利等，就随之唾手可得。而项目结束，科研活动随之中止，很多科研成果就锁在抽屉里睡大觉，不知不觉中蹉跎岁月，碌碌无为。

再者，"学院派"做科研，写论文做好一个"闪亮点"就行，缺陷再多也不足为虑，就能赢得成功赞誉和鲜花掌声。

而搞产业化和科研产品则不然，技术要求更高更精，不能有明显质量缺陷。其产品的众多要素中，有任何一个"短板"都不行，有了"短板"应用就无法推广，产品就是失败的。

产业化的科研活动，指挥棒是应用市场及效益，经费来自市场，成果服务于客户，必须以市场应用需求为杠杆导向。科研活动只有受到市场认可、形成产业，在产品迭代升级发展中，不停地撬动生产力升级提高才算数，与鉴定会和个人的获奖、职称、论文几乎没有关系。

且科研市场应用无止境，广阔无垠，源源不断的市场资本支持科研实践浩浩荡荡，实现螺旋式滚动发展，永不停歇地向前、向前、再向前。

回忆起这些切身感悟，胡伟武喟然长叹说，生长在科研院所价值体系的环境中，想挣脱"学院派"思维模式，摒弃传统惯性，尤其是约定俗成的价值追求、评价标准，走产业化道路是极其艰难的。

刚开始，真如同西班牙著名作家塞万提斯笔下的堂吉诃德，怀揣梦想抱负，披坚执锐，勇敢进击，向着世界性高科技难题冲击、再冲击。结果在无情现实中，四处碰壁，匪夷所思，难以获得市场认可。

是的，龙芯 CPU 应用，不单是一个孤立的基础核心元器件，更是一个产业体系、生态链，应用牵涉很多因素，异常复杂。除了 CPU 本身研发生产外，还涉及套片、主板、操作系统、整机、应用软件、系统集成等诸多环节，需要形成一个系统配套的产业环境和产业集群，才有真正发展后劲和生命力。倘若与 CPU 配套的软硬件建设、系统集成、售后服务等跟不上，芯片性能再好也白搭，孤掌难鸣，也会陷入无法应用的维谷绝境。

大家逐渐感到，龙芯的产业化，归根结底还是自主软硬件技术体系、生态产业链的问题，须牢固确立"样品＋质量＝产品""产品＋服务＝商品"的理念。也要清醒地看到，要将科研成果变成商品，这个过程如同唐僧西天取经一样，必须经过九九八十一难，才可能在某些领域取得突破，修成正果。

那么，走产业化路子依靠谁？依靠中科院、依靠政府吗？

有人说，龙芯没有政府支持，是不可能完成产业化的，必须去跑政府，把政府这棵大树紧紧抱住，树荫下边好乘凉。也有人说，龙芯要去联络国有大企业，它们集聚着国家信息技术产业的命脉，从这里打开缺口，龙芯应用才有广阔天地……

经过不断探索的胡伟武，看法与众不同。他概括道，政府在市场经济中不是决定性力量，而是发挥引导调节作用；我们需要政府支持，但不能依赖于政府，完全依赖于政府的企业，翅膀不会长硬，一旦失去了支持，就会折羽陨落。

在这轮"什么是龙芯的科学发展？"的讨论中，感到要建立独立于Wintel体系和AA体系的自主信息技术体系，走"市场带技术"而不是"市场换技术"的道路。政府应该在技术研发支持方面"扶上马"，并通过政策性市场支持"送一程"，尔后逐渐走向开放市场和国际市场……这些后来成为龙芯发展的关键理念和思路，在胡伟武心中已有了雏形。

紧贴实情，找准突破口。胡伟武在安全应用领域提出"高度重视、积极投入；着眼全局，抓小放大；通用设计，专用切入；产研融合，打持久战"的32字方针。聚力从安全要求较高、市场容量小、应用比较固定的特定市场做起，采取灵活机动策略，帮客户定制板卡和软件，先证明龙芯有用，再逐渐深入。就像在盐碱地上种庄稼，虽然吃不饱，但也饿不死，能够存活下来。出身农村的胡伟武以此做比喻。

正当龙芯人始终不渝坚持着探索着，把内心的痛苦情绪丢掉，将身上的枷锁卸下时，又突然发现生活依然在微笑，应用市场又像亲人一般招手示意，热情似火啊。

龙芯在多个场景得到成功应用，逐步在有关部门建立"国产CPU基本可用"的认识。这无疑具有转折性重大意义，既给龙芯CPU验明正身，澄清其内在的高贵品质和可靠属性，也给国产自主CPU铺就一条生存之路，为龙芯产业化发展提供了一个崭新实践平台，让龙芯头顶亮出了希望之光……

同时，微软的"黑屏"事件、Windows XP停售事件等一系列怪象，引起有关政府部门的高度警觉和重视，成为龙芯应用的"神助攻"。

2010年底，政府有关部门开始大力推动自主CPU在特定安全领域的应用，将使用自主CPU上升为国家意志，给予国产自主CPU一定政策性市场空间。

在数据通信、工业控制等领域，杜安利敏锐地嗅到，有对自主性和安全性的刚性需求时，便大胆发起冲击。

　　表面文静而清秀的杜安利，内心却很强大，意志顽强，既有女性的平和优雅，也有执着、坚韧、果敢，遇到挫折坎坷不懊恼、不灰心，勇往直前去奋战。她感到，前期在数据通信系统折戟并不意味着无所作为了，只是说明龙芯的技术方案还没做到位，仍有改进提升的空间。

　　于是，她再一次会同研发人员，深析细研客户的技术要求，精准把握技术要害和关键，又一次补充设计出全新技术方案，终得认可。龙芯在第三次方案评审中脱颖而出，获得通过，将宝贵的合同签了下来。然而项目进行到中期，客户又提出新要求，需要做一套整个系统的测试方案，供专家进行正确性评估，确保项目实施的安全可靠。

　　这可难住了杜安利，这个测试方案关联龙芯 CPU 本身，还牵涉整个系统其他技术组件的厂商，是一个综合性测试方案，需要对整个系统有全面把握。她别无选择，只能硬着头皮昼夜攻关，独自对整个系统深入学习研究，参考大批相关技术论文、文献、资料，认真钻研，悉心领悟，不断进行技术消化吸收和升级提高……

　　历经十几个昼夜的苦苦缠斗，不懈努力，厚厚一大本关于整个系统的测试方案出炉了。胡伟武审看后，笑了笑说，你胆子真大，竟敢如此大包大揽，但精神可嘉，逻辑正确……

　　最终，杜安利带领项目组，出色完成整个项目的测试方案，终成正果！

　　正是这种折而不挠、向天而行的劲头，让这块根据地得以建立，使龙芯应用在这片土地上愈扎愈牢。可谓是，一枝独秀光荣绽放，义薄云天风景独好。

　　胡伟武感慨道，我们心怀城市、向往城市，但信息跨国集团太强大了，他们凭借技术优势占据着城市。我们没有立锥之地，只有走"农村包围城市"的道路，从跨国集团不愿做的边角地带做起，循序渐进，巩固好常熟产业化基地、安全应用、数据通信三块根据地，有了一定经济利润，练就过硬技术和经验后，再把"龙芯之火"燃烧到广大地区。

　　第四块根据地是传统制造业的改造及先进制造业相关的工控领域。工业是国家支柱，工业改造是个空白项目，需要国产 CPU 应用，工控领域对自主性要求也高一些，应用起来比较稳定，也可成为龙芯应用的重点。

第五块根据地是教育和办公领域。这些领域虽暂无自主性要求，但龙芯有成本低、功耗小、节约型的显著优势，有价格低的优势，可最大限度降低信息化应用门槛，适应中国现阶段的经济发展水平，找到更多的知音朋友，成就龙芯应用的广阔天地。

第六块根据地是交通领域，第七块根据地是金融领域……

胡伟武的定位分析精辟透彻，如同一阵明媚徐徐的清风，吹散人们眼前的迷雾，吹走天空中的那些浮尘阴云，让龙芯人的天空清澈明亮起来，真有一种天蓝青云梯、任尔绝顶攀的憧憬……

胡伟武撰文指出，龙芯离"用得好"还有很长的路要走，还须付出长期而艰苦的努力，但龙芯大规模应用及产业化发展的新局面即将到来。他引用毛泽东主席在《星星之火，可以燎原》一文中描述：

> 它是站在地平线上遥望海中已经看得桅杆尖头了的一只航船，它是立于高山之巅远看东方光芒四射喷薄欲出的一轮朝日，它是躁动于母腹中的快要成熟了的一个婴儿。

漫漫长夜过后，就是旭日东升。

胡伟武坚信，龙芯产业化的万丈光芒一定会照耀到整个神州大地。

3. 踏上国际合作之旅

一架法国的 A340 专机穿云破雾，从大洋彼岸的欧洲大陆起飞，翱翔长空，纵情飞向东方中国的首都——北京。

机舱内，时任法国总统希拉克聚精会神，正在认真听取幕僚关于强化法中两国全面战略合作伙伴关系的汇报……

斯时，是希拉克 2002 年就任总统以来的第 4 次访华，也是他任总统期间最后一次对中国的国事访问，是从政谢幕前的一次历史性访问。

幕僚汇报结束后，他轻轻拉开飞机舷窗的帘子，纵目俯瞰脚下的万里烟云、苍茫天空，顿生寄蜉蝣于天地、渺沧海之一粟之感，宇宙之大浩瀚无穷，链接着东西方。让他不由得回忆前3次访华的一幕幕往事……中国是一个伟大国家，有着无与伦比5000多年的悠久历史和灿烂文明；中国是一个文明友邦，有着己所不欲、勿施于人的真诚友善；中国是一个勤劳智慧的民族，有着坚定执着、快速发展的强劲内生动力；中国是一个勇敢逆行的大国，有着不怕牺牲、灿若星辰的英雄人物……他的足迹几乎踏遍了大半个中国，对中华文明情有所系、心有认同。

他身后是一个庞大商业团队，30多位法国企业家跟随，希望能够像以往一样带回一大堆合同，给法国经济注入一针"兴奋剂"。当然了，仅用商贸活动来衡量此次访华，似乎失之偏颇，政治永远是最重要的，摆在出访的第一位。就像爱丽舍宫发言人杰罗姆·波拿丰，在出行前的新闻发布会上讲的那样，法国在未来世界上的全球影响和地位，部分取决于法国与中国建立一种特殊有利关系的能力。他也意在为法中两国关系的未来立杆定调矣。

抵达中国第二天，就是2006年10月26日上午，时任国家主席胡锦涛和法国总统希拉克，在庄严的人民大会堂举行会谈，双方就共同关心的国际问题交换意见，共同签署了富有战略意义的《中法联合声明》，并出席中法在科技、能源、铁路、航空等领域双边14项合作文件的签字仪式。

其间，中科院与意法半导体公司签署了意法半导体与龙芯的战略合作协议，进一步深化龙芯团队和意法半导体的合作，开启两国在高技术领域战略合作的新篇章。

两国元首站立旁边，见证了这一历史性时刻。

据资料介绍，意法半导体公司由意大利SGS半导体公司与法国汤姆逊半导体合并后成立的跨国企业，1987年组建，拥有员工5万多人，先进研发机构16个、设计和应用中心39个、制造厂15个，在全世界36个国家设有销售办事处，始终是全球十大半导体公司之一。其技术实力深厚，既善于设计、又精于生产，有着卓越的质量管理监督制度和运行机制。

双方合作各取所需、互惠共赢，打通高科技合作的象征意义更是重大。

早在胡伟武承接龙芯 2E 课题的时候，根据科技部有关安排，决定将龙芯 2E 在意法公司流片，推进信息技术领域的深度合作。意法公司不是一般意义上的代工厂，其生产工艺主要为其内部芯片生产服务，只对像龙芯这样的战略合作伙伴开放。

希拉克访华之前，北京春暖花开的季节里，意法公司几位技术人员专门到北京考察龙芯。胡伟武详细介绍了龙芯的设计理念、方法、技术等，让他们大为震惊，深感龙芯有雄厚技术实力、非凡理论基础，投来许多赞许目光。

随后，双方在京签署龙芯 2E/2F 授权协议，开启了中国计算机核心技术对外授权的先河。

意法公司用几百万美元买下龙芯 2 号处理器 5 年的生产销售权，而且每生产一枚芯片给龙芯不菲的专利费。

旋即，龙芯课题组与意法公司对龙芯 2E 进行优化，双方一起制定了十几项改进方法，包括结构上动态关闭不用逻辑、动态降频、门控时钟、时钟树优化、增加集成度、实现实速测试，等等。这些技术改进，在一些人眼里算不上核心技术，做起来烦琐费力，但却颇有成效，大幅提高芯片性能 20% 至 30%，降低功耗 30% 至 50%，增强了龙芯产品的市场竞争力。

龙芯与意法公司的初步合作，出人意料赚来"第一桶金"，这是中国人想都没敢想的一份惊喜、一种自豪。龙芯科研力的智慧光芒，竟然辐射到了大洋彼岸的欧洲大陆，在意大利与法国的信息化天空升腾起一抹亮丽彩虹。

有科学家激动地感慨道，中国人信息化建设的脊梁骨，应该说从这时开始逐渐挺直了，不再完全处于任人宰割的低端，而是有了仰望长空的自信，有了气吞山河的雄心，有了逐鹿天下的野心。

业内人士总结说，这是中国信息化技术第一次仰天长啸，第一次置身于世界产业链的中高端位置，第一次享受到技术专利带来的实惠与荣耀，第一次尝试着以市场规则服务客户，第一次开始依据市场规则进行的规模销售……

刚开始，与意法合作时双方常有争论，龙芯嫌意法的工艺流程烦琐，各种环节太多，费时耗力，影响工作效率。但正是坚持一步一顿的烦琐流程和质量论证，保证了从科研成果到合格产品的转变，成就了产品的精准度和可靠度。

譬如，意法对每一个科研步骤打分，用分值衡量质量高低。一个模块如果没有流片验证的话，不能在产品中使用，只能打 5 分；而经过测试片验证后打 10 分，在产品中成功流片了打 20 分，达到大批量生产打 30 分……以此精微细化量化，确保产品质量。

龙芯在合作中汲取意法虔诚极致的工匠态度，掌握了极其严格的工艺流程和复杂质量管控体系，也使意法成为龙芯走上产业化道路的又一位老师。

为了强化合作，胡伟武曾派当时的全定制组组长杨旭、物理设计组范宝峡，亲自到意法公司了解有关工艺的具体情况。

于是，杨旭、范宝峡立即与意法公司沟通取得邀请函，办理护照签证，购买机票等，于 2005 年 11 月初如期踏上远赴欧洲大陆的行程。

他俩经德国法兰克福转机，经过长达 11 个小时空中之旅，到达目的地法国工业重镇——里昂。

当他俩行走在机场一看，嗬，满眼花花绿绿，茫茫人海中白人、黑人、棕色人比比皆是，一派五洲四洋国际化城市的风貌。出了海关在眼花缭乱中，一位黑人司机举着他俩名字的牌子，已经在那里左顾右盼了。

范宝峡属于内秀之人，英语口语好，就走上前去主动交流。他俩随即跟着司机到停车场，坐上小轿车直奔里昂郊区的意法公司一个流片工厂。

此时，欧洲大陆正值秋季，秋风萧瑟、秋意正浓，空中偶有染上秋霜的树叶悠然飘落，在道路两旁点缀着秋色的浪漫，一派美妙多情的风光。

约莫 1 个多小时后，车子停在一个五层楼房的宾馆门口，负责对口接待的罗宾热情迎上来，微笑着伸出友谊之手。罗宾是中等身材，高鼻子，蓝眼睛，白皮肤，一头蓬乱的棕褐色的卷发，乱糟糟的，一看就知是地道的法兰西人。

他说，欢迎你们中国的朋友，房间已经订好，请您光临！到了房间，双方简单对接了有关事项和日程安排。

翌日早饭后，罗宾已经等候在宾馆门外，陪同杨旭、范宝峡径直向意法公司流片工厂走去。宾馆距离工厂不足 300 米，罗宾用标准的法式英语介绍情况，指着前面偌大的厂房说，这就是我们的工厂，生长在田园之中，已经有 30 多年的历史了，与大自然在一起……

杨旭纵目望去，意法这个流片工厂坐落在一个广阔无垠的原野之中，厂房周围全是田园、树木、野草，树叶已泛黄，金色、红色、绿色交织在一起，汇聚成色彩斑斓、浪漫多情的秋色秋景。

是啊！法国的秋天更为旷远广阔一些，与杨旭家乡深秋里鲜红透亮的枣子、黄澄澄的柿子、玛瑙一般挂在藤条上的葡萄，以及秋蝉在树丛中深情嘶鸣的景致有所不同……

远处有一条逶迤延绵的河流，缓缓流淌，也许是从遥远阿尔卑斯山脉冰雪融化而成的那条罗纳河，经历过长途跋涉而来……更远是隐约可见山峦和蔚蓝色天际。天空中飘浮着洁白云朵，忽然有一群白鸽从眼前掠过，展翅飞向远方，渐渐消失在视野里。真如唐代诗人李白描写的"众鸟高飞尽，孤云独去闲……"也如 19 世纪法国著名印象派画家莫奈笔下一幅幅生动的风景油画。

杨旭、范宝峡心旌摇曳，赏心悦目，感叹法国纯粹天然的自然环境，以及人与大自然融为一体的协调和谐。

走进工厂来到会议室，双方按宾主落座，相互介绍情况。范宝峡经历了无数次这样的座谈交流，经验丰富。他用沉稳目光扫视了一下会场，用流利的英语，介绍龙芯团队研发龙芯 1 号、2 号的情况，配合播放 PPT，再现龙芯团队的青春、活力、理想、抱负，让合作伙伴有一个直观清晰的了解。随后，他阐述了研发龙芯 2E 遇到的技术难题，请求协助。

罗宾代表流片工厂作了发言，大意是，中国龙芯朋友好样的，为了合作和友谊、科学与未来，意法公司在技术上会给予大力支持，全面协助龙芯团队完成好龙芯 2E 的设计和生产，实现共同的目标愿望。

他们还将杨旭、范宝峡提出的几方面技术问题，认真写在工厂调度室悬挂的小黑板上，对照条目一项一项予以落实。

在杨旭、范宝峡的意识中，坊间传说欧洲人慵懒拖拉、慢悠悠的，工作效率极其低下。但现实中的意法合作伙伴，一点也不散漫，相反思路清晰，工作极其认真严格，动作麻利快捷，没有丝毫马虎凑合，工作态度作风令人钦佩。

他们将中方提出的问题按照专业门类厘得一清二楚，分为两个方面，分别带领杨旭、范宝峡去工作现场观摩学习，什么封装技术有哪几种方式，防静电如何解决等，一项一项技术交流，一个问题一个问题讲解，认真细致周到。

连续 3 天的交流、观摩、学习……杨旭、范宝峡对关键性技术问题，及时与国内设计人员沟通，深入浅出、逐层化解，切实打通设计与生产新工艺之间的壁垒障碍，让龙芯 2E 的前景一片灿烂。

面对意法工厂严谨有序的生产环境和法规制度，杨旭深受触动说，罗宾先生，能不能在生产车间照相留个纪念，以此成为龙芯与意法公司友谊的见证。

罗宾摆摆双手说，中国朋友，这个不是我职权范围内的事，需要请示上级。他径直走到电话机旁边，拿起电话"叽里呱啦"说了一通法语，然后耸耸肩说，已经请示了，等待批准吧。

不一会儿，来了一名脖子挂着照相机的摄影师。罗宾解释说，照相批准了，便张罗着让杨旭、范宝峡站在车间重要位置，摄影师"咔嚓、咔嚓"拍下具有纪念意义的瞬间。

开弓没有回头箭，落子无悔大丈夫。

龙芯团队与意法半导体的合作沿着岁月长河向前推进，龙芯团队以他们为师，学习芯片的质量管理之法。意法则以龙芯团队为友，学习感悟灵活思维与创新活力，彼此在相互学习借鉴中，渐行渐近，厚积友谊……

时光到了 2011 年隆冬的一个深夜，刚刚辛劳一天的杨旭正准备就寝，突然手机响了，一看是胡伟武的电话。他仍如往常一样接通说，胡老师好，有什么事吗？

请你到公司实验室来一趟，是流片工厂的事，我们商量一下。胡伟武回复道。

杨旭立即说，好的，我马上就到。

此时的杨旭，已不是全定制组组长了，而是擢升为公司副总裁，协助胡伟武分管对外协作生产，也负责处理龙芯与上下游有生产业务往来企业的联络协调。

工厂流片事关龙芯产业生态链的大事，不可小觑。杨旭一边匆忙赶往公司，一边想象着是什么外协事这么着急，让胡老师深夜紧急召唤呢？

当杨旭风风火火赶到龙芯公司实验室，看到胡伟武、范宝峡等公司领导，以及负责研发测试的汪文祥、王焕东、齐子初都在现场。他猜想到，可能是芯片质量问题。

果不出所料，胡伟武表情严肃地说，杨旭啊，这么晚找你来是说说龙芯 2F 的质量问题，意法公司给我们生产的成品合格率太低了，这怎么给龙芯产业化中教育电脑供货呢？

胡伟武对产品质量不满的一席话，讲得很凝重，让在场所有人都将目光投向杨旭，让杨旭感到如芒在背，脸上火辣辣的。

对于涉外合作，杨旭颇有理性，他冷静地说，我们与意法合作好几年啦，之前没出现过质量问题，这还是头一遭，我立即协调妥善解决。

好啊，如果能与他们中国区公司谈妥就行了，不然就去一趟他们总部，即便是老朋友，也要亲兄弟明算账，把责任问题厘清，合作友谊才能够延续下去。胡伟武说道。

杨旭微微点头说，好的，我与法务专家好好研究，一定按照胡老师要求稳妥处理好，既呵护我们龙芯的利益，又维护与意法的长期友谊。

第二天，杨旭就与法务人员商议对策，随后与意法中国区的代表协商。对方说此事重大，须到公司设在意大利米兰的商务部面谈。

这样，杨旭不得不踏上远赴意大利米兰的旅程，负责龙芯 2F 测试的齐子初同行。

他俩经德国法兰克福转机，尔后到达米兰。

接待他们的是意法公司大事业部销售经理马特儿。他是典型的意大利人，身材高大剽悍，西装革履，一条深绿色领带在胸前摇摆着，显得很有生气。

杨旭、齐子初与马特儿的谈判，在他们商务部会议室举行。杨旭用流利的英语阐明来意，齐子初介绍龙芯 2F 的检测技术参数及相关情况，播放了检测的 PPT，阐明龙芯立场，提出不合格产品应按合同退货。

马特儿喝了一口咖啡，板着面孔，用磕磕绊绊的英语说，NO，NO，NO！并表情丰富地耸了耸肩，不停地竖起食指来回晃动，表达疑惑之意。

杨旭表情平静地摆了摆手说，马特儿先生，中国龙芯与意法合作 5 年多来，未曾发生过类似质量问题，有了问题就要认账，才能继续合作下去，不枉我们长期的友谊啊。

马特儿显得有点激动，霍地站起来，继续打着手势说，此事重大，不得草率，我请示领导后继续商谈。

次日中午，会谈设在米兰郊区的一个小镇。地中海明媚的阳光、扑面而来的海风、蓝得深邃的大海，以及颇有情调的一栋栋小洋房，似乎让会谈也轻松起来。

双方在一个貌似农家乐的休闲饭庄见面，坐在一个长条桌两边。马特儿隆重推出他的上司 —— 意法公司大事业部负责人劳瑞斯。劳瑞斯端起桌子上一杯意大利红酒，用流利英文说，欢迎中国龙芯朋友光临，然后话锋一转说，我们意法是跨国大公司，经历了无数风风雨雨，很少遇到这样的质量问题，必须调查清楚才能作出决定。

对于劳瑞斯的态度，杨旭平复了一下心情，语气坦诚地说，我们中国人常说，金杯银杯不如老百姓的口碑，不管意法公司有多大，客户是你们衣食父母。我们双方的技术合作，情深似海，友谊如金，需要双方共同呵护，才能延续下去。

再者，我们龙芯与意法合作，代表的不只是一个企业，而是在两国元首见证下两个国家之间的友好合作。还有，我们这款龙芯 2F 是用来做教育电脑的，质量不过关，无法向广大师生交代呀！我们 13 亿中国人，是你们意大利与法国人口总和的 10 多倍，中国的市场无限广阔，与中国龙芯合作就是与希望合作，与美好未来合作！

杨旭有理有节的一席话，让劳瑞斯神情轻松起来。他将手中的酒杯放下，坐在椅子上，略带疑惑的神情说，中国朋友，我顺便请教一个问题，你们做的芯片，为何要取个龙的名字呢？他耸耸肩摆了摆手，表示出夸张性。

杨旭沉吟道，中国龙不同于西方龙，我们中国龙代表的是和平、吉祥、正义、兴旺，我们的龙舟、龙椅、龙庭多好啊，有着高远志向，飞起可巡天、下地能入海，遨游于天地之间，志在星辰大海，造福广大民众。我们龙芯公司成长壮大，也会向全世界人民提供更加普惠的服务，用更加开放包容的中国气派，破除技术壁垒，让普天下民众俱欢颜！

劳瑞斯用大拇指和食指围成一个圆圈，其余三指翘起来说，噢、噢、噢！我明白中国龙的意思了。他端起酒杯说，为美好的中国龙干杯，为合作干杯！

杨旭、齐之初端起酒杯一饮而尽，豪气云天！

随后，劳瑞斯说，我们用意大利的烤鸡、咖喱肉丸、奶油培根蘑菇、皮沙等美食，招待中国龙芯朋友。席间，他还对杨旭说，意法公司也十分珍惜与中国龙芯朋友的友谊，也看好龙芯的品格和未来，会对产品质量问题认真调查，给中国朋友一个负责任的答复。

2012 年北京春暖花开之时，马特儿一行 4 人从意大利米兰辗转来到北京，专程到访龙芯公司。胡伟武、杨旭等龙芯高层，以热烈友好的姿态，同马特儿一行举行双边会谈，共同回顾技术合作的收获体会，分享成功经验，展望美好未来。

杨旭代表龙芯陪同马特儿一行，来到久负盛名的颐和园参观。这座面积达 500 多亩倚山傍湖的清代皇家园林，沐浴着初春的明媚气息，中国式古典建筑的雍容华贵，昆明湖的波光粼粼、碧波荡漾，以及岸边杨柳的成行列队，随风舞动着婀娜多姿的身躯……青山、绿水、古建筑，交汇成一幅幅美妙多姿的风景画，令马特儿一行大饱眼福、赞不绝口。

在野渡无人舟自横的石舫前，马特儿被巧夺天工的雕刻艺术所震撼，不由得露出惊叹之色，连连称奇叫绝，感叹非凡。

杨旭感同身受，用凝重的神情说，真可惜啊，舫上中式舱楼更漂亮，绝世珍品，但在150多年前被英法联军焚烧掉了，太可惜了。

往事不堪回首，苦难和耻辱永远不能忘却。近代史上，西方列强入侵中国犯下的滔天罪行，罄竹难书，永远被钉在历史耻辱柱上，永远被全世界人民所警醒。

杨旭平和而恳切的倾诉，如同一曲古老而悠扬的琴声，悠扬而凄凉，深深触动了马特儿的心。他感慨道，贪婪、侵略、野蛮、暴力是人类的邪恶，应当受到鞭挞，一去不复返。祝愿你们中国强大起来，全世界民众也团结起来，不让历史悲剧重演。

就在昆明湖之畔，马特儿郑重表态说，意法公司认真研究了龙芯的诉求，对生产的龙芯2F产品又进行认真检测，对不合格产品负完全责任，赔偿全部损失，请龙芯予以谅解。

龙芯与意法的合作，经历风雨又见彩虹，沉浸在一个平等、互利、友善的五彩天地中。

4. 在产业化中龙芯3号艰难诞生

和煦秋风柳深情，柳枝飘舞花满城。

早在2005年深秋，龙芯2E交付流片等待回来期间，胡伟武、王剑等龙芯课题组一行30多人，就趁着空档期，兴致勃勃一路西行，来到北京西郊的香山，研讨龙芯3号的结构方案。

在西山别墅的二楼会议室，大家集聚一堂，研讨龙芯3号系列CPU可伸缩互连结构的思路设想。

对于龙芯第一款多核结构龙芯3号的设计，胡伟武提前做了大量功课，对可伸缩互联结构、多核的Cache一致性、内存控制器，以及接口、总体结构、性能标准等，有了一些探索性研究。

研讨开始前，胡伟武就走上讲台，在黑板上画出龙芯 3 号的总体结构，将其分成若干部分，标明各部分的功能作用要求，宣布各个组技术负责人分别是高翔、范宝峡等。

胡伟武简明扼要的总体思路，犹如冬天里的一把火，一下就将大家的激情点燃了。大家三个一群五个一伙凑在一起，你一言我一语，展开热烈讨论……

讨论形式不拘一格，集中、分散，再集中、再分散，滚动梯次接续推进，最大限度激发每一个人的思考见解和智慧火花。但不同见解观点，时常也带来激烈争吵辩论。

这样的讨论、争吵打破了一些规矩，不论职务级别、资历头衔，没有上下级概念，谁想讲就讲，直抒胸臆，直戳要害。其他人可随时插话反击，让思维真诚碰撞，既勇于批评又相互包容，既优胜劣汰又物竞天择，洋溢着舒心、率真、坦荡、平等的气氛，激发出许多金点子好主意。

经过一天"头脑风暴"式探讨，各个组拿出一个大体的思路方案。胡伟武组织专家组成员，认真审看分析，提出修改意见，反馈各小组，指导继续提高完善。

作为龙芯系列产品的总设计师，胡伟武对这款芯片的总体设计技术，思考得更为深刻，把握更加精准到位。他分别来到结构组、系统组、全定制组等参与讨论，用自己的设计理念和融会贯通式思维方式，撬动每个组的集体智慧和个体灵感，谋求一种设计思路的爆发式"聚能裂变"。

事实上，这种发散式、自由式的讨论研究，可激发出"胆大包天"的惊人想法，直达科学的茫茫天宇，也可碰撞出一束束腾空而起的智慧浪花，在阳光下绽放出五彩缤纷的色彩，从而使得设计不断优化完善，汇聚形成几十页纸的完整设计方案。

倘若把研制龙芯 3 号，比作一台精彩纷呈的"科技大戏"，那么他们讨论研究的就是一个剧本大纲，生动形象勾勒出剧目的结构、品格、气质、主题、内容，成为排演整个剧目的魂和纲，也是必须恪守的基本遵循。

第二天晚上，夜色沉沉静谧，隐隐约约，一轮弯月在西南天边静静挂起，悄悄窥视着大地。龙芯课题组人员在会议室讨论正酣，研究龙芯3号的结构机理设计之时，两位不速之客即计算所科研处的夏洪流、傅信国，蹑手蹑脚走入会场找胡伟武。

随即，胡伟武跟随他俩走出会场，来到走廊尽头攀谈起来。

夏洪流代表计算所机关开门见山说，胡老师，咱们中科院有一个CPU预研项目，研制成功将用于空间应用领域，所里希望龙芯课题组能够接下来。

这是一个重大课题，不可不察，不但耗时很长，还须投入巨大技术力量。胡伟武为难了，陷入了深思。

其研制难度大、要求高、周期长，风险也大，要做许多实验才能成功，极具持久性和挑战性。

胡伟武深知其中的不易，面露难色说，鉴于目前龙芯2F进入流片，成败未卜，龙芯3号研发即将启动，特别是预研项目的周期旷日持久，短时难以见效的实际，龙芯课题组精力不济，恐怕有辱使命，还是不接了吧。

听到胡伟武的推辞，夏洪流、傅信国脸色难堪，略带恳切之情说，知道你们课题组有难处，但你们不接这个项目，所里的任务就完成不了……

他俩又齐刷刷将目光投向胡伟武，几多恳求，无限深情……胡伟武又沉思片刻，还是抬起头来，豪气干云般说，那我们就试试看！

正是头脑一热的豪迈，让龙芯步入另一条更加艰难的研发道路，苦苦追求拼搏10多年，才终成大器，在空间应用领域闯出一片新天地。

香山别墅会议仅仅是龙芯3号设计迈出的第一步。随后，龙芯3号设计完成了从发散到收敛的过程，在像高速I/O这样的核心技术上进行积累，有条不紊展开结构和逻辑设计的前期工作。

真正全面启动龙芯3号研发，是2008年元月。

面对产业化推进的困难以及研发经费短缺的问题，李国杰在计算所中层干部大会上，目光炯炯，态度严肃地说，胡伟武，你不能以任何经费不足的理由放缓龙芯3号研发步伐。计算所就是砸锅卖铁也要支持龙芯3号的研发。

壮志凌云、决断果敢，撑起一片蓝天。这就是推进研发龙芯 3 号的强大决心意志！

彼时，龙芯课题组已从独立的二层小白楼，搬到计算所新科研楼，主要集中在八层办公。在八层会议室召开的龙芯 3A1000 任务部署会上，胡伟武、黄令仪、王剑、杨旭、范宝峡、高翔等 40 多位技术骨干齐聚一堂。大家态度严肃，目光冷峻，神经绷得紧紧的，一点也轻松不起来，气氛显得有点压抑。

此刻，每名骨干心里都明白，尽管总设计师胡伟武率领课题组，历经数百个日日夜夜调研和准备，获得研发龙芯 3A1000 的可行性数据，也拟定了研发思路、方法路径和技术方案，但这毕竟是中国第一款四核通用处理器啊！是全新的一个重大课题，将采用很多创新技术，包括 X86 二进制翻译加速技术、多核处理器可调试性技术、多核处理器可测试技术、纳米工艺下的物理设计方法等。其挑战性极强，还涉及到数学、物理、微电子、计算机体系结构等多学科，又没有现成的经验可借鉴，研发前景难以预料，成败未卜。

也就是说，要在一片荒芜的土地上开垦良田，定要经过烈日暴晒、风雨吹打，必然会脱去几层皮、掉上几斤肉，但能不能苦尽甘来，啃下这块"硬骨头"，换得水美草肥、绿茵缤纷，仍然是个未知数。

看到大家严肃、凝重、困惑的神情，站在讲台上部署任务的胡伟武，似乎也感受到些许压力，讲话的语速略微加快了一些。

他无不忧虑地说，龙芯 3 号的设计挑战超乎预期。一个是技术难度很大，掌握多核技术非常不容易，是一项世界性难题；再一个是工程浩大复杂，主频为 1GHz，预计晶体管数达几亿个，各种要素很多，工程量是单核处理器的好几倍，是一场前所未有的重大战役。我们决不能退缩，必须森严壁垒、众志成城，咬紧牙关向各种困难发起冲击。

危急考验关头，定有挽狂澜于既倒的群体！

作为第一次成为龙芯研发团队核心成员的王焕东、苏孟豪，按捺不住内心的激动与兴奋，流露出初次当主力、打先锋的腼腆与亢奋。王焕东心里暗暗说，胡老师请放心，世上无难事，只怕有心人，再苦再累也要倾尽全力，闯入芯片研发的多核地带，掌握基于先进技术的多核处理器设计方法，蹚出一条研发新路子。

王焕东广东汕头人，个头不高，身材略显单薄，窄脸、浓眉，下嘴唇隆起，嘴巴略大，性格平和、颇有主见，有着难以掩饰的文静、质朴，但眉宇间还是流露着"海滨邹鲁"之乡的睿智、坚韧，以及不服输的爆发力和忍耐力。

苏孟豪广东梅州人，中等身材，眉清目秀，方脸、宽额，能力超群、办事果断，讲话慢条斯理，流露出岭南人文质彬彬的性格，不失豁达、率真、大气……

他俩都是胡伟武麾下的博士生，有幸跨入这款重大芯片研发领域，顺利成为龙芯团队的核心成员，不是偶然意外，完全是理想、追求、本领使然。

时至今日，王焕东脑子里如同刻石留印一般，清晰雕刻着那永不消失的初心——为人民做龙芯的信仰。自己追随在胡伟武帐下，心甘情愿吃百般苦、受千般累，苦其心志、劳其筋骨，完全是为了做有意义的事，做中国人自己的CPU，成就民族信息化事业的巍巍丰碑，不负生命所托。

曾记得，想当年他从中科大毕业时，风华正茂，书生意气，带着七彩斑斓的梦想、希望，忐忑不安走进胡伟武那间狭窄而整洁的办公室，用简简单单几句话介绍了自己，说出想当胡老师的研究生，想做中国人自己的CPU后。胡伟武没有丝毫犹豫，用海纳百川的胸怀爽快地说，欢迎你！王焕东，龙芯正缺你们这样的年轻人，加入龙芯团队，只要肯努力，定会有大作为。

一语定终身，人生之大幸。

至此，王焕东顺利成为胡伟武的学生。苏孟豪也亦然，在胡伟武门下读完了博士。记得刚走入龙芯团队时，王焕东特别勤奋，广学博收，从李晓钰那里学到FPGA的综合划片，从硬件工程师那里学到了板卡问题定位，从乔崇那里学到了PMON的开发调试……王焕东与苏孟豪年龄接近，飙着劲比着干，互为挚友又是同事，都结伴在龙芯团队奋发有为，成为芯片研发部门技术组长，将自己绑定在龙芯团队的战车上，逐渐成长为冲锋陷阵的无畏勇士。

在龙芯 3A1000 设计中，王焕东首次承担芯片结构设计中的内存和 IO 接口两大部分设计任务；苏孟豪负责处理器核结构设计中的取指部分。

年纪轻轻就担纲主力，在科研团队中是少有的，责任重于山、使命大于天！王焕东也想到，能否出色完成任务，事关自己能否在龙芯团队站得住脚，也事关龙芯能否掌握多核设计方法，在市场应用中立身为旗。

必须全力以赴、全身心投入，与大家紧密协作，奋力攻关，务必拿下这一城。王焕东默默下定了决心。

说干就干！龙芯 3A1000 研发的大幕徐徐拉开了。

胡伟武领衔担纲主策划、总设计，每天早晨早早就坐在机房里，平心静气地看前一天编写的代码，一边浏览一边排版，畅游在代码世界中，咀嚼着其中的滋味……黄令仪负责全定制设计，针对全新工艺设计寄存器堆，合理布设读端口等；王剑负责系统软件设计，创造性地勇敢探索，试图有所突破。

其他技术骨干，按照结构设计、逻辑设计、系统设计、物理设计以及测试、验证、主板设计等多个门类，各司其职，各尽其能，全面进入科研攻关的"9126"状态之中。

所说的"9126"模式，就是指一般情况下，早晨 9 点上班，晚上 12 点下班，每天工作大约十二三个小时，每周奋战 6 天，休息 1 天。特殊情况，则每周工作 7 天，全天候奋战，甚至是昼夜加班，通宵达旦，鏖战得日月黯淡，生物钟也错乱了，难以分清白天夜晚。

胡伟武有每天晚上 10 点开例会的习惯。开完例会后，大家根据例会的讨论方案进行设计，在晚上回家休息前把有关设计在服务器上跑起来，安排妥当后才离开岗位。翌日早晨上班时，刚好一晚上机器跑出结果来，接着进行实验，不耽误时间，效益大增。

这样不知疲倦的奋战，一干就是 6 个多月。

大家按照蚂蚁搬家的逻辑、沙子垒高塔的机理，一步一个脚印从多个方向攻城拔寨，全力拼搏，精心设计这款大型芯片。

挑战一个接着一个，令课题组苦不堪言。

结构设计要求全定制组，基于全新工艺，加强寄存器堆设计，做出 8 个读端口，尽最大可能打通功能部件的访存通道。然而，读端口数量又是一柄"双刃剑"，与性能高低成反比。也就是说，读端口数越多，主频就难以做上去。

黄令仪、杨旭、钟石强等全定制组的技术骨干，反复研究论证，认为难以做到 8 个读端口，即使做到了也不利于芯片整体性能的提升。

耿直厚道的钟石强，代表全定制组找到胡伟武汇报说，我们组反复实验，基于新工艺的全定制设计，设计面积较以往大幅缩小，设计 8 个读端口难以做到，读端口数量越多就会降低主频，影响芯片整体性能提升，建议改为 4 个读端口设计。

胡伟武思索一会儿说，这款芯片确实在很多方面都是第一次，没有经验可借鉴，任何理论设想都必须服从实验数据，就按实验结果做 4 个读端口设计吧，用两个 4 读寄存器堆拼成一个 8 读寄存器堆用。

但是，你们一定要考虑多核技术下新工艺带来的挑战，把寄存器堆、锁相环等做扎实做精致，不留瑕疵。胡伟武表情严肃补充道。

的确，龙芯第一次研发多核芯片，给全定制设计的挑战极大，特别是设计面积急剧缩小，带来的是电路不好调、版图不好画，工作难度极大。

刀尖上练舞蹈，许多人垂头丧气，似乎有点绝望了！

黄令仪再一次横刀立马说，想想龙芯 1 号、2 号研发，这点困难不算啥，高山恶水都蹚过来了，这条大河也挡不住路、吓不倒咱！只要我们咬紧牙关，一点一点做，肯定会车到山前必有路，旗开得胜。

老将斗志高昂、信心百倍，自然带来全定制组背水一战的大攻关。

每天晚上 10 点，课题组所有技术骨干按惯例聚集在 848 会议室，胡伟武亲自组织召开"诸葛会"，用"三个臭皮匠凑成一个诸葛亮"的方法，展开"头脑风暴"，拨动每个人内心隐藏的薪火，使得智慧火苗相互点燃、互相传递，进而激荡成熊熊燃烧的火焰，照亮每个人的心房，让研发中隐晦的机理得以清晰，隐藏的逻辑逐渐明了，疑点难题迎刃而解，暗礁漩涡得以逾越，从而使得研发的航船，驶过峡谷、险滩，穿越万重关山……

到了 2008 年底，京城已是草木枯黄、周天寒彻了，"呜呜呜——"的寒风肆虐咆哮。龙芯 3A1000 各项设计业已完成，胡伟武组织专家进行技术评审，对各项设计质量认真评估。

结构设计、物理设计、全定制设计等各个组，都作了简要全面的技术汇报。大家集思广益，查漏补缺，细而又细地审看每个技术要素，确认没有失误与疏漏时，胡伟武才郑重在审核报告上签了名，提交工厂流片。

这时，课题组人员如释重负，稳下心神来喘口气，有了一阵短暂休整机会。

但对于王焕东以及每一位核心成员来说，设计方案版图送去流片，又仿佛如同孕育婴儿一般，在腹中隐隐躁动，澎湃着即将孕育生命的欲望和激情，自然也牵肠挂肚，欲罢不能，总惦念着流片的结局命运，期盼能够顺利成功。

当这款芯片呱呱坠地，从异地几经辗转返回时，已是 2009 年 9 月 27 日的夜晚，暮色沉沉笼罩着京华，唯有天上星星和各种场所的灯光，眨巴着眼睛，一闪一闪释放着亮光，坚定不移地冲破秋色中的夜幕，绽放着一丝光明与希望。

此刻，胡伟武、黄令仪、王剑、杨旭、王焕东等，都不约而同齐聚计算所主楼八层的实验室，将各种验证芯片的机器设备调了又调，准备妥当，尔后焦急等待着已经诞生而在路途之中的龙芯 3A1000 归来。

胡伟武走到窗前，推开一扇窗户，极目远望天边的繁星明月。他心想，古人说，大地上诞生一个人，天边就多一颗星，人间失去一个人，天上就陨落一颗星。地上的人、天天行走，天上的星、夜夜闪烁，那么已流片的龙芯 3A1000，在苍茫银河之中又是哪一颗星星呢？是那颗大的还是小的？他猜测着、想象着……

突然，一阵急促的脚步声由远而近打断他的思绪，让他又回到现实中，猜想肯定是朝思暮想的龙芯 3A1000 回来了。他急忙关上窗户，转过身来，将目光投向门口。

随着脚步声的临近，一个熟识的身影走进视线，手里提着一个放置芯片的箱子，让他的目光格外明亮，绽放出惊喜、激动、亢奋、欣赏的光泽。

呵呵呵，总算回来了，赶快调试吧，跑起来看看！

胡伟武一边说，一边大步迎上去，接过箱子，轻轻放在桌子上，打开箱盖，看到一排排崭新的芯片，静静排列在箱子里，平静而淡定，持稳而肃穆，既不含羞也不冷艳，而是默默伫立在那里，似乎等待着主人的检阅。

他从里边挑选出一枚芯片，递给站在旁边的王焕东说，快去调试吧！

好！王焕东边答应、边额首点头，庄重地接过这枚芯片。

捧着这枚凝聚着无数希望与重托的芯片，王焕东格外兴奋紧张，甚至还有些感动豪迈。他与所有龙芯人一样，无数个日日夜夜做着"中国芯"的梦想，当亲手捧着象征着人生理想、信仰、抱负的"中国芯"，即将去调试检测，那又何尝不是人生中的一种幸运，一束荣光！

王焕东慎重认真地将芯片插在电路板里，坐在计算机前，点击鼠标开始测试，让芯片在系统里跑起来。其他人则围拢站在他身后，眼睛紧紧盯着计算机屏幕，见证并参与调试。

调试是一个漫长而探索性的实践，也具有许多不确定性。第一步，计算机屏幕出现了一连串英文字幕，说明芯片接通电路，各个节点畅通；第二步则是调试接口，让各种协议能够协调一致起来，符合运行规则；第三步是调试内存，使得芯片内存与计算机系统吻合起来，顺畅流利地跑起来，完成既定的功能任务。

龙芯 3A1000 堪称一款大芯片，内存巨大复杂，里边囊括数以亿计的晶体管，各种路径曲折幽深，纵横交错，调试起来也格外困难，要经历极其复杂的运行磨合，须消耗大量时间。

王焕东一边全神贯注点击鼠标，发出各种指令，指挥电脑运行；一边大脑飞速运转，思考着芯片运行不畅、卡壳等问题，绞尽脑汁想象和排除各种可能的原因。

现场其他人也没袖手旁观，或坐在他身旁，或站在他身后，或徘徊在室内，思索调试中发现的问题，千方百计出主意想办法，推动调试一步一步往前走。

调到后半夜时，夜色深沉，睡意蒙眬，无情的疲倦从四面八方袭来，让大家有些困顿瞌睡了。

王焕东看了看时间对大家说，要不请各位老师都回去休息吧，不用都在这里熬着了。我年轻，不瞌睡，还可以坚持，调试遇到什么新情况，随时汇报。

就这样，大家陆续离开了实验室。

坚守在岗位的王焕东，困了，就站起身来原地走动走动，或跺跺脚，或伸伸臂膀伸伸腿，让自己提起精神来；尔后继续随着屏幕上显示，接续进行调试，一直坚持到次日东方破晓，窗外渐亮，一轮阳光从玻璃上钻进来照射在墙壁上。

王焕东到洗漱间痛痛快快地洗了一把凉水脸，让自己清醒清醒，到饭堂简单吃了一点早餐，便又投入到调试之中。

第二天的调试中，芯片在系统上跑起来可以运行了，但不流畅，时而卡顿、时而停滞。王焕东一边调试，一边修改软件代码，让软件程序、芯片和主板得到匹配协调……

这种调试与修改代码，是一件体力与智力投入程度非常巨大的工作，精神必须高度集中，情感百倍投入，忘我地奋战。一般人会因劳累过度而疲惫不堪，支撑不住败下阵来，自叹弗如。

而王焕东则不然，看似单薄体弱的他，却有着特别顽强的意志品格。他对修改系统代码、探索高难度问题，情有独钟，困难越大他探索的欲望越大，征服心理越强，如同无所畏惧的勇士一般，以无比的好奇心投入到破解难题的攀登之中，乐此不疲，妙趣横生，全无疲惫和倦意，一直葆有探索疑难问题的亢奋激情。

连续两个昼夜的接续奋战，先是跑单核操作系统，把每个核都跑一遍，再把多核操作系统搞稳定，芯片调试到了可用状态，取得阶段性成果。

作为科研成果，龙芯 3A1000 的流片是成功的，开鉴定会肯定够了。但龙芯已经踏上了产业化征程，按照大批量长时间稳定运行的要求，龙芯3A1000的工程化和产品化工作还有漫漫长路。

在大量的启动实验中发现，芯片的初始化连接仍有瑕疵，有时候连接不上，重新启动又连上了，没有任何规律特征，暂时也找不到原因。这让王焕东捉摸不透，有点蒙了。

事出反常必有妖。这一现象反馈给胡伟武后，他立即召集黄令仪、王剑等骨干集体会诊。大家一边观察现象，一边进行测试，一边展开研究讨论，初步判断是信号源的问题，便委托黄令仪领衔排查信号源，锁定问题的真正病灶。

当时，课题组条件相对拮据，尚无排查信号的高端示波器，怎么办？

黄令仪略为沉思片刻说，王焕东，收拾一下，跟我到微电子所去。他们有高端示波器，到那里做检测实验吧！

于是，王焕东将插有龙芯3A1000的电路板包裹好，抱在怀里，跟着黄令仪走出计算所主楼，在门口打了一辆出租车。车子沿着知春路一路东行，来到朝阳区北土城西路的微电子所，叩开该所实验室的门。

黄老师好，黄老师好！有什么需要帮忙的吗？我们全力支持……微电子所技术人员对他俩格外恭敬、热情、慷慨，令王焕东大吃一惊，暗暗称奇。

原来，黄令仪来自微电子所，学养充沛，德高才茂，参与过我国早期计算机156机的设计研发，完成过许多急难险重科研任务，有着仰之弥高、敬之景从的威望。而且，微电子所这些技术人员有相当一部分是她的学生，学生尊敬老师情理之中，天经地义！

在黄令仪指挥下，示波器与龙芯3A1000电路板很快就弄好了，链接成一个实验电路。接通电源后，电流瞬间激荡在电路中，示波器屏幕上显示出有关图形。

黄令仪仍然是那股子认真较真的劲头，从衣兜里掏出她常用的笔记本和钢笔，紧紧攥在手里，严阵以待，目光炯炯……可是岁月的年轮已让她的眼睛深深凹陷到眼帘之中，眼角边的鱼尾纹皱皱叠叠，显得沧桑、粗糙、老辣，也有老当益壮廉颇不老之感。

她点击鼠标操作着电脑，询问王焕东，图形正常不正常。

王焕东仔细观察后说，不正常。

她又问，与正常图形有什么区别？

王焕东说，比正常图形差一点。

她还问，差一点是多少？几厘米还是几毫米？

王焕东惊愕了，脑门发烫，渐渐冒出微细汗珠，赶快找出正常图形认真比较，反复核对，得出准确的差值，报告给黄令仪。

黄令仪认真在笔记本上做了记录，一丝不苟，专心致志。

尔后，他们又做了几次实验验证，横挑鼻子竖挑眼对比排查，终于找到间歇性连接不上的真正原因。一个是输入信号同步性不够强，有一定的迟缓性；再一个是芯片接口时序不精密，存有疏漏，成为罪魁祸首。

随后，胡伟武立即组织成立一个由黄令仪、高翔、王焕东等，涉及结构、物理、系统设计等跨部门的联合攻关小组，针对找到的问题进行深入全面反思，在更高层面厘清思路、提升理念，确定既要修改现存的具体问题和不足，又要在更高起点升级设计层次，提高多核芯片的设计本领。

此时，用80枚刚刚研发的龙芯3A1000芯片，搭建起的KD60高性能计算机，运行LINPACK过程中，也有偶发错误。这样的错误，在单个芯片跑一个月也碰不到一次，可在KD60高性能计算机上跑，就会一天碰到一次，故障率大幅增多。

胡伟武他们进行着各种尝试，试图锁定错误搞清机理，但极其困难……时光如水一般流逝，匆匆向前，没有丝毫眷恋。历经3个多月的苦苦攻关，快到2010年春节了，仍然看不到锁定问题的端倪，还在苦苦探索之中。

大年三十晚上，北京城区已是门庭冷落车马稀了，火树银花的爆竹声响彻整个夜空，高楼大厦上五颜六色的霓虹灯映耀闪亮，一派热烈、喜庆、祥和的节日氛围。

在这个亿万人家吃年夜饭，围坐在电视机前享受春晚精神大餐之时，胡伟武还在家中用电话与高翔商议调试之事。高翔在实验室一边做实验，一边与胡伟武商量，进行各种尝试，继续缩小问题排查范围。

窗外的爆竹声不停响起，一束束礼花闪亮划过……高翔仍然凝神聚气，奋力探索，直到农历牛年的钟声敲响了，仍未能将问题锁定，只能带着无限惆怅与遗憾停下攻关的脚步，恋恋不舍地离开实验室。

这一问题直到春节后才精确定位，是与访问 Cache 失效有关的问题。

又经过 2 个多月紧锣密鼓的奋战，访问 Cache 失效的问题得到排除，对芯片内部 4 个核相互联通问题的修改，提高了兼容性；同时，让多个芯片之间也可通联，功能得到强化；还让接口的实用性增强，既能与设备相连，也可与芯片相连，极大增强了使用的多功能性。

紧接着，又是新一轮的签核评审，大家的态度更加谨慎，评审的手法更加细致，精抠细把，精益求精。除了审核修改报告外，还在计算机上反复实验，一个模块一个模块验证，直到穷尽办法无懈可击时，胡伟武才在提交工厂重新流片的报告上签了名。

设计送去流片，并不意味着万事大吉，相反有许多工作须紧前准备。

高翔、王焕东、苏孟豪等技术骨干，做主板的做主板，做操作系统的做操作系统，搞软件的开发软件，又投入到新一轮奋战之中，为芯片流片归来做充足的准备。

三更灯火五更夜，正是男儿搏击时。

流月似水，光阴如箭，弹指一挥又是 3 个月。大家期待的龙芯 3A1000 流片再度归来，彼时已是 2010 年 10 月底一个宁静夜晚，龙芯课题组核心成员又一次以隆重礼遇迎接。

又是一束束热烈而期待的目光，又是一种庄严而虔诚的态度，胡伟武轻轻将盛装芯片的箱子放在桌子上，小心翼翼打开盖子，目光如炬，深情地检阅。

他仍然把一枚芯片递到王焕东手里，表情凝重地说，快去调试吧！

王焕东麻利地将芯片插在主板上，熟练操作鼠标键盘，让芯片立马跑起来，顺畅流利，轻松自如……

大家的目光紧紧盯着屏幕，看到系统轻松流畅，各种显示正常，脸上便溢出欣赏的表情，盼望着神清气爽、大功告成时。

仅仅调试3个多小时，到深夜12点就基本完成了任务。

胡伟武抬腕看了看手表，兴奋地说，改版圆满成功，比想象的还要顺利，大家辛苦了，回去休息吧！

然而，问题并非终结。

成功路上多磨难，苦尽甘来才是金。龙芯3A1000在批量使用中，又发现在服务器应用中，把两片3A1000进行双路直连时在特定访问序列下，导致两片间的互联网络死锁。

尽管此问题发生概率极小，但也是美中不足的缺陷。

胡伟武态度坚定地说，不能容忍任何一丁点不足存在，继续组织搞清技术机理，查明问题所在，展开第二次改版。

直到2012年春节前后，第二次改版后的龙芯3A1000再度归来了，一次调试成功。芯片欢快地在操作系统上奔跑着、歌唱着，进入一种游刃有余、十分稳定的良好状态，成为龙芯家族一个顶天立地的"核心成员"。

至此，龙芯课题组终于撬开多核世界的大门，真正掌握多核CPU片内互联及Cache一致性技术，以及片间多路互连技术等。龙芯3A1000成为当时国内唯一能够支持多路服务器的自主CPU，又一次引领风骚，功勋至高。

时光飞逝，岁月如梭。龙芯人在不知不觉中走过千山万水，翻越雪山草地，经历了无数酸甜苦辣，成就一步一个脚印的荣光，熔铸出忠诚使命、忠诚事业、忠诚人民的非凡品格。

咬定青山不放松，誓做信息化事业一棵松。步入不惑之年的胡伟武，回顾过往、以观沧海，心潮澎湃、吞吐日月，将自己所思所感所悟，转化为一首代表龙芯人精神追求的七律诗词：

一腔热血一颗心，精忠报国龙芯人。

誓把强国当己任，敢用青春铸忠诚。

十年砺刃度清苦，一朝亮剑破敌阵。

待到中华腾飞日，且让世界听龙吟。

以此标定龙芯人胸怀广阔，壮心不已，誓为祖国信息化事业冲锋陷阵的豪迈情怀！

| 中 篇 |

决心似山

第五章　当不了先驱就做先烈！

1. 铁饭碗换成泥饭碗

人常说，识时务者为俊杰。

而能拥抱时代，到飞速发展的时代大潮中，中流击水、浪遏飞舟者，更是俊杰中的俊杰，可谓是人之蛟龙，风流人物。

2006 年召开的全国科技大会做出"以企业为主体、市场为导向、产学研结合"的战略部署，鼓励科研人员下海办企业，到热火朝天日新月异的产业化建设中，通过"产学研"相结合，以科技研发提高产业质量，以产业发展催生科技实力，让产业与科研相互促进，滚动循环，以期科技兴邦，强我中华。

国家的战略号角一经吹响，中科院和计算所就积极响应，支持龙芯团队走出计算所的国家体制，全面向市场化转型，创办独立核算的混合所有制企业，推动龙芯 CPU 核心技术闯出一条产业化发展新路子。

特别是党的十七大报告如春风晓面，吹拂人心。胡伟武学习发现，与以前的历次党代表大会报告相比，此报告对科技发展的描述发生了根本性巨变。之前的报告"科教文卫"作为一章来专门叙述。而十七大报告提出经济建设、政治建设、文化建设、社会建设"四位一体"总体布局，"科教文卫"被打散了，科技发展放在经济建设部分描述，教育、卫生放在社会建设中描述。并明确指出，科技发展要"紧紧围绕经济社会发展这个中心任务"，"着力突破制约经济社会发展的关键技术"，要建立"以企业为主体、市场为导向，产学研结合"的技术创新体系。

科技发展在国家战略格局中，被提高到了一个新高度新方位！

学思践悟十七大报告，胡伟武感到，不同阶段科研人员有不同的历史使命。改革开放头 30 年，"胆子大"的个体户，置立于国家经济社会发展的潮头浪尖；下一个 30 年，必然是升级转型，使得走出"象牙塔"的科研人员，成为驱动国家经济社会发展的重要引擎。

他还进一步分析道，目前我国的建设发展碰到了"瓶颈"，步入一个新的历史转折点。譬如，2007 年中国的 GDP 占全球的 5.5%，而能耗占全球的 15% 左右，其他资源（钢铁、玻璃、水泥）消耗占全球的 30%—50% 之间。以消耗能源和环境为代价的粗放式发展不可持续了，必须走高质量高效率的发展之路。全球化之前，国家之间的竞争主要靠军队；现在大国竞争，很大程度上是综合经济实力的竞争，企业成为竞争的主力军，军队则负责"压阵"。

作为国家战略科技力量的中科院，在国家发展转型的阵痛与艰难期，不能"躲进小楼成一统"，而应在党中央发出"国有疑难可问谁？"时，勇敢地回答："国有疑难可问我！"

胡伟武认为，科研人员最崇高的理想抱负就是创新报国，创新报国的具体途径就是用科研成果提高生产力，为国家增加 GDP，创新挣钱，纳税报国，强大国家综合经济实力。

然而，剥离披着耀眼光环的国家级科研院所，向以产业为主体的企业转型，步入生死茫茫未可知的境地，毫无疑问是一次人生逆旅，考验的不仅是智慧、勇气、胆识，更是对祖国和人民的赤胆忠诚。

用胡伟武的话说，信息技术领域发生的"黑屏""后门"事件，证明了国家信息技术的控制权还不在我们手里，信息空间的边疆还未建立起来，仍然存有重大安全隐患。当祖国像搞"两弹一星"吹响向高科技进军的集结号，龙芯团队是明哲保身等待观望，还是放弃名利到科技产业化的新战场搏斗奋战、建功民族呢？

李国杰对胡伟武意味深长地说，中国如果能搞出一个像英特尔那样的企业，对国家来说太重要了！

国家外专局原局长马俊如对胡伟武说，龙芯在中科院已经做得很好了，要想更好，就必须下海办企业。现在，我们国家进入世界 500 强的几乎全都是资源、金融型的，缺少高科技企业，期望龙芯能够成为国家高科技企业的名片。

全国人大常委会副委员长、中科院院长路甬祥专门批示，要求中科院有关部门支持龙芯成立产业化实体，落实龙芯团队的股权激励……

北京市委、市政府对龙芯办企业也高度重视，时任北京市委书记的刘淇专门到中科院计算所调研，将龙芯列为中关村自主创新示范园先行先试企业，在使用土地、筹集资金等方面给予倾斜。

这样，走出中科院体制办企业，成为横在龙芯团队面前必须回答的一道现实考题！

2009 年立秋过后，一场大雨把北京的树木洗刷得青翠欲滴，一抹斜阳将燕山照耀得苍劲秀美，也让京华大地的炎热消退了许多。胡伟武走出科学院南路 6 号，踏上赴贵阳市出席中科院举办的青年科学家学术交流会的旅程，与中科院来自全国各地的 20 多位科研俊杰聚集一堂，研讨中国信息化事业的发展趋势。

8 月 19 日这天，刚好是龙芯 8 岁生日，胡伟武参加完学术交流会后，顺便坐车来到遵义，到心目中神圣般的遵义会议会址和娄山关参观，缅怀那段历史风云和丰功伟绩，解读毛泽东主席率领的红军靠什么力量能在艰难困苦生死线上坚持下来，从失败转向胜利的。

穿行在黔川交界连绵浩瀚的大娄山脉中，车窗外青山绿水风光如画，胡伟武脑海里激荡起与毛泽东思想的不解之缘。

早在读研期间，强烈的好奇让胡伟武步入毛泽东思想的精神世界中，流连忘返。博士论文的第一篇参考文献就是《实践论》，对毛泽东哲学思想有着铭心刻骨的理解。接着，他通读《毛泽东传》《毛泽东年谱》，全面掌握毛泽东同志的革命经历、性格特征、心路历程，以及毛泽东思想基本理论和方法观点，深感毛泽东思想是战无不胜的，是龙芯奋斗不可或缺的基因血脉和精神营养。

胡伟武领会毛泽东思想透彻深刻，悟到许多至真道理。诸如毛泽东思想是用来武装自己取得成功的，而不是在失败后指责别人对自己"不公平"的；是指导弱小如何战胜强大、强大为何不能欺负弱小的；也是共产党员必须旗帜鲜明坚持真理，坚持真理会得罪人，但能赢得真正的同志和朋友，等等。

当来到"一夫当关，万夫莫开"的天堑雄关时，胡伟武看得仔细，观千峰万仞、重岩叠嶂，赏峭壁绝立、青松傲骨；置身于舒同书法体"娄山关"三个鲜红大字下，他感受到雄强大美书法的厚重、遒劲、阳刚，气势雄浑，豪气陡升。

再来到镌刻着毛泽东主席手书《忆秦娥·娄山关》诗词前，更是思绪万千、浮想联翩，西风凛冽、英雄悲壮，豪迈凝重、千古绝唱。

此刻，胡伟武眼前硝烟弥漫，战马嘶鸣，展现出70多年前战火纷飞的英雄活剧。毛泽东主席率领的红军历经土城战役失利后，转战川南，回帅黔北，二渡赤水河，再次攻下娄山雄关，取得红军长征以来最大的一次胜利。毛泽东同志健步登上娄山关，极目远望、心情苍茫，寓意绚烂、诗意大发，写下了这首光芒万丈的传世经典。

以史为鉴，可知兴替。

胡伟武眼前一亮，冥冥之中感到，龙芯的初心与工农红军如出一辙，不为个人功名利禄，不图升官发财，而是抱定捍卫国家和人民的信息安全与经济利益，投身到已经打响的科技博弈的持久战中。龙芯团队的征程也同红军万里长征相似，历经昼夜奋战、困难重重，有疾风暴雨的挑战，有生死曲折的考验，有峰回路转的离奇，还有捷报高奏的喜悦，是在千磨万击困境中成长壮大的，即将进行的转型转轨，好比长征途中的战略转折，也需要高擎毛泽东思想这一精神灯塔，照亮前进方向，引领凤凰涅槃。

下海办企业与体制内搞科研不同，做企业比搞科研更艰难更痛苦，既要有呕心沥血的科研攻关，攀越技术高峰；又要在九死一生的市场中搏击，将科研成果转变为产品和商品。必须专心致志、全力以赴，才有可能赢得成功。如果脚踩两只船，一脚踩着计算所，另一脚跨在龙芯公司，左顾右盼而分心走神，注定会一事无成失败。

必须痛下决心，坚定地走出计算所，一门心思在产业化大海中冲浪弄潮，到科技对垒的血与火、生与死的市场竞争中，拼杀闯荡，不论生死荣辱，不怕身世沉浮，方可拼将十万头颅血、能把乾坤力挽回。

胡伟武离开遵义之时，脑子里仍然萦绕着来时带的问题，红军究竟是靠什么力量在艰难困苦的生死线中坚持下来的呢？

靠的是正确路线和信仰信心，靠的是毛泽东思想！他自言自语，坚定执着。

此刻夕阳西下，车窗外也是如海的苍山，如血的残阳。他情不自禁默默背诵起了《忆秦娥·娄山关》：

> 西风烈，长空雁叫霜晨月。
> 霜晨月，马蹄声碎，喇叭声咽。
> 雄关漫道真如铁，而今迈步从头越。
> 从头越，苍山如海，残阳如血。

的确如此，龙芯团队转型办企业，从研发主体向市场化产业主体转变，是铁一般的"雄关漫道"，需要龙芯人"迈步从头越"，是信仰信心的选择，更是人性、情怀、气魄的"验金石"。

这年10月的一天，京城北京大学校园家属院内，凉风习习，秋意渐浓，金灿灿的阳光微笑着洒下温馨明媚的光泽。胡伟武从学校东北门下车，走进校园穿过弯弯曲曲的道路，看到了掩映在古树绿荫之中那幢熟悉的13号公寓。

他健步走到楼下，行至恩师夏培肃家门口，叩开了房门。夏培肃尽管已经步入耄耋之年，但仍然精神饱满，耳不聋眼不花，心若明镜，思维清晰，认真听取胡伟武的汇报。

当谈到龙芯团队面临下海办企业时，夏培肃将慈祥而亲切的目光投向胡伟武，语重心长说，产业化是国家振兴经济的重大战略，也是解决我国信息技术安全的必由之路，必须走好这一步！目前，产业化是龙芯最重要的事情，大力推动龙芯成果应用，肩上的担子不轻。

舞榭歌台，风流总被雨打风吹去。

恩师愿得此身长报国、壮心不已在暮年，仍然直戳要害，惦念着龙芯产业化的大事。胡伟武备受感动，信心满满说，夏老师，请放心，我会铭记您的教诲，一定把龙芯产业化的事情做好，不辜负您的期望和历史的重托。

彼时，胡伟武已在计算所担当重任。科研单位的头衔尽管不算什么官位，但他在许多人眼里，还是凤毛麟角，步入了专家型领导、领导型专家的黄金大道。不出意外的话，胡伟武也是前程似锦，美不胜收，需要倍加珍惜。

但是，若要驱动龙芯产业化这趟快车，下海办企业，胡伟武必须辞掉身上的职务，放弃眼前可以预见的美好前程，步入一条充满艰险而难以确定的坎坷之路，甚至是前程未卜的险途。

时至今日，胡伟武仍清晰记得龙芯转型、个人下海的一次次善意谈话。

有一位好友对胡伟武说，国外大企业每年投入几十个亿甚至上百亿美元，有几千人上万人的研发队伍，基础设施条件那么好，形成了庞大产业集群，垄断了全世界的信息技术和产业。你带的龙芯团队就那么点人，经费少得可怜，怎么跟人家拼呢？

胡伟武信心满满，底气十足回复道，毛泽东主席早就说过，星星之火、可以燎原，弱小和强大都是相对的，现在弱小的，只要具有先进性正义性，就会得道多助，逐渐强大起来，破除那些不公平的垄断霸权。

事实上，任何强大总是被弱小战胜的，这是历史发展的客观规律。胡伟武抱定下海办企业，决心走一条以弱胜强、生死搏击的奋斗之路。

但是，当龙芯真正脱离中科院怀抱，成为独立的混合所有制企业筹措资金时，也颇费周折。北京工业发展投资管理有限公司（简称北工投）投资

1 个亿，民间资本跟随投资 1 个亿，计算所和团队各投资 500 万。

但为了北京市这个至关重要的 1 个亿，北京市中关村管委会先后召开 26 次协调会，反复研究，多方论证，围绕投资前景不厌其烦磋商、磋商、再磋商……有人直言道，国外的 CPU 产品既便宜又好用，有无可挑剔的竞争力。龙芯参与竞争必败无疑，我们投资是有去无回打水漂呀。而北工投董事长一言九鼎说，我知道投龙芯肯定是要赔的，但这是政治任务，赔了也要投！

艰难决断的 26 次协调会，每一次都反复权衡、令人揪心。其次数竟然与胡伟武毕业论文的修改次数如出一辙，惊人吻合，令人唏嘘感慨！

正是冒着巨大风险的投资，高扬起龙芯下海闯荡市场的风帆，成全了龙芯人的夙愿，也成就了投资龙芯者日后获得巨大资金回报的幸运，神奇！

斯时，对于追随龙芯下海的龙芯团队核心成员杨旭、高翔、张戈、胡明昌等人来说，考验和挑战也不小。

他们不是来自中科大少年班的精英，就是走出清华门和其他名校的奇才，一个个书生意气、挥斥方遒，指点江山、激扬文字，凭着出色天分与才华，已在中科院计算所里小有名气，闯出了自己的一片新天地。大多数不到 30 岁就取得令人称羡的副高职称，参加了国家重大科研课题研发，成绩斐然。

这样的职称头衔和待遇，是衣食无忧的护身符，也是体面生存的耀眼平台，更是有的人一辈子为之奋斗的目标。

如果追随龙芯下海办企业打拼，注定是呕心沥血，稍一分心必死无疑！这也决定了不能脚踩两只船，必须辞掉已经获得的职称待遇，放弃国家事业编制的保障，将"金饭碗"换成"泥饭碗"，与龙芯企业同甘共苦，拼死闯一条生路。

这个冬天，京畿大地寒流滚滚，时常大风裹着严寒、严寒挟着大风，在天空中"呜呜呜——"不停嘶鸣，树枝在寒风中摇晃着发出"噼里啪啦"声响，让人不由得心中发怵……

此时，辞职下海迫在眉睫，龙芯团队每一名成员面临着人生最艰难的抉择。

谁能出主意、提供参考借鉴呢？

高翔想到了芯片技术领域独步世界的美国硅谷，想到了在美国硅谷打拼多年见多识广的师兄，便利用一个双休日，通过网络联通了大洋彼岸。

高翔与师兄的真挚情感，再度通过网络这个神奇的鸿雁，传递着激荡着，相互漫无边际地聊起来，曾经中科大校园内外的风云过往、美好轶事，携来百侣曾游，忆往昔峥嵘岁月稠。

随即，高翔书归正传，将话题转移到有关国际芯片研发话题上。他恳切地对师兄说，现在我们龙芯团队面临着脱离中科院计算所，独立运营公司，一门心思闯市场做龙芯 CPU 产业啦。

师兄在网络那头，惊讶地问道，你也要下海吗？

是的，我们课题组的技术骨干，都准备辞职下海，专门搞芯片产业，闯一条中国高科技事业发展之路。高翔补充道。

师兄回复说，据我所知，CPU 芯片在国际上已经成为成熟产业，建立起很高的技术和商业壁垒，犹如铁桶一般的"独立王国"。

我们龙芯团队很有战斗力呀，也可以后来者居上，说不准能成为 CPU 芯片领域的一匹黑马！高翔充满信心道。

你们龙芯团队有多少人？准备投入多少资金？

我们有百十号人，投入资金两亿多吧。

师兄不以为然说，用这么点技术力量和经费，准备进军 CPU 芯片领域，成功的希望太渺茫了，很难啊，几乎是不可能！

高翔无言以对，沉默了，僵在那里发愣不作声，等待师兄继续陈述高见。

师兄接着说，你看，像高通、苹果、英特尔、AMD 等国际知名半导体企业，哪个不是资金雄厚、人才济济，研发人员几千上万人，研发资金每年都砸几十亿上百亿，用人才和大量美金，才能将芯片堆砌出来。

师兄进一步解释说，现在硅谷的精英们，都认识到了这个既成事实，没有人会在芯片领域另起炉灶搞研发了，也没有投资者对这个行业感兴趣。

这一席话，如同室外的刺骨严寒，瞬间将高翔抛到了冰窖里，浇了个透心凉，心情沉重、郁闷、凄凉起来……

师兄也似乎感到言辞过重了，便开导说，当然了，中国有中国的国情，不能用国外的经验套。你们也可以试一把，且行且走，且走且看，也许利用中国庞大的市场能行得通，走出一条情理之外的路。

师兄这番话，又仿佛如同黑暗中亮起了一丝火星，尽管微弱，如同星星光芒，照亮不了前进的道路，也不会让人激动亢奋、澎湃起火热激情，但还是露出了一点希望。

这对于怀揣梦想的奋斗者来说，只要有一点点甚至百分之一的希望，就会给真正创业者千般拼搏努力的理由，奋斗追求就不会泯灭。高翔接住话茬道，只要有一点可能，我们就要付出百倍努力去争取，行无愧怍心无憾。

师兄感慨道，不放弃丝毫机遇，用尽最大勇气闯难关，不惧任何风险攻堡垒，将不可能变成可能的，都是非凡之志者。我预祝你们龙芯能够非凡，创造出成功的奇迹。

正是这种硬朗不屈之志，涵养了高翔严谨细致、极端严格的作风，每项任务都力求无可挑剔、追求完美。这也成就了他在龙芯的作用地位，先任系统组组长、研发部经理，后来走上公司副总裁岗位，分管龙芯基础软件研发的核心业务。

与此同时，龙芯课题组核心成员张戈也在艰难抉择中。

张戈亦是中科大少年班学子，胡伟武的博士生，计算所微处理器研究中心副主任，国家"863计划""973计划"多个课题负责人，科研骄子。他身材高挑，气宇轩昂，说话干脆利索，统筹工作面面俱到，执行力落实力超强，有着不是军人胜似军人的干练、气度。后来，在龙芯成长为副总裁，协助胡伟武分管通用事业部。

张戈父母原来在一家企业上班，已退休赋闲在家，对民营企业生存的艰难，有着切身之感，切肤之痛。当张戈心怀忐忑拨通父亲的电话，汇报自己想辞掉计算所工作，下海到龙芯公司去创业打拼时，父亲在电话那头长长叹了一口气说，哎，傻孩子，你在计算所干得好好的，又是年纪轻轻的副主任，前途无量，下海经商做什么？

爸，不完全是经商，是要把我们设计的芯片卖出去，做产业化推广，也是很有意义和价值的。张戈解释说。

不管做什么，在国家体制内总比体制外好，有依靠、有保障，年纪大了还能养老，不能一时意气用事，要为长远谋算啊。父亲坚持己见道。

张戈一看给父亲讲小道理行不通，便改转话锋说大道理。

爸，国家花了那么多钱给我们做科研，咱也得多为国家想想，到产业化的道路上为经济建设和国家安全多做贡献。

不管你说得多有道理，我和你妈就是不同意。父亲软硬不吃，横竖不同意。

这天下班，张戈便匆匆来到中关村附近的一家海鲜店，打电话约妻子来吃晚餐，特意点了两份妻子喜爱的山东日照美食，焦急等待妻子从单位下班归来。

妻子知书达理，性情贤淑，有着山东姑娘的直爽、热情、豁达。她是张戈读研究生时的同窗，也从事计算机专业；彼此专业相同，有共同追求，可以说是"三观"趋同、情投意合。

妻子到来，一看热气腾腾的蒸汽海鲜锅端上了餐桌，不禁喜上眉梢，笑脸盈盈说，今儿怎么这么大方，有什么好事汇报呢？

张戈苦笑一下，恳切地说，没什么好事，但有一件大事需要请示老婆，就一五一十讲了自己准备辞职下海办企业，到信息化产业的新天地去打拼，也讲了父亲强烈反对，以及自己的郁闷、纠结、彷徨。

从事计算机教学工作的妻子，深知研发龙芯对于国家和民族的非凡意义，也懂得爱人志存高远、壮心不已的抱负追求。其实，她心里也打鼓不确定，自己老公选择是不是一条康庄大道。

她嫣然一笑说，既然你心有所仪，就遂心愿吧。你想下海搞企业，想必希望能够搞出个名堂来，不负此生！人的一生有无数次选择，还是要学会听听自己内心，你问问自己的内心，到底是想要什么？不管哪种结果，我都会坚定地支持你。

当然，她也预想了最坏的情况，仍然笑着对张戈说，如果做产业化失败了，我还有稳定的工作，无非是我们继续过苦日子，也没有什么大不了的。

张戈抬头望了望妻子轻松淡定的神色，心里感觉欣慰了许多，连连点头说，亲爱的！谢谢你的理解支持。

随着龙芯公司独立运营的逼近，2010 年元旦过后，龙芯团队迫切需要一些技术人员转岗从事公司的行政管理，希望正在边读博士边做技术的核心成员李晓钰，转岗从事管理，解决燃眉之急。

而热衷于从事科研、性格要强的李晓钰，还是心有不甘，难以割舍心仪的技术岗位。但她转念一想，公司独立运行急需管理人员，必须有人转岗做出痛苦抉择。舍小我而成就大我，又是何等的有价值呢！

念及至此，她就对胡伟武说，既然要转岗管理，不做技术了，我也就不读计算机博士了，从零起步全力做好管理工作吧。

胡伟武略带惋惜之情说，读博是人生中的一次重要经历，退出也是一种舍弃，要慎重啊！

但李晓钰清醒地意识到，鱼和熊掌不可兼得，不能舍弃读博就不会有管理上的精进，难以心无旁骛做好管理工作，于是她断然做出退出读博的惊人之举。

这年春节如期而至，龙芯团队核心成员辞职下海已迫在眉睫。杨旭、胡明昌大包小包买了年货，踏上返乡旅途。回家的一个重要话题，就是说服家人支持辞职办企业，开启人生的第二度创业。

杨旭坐在父母面前，娓娓道来讲了自己辞职办企业做龙芯的人生夙愿，讲了龙芯 CPU 对国家信息事业和经济安全的特殊作用。

长期在军队担任飞行员的父亲，有着"天下兴亡，匹夫有责"的担当，更是理解儿子的选择，凝重地说，既然你主意已定，家里是支持的，做国家需要的事，做自己想做的事，也是人生的一种快乐呵。

而胡明昌的老家在浙江，一块有着厚重历史积淀的非凡之地，一块饱受改革大潮和市场经济浸染的富庶之地，《春天的故事》《走进新时代》的改革风帆和故事，已让这里的人们把体制内体制外看得风轻云淡了。

对于胡明昌辞职下海，家里人都十分支持，岳父还特意赠给他一个精致的笔记本，扉页工工整整写下毛泽东同志 1961 年作的纪念鲁迅 80 寿辰的七绝诗句：

> 鉴湖越台名士乡，忧忡为国痛断肠。
> 剑南歌接秋风吟，一例氤氲入诗囊。

鼓励女婿铭记家乡流淌的爱国基因和情怀，心忧家国、情系八方，将自己的人生追求融入到祖国发展的大命运之中，不辱家乡和先辈的名节。

如此理解支持，让胡明昌心有暖阳，爱有所系，将这首诗词作为自己人生座右铭，深深烙印在内心深处。

这年春节爆竹声匆匆消退后，春风如约而来，春意又荡漾起来，风中裹挟着一丝丝温暖，浸淫滋养着万物，让封冻的冰雪开始消融了，大地与草木苏醒了……

杨旭、高翔、张戈、胡明昌不约而同齐聚一堂，四只大手紧紧攥在一起，决意辞职计算所，干一番在别人看来不可思议的事。而在他们心中，升腾起的是敢为人先、科技报国的初衷梦想！

元宵节后的第一天，四人各自起草好辞职报告，并郑重签上了大名。报告递出后，很快得到批复，所里同意他们的辞职申请。

尽管他们是胸怀理想、信仰、抱负的强者，是坚定迈出走产业化路子第一步的勇者，成为龙芯技术和产业的拓荒人，名副其实的热血男儿，即将开始谱写属于新一代龙芯人的壮美华章。但毕竟在计算所的大家庭里工作生活了好几年，接受了组织阳光雨露的哺育，让他们从一棵小草成长为栋梁，当真正告别中科院的体制以及耀眼光环时，心中还是有许多难舍与眷恋。

相逢时难别亦难，东风无力百花残。

此时，西伯利亚的强大气流，给北京带来一阵子"倒春寒"，凛冽的北风吹得呼呼直响，让天气又寒冷起来，好像忍痛与他们做最后的离别宣言，进行惊天动地、慷慨大义的最后辞别！

告别了，中科院计算所！

告别了，难得的职称待遇！

告别了，熟识的体制和领导！

曾经战斗过的计算所，曾经洒下青春汗水的计算所，曾经培植了无数荣光、无数梦想的计算所，永远成为离职人员难舍的生命记忆。

大家深知，即使梦想凤愿不切实际失败了，也甘愿做块垫脚石，当一回先驱者，用个人的牺牲和贡献照亮未来，铺平道路，让后人踩着自己的身躯继续前行，不屈不挠走出一条民族信息化事业的自强之路。

至此，龙芯团队开始华丽转身，正式脱离中科院计算所体制，成为一个真正的国有和民营混合所有制高科技企业，真正开始市场化运作，一艘驶离港湾漂泊四方的巨轮。胡伟武出任公司总裁、首席科学家，担当起掌控把舵龙芯航船的历史大任。

经胡伟武亲自协调，充实后的龙芯中科公司在计算所二部办公楼上，暂借三层房子，作为公司办公的新地点。

一个名叫北京龙芯中科技术服务中心有限公司的企业，镌刻着兴盛中华民族信息化事业的光荣梦想，携带着红色文化血脉基因，拉开一场关于龙芯人精彩大戏的帷幕，致力于用微弱的力量，演绎为国家和人民建功立业的最美篇章。

立竿能见影，榜样有效仿。

紧接着，龙芯课题组核心成员范宝峡、钟石强等人，也向计算所提交了辞职报告，踏上从科研实践向产业创业发展的漫漫征途……

2011年5月，北京龙芯中科技术服务中心有限公司，更名为龙芯中科技术有限公司；2020年11月，公司股改更名为龙芯中科技术股份有限公司。

2. 痛苦而幸福的技术交接

十年饮冰，难凉热血。

龙芯一路前行，经过一系列成败得失考验后，在产业化道路上迈出坚实步伐，形成大、中、小系列产品。"龙芯家族"阵容逐渐整齐雄壮起来，龙芯 1 号 CPU 系列有 1A、1B，2 号系列有 2F、2H，3 号系列有 3A、3B 等多款产品，在市场上得到应用。龙芯软硬件生态不断完善，在安全应用、桌面电脑、服务器、嵌入式应用等方面，都有长足进步。

基于龙芯 CPU 应用的产业化根据地逐渐扩大，公司初步实现从院所体制到市场化现代企业的转型转轨，步入现代高科技企业的门槛，站在一个新的起点。

但是，随着产业化进程推进和科技日新月异飞速发展，软硬件匹配度不高、融合度不佳的"瓶颈"逐渐凸显，科研活力不够亮丽、后劲不足，管理滞后于经营的矛盾较为突出，摸索现代企业管理之道势在必行……

胡伟武也意识到，越是发展快面临困难就越多，需要克服的问题也越多，排除的干扰压力也越大。公司必须强化高端战略研究决策能力、提升科研质量管理能力、完善现代商业模式等，特别是加速培养青年技术骨干，是迫在眉睫的重大现实课题。

是的，经历 10 多年的锤炼摔打，龙芯一路走来，筋骨逐渐强壮，没有什么外部力量能把龙芯打垮！若能击垮龙芯的，只有龙芯自己，自立自强是龙芯发展的根本和关键。

故此，强大青年科研人才方阵、加强战略管理能力建设，尤为紧迫。

伫立于茫茫夜色之中，胡伟武仰望浩瀚苍穹，思维如同闪亮的星辰一般活跃，不时有耀眼光束在脑海中划过一道道明亮弧线，让他充满了激情。

胡伟武进一步深度思考感到，济济多士、乃成大业，得人才者得天下，兴人才者兴事业，特别是信息高科技企业，不论是提高产品质量性能，还是发展完善产业生态，优胜劣汰激烈竞争的根本还是人才。

人才兴旺，则海阔天空、尽览风云；人才缺失，就会缺乏生机活力、走向衰败。

记得那是 2005 年，胡伟武带领龙芯党支部开展先进性教育活动，其中的党员标准大讨论环节，给他留下难忘记忆。当时，胡伟武作为团队负责人，承担着龙芯 1 号及 2 号一半以上源代码的编写和维护，从结构设计到逻辑设计，从物理设计到硅后联调，每个环节都身先士卒，冲锋不息，是龙芯课题组加班最多、贡献最大的超级功臣。但在党支部民主生活会上，他受到了批评。

有一位党员说，虽然您在重大研发任务上当先锋挑重担，加班加点拼命干，付出辛劳最多，但同时也减少了群众的发展机会，我们做什么？往哪里去发展？是不是应把一些加班机会、发展机遇让给群众，让群众多一些奋斗进取的平台呢？

批评一针见血，触动了胡伟武心灵！让他深深感到，员工的利益是多方面的，有物质利益、精神利益，也有荣誉利益、发展利益，特别是科研单位，群众最关注的利益就是容易出成绩的科研项目，自己应把这些科研机会让给群众。

正如列宁所言，工人阶级是在获得切身利益中领悟革命真理的，使得真理更加具有说服力影响力。

此后胡伟武就很少牵头承担国家项目了，而是把项目负责人的机会让给他的学生，以及学生的学生，让年轻人承担科研重任，让龙芯团队的年轻技术骨干如雨后春笋般成长。

从 2005 年至今，胡伟武自己牵头承担的国家课题不超过 5 个，大多是有关项目点名要求他牵头承担并签"军令状"的，避之不得。

龙芯走上产业化道路后，亦是技术新老交替、战略管理全面加强之时。胡伟武却仍然承担着龙芯 GS464 处理器核中包括指令调度和访存部分的代码维护，牵制了胡伟武大量精力，也制约了龙芯处理器核的发展。当断不断、必有其乱，断而不断、必有后患啊！胡伟武由衷感叹道。

当时，龙芯 GS464 微处理器核使用广泛，屡建功勋，龙芯 2F、2H、3A1000 等多款芯片微处理器，都是基于 GS464 微结构而形成的。于是胡伟武决定，对 GS464 微结构进行换挡升级，形成新一代龙芯微结构 GS464E，主要是将一个访存部件升级为两个，让马的身材变成骆驼架子，为研发新一代产品奠定基石。

从 GS464 到 GS464E 的升级，看似只增加了一个英文字母，但是一项全方位升级的基础工程，不仅要对指令系统扩展，增加许多新指令，而且对微结构进行翻倍提升，是难啃的一块"硬骨头"。

这也是 2013 年上半年龙芯必须完成的一项硬任务。

作为龙芯总设计师、首席科学家，迄今为止，胡伟武亲自主导参与设计了龙芯所有的 CPU，精通龙芯 GS464 处理器核，掌握龙芯 CPU 研制全部专业的设计技术，思维敏捷、视野宽阔，经验丰富、技术卓越，无疑是攻克龙芯 CPU 任何技术难关的"克星"。

宝剑用在锋利处，梅花溢香三寒暖。

随即，胡伟武再度披挂上阵，箭在弦上着手准备，首先召集市场应用人员进行了一次座谈，详细了解龙芯软硬件应用方面的缺陷，以及客户的新需求新期待，明确了龙芯 CPU 的高性能及低成本低功耗两个发展方向。其次组织龙芯高层部署筹划近期工作，对任务分工和改进管理等做出安排，让各个部门有条不紊运转。

尔后，他再一次沉着而坚定地走进计算所主楼八层的龙芯实验室，用热烈而犀利的目光，将这个熟悉的特殊战斗岗位扫视了一遍。他要为把 GS464 处理器核交接给年轻人做最后的梳理，同时把四发射结构的 GS464 改成双发射结构的 GS264，尽快应用于工控类领域。

室内依然干净明亮、简洁整齐，一台台计算机静静地伫立在那里，严阵以待、昂首肃穆，显得格外平静、淡定、优雅，似乎多情地向他微笑致意。房子内唯有信息技术设施，闪烁着点点红灯辛勤工作着，让房子里简单而纯净。纯净得没有丝毫杂念与喧嚣，没有任何相逢和打扰，唯独只有信息技术在发光，思维火花在闪耀，让这里成为与外界隔绝的"世外桃源"。

胡伟武从容不迫走到自己的座位前坐下，打开电脑，进入编写 GS464E 的攻关状态。

作为一名久经沙场、攻克无数技术堡垒的"虎将"，胡伟武并没有立即发起战斗冲锋，而是将龙芯源代码库调出来，反复观看咀嚼那一行行密密麻麻的代码，琢磨其中独到的神秘、奥妙、玄机，让心灵在这里静静安顿下来，进入情境之中。

这就如同善于指挥打仗的将帅一般，不厌其烦地观看地图，熟识地图上的每一个要点、每一处要塞、每一地要害，细嚼慢咽、烂熟于心，在熟能生巧中窥探和酝酿战略战术，寻找出奇制胜之道。

找到情感港湾的归属，沉浸在技术语境的氛围之中，胡伟武又将龙芯CPU在各个领域应用遇到麻烦和问题梳理一遍，将其上升为技术攻关的重要着眼点与追求。

诸多复杂科研的理念、标准、元素等，在他脑海中热烈跃动着、撞击着、融合着，激荡出别样精彩的亮光火花，也催生出一种强烈的创新冲动和设计欲望。随即，他的头脑飞速运转，手随脑动、不停敲击键盘，脑随手飞、不停地接续思考，一个个代码字符，从心底流淌出来，映耀在电脑屏幕上，逐渐汇聚成一个设计严谨、浩瀚巨大的逻辑方阵。

夜晚，实验室灯光如昼、通透明亮，但却异常寂静，时光好像停滞在这里，凝固了一般，平静、单调、安然。长达10多个小时的繁重脑力劳作，已让胡伟武有些疲惫。他不得不摘下眼镜擦擦镜片，揉揉干涩发胀的双眼，站起身来伸伸腰、摇摇头，舒缓一下保持固定姿态而稍有僵硬感的身体。他干脆走出实验室，下楼漫步在月色之中……

再望夜空，满天的星辰眨着眼睛在闪烁、传情达意，这让胡伟武记忆闸门又一次打开，回想起27年前1986年的他，在浙江永康市一中入党时的情景。

彼时，高中毕业的胡伟武，恰同学少年、风华正茂，青春烂漫、激扬文字。他以本地区高考理科状元的优异成绩，叩开中科大的校门。他入党申请书中的一段话，至今仍烙刻在脑海中：

> 作为一个学生，要为人民、为祖国而勤奋学习，树立填补祖国空白、为祖国争光的雄心壮志，将来为党、为人民不计较个人得失，吃苦在前，享受在后，兢兢业业地工作……

从那时起，少年雄心的胡伟武，就把自己的人生追求与祖国命运系在一起，立下为祖国填补科研空白的凌云壮志，不以物喜，不以己悲，不图名利，粪土当年万户侯，我主沉浮大追求。终其一生，以此为人生信条。

再回想两年前，他带领龙芯团队部分成员走进红色革命老区，在井冈山黄洋界保卫战纪念碑前，组织党员重温入党誓词。在那群山连绵逶迤的盘山道路上，凉风习习晓寒来、野花点点气如海。他们一行沿着当年毛泽东同志率领秋收起义部队上井冈山的道路，徒步行走几十里，忍饥挨饿，在吃苦受累中，寻找当年革命先辈的火红初心，理解革命者的坚韧意志，坚定科研人以身报国的使命担当。

大家面向鲜红党旗，慷慨激昂地重温入党誓词：

> 我志愿加入中国共产党，拥护党的纲领，遵守党的章程，履行党员义务，执行党的决定，严守党的纪律，保守党的秘密，对党忠诚，积极工作，为共产主义奋斗终身，随时准备为党和人民牺牲一切，永不叛党。

他耳边还回响起恩师夏培肃经常教诲的两句话，做共产党员就是要为党和人民做事，为党分忧，为人民建功；做老师就是甘为人梯，让自己的梯子不断加长，提供给学生攀爬，从而培养出的学生比自己还要出色，一代更比一代强。

那时，夏老师主持国家自然科学基金重大项目"并行计算机及并行算法"的研究。胡伟武只参加了扫尾工作，在项目主要完成人中排名十几名，可项目只能9个人获奖。夏老师是项目负责人，理应排在第一位，但在报奖时，她觉得工作主要是年轻人做的，应当给年轻人更多获奖机会，就主动将自己的名字删掉，让胡伟武的排名上升到第9位，得到了奖励。

夏老师燃烧自己照亮学生，殷切育才公而忘私。

该项目获得中科院科技进步二等奖，但项目主持人夏老师却没有获奖，远离了功名。这恐怕在中国科技界绝无仅有极其罕见的，也折射出夏老师学高为师、甘为人梯的崇高风范。

他还想到自己麾下的硕士博士生，吴少刚、张福新、王剑、高翔、张戈、胡明昌，以及汪文祥、杨梁、王焕东、苏孟豪，等等。那一张张熟悉的面孔闪现在眼前，一个个关于他们的温暖而感人故事蜂拥而至，令他欣赏快慰，有无尽的成就感。

众多学生中，许多人天资聪颖、悟性极高、德才兼备、毅力超群，完全可以青出于蓝而胜于蓝，超越自我，领先导师，成为国之栋梁。只有后人超过了前人，龙芯才能一浪更比一浪高，历史才会滚滚向前。

是啊，他也深深意识到，龙芯第一代科研人员历经10多年的矢志拼搏，已初步完成历史赋予的科研使命。现在，自己成了龙芯技术的"天花板"，最重要的是培养年轻一代科学家，传承师道，接续事业，让年轻人踩着老师往上攀登。该带头时就带头，自己也要率先实现转岗转型，从侧重科研创新、转型到侧重企业管理，将技术研发的接力棒传给以汪文祥、杨梁、王焕东、苏孟豪等为代表的第二代技术骨干，让他们在科研中当主力打头阵，百炼成钢，逐渐成长成熟为技术专家。

翌日，胡伟武仍然心无旁骛走入玻璃房的岗位，纵情遨游在"芯片王国"的神秘世界里，探索奥妙，攻关搏击，尽情享受其中的甘甜，领略无限风光。

连续10多天的接续奋战，他对GS464处理器核进行了系统梳理。一行行代码尽管沉默寡言、寂静无语，但汇聚在一起就像一个豪华盛大的壮阔方阵，如藏雷纳电的钢铁雷霆，随时可以发出万钧力量；似蓄势待发的威武壮士，随时可以出征冲锋；像神秘深奥的技术八卦，无人能够破译识别，用独特的青春智慧创造神州信息化天地的亮丽风景……

当胡伟武将编写好的设计方案，一行行整理好，收拾利索，存入技术档案库，即将离开挚爱的岗位时，他将自己"传帮带"的处理器核技术骨干汪文祥，召唤到实验室。

胡伟武清楚记得，几个月前，他交给汪文祥一项特殊任务，让他设计一个双发射龙芯GS264微处理器核。当时，他给汪文祥阐明了技术原理和目标要求，也提出设计方案。但对于刚刚步入微处理器核设计大门的汪文祥来说，这是一个十分艰巨的任务，他很快走到"死胡同"，设计陷入困境。

面对匆匆赶来的汪文祥，胡伟武道，我搭好了在 GS464 基础上提升性能的 GS464E 的框架，以及在 GS464 基础上降低成本和功耗的 GS264 框架。你带人完成后续的设计及调试，在调试中了解微处理器核的结构原理，它们之间的内在逻辑是相通的。

授人以鱼不如授人以渔。胡伟武耐心指导汪文祥进行长达一年之久的锻炼提高，不光让他看懂理解微处理器核源代码，更重要的是掌握全面设计的过硬本领。

他给汪文祥提出龙芯 GS464E 和 GS264 微处理器核的改进思路，让汪文祥写出具体的改法文档。随后，胡伟武认真审查汪文祥写的文档，提出修改意见；接着，汪文祥改完 RTL 代码，胡伟武再进行复查（Review），让其真正步入 GS464 微处理器核的神秘世界，具备独立设计能力，成为可靠接班人。

然而，对于在龙芯 CPU 研发岗位上，倾注了大量智慧心血的第一代龙芯科学家来说，无疑有相识时难别亦难的难舍与眷恋。

第一代龙芯人，曾经远离市场，都是一个个纯粹的学者、科学家。他们将全部心思和情感倾注于 CPU 技术的浩瀚天空，满脑子全是技术参数和各种数据，清苦乐道，孤独寂寞，也不善于交际应酬人情世故，更是远离把酒换盏、觥筹交错等。

胡伟武最喜欢的事，就是观看源代码，从其中寻找玄妙乐趣，沐浴技术光芒，享受幸福时光。他每天一大早上班准会来到机房，一边看代码，一边排版，一边欣赏，进行源代码维护。那一行行代码，在他的眼里，就是一个个全副武装的士兵，排列着队列，昂扬起头颅，整齐着步伐，或笑脸盈盈，或庄严肃穆，或意气风发，或斗志昂扬，焕发出无限的青春、士气、活力，行走出最美的姿态、最好的形象。

胡伟武沉浸在这个神秘的技术世界中，心情极其纯净、舒畅、怡然，所有的烦恼、郁闷、苦忧，瞬间就会消失得不见踪影，随之而来的是一种难得的甘甜、愉悦、美妙……

而他跨出这个神秘玻璃门，即将告别设计岗位时，一刹那间，脚步突然放缓了，似乎有一丝沉重感留恋感。他扭头再回首，眺望那熟悉的岗位、亲切的电脑、优雅的环境，仍然是难以割舍的眷恋。

他眷恋这个封闭的实验室，这里平淡、寂静、孤独，安静得如同天上宫阙一般，平静优雅，纯洁无瑕，凝聚着人类信息化智慧的活水源头，无疑是一方难得的风水宝地。

他眷恋那陌生而熟识的源代码，一个个代码符号，看似生硬冷峻，没有一点温度、一丝热烈，但将它们巧妙有序地排列在一起，就会平淡铸非凡，简单出神奇，就能汇聚成一条金色彩带，将心灵装点得无比充裕，如痴如醉，焕发出强大的生气和力量。

他眷恋那宁静而孤独的时光，没有打扰，没有浮躁，也没有喧嚣纷争，情感沉浸在一个静谧、淡然、坦率的氛围中，静静享受属于科研人的时间与空间，谛听时光如水般的流淌，痛饮学术雨露的甘霖，体验也无风雨也无晴、洗尽铅华归本真的恬淡优雅。

他眷恋那沧海沉浮的技术搏击，一次次艰难拼搏，一回回跋涉攀登，一个个难题逾越，不断地激发灵感与智慧，不断地超越自我，冲刺极限，将困难与挫折一点点掰开嚼碎，嚼出滋味和精彩来，留下苦尽甘来、痛并快乐的清澈记忆。

他眷恋那学海无涯的追求，静静地行走在广阔无垠的科研道路上，领略四季风光，经历春夏秋冬，享受山道弯弯的曲折通幽，呼吸山花烂漫的阵阵清香，一路向前狂奔，眺望到科技前沿和精神高地的一抹抹亮彩，亲切而美丽，温馨而激动。

从实验室走到办公室，胡伟武心情激越，稳稳坐在椅子上，仍然思索着龙芯团队技术交接之事……像张福新、杨旭、范宝峡等第一代龙芯人，在科研学术上仍很有前途，放弃喜欢的基础研究，以更多精力情感投身企业管理，而将科研接力棒交给第二代龙芯人，让自己的手臂成为后人前进的路标、脚踩的基石，这也是一种无私奉献啊！

胡伟武百感交集，心头豁然明亮。他还思量，等龙芯产业化走上正轨、进入稳步快速发展的轨道，一定要建立世界一流实验室，让这些有科研情怀的第一代龙芯人，再杀个"回马枪"，重新回归做基础研究，重圆科研学术的人生大梦。

念及至此，他想起了清代龚自珍的诗："九州生气恃风雷，万马齐暗究可哀。我劝天公重抖擞，不拘一格降人才。"此刻，胡伟武心地坦荡，脸上浮现出一丝微笑，甜甜的、淡淡的、轻轻的，心满意足矣。

随后，在龙芯党总支会议上，胡伟武抛出注重培养青年人才、打造龙芯科研新生力量的议题，对青年科研骨干"挑大梁"做出制度性安排。

一是自己带头转型转岗，退出技术设计一线岗位，主要从事技术把关与企业管理，着力建设高质量高效能的现代化企业。

二是第一代龙芯人，乐当伯乐，善为人梯，将青年技术骨干扶上马送一程，让他们在研发实践中，当主力打头阵，形成老中青结合的科研集团冲锋阵容。

三是对青年技术骨干重点关心扶持，在解决成才条件、工作环境、家庭困难等方面，予以重点倾斜，消除后顾之忧。

四是采取非常规举措，对突出技术骨干加快培养，主要是打破 CPU 研发技术专业的壁垒界限，让其参与从结构设计到逻辑设计、从全定制设计到物理设计，以及整个研制过程，在把握全局技术中深化专业能力，在融会贯通中提高综合创新本领，打造一批技术"通才"。

如此开放开明的举措，盘活了龙芯人才发展棋局。一位位青年技术才俊如同棋局中的"车马炮""小卒子"，有的踏石留印，一步步跋山过河，尔后左冲右突、大显身手；有的长驱直入、翻山越岭，搏击领略各种技术风云，展现非凡自我，使龙芯团队八仙过海、各显神勇的科研技术局面迅速形成。

这是何等的胸襟与气度，何等的见识与眼光，何等的自信与气场！

而我所知道的很多高科技企业，都把企业的核心技术视为生命线，对紧要技术岗位讳莫如深，分工精细，筑起高墙，设置了诸多壁垒，或许是顾虑技术外溢而流失，或许是担忧徒弟学会饿死师傅，或许是害怕人才跳槽给企业造成伤害，或许是避免技术全面过硬、翅膀硬了不便管理等次生问题……

与君再相识，犹如故人归。青年技术骨干刘苏谈及此话题，显得有些激动，眉宇间风云变幻，泛起了阵阵涟漪。他略带豪迈说，龙芯秉持博大通达的理念，我可以学习掌握多方面综合技术，这在其他企业是难以想象的。公司让我重点搞好结构设计的同时，还让我参与整个产业链其他技术研究，视野得到开阔，能力得到强化，心灵得到滋养，可学到在其他企业学不到的东西，真正打通知识链、风光再无限，收获创新大自由。

他还补充道，我在搞本专业设计时，能够兼顾到整个技术体系，更具广度与深度，让技术创新融会贯通，全面兼顾，进入一种全新的状态和境界，从而避免一门心思盯着本专业、为技术而技术的局限性。

这种高度信任而带来创新能力提升的愉悦和快乐，是其他任何东西都难以比拟的，包括高薪厚酬和优越待遇等。

对此，龙芯核心成员杨梁从另一个角度解释说，十步之内，必有芳草。我们公司更注重强思想放技术，技术人员在设计中有极大自由度，心态轻松、愉悦、豁达，创新思维多彩明亮、自由飞翔。而武装思想头脑有了灵魂后，研发的自主劲头就更足了，也会自觉主动地忠诚使命事业，不会拿技术要挟领导或伤害公司；而是精神越强、技术更强，才能很好地服务人民、建功龙芯。

实际上，杨梁也是龙芯新老技术交替的受益者。

杨梁系湖南邵东人，中科大毕业，也是胡伟武麾下的博士生。他相貌堂堂，眉宇间挟带着湖湘人特有的智慧、执着、顽强，以及肝胆侠义之气。

他依稀记得，自己大学本科毕业前，就慕名拜读过胡伟武写的《我们的 CPU》《我们的龙芯 2 号》，深深被龙芯人报国图强的赤子情怀所打动，有心投身龙芯事业。他就壮着胆子，给胡伟武邮箱发去一封洋洋洒洒的千言求职信，投石问路。

说老实话，他认识胡伟武，听过报告与讲课，高山仰止、颇为崇拜；但胡伟武不认识他，未曾有单独谋面交流的机会。他投师求职，仅仅是一厢情愿，也没抱太大希望，算是了却一桩心愿吧。

没想到，胡伟武简简单单回复了三个字：你来吧。

正是这简简单单三个字，在青年学子杨梁头顶划过了一道亮光，让他激动得夜不能寐，萌生了许多美好畅想。龙芯向杨梁温情地招手，打开了一扇宽敞的大门，也扬起人生风帆，改变了他的人生轨迹和路径。

从此，杨梁成为一名龙芯人，从名不见经传成长为技术骨干，一步一个脚印、步步稳健，一步一个台阶、拾级而上，跨越成为项目技术负责人，得以熟悉研究整个项目的全部专业技术，搏击七彩科研风云，享受跨专业的技术滋养，这是何等得走运与幸福！

以至于他感慨道，世上先有伯乐、后有千里马，没有识人用才的贵人相助，没有培植人才的氛围环境，即使你是一块金子，也会被无情地埋没在粗糙荒凉的泥土中，甚至永远被埋没，永世无人知晓，直至默默陨落。

2012 年秋，龙芯研发 3A2000 时，王焕东走马上任担纲技术负责人，30岁；2015 年，研发龙芯 3A3000 时，杨梁一跃成为技术负责人，33 岁。再后来，黄帅做 7A2000 桥片突击队队长，34 岁；刘苏做 GPU 突击队队长，31 岁；吴瑞阳做龙芯 3A6000 处理器核项目负责人，30 岁……

三十郎当岁担大任，后浪推前浪……龙芯团队年少英才多，各显风流、百舸争流，见贤思齐的人才竞争格局逐步形成。

龙芯首席工程师汪文祥曾这样道，古语讲，与公瑾交，若饮醇醪，不觉自醉也！我们与驾驭龙芯航船的"总舵手"胡老师相交，既有良师益友的甘甜、心心相印，也有莫逆之交的醇香、启迪人生。他的气质、格局、情怀召唤人、影响人，发挥着感染引领作用，鞭策催生了我们学生的智慧、力量、勇气、潜能，不至于陷入人生泥潭碌碌无为而羞愧，虚度年华而悔恨。

汪文祥还道，当胡老师站在我身后时，是我工作效率最高、干劲最大的时候，浑身不知从哪里来的激情，瞬间被点燃，几乎每个细胞都在澎湃，高兴起来，跳跃起来，手舞足蹈，那灵感、智慧、毅力统统得到极大爆发，最大限度张扬……

这大概就是伯乐魅力、人格魅力、引领魅力，已超越了师生关系，成为一种唤醒激情、燃烧生命的"精神魔方"。

3.一波三折的滑铁卢之战

衣带渐宽终不悔，为伊消得人憔悴。

一支科研劲旅，只有在惟其艰难、百折不挠中方显英雄本色！

2009 年底，龙芯团队从受领龙芯 3B1000 这个政府项目始，就似乎在冥冥之中，步入以往"学院派"科研的老路上，目光受到局限，只看重政府项目技术指标，没有眺望广阔的应用市场，更忘却了追求科研的质量效益。

走"学院派"老路，注定是四平八稳、按部就班，以技术挂帅，为技术而技术，难以兼顾市场应用的宏阔目标。

研发龙芯 3B1000 的真实意图，就是研制每秒千万亿次的高性能计算机，用于我国专业运算，解决专业领域的难题。

从项目来源看，政府指定的项目，应用目的明确，经费来源充足，技术指标要求清楚，无疑是一个稳稳当当、风险较小的上等美差。

从技术原理讲，龙芯 3B1000 是龙芯 3A 的改进和升级，在龙芯 3A1000 4 个核基础上，拓展到 8 个处理器核，采用最新工艺，包含近 6 亿个晶体管，主频 1000MHz，通过向量扩展，单 / 双精度浮点峰值性能达 256/128GFLOPS。主要用于高性能计算机、高性能服务器、数字信号处理器等领域，技术好像是高大上，很唬人。

高性能计算机就是将高性能龙芯 3B1000，组合互连起来，用每枚芯片每秒运算 1000 亿次计算，用 1000 枚芯片组合，就是每秒 100 万亿次运算能力；用 1 万枚芯片组合，就可达到每秒 1000 万亿次运算速度，实现研发总目标。

按照这样的技术思路，胡伟武组织召开技术部署会，畅谈设计的总体设想和技术要求。王剑、高翔、范宝峡等技术骨干，依据结构设计、逻辑设计、全定制设计、物理设计等，分兵把口展开科研攻关。

对于完成一项重大科研任务，龙芯的基本经验是，不分双休日节假日，连续奋战、昼夜加班，用充沛精力与辛勤汗水，换取技术上的重大突破。

第一次设计方案提交流片后，耐心等待 4 个多月，到了 2010 年 11 月，在冷风乍起晓寒来、落叶飘零怕伤人之时，流片归来。

仍然是一个月黑风高的夜晚，暮色如浓稠的墨砚，深沉得化不开……胡伟武亲自迎接芯片，组织精悍力量测试。但是，测试极不顺利，连操作系统都启动不了，芯片静静躺在那里僵硬着、冷漠着、呆板着，让大家的心揪到嗓子眼上。

立即查找疾症，很快就将毛病定位。

原来是芯片可测性设计部分逻辑设计出了差错，在功能模式下误将内存引脚置为测试状态，导致芯片访问不了内存。大家通过离子束改变硅片上的连线，进行修复后，芯片功能立即恢复。

这是龙芯历史上犯过的低级错误，在同期研发的龙芯 1A300 嵌入式 CPU 中，也出现类似简单失误引发的设计错误。也是龙芯芯片研发的管理失误，胡伟武从头盯到尾的课题组"作坊式"管理，到企业通过流程管理但流程还没有完善阶段犯的系列错误。对于龙芯来说，是产业化转型中必须交的"学费"。

一个细节问题再度出错，导致芯片研发的重大问题，不止于一次沉重打击。

刻不容缓！胡伟武迅速组织人员进行改版，针对问题将内存引脚引到正常状态，然后改了一层金属，验证无误后，提交工厂进行第 2 次流片。

2011 年 7 月初，第 2 次流片的芯片归来。胡伟武连夜组织测试，芯片在各种程序上轻松欢快地跑了起来。大家相视尽欢，当晚后半夜离开实验室。

次日芯片在高强度压力测试中，却出现了死机现象。

一波刚平，另一波又起，问题诡异云谲。

胡伟武再次组织力量，做实验、搞验证、找问题，综合各种数据现象分析，摸清了机理。一个是处理器核访问其他结点内存时，写地址和写数据是分开发出的；同时有几十个这样相互访问时，写地址过去了，但写数据互相堵住了，没有一块发出和传输，结果导致了死锁。

找到问题，析透机理，便对症下药修改代码，再次提交流片。

2012年4月底，在京城春暖花开、万木葱茏的季节里，第3次流片的龙芯3B1000返回了。测试正常顺利，芯片进入稳定状态。

为了提高该款芯片的性能，基于龙芯3B1000的设计，主要通过升级的新工艺，从65nm到32nm流片，同时做了局部性能优化，重点在处理器核中增加私有二级Cache，将其升级设计为龙芯3B1500，成为龙芯3B1000的升级版。

2012年8月底，在京华炎热消退、秋意来临之时，龙芯3B1500流片返回。经初步测试，芯片在各种程序上跑了起来，各项技术指标正常，频率提高到了1.25GHz，技术性能向前迈进了一步。

但在应用验证过程中，却暴露出了问题。主要是在很大应用压力下，个别芯片出现不稳定现象，次数频发，状况十分离奇怪异，令人焦虑。

胡伟武心情凝重，再次组织技术骨干攻关奋战，每晚10点召开技术例会，进入"夜间攻关模式"。他们开展各种尝试，研析技术机理，分析定位问题。其间，发现了软硬件磨合方面的一些问题，调整后芯片不稳定概率大大减少，但问题仍如幽灵一般吊诡，时隐时现，神秘难测，尚未彻底根除。

这对于眼里揉不得半粒沙子、心里装不下一点瑕疵的龙芯团队来说，无疑是一种巨大痛苦，令胡伟武寝食难安，异常忧思。

胡伟武下定决心，展开新一轮的技术攻关，不停探索，奋勇冲击，终于在2013年4月12日深夜，搞清技术机理，将问题精准定位。

通过批量测试，不稳定的幽灵彻底消除了。

为了提高龙芯产品的优良率，龙芯根据厂家建议，把工艺从32nm迁移到28nm，开展3B1500的量产流片，并用工艺提升强化性能。

2013年10月，京畿大地秋风送爽、秋意渐浓，千树万木一片橙黄之际，流片芯片再度归来。测试芯片各项功能正常，但成品率极低，又令人痛心疾首，不知如何是好！

胡伟武扼腕长叹，数次流片失利，问苍茫大地，谁主沉浮？

他随即坚定地说，没有救世主！自己的命运掌握在自己手中，唯有百折不挠、自我强大，方可度过一切苦厄。

接着，胡伟武再次组织精细化技术实验、测试、鉴定，并与厂家反复沟通，确认这次流片成品率低，系厂家生产质量失误所致。

于是，这款芯片不得不进行第5次改版，流片工艺恢复到原来的32nm，厂家赔偿流片费用，龙芯承担劳动与时间成本损失。

2015年6月下旬，在初夏的高温炎热席卷京城之时，第6次流片的芯片归来。经测试，芯片达到合格标准，终得无可争议的成功，实现了量产。

这款芯片从2009年底研发始，到第6次流片结束，一款两个版本芯片包括龙芯3B1000、3B1500，历时近5年半之久，进行了5次改版、6次流片，总算尘埃落定画上了句号。

如此研发，损耗的人力物力财力，无疑是一个不菲数目，特别是青春时光已流逝，不得再复来啊。这对于矢志与信息技术赛跑的龙芯来说，时间是最宝贵的资源，但这样的消耗挥洒，让胡伟武他们隐隐作痛，忧思万千！

虽然芯片做到了8核，核数多了，最高主频提高到1.5GHz，峰值浮点运算能力很强，但单核通用处理性能在龙芯3A1000基础上，提高并不多，只有30%左右。这样与国际主流CPU在单核性能仍然差距较大，难以满足复杂桌面和服务器应用需求。

这样的波折，在龙芯成长史上未曾有过，对于青春年少的龙芯犹如一次特大"地震"。龙芯团队在3B1000和3B1500芯片上走了3年左右的弯路。

失误十分深刻，教训必须汲取！

然而，一波三折的挫折和损失，黯淡不了整个星空；一花没有艳丽，也荒芜不了整个春天。

客观上说，这次研发时间跨度较大，处于龙芯从科研院所向现代企业转轨转型的过渡期。人员精力不集中思想抛锚，既有研发理念和管理的问题，也有生产厂家的过错；既有多核互访引起的死锁，还有处理器核Cache不一致性引发的问题……

打比方说，多核处理器采取的是"人多力量大"策略，但前提是每个"人"的能力得足够强。市场主流的 X86 处理器，在 2005 年前后从单核转向多核时，单核性能已经达到"大学毕业"的水平，并且在多核 CPU 的发展过程中，单核性能继续大幅提高。而龙芯 CPU，在 2006 年研制成功的龙芯 2E，达到并超过 Intel 奔腾 3 处理器的性能，随后的 2007 年，龙芯 2F 完成龙芯 2E 的产品化；2010 年龙芯 3A1000 实现四核设计，单核性能没有明显提高。龙芯 3B1000 和 3B1500 过于注重核数的提高，相当于凑了一群"小学生"，实现"人多力量大"；而一群"小学生"只能实现"人多饭量大"，难以实现"人多力量大"的科研目标。

归根结底，不是哪一位技术骨干的过失，而是群体性思维意识停滞、研发方向的偏差，应是"学院派"流毒还没有彻底肃清的问题，这也证明我们办企业是从"负数"开始的，更为艰难一些，必须要经历从技术挂帅到市场准则的跨越。胡伟武感慨道。

范宝峡略带自嘲，缓缓解释说，原以为做 4 核没劲，技术水平不够高，做 8 核多带劲，又能在技术上出彩，当时连英特尔都还没有超过 8 核的产品。但实际上，单纯的核多了没用，不能提高技术性能，反而加剧了比较严重的访存"瓶颈"，对提升产品整体性能得不偿失。

高翔接住话茬补充道，我们高估了 10 年的技术积累，而低估了一次败笔的损伤，还是大意失荆州，在顺利时忘记了警醒，研发方向又走了回头路。

接着，胡伟武说，这是一个技术质量问题，也是一种设计理念问题，更是缺乏市场观念的陈旧思想在作祟。

旋即，龙芯党总支专门召开民主生活会检讨反思。大家开门见山，深刨根源，火辣味弥漫在了整个会场……胡伟武带头反躬自省，沉痛地说，我在研发工作中犯了教条主义错误，脱离了市场导向，与大家讨论不够多。再者，3B1000 研发的主要工作是我安排的，尽管后期研发逐渐调整，越来越以市场为导向，取得一些进展，但浪费了大量资源，错失了时机，给国家加快自主化进程造成了损失。我一定认清教训，举一反三，不犯类似的错误。

胡伟武的检讨痛彻心扉、诚恳深刻，展现出敢于承担失误责任的胸襟担当。大家深受震动，纷纷投来赞赏与钦佩的目光。

范宝峡、王剑等领导也作了自我批评，检讨研发随意性强、质量管理跟不上趟等不足。

必须痛下狠手刮骨疗毒，倒逼龙芯彻底肃清"学院派"流毒残余，彻底与技术挂帅说"拜拜"，坚定走出单纯实现技术指标的"死胡同"，切实转变成以市场为导向、以效益为牵引，步入从市场到科研、再从科研到市场的螺旋式发展之路。

而真正主动摒弃市场与科研壁垒的过程，确实很艰难、很痛苦、很烦琐，也很折磨人。但每一步都充满希望，每一步都激动人心，令人有脱胎换骨之感、自我超越之悦，获得感自信感溢于言表。

结合深刻教训与应用实践，胡伟武的思维不断更新，从理论到实践、再从实践到认识，循环往复，交替上升，不断更迭。

他深刻总结道，龙芯 CPU 的核心竞争力呈"哑铃模型"，即哑铃把是芯片，处理器核及基础软件是哑铃两边的"球"，芯片的核心技术价值主要在两头，就是处理器核和基础软件；单核必须强，单核做不上去的核多了没有用，相反是累赘。

加大处理器核、基础软件建设力度，是提高龙芯核心技术竞争力的重中之重，关键之关键，必须高度重视，在灵魂深处认识到位。

对于龙芯来说，2012—2014 年是一个生死攸关的转折期。一个是国家重大专项放弃支持国产自主 CPU 研发，转向主要支持引进国外技术 CPU；这就意味着龙芯失去了政府项目，没有政府经费支持。再一个是龙芯闯市场仅在某些领域取得突破，广阔市场尚未培育起来，难以弥补失去政府项目经费的空白。

收入入不敷出，经费拮据。公司面临着生存危机，员工离职现象时有发生……

斯时，时刻关注龙芯的李国杰，在一次会议上语重心长说，我的老师夏培肃院士快 90 岁了，干不动了；我快 70 岁了，也干不动了。如果我们的自主 CPU，在胡伟武这一代身上还不行，那中国 IT 产业就可能没戏了，希望寄托在你们身上啊。

的确，龙芯肩负着国家使命，事关中国信息化事业的前途，必须扭转困局、绝境求生存！胡伟武迅速做出战略转型的重大抉择，即跳出美国人的论文和国家项目指南的技术套路和束缚，全面按市场需求调整研发思路和方向，决誓冲击市场"起死回生"。主要的四项对策是：

一是多核处理器不追求核的个数，而是大幅提高单核性能，放弃高性能专用 CPU 研制，暂停 16 核 CPU 研发，重点把双核和四核 CPU 做精做透；二是 SOC 芯片不追求"大而全"的复杂度，而是结合应用需求定义芯片；三是结合特定应用，如智能门锁、流量表等研制专用芯片；四是成立系统研发部，做好与国内硬件企业的结合部，补齐软件生态"短板"。

斯时，王焕东已带人将 16 核 3C1000 前端代码写好了，准备在多核技术天地叱咤风云。望着辛辛苦苦写出来的代码，王焕东长叹一声，不得不服从转型大局，毅然放弃多核技术，继续投入到做精做透四核的技术跋涉之中……

重大战略转型如何处理"两个重点"的关系？胡伟武进一步分析说，国外 CPU 企业芯片研发力量，与相关保障技术，如验证、封装以及软件开发等，力量比例是 1∶10，用大量相关技术研究，支撑芯片研发，打通核心技术与应用技术之间的壁垒，实现融会贯通，形成整体技术链的全面持续发展。

彼时，尚不够成熟的龙芯，技术力量反其道而行之，芯片研发力量与应用保障技术是 2∶1，力量倒挂悬殊，亟待对技术力量进行结构性调整优化。

在当时国家重大专项转向主要支持国外引进 CPU 技术，龙芯最为困难之时，有关部门领导找到胡伟武说，立足自主技术搞 CPU 芯片太难了，龙芯应放弃难度较大的桌面电脑应用，集中力量做好工控领域。此领域市场也不小，能赚到不少钱。

这不明显对龙芯失去信心，逼迫龙芯知难而退！胡伟武热血奔涌，陷入异常紧张激烈的思索之中……放弃桌面电脑，就是放弃攀登"芯片王国"的珠穆朗玛峰，也是放弃龙芯十几年如一日为之奋斗的理想抱负，后果万劫不复。

这是重大原则问题，决不能犹豫，更不能妥协！平时温文尔雅的胡伟武，一改常态，神情严肃回复说，我的导师叫我发展好中国计算机事业，不把计算机这个主战场攻下来是交不了账的；把工控作为目前龙芯的重点发展方向，作为龙芯生存发展的根据地是必须的，但决不能放弃桌面和服务器计算机这个主战场。我相信，龙芯决不会输给引进国外技术的产品。

坚决不退缩，风骨铮铮。胡伟武的步履依旧坚强、执着、铿锵！

胡伟武以 2011 年中国信息产业百强利润总和，只相当于美国苹果公司的 40% 为例，大声呼吁，中国信息产业的根本出路是：构建独立于 Wintel 体系和 AA 体系的自主信息技术体系，而引进国外的 CPU 技术难以实现构建自主信息技术体系的目标。

他在龙芯中层干部会上风轻云淡，出人意料地说，眼下的困难是危机，但更是机遇，让我们借机整合力量、优化队伍结构，奋力打开新的市场，置之死地而后生！

于是，龙芯迅速实施内部人员调整，成立系统研发部专门开发基础软件；还在合肥专门成立软件研发中心，在芯片研发部、通用事业部等成立软件组，强化各个部门中的软件设计力量，使得软件队伍如雨后春笋般迅速壮大，软件研发实力大增……

在新员工培训班上，胡伟武作了《做又红又专龙芯人》的专题辅导，参加培训的几十名新员工，一个个伸长脖子聚精会神聆听授课。

那天下午，大家摊开笔记本，认认真真做记录，写下那一段段冲击心灵的感悟。

辅导中，这个又红又专的主题，是那么鲜艳亲切、诗意厚重，如磁铁般紧紧吸引着大家的情感与神经。诸如为人民做龙芯，对党的信心、对社会主义道路和制度的信心，以及做有道德的龙芯人、做有理想的龙芯人、做艰苦奋斗的龙芯人，等等，让大家热血澎湃，感受颇深。

这些80后90后的年轻人，头脑冲击最大的莫过于"国家兴亡，我的责任"的理念，在古语"国家兴亡，匹夫有责"基础上，又向前迈了一大步。

胡伟武动情地说，"匹夫有责"似乎不是一个稳定的系统，容易走向人人泛化的无责，而"我的责任"是将国家责任瞬间拉近到自己身上，更加聚焦可感，能真正体会到自己的责任，转化成自我奋进的具体行动。

正如1919年时，26岁的青年毛泽东在《湘江评论》创刊号上深情呼吁，天下者我们的天下，国家者我们的国家，社会者我们的社会，我们不说谁说？我们不干谁干？以此类推，目前国家IT产业受制于人，信息技术安全受到重大挑战，我不负责任谁负责任、我不拼搏谁拼搏？我做得还不够好，尚需百倍努力。

再一个记忆尤深的是"仰望天空立大志，不是空谈"。姜炳炬说，我们年轻人对远大志向有一种虚无缥缈感，总认为是空洞而捉摸不着，时常迷茫困惑。而胡老师将践行远大理想具体化形象化，立竿见影告诉我们，远大理想和从小事做起，不是"非此即彼"的排斥关系，而是高度吻合的统一体，实现远大理想须从小事做起。正如任何事物的质变都是从一点点量变开始的，积跬步至千里，积小流成江海，垒沙粒成高塔。

实现科技报国，就要从孝敬父母、尊崇法律、做好本职、服务社会做起，只有把身边的每一件小事做好了，久久为功就能汇聚成伟大的抱负。

与此同时，公司加强科学管理，加大软件力量整合，加强软硬件磨合与软件研发优化力度，推动龙芯技术应用整体升级提高。

到2014年底，龙芯战略转型软硬件力量结构调整基本到位，产业根据地有所拓展，企业效益取得逆势回转……胡伟武审时度势，提议成立科研管理部、商务法务部，实施精细化管理，助力科研与市场深度融合，催生更强生机活力。

用范宝峡的话说，把公司顶层设计与市场、科研、管理、绩效等，融合汇聚成有机统一体，就能日龙日虎，塑造集聚"爆发式"增长的叠加效应。

在科研方面，实施立项、方案、签核、测试、结项的质量管理"五步法"，研发前认真评估，依据市场需求立项；研发时科学制定方案，做到定位精准、目标正确；研发中进行质量监督，保证有效签核、准确测试；研发后认真检测评估，对研发质量有科学合理的评定；最后将研发与应用绩效挂钩，奖优罚劣，优者得实惠、劣者受处罚，各得其所。

譬如，根据"五步法"，物理组对签核前的流程加以完善，细化各种检查方法手段，让所有芯片交付流片前，都经历多达几十项严而又严、细而又细的检查测试，全部合乎质量标准后才能放行，有效提高了流片的成功率。

从当时科研态势看，市场与研发的"两张皮"问题，是制约我国高技术产业发展的顽疾。在国家层面，我国高技术产业的主要技术来自国外，而高校和科研院所的研发成果主要用于互相评审，评审时主要参考国外同行的评价，不重视国内企业的评价。在企业层面，市场销售部门不断抱怨研发部门的产品缺少竞争力，研发部门不断抱怨人员太少、工资太低，责怪市场人员销售不力。

龙芯公司刚成立时，胡伟武认真研究国外IBM、Intel以及国内知名企业的管理方法，借鉴其做法形成龙芯的管理制度。例如，即每年初给事业部销售经理和员工下达销售任务，让销售人员平时拿80%的工资，年底完成任务再发放剩余的20%，以此鞭策销售内动力。但由于没有历史销售数据和趋势做参考，年初下达的任务不合理，到第四季度时销售人员眼看今年的任务完不成，就不愿签合同了，不如留到第二年再签，以利于下年完成任务，拿到全额工资。

这让胡伟武认识到，借鉴成熟外企绩效管理方式，不符合龙芯发展的阶段性特征，不仅没有提高效益，反而挫伤了积极性，迟滞了销售业绩。

2012年秋，党的十八大在京隆重召开，胡伟武作为党代表光荣出席大会，深刻领会大会精神。大会明确提出，科技创新是提高社会生产力和综合国力的战略支撑，必须摆在国家发展全局的核心位置；强调要坚持走中国特色自主创新道路，实施创新驱动发展战略。这更加坚定了胡伟武坚持自主创新、实现中国信息产业转型的信心。

参会期间，胡伟武带了一本关于上世纪 90 年代江浙乡镇企业发展的书，利用会议间隙翻阅，参考借鉴。

一个夜静月明的深夜，胡伟武有了顿悟：目前的龙芯不是 Intel、IBM，也不是华为、联想，更像是上世纪 90 年代的中小型民营企业。龙芯照搬成熟企业的做法，注定好看不可学、得不偿失。应把先进企业管理办法的基本原理和龙芯实践相结合，形成符合龙芯自己实际的具体做法。就像毛泽东主席"在战争中学习战争"那样，龙芯人要"在产业化中学习产业化"。

望着窗外皓月当空，月光皎洁，这个顿悟让胡伟武深深觉得，党的精神光芒照耀在自己身上，清爽而明媚，光亮而旷远……

胡伟武带领龙芯团队不断领会自主创新的精髓要义，创造灵活有效的具体做法。他深刻认识到，龙芯的管理制度要结合不断变化的研发、生产和市场需求，进行持续改进和优化。实践中的问题是管理改进的动力，要努力发现问题，正确对待问题以便于管理改进。要避免把成熟企业的管理办法不经分析直接套到龙芯头上的教条主义，也要避免不考虑变化了的实践死守过去经验的经验主义，更要避免从个人情绪出发凭个人喜好办事的本位主义。既要把成熟的做法及时总结形成有关制度，用以规范全体员工的行为，又要避免还需要进一步实践探索的做法，过早地形成制度束缚住员工的手脚。执行制度时既要有对制度的敬畏心坚持制度的原则性，又要结合实际情况掌握一定的灵活性。

唯实是从，大道通天。胡伟武研究透了龙芯的实情，也掌握了人性的本质特征，让龙芯的管理逐渐步入良性循环。

据此，胡伟武主导调整公司的管理激励政策，由"罚"变"奖"，不再扣工资，而是根据部门销售收入和利润情况给予奖励。

面对研发部门和销售部门之间存在的"两张皮"问题，胡伟武通过销售收入的合理分配，把事业部的销售收入在事业部和研发部之间进行划分，把研发部从费用中心变成利润中心。在此基础上，对研发部进行经济指标的独立核算，把研发部也纳入绩效考核，与事业部一起形成大循环，使其融合到一个产业链、一条价值链上，破解"两张皮"的顽症痼疾。同时，对部门进行独立核算，根据部门利润按比例进行奖励。利润奖励呈阶梯形，创造的利润越多，奖励比例越大，达到叠加重奖业绩高额者，更具激励动能。

面对事业部和客户之间的"两张皮"问题，胡伟武确立"解决方案为王"的销售模式，让科研人员走入应用市场直接服务客户，上门解决技术难题，获得用户现场体验，感受市场魅力，带回科研灵感、动力、价值，从根本上拆掉横亘在研发与市场之间的"篱笆墙"。

调整后的激励政策，打通了研发、销售、市场之间的隔膜，将三者融为一体，既调动了销售和研发人员积极性，又大幅降低公司负担，牵引力巨大，阻碍力微小，形成千斤重担众人挑、人人肩上有指标的命运共同体，研发与销售整体业绩大幅提升。

在经营团队方面，龙芯采取科研人员与外请管理人员"掺沙子"，让科研人员在产业化中向管理人员和市场应用学习，逐渐树立市场为根本、客户为中心的理念，敏锐感知市场对产品研发、技术、品质的要求，在灵魂深处埋下"绩效"的种子。而外请管理人员，则从科研人员身上汲取技术力量，掌握产业化科研的规律特点，快速融入龙芯团队。

这样将科研与管理人员融为一体，就像爱情誓言中所说的，抓一把泥巴，捏一个你捏一个我，把你我打碎了和成泥，再捏一下你捏一下我，整合成你中有我、我中有你的团结奋斗体，相互之间互知互通、协作配合蔚然成风。

曾在销售一线打拼数年的西安子公司经理赵华感慨道，没有完美的产品，只有不完美的销售，再完美的产品也有竞争，也需要销售向研发人员学习取经，做好自己，给产品加持助力啊。

在升级管理方面，聚力探索管理效益最大化，形成研发、生产、销售一条线，人、财、物一条线，质量、安全、知识产权一条线。

三条线并驾齐驱、相向而行，统一到市场、研发、管理的三个闭环之中，催生现代化企业发展的综合效益。

第一个闭环是建立质量和服务体系，完成龙芯 CPU 从样品到产品的转变，使客户能够使用优质龙芯产品；第二个闭环是根据市场需求，来定义下一代龙芯 CPU，让科研跟着客户需求走，让研发精准到位；第三个闭环是通过持续的管理改进，提高研发与市场结合的效率，并加以制度化。

三条管理线、围绕三个管理闭环，生生不息运转起来，不断循环往复、升级提高。而每项工作，又有自身的小闭环，小闭环套大闭环，环环相扣滚动运转，形成持续迭代、加速循环，实现螺旋式上升的稳步发展。

欲穷千里目，更上一层楼。

龙芯的脚步始终不停滞不懈怠，持续加大整个技术链的整体优化升级，充实相关技术力量，提升技术融合度和黏合性。

为加强验证力量建设，保证研发的成功率，芯片研发部验证组由原来的 5 人迅速扩大到 15 人。已成长为验证组组长的王朋宇，更是精神焕发，斗志高昂。他深知，验证工作越充分，流片前发现缺陷的概率就越多，就越能增加流片的优良率，给研发加上一道"保险锁"。

他暗下决心，要把验证效能提升 10 多倍，让流片优良率出现数量级大幅跃升。

王朋宇找范宝峡汇报说，我们经过反复测试研究，感到对芯片设计每个模块的验证软件仿真系统最有效，对整个系统的验证 FPGA 实验最有效，建议再多买几台 FPGA 机，提升验证效率。

如此主动作为的献计献策，令范宝峡心头一暖，微笑着说，对头，验证验证、就是确保可靠大运，你们在流片前找到错误是成绩，给予奖励；在流片后发现错误就是失误了，须接受处罚。当下加强手段建设很有必要，按程序打个报告采购吧。

王朋宇先后两次写报告，公司批准增购 10 多台 FPGA 机，让验证组鸟枪换炮，给核心设计的可靠性，提供了有力支撑。

为规范销售经营活动，龙芯制定一系列销售激励和管理办法，逐渐实现科研管理从粗放型到精细型、简单化到科学化的转变。

再后来，龙芯继续加强保障力量建设，用强大的保障技术力量，确保核心技术与保障技术的全面融合、深度贯通，综合技术效应、管理效益、营销效益逐年提高，驶上现代企业发展的快车道。

是啊，一次败走麦城和丢失政府项目，将龙芯逼上战略转型之路，出台了多项举措，进行自我革命，让坏事变成好事，实现研发方向和管理机制的涅槃。

龙芯3B1000研发的波折以及市场为导向的重大战略转型，成为龙芯建设发展史上一个重要转折点、分水岭。

这次刻骨铭心的转型，终于让龙芯彻底华丽转身，换羽振翅，铲除了"学院派"的流毒残余，奋力翱翔在广阔无垠市场应用天地，经受了市场的检验洗礼，也汲取市场的阳光雨露，让自身得到不断的滋养、赋能、强壮……

同时也让龙芯人排除干扰、抵御诱惑，从单纯依靠政府项目的狭小空间中冲出来，实现了从项目牵引科研到市场牵引科研的重大转型，丢掉了政府项目的"拐杖"，从市场中蹒跚学步，逐渐到独立行走，步履矫健。

他们在产业化中学习产业化，在市场化中找准方位，紧紧围绕市场应用需求，一路风尘、披荆斩棘，一路艰辛、稳住阵脚，一路凯歌、效益颇丰。

龙芯的销售收入随之跃出低谷，2015年实现盈亏平衡，销售收入上亿元，销售CPU10万片以上。随后每年保持高速增长，后劲充盈，成为信息产业园地的一抹绚丽奇葩。

苦难孕育辉煌，风雨塑造彩虹！

有人开玩笑说，龙芯失去依靠政府项目生存的"拐杖"，终结了龙芯的政府项目，将其推向市场，接受生死沉浮的考验。

正是这种倒逼与苦难，成为龙芯又一处"向死而生"的拐点，使龙芯昂首自强，不沉溺于政府项目支持，不停滞于为生存而科研，而是勇敢走上为市场应用而科研的奋起觉醒之路，在广阔市场中披荆斩棘、栉风沐雨，终得一条生路，进而越走越宽广。

感谢苦难，致敬挫折，亦不失王者风范！

4. 下大功夫补上软件"短板"

2010 年深秋傍晚，一阵瓢泼大雨过后，京城西边天空突现一道绚丽彩虹，犹如一条花束编织的环带，点缀在长空蔚蓝色的裙襟上，显得格外鲜艳亮丽，让人惊叹叫绝。

刚刚从龙芯在常熟的产业化基地返京、具有计算机编程天赋的敖琪，望着这一轮彩虹出神发愣，眼睛里闪动着亮彩，心情格外激动。

这天下午，对于他这个从呼伦贝尔大草原走来，苦苦在北京闯荡的游子来说，可以说是双喜盈门。一个是他如愿以偿成为胡伟武门下的博士研究生，有了求学名师闯天下的幸运；再一个是胡伟武宣布龙芯成立 Java 虚拟机设计小组，他成为其中的一员，步入自己所钟爱的事业之门。

学业、事业都有了着落，而且称心满意，可预见的人生前景，将如同那束彩虹一般绚烂多姿、精彩夺目，充满了美好与幻想。

此刻，他茅塞顿开，耳畔回荡着恩师的那一席话，龙芯的目标不仅仅是研发 CPU，让中国加入世界 CPU 俱乐部，还要编写设计自己的软件，建立软硬件一体的信息技术产业生态，至关重要的是补上基础软件薄弱的这一课。

目前，全国能用 Java 语言编写程序的工程师数以十万、千万，但能够编写 Java 虚拟机的工程师少之又少。你们肩上的责任重大，一定要一点一点做，把龙芯软件生态做起来，形成两翼齐飞、双轮驰骋的局面。

身材魁梧、体魄健硕的敖琪深知，研究 Java 虚拟机是成就龙芯软件体系的重要组成，是一件无比困难的事情，不仅要投入巨大人力物力资源，还须耗费漫长时间，积累几年十几年才可能见效。

是啊，没有远大理想抱负的企业，没有心系天下、国家使命的胸怀，是根本不会做这种出力很大耗时很长，而见效甚微的"傻事"。

敖琪紧紧盯着这抹彩虹思索想象，彩虹在他眼光之中渐渐淡去，但留在心中的是一丝喜悦和温暖……他深感恩师的眼光，如同天边彩虹那样热烈而多彩，有穿越时空、奠基龙芯未来的耀眼光芒。自己也是恰逢其时、与有荣焉，歌以咏志，幸甚至哉！

弹指一挥十多年，历经不懈奋斗，龙芯软件生态的人间变了，似翻天覆地。

而今，坐在我面前的敖琪，已不是 10 多年前的芳华年少了，岁月的年轮已将他雕刻得持重老成、从容稳健，浓密的青丝染上些许白霜。他感叹时光飞逝、岁月无情，少年已努力，老大勿伤悲。

谈到 10 余年的孜孜以求，他心头掠过一丝亮光，仍然显得兴奋、豪迈、欣慰，掩饰不住内心的激越之情，缓缓道，10 多年前的那轮彩虹，一直披在心头，陪伴着漫漫征程，即使在任何灰暗的日子，什么枯燥乏味之时，都能感受到那轮彩虹的别样温暖，心里阳光着灿烂着，浑身就有使不完的劲，一直坚持了下来。

唯有坚持，才不枉此生、不负彩虹！

Java 组创建伊始，只有 3 个人，形影孤单，举步维艰。

他们干的第一件事，就是让一个极其简单的显示"Hello，world"（你好，世界）的 Java 程序，在龙芯 CPU 计算机上运行起来，在屏幕上呈现出"Hello，world"字样，证明自己是这块料，具备编写计算机系统软件的基础和本领。

看似简单的两个英文单词，简单得司空见惯，简单得如同一阵清风、一株野草、一片树叶，毫不费力信手拈来。但是，能够探索性地让这个简单程序，在庞大的 Java 虚拟机系统和龙芯 CPU 上正确跑起来，尤其是在没有任何经验的情况下，又是一件极其曲折而复杂的难事。

因为，Java 虚拟机囊括着上百万行源代码，仿佛如同一个浩瀚庞大的世界，有着万水千壑、关山重重，山路弯弯、阡陌纵横，节点林立，站点无穷……若在如此浩瀚复杂的电路中，游刃有余地走遍每一条道，访遍所有驿站，又谈何容易，是无比艰难！

敖琪他们走入 Java 虚拟机设计的大门，尽情邀游其中，掌握内在机理，慢慢熟识其特征和秉性，能够逐渐应用起来；而且，还对龙芯 CPU 原理熟悉掌握，深谙基本逻辑，将二者巧妙地结合融合起来，一点一点编写出英文字母、数字、符号，组成了庞大的计算机语言程序。

那时，探索研究的日子非常艰难困苦，尽管对研发软件充满希望，也有热情，但却看不到终点和尽头。他们在一腔夙愿、一丝美好憧憬之中，茫无头绪地拼搏、奋斗、挣扎，一点一滴啃，一步一步走，义无反顾奋力前行……

窗外的树叶枯萎了，从树枝脱落下来，让绚烂的躯体撒落一地，点缀着大地，清爽凉快的秋风变成凌厉怒吼的严寒，步入天寒地冻；紧接着，寒风又吹到了尽头，寒冷中挟带来一丝暖意，进而演变成柔情万种的春风，以及热浪炙人的炎热……他们编写出来的Java虚拟机程序，洋洋洒洒，密密麻麻，累计十几万行，让人看也看不过来，难识其中的奥秘。

又是一个阳光灿烂的早晨，敖琪面对历时7个多月辛苦编写的程序，如释重负，又意味深长地浏览了一遍，心头浮现出满意之情后，便刻了一张光盘，交到组长靳国杰手中。

靳国杰在计算机上熟练敲击键盘，光盘在计算机里开始运行，经过片刻低沉而轻松的声响，计算机屏幕如期出现了"Hello，world"（你好，世界）。

首战告捷，装点关山。稳稳当当拿到编写龙芯CPU Java虚拟机的入场券。他们激动万分，眼眶里闪烁着成功后的欣慰之色，情不自禁击掌庆贺！

随后，他们便信心满满投入到研发龙芯Java虚拟机的遥远探索之中。

何为龙芯Java虚拟机？

通俗讲，就是指能够让Java语言编写的软件程序，在龙芯CPU计算机上运行的一个基础软件。虚拟机内部相当复杂，包括百万行级别的编译器、解释器、垃圾收集器、运行时环境、类库，等等，也是一个复杂而严谨的计算机"软件王国"。

研发龙芯Java虚拟机并不是一劳永逸，而是一个且行且走、螺旋式上升的迭代过程，随着龙芯CPU的迭代而迭代，随着用户应用的升级而升级，可以说是一个只有起点、没有终点，永远行进在动态跃进之中的软件

"精灵"。

当时，置身于龙芯技术之巅的胡伟武，清晰地看到，Java 虚拟机仅仅是龙芯软件的一个重要方面，还急需浏览器、图形系统、Flash 等许多基础软件，似乎成为了制约龙芯 CPU 性能大幅提升的"瓶颈"。

实验表明，当时龙芯 CPU 性能比国际主流技术差 3 至 5 倍，但电脑的综合性能却差十几倍，主要缺陷在于基础软件薄弱。

记得那是 2012 年 10 月，杭州西子湖畔又是杨柳青青湖水平、桂花飘香踏歌声的季节。龙芯战略研讨会在这里举行，其中探讨的一个重要话题，就是如何破解基础软件薄弱的顽症。

胡伟武深有感触说，没想到龙芯基础软件差距这么大，"缺课"缺得这么多，必须专门成立一个研发部门，采取非常举措，进行基础软件系统性"补课"。大家纷纷表示赞同，七嘴八舌提出组建系统研发部的一些初步设想。

胡伟武一锤定音说，高翔，你挑起系统研发部这副担子怎么样？

恩师点将了！高翔急忙抬起头来说，没问题，保证完成任务。

胡伟武点点头说，给你两个多月的准备时间，明年年初就将系统研发部的队伍拉起来，承担起基础软件系统性"补课"的重任。

会后，高翔深感责任重大，刻不容缓，便迅速调集软件技术骨干王洪虎、彭飞、敖琪等，初步搭建系统研发部四梁八柱，先组建或完善 Java 虚拟机、浏览器、图形系统 3 个组，网罗了 20 多名技术骨干，制定系统研发部的目标任务、运行办法等。

2013 年元旦这一天，系统研发部正式成立，高翔在部门第一次全体人员会议上，沉声有力地说，现在我们系统研发部正式成立了，主要是全面开启基础软件系统性"补课"，搭建全新的龙芯软件平台，为龙芯 CPU 建造一条四通八达的高速路……从事软件研发很特殊，没有鲜花掌声，没有轰轰烈烈，只有平淡枯燥，寂寞辛苦，要有板凳坐得几年冷、文章不写半句空的劲头，在平凡中铸造非凡，大幅提高基础软件对龙芯 CPU 性能的贡献率。

也正是这一席不图虚名显赫、只求铺路奠基的初衷，标定了系统研发部软件人员长期默默耕耘、无私奉献的情怀追求。

浏览器是桌面电脑使用最为广泛的软件，机关办公、文档应用、上网查询都绕不过去，也是自动化办公应用亟待攻克的一个难题。负责浏览器研发设计的彭飞、余银等人，从零起步，展开研发攻关。困难挫折如同大山一般呼啸而来，横亘在他们面前，令人望而生畏。

彭飞乃中科大毕业的高才生，思维敏捷、性格开朗，不怕困难、善守能攻，组织能力强，奋斗精神足，有一股子愈挫愈勇的拼劲，后来成长为龙芯总裁助理、合肥子公司负责人。

他们面对的第一座大山，就是 JavaScript 引擎核心模块研发。此模块内容庞大、结构复杂。彭飞深知不易，便将攻关小组封闭起来，置身绝境求突破。他们安顿好家庭的所有事项，放弃节假日，谢绝应酬，全身心投入到攻关奋战之中，用每天工作十四五个小时的超负荷压力，将自我智慧本领得到最大限度激发，在电脑上写出一行行代码，进行了一项项算法设计……同时，他们还边奋战边验证，及时进行自我纠错，有效减少失误率，让设计有条不紊，富有成效。

第二座大山是三维图形应用系统的研发。该系统的精度、速度要求极高，每一帧图形大约由数万个微小的三角形融合而成，而每个三角形又牵涉坐标、颜色、配置等，有的数量多达十几万个小元素。研发经历写代码、做实验、搞优化三部曲。他们苦其心志，将每一个代码写好，把每一次实验做精，再把每一个优化搞细，环环紧扣，步步推进。有的实验，为了做到精准无误，有时连续奋战两三天，竟然忘记了休息和疲劳，进入我将无我、唯有攻关的高状态。

第三座大山是推广应用优化。许多客户对自主研发的浏览器图形处理系统没有信心，印象极差，总觉国产图形处理系统慢、乱、差，时常卡顿、拖沓甚至崩溃，体验感不佳，难以满足工作要求。彭飞他们不厌其烦做推广搞优化，对于有的单位还上门服务，精心适配，现场破解难题。

在一个重点客户的系统优化中，彭飞、姚长力等连续奋战 10 多天，对其图形系统不断调整，反复优化磨合，将原来每秒播放 1 帧图片的速度，提高到每秒播放 30 帧以上，有了不可思议的数量级提升。

该单位领导专门打电话给高翔，兴奋地说，原先我们使用龙芯 CPU 处理器和软件，感到速度太慢了；现在你们的浏览器非常好用，效果极佳，如果给 X86 打 100 分的话，那么就得给你们的软件打 120 分，向你们祝贺致意啊！

伴随系统研发部整体力量的快速上升，敖琪他们跟踪龙芯 3A2000 芯片研发进程，默默地遨游在庞大浩瀚的 Java 世界中，日复一日，月复一月，精心编写数以万计的软件程序，还进行若干次修改，使得 Java 虚拟机也升级提高。

然而，当投入实际使用后，意外情况接踵而至，客户反馈来的情况是，计算机时常出现死机、程序崩溃、偶尔丢失数据等怪异现象，对龙芯产品能否履行国家使命，打上一个大大的问号？

这不仅关系龙芯的质量信誉，也是影响着龙芯在激烈市场竞争中能否生存下来的大事！

在技术分析会上，有人提出，死机、程序崩溃和数据丢失等，未必都是龙芯 CPU 和软件的问题，也许是其他厂商包括卡板、显示屏等的毛病，是不是让客户把问题再聚焦一下呢？

作为掌舵龙芯航船的胡伟武，从不人云亦云。他力排众议沉声说道，为人民做龙芯的出发点是"以客户为中心"，落脚点是建立自主技术产业生态体系。现在客户提出问题，我们就应当作自己的问题来对待，忧客户所忧，急客户所急；即使问题不是我们龙芯的，也要协调产业链合作伙伴，让问题尽快化解，以此树立龙芯技术"兜底"、信誉如山的口碑。

当夜，软件人员就投入到定位问题的实验之中。

靳国杰与敖琪等人，盯在计算机旁边，利用分段法一个系统一个系统排查，一个问题一个问题压缩，最终将故障锁定到一个较小范围。

但如何让问题更加聚焦呢？敖琪开动脑筋，灵光闪现，迅速编写出一个小程序，以加速程序出错频率，将出错间隔逐渐压缩到 5 小时、3 小时、1 小时、30 分钟，从而使问题得到精准锁定。

旋即，他们投入到修改软件之中，对源代码有缺陷的地方逐个修改，加上补丁堵住漏洞，得到天衣无缝。

就这样，计算机死机、程序崩溃、数据丢失等问题得到解决，但卡顿、图形不完整、速度缓慢等问题又出现了，困扰着人们……

靳国杰他们投身于 Java 的奥妙世界中，苦苦探索，不懈求索，不断寻找软件优化之道；就是在下班路途和回到家，大脑仍在快速运转，纵情徜徉在软件世界中，想象着疑难杂症，思索破解之策。有时夜深人静，他们还踱步在月光下，遥望苍天宫阙、叩问琼楼玉宇，起舞弄清影，不停追寻软件优化的诀窍。

2016 年仲夏，走马上任 Java 虚拟机组长的敖琪，偶然在一部电视剧中看到"红蓝对抗"军事演习，"蓝军"设置万切险隘，让"红军"在吃尽苦头中得到磨炼成熟起来……此刻，他由此及彼想到，软件编程力量也如一支精锐之师的成长，也需要在与对手较量磨砺中成熟，何不在组里也设置一支"蓝军"呢？当好"磨刀石"，倒逼 Java 虚拟机组追求卓越、少犯错误，编写出完美无憾的软件，助力龙芯软件生态，让客户获得最佳使用体验。

这一想法在系统研发部例会上汇报后，平时严肃认真的高翔，露出了欣慰之色，充分肯定道，自我倒逼，自己磨砺自己成长，好主意，应当采纳。

随即，由敖琪亲自带队，经过层层筛选考核，组建 Java 虚拟机的"硬核蓝军"，并很快就融入到 Java 虚拟机组的研发团队，正式承担起给软件研发找茬子、挑毛病的角色。

刚开始，有的软件工程师不理解，认为自己日日夜夜与困难做斗争，同问题搞较量，已经够辛苦的了，现在还弄来两名"钦差大员"，节外生枝找茬子，与自己过不去，真是掉到"苦海"里，苦上加苦啊！

于是，常有人员不愿配合、冷眼相对的现象。

为此，敖琪在组务会上循循善诱：一只没有经过对手无数次绞杀的麋鹿，就不会有强悍体魄和风驰电掣的速度，迟早会被豺狼虎豹所吞噬。同样，我们主动挑毛病找不足，是为了让软件组少犯错误，在激烈竞争中成长壮大起来，更重要的是呵护我们龙芯这块金字招牌；每找到一处毛病，就会让客户使用少出一些问题，也就是给龙芯多增添一份荣光！

如此情真意切的沟通，坦率真诚，打通横亘在彼此之间的隔膜，让大家的心胸豁达、心气顺畅起来。

当龙芯在芯片研发中逆水行舟、激流勇进，奋力研制出 3A2000、3A3000、2K1000、7A1000 等第二代主流产品时，系统研发部推出了基于开源操作系统的龙芯基础版操作系统 Loongnix，新一轮软件迭代"补课"，进入加速提质新阶段。

此时，系统研发部队伍逐渐壮大，整体实力大幅攀升。

胡伟武再次来到软件研发队伍中，对大家说，Intel 每年销售桌面和服务器 CPU 大概 2 亿—3 亿片，净利润就一二百亿美元。一个重要原因就是，Intel 有 Windows 软件生态的保护。龙芯发展到最后，软件生态起的作用比 CPU 本身还要大。我们要继续加大基础软件"补课"进程，软件生态将在市场竞争中起着决定性作用。

这样一席话，让高翔及全体软件研发人员备受震动，倒逼软件开发者们，实践求生存，应用创奇迹，投入到了一场前所未有的鏖战之中。

他们再也不满足于在龙芯大楼里闭门编写程序，而是整合部门力量，将人马合理分散到基于龙芯 CPU 的市场应用、试点用户、软件检测的各个环节中。采取责任到人、精兵作战的方式，让每一名战斗员都士气高昂，潜能挖掘到极致，及时解决龙芯 CPU 应用中的软件缺陷，一次次迭代更新，一回回螺旋式上升，让软件应用问题逐渐收敛。

龙芯的基础软件技术，包括 BIOS、内核、GCC 编译器、LLVM 编译器、GoLang 编译器、媒体播放器、图形库，等等，每一款软件的研发，都承载着无尽智慧和汗水，体现出无限的探索、无穷的迭代，有着不竭的奥妙之源。

而开发龙芯 KVM 虚拟机，又将系统研发部的力量和精神得到一次新的凝聚。

KVM 虚拟机是云计算环境的基础组件，也是信息技术领域典型的核心技术产品。其研发跨 CPU 芯片、操作系统内核、云计算等多个复杂技术领域，涵盖 CPU 芯片虚拟化设计、操作系统内核的系统级虚拟化支持等众多尖端技术。其程序相当复杂，规模特别庞大，研发标准极高，无疑是一项宏大工程。

2017 年初春，在龙芯 3A3000 顺利完成产品化，已升任龙芯副总裁的高翔，亲自召开任务部署会，成竹在胸说，KVM 虚拟机研发，是一项世界级难题，对于我们龙芯系统研发部来说，更是一次巨大考验。我们要集中整个部门精锐力量，全力以赴展开研发，采用"子系统—模块—场景—路径进行分解"的设计思路，将整个设计分为 CPU 指令执行环境、存储管理、时钟、中断、IO 和配套环境等多个子系统……

在骨子里烙刻着完美主义的高翔，对任务有了详细周密的考虑。他还进一步明确了每项任务的软硬件负责人，以及研发目标、时间、组织协调机制等。

谋定而后动，得法而精进。前期几个月，主要是研究论证方案，展开基础性研发。整个研发共建立了几十项任务，每项任务包含的设计文档都经过多次研究，不断修正疏漏和不足，对风险问题也有充分评估。编码开发得心应手，数百万行的虚拟化支持代码顺利写就，质量颇高。

研发进入了调试和验证阶段时，他们采用直接启动 Linux 系统的联调方案，按照"虚拟机启动到哪里，验证和测试工作就跟进到哪里"的策略，让项目研发进展迅速，解决一些硬件和编码实现中的问题，顺利完成了虚拟机在 Linux 系统启动。

但就一款应用产品而言，成熟度、好用度必须完美，达到无懈可击。可在测试中，遇到了超乎想象的艰难挑战，咄咄逼人。他们闯关夺隘、斩将夺旗，经历了逾越"Guest 态漏执行问题""云桌面界面卡顿""偶发系统崩溃""时钟子系统故障"等七道难关，逐个成功闯越后，才能让 KVM 虚拟机成熟起来。

这七道关隘，每一处都如同壁立千仞、峭壁陡立，横立在他们面前，让人望而却步。每一次攀登与逾越，都要经过一两个月的苦苦拼搏，超越自我，才能让大山裂开一条缝，蹚出一条道。每一回直面考验，大家都斗志昂扬、众志成城，决心攻克不了堡垒誓不罢休。

攻克 Guest 态漏执行问题时，经常测试一两天，才冒出一个 sigbus 异常，错误现场留下的线索信息极少，让人茫无头绪，不知所措，查找问题陷入僵局……

已有十几年研发经验的高翔，倒是一脸轻松对大家说，我们解决复杂系统问题，与优秀警察侦破案件相类似，破案时不要简单根据已有线索进行推断，而要根据大胆假定寻找新的线索；当我们排除故障、现场的信息线索非常有限时，只根据有限线索进行逻辑推断，排故工作就会步入僵局；必须像好警察一样，敢于推理假设，大胆提出一个假定，即问题源于 CPU 在虚拟化模式下漏了一部分指令，到普通模式下执行。

正是高翔这样一个大胆假设，让李星等人拨云见日，在内核中设计了相应的实验方案，一步步找到新的线索，逐步验证了高翔的猜想，最终让线索聚焦到一个很少的执行场景，并在负责 CPU 结构设计者吴瑞阳的帮助下，艰难确定问题机理，是虚拟 CPU 在特定场景下有两拍的窗口间隙处于竞争不稳态，需要软件对执行模式进行控制。

这一难题，历经两个多月才得以有效破解。

在 KVM 虚拟机长达两年之久的研发中，所有研发人员都昼夜兼程、勇往直前，感人的故事比比皆是，随手拈来。李星顾不上照顾生病的家人，经常吃住在公司，忘我一切地拼搏；杨小娟为了不影响加班加点奋战，忍痛割爱，将很小的孩子送到老家让父母带；朱琛家在外地，本来提前买好了假日回家探亲的车票，老婆孩子望眼欲穿时，他为了项目攻关，毫不犹豫说服了家人，主动退了票，又投入到攻关之中；王洪虎等人经常通宵达旦，就是为了第二天早晨，测试组能够拿到最新版本进行测试，不影响研发，表现出极大的牺牲奉献精神……

2019 年 4 月的一个午夜，一轮圆月悬挂当空，如同一盏灯笼，把窗户照耀得明快通亮。高翔静静坐在窗边电脑前，对即将发布的龙芯 KVM 虚拟机进行最后的审校。此虚拟机一经发布，就标志着国内技术团队首次完成从

CPU 到系统全链条虚拟机产品的自主研制，意义格外重大。

那如水流银一般的月光，有恬淡朦胧的羞涩，也有温润宜人的暖意……这种温存与暖意，如同十几年前高翔步入龙芯之门第一次观看 CPU 模拟原型机那样，特别的感动涌上心头，光彩鲜艳，别样温馨。

高翔思维飞扬，想到几年前胡伟武决定成立系统研发部时，那殷切期待之情；想到系统研发部刚成立时，仅有几个人，如今已发展成 20 多个小组、150 多人的强悍队伍；想到了历经无数个日日夜夜的拼搏奋斗，系统研发部即将完成公司赋予的基础软件"补课"任务……

他脸上溢出了一丝欣慰笑容，映耀在明亮的灯光之中。

第六章　决定命运的生死之战

1.高薪诱惑风轻云淡

企业以人为本，人以使命为天。

尽管说，龙芯不以提高薪酬为增强战斗力的根本途径，但必要的薪酬对员工来说，也是至关重要而不可或缺。

因为，每位员工不单生长在龙芯小天地，也是整个社会的一分子，需要必要薪酬养家糊口，履行维持社会关系的各种义务和道义责任。

但在龙芯公司独立运行后相当一段时期内，闯市场本领尚且不足，翅膀比较软，羽翼未丰满，不具备翱翔风云变幻市场的本领，企业处于极度困难时期，员工的薪资水平在国内信息化领域是相对偏低的。

人常说，竹外桃花三两枝，春江水暖鸭先知。

那么，这些高智商的科研人员，如同春江水上的智慧之鸭，对龙芯生存发展命运更为敏感，对自身薪酬高低也比较关注，对搏击产业化道路前景也有不同理解，选择也随之多样，追寻科技报国更为现实的人生命运和路径。

部分科研骨干，经过激烈思想斗争后，选择离开龙芯，告别他们曾经苦苦奋斗的龙芯 CPU 事业。

他们或许选择回到计算所，重启国家科研单位旱涝保收的工作生活；

或许远走高飞，跳槽到更为看好的信息化企业，谋求另一种人生追求；或许选择自立门户、自创实业，用新的眼光与思路开疆拓土，打造另一片天地……

人各有志，何求同行？

与此同时，也有一小部分人感到，难料龙芯生死两茫茫、何时走出困境，也厌倦了长年累月的搏击奋斗，身心俱疲，选择了离开。

也许他们意识到，龙芯与西方跨国"巨无霸"企业竞争，太艰难了，凶多吉少啊！不管是英特尔、ARM，还是谷歌、苹果，都是人才济济、资金雄厚，市场成熟、生态完善，已经完全掌控垄断了全世界的信息技术和产业生态。

孰强孰弱？不比不知道，一比吓一跳。

再说，龙芯与引进国外技术的企业相比，人家获天时地利得实惠，有地方政府充裕财政支持，动不动就是巨额资金扶持，财大气粗；也有国外成熟技术授权，技术起点高，拿来即用，不再用辛辛苦苦打地基，就能直接盖出漂亮的高楼大厦，多快好省见成效，赢得市场赚大钱；还有诱惑力极强的高薪待遇，登高一呼，就会有源源不断的人才集聚。

谁胜谁负？秃子头上的伤疤明摆着了！

面对一度离职潮，有人惊慌失措起来，担心龙芯团队支撑不住，轰然倒塌垮掉。也有恶意者，趁机制造流言蜚语，说什么龙芯技术骨干纷纷倒戈，企业关门倒闭了……

有一天，正在上班的胡伟武突然接到一位好友的电话，对方用紧张疑惑的口吻问，你在哪里？胡伟武道，在办公室。对方接着说，公司还好着了吧？胡伟武道，正常运转，任务繁重。

这样，对方才放心了，语气转为沉稳说，社会上传言，龙芯核心技术骨干分崩离析，都离职跳槽了，企业倒闭了，看来是蓄意诬陷龙芯，别有用心啊，你们要注重防范！

胡伟武淡然回复道，大浪淘沙，淘不走的是金子。

2014年初，在全体员工大会上，胡伟武代表公司领导说，毛泽东主席当年讲的两句话很好，对我们今天的龙芯仍有借鉴作用，就是"我们的同志在困难的时候，要看到成绩，要看到光明，要提高我们的勇气"，"不为尚能忍耐的困难所沮丧，不为某些挫折而灰心，给予必要的耐心和持久，是完全必要的"。

随即，他用犀利目光环顾一圈会场后，沉声说道，我们做龙芯不是图个人名利，而是为人民做龙芯，做产业不是为了局部利益，而是为国勇担当，做技术产业体系，旨在冲破一个旧世界，建立一个新世界，最终把我国信息产业建立在自主技术平台上，不受制于人，消除国家的安全隐患。

实现这个目标尽管无比艰难，会有无数风风雨雨、坎坎坷坷，但我坚信，这个宏大的目标一定能够实现。

胡伟武还比喻说，今天龙芯所处的历史方位，与我党早期大革命失败后，毛泽东、朱德分别率领的两支起义部队，在江西永新县三湾、安远县天心圩的形势，有一些相似之处。当时一些人对革命产生怀疑，不愿意继续革命了，掉队的有之，开小差的有之，不辞而别的有之，甚至还有叛逃的……毛泽东同志在三湾对秋收起义部队进行改编，确立支部建在连上，给部队定了一个魂；朱老总在天心圩收留住了南昌起义失败的将士，给大家安住了神，继续追求革命，从而才有了井冈山的朱毛会师，掀起了革命新高潮。

时至今日，曾是胡伟武的博士研究生刘苏，回忆起当时情景，也颇有慨叹。他说道，为人民做龙芯的信仰，在当时的艰苦岁月里，变得那么廉价、那么稀缺、那么脆弱，我博士毕业时也曾迷茫过犹豫过……

天赋极佳的刘苏，从中学起就成为钟情计算机编程的超级人才，后来以优异成绩考入中科大少年班，一直钻研计算机专业，毕业后在胡伟武麾下读博士，经龙芯产业化科研实践历练，更是如虎添翼，成为难得人才。

他个头高挑、英俊潇洒、资质极优、前程无量，既有青春年少、风流倜傥的时尚，也有天资聪颖、智慧超群的文雅，尤其是在方兴未艾、日益兴隆的信息技术领域，无疑是极具竞争力的"抢手货"，不愁找不到称心如意的工作，挣不到许多人向往的高薪厚酬。

这让刘苏萌生找龙芯之外高科技企业就业的想法。他就抱着试试看的心理，在一个漆黑如墨的夜晚，打开笔记本电脑，给炙手可热的一个著名企业杭州研究所发去一封求职信。没过两天，研究所回复邮件，通知他 5 天之内到中央硬件部加速器组面试。

刘苏按时踏上南下杭州的旅程，先乘飞机抵达杭州萧山国际机场，尔后搭乘出租车，直奔该研究所所在地——滨江区江虹路。

彼时是 2014 年深秋，京华大地天气微寒、一片萧瑟，而杭州仍然满目葱茏、绿意连天，到处是波光粼粼、湖光山色，一派青山绿水的可人画卷。

刘苏打开车窗，一阵阵清风拂面，一缕缕芬芳扑鼻，沁人心扉，真有九月桂花香、醉人好风光的别样之感。

出租车沿着空港大道、机场高速路，一路向西，没多久就到了江虹路的目的地。他走进这个大名远播的研究所，沿着园区转悠了一圈，仔细观赏那错落有致的楼群、纵横交织的绿化带，以及美妙无比的园林建筑，深深被其新颖时尚、优雅大气的人文环境所倾倒。

接下来的面试十分顺利，他给中央硬件部有关负责人递交简历，介绍博士的研究方向，以及参与的科研项目，随后聊了聊，畅谈了个人理想抱负和追求。

对方说，你的情况了解清楚了，回去等消息吧。

刘苏返回北京不到一周时间，对方联络人就打来电话说，你是参加过我们研究所面试的那位刘苏吗？

是的。刘苏道。

对方说，恭喜你的面试通过了，愿意到杭州还是深圳研究所，你自行选择。入职后的岗位，主要从事加速器研究工作，薪资不会低，还有股票分红，逐年可根据贡献大小相应提升……

接下来，刘苏的思想斗争更为激烈，一边是薪资高待遇好的优厚条件，另一边是薪酬普通一般，但有自己喜爱的龙芯 CPU 研发事业。

何去何从？他的耳畔突然回响起著名作家海明威的名言，维持一个人生命的事物，是他的事业，而不是金钱。

是的，一个人一生获取金钱的机会比较多，但做自己钟情喜爱的事业却不多，而为人民做龙芯，是何等光荣自豪！机会擦肩而过了，也许要后悔一辈子。

面对走与留，他征求恩师胡伟武意见。胡伟武传承夏培肃将最优秀学生留在身边、差一点的推荐出去的做法，直言不讳说，去他们那里干什么！龙芯有你施展才华的天地。

也是一语定终身，无怨又无悔！

刘苏痛下决心把情感的砝码拨到龙芯，将自己的青春智慧与为人民做龙芯的事业紧紧系在一起，不论遇到什么诱惑和风雨，都志坚如铁，让有意义的龙芯事业，在年轻的生命里光芒万丈起来。

突然间，我对刘苏这个名字充满好奇，随口询问。他解释说，名字是外公起的。外公是一位老干部老党员，经历从东北南下支持国家工业建设等风风雨雨，将一生奉献给了国家，对社会主义制度充满无限感情。

当 1989 年我出生时，正值苏联解体和东欧剧变，老人家无限惋惜，给我起名刘苏，取其谐音，意思是留住苏联的社会主义体制，不要解体变色，让红色阵营能够强大，社会主义事业永葆长青。

我感悟说，这是老一辈人的特殊感情，意在让下一代身上能够传承社会主义红色血脉，永葆天下红遍、江山永固。刘苏额首点头称是。

胡伟武的另一位博士研究生吴瑞阳，也有过类似的经历，在选择高薪还是为人民做龙芯的人生抉择中，也曾有过迷茫与困惑。

吴瑞阳是 90 后，亦是中科大少年班毕业的奇才，中等个头，微胖，圆脸、宽额，厚厚的眼睑中闪烁着一双明亮的眼睛，显得格外有神，好像能看穿一切似的。

他来自河北衡水市一个教师家庭，从小就与计算机结缘，思维缜密，智慧超群，对计算机逻辑语言有着执着爱好，具有高超逻辑思维能力和持之以恒的韧劲，特别是成为胡伟武的门生后，步入了龙芯 CPU 最为核心的技术设计领域，实践平台广阔无垠，与计算机逻辑程序"斗争"的场景层出不穷。这就让吴瑞阳如鱼得水，干得特别来劲欢心。他时常激情似火、热血澎湃，向着一个个设计"堡垒"发起冲击，与许多复杂错误与难题进行短兵相接，拉锯式较量，在解决一个个疑难、战胜一个个错误中，激活创新思维，捶打意志耐力，百战不殆、百炼成钢，享受到不一样的奋斗成功与快乐。

胡伟武曾感慨道，吴瑞阳的过硬本领，是用"bug"喂出来的。

正是吴瑞阳的特殊本领，受到诸多芯片公司羡慕而以龙芯数倍薪酬"挖人"。那时候的吴瑞阳正准备买房结婚，手头拮据，也急需要钱。在选择到高额薪酬企业工作，还是继续坚持在龙芯拿低薪呢？

考验非常现实，他有点动心了，陷入迷茫之中。

如何破解这道人生难题？他想到了学术和人生导师的胡伟武，就敲开恩师办公室的门，走进去道出了自己的苦衷与困顿。

胡伟武微微笑了笑，给他倒了一杯水递过去，缓缓说道，芯片研发正处在国内科技突破的风口浪尖，别人高薪挖你这样的人才，可以理解；但是龙芯的信仰是为人民做龙芯，是很有价值和意义的；再说了，龙芯现阶段处于艰苦奋斗的低成本运营阶段，随着发展壮大，薪酬会逐渐有所提高，改善待遇。如果你离开了这个平台，技术被金钱绑架了，你的灵魂就会逐渐丢失，到头来可能会后悔的。

吴瑞阳深情地望了望胡伟武，脸色胀红了，略带内疚之色说，惭愧、惭愧！看来我为人民做龙芯的信仰树得不牢，还得好好改造思想，坚持做有意义的龙芯事业。

至此，胡伟武亲自培养的博士生已有 60 多名，留在身边做龙芯的就有30 多位。他们都是品学兼优的拔尖人才，炙手可热，骨子里都流淌着一片丹心报国强、两行清泪中国芯的真情大义。

而与刘苏、吴瑞阳不同的是，龙芯团队的核心科学家、工程师受到更大利益的诱惑和考验。

半导体芯片领域的竞争，实质上是人才竞争。而设计龙芯 CPU 的，都天资过人、绝顶聪明，数学出色，精通各种算法，不是中科大、国科大毕业的奇才，就是清华、北大、哈工大等名牌院校走出来的精英；再经研发龙芯CPU 系列产品的一次次淬火锻炼，龙芯团队的核心成员几乎都是独当一面的紧俏人才。

谁获得这些人才，谁就能获得赚取高额利润的巨大资源和优势。

再加之，国家大力实施破解"卡脖子"技术的战略工程，各级政府拿出相应鼓励政策，大力资助芯片研发事业。一个时期，芯片研发领域出现跟风扎堆，甚至是一哄而上的现象，几十个人、上百个人迅速撮掇成一个公司，或移花接木、瞒天过海，或真假拼凑、拿来主义，开足马力快速设计生产芯片，超常打造信息技术产业，似乎有"满城遍地黄金甲"的淘金之感。

自然而然，龙芯许多核心骨干，也上了一些企业"挖人"名单，成为猎头公司捕获的重点对象，不惜以龙芯多倍工资、年薪百万的优厚待遇吸引，期待重金之下出勇夫。

已经成长为龙芯首席工程师的汪文祥，自然受到猎头公司和信息企业的格外重视。但他对各式各样的电话和信息，既不回复也不搭讪，如同一阵冷风吹过，一块阴云飘忽，平静待之，泰然处之。

一个隆冬季节，北京寒流滚滚、滴水成冰，凛冽的寒风如同锋利刀子一般在空中肆虐着挥舞着，大街小巷的行人都裹得严严实实，行迹匆匆。汪文祥照例是晚上10点多离开公司，驱车返回望京一个居民小区家中的楼道口时，看到一位穿着厚厚羽绒服男子在等待什么似的。

对方两眼放光询问道，您是龙芯的汪文祥老师吗？

汪文祥思索，这么寒冷的天气，还有人等着，真不容易！便充满善意地说，我就是汪文祥，有事吗？

对方说，我姓张，安徽芜湖人，是您的同乡，主要是想请您到我们公司做技术总监。随即对方恭恭敬敬递上一张名片，赫然印着总裁助理的字样。

对于同乡提出的这个话题，汪文祥淡然处之，也无风雨亦无晴，平静地对他说，你的好意我领了，但我无意离开龙芯。

接着，同乡以打抱不平的口吻说，凭你技术实力，我们公司可以给予更高待遇，薪酬提到龙芯的5倍以上，还配备一台专车，享受总裁一样待遇。

　　我到北京打拼这么多年，是龙芯培养的，现在弃而走之，不道德，不仁义，也迈不过自己心里这道坎！汪文祥解释道。

　　同乡接着说，你讲得很有道理，但你在龙芯充其量是一名技术骨干，若到了我们公司就会成为技术上的一把手，可以实现更大抱负，为国家做更多贡献。人生难得有好平台好机缘，您还是再仔细考虑一下吧！同意不同意给我回个信。说罢，同乡作揖告辞，消失在茫茫夜幕之中……

　　这一夜，窗外寒风呼啸，猛烈咆哮，尖叫着"呜呜呜——"不停。汪文祥的心情也同风儿一般，激荡呼啸着难以平静，思索了很多。是啊！金钱对于他这个父母双双下岗，依靠奖学金、亲友赞助完成学业，曾经的贫困生来说，确实很重要，但目前拥有基本生活保障后，家庭的困难解决了，就不那么重要了。再说，男子汉大丈夫不能把金钱和地位作为唯一追逐目标，自己追随龙芯，不单单是让个人才华有用武之地、无愧人生，更重要的是为了兑现科技报国、为人民做龙芯的理想抱负，将个人命运融入到民族信息化建设事业之中。

　　随即，汪文祥按同乡名片发出一条意味深长的短信，阐明决意留在龙芯的选择。汪文祥也收到同乡回复短信，大意是，理解和尊重汪文祥的意愿，虽然没有完成公司交给的任务，但看到了中国青年一代科学家的风骨，对中国信息化事业多了一些信心，也期待龙芯能够成长为像英特尔那样的芯片企业。

　　龙芯除了艰苦奋斗，还是艰苦奋斗，别无他途。

　　的确，龙芯员工的薪酬长期低于国内同行业水平，王焕东、杨梁等不少技术骨干都经历了相关企业、猎头公司比龙芯多几倍达百万元的巨大诱惑……

　　诱惑王焕东的条件更为亲切生动，充满了情感色彩。

　　在"珠三角"扎下大本营的一个知名科技公司领导，通过王焕东同学对他情况了解清楚后，便拨通王焕东手机，简单聊几句技术方面的问题，就话转正题，充满感情地说，焕东啊，你是一位难得的芯片设计人才，我们公司欢迎你加入，给你百万年薪，还委以重任，怎么样？

　　面对高薪厚禄诱惑，王焕东早有心理准备，如此许诺百万年薪让他"跳槽"离开龙芯的，已经有过好几拨了，每次他都婉言谢绝。这次也不例外，他照例淡淡说，谢谢对我的抬爱，但我熟悉了龙芯的事业和环境，科研能力能够得到自由发挥，实现更好的自我。

　　对方并未死心，接着说，你是广东人吧？

　　是的，我家在广东肇庆。王焕东答道。

　　难道不眷恋家乡的山山水水、四季风情吗？还可兼顾反哺家乡、建功家乡的责任啊！

　　谈到家乡情怀、岭南风景，王焕东的思维再一次飞越到了南粤，仿佛看到成熟的荔枝压满枝头，红澄澄的惹人垂涎；好似嗅到了岭南的梅花、芬芳四溢，微笑着，笑时犹带岭梅香……

　　但王焕东还是控制住内心的情感波澜，轻轻地说，我确实有为家乡服务的责任，但更有为祖国做贡献的义务，心中有祖国，天地任自由啊！

　　对方连续打出的两张牌，都没能撼动王焕东，便只好改口说，焕东啊，你还可以再考虑考虑，若想到我们公司来，大门随时为你敞开。我们也是来时天地皆同力，离去英雄亦自由。

　　王焕东不仅自己将人生情感牢牢铆在龙芯事业上，还说服一些自己的部属，扎根龙芯、挚爱龙芯、建功龙芯。

　　譬如，组里一位才华横溢的骨干心事重重找到他说，有一个 IT 企业，给我龙芯几倍的薪资，希望我能到它们那里去干。

　　你的意思呢？王焕东目光灼灼地询问。

　　我客观上想去，毕竟待遇高一些，可以缓解房贷的压力；但主观上不想去，因为龙芯的科研氛围好，没有那么多限制，能够实现自己技术上的梦想和价值。

　　王焕东接住话茬说，是的，人生路漫漫，为了眼前利益而背离初衷，看似得到了实惠，但难有更好前程，终将会后悔。而在龙芯干有意义的事，实现人生梦想，也许一辈子只有一次，尽管暂时收入少一些，但守住了品格，定会行得更稳走得更远。

好吧，我知道该怎么做了。这位部属便欣然离王焕东而去，返回工位继续投入科研之中。

事实上，龙芯绝大多数核心骨干都心有信仰，忠诚于为人民做龙芯的使命，心无杂念、志存高远，自觉践行拿低饷、攻难关、打胜仗的优良传统，在各种诱惑和困难面前岿然不动。

胡伟武时常以红军官兵不拿饷，一颗红心向着党，照样流血牺牲打胜仗的历史佳话，来淡泊名利、标定人生，强调理想信仰的特殊作用。

是啊！在那血与火交织的战争年代，有信仰而不拿饷的红军最有战斗力，为崇高理想而把头颅别在裤腰带上，从容不迫，无怨无悔。即使队伍被打散了，还能自动聚集起来，或主动在敌后继续坚持战斗，或历经千难万险寻找组织，始终不渝视金钱财富如草芥，为理想信仰而抛头颅、洒热血……

早期走入龙芯，追随胡伟武的张福新、杨旭、高翔、范宝峡、张戈等第一代龙芯人，在各种金钱利益面前不为所动，毅然坚持下来。接着汪文祥、王焕东、杨梁、苏孟豪等龙芯第二代核心成员，也同样坚守龙芯的核心价值理念，在利益诱惑中风骨不倒，坚守着本色初心。

再譬如，慕名加入龙芯团队的冯珂珂，作为副总裁协助胡伟武分管安全应用事业部，将人生信仰标定在忠诚执着、担当奉献的情感世界中。

有一位同乡好友企业家，看重冯珂珂的人脉资源和敬业精神，摆下丰盛酒宴对他说，鸟择良木而栖，人择知己而处，龙芯给你待遇不差，但我给你龙芯两倍的薪酬和股份，比龙芯更好，下决心跟我干吧！

这让冯珂珂为难了，面露窘态……淳朴厚道的他，额头冒出细微的汗珠，满怀歉意之情说，咱俩个人友谊没得说，但我追随胡伟武老师做龙芯，属于国家使命、民族大事，与薪酬多少没有关系。再说了，能够用金钱挖到的人都不值钱，今天如果我因薪酬背叛了龙芯，明天我同样会因为薪酬背叛你；我不能因私废公、为利益而失忠义。只要龙芯的事业需要我一天，我就必须兢兢业业干一天，不能推辞啊。

此情可嘉，真正的忠义之人，值得尊重！同乡企业家由衷称赞。

龙芯人虽然在金钱与物质上得到的少一些，但在精神上却是充裕者，内心坦坦荡荡，侠义忠勇。他们许多人感慨说，做有利于国家和民族的事，虽苦犹荣，有美好人生故事讲，脊梁骨是挺直受人尊重的，可以行无愧怍心常坦、身处艰难气若虹。

而新一代龙芯人黄帅、刘苏、吴瑞阳等，也志在龙芯事业，将自己的青春智慧锁定在为人民做龙芯的情感世界中，意志坚定，无问西东。

再譬如，陈华才钻研于 CPU 内核世界，悉心细研龙芯软件，不厌其烦整理规范龙芯软件生态，推广到开源社区，让龙芯软件在国际上更有影响力。为此，陈华才名声不胫而走，一些信息企业下"狠手"，以龙芯数倍薪酬吸引他，许以重任。

但陈华才淡然一笑说，金钱固然重要，但龙芯自主创新为人民做龙芯的信仰更重要。鱼和熊掌不可兼得，必须有所舍弃，不能为五斗米而折腰呀。

岁寒知松柏，患难见真情。

任何危难险恶、事业低谷，以及功名和物质利益诱惑，等等，既是一种苦难、机遇，更是难得的考验，也是检验人性、锤炼队伍品格的绝好时机，达到大浪淘沙、强大队伍的功效。

正如当年红军经过万里长征后，队伍疲惫不堪，人员锐减了很多，但却格外坚韧强大。龙芯亦如此，绝大多数核心成员经受住了考验，坚持了下来，衣衫褴褛但力量万钧，面容憔悴但意志如钢，队伍减员但实力弥坚，面对任何艰难困苦和风险挑战，都无所畏惧，成为一支对国家忠、对朋友义、无坚不摧的过硬团队。

谁言寸草心，报得三春晖！

2. 破釜沉舟推出龙芯第二代产品

的确，2013 年对于龙芯来说，是一个异常凝重而险恶的多事之秋。

这年深秋，连绵浩瀚的燕岭层林尽染、万山红遍，一抹黛黄色的秋光轻轻笼罩在中关村环保科技示范园龙芯产业园。

基地坐落在北京城西北角，毗邻航天城，西靠燕山凤凰岭。园区内绿树成林、菊花成片，橙黄色花儿点点闪闪，犹如一群亭亭玉立的仙女列队排行，迎风翩翩起舞，簇拥着一幢造型独特的五层大楼。如果在高空俯瞰，这幢大楼造型新颖别致，气势磅礴，犹如一艘扬帆起航的巨轮，在绿意花海中，巍然挺立，昂首向东，好似在迎风破浪中出征远航。

2013年底，龙芯公司告别科学院南路的计算所总部，整体搬迁到这幢别有风韵的大楼，实验室、值班室、会议室、办公室，机房、库室、设计房，成龙配套，井然有序，工作环境条件有了极大改善。

借此良好设施场所，总裁办李晓钰主导在龙芯大楼一层创建了龙芯展厅，营造出龙芯人新的精神家园。展厅设计新颖，布局合理，将龙芯筚路蓝缕的奋斗足迹和科研成果，上升到文化层面凝练概括，重点融合中华优秀传统文化、毛泽东思想和党建文化的血脉基因，形成具有鲜明特色的龙芯文化，体现出坚持为人民做龙芯的根本宗旨、坚持自力更生艰苦奋斗的工作作风、坚持实事求是的思想方法，以及国家用我、无上光荣、前赴后继、义不容辞的使命责任，又红又专、红重于专的基本要求，耐得住寂寞、挡得住诱惑、受得了委屈、打得了硬仗的品格境界，召之即来、来之能战、战之必胜的战斗精神等，既展现龙芯的成长历程，又滋养企业品质性格，强健龙芯人的品格、脊梁、精神。

恰此两年间，是龙芯"起死回生"战略转型的关键期。公司遇上了最难熬的漫漫冬夜，真是滚滚寒流、冰雪凛冽，进入"梅花欢喜漫天雪，冻死苍蝇未足奇"的严峻考验之中。

胡伟武和公司高层分析认为，挑战来自多方面，既有国家重大专项转向、停滞了龙芯政府项目的原因，也有市场没有完全打开、资金来源渠道窄的现状，还有家底薄弱、尚无厚实积蓄的情况等。

各种问题交织的主要矛盾是缺钱！面临资金链断裂、工资难保障的"生存危机"。

再从技术演进看，龙芯3A1000在政府电子政务应用试点中，并不乐观，仅达到"基本可用"，每天有接踵而至的应用问题，技术人员疲于奔命，应接不暇。还有龙芯 3B 研发一波三折，问题机理险象环生，让研发与产业步入停滞不前的"阵痛期"。

在外部环境上，国外一些主要 CPU 企业，通过与国内企业合作，或技术授权，或借用核心技术，或合资引进技术，堂而皇之穿上国产自主CPU"马甲"，形成一定技术优势，对踏踏实实坚持自主创新的企业形成强大挤压。特别是国外与国内走引进道路的既得利益者，趁机进行混淆视听、蛊惑人心的宣传，制造不利国产自主芯片企业的社会舆论；更是恶意炒作、抹黑施加影响，说龙芯技术不行，不能用于政府电子政务应用，试图压垮龙芯，进而继续达到独霸中国市场的目标。两股势力沆瀣一气，对国产自主芯片企业围追堵截，大有咄咄逼人之势。

可谓是内外交困、困难深重！龙芯该怎么办？

胡伟武仍然意志如钢，斩钉截铁地说，越是困难面前，越需要有精气神，无须争辩，做给他们看。

经过一番深思熟虑后，龙芯高层勇敢逆行，绝地出击，紧急部署任务，启动第二代产品包括 3A2000、3A3000、2K1000、7A1000 四款芯片研发，强势发起技术迭代冲击。

一些员工忧心如焚、愁容满面，担心龙芯难以短时研制出几款芯片，尽快取得应用，摔倒在这个新的起跑线上！

胡伟武神情凝重，抱定决一死战的必胜信念，拿出艺高胆大、不惧艰险的气魄，平静地说道，研发四款芯片任务是重了一些，但被逼无奈啊！这是龙芯关键的一搏，关乎我们能不能在政府电子政务应用中站稳脚跟，在激烈竞争中获得一席之地；关乎龙芯向市场图生存，能否获得客户认可和青睐，真正步入产业化的广阔天地，实现收入扭亏为盈，摆脱困境。

倘若失败了，亏损就会加剧，资金链也会断裂，龙芯就可能倒下了。

是啊，这是龙芯面对的又一次生死攸关的命运之战！

啸傲之声，直凌越沧海。唯有直面风浪，以无所畏惧的赤胆英勇，冲击困难挫折，才有可能绝处逢生、向死而生。

　　胡伟武还引用了"有志者，事竟成，破釜沉舟，百二秦关终属楚；苦心人，天不负，卧薪尝胆，三千越甲可吞吴"的成语故事来表明背水一战的决心。

　　两句话是两个历久弥新的历史典故，蕴含着让不可能变成可能、逆境成功的非凡奇迹！一个是距今2200多年前的秦末年间，楚霸王项羽横空出世，率领2万楚兵迎战20万来犯的秦军，双方是1∶10的巨大兵力悬殊，项羽用破釜沉舟的激励之法，让将士们砸了锅灶、沉了船只、烧了庐舍，只携带3日干粮，以必死的信念向秦军发起猛烈攻击，结果凭着以一当十的必胜信念，大败秦军，创造了2万胜20万巨鹿之战的历史传奇。另一个是，讲述春秋时期，越王勾践为了报复被吴国俘虏羞辱的深仇大恨，在返回越国后，潜心激励自己不忘耻辱，励精图治、发愤图强，晚上枕着兵器睡在稻草堆上，每天睡起来后，尝尝挂在房子里的苦胆，明心励志、强大内心，日夜加紧练兵，锤炼精兵锐旅，最终率领三千越国将士，突袭吴国，大败曾经欺辱越国的吴国，使得吴王羞愧自杀。

　　重温历史上的警世典故，以史明理，昭告龙芯。

　　大家的情绪被感染振作起来，一刹那间，精神又蓬勃活跃，如同雨后复斜阳、关山阵阵苍，将心灵映耀得格外明亮，焕发出迎难而上的坚定信念。

　　龙芯3A2000是一款4核产品，与已经推出的龙芯3A1000引脚兼容。3A2000没有使用3B1500所使用的32nm工艺，而是使用境内40nm工艺，在不提高主频的情况下，采用全新的GS464E处理器核结构，将每个单核做强，优化访存能力，实现性能大幅提升。

　　谈到具体技术指标时，胡伟武说，一定要把芯片的处理器核架子做大，让单核性能足够强，在原来3A1000基础上，实现成倍翻番；再一个是，提高内部互连效率，将访存带宽做上去，实现一次技术大飞跃。

　　研发该款芯片当主力、打头阵是一批风华正茂的青年人。担纲逻辑设计、全定制设计、物理设计、验证等重任的是，青年技术骨干汪文祥、杨梁、王焕东、苏孟豪、王朋宇等。他们与胡伟武、范宝峡、钟石强等第一代龙芯人，形成集团冲锋阵容，又进入加班攻关模式。

龙芯"大本营"整体搬迁到龙芯产业园后，大多数人回家路途遥远了，就将以往晚上 10 点开会集体攻关，改为晚 7 点，攻关模式变成"996"。也就是说，一般晚上 9 点结束加班，让研发成果在机器上跑起来，次日早晨上班时能看到结果，接续工作，确保高效率。

全定制组不怕艰难、勠力拼搏，认真画好每一个晶体管、电容、电阻等，自行定制设计锁相环、多端口寄存器堆、CAM、温度传感器等宏单元模块，步步为营，稳扎稳打，不断向前推进。

物理组奋力搏击、精准把握，多方考虑物理设计的标准质量，反复选择优化设计方案，高标准将逻辑代码转化为版图数据，搭建起宏大周密的版图阵容，力求精益求精，准确到位。

验证组多方验证、穷尽办法，想方设法完善龙芯指令级随机验证环境，大大提高功能验证的覆盖率，力求验证更加充分，精雕细刻。

大家以卧薪尝胆、背水一战的勇气，同心协力加班加点，向一个个全新技术堡垒冲击，奋力破解遇到的重大技术难题……

忘我奋斗的攻关，总是激动人心，内心充实，时间过得也飞快，日月似梭流年，一晃就是两个春秋。大家在燃烧激情中，跨越过最难熬的寒冬岁月，迎来又一个阳光明媚的春天。

2015 年 4 月 10 日夜，凝聚着无限希望的龙芯 3A2000 流片归来。胡伟武立即组织钟石强、杨梁、王焕东等连夜调试，让芯片在一个个程序上跑，测试性能优劣……调试到翌日凌晨 3 点多，成功运行操作系统，大家一片欢呼，击掌庆贺！

接着，王焕东一鼓作气，组织芯片运行 SPEC CPU2000、SPEC CPU2006、Unixbench 等大型程序，均流畅顺利，未出现异常。

经初步测试，龙芯 3A2000 主频达到 1GHz，SPEC CPU2006 单核分值达到 6—7 分，访存带宽比龙芯 3A1000 提升 10 倍，在没有提高主频的情况下整体性能是龙芯 3A1000 的 2.5 倍。再将芯片接入龙芯桌面电脑应用，运行稳定流畅，体验感觉不错！

当时，这是相当了不起的进步，完全实现了研发目标意图。坐在电脑前再度体验龙芯 3A2000 的王焕东，神清气爽，兴奋不已，沉浸在苦尽甘来的喜悦之中……

然而，好景不长，噩梦却悄悄袭来，让人颇感意外。

龙芯 3A2000 在实现产品化过程中遭遇严重障碍，主要是不同批次芯片的功能结果不一致，传统 ATE 测试方法未能定位问题，批量芯片稳定性欠佳。

这是一桩始料未及的特情，问题有点蹊跷，但事关重大，不容回避！

胡伟武再次精神振作，亲自披挂上阵，如同以往实施重大技术攻关一样，每晚披星戴月组织"诸葛亮会"，带领大家通过一次次实验数据、测试现象，集智攻关，研析机理。

他们在深入浅出的技术分析中，发现两个明显现象。一个是 N 管偏快的芯片稳定性很好，功能测试与 ATE 测试结果比较一致；另一个是通过改善主板电源稳定性，有利于芯片稳定。

此时，政府电子政务应用试点叫急，支持引进国外 CPU 技术的势力竭力叫嚣龙芯技术不行，通过种种渠道要求试点放弃龙芯，使用国外引进技术 CPU，欲将龙芯置于"死地"。

情况到了危急关头，龙芯被迫做出迅速有力的回应，深层研透技术机理时间窗口似乎没有了！

在万般无奈之下，龙芯断然决定在解决已有问题情况下，紧急进行改版设计，以应急解难。又经过连续几十个日日夜夜的突击奋斗，这年 9 月初完成改版，提交流片……

但是，胡伟武心头仍然五味杂陈，技术机理不清的阴影如同一块"巨石"悬挂在心头，搅得他食不甘味、夜难能寐，似乎有点压抑，心事重重起来。

在龙芯技术"王国"搏击十几年的他，逾越过无数技术难关，亲自攻克许多技术难题，深知每个技术问题背后总有内在的逻辑机理，没有无缘无故的成功，也没有无缘无故的缺陷……没有完全吃透机理，肯定不可能彻底解决问题！

胡伟武再次咬了咬牙关，横下一条心，不弄清机理誓不罢休！

他继续夜以继日组织一次次测试、一轮轮实验……数以千计的大量实验数据表明，寄存器堆问题是个别芯片不稳定的罪魁祸首。但具体机理是什么？仍不清晰，难以精准定位。

一眨眼新的一年又到了，一元又复始、万象俱更新。

2016 年 1 月 11 日夜幕降临，窗外已是黑黢黢、华灯初上之时。胡伟武与范宝峡仍然像铆钉一般铆在实验室，深入讨论苏孟豪通过创新方式测试寄存器堆没有发现错误的问题，探寻其原因，窥视突破口。

突然，胡伟武头脑中灵光一现，洞开一个巨大口子，喷涌出一束雪亮光芒，随之闪现出一个奇特想法。他立即脱口而出说，苏孟豪，你找丁健平设计一个最差情况定制寄存器堆测试向量，通过 JTAG 端口测试，看看情况如何？

好的。苏孟豪一边爽快答应，一边去找丁健平进行新的设计，尔后迅速修改测试程序，进入测试状态。计算机不停地运行工作，屏幕上显示出各种测试数据……

约莫半个多小时后，测试竟然复现了寄存器堆出错的问题。

他们接着认真分析，终于搞清了技术机理。主要是，在寄存器堆写端口写入过程中，要求位线比字线先到，字线与位线保持必要的延迟差才能保证写入的正确性；但由于生产制造偏差，在位线负载过大时，部分芯片个别位线和字线时序配合出现差异，导致写入寄存器堆出错，从而造成个别芯片功能不稳定。

山重水复疑无路，柳暗花明又一村。困扰半年之久的龙芯 3A2000 产品化问题终于得到破解，笼罩在大家心头的一块阴云被拨开了，天高云淡、辽阔无限，望尽蔚蓝色的万里长空，心情格外愉悦舒坦。

接着，龙芯组织第二次改版、验证、签核，以及提交流片。

2016 年 2 月 5 日，在新春佳节来临之际，第二次流片的龙芯 3A2000 返回了。胡伟武再次提振精神，亲自坐镇指挥测试，一切顺利圆满，寄存器堆的问题消失，芯片的稳定性大幅提升。

至此，龙芯 3A2000 产品化过程中遇到的难题得到终结，龙芯在产业化道路上迈出铿锵有力的一大步。用胡伟武的话说，脊梁骨硬了，抗打击能力强了，尤其是测试向量提供了一种在已有芯片中把不稳定芯片筛选掉的新办法。

许多客户直接在原来龙芯 3A1000 的主板上，换焊成龙芯 3A2000 芯片，只需通过简单的 BIOS 和内核调整，就可大幅提升性能。龙芯整机厂家更是倍受鼓舞，迅速升级部分基于龙芯 3A1000 的电脑，投入应用试点，效果令人欣慰。

龙芯技术无止境，只有追求更过硬。

早在龙芯 3A2000 试用期间，胡伟武就一路风尘到有关单位调研试用情况。客户普遍反映，基于龙芯 3A2000 桌面办公电脑开机时间略有点长，有时运行不够流畅，使用体验尚有欠缺，美中有不足，还有改进的热切期待。

这让胡伟武深刻感受到，办公电脑的运行速度永远是个核心问题，必须下大功夫解决此"瓶颈"，研发龙芯 3A2000 的升级版 3A3000 不容延缓。

调研返京的复兴号列车，犹如一柄利剑，追风逐电般向前奔驰，穿山越岭飞过莽莽山峦，穿江破雾横跨大渡河，天堑变通途。

胡伟眺望大渡河，思绪随着飞奔的列车纵情翻飞。当下龙芯已经到了与引进国外技术产品决战的关键期，也是技术升级提高、纵身一跃的大好时机。

古今多少苍茫事，前车历历未能忘。眼前的大渡河，曾上演了多少惊天动地的战争活剧，其中抢抓战机与错失良机的故事，至今仍有启迪意义。

公元 1863 年 5 月，太平天国翼王石达开率 4 万大军从云南转战四川，进行历史性的远征，到达大渡河安顺场渡口，准备渡江入川建立新的根据地。而清军还未来得及赶到大渡河布设重防，太平军完全有机会渡河入川，冲破清军的围追堵截。恰此，石达开幼子降生，大喜！犒赏部属 3 日，暂缓渡江。可 3 天后河水暴涨，清军也在河对岸布设了重防，让太平军痛失渡江突围的最佳时机，最终导致全军覆没，留下"大江横我前，临流曷能渡"的千古遗憾。

石达开远征军的折戟沉沙、灰飞烟灭，标定了太平天国运动走向衰落，但石达开却至终不认为是自身错失良机，而是慨叹"天亡我，非战之罪也！"成为"宿命论"的牺牲品。

石达开兵败被害 72 年后的 1935 年，同样是 5 月的河水暴涨季节，同样是一支衣衫褴褛的远征军，同样是以农民为主体的军队，同样面临敌重兵围追堵截，同样是从云南强渡金沙江、转战入川，同样首选安顺场渡口……

有着许多"同样"的惊人相似，古今征战何等相似啊！但红军到达安顺场渡口后，并没有消极等待，而是抢抓战机，以迅雷不及掩耳之势控制了安顺场渡口，但一条小木船难以渡过 2 万之众的红军将士。红军当机立断，迅速沿江北上，我红二师第 4 团昼夜急行军 20 个小时，蹚过 240 里山路，抢在敌人援兵到达泸定桥前，勇夺这一天堑绝道，谱写了大渡桥横铁索寒、神兵夺隘气冲天的英雄交响。

如果石达开在天有灵的话，应当含笑九泉，可以瞑目了。红军这支新型农民武装，最终没有重蹈他的覆辙，突破了大渡河，取得万里长征胜利，而且夺取了江山，也算是为旧式农民军队报仇雪恨了。

是啊，红军之所以能够冲破敌人重重封锁，首先是战胜了自己，有着分秒必争抢抓战机的强烈忧患，是战争观念和战略思想的重大胜利，从而改写了长征的命运，也改写了中国革命的命运。

胡伟武凝神锁眉、沉思断想，龙芯进行的万里征程，也处在了关键战略机遇期。只有抢抓机遇，战胜了自己、超越了自己，让新一款龙芯 3A3000 技术性能达到或优于引进国外技术的 CPU，才能取得战略决战的胜利，跃出被围堵的困境。

返京第二天，胡伟武立即将杨旭、范宝峡、汪文祥、王焕东、杨梁等召集一起，结合调研和长期思考，决定把已经开展研发的 2K1000 暂时押后，先行龙芯 3A3000 研发的技术攻关部署。

龙芯 3A3000 是在 3A2000 的基础上，主要使用更先进的 28nm 工艺提升频率和性能。

　　大家对照国际先进主流芯片的功能特性，结合前两款芯片的研发应用情况，畅所欲言，分析得失，深入交流研发 3A3000 需要改进克服的具体问题。

　　综合大家意见，胡伟武掷地有声说，3A3000 在性能上要达到或优于引进国外技术的 CPU，充分彰显自主研发的先进性。

　　大家明显感到，胡伟武谈到这一宏伟目标时，从容自如，风轻云淡，显得格外沉着自信，明眸里闪烁着必胜信心和明亮神采，一点也没有部署重大科研攻关任务的冷峻与忧虑。

　　可谓是，艺高胆大、胜券在握。

　　谈到研发攻关的组织时，胡伟武胸有成竹说，3A3000 主要是换工艺，前端设计工作量不大，难度最大、最需突破的是物理设计和全定制设计，建议由物理设计负责人杨梁担当技术负责最为合适，大家看有没有意见？

　　杨梁是物理设计的一把好手，学到了胡伟武和黄令仪的一些真传，有江河湍急之热情，有大山沉稳之坚强，还有绝地反击之胆魄，擅长设计大芯片，堪担此大任。

　　看到大家都微微点头，胡伟武沉声道，那就好，这又是一次大规模集团作战。各部门都要全力以赴，积极支持配合杨梁，取长补短，精诚合作，全力打好这场新的战役。

　　会后，有人找到胡伟武，略带忧虑之情说，杨梁驾驭如此重大任务有没有把握？

　　胡伟武解释道，新老交替是龙芯团队人才发展的必然选择，年轻人干劲足、冲劲大，但不足的是经验欠缺，疏漏会多一些，也如蹒跚学步的孩子，不摔几次跟头很难独立行走。我们还是要宽容年轻人在摔跤中成长，这是必交的学费啊！

　　事实上，杨梁经过多年历练，俊朗的脸庞中多了几分睿智、坚定，也锤炼出过关斩将的坚韧。在技术攻关中，不管多高的山、多险的路，在他面前都似乎矮了几分，让他在"嘿嘿嘿"谈笑中峰回路转，柳暗花明。

他受命上任做的第一件事是，将龙芯 3A2000 应用中的缺陷梳理出来，把龙芯 3A3000 达到的技术目标进一步细化，有的放矢梳理出几十条技术把握的具体要点，让各项设计有章可循、有矩可求。

在第一次技术对接会上，杨梁郑重其事说，大家一定要对龙芯 3A3000 的技术要求有更深理解，不仅是对龙芯 3A2000 的工艺升级，而且需要整体突破，频率要提高到 1.5GHz，SPEC CPU2006 测试分值达到 10 分以上；还必须拥有必要的性能裕量，从根本上解决电脑运行速度慢的问题，达到流畅稳定的高水平。

这又是一次全新的跨越，务必要把高标准立起来。

正如古人云，取乎其上、得乎其中，取乎其中、得乎其下，取乎其下、则无所得矣。

事实上，技术思路好确定，标准也容易设置，但真正困难是技术目标的实现，有时比"过五关斩六将"还困难。

而王焕东、汪文祥带领多核组的同事，进行逻辑设计进展神速，一路顺畅。他们充分借鉴 3A2000 的源代码，丰富增强微结构，将定点发射队列从 16 项增加到 32 项，浮点发射队列从 24 项增加到 32 项，三级缓存从 4M 提升到 8M，很快就将设计接力棒交到物理设计组。

物理组视野开阔，旨在提高设计效率和设计质量，从无到有地建立一套在基于多个主流 EDA 工具的整合型平台流程，集成多种新颖的高性能设计技术。例如触发器聚类、结构化时钟设计等，较传统流程提升性能 20% 左右，效益大增。

测试组任务也不轻松，要进行芯片可测试性设计，包括定制单元自测试方法的调整，相关逻辑也要重新设计。任何一项设计调整，都艰难异常，必须有力拔青松的勇气、肩扛巨石的胆识。

任务最繁重的是全定制模块设计，需要定制锁相环、多端口寄存器堆宏单元、CAM 等。全新的各种技术堡垒，壁立千仞、面露狰狞，可谓是难关林立、步步艰险，显示出难以撼动的高傲与威严。

胡伟武让杨旭重操旧业，对全定制模块设计进行史上最严格的审核把关，背靠背复查、细而又细验证，从严审核，防止痼疾重犯。

这让在前一款芯片设计中出过差错的全定制组人员，异常紧张，一个个谨小慎微，心都提到嗓子眼上了，大有如履薄冰、如临深渊之感。他们总担心自己稍有疏忽，出现失误拖慢进度，给整个设计带来不利影响。

全定制组组长钟石强心情格外沉重，脸膛黝黑着、阴沉着。平时不爱多言的他，被激荡出了连珠炮式的话语说，蹚过一次坑，我们绝不能再蹚第二次，还要把它变为我们的铠甲、我们的利器。

第一个回合的物理设计，历时8个多月完成新工艺磨合和初步的布局布线后，存有较多问题，有结构设计的问题，也有定制单元、物理设计的不足，还有诸多问题交织在一起，令人头脑发胀、神经发麻，理不出个满意的头绪来。

杨梁深知，龙芯3A3000设计规模大，访存单元激增，非同寻常。而芯片整体盘子变大后，发生问题的概率也会成倍增多，有时甚至会集中暴发，高深莫测啊。设计必须更加精细，不能有丝毫差错与诱发问题的一丁点儿缺陷。

为此，他几乎每个晚上都组织技术攻关会议，对各种实验现象，进行分析研判，精确定位，妥善解决。

紧接着，杨梁组织第二个回合攻关，针对缺陷不足进行优化设计，盯着问题补疏漏，让设计不断优化，力求精益求精。

此时，2016年春节已经悄然临近，向人们频频招手了，空气中弥漫着临近节日的热烈与祥瑞之气，也让人们的向往如同氤氲般升腾起来、浓稠着……

大年三十这天，全定制组和物理组仍然坚守岗位，对设计进行最后一两道程序的严格检查，意在圆满收官，将这项重大设计再往前推一步。

然而，杨梁内心难以平静，心有所忧、情有所系，依然是诚惶诚恐的不安，总担忧设计还有什么疏漏，难以达到绝对可靠、万无一失！

北京隆冬时节的傍晚，暮色早早就降临了，幽蓝而阴冷的苍穹中，一些苍凉的星辰已经开始闪烁了。该休假返乡的人员已离开了岗位，整个龙芯大楼显得空旷清冷起来。

月是故土明，心安即吾乡。强烈的使命责任，又将杨梁的心紧紧锁定在这款芯片研发的紧要环节上。他步履沉稳地走到全定制组的工作区域，看到钟石强还埋着头一丝不苟趴在电脑前做检查，便冲他"嘿嘿嘿"一笑说，小强哥，你过年还回老家吗？

不回了，就地过年。钟石强直直地回复道。

我对提交流片的设计还是不放心，不行咱俩过年期间再加班检查几遍。

钟石强憨厚地笑了笑说，行啊，梁子！不愧是老搭档，和我想到一块了。我们再过一个革命化的春节吧，明天蹭你的车一起来加班。

明天还是休整一天吧，陪陪家人，后天上午我们准时相约。

好！不见不散，初二再相会！钟石强幽默地说。

大年初二早晨，受京津冀地区低温高湿等不良气候影响，北京天空出现了朦朦胧胧的严重雾霾，将太阳遮挡起来，空气中弥漫着一种混浊难闻的气味。杨梁与钟石强相约来到龙芯大楼的岗位上，开始对龙芯 3A3000 设计认真检查、过细复核，逐个审查签核数据、过程日志、版图文件等。

每张版图中有密密麻麻数以万计的小图形，盯得累了就休息一会，然后接着看，精心寻找任何可能的缺陷与毛病。

其间，公司食堂炊事人员也放假了，大楼里空荡荡的，寂静得没有一丝声息。他俩自带干粮、水果，因陋就简自我保障，饿了就随便吃点喝点充充饥，接着继续奋战……

当发现单元之间连接上有错误时，杨梁和钟石强就反复观察现象，准确定位问题，尔后一点点认真修改调整。

就这样，一天接着一天，他俩硬是用锲而不舍的执着、肯下笨功的坚韧，将龙芯 3A3000 设计不断向前推进，直到收假上班前夕，收尾了全部设计签核和版图验证工作。

2016 年初，设计交付工厂流片。这年 6 月初，芯片归来调试，发现电压范围很窄，跑某一些程序时不够稳定，出现功能异常。

杨梁、王焕东带领人员连续调试 3 个昼夜，仍然没能将问题定位，技术情况复杂，难以搞清机理。

胡伟武亲自组织技术攻关，依然是披坚执锐、众志成城，依然是昼夜奋战、连续进击，不惜青春时光，不辞辛勤汗水，不怕暗礁险滩……怀疑定制寄存器堆存在问题，但是进行测试芯片须连接很多设备，时间长达十几分钟，效率极低。

胡伟武果断地说，吴瑞阳，你对处理器核结构比较熟悉，快速开发一个测试程序，加快测试，为筛选芯片创造条件。

好的，我马上编写。吴瑞阳信心满满地领命而去。

面对挑战，吴瑞阳异常亢奋，思维马上跳跃飞翔起来，遨游到庞大芯片 12 个寄存器堆的神秘世界中。他先做周密规划，搭好框架；接着进行编写，写出一行行代码；随后一边写一边测试，确保准确到位。连续几天的紧张奋战，一个由数百行代码组成的精巧测试程序诞生了。此测试程序，不需要外接设备，仅用三四秒钟就能精准测试芯片，效率提高了 200 多倍。

有了测试程序的助力，精准定位芯片缺陷显得容易起来，很快就将定制模块的问题锁定了。

钟石强一声没吭，就立即带领人员，对定制模块进行了修改。

本着举一反三、过细检查，胡伟武组织人员继续进行多渠道验证，又发现在 IO 网络传输中还有瑕疵，定位问题是结构设计方面的。王焕东立即修改结构代码，向着无可挑剔、无所遗憾冲刺……

经过一次大改版、多次小改版后的龙芯 3A3000 设计，最终通过技术评审签核，交付工厂流片。

2016 年 9 月 13 日夜，龙芯 3A3000 流片再次归来。杨梁、王焕东率领技术骨干如约在实验室迎接……仍然是恭敬与认真、神圣与庄严。王焕东将放置在托盘上的芯片认真凝视片刻后，取出一枚来，郑重递到张宝祺手中，充满深情地说，开始调试吧！

伴随着芯片在计算机程序里跑起来，屏幕上出现各种正常显示后，大家分外激动，情不自禁欢呼起来……

至此，龙芯第二代的重头产品诞生了，龙芯家族增添了新成员。

杨梁情不自禁走到窗边，感慨万千。这款芯片凝聚着龙芯人许多心血，是集体智慧的结晶。他再遥望远方的星辰，天空依旧是星光闪烁、璀璨夺目，似乎多了一颗格外明亮的星星，异常好看，仿佛绽放出耀眼灿烂的光芒，惊艳整个茫茫天宇。

与此同时，同属龙芯第二代产品的2K1000、7A1000研发也拉开序幕，科研攻关冲击波，一浪接着一浪，一潮高过一潮，颇为壮观。

龙芯2K1000是双核SoC，使用新的双发射器处理核，单核性能比2H使用的处理器性能提高50%以上。龙芯2K1000作为龙芯高端SoC入门平台，通过支持跨平台实时操作系统，原有基于PPC、ARM、X86架构的应用，可实现向龙芯2K1000的迁移。特别是龙芯2K1000，大幅降低开发者的成本，拥有完善的开发工具，提供一整套集开发、部署、测试、仿真于一体的开发工具，使各种技术开发过程变得简单轻松，也让龙芯软硬件一体生态体系有了一定吸引力。

龙芯7A1000桥片也是一款芯片，特殊的芯片。它是CPU连接各种部件的接口和桥梁，称为龙芯CPU产业链中不可或缺的重要部件。

当然了，它也是国外品牌企业又一"绝技"，有时不对外销售，设置技术壁垒，有时卖得很贵，难以接受。这对龙芯来说，又是一个必须打通的"痛点""堵点"。

胡伟武再次痛下决心说，必须拿下这一城，让"堵点"不堵、"痛点"不痛，让龙芯整个产业链走向自主，不受制于人。

龙芯7A1000作为国内首款专用桥片，研发意义自然不言而喻。

可万事开头难！研发第一款桥片面临着缺储备、少经验、难度大等困难，尤其是与CPU研发思路截然不同，对外要连接多个接口，每个接口必须有对应的协议和控制器。据此，设计要适应不同接口的技术要求，涉及有工艺厂家、第三方IP以及多种外设等，必须多方统筹、全面兼顾，注重实现技术上的多功能性，才能真正取得成功。

研发最大难点来自两个方面，如同一张巨大的网罩，将研发人员笼罩着，难以突破。一个是各种接口名目繁多的规范标准、协议约束，深奥复杂难以掌握；再一个是没有经验与遵循，从结构设计到逻辑设计、从全定制设计到验证测试、从物理设计到封装等，都必须进行探索性试验。

王焕东带领设计人员，置身浩瀚复杂的技术标准和条条框框中，一条条认真研究，一个个精心理解，吃清吃透其中的技术要领，知其然与所以然，力求快速精准。同时，他们走一步看三步，一边探索一边前进，一步一个脚印向前推进……

第一次流片返回，测试表明，桥片功能不全面，有两个接口协议出现差错，不能满足使用要求。

胡伟武亲自组织精悍力量，投入到调整改版之中……

漫漫长夜的灯光，依旧是那么明亮，照耀着奋斗者的身影；分分秒秒的时光，仍然不紧不慢，矢志向前流逝……他们在"嗡嗡嗡"作响的计算机前埋头攻关，多彩的思维在键盘上纵情飞跃，飞越信息世界，掠过奥妙地带，演绎出一串串、一页页密密麻麻的逻辑符号，也撬开一个个高深莫测的神秘之门，让所有错误缺陷得到修正。

2017年10月，龙芯7A1000改版设计完成，第二次流片圆满成功。

其各项功能完备稳定，各种接口符合规定，实现了龙芯桥片研发的重大突破。龙芯人士气大振，信心倍增，骨子里又多了一份从容淡定，似乎有了"自信人生二百年，会当水击三千里"的底气。

紧接着，他们再鼓作气、乘胜前进，推进龙芯7A1000产品化和相关系统开发。

实践表明，龙芯3A3000+7A1000的标准配置，系统功能稳定，各个接口频率达到设计目标，部分接口性能超过当时在用的各类系统解决方案，标志着龙芯第二代芯片研发取得胜利，打通产业链上的"堵点""痛点"。

事实上，第二代龙芯3A2000、3A3000重头产品，与龙芯2K1000、7A1000等形成掎角配合之势，给基于龙芯产业生态园增添一抹亮丽，大幅提升国产自主CPU竞争力，彻底扭转国产CPU技术性能长期落后于引进国外技术产品的局面，标志着国产自主技术打破国外列强在中国信息化领域几十年来的垄断霸权，也算是在敌阵围困万千重中，取得第一次突围成功。

　　许多桌面电脑应用客户欣喜地说，我们期盼国产自主计算机技术终于在千呼万唤中实现了突破，达到"可用"水平，与进口洋玩意儿有一拼了，扬眉吐气震神州、利剑出鞘民族志！

　　在研发总结会上，胡伟武显得有些特别，平时温文尔雅的神情多了一种酣畅淋漓的激越感。他提高嗓音说，我们这一战役整整打了两年之久，尽管艰苦一些，几经周折，几度拼搏，耗费了不少精力和心血，总算达到了引进国外技术的所谓国产 CPU 的技术水平，跨过了国际通用处理器高性能的第一道门槛，步入国际中高端研制水平的行列。

　　龙芯第二代产品的广泛应用，在市场中尽显八面威风、神勇本领，让龙芯团队再接再厉，继续向国际主流高端水平进击、再进击！

3. 系统优化效果超乎想象

　　龙芯应用的漫漫冬天是极其难熬的，时间漫长、风雪交加，路途遥远、跌宕起伏。人们翘首盼望着春天的到来，望眼欲穿啊！

　　尽管胡伟武他们早就定下龙芯软硬件如车之双轮、鸟之两翼，走建立软硬件产业生态体系的万全之路，但自主软硬件适配磨合的系统优化耗时费力，是一个未知数。

　　没有人能够精准预测，一切都在摸着石头过河的试验探索之中……

　　记得那是 2013 年深秋，北京的市树国槐尽染秋霜，金黄色的叶子在阳光照耀下，折射出金灿灿的容颜，有一种春荣秋黄的辉煌感。就在如此美好季节，政府电子政务应用试点启动，经过不懈争取，决定小规模启用龙芯CPU 批量产品。

　　龙芯人在一个个基于龙芯 CPU 应用实践中，欢欣鼓舞、跑步前进，将基础软硬件磨合优化往深推、往实走，从软硬件界面的 ISA，推到操作系统和应用软件界面的 API 相关软件上，诸如 Java 虚拟机、JavaScript 引擎、图形系统，等等。

　　经历数载无数坎坷曲折，蹚过千山万壑，总算不负厚望。

事后，回望这段刻骨铭心的历程，胡伟武脸上泛起喜悦之色说，事非经过不知难、千树万树梨花开，概括起来有两个没想到。一个是没想到自主软硬件磨合适配这么难，我们龙芯的自主软硬件与国外相比，毕竟在发展时间上有几十年的距离，特别是对软硬件结合部关注得更少，差距较大，"补课"更为艰难；再一个是没想到自主软硬件磨合的系统优化效果这么好，很多应用在每个局部都不如国外技术的情况下，竟然做到整体性能超过国外引进技术，产生"爆发式"效益，算是一个奇迹，让人大吃一惊！

这次电子政务应用试点，是龙芯人以往想都没敢想的奢望、惊喜。即便是小规模使用，也意味着从相对简单的工控应用走向复杂度较高的信息化应用，给龙芯带来一抹新的金色希望，让龙芯人深情感恩，发自内心暖洋洋、热乎乎，喜色连连。

通用事业部受领任务后更是异常兴奋，张戈亲自动员，立即集聚精兵强将，成立电脑调试组、软件组、硬件组，憋足劲头决心打一场漂亮战役。

然而，寄托着无限希望生产出的第一批30台龙芯3B1500电脑，运到龙芯工作间检测时，各种问题纷至沓来，运行不稳定现象眼花缭乱，有开不了机的，有开机一会就死机的，有运行卡顿的，还有跑起来屏闪、丢失数据的……性能差得让人绝望，还有些沮丧、悲伤。

不管怎么说，车到山前必有路，再难吃的果子总得亲口尝尝吧，体会是什么滋味。调试小组只能昼夜不停地奋战，一台一台电脑调，一个项目一个项目测，使出浑身解数，动用各种方法，让电脑能够跑起来初步满足使用，再探索着往前一步一步走。

电脑调试工作量繁重巨大，有时一台电脑要调试好几天，调试人员苦不堪言、身心疲倦。欲将整个试点3000多台电脑调试好，这样调到猴年马月去了，而且应用试点日期不允许，客户也不答应。

调试组陷入苦苦思索之中，寻找破解之道！

他们决定关口前移，派工程师前出到工厂指导，将大部分问题解决在产品出厂之前，一致性较差机器再逐批进行二次、三次配置修改，为后续调试赢得时间。

于是，赴江苏主板和辽宁盘锦整机厂指导的技术小组迅速集结，整装列阵。工程师们相继奔赴两个工厂，蹲在车间进行技术把关，与工厂技术人员一起认真修改软硬件的各种配置，力求把问题解决在电脑出厂之前。

如此蹲点生产一线，将研发与生产厂商的技术情感紧紧攥在一起。双方工程师对电脑软硬件配置等技术要求，在调试适配磨合中，有了亲身体验与深刻认识，极大提升出厂电脑的合格率，缓解了后续调试压力。

历经一年多孜孜以求，奋战攻关，调试组终于苦心人天不负，如期完成3000多台电脑调试任务，让每台电脑都经过48小时连续测试过关，达到客户"基本可用"的操作应用体验。

用杜望宁的话说，就是初步探索试水成功，第一次全方位感受到制造完全自主技术电脑的过程、脾气、秉性；第一次认识到龙芯量产工程化的差距有多大，知其温度凉热；第一次认识到产品批量后软硬件适配磨合的水有多深，浪有多高。

对于龙芯来说，系统优化只有进行时，没有结束日，是一个永恒的追求。

譬如，某研究所使用惠普服务器及国外商业数据系统，处理ITB的数据需要50分钟，时间相对较长。而使用基于龙芯3B1500早期CPU的曙光服务器、中标麒麟操作系统以及达梦数据库，最初处理同样的数据需要8个多小时，经过2个月适配磨合的系统优化，软硬件配合趋于最佳，处理相同数据只需80秒，性能提高了几十倍。

再如，龙芯与合作伙伴一起，对基于龙芯软硬件的流式文件、版式文件、启动时间等，进行持续优化。优化后，系统打开500页版式文件的时间，从原来的3.5秒降到1.7秒，速度提升一倍，使用流畅度感觉比引进国外技术的还好，达到方便可用。

2014年秋，有一个研究所领导反映，基于龙芯3A1000+2H的自动化系统，显示处理图片速度太慢，刷一屏图像竟然需要2秒时间，显得有些迟钝，满足不了快速工作、快速决策需求，希望龙芯给予解决。

经验丰富的胡伟武感觉到这是典型的自主软硬件磨合方面问题，随即安排安全应用事业部组织队伍进行攻关，并把任务交给了责任心很强、本领过硬的软件二组组长袁俊卿。

袁俊卿深知这样的磨合优化工作，不是一般性的调试维修，既是摸索经验的尝试，又是在新的起点上提升软硬件设计水平的"前哨战"，意义非同寻常，不能看小了、看简单了。

他带领全组士气高昂，铆足劲头打好这一仗。

至于如何攻关拔寨？袁俊卿没有足够把握，但也没有急功近利，而是动用龙芯"十八般仪器"对面前的这套系统，做了十多个方面的实验检测，发现该系统硬件设备拥有支持图形 2D 的 GPU，拥有划图形线、填充、涂色、搬运、迁移等五大功能，却在刷图时罕见的没有启动，被闲置在一边。这说明软件有欠缺，没有很好地发挥指挥控制作用，让 GPU 正常发挥效能。

于是，袁俊卿着眼调动启用 GPU，对原有的软件系统进行深研细析，弄清内在逻辑瓜葛后，便着手编写 2D 加速接口函数，从头脑中流淌出好几百行新的代码、字符，嵌入到软件系统之中。接着组织人员进行一轮又一轮调试、修改，再调试、再修改，让软硬件体系相互配合，得到最大程度的适配与协调。

最终实验表明，该系统磨合优化后，从内存拷贝图像到显示的速度提高了 19 倍，图像填充速度提高 14 倍，运行显示速度轻松流畅，令人目不暇接，很好地满足客户需求。

如此快捷的图像处理速度，在一定程度上超越了国外同类性能 GPU 的图像显示，堪称是奇迹，缘由何在？

袁俊卿坦率地说，使用国外 CPU，或许是出于技术不予开放的原因，使用手册很简单，只罗列使用的方法步骤，既无源代码，也无使用调试程序，只能是简单使用罢了；或许是为了保护知识产权，不想让用户深层开发应用，软硬件有什么模块、执行什么样逻辑，无从知晓，也无法根据使用要求，将不需要的软件以及造成拥堵的冗余东西裁掉，将需要的东西增添上，实现软硬件协调配合；或许是只卖标准化产品，不搞个性化服务，客户使用出现的具体问题无法找国外公司去解决，更谈不上技术"兜底"服务了。

如此之多的"或许"，表明国外核心技术存有"黑匣子"，软件系统臃肿难以据情优化，也折射出龙芯自主软硬件系统优化的巨大优势与广阔空间。

龙芯最大的优势是既自主又开放，向客户开放软件系统源代码，可以方便进行技术的再调整、再适配、再升级，实现软硬件系统的最大优化。广阔空间是，龙芯对客户实施技术"兜底"，不管使用出现什么样问题，龙芯都能投入技术力量跟踪服务，不问东西、不惜时间、不计成本，不管是耗时一个周、一个月，还是一年半载，都义无反顾，用强有力的技术服务确保龙芯应用的可靠顺利。

当时光的脚步跨入 2016 年后，喜从天降！也许是前期试点的成功使然，也许是使用国产电脑的历史必然，紧接着较大规模的电子政务应用试点如期而至，需要生产基于龙芯 CPU 电脑，数量比前期试点增加十几倍，达到数万台套。

机遇再一次向龙芯伸出温暖之手，挑战也随之迅猛袭来。

此时，第二代龙芯产品 3A2000、3A3000 相继流片成功量产，性能比先期使用的 3A1000 有大幅提升。胡伟武豪迈地说，我们前期试点，是在用户包容理解中爬上第一层楼，初步掌握了软硬件适配的基本方法和经验；那么，新的一期试点就要把用户的期待与希望，转化为强大动力，登上第二层楼，饱览更好风光。

心中抱定勇创最佳、继续爬楼梯的目标，行动就会更加坚定执着，一往无前。龙芯迅速建立一套百台规模电脑的压力测试环境，让电脑调试场所更趋科学完备，效益大幅提升。

杜望宁与全体调试组成员喜上眉梢、信心倍增，全力以赴投身到调试中。他们按照机器昼夜运行不停歇、人员两班倒的作业模式，积极配合下游厂商，先在平台上加大软件压力，让电脑高强度运转，充分暴露问题缺陷；尔后对有问题的电脑，一台一台手工调试，或修改硬件，或适配软件，或更换配件，使得电脑运行中的卡顿、不稳定现象得到根本消除。

相比前期试点，龙芯电脑运行速度提高了好几倍。有的用户体验，如打开文档、网页等，甚至有数量级提高；而且稳定性更高，用户使用感觉达到"可用"水平，技术性能达到或超越引进国外技术的产品水平，在应用中站稳了脚跟。

与此同时，安全应用领域的自主信息化，在大量使用通用操作系统的应用展开，系统的复杂性远远超过原来场景，什么浏览器、办公软件、数据库、二维三维图形图像，使用问题接连发生。

安全应用事业部频频告急，请求技术增援。

胡伟武痛下决心，要求公司各部门在服务客户软硬件磨合优化上，拆掉"篱笆墙"，系上"同心锁"，集聚所有软硬件资源，全力以赴打好系统优化的攻坚战。

紧要时期，各种应用缺陷纷至沓来，大有铺天盖地之势。胡伟武亲自组织"诸葛会"，每周一、三、五晚上7点钟，雷打不动召开跨部门技术骨干会议，集体会诊疑难杂症。

紧接着，龙芯近百名工程师奔赴客户现场，扎在试点应用第一线，展开大规模的软硬件技术磨合适配，进行系统优化，解决应用中的各种复杂问题。

芯片研发部的王焕东来到一个应用单位时，一位领导黑着脸指着龙芯电脑，声色俱厉地说，这样的电脑不行，太慢了，影响我们办公效率，还不如英特尔老的586呢！如不能尽快解决，就撤换掉。

面对客户毫不留情的批评，王焕东感到龙芯遇到新的信任危机！顿时急在心头，紧张起来。他带领技术人员争分夺秒做实验，精确研判软硬件适配的具体病灶，据情现场写程序、改软件、做优化，连续奋战3个昼夜，解决了10多处个性化技术问题，使得电脑速度快了3倍以上，创造出始料未及的好效果。

此刻，那位直言批评龙芯的领导，坐在优化后的电脑前操作一番后，感到速度大幅提升，使用流畅轻松，便笑脸盈盈满意地说，我用激将之法，竟然把你们的本领逼出来了，龙芯人的技术潜力大得很啊，真不简单！

是啊！基于龙芯CPU的软硬件能力不断提升，系统磨合优化不断升级，用户体验提高了几十倍，显露出了踏遍青山人未老、风景这边独好的大气象。

2017 年初，当龙芯产业发展一浪胜过一浪、一峰高于一峰时，基于龙芯 CPU 的主板、整机厂商迅速扩展壮大，产品如井喷一般涌向市场，使得技术"兜底"需求急剧膨胀，尤其是基础软件技术交织产生的问题更甚，迫切需要投入更多技术力量，解决客户应用方面的具体问题。

斯时，龙芯各事业部软件人员面前，堆积了许多客户需求服务的单子，压力巨大啊！他们不得不东奔西跑、四面出击，不知疲倦地奋战着……

对于龙芯软件生态十分敏感的高翔，洞悉风云、正视现实，感到龙芯基础软件不规范、不兼容、不标准，带来了操作系统和整机厂商技术上的"组合爆炸"。也就是说，在应用急速增多、基础软件混乱的情况下，如龙芯产业链上有 3 个操作系统架构、5 个整机厂家，那么就产生 15 个操作系统版本，而操作系统版本越多叠加的技术问题越多，从而出现"组合爆炸"越大，给壮大龙芯产业链带来不利影响。

高翔立即将酝酿多日规范基础软件标准体系、统一优化系统架构的设想，向胡伟武作了汇报。胡伟武满意地点点头说，这是一件"四两拨千斤、石头雕成玉"的难事，工作量巨大。公司全力支持，但你们必须有扛得住压力、脱皮掉肉的忍耐力。

恩师的鼓励给予高翔巨大动力。他立即召开动员大会，掀起这件旷日持久规范基础软件的工程，既有翻山越岭的辛劳，也有攀越高峰的挫折，还有打通关隘的愉悦……每闯越一个难关，都是战胜自己、成长龙芯的历程。

第一，难在统一各方意志。尽管龙芯对老的应用系统不会推倒重来，全盘否定；但要把统一系统框架用在新的应用场景，构建具有国际化标准风格的新体系，实现一次真正意义上的软件系统变革优化。这不仅与龙芯研发部门相关联，还牵涉龙芯产业链上所有合作伙伴，需要合作伙伴遵照龙芯的标准来做。牵一发而动全身，其艰难程度可想而知。

当时畏难者有之，认为规范龙芯庞大产业链基础软件涉及各方利益，思想行动难统一，几乎不可能。忧虑者有之，感到想法很好，但龙芯产业链涉及几千家企业，弄不好会丢掉许多订单，搞死一些企业，影响整个产业体系建设。

但胡伟武、高翔认为，统一规范优化软件生态是龙芯必须闯的关，迟闯不如早闯，早闯早受益早主动，越迟闯越被动；只要组织得力、认真去做，千难万险总能闯得过去。于是，高翔率领有关人员分别给操作系统、固件、主板、整机等厂商游说，引导各方积极参与软件生态规范更新。

第二，难在制定标准。既要遵循龙芯的技术路线和特色，保持龙芯软件架构体系的先进性；又要兼顾国际标准，对内核、固件等实现 ACPI 标准体系，与国际软件体系相兼容。他们反复调研，多方征求意见，一次又一次研究，一轮又一轮论证，集思广益，精心考量，推出一套全面完整的标准体系。

立好标准、定了规范，就有了主心骨。龙芯派出精兵强将到产业链有关部门搞辅导、做解答、明措施，推广各项标准规范。例如，高翔亲自参加芯片研发部的研发讨论会，讲透操作系统的新要求，提出增加兼容性的具体办法，鞭策设计人员自我变革，勇于创新，奋力探索满足最新操作系统的芯片设计新路子。

第三，难在步调一致行动。整个龙芯基础软件规范是一个联动工程，产业链上的各方都须在统一标准框架下，按责研发、齐头并进，协同推进、步调一致，充分兼顾整个系统。任何一方的滞后和脱节，都会成为"短板"和"堵点"，迟滞影响整个龙芯技术产业生态。

第四，难在奋勇攻关拔寨。真正启动这项宏大工程后，整个产业链都行动起来，进入到艰难而漫长的技术攻关之中。高翔始终坚持高标准，率领系统研发部全进角色，分头突击，奋勇攻关，一年接着一年干，一个难关接着一个难关闯。关键时期，他晚上就不回家了，干脆住在办公室，几天几夜连轴转，精心运筹指挥，奋力破解难题，与大家奋战在一起，甘苦在一起……

内核组的任务最重，李雪峰他们启动"996"工作模式，进入持续冲锋状态，边探索、边超越、边积累经验，如痴如醉遨游在编代码、搞调试、做验证之中，用一个个枯燥乏味的英文字母、符号、数字，组织搭建宏大的操作系统"心脏"。当取得整体突破时，其攻关如同编织出一串串美妙音符、富有情感，鸣奏出一曲曲悠扬乐曲、充满律动，汇聚成一部蔚为壮观的软件生态交响，令他们心旷神怡，悠然自得。

正是在系统研发部牵引推动下，龙芯各个事业部和产业链合作伙伴都积极跟进配合，形成头雁高飞众雁随、千树万树梨花开的良好局面。

通用事业部软件组针对基础软件 BIOS 有点乱、兼容度不够好的情况，加班加点投身规范优化，每天披星戴月奋战，每月接续坚韧推进，将龙芯几万行繁多的 UEFI 代码，一条一条梳理，一块一块整合，对接国际标准，统一接口规范，创造最优技术体系。

春华秋实、寒暑交替，岁月匆匆、大道至简。

就这样，他们脚踏实地、执着前行，对 UEFI 软件代码进行工程化和解耦合；尔后进行标准化，不断升级性能；接着展开验证，不停地修改调整、再修改再调整，得到修改整合和优化完善，使软件生态彻底告别了昔日的烦琐混乱状态。

经过评审验证，龙芯各类基础软件达到了标准、简洁、好用，正式发布无偿使用。各类客户普遍反映，其顺畅便捷、简单易行、维护方便，很好地支撑起了龙芯硬件平台，点赞叫好声连连，洋溢在产业应用的天地之中。

一位做龙芯主板姓周的客户，写下一首打油诗，表达发自内心的感受：

> 龙芯人脚步结实，踩大地夯实根基。
> 往日里擂鼓响亮，伴奏声悦耳不齐。
> 而如今步调优美，鼓乐声和谐相济。
> 软硬件交相呼应，产业链风光旖旎。

是啊，几载拼搏、几多收获，龙芯 CPU 操作系统先后迭代了 3 个大版本、10 多个小版本，晋升到 3.2 版本，整个系统优化获得巨大效益。

　　路远漫漫终圆满、往昔崎岖曾记否？高翔脑海里往事纷飞、奔来眼底，一幕幕团结奋战的情景如诗如画，一个个冲锋不息的英姿美轮美奂，一处处不曾设想的奇迹惊魂再现……龙芯人在平凡中创造的非凡，不是本身就有非凡能力，而是对自己特别"狠"，善啃"硬骨头"，死磕到底，在坚忍不拔中实现超越突破，创造了不可能中的可能，实现了非凡。

　　念及至此，高翔血液里奔腾起坚定执着的信念，脸上荡漾出坚毅果敢的神情，又一次回荡起龙芯人内心坚守的那句话：没有完成不了的任务，只有下达不了的命令。

　　随着龙芯第三代产品 3A4000、3A5000 等相继亮相，龙芯基础软件"补课"加速推进，结合应用需求和系统优化，不断升级 Java 虚拟机、浏览器、图形系统等，研发 KVM 虚拟机、.NET、UEFI、ACPI 等基础软件，进一步提升了软件自主能力。

　　客户普遍反映，龙芯浏览器、图形系统、云终端等多款特色软件，比国外软件都棒，好极了！主要是安装方便，性能卓越，而且全部免费使用，惠泽全社会。尤其是龙芯浏览器兼容性很好，一些复杂应用只有龙芯浏览器才能行，换上它所有问题都迎刃而解；龙芯打印机驱动也非常丰富，全都支持、稳定好用……

　　龙芯软件生态已在局部超过了国外软件，取得一定优势，形成山清水秀的优美生态。这种生态正在快速拓展延伸，将会成为我国信息化事业的一片绿洲。

　　胡伟武饶有兴致问高翔道，从使用功能角度看，我们基础软硬件系统性"补课"成果颇丰，龙芯操作系统需要的基础软件我们还缺什么？

　　高翔回复说，都不缺了，基本达到英特尔 X86 的 Linux 平台基础软件水平，实现了功能齐全、兼容可靠，并形成了自己的特色，具有部分 X86 的 Linux 平台都不具有的功能。

　　历经沧桑终是岸，山登险峻临高峰。胡伟武脸上露出久违了的灿烂笑容。

4.科研跟着市场走

在龙芯搞科研图什么呢？

获奖吗？非也。龙芯公司所有科研成果，提倡申请专利，不追求送评奖项。中国科技领域所有名目繁多、诱人眼球的奖项，在龙芯人头脑里却是风轻云淡。

写论文吗？非也。龙芯员工的业绩评判标准，没有发表论文这一项，论文多寡与成长进步也没关系。

评职称吗？非也。龙芯员工中有级别，但没有名目繁多的职称头衔，几乎所有的科研攻关都开放透明。任何科研活动，各部门科研人员均可参与和观摩，在攻关中或发表见解，或出谋划策，或献计献力，崭露峥嵘，彰显才华。

是的，龙芯科研跳出个人名利的获奖、论文、职称等小天地，也打破了部门、单位的界限；唯一目标，就是破解难题，服务国计民生的市场，检验标准也是市场应用优劣。往远说，是转换为生产力，推动经济社会发展，为国家信息技术产业发展做强力保障，向全世界贡献中国人的科技文明；往近看，就是满足客户需求，让民众用得满意、舒心、可靠，为公司赢得合理利润，推动中国信息技术产业走上节约型可持续发展路子，实现强国利民的大我价值。

龙芯的科研始终跟着国家和人民需求的市场走，在为人民做龙芯中提升能力、浇铸灵魂，锤炼又红又专、红重于专的特殊品格，锻造不图个人虚名、但求国家利益的情怀，将国家和个人利益统一起来，达到敬天行道、家国一体。

对于龙芯来说，科研的立足点和聚焦点，完全走出单位局部利益、个人浮名"怪圈"，杜绝"跟西方跟得紧不紧""对不对领导胃口""能不能获奖"的陈规陋习，而是致力于国计民生的大格局，打通研发与市场之间的壁垒，让研发与市场发生"恋爱关系"，相互依存、相互支撑，形成珠联璧合的天作之合。

思维认知跃上这个高地后，龙芯于 2013 年开始实施战略转型时，毅然取消当时快完成而不对市场胃口的 16 核 3C 项目，清理掉 20 多个市场不看好、半死不活的项目，调整研发思路，把目光聚焦市场，跟着市场走、围着市场干。

以市场论剑，剑法如何？关键以需求和质量论效益，有了挥舞长剑用武之地，剑法高超，才能敢持长剑当空舞、剑胆琴心气势殊。

伫立于建立自主信息技术和产业生态的制高点，胡伟武眺望打造庞大龙芯产业集群的宏伟目标，深悟驾驭市场的艰难与诀窍，语重心长说，龙芯的使命不仅仅是聚焦市场搞研发，还要善于组织建设产业生态链，善于打造"解决方案"，让龙芯产业链多元丰富，在市场中更具竞争力。

当龙芯 3A2000 研发告捷后，通用事业部迅速聚合力量，左右开弓，勇闯市场。一面立即将成果应用于政府电子政务应用试点，搞好有关软硬件适配，以及使用替换；另一面探索制作基于龙芯 3A2000 的笔记本电脑，掌握组织制造高端产品的市场驾驭力。

此想法一经抛出，深圳一家公司立即响应，几名技术骨干携带工模和有关设计方案，风尘仆仆赶到北京龙芯公司，配合龙芯摸索制作基于龙芯 3A2000 的国产品牌笔记本电脑，驱使龙芯应用更加丰富多元，进一步开拓市场。

就此，通用事业部组织软硬件力量，成立由杜望宁等人组成的产品开发小组，全力以赴与厂家协作攻关。

制作一款品相兼优的笔记本电脑，也是一件复杂的系统工程，既涉及龙芯软硬件适配磨合，也有工程设计、机械制造、工艺质量；既要性能强大，完美运行所有日常软件，还要外观时尚、轻便超薄，有舒适流畅的使用体验，等等。

他们以苹果、英特尔笔记本电脑为参照，立起高标准，不管是外观模样还是大小薄厚，不论是开机时间还是反应灵敏度，不论是触摸板面积还是使用舒适度，以及内存、重量、功耗等都精雕细刻、精益求精，力求与世界品牌比肩。

　　然而，研发成果与工程细节磨合优化，又是一个极其艰难复杂的过程。每一细节完善，都要经历苦其心志的反复锤炼，不知要经过多少次优化磨合才趋于成熟。就拿功耗来说，功耗稍大，不但机器噪音高、耗电量多，而且电脑运行稍长就发热，让用户使用体验感就下降，带来美中不足的缺憾。

　　在降低功耗的实验中，既需优化硬件，也要软件发力，在软硬件优化适配中寻找最佳方案，谋求突破。项目组成员不知熬了多少个夜晚，一轮轮做实验，一次次搞优化，向着既定目标靠近、再靠近。

　　每当夜幕降临、繁星满天，大地沉入熟睡之时，龙芯公司实验室仍然灯火通明，计算机夜以继日地运行，闪烁生成着各种实验数据……他们认真分析碰撞，研究探讨新的优化方案，接着展开新一轮检测，使得软硬件与各种机械运行路径逐渐完善，效率性能有所提高，功耗慢慢降低。

　　2015年底，京畿大地依旧寒风习习、冰雪未融，沉静在冰冻雪冷的严寒之中。刚刚在工厂生产线上下来，一批崭新的龙芯3A2000笔记本电脑送到了。

　　这款产品外观精美标致、色泽大气，颇有品牌气象。张戈迫不及待打开一台试用，进入操作系统快速流畅，体验良好；再打开一个文档，操作文件应用，也显得从容自如、得心应手。

　　张戈大喜！立即选了一台拿给胡伟武。

　　胡伟武也立即试用，感到超乎预期，在技术与工艺上实现了一些突破。但是，随着使用深入，电脑软件浏览器还显得功能不足，播放高清视频尚有迟缓、卡顿现象。

　　是的！这款笔记本电脑软硬件磨合优化，仍有缺陷，还有一定提升空间，工程细节完善还有一些路要走。龙芯应用仍在路上，还须矢志不渝努力、再努力！胡伟感慨道。

　　此话击中要害，决定龙芯在科研与市场应用结合上必须有更大作为！

　　市场牵引科研，科研推动市场，二者滚动向前，让雪球越滚越结实、越滚越大，成为可用的好产品。二者相互促进迭代发展，也如同一台履带式战车一般，彼此协调、同步前进，形成科研与市场融合式发展的新模式。

2017年5月，基于龙芯3A3000的银色笔记本电脑惊艳推出，采用最流行的超窄边框设计，机身与键盘手感很好，操作方便舒适。其主频达1.2GHz，功耗进一步降低，播放视频迟缓卡顿现象消失，还能玩一些游戏，达到"可用"水平。

后浪超前浪，一款更比一款强。龙芯科研与市场的相互促进、滚动提升、迭代推进，实现着螺旋式上升，渐入佳境，风光无限好！

同时，在嵌入式应用、工控等领域，研发人员也紧盯市场需求，铆足劲儿向市场聚焦发力，再聚焦、再发力……

为了改变我国高校计算机专业主要教学生"用"计算机，而不是教学生"造"计算机的被动局面，通用事业部沉到院校开座谈会、搞论证，听取师生的意见建议，投入力量研制一款基于龙芯CPU的教学实验箱……他们从教学相融、人机交互等多个角度出发，对技术方案几度推翻、几度修改；进入研发反复开展一系列仿真实验，不断测试功能，修改不足缺陷，使实验箱功能稳定成熟，成为国内唯一能够运行完整操作系统的计算机体系结构实验箱。

该教学实验箱批量生产推到市场后，成为各高校计算机体系结构课程主要实验平台，赢得良好社会效益和经济效益。

2017年12月，胡伟武决心找一个开放市场检验一下龙芯主动进军开放市场的本领，为未来龙芯从政策性市场到开放市场的转变锻炼队伍，并选中了以门锁、跑步机、电动工具等五金产品智能化市场。

擅长专业芯片研发的悍将苏孟豪领命而去，立即和负责探索市场的贾燕伟从北京出发，乘坐高铁专程来到制作防盗门比较活跃的金华市调研，沉到几个厂家，开展实地调研论证。

各个厂家听说龙芯专家前来调研智能指纹锁研发后，积极配合，将未来庞大的市场需求一股脑儿进行反馈，还介绍描绘智能指纹锁的功能作用，从使用角度提出语音、按键、指纹头、刷卡、密码等技术要求，使苏孟豪很有触动和启发，对指纹锁整体设计、把握关键重点等，逐渐清晰明朗起来。

　　带着满腔豪情与兴奋返京后，苏孟豪立即向胡伟武、范宝峡汇报了研发初步思考，得到了肯定支持。旋即，芯片研发部立即组建研发芯片 1C101 的队伍，苏孟豪领衔总负责，兼任结构设计重任，带领物理设计、全定制设计等方面的精锐力量投入奋战。

　　第一次技术研讨会上，苏孟豪介绍了自己的调研思考，与大家深入探讨设计指纹锁的根本遵循、主要思路、基本方法等，提出各司其职、发挥优势、紧张快干的设计指导，将打一次突击战的劲头鼓得足足的，焕发出冲天豪情。

　　而开发这款智能指纹锁是在龙芯一种已有设计的技术基础上，进行取舍、拓展、升级的设计，重点是开发按键和语音功能，增加芯片可靠性，特别是按键功能是重中之重，难度较大，富有挑战性。

　　面对时间紧、质效高的特殊要求，苏孟豪的思路仍然是磨刀不误砍柴工，带领大家沉下心来，利用一周时间进行方案论证，调研国际上好几种技术路线，分析利弊优劣、知识产权等，最终选择"根据振荡频率检验手指有无按下"的技术路径。也就是说，以没有按下按键的振荡频率作为参照，哪一个按键按下，哪一个按键的频率就相对低一些，用频率的相对值感知按键动作。

　　在此基础上，他们还搭建了一个简洁可行的实验模型，以实验的可行性，验证集成语音、密码、刷卡、OLED 显示等各项设计方案，夯实快速推进研发的基础。

　　方案确定后，2018 年元旦到了。苏孟豪投入加班状态，利用节假日时间，将自己关在家中的斗室，封闭编写按键的结构代码，连续突击两昼夜，在计算机屏幕上洋洋洒洒写出龙芯 1C101 芯片的结构逻辑代码。

　　元旦后，各个组分工协作，全速推进。在验证时，遇到极大困难，成为一个"拦路虎"。主要是使用门锁按键开关，按下去那一刻，容易出现一会接上一会接不上的"抖动"。如何"去抖"，真正判断按键到位呢？他们不厌其烦做了好几百次实验，才将症疾锁定，得到妥善解决。

　　此后，研发强势推进，一路顺畅，仅用 4 个月便完成设计任务，又过 3

个月就拿到芯片，测试也圆满成功，创造出当年研发设计、当年生产芯片的高效率，令人交口称赞。

2019 年初，这款芯片进入调试期，但由于软件与芯片间的耦合协调尚有欠缺，造成指纹锁功能不正常，时而能打开，时而又锁死打不开，极不稳定，令人沮丧。

此时，厂家急着用这款指纹锁参加当地的一个门博会，借此扩大影响抢占市场。而智能指纹锁的性能不稳定，让他们忧心忡忡、火急火燎，求援电话打给了苏孟豪。

解危救急，义不容辞。苏孟豪立即请缨出征。

他仍然是乘坐高铁一路向南，到达金华市时日头西斜了。接站的车子将苏孟豪拉着穿行在金华城区……金华是一座建城已有 1700 多年历史的文化名城，地杰人灵，景观颇多。诸葛八卦村按九宫八卦布局，有着独特的神奇玄妙；仙华山石峰林立、陡峭高耸，蔚为壮观；双龙洞奇景瑰丽、曲径通幽，富有奇特之趣……永康方岩更是峰、洞、瀑、湖一应俱全，横店影视城闻名遐迩、翘楚南国……当车子驶到金华城区东南时，苏孟豪看到石砌高基上巍然矗立的八咏楼，重檐楼阁、翼角起翘，斜阳照在飞檐雕栋上，熠熠生辉，让这座千年建筑更显古朴典雅、风韵犹存。历代文人墨客吕祖谦、赵孟頫、艾青等，曾登楼观景、感悟赋诗，而最有名的莫过于宋代诗人李清照。当年，李清照曾在金华城避难小住，遍游古城，徜徉八咏楼，情系于斯、感慨于斯，写下了《题八咏楼》的千古绝句："千古风流八咏楼，江山留与后人愁。水通南国三千里，气压江城十四州。"

苏孟豪思忖，如有闲情雅致登上八咏楼，向远眺望，不知能看到几处美景？能否领略到逶迤连绵婺江的壮观全貌？

但转念一思，此次金华之行，主题是解决指纹锁问题，没有登游八咏楼的时机与雅兴。他只能尽情地欣赏车窗外的建筑、花儿、云朵……

苏孟豪到达指纹锁调试地点时，相关软件编程和厂家人员翘首盼望，都向他投来热烈期待的灼灼目光，这让苏孟豪深感肩上责任重大，不能有丝毫闪失！他便振作精神，立即进入调试攻关的高状态。

　　在现场，苏孟豪反复观看指纹锁使用不稳定的各种现象，尔后归类分析梳理，判定不是芯片问题，而是指纹锁相关软件的缺陷。

　　这样的指纹锁没有操作系统支持，软件直接在芯片裸机上跑，挺复杂的，密密麻麻的软件有数万行之巨，也显得比较庞大，调试起来确实比较困难。当然，苏孟豪作为此款指纹锁芯片的总设计师，对芯片软件的技术要求了如指掌；况且，他又参与调试过许多大芯片，对调试芯片软硬件有着丰富经验。

　　苏孟豪仍然不急不躁、沉稳有度，先与编写软件的同事一起，研究出一个实用可行的调试方案，确定用三种办法由此及彼调试。一个是采用输出法，对指纹锁调试运行中输出信息进行分析比对，查看程序执行路径中的误差，定位相关问题；二是使用怀疑法，将庞大软件分为若干段，在调试有异常的地方及时停下来，查找判断问题所在；三是利用采样法，随时采集实验中的软件状态，查看上下关联情况，寻找定位问题。

　　上述三种调试方法，苏孟豪他们因地制宜、灵活使用，有时逐个使用，有时交叉使用，有时连续使用，使得指纹锁软件中的识别开锁刷卡刷不上信息、指纹头软件逻辑交叉、NB 模块通信不畅等问题，一个个充分暴露出来，得到精准定位和认真修改。

　　这样紧张高效的调试，一直有条不紊进行。南国的深夜月色无尘、寂静无声，月光在流淌、时光在消逝……当软件轻松流畅地在芯片上跑起来，指纹锁的各种故障全部消失后，东方欲晓、窗户亮了起来，已是凌晨 6 点了，小鸟也出巢鸣奏出清脆悦耳的歌谣。

　　调试圆满告捷，其他人员忙碌着准备参加当天门博会的事宜。苏孟豪则在工作现场，找到一个沙发和衣躺下，准备稍事歇息，缓解一下紧张疲惫的神经。可由于过度的兴奋劳累，神经仍然紧张着，怎么也睡不着，满脑子全是调试时的情景，挥之不去！

　　当时间熬到 7 点多后，苏孟豪便收拾行装，打车直接赶到金华高铁站，踏上返京的旅途。

　　当苏孟豪坐上高铁，列车风驰电掣般飞奔起来。他稳稳躺靠在座椅上，紧张激越的心灵才慢慢踏实下来，耳边又回荡起八咏楼"水通南国三千里，气压江城十四州"的诗句，随即进入甜蜜的梦乡……

此款智能指纹锁参加门博会一炮走红，迅速在南国打开销路，验证了龙芯进军开放市场的本领。

次年，芯片 lC101 出货就达 50 多万片，赢得研发周期最短、效益颇佳的市场预期。在 1C101 的基础上，龙芯中科结合金华地区五金电子模块的需求，研制了 1C102、1C103 等系列化专用芯片，又撬开一片广阔市场。

第七章 独有英雄驱虎豹

1. 将自主进行到底

2018 年 4 月 19 日，北京春暖花开、春意盎然。

酝酿争论了数年之久的"什么是自主创新 CPU 技术"的重大主题，终于在北京举办的关键信息基础设施自主安全创新论坛中亮相，犹如一只强有力的巨手，轻轻拨开笼罩在中国信息技术领域多年的阴云迷雾。

就在 20 多天前的 3 月 22 日，美国贸然决定对中国进口产品加征惩罚性关税，中美贸易摩擦硝烟顿起，大有真刀真枪过招较量之势。举世震惊，影响深远！

紧接着 3 天前的 4 月 16 日，美国商务部发布公告称，美国政府未来 7 年内禁止中兴通讯向美国购买敏感产品，也就是禁止美国公司向中兴公司销售零部件、商品、软件及技术。美国以世界上最强大国家的实力，对中国通讯巨头——中兴公司实施制裁，彻底卡住了技术"命门"，让严重依赖美国技术的中兴公司产品开发、规划、制造、销售链条戛然中断，步入重大危机……

亡羊补牢，犹未为晚。

在这样危急险恶的国际背景下，澄清什么是自主 CPU 技术显得更为重要而紧迫。如此重大核心技术的高楼大厦，如果建立在他国地基上，再漂亮也经不起风雨，甚至会不堪一击，轰然崩塌。

这也再次告诫国人，引进美国高新技术随时会以莫须有的罪名而断供。"卡脖子"技术造成的重大危机，威胁国家经济安全。唯有自主研发啃"硬骨头"，才是人间正道。

故此，这个会议主题重大，备受业内关注和期盼。

会议主角是我国信息技术领域叱咤风云的中国工程院院士倪光南。

倪光南视野独到、风骨凛然，高擎发展国产自主核心技术的大旗，谱写了一个时代的光荣，荣获中国计算机学会终身成就奖，中宣部、科技部和中国科协"最美科技工作者"称号。他不遗余力呼吁中国大力发展国产CPU和自主操作系统，打破国外信息技术产业在中国的垄断霸权，是心忧民族、科技报国的典型代表。

彼时，人们对花钱买不来核心技术、市场换不来核心技术、靠施舍更是得不到核心技术，有了一定共识，但对于什么是真正拥有完全自主知识产权CPU仍模糊不清，存有鱼龙混杂、难以甄别的情况。

步入耄耋之年门槛的倪光南，不顾年事已高，再度出山为厘清自主CPU坐镇定调，殷切之情、报国之心，着实令人钦佩。

会议准时开始，来自全国重点行业、网络安全企业和高校的300多名代表，齐聚一堂，紧紧围绕提高我国关键信息基础设施自主安全水平进行研讨，重头戏是倪光南代表《网络自主创新发展研究报告》编委会，发布的"CPU自主创新"三要素。

掌声响起，在人们热烈期待之中，倪光南健步走上讲坛。所有人将好奇与热情之眸，投向这位具有传奇色彩的"科技巨擘"身上。

他面带微笑、目光坚定，频频摆手向大家致意，用沉着坚定的语气，发布了人们关注期盼的鉴别CPU自主创新的三要素，即：一是CPU研制单位符合安全保密要求，消除安全隐患；二是CPU指令系统可持续自主发展，掌握主动权；三是CPU核心源代码是自己编写，拥有原创性。

简明扼要的陈述，尽管声音不大，但所包含的能量重若千钧、气吞山河，回荡在会场内外，也激荡在人们心房之中，立起了一个可供业内判断鉴定的标准。

紧接着，胡伟武受大会委托，闪亮登台，凭亲身研发 CPU 的丰富经验，以及杰出科学家的独到资历，对三要素进行详细阐述，深入浅出厘清学术界争论多年的重大问题，让那些假自主、伪自主、虚自主不攻自破，现了原形而黯然失色。

似乎有一声鸡唱、万怪烟消云散的痛快淋漓！会议也将龙芯自主创新的金字招牌越擦越亮，备受瞩目。

为什么关于自主创新 CPU 技术，如此难以识别真假，在学术界和专业领域争论这么多年呢？

是非曲直波澜起伏，各种论调争论不休。但作为一名亲身经历者、见证者，胡伟武颇有深刻理解，沉声说道，主要是 CPU 技术研发的深奥性复杂性曲折性，以及我国改革开放中外企业商业利益交织的特殊性造成的。这不仅仅是技术路线、商业利益问题，更是一种发展理念、发展方式的标准、路径、抉择等，格外复杂、真伪难辨，不是那么容易的。

早在 2006 年农历狗年元宵节的爆竹声刚刚隐退，在新的一年扬帆起航、撸起袖子加油干时，中宣部、科技部就启动自主创新先进事迹报告团巡回全国演讲的活动。报告团以"实施自主创新战略、建设创新型国家"为主题，在人民大会堂作首场报告，吹响了科技强国的嘹亮号角。

斯时，38 岁的胡伟武作为报告团中颇为年轻的一员，书生意气、挥斥方遒，结合研发龙芯 1 号、2 号的亲身经历，重点诠释了中国人的信息技术领域完全有能力通过自主创新取得突破。

芯光闪耀、志在万里，给予国人许多信心力量。

记得在报告团与群众对话中，有学者不解询问胡伟武，美国企业已向中国转让了 X86 处理器的设计技术，你们龙芯是否还有必要劳神费力进行自主处理器的研发，消耗国力、浪费精力呢？

胡伟武胸有丘壑，从容不迫回答道，现在需要厘清两个概念。一个是国外企业转让的技术是十几年前的老技术，远远落后于龙芯现在的技术水平，是他国将落后技术进行淘汰施舍，而最新核心技术仍然掌控在人家手里。发达国家以及跨国公司对核心技术有极其严格的管控措施，有铁一般的法律保护手段；那些最新核心技术开出多大价钱也不会卖，拿多大市场也不会换，这是人家的铁规矩，不能存有幻想与侥幸。另一个概念是，转让技术并不是转让技术能力，简单给"鱼"，并不等于授"渔"。西方发达国家对中国惯用的伎俩是，对中国还没有能力掌握的高技术实施禁运，一旦中国拥有某种高技术产品的核心研发能力，则会用政治、商业等手段，企图阻止形成产业，将其扼杀在摇篮之中。

原来如此，我们还是要擦亮眼睛，看清转让技术背后的真正意图，千万不能被假象、伪善、外表所蒙蔽。这位学者恍然大悟道。

还有一位教师进一步追问道，是否可以在引进国外技术的高起点上，进行消化吸收再创新，实现国产 CPU 的跨越式发展，尽快赶超世界先进水平，免得从基础一点一滴做起，始终跟在别人屁股后面，永世不得翻身。

听上去也有道理，但事实没有那么简单。

谈到引进消化国外先进技术时，胡伟武喟然感叹道，这也是一个伪命题，想法挺好，但现实很残酷，也很无奈。如果我们没有通过自主研发的实践形成自主研发能力，是难以消化吸收国外的高新技术，结果往往是，不断引进、不断购买升级，而自身永远也形成不了创新能力，永远跟在外国人屁股后亦步亦趋。引进国外 CPU 技术除了埋下巨大安全风险的"地雷"外，还受窝囊气！人家在产业链高端绝尘而去，我们在产业链低端接受压迫，受苦受难又受罪。

胡伟武举例说，中国企业生产国外技术的 DVD 机，辛辛苦苦每生产一台，毛利润大约是 20 美元，支付完欧洲公司的专利费后，只剩下 1 美元利润，是微不足道的一丁点利润啊。中国企业生产的芭比娃娃零售价是 20 美元，交完国外的专利费后，中国企业只能赚取 35 美分的微利润，只能跟在洋人身后吃灰尘，经受被剥削被压榨的噩梦。

胡伟武进一步举例说，改革开放后的头 20 年，我国汽车工业领域，试图通过"市场换技术"追赶国际先进技术，只是引进国外现成的产品设计，而自己不进行产品研发，结果交了不少学费，但收获甚微。后来，这些企业尝试着自主开发，但仍然需要从最基础的研究做起，一步一个台阶爬楼梯，慢慢积累技术本领，尔后形成了真正的科研能力，才有了先进的自主品牌汽车产业。

一个个真实鲜活的事例，一次次锥心泣血的教训，再一次掷地有声告诉国人，在事关国运的高科技发展中，中国人设想的"市场换技术"，只是一厢情愿罢了；唯有"市场带技术"，把政策性市场当作试错场景，带动技术进步，形成市场与技术相互推动促进，才能取得技术不断升级迭代，逐渐达到市场主流水平后，再参与国际竞争。

从事实看，国际跨国企业控制着先进技术，拼命地掠夺发展中国家的财富和资源，贪得无厌、永无休止。

那是2012年隆冬，常熟龙芯梦兰公司生产制作基于龙芯CPU的电脑，矢志于打通产业链。市场人员充分调研，经过性能与适配度选择，准备采用国外AMD公司的HT接口桥片，作为龙芯电脑的配套芯片。

然而，AMD的高清解码和3D GPU驱动，一直不对龙芯支持。如果龙芯没有技术替代产品，产业化的道路会遍布荆棘，难以前行。

此讯反馈到龙芯高层，大家心头隐隐作痛！技术上受制于人的滋味不好受，代价非常高，也倒逼龙芯快马加鞭完善龙芯CPU自主技术产业体系，下大决心研发包括图形处理器GPU、音视频接口、硬盘控制器等核心模块的自主桥片，决心走出技术产业体系不完善、链条不成熟的困境。

2013年春，在中科院计算所举办的战略规划会上，胡伟武受邀作了《为建立自主创新的信息产业体系而努力奋斗》的报告。他紧密结合龙芯产业化实践，聚焦为什么建立自主信息技术产业体系、如何建立和龙芯的使命，进行了深层分析、纵情眺望。

胡伟武以翔实调研数据分析说，国内有几十万名Java程序员，但几乎都不具备Java虚拟机开发能力，只有一两支Java虚拟机开发团队；国内从事浏览器应用的团队数以千计，但几乎不掌握浏览器底层JavaScript引擎研发技术；国内有数以千计的高校计算机系，但多数教学只是如何使用计算机，只有少数几所高校有能力教学生如何研发制造计算机……

他深情呼唤，应重视开发基于自主软硬件技术教学平台和课程体系，在重点高校计算机系设立自主软硬件实验室，大量培养计算机系统研发和应用人才。

登高望远，纵览国际信息技术产业风云。胡伟武沉着而坚定地说，我们国家的信息化建设应有更大抱负，靠引进国外 X86 技术建不成自主信息化体系，靠 ARM 等技术框架也不行，不能抱有幻想，必须创建独立于 Wintel 体系（微软的 Windows 操作系统和 Intel 的 X86 CPU）和 AA 体系（ARM CPU 和 Android 操作系统）之外的"第三极"新型信息技术体系，形成"三足鼎立"之态势。

就是突破西方另起炉灶，打造美英之外的世界信息技术产业第三套体系，建立一个信息技术产业新世界。真有心忧天下敢为人先、"三足鼎立"造福人类的宏图抱负，令人热血沸腾、荡气回肠。这一宏伟目标，具有极大震撼性，是塑造全世界信息技术产业新格局、载入史册的宏大战略和美好希望。

真不啻于世界信息技术天空的一阵春雷，"轰隆隆"清脆乍响，将沉寂宁静的中国信息技术产业世界猛然惊醒，赋予了新的追求目标和精神标高，孕育爆发前所未有的希望、潜力、能量……

这是何等战略眼光和气魄！胡伟武胸怀祖国、纵论天下，俯瞰世界、宏图高扬，将自我生命和意志融入中国信息化建设发展的历史大势，不屑于西方垄断霸权的嚣张气焰，横扫业内懦弱、崇洋思想残余而发出的深情呼唤。可谓是，独有英雄驱虎豹，更无豪杰怕熊罴。

如此底气从何而来？源于泱泱大国美美与共、天下大同的雄才大略，源于龙芯自主技术和产业的丰富实践，源于对毛泽东思想、党的创新理论和中华优秀传统文化的深情追寻，进而迸发出的复兴中华科技文明的强大自信！

彼时龙芯第二代产品研发步伐加速，龙芯软硬件磨合又向前跨越了一大步，龙芯桌面电脑向着"可用"水平迈进，旨在扭转国产自主 CPU 技术性能长期落后于引进国外技术产品的被动局面，矢志于扬眉吐气剑出鞘、剑锋闪闪向天啸。

龙芯人的自主创新走过艰难岁月，深知酸甜苦辣，集聚起强大信心信念，决不虎头蛇尾，而是坚定不移、善始善终。其中，传承的是红色基因，张扬的是战斗品格，体现的是报国情怀，彰显的是不屈风骨，永远镌刻在中国信息化事业的丰碑上，似乎成为一种矢志信守的箴言、忠贞不渝的指向、火红飘扬的旗帜。

他们昂首阔步行进在自主创新道路上，初心不改，一点一点前进，一步一步发展，尽管还不够强大，如同当年中国革命的火种一般，星星之火再燎原，雄关漫道再出发，在艰难曲折中不断发展壮大，逐渐走向伟岸。

龙芯人要到中流击水，浪遏飞舟！

2. 龙芯第三代产品惊艳亮相

2018 年春节的钟声刚刚敲过，厚厚积雪仍然覆盖着京畿大地，万物还在冰封雪冻中沉睡，等待着春意的召唤。龙芯第二代产品应用在神州大地轰轰烈烈铺开，广泛使用于工控、政企、交通、教育等多个领域，备受好评。

胡伟武独自行走在寒冷的冰雪之间，体验着北国风光地冻三尺、寒在四九的滋味，也思索谋划着龙芯第三代产品研发等事项。

寒风越来越烈、越吹越急，犹如一柄锋利的刀子肆意在脸上刮过，有一种轻微灼痛感。胡伟武不由得用手将大衣紧了紧，思维的大门瞬间敞开，往事清晰涌现在脑际……中国通用处理器研发是从上个世纪 80 年代停滞下来的，应以 1987 年 3 月中科院计算所正式撤销大规模集成电路研究室为标志，从此寂寞寥落十几年；直至本世纪元年启动研发车轮，再到 2010 年龙芯开始市场化运作，以及提出软硬件一起发展构建自主信息技术体系，驱动真正意义上的系统性"补课"。

主要是瞄准国际主流技术，从硬件到软件一点一滴进步，一步一步追赶，老老实实、认认真真，一个台阶一个台阶爬，从单核到多核、从低频到高频、从低性能到高性能，矢志跨入国际信息技术先进行列，速度不减、追赶不停……

路边湖水还结着厚厚冰层，几个半大不大孩子在上面嬉戏玩耍、滑冰娱乐，颇有寒冬中轻松活泼情趣。这让胡伟武的情绪松弛下来，思绪继续在历史长空飞翔。

是的，这样的"补课"，一晃就是十几个春秋，第一代龙芯人已是风尘满面、鬓染秋霜，有的年近半百，青春不在。白驹过隙、时不待人！到了加快"补课"进程、纵身一跃的时候了。再者，还须加快龙芯产品迭代更新的速度，着眼使用一代、研制一代、谋划一代，缩小迭代时差，尽快研发龙芯第三代产品，如期完成系统性"补课"，奋勇参与开放市场竞争。

数天之后，龙芯召开研发 3A4000 任务部署会。胡伟武、杨旭、范宝峡、高翔、张戈等高层，与汪文祥、王焕东、杨梁、苏孟豪等一线科研骨干聚集一堂，共商研发龙芯第三代产品的发展大计。

大家紧紧围绕市场应用，畅谈研发的设想和思考。

综合大家意见建议，经过深思熟虑的胡伟武神情坦然，充满信心道，3A4000 是开发龙芯第三代的首款产品，继续练内功，使用与 3A3000 相同的生产工艺，通过设计优化提高 1 倍性能，频率要达到 1.8—2.0 GHz，单个处理器核 SPEC CPU2006 性能达到 20 分，在相同工艺下达到世界先进、国内领先的水平。时间为 12 个月。项目负责人杨梁，技术负责人王焕东……

接着，范宝峡强调说，胡老师将研发目标任务和技术要求讲得很清楚，就看我们各司其职、真抓实干啦。平时设计需要一年半时间，现在框定在一年内完成，也是经过慎重考虑的，不光是抢时间赶进度，锤炼意志、作风、品格，弘扬第一代龙芯人的拼搏奋斗精神，更重要的是推出逼近市场主流技术的过硬产品。

从研制龙芯 3A3000 到如今的龙芯 3A4000，杨梁由技术负责人升级为项目负责人，又是一次华丽跨越，开启驾驭大型芯片的研发航程，真有担纲大任、超越自我的特殊意味。

杨梁深感肩上沉甸甸的，自己凭何能担当如此重任？

他陷入深思，第一代龙芯人能攻善战、居功至伟的精神境界，如同大海波涛一般奔来眼底。恩师胡伟武等研发龙芯 1 号，在极其简陋工作环境中连续奋战 7 昼夜，越是艰苦越向前，脸色熬得蜡黄，眼睛布满了血丝，人跟虚脱似的，疲惫到了极限，仍然无怨无悔，做到干惊天动地的事、做不计名利的人……老前辈黄令仪年逾华甲，依然一丝不苟、极端负责，常常怀揣一个小本本，遇到任何问题都认真记录下来，不图走捷径直道，甘愿花大量时间将不明白的技术问题琢磨透彻，不留丝毫疑点和悬念，全身心投身龙芯科研事业，令人敬佩折服……

这些故事看似平淡无奇，但折射出事业重于泰山、责任高于生命的大我追求。他们是纯粹的、高尚的、有益于人民的科学家，勤勤恳恳、兢兢业业。自己唯有像他们一样立身为旗、情怀如天，才能挑得起项目负责人的这副重担！

而当龙芯 3A4000 的研发大幕拉开时，面对那些高大上的研发目标，大多数设计人员心存疑虑，认为是镜中花水中月，仍然存有困顿与迷茫。

担负芯片研发部 IP 组组长的汪文祥，对胡伟武的研发部署看得分外清楚，理解更为深刻，从心底里击节叫好，颇感意味深长。

他清晰记得，早在一年多前，也就是龙芯 3A2000 产品化取得成功时，恩师胡伟武并没有沉入自我陶醉的洋洋得意之中，而是异常得沉稳、冷静、淡定。

最是成功面前找差距、进步背后看不足，深谋远虑啊。

记得那是一个晴朗透亮的上午，春日的暖阳穿过玻璃窗洒进了龙芯办公大楼，显得格外明亮温暖。汪文祥与吴瑞阳等队友正在工位上研究一个 IP 设计方案，突然看到胡伟武来到他们组，顿时一个激灵，全身亢奋起来。

事实上，胡伟武在长期实践砥砺和大浪淘沙式锤炼下，既有博古通今、纵览中外的渊博学识，又有不惧艰难险阻、化险为夷的强大定力，还有灵光一现、别有洞天解决棘手难题的妙方，更有儒雅谦逊、待人真诚的优良风范，是一位受下属崇拜敬仰的"掌门人"。

在龙芯人眼中，胡伟武高大伟岸，好比一棵巍巍挺立的青松，能够迎接风雨雷电的洗礼，铁骨铮铮，迎风傲雪不动摇；也如点亮暗夜的火炬，温暖而明亮，能够泽被造福一方，给龙芯人以方向、能量、激情、动力。

汪文祥按捺不住内心的激越之情，略显紧张说，胡老师给我们组有什么任务？

胡伟武将眼神投到汪文祥身上，沉声说道，3A2000能够基本满足电子政务桌面应用，但我们还要把目光投向更远更高，必须与国际一流技术比肩啊。

是的，有了仰望天空的志向，才会有脚踏实地的动力，知不足而向前。汪文祥接住话茬说。

胡伟武交代道，你们组考虑集中一部分力量，对龙芯第二代产品IP进行升级换代，把单核做大做强做精，为研制第三代芯片打基础做准备。第一代处理器核代号为GS464，第二代处理器核代号为GS464E，第三代处理器核代号为GS464V。其中的"V"，一是代表向量，3A4000要集成256位的向量部件；二是代表胜利，有着美好寓意；三是取英文单词"Very"的首字母，代表性能很高。

深谙芯片研发内在机理规律的汪文祥，立即意识到这是未雨绸缪、经略未来。一款芯片只要关键IP做出来了，其他的结构设计、逻辑设计、物理设计就能顺水行舟、更快一些，往往处理器核要提前一年半载先行启动，从而有效缩短研发周期、提高研发效率。

汪文祥那股子闻战即喜、点火就燃烧的激情，瞬间被调动起来。他深沉而内敛地说，好的，我们抽调一部分力量，马上就行动起来，高标准设计第三代芯片的IP核，做到完成当下任务与预研两不误，请胡老师放心。

说干就干、真干快干，决不停留在表态快、调门高上。这是龙芯人重做轻说、崇尚实干的一种传承、秉性、自觉。

汪文祥带领吴瑞阳等技术骨干，见缝插针埋头苦干，超前展开新一代芯片IP核的设计。

他们按照胡伟武的技术思路，反复研究论证方案，力求设计理念和思路赶超国际最先进的设计思想，确保几年后推出的芯片不落后，满足市场应用与时代要求，紧追国际主流技术水平。

接着，IP组分工三大部分协作攻关，在龙芯第二代产品微处理器核基础上编写代码，特别是重新编写访存代码，耗时好几个月遨游在一个既枯燥又深奥的逻辑程序世界中，让一个个逻辑符号从心底流淌，汇集成一个规模浩大的代码方阵，总计多达数10万行；执行单元变多，可齐头并进执行指令；发射宽度增加，回旋余地游刃有余；高速缓存容量得到有效扩展，使得芯片规模宏大起来，成为一个很好的顶层框架设计。

已带领IP组先期进行研发攻关的汪文祥，在这次龙芯3A4000任务部署会上，破例插话底气十足说道，从我们组前期设计情况看，实现胡老师的总体目标是有把握的，在多核芯片设计中，把单核做大，可成倍提高芯片性能，这是关键一招。

IP组尽管先行研发，取得初步成果，但其他设计人员仍然心有困惑，尚未进入角色。

杨梁找到王焕东，相视笑了笑说，认识是实践的先导，现在大家思想上还有这样那样的困惑，咱们亟待将技术目标和思路研究透，把欠缺的东西补上来，设计才能得心应手。

王焕东心有灵犀说，我也感觉到了，我们的目标是使用与3A3000相同的工艺，通过设计提高一倍性能，在相同工艺下达到世界先进、国内领先。但技术人员的理念和能力参差不齐，还是实施技术大讨论，进行一次次深刻的"头脑风暴"，相互学习、共同提高，把所有的迷雾廓清楚，把潜在的智慧和动力激发出来，才有利于研发。

好吧！那还是每周召开一次"诸葛会"，交流技术理念，碰撞创新思维，重点解决思想认识上的"拦路虎"。再说了，一年之内完成这样重的任务，同时还要兼顾其他设计，按部就班、四平八稳是不行的，必须发扬研制龙芯1号2号时革命加拼命的精神，只争朝夕往前赶。杨梁补充道。

好！有这样的决心意志，我们定能出奇制胜！

第二天，杨梁、王焕东组织召开龙芯3A4000研发动员会，学习传达公司领导的指示要求，对研发工作的组织领导、工作协调、人员分工等予以明确。

杨梁脸色沉着而坚定，放开嗓门说，任务的大幕拉开、号角吹响了，我们项目组还是借鉴以往的经验做法，启动"996"工作模式，自觉执行，无须通知；星期天和通宵加班时，再另行通知。

经过一段时间的讨论交流，大家的思维被激活了，思想观念、技术认知由此及彼、由表及里，发生了一次次转变，确立软硬件密切协同的设计原则，结构、逻辑和物理设计联合优化的方法，以及重在基础、稳扎稳打的设计路径。

趁着良好势头，王焕东提出抓好前期的做方案——做报告——做认证"三步曲"。杨梁"嘿嘿嘿"一笑说，这是个好主意，夯实地基再盖楼，美极了！

接着，他俩稳步推进，组织召开一个个专项技术方案分析会、论证会、评审会，逐步完善了结构设计、逻辑设计、物理设计以及全定制设计、验证等方面30多个技术方案；定期通报研发进展，会诊技术难题，集智攻克难关。

除了组织整个项目的研发攻关外，杨梁还具体负责物理设计，一肩挑双担、负重向前行。他与物理组人员，遇到的第一个难题是芯片的规模超大，将前端设计的功能代码转换为版图数据，工作量极其繁重巨大，极易发生疏漏和错误，风险性陡增。

如何提高工作质效、减少失误呢？

杨梁将物理设计人员分成处理器核、核外模块和顶层专项等三支队伍，改进和完善物理组整合型平台流程，并行展开设计，相互交叉检查验证，既增强攻关的接续性，又提升研发的精准度。

第二个难题是要将频率做上去，达到1.8—2.0GHz。

有人对此技术进行形象比喻说，如果将结构设计当作车道的话，一方面扩展路面，增加更多车道，这就是效率提升；另一方面提高车速，这就是频率提升。车道越多、车速越快，在规定时间内通过的车辆就越多，CPU的性能就越好。

但要让车速从原来的最快150码提高到200码，实现颠覆性的提高，光靠加油是不行的，不可能得到根本性提高，最重要的是改造动力装置和变速箱，用新的技术手段把速度提上去，做到从容不迫、轻松自如，才是妙招良策。

是的，方式方法的突破是最根本突破。杨梁对提高频率作出定夺。

于是，物理组将目光投向采用新技术新方法。他们查阅大量资料，分析研究国际上高性能 CPU 的性格特征，反复研究论证，选定和引入新的物理设计方法，如高性能时钟设计技术、高性能锁存技术等；还对一项项新技术进行实验论证，反复迭代验证和优化，探索设计需要把握的技术要点和诀窍。

奋战铁衣短，日月快如梭。

紧张奋战的日子，充实而忙碌、饱满而飞快，几个回合的工夫，就逾越夏华秋实到了冬季。天气又寒冷起来，进入冰封大地、万物冬藏的季节，满目冰冻枯萎的景色。设计也随之进入收尾阶段，气氛愈发紧张起来。

越是最后，杨梁与王焕东压力越大，诚惶诚恐，焦急忧虑。杨梁几度夜不能寐、惴惴不安，总担心设计出现意外，有负使命重托。

主要原因是这款高性能 CPU，采用了诸多新技术，都是第一次尝试，能否顺利取得成功，风险度很高，心里不托底。一旦失败，不仅浪费巨额经费，还拉长研发周期，耽误宝贵时间。

这对于快速前进、日夜奔跑的龙芯来说，是难以承受的。

在忐忑纠结中，杨梁、王焕东结伴敲开胡伟武办公室的门，走进去汇报情况。在恩师面前，他俩坐得端端正正，不失恭敬拘谨、严肃沉稳。杨梁有板有眼说，龙芯 3A4000 这款芯片的设计，尽管我们竭尽所能，也应用了新理念新技术，但能否一步到位圆满成功，心里没有底数！

看到两位面带疲倦之色、独当一面的高徒，胡伟武能够想象到经历的不易与艰难，脸上流露出欣赏之色，淡淡微笑道，根据以往经验，主要是搞好仿真验证，对跨时钟域的信号传递、信号完整性等一些最可能出错的地方，反复模拟验证、过细检查，彻底消除所有疏漏就有把握了。

王焕东接住话茬，面露一丝歉意说，这些地方我们会倍加注意、细上加细的，但在正式流片前，能不能对其中的定制模块和物理设计方法，做一个测试性流片？用相对小的代价验证一下设计水平，防止正式流片发生意外。

嗬！过河先试水、作一次试验，这个是有必要，但我再考虑考虑吧。胡伟武轻松幽默地说。

当晚，胡伟武打来电话说，同意所提建议，给你们一路"绿灯"。

杨梁兴奋不已，搁下电话就去给王焕东通报喜讯，旋即他俩意气风发、斗志高昂，连夜组织测试芯片的设计，加快研发步伐，进入忘我奋战的高状态……

2019年4月中旬一个夜晚，京北龙芯产业园已是春风浩荡、生机盎然了，一排排梧桐树昂首挺胸披上了绿装，在月夜灯光映衬下显得青翠嫩绿、充满生机……杨梁、王焕东率领技术骨干，不约而同聚集在龙芯大楼五层实验室，耐心等待龙芯第三代首款产品3A4000初样流片归来。

晚上8点50分，装着龙芯3A4000芯片的托盘，慎重递到王焕东手中。王焕东仍然用庄严神圣的态度，轻轻将托盘放在桌子上，凝视片刻那整齐排列的一枚枚芯片后，精心挑选了4枚，满怀期待之情将3枚分别递到张宝祺、黄帅等手中，自己留下一枚。尔后，他庄重严肃地说，开始调试吧！

这次调试，他们采用4台机器同时调试，以便相互印证，提高效率。

对于龙芯的科学家来说，芯片就是自家的孩子，有着生命体征和情感活力，蕴含着无尽智慧、汗水、情感，必须倾尽力量精心养育。养好了才能反哺龙芯，强大国家科技实力，带来无穷无尽的美好。每款芯片归来，他们定会以无比崇敬之情，早早等候在实验室，用近乎虔诚、庄严、独特的仪式，迎接它、调试它、呵护它，让其在享受特殊礼遇中光荣入列，成为"龙芯家族"新成员……

此刻的杨梁感慨颇多、思绪滚滚。这款芯片非同寻常，是龙芯第三代首款产品，凝聚着龙芯团队一年多来的心血与追求，许多人都在幕后默默奉献、辛勤奋斗，成败优劣关乎龙芯技术能否逼近国际主流技术，事关重大，不可不察也！

他转念思索，已有前期测试性芯片成功的铺路，应更有成算把握，眉宇间流露出了志在必夺的信心。

调试于晚上9点半正式开始。各路调试人员熟练操作键盘和鼠标，进入战斗状态。但并不顺利，遇到性能调不上去的巨大困难。主要是3A4000第一次采用DDR4内存接口控制器，使用了全新的全定制设计方法，与龙芯其他外围IP的自主设计一样，属于龙芯CPU自主核心技术中关键性的升级跨越，自然难度较大。

有专家将此设计，比喻为突破"茶壶里倒饺子"的瓶颈技术，可打通芯片的访存通道，让瓶颈洞然敞开，大幅提升芯片的整体性能。

正是因为技术上的创新性，需要破解诸多未曾遇到的技术问题。芯片在内存频率低的时候，还能跑起来，但提高频率就出现错误甚至是卡顿，让调试步入困境……经验丰富的王焕东思索，DDR4内存接口控制器结构庞大，有许多模块，应当是模块时序配合不协调所致。他若有所悟地说，我感到是某些全定制模块配合方面的毛病，应该可以通过内存训练，将其调整到一个最佳方位来解决问题。

有了破解之策，黄帅等人迅速行动起来，进行内存电压、读写数据等训练。一项项训练复杂烦琐、格外困难，仿佛如同攻克一座座要塞难关。王焕东他们采取人员短暂休整而调试不停歇的办法，昼夜奋战、接续工作，锲而不舍、不断冲击。历经4个昼夜的不间断调试，终于将内存控制器中所有模块的软件调整顺溜，芯片在提高频率时，逐渐在计算机上跑了起来。

大家的目光紧紧盯着计算机屏幕，看到3A4000在系统里顺畅自如，显示信息准确，悬着的心才放了下来。又经过3天稳定性调试，芯片跑得更加欢畅，仿佛如同大江之水般波澜不惊、滚滚向前，好像一条碧蓝玉带、清澈明快，穿越了大地山川、深山峡谷，鸣奏出欢快悦耳的歌谣，令人心旷神怡。

这天晚上，一轮新月高高悬挂在墨蓝色的天际，散发出清澈如水的光泽，给大地披上宁静安详的诗意……大家脸上溢出欣慰与幸福的光泽，欢快愉悦之情激荡在实验室，升腾弥漫起一种久违了的光荣与豪迈、志气与豪气。

　　龙芯第三代首款产品 3A4000 调试成功，标志着龙芯第三代产品研发取得突破性进展，跨上一个新高地。

　　品味征战甘甜，展望龙芯未来。胡伟武露出一丝自信的微笑……第三代首款产品的顺利成功，芯片性能大幅提升，应用领域更加广泛，龙芯产业链建设、新型商业模式以及龙芯公司入市转轨等，须相应换挡提速。

　　是啊！龙芯已步入新的十字路口，国家信息化建设又将在此转折拐弯，进入高速发展期……冥冥之中，步入年过半百知天命的胡伟武，又一次坚定地意识到，始终听党话、跟党走，坚持兴盛龙芯文化，锻造干惊天动地的事、做不图名利的人，是龙芯经受浮华浮躁考验的基因密码。用这些精神文化力量，能破解许多困难挫折，逾越无数高山峡谷，前景将更美好。

　　精神力量尽管是无形的，看不见摸不着，但焕发出的信心、勇气、斗志，又无可比拟，激励陪伴着龙芯人豪情万丈、奔跑前行，向着新的技术巅峰进击，创造新的传奇。

　　紧接着，基于龙芯 CPU 的 KVM 虚拟机等软件相继发布，龙芯基础软件得到规范配套，实现了功能完整、框架稳定。

　　2020 年底，在龙芯 3A4000 基础上，将指令系统迁移到自主指令系统 LoongArch 架构上，使用更先进工艺进行升级的龙芯 3A5000 研制成功，标志着龙芯第三代产品研发取得决定性进展。3A5000 主频达到 2.3—2.5GHz，SPEC CPU2006 单核 Base 分值达到 25—30 分，逼近市场主流产品的水平。

　　纵观研发历程，从龙芯 3A1000、3A2000、3A3000、3A4000 到 3A5000，胡伟武意志坚定，一直坚持用四核结构练内功，不断成倍提升单核性能，夯实研发基础。

　　3A2000 与 3A1000 主频都是 1.0GHz，单核性能是 3A1000 的 2.5 倍。

　　3A3000 沿袭 3A2000 的结构，通过工艺升级到 28nm，主频达到 1.5GHz，单核性能是 3A2000 的 1.6 倍。

　　3A4000 使用与 3A3000 相同的 28nm 工艺，通过设计优化主频提升到 1.8—2.0GHz，单核性能是 3A3000 的两倍。

3A5000 沿袭 3A4000 的微结构，使用自主指令系统，通过工艺升级到 12—14nm 节点，主频提高到 2.3—2.5GHz，单核性能是 3A4000 的 1.5 倍。

经过多轮迭代，持续升级，龙芯 3A5000 的单核性能是 3A1000 的 10—15 倍，性能已逼近市场主流产品的水平，风光无限好。

在完成单核性能技术"补课"后，龙芯 CPU 开始增加核数，攀登更高目标。2021 年，在 3A5000 基础上，增加到 16 核的 3C5000 流片圆满成功。

随着龙芯 CPU 性能的显著提升，市场应用出现"井喷"效益，实现从 2013 年战略转型以来的"爆发式"增长。2020 年龙芯销售额是 2015 年的 10 倍，首次突破 10 亿元，CPU 芯片销售超过百万片。

企业迈上一个历史新高地，迎来了新时代。

龙芯应用和生态日趋成熟，有道是，一代更比一代强，今年花胜去年红，期待明年花更好！

3.打造龙芯自主指令架构

众里寻他千百度，蓦然回首，那人却在灯火阑珊处。

指令系统是中国计算机人苦苦追寻的惊天大梦，技术极其复杂，有着高难深奥的技术逻辑，堪称信息技术产业的根基。

用科学语言来描述的话，它是 CPU 执行软件指令的二进制编码格式规范，也是芯片从硬件到软件层面的接口。每一条指令对应着硬件结构的一个功能；整个指令集，对应着芯片实现的所有功能；任何操作系统和应用软件运行，本质上就是执行指令集。可以说，指令系统和生产工艺是信息产业这个"巨人"的"两条腿"，支撑着信息技术庞大的产业集群。

龙芯自从推出第一款 CPU，一直使用国际 MIPS 指令系统，自行配套研制出 Java 虚拟机、KVM 虚拟机、浏览器等软件，使 MIPS 软件生态更加丰富完善，赢得良好国际口碑。

到了 2019 年初，风云突变，波澜迭起。MIPS 公司突然通过媒体正式宣布实行开源，面向全世界开放。

　　龙芯中科郑重其事咨询 MIPS 公司中国区代表，问道，你们开源是不是意味着不用缴纳专利性质的版费了吗？

　　对方答，是的，你们不用交版费了。

　　西方公司能有如此胸襟，可喜可贺，但让人诧异！

　　但没过多久，该公司又宣布，收回版本 1 至 5 的开源权，仅开源版本 6。又过一段时间，却宣布收回所有开源权，仍然延续以前的不开源政策，继续收取版费。

　　MIPS 公司开放又不开放的"闹剧"，给龙芯带来不少困扰疑惑。

　　胡伟武原来认为，中国不可能基于 X86 和 ARM 构建自主信息技术体系，但有可能基于比较开放的 MIPS 或 RISC-V 构建自主信息技术体系。MIPS 的出尔反尔，让胡伟武清醒意识到，MIPS 公司的政策有诸多不确定性，开放与不开放、授权与不授权，都是分分钟的事，随时都可逆转。中国也不可能基于 MIPS 构建自主信息技术体系。

　　中国信息技术产业的命运，决不能掌握在一个硅谷的小公司手里！

　　胡伟武又认真考虑使用国际上比较开放的 RISC-V 指令系统，做了大量研究工作。他同时要求负责处理器核研制的汪文祥，也开展对 RISC-V 的研究，并与 RISC-V 联盟中国区负责人进行深入交流。

　　2019 年 9 月，中科院计算所在山东临沂市召开年度战略规划会。会间，长期从事高性能计算体系结构和分布式计算系统等研究的专家徐志伟，专门找到胡伟武。他满脸忧虑说，胡伟武，你们能不能设计一个自主的指令系统。RISC-V 虽然开源，但主导权还是在美国人手里，我们想让负责 RISC-V 开源社区的伯克利大学给我们开个账号，但他们一拖再拖，令人失望啊。

　　此话点醒了心忧家国的胡伟武，让他思路洞开。中国科学家为什么老在国外指令系统中兜圈子呢？开放不等于自主。即使 RISC-V 通过基金会的方式开放，但基金公司的管理权一直在美西方国家手里，完全有可能像 MIPS 一样，玩弄客户于股掌之间。

　　是啊！当丫鬟拿了一辈子钥匙还是丫鬟，永远做不了主人。

　　从临沂返京的路上，胡伟武满脑子都是自主指令系统的事，往事如烟，奔涌而来。他想起 2006 年自己成为国家"核高基"重大专项专家以来，在专家组关于自主 CPU 是采用兼容还是自主指令系统的技术路线，每次都吵得面红耳赤。兼容 X86 和 ARM 有现成软件生态的优势，但受制于人。自主指令系统则没有软件生态，发展困难。指令系统的自主与兼容这个问题，国内业界各派争论了十几年，尚无结果。

而修改龙芯长期使用的指令系统，事关重大，要冒极大风险。弄不好，发展了近 20 年的龙芯将折戟沉沙！国内曾有两家 CPU 企业使用自主指令系统，也得到国家很多支持，但最后都没有发展起来，令人扼腕长叹。就连 Intel 这样的大公司，在本世纪初曾想把服务器的指令系统从 X86 改成新指令系统 IA64，结果在服务器市场被坚持 X86 指令系统的 AMD 抄了后路，造成元气大伤。

在较长一段时间，胡伟武一直难以下定决心。指令系统的事千回百转，始终萦绕在胡伟武心头，在他内心激荡着、冲击着，引发对中国信息技术前途命运的思索、忧虑、关切。

2019 年初秋一个早晨，京北林荫大道微风欢畅、郁郁葱葱，一派秋高气爽的美妙景象。胡伟武一边健步行走，一边进入深度思考之中……

胡伟武每天的工作强度超乎想象，既要主持驾驭龙芯各项事务、应对外界来访，还要进行培养硕士博士的授课，参与公司重大科研攻关决策等。他早出晚归，工作满负荷快节奏，如同陀螺一般高速运转；唯有早晨步行的时间，是最为轻松惬意之时，也是深度思考决策龙芯重大问题的绝佳时机。

此时，胡伟武思考的还是指令系统，思维穿越时空、纵情跳跃。

他想起，在政策性市场中，龙芯面临来自引进 X86 和 ARM 技术的国内 CPU 企业的激烈竞争。此时断然切换指令系统，必然对龙芯的市场引起较大冲击，销售收入会急剧下降，甚至一蹶不振。

他想起，前一阵子从龙芯的客户得到反馈，引进国外技术的国内 CPU 企业跟客户说，我们采用 X86/ARM 是国际主流指令系统，而龙芯采用的 MIPS 都不行了，所以龙芯没有前途。此言真是滑稽，中国人发展自主 CPU，居然要比谁的美国软件更强大！

他想起，今年 5 月起，美国为了遏制华为，宣布国家进入紧张状态，以莫须有的罪名和举国之力、盟友之力，试图阻止华为科技前进的步伐。当达摩克利斯之剑胡乱挥舞起来，剑光阴森，寒气逼人，似乎也悬在中国整个高科技企业的头顶，让人感到噤若寒蝉，不可思议！

华为仅是在美西方主导的 ARM 平台上做产品，对美国的"威胁"只是一个企业的"威胁"。而龙芯一旦建立起独立于美西方的信息技术体系，对美国的"威胁"会大得很多，后果将会怎样呢？

他想起，前些日子与工信部一位领导交流时，这位领导忧心忡忡地说，近期我国 CPU 研发取得不少进展，但作为 CPU 基础的指令系统和生产工艺还受制于人啊！

胡伟武放慢了脚步，继续深度思考着……指令系统是信息产业的"根技术"。所谓"根技术"，就是说指令系统不依赖于其他任何技术，而像 CPU 和操作系统这样的关键核心技术等，都依赖于指令系统。

指令系统也是计算机软硬件间交互的"语言"，就像中国人可以基于英语写文章，但不可能基于英语发展中华民族文化；中国人也可以基于国外指令系统做产品，但不可能基于国外指令系统，构建自主信息技术体系和产业生态。

胡伟武的民族情感和冲锋胆魄再一次被唤醒，思维激越起来……他想，我们这一代计算机人，在打造自主指令系统上，肩负着国家的特殊使命。到 2050 年时，如果我国的信息产业仍然构建在以 X86、ARM、MIPS 为代表的国外指令系统基础上，这样的信息产业是难以支撑中华民族伟大复兴的。最为可怕的是，我们丢失了百年难遇的自主化机会，剥夺了我们的子孙再次进行自主化的理由，有愧于子孙后代啊！

强烈的忧患、危机、紧迫，又如重锤击鼓般在他心房敲击、澎湃……

突然，胡伟武脑海里火花一闪，指令系统的自主和兼容是一对矛盾，多数人主要关注矛盾的对立面，能不能把自主和兼容统一起来，做到既自主又兼容呢？

经过深入分析，胡伟武发现，只要掌握 2+3+3+2 的十个方面的核心技

术能力，即两大核心软件 BIOS 和操作系统内核，三大编译器 GCC、LLVM、
GOLANG（静态纵向翻译），三大虚拟机 Java、JavaScript、.NET（动态纵向翻
译），以及两大二进制翻译系统 X86 到自主指令系统的翻译、ARM 到自主指
令系统的翻译（动静结合横向翻译），就能实现既自主又兼容。具备上述前
八大能力，就能构建起整个软件生态；有了最后两种能力，就能打通与 X86
和 ARM 之间的生态壁垒，在自主指令系统计算机上运行 X86 和 ARM 的应
用程序。

经过 20 年的苦苦积累，龙芯已经掌握了上述十大基础软件能力，也是
迄今为止国内唯一掌握上述十大核心软件能力的超级技术团队。

胡伟武也考虑到，龙芯经过 20 年的矢志奋斗，已经在 MIPS 架构上完
成了基础软件"补课"。如果更换指令系统，由切换指令系统引起的基础软
件的"补课"，还需要 1 至 2 年，相当于势头正好的龙芯软件生态建设耽误
了 1 至 2 年。

忽然，胡伟武想起在抗美援朝前夕的中央政治局会议上，彭德怀元帅
关于"大不了相当于解放战争多打几年"的豪言壮语，想起毛泽东主席"打
得一拳开，免得百拳来"的坚强决心，以及"人民的利益有两种，一种是当
前利益，一种是长远利益，如果不考虑长远利益，眼前利益也难以保障"的
高瞻远瞩等。

当走进龙芯产业园大门时，一轮朝阳从东方斜射而来，明晃晃的，有
一种闪亮的刺激与明媚。这让胡伟武斗志高昂，滋生了背水一战的豪迈，断
然下定决心：将自主进行到底！坚定不移研制自主指令系统！

敢于破此世界性难题，着实需要一种毅然决然的英勇气概！

要知道，国内信息技术领域的企业家、科学家，大多满足于在国外
X86、ARM 指令系统下，搞技术和产品研发。我时常听到有人说 X86 生态
好，有人说 ARM 体系佳，相互比"后台"，但从其内心深处，总是想着跟
在洋人后边亦步亦趋出成果赚点钱，而很少想过花大力气建立自己的生态体
系，缺乏超越 X86、ARM 而主导软件生态的强大信念和勇气。

这种唯西方技术马首是瞻的思维惯性，从根子上是一种自我矮化的

"奴性"在作祟。崇洋媚外的劣根不铲除，何以实现国家信息化事业的真正自立自强！

在当下的中国科学界，太需要像胡伟武这样横刀立马的勇气胆魄，敢与世界一流高手较量争锋，从根本上斩断"卡脖子"技术的魔掌，让中国信息技术挺直脊梁骨。

胡伟武不由得加快脚步，直接走到汪文祥工位前，郑重其事交代说，我想了很长时间，下决心启动研发龙芯自主指令系统，并把正在研发的3A5000中使用的GS464V处理器核，从MIPS指令系统改成支持自主指令系统，形成新的处理器核。

汪文祥追随胡伟武已有十几年，对他的秉性、习惯、风范有所了解。没有特殊情况，恩师决不会轻易改变决策。既然从3A5000开始改换指令系统，一定有正确而充足的理由。

而汪文祥受领任务，从来都如同一名勇敢无畏的战士，决不会后退半步；每次都坚决接受，兢兢业业完成，认认真真复命，有一股子赤胆忠诚的过硬作风。

这次，汪文祥同样没有任何迟疑和犹豫！

没问题，保证完成任务。平时柔声低语的汪文祥，此刻不知从哪里来的底气，斗志格外高涨、声音显得较为洪亮，余音还在室内袅袅萦绕。

汪文祥是出名的"工作狂"，一旦受领了新任务，就会案不积卷、事不过夜，激情澎湃地紧前推进，一往无前抓落实。他立即召开小组会，拉单列表制定研发计划安排。

此后，胡伟武多次召开会议，正式明确3A5000调整成自主指令系统，在随后下达的《龙芯3A5000处理器研发总要求》中，把自主指令系统命名为龙芯指令系统架构LoongArch（Loongson Architecture），简称龙架构或LA架构。在龙架构研发过程中，他对指令系统编码格式、核心态结构、虚拟机等方面，明确设计原则，多次亲自指导，把准研发方向；并把MIPS架构GS464系列的处理器IP核，调整成自主指令系统架构，命名为LA464。

胡伟武又安排芯片研发部的编译组、基础软件组等，紧锣密鼓投入奋战；要求系统研发部内核组、Java 虚拟机组等多个软件组，纷纷上阵，合力攻关。

从 2019 年 10 月始，龙芯把基础软件的研发逐步转移到 LoongArch 上来；有关事业部协调产业链多家合作伙伴，积极配合支持。

同时，胡伟武安排商务法务部，联系国内信息领域著名知识产权评估机构，对研发过程中的龙架构在知识产权方面进行保驾护航。立足于"双保险"，他在安排一家机构对龙架构的知识产权进行系统评估的同时，又安排另外一家机构对其中可能的风险点进行重点评估，根据评估结果进行及时调整。

是啊！龙芯现在基于自研指令系统建体系和生态，更要使用好知识产权的法律"利剑"，"罩"得住产业链上的所有合作伙伴。

2019 年下半年，内核组组长曾露受领任务后，立即精心安排、选拔力量，投入开发龙芯指令集的软件与模拟器研制两项任务的准备，各项工作紧张有序……

年关渐渐来临，农历腊月二十九夜，曾露带着研发资料返回湖北襄阳老家休假时，恰逢百年不遇的新冠疫情暴发，来势汹汹。疫情严峻，但让曾露最担忧的还是龙芯指令集的研发，生怕有丝毫闪失。

曾露立即与父母商量，当晚就订了大年三十返京的机票，在家里仅仅待了 10 多个小时，翌日就与亲人告别踏上返京旅途。

返回即进入隔离状态，投入到边隔离边研发之中。曾露与队友们，每天通过视频会议商量研究，确定两大任务同步展开、齐头并进，还将每一项任务具体细化，分成若干部分，落实到人头。如将模拟器分为内存管理、状态管理、指令行为态、指令用户态等。大家各尽其责、埋头苦干，交叉会审、滚动推动，只争朝夕编写代码，精细调试，反复修改……

基础软件组组长张宝祺，更是一马当先，大年初五就带领组里的骨干到公司加班，在精心防疫基础上投入战斗，开启研发龙芯自主指令集固件的步伐。这也是一项全新任务，选择使用 UEFI，用 64 位驱动，开发标准高难度大，特别是龙芯早期使用的十几万行 MIPS 汇编代码，也需要改为自主指令集的汇编，任务艰巨，挑战严峻。

但张宝祺他们都是 30 来岁的青年人，血气方刚，英姿勃勃，有不怕难不惧累的忠勇之气，对高难度技术挑战更是充满渴望与好奇。他们谢绝了公休日，主动执行"9107 工作模式"，即每天早晨 9 点上班、晚 10 点下班，一周工作 7 天，满负荷奋战，时刻保持冲锋拼搏的姿态。

龙架构处理器核前期的 FPGA 调试，不可预测的问题一个接一个，接踵而至，定位极其困难。每定位一个问题，就如同在茫茫大山中攀越一座高峰，道路曲折，荆棘丛生，遇有诸多艰难、困顿、迷茫。但大家斗志高昂，意气风发，硬是凭着集体智慧将一个个问题锁定，精心修复完善，使得符合龙芯自主指令集的固件得以成熟，满足使用要求。

对于龙芯自主指令集的编译器开发，编译组组长徐成华率领有关人员，也扛起重任。大年初四，他们就来到公司上班，投入奋战，发起冲击。所说的编译器开发，就是将程序员熟悉的 C 语言、C++ 语言等高级语言程序，编译成汇编指令，再编译成 CPU 识别的二进制语言，其任务繁重而特殊。

第一，枯燥乏味，整天与密密麻麻的英文字母、符号打交道，无聊而苦涩；第二，必须细致，一个不起眼的符号或字母搞错，就可能带来颠覆性错误，给后期调试造成极大困难；第三，工作量大，耗神费事、没有捷径，必须老老实实一点一滴干，投入数百个日日夜夜，燃烧青春全力推进。

徐成华他们也主动放弃节假日，昼夜辛劳，从年头干到年尾，历经春夏更迭、斗转星移，苦其心志，坚忍不拔。尽管一个个符号、字母，显得单调寂寞，毫无趣味，但他们选择自我较劲、自我超越，在冲击一个个难题中，寻找趣味快乐，获得成就愉悦，让一行行枯燥的代码也生动活泼起来，充满色彩与光鲜，从而苦中有乐，无往而不前。

涉及指令系统十大能力的相关软件组，都全力进击，满怀豪情投入到龙芯自主指令集相配套的操作系统包括虚拟机、浏览器、图形库、多媒体等的研发之中。

总之，有关配合龙芯自主指令集的研发者，也着眼敢为人先、勇于创新，恪守质优品高、一步到位的技术要求，铆足劲头全力拼搏，用青春、智慧、热血给龙芯自主指令集添砖加瓦，书写出一页页不可或缺的华美篇章。

他们对国际上 X86、ARM、MIPS 等主要指令系统进行深入研究，查阅大量资料，掌握指令系统的结构、规范、特点等，特别是透视其缺陷不足，汲取优长，在头脑中构建全新的、具有国际化高水平的指令标准。他们结合龙芯 CPU 的特质，以及大量实践应用的兼容性，将指令系统分成基础架构部分和向量指令、虚拟化、二进制翻译等扩展部分，展开高质定向攻关，着力实现既自主、又兼容的高标准。

每当晚上，夜色悄无声息地流淌，月亮在天边不知不觉升起，缓缓在长空游荡，散发出轻柔朦胧的光泽，轻轻抚慰着大地、树木、花草，也抚摸着灯火通明的龙芯大楼……所有研发人员无暇顾及月亮的多情与温柔，都埋头沉浸自主指令系统枯燥乏味的字母与符号中，精心垒砌龙芯自主指令标准体系的宏阔方阵。

窗外的月亮由弯变圆，又由圆变弯，矢志不渝窥视着灯光下不知疲倦的龙芯人，皎洁如玉，清澈似水，深情地为他们鼓劲点赞。

汪文祥形象比喻说，如果把整个指令系统研发比作一座巍峨高耸的大厦，那么攻关的每个软件组，就是一个专业工种；每一个字母、符号，就是一粒沙子、一根钢筋。经过有效协同配合，以及一系列烦琐有序的排列、串连、堆砌，才能组合出地基、楼层、房间和通道，让整个大厦功能齐全、配套完善。

历经上百个日日夜夜的辛勤奋战，整个指令系统的庞大工程进入尾声。负责处理器核特权管理部分研发的 IP 组吴瑞阳，用缜密逻辑思维写完LA464 处理器核最后一个字母时，又迎来一个凌晨。他如释重负地站起来，长长出了一口气，伸了一个大大的懒腰，深情地对着密密匝匝的 LA464 处理器核代码瞥了一眼，嘴边浮现出一丝满意的微笑。

汪文祥赞赏地点点头，对他轻声道，走！咱们到外面散散步，轻松一下，也享受享受黎明前的夜色。

此刻，已是 5 点多钟，东方既白，星辰仍存，月亮高高悬挂在天边，似乎瞪大眼睛在微笑搭讪，充满了深情。不一会儿，天空与大山分开了，远处西山的树林露出身影，园区的鸟儿"叽叽喳喳"叫了起来，天空的星星一颗颗淡然消失，一只苍鹰孤单地在天空盘旋，留下鹰击长空、翱翔九天的身影。

他俩漫步行走在园区道路上，边走边聊，身后甩下两个顾长的影子和一串串爽朗笑声……

这天，囊括四个指令分项共 2000 多条指令，汇集成 1000 多页纸厚厚文档的龙芯指令集，端端正正摆放到了公司评审组专家案头。专家对指令集分头审看和集中评审，提出一些修改意见，使得指令集更趋完善。

2020 年 9 月金秋时节，饱含龙芯人 20 年奋斗历程，凝聚无数智慧和心血，也是我国信息技术领域的第一部自主指令集——LoongArch 指令系统，终于诞生了，洋溢着滚烫热情和无尽梦想，呈送到第三方专业机构审验评估。

权威的专业机构拿到这部指令集，也异常兴奋，但依据什么标准、拿什么参考、怎么评估？尚无前车之辙，又成了一道不小的难题！

他们反复开会研究，出于慎重负责，会同龙芯公司组成一个强有力的专家组。双方又投入数百人次，将龙芯指令集与 X86、ARM、PowerPC、ALPHA、MIPS 等国际主要指令系统，以及几万件专利分析比对，横挑鼻子竖挑眼，全面认真评估。

直到 2021 年春节前夕，评审结果终于出炉，得出如下结论：

（1）LoongArch 在指令系统设计、指令格式、指令编码、寻址模式等方面进行了自主设计。

（2）LoongArch 指令系统手册在章节结构、指令说明结构和指令内容表达方面与上述国际上主要指令系统存在明显区别。

（3）未发现 LoongArch 基础架构对上述国际主要指令系统中国专利的侵权风险。

这就是说，中国信息化事业有了自己的"底座"，终结了中国信息技术软件生态受制于人的沉重历史。

而没有自主指令集的其他中国芯片企业，大多拿到了国外公司指令系统的授权。拥有授权，确实是站在了巨人肩膀上，暂时可加快研发速度、提高效率。但是授权又让别人捏住了"命门"，其背后隐藏着不容忽视的战略风险。一是遇到特殊情况，对方随时会以莫须有罪名停止授权，造成满盘皆输；二是自身的技术创新，牵涉授权厂商的掣肘影响，易受制于人。

2020 年 10 月 20 日夜，基于自主 LoongArch 指令系统的第一款芯片，龙芯 3A5000 流片归来时，又是一个繁星满天的深夜，月色如银流淌，星光闪耀灿烂……芯片进入操作系统运行，流畅自如，只用 2 个小时就点亮内核。整个芯片调试一次成功，完美无瑕，创造了龙芯所有芯片调试的最快纪录。大家情不自禁击掌庆贺、欢呼致意，许多人眼眶里噙着泪水，沉浸在激动与幸福之中。

胡伟武兴奋地说，这是历史性的一刻，我们见证了全世界第一款 LoongArch 芯片的成功运行。

这也告诉人们，龙芯 3A5000 是完全独立于西方软硬件生态的第一款"中国芯"，具有里程碑重大战略意义。一个是性能直逼国际主流产品水平，具备参与国际主流市场竞争的资格，结束了自主研发的 CPU 比引进国外技术 CPU 性能低一点的尴尬历史；再一个印证了中国信息技术产业的脚板彻底踏在中华大地上，为中国信息化事业打造出坚实"底座"；还充分证明龙芯用 20 年时间走过西方企业 40 多年的发展历程，打破了西方信息技术不可超越的神话，并在世界信息技术产业领域打进去一个楔子，将驱动开始发生巨大变革。

这天深夜，胡伟武格外激动，思绪翻飞。龙芯 3A5000 的成功，是中国信息化建设发展史上一个质变、一处转折，充分证明中国信息化建设走"市场带技术"而非"市场换技术"、行"直道超车"而非"弯道超车"，是一条可行的成功之路，既有"横空出世，莽昆仑，阅尽人间春色"的豪迈，也有"万里长江横渡，极目楚天舒"的感慨，还有梅花"俏也不争春，只把春来报。待到山花烂漫时，她在丛中笑"的期待与向往……

2021 年 4 月 15 日，注定也是一个值得铭记的日子。

山西太原市春光盈盈、万木葱茏，沐浴着和煦春风，澎湃在青翠绿色的波浪之中。2021 信息技术应用创新论坛在山西国际展览中心举行，全国百余家信息技术企业展示出 369 款产品，有芯片、操作系统、云计算大数据成果等。龙芯自主指令系统架构 LoongArch 隆重亮相，正式对外发布；同步推出《龙芯构架参考手册》《龙芯架构 32 位精简版参考手册》，为应用自主指令系统架构保驾护航。

同日，新华网、腾讯网、今日头条等媒体，竞相报道这一历史性事件，给予好评如潮，盛赞中国信息技术软件系统实现了一次从 0 到 1 的巨大飞跃。

人民日报新闻网发表了题为《国产 CPU 历史性跨越！龙芯推出自主指令系统架构》的文章，评价说：

> 龙芯指令系统架构，从整个架构的顶层规划，到各部分的功能定义，再到细节上每条指令的编码、名称、含义，进行自主重新设计，具有完全自主知识产权、技术先进、兼容生态三方面显著特点……

中央电视台邀请胡伟武做客《对话》栏目。胡伟武淡定沉稳，深情讲述龙芯攀登"芯片王国"珠穆朗玛峰的自主创新之路，坚信再有 10 年或 15 年，中国能够完全建成世界信息技术产业第三套体系。

龙芯自主指令架构的推出，也标志着龙芯软硬件体系建设，由原来的"棋子"变为"棋手"，实现惊天动地的飞跃，获得始料未及的巨大用途和好处。

一者，有资格在国际开源社区建设与 X86 和 ARM 并列的 LoongArch 分支，让参与开发指令系统软件内核的陈华才、Java 虚拟机的敖琪、浏览器 JS 引擎的余银、多媒体的殷时友等 30 多人，逐渐在国际开源社区显露头角、小有名气，成为国际开源一级社区的"维护者"，步入国际软件研发权威者的行列。

其实，国际大大小小开源社区的"维护者"，在全世界范围内也就千余人，具有审核贡献者代码、维护升级社区软件、参与社区技术发展决策的资格，属于软件开发者的终身荣誉，亦是大江东去浪淘尽、一时显赫弄潮人。

二者，跨过软件指令系统这道门槛后，前方一片光明美妙。就像当年发明计算机、互联网等时，并不知道用途如此之大、好处如此之多……如今，龙芯团队研发指令集后，基础软件创新本领犹如决堤的洪流一般迅速奔涌，以迅猛之势冲击各个关节点，获得技术创新大自由，达到随心所欲任飞翔的境界；同时，也让龙芯人思维理念进一步拓展，深刻认识到指令系统不依赖于任何技术，是信息技术产业"两条腿"中的一条，真正把 CPU 芯片设计做到底了，完全不受制于人，站在一个风光无限的技术制高点上。

当然，这一重大喜讯亲者快、仇者妒。有些依赖于国外技术的既得利益者，则谣言惑众，到处散布龙芯软件不行的虚假信息。更有甚者，明知自身使用的国外授权架构，却睁着眼睛说瞎话是自主创新，挤压自主 CPU 生存空间，也给国家安全带来潜在隐患……

而业内有识之士和广大民众则雀跃欢喜，网上留言刷屏火爆，摘录部分如下：

普瑞：这天等得太久了，龙芯终于不负众望，建立起中国人自己的计算机语言体系，为龙芯人喝彩、为龙芯人鼓掌！

天晴朗：里程碑、英雄碑，自己的指令集，改变世界信息化技术产业格局，大智慧、大眼光，了不起！

清风明月：龙芯！争气芯！真骄傲真自豪，终于将核心技术牢牢掌握在中国人自己手中！不用看外国人脸色，也不怕列入什么"实体清单"了。

峰山无语：龙芯不容易啊！终于研发出自己的指令集，不再受制于人。加油，坐等龙芯一统天下。

红梅：真有点激动，绝对载入史册的一天。20 年推出自己的

指令集，容易吗？龙芯人都是党的好学生、党的新生代，真为你们

感到骄傲，你们也是中国人的脊梁。

2021 年 7 月 27 日，ISC 2021 第九届互联网安全大会在京隆重开幕。作为世界东半球网络安全领域规模大、影响远的行业盛会，胡伟武、张戈应邀携带基于自主指令系统的龙芯 3A5000、3C5000 精彩亮相。

胡伟武在开幕峰会主论坛上作《将自主进行到底》主题演讲，介绍首款基于龙芯自主指令集 LoongArch 3A5000 的安全性能、技术特征等，阐述构建独立于世界 Wintel 体系和 AA 体系的第三套信息技术产业生态，强调拥有自主 IP 核的芯片设计、自主指令系统的软件生态、自主工艺的芯片生产，可为国家信息技术产业安全发展插上腾飞的翅膀。

龙芯以深远战略眼光和卓越贡献，跻身成为国内自主创新的领导企业，深度参与构建中国信息技术产业安全新生态，为信创产业安全发展提供了优质产品和解决方案，真诚可鉴，居功至伟。在 ISC 2021 期间，当之无愧荣获"2021 数字生态信创服务商 100 强"称号。

在展览区一款超薄 3A5000 笔记本电脑前，一位观众驻足观看，信手点击鼠标上网浏览，速度很快；再随手创建一个文档，同样流畅顺利。在另一个试验操作平台上，将龙芯 3A5000 笔记本与 3 款引进国外技术的品牌笔记本电脑放在一起，接好电源，同时操作打开一个文档，龙芯电脑明显快捷；再同时播放一款 CS 动画片，龙芯电脑反应敏捷，比引进国外技术电脑提前一半时间完成播放准备，进入视频播放环节，展现出碾压式的技术优势。

他赞赏道，龙芯电脑棒极了！本领超强。我国通用处理器已直逼国际高端水平了，此乃国之利器、民族之幸。

在国家有关部门支持下，2021 年 12 月 31 日，腾讯同步发布了支持龙芯 LoongArch、X86 和 ARM 三大架构的微信版本，提供民众广泛使用。

2022 年 1 月 13 日，龙芯首届 LoongArch 生态创新大会在线上举行，发布 LA 架构的产品和解决方案。会上，龙芯与合作伙伴隆重推出联想开天 M540Z 龙芯 3A5000 台式电脑、同方超锐 L860-T2 龙芯 3A5000 笔记本电脑、

七〇六所天熠系列龙芯 3A5000L 服务器、龙芯浏览器 V3 等产品。

其性能都逼近国际市场主流水平，芯片内置国密算法和可信模块，实现自主与安全的深度融合，引来人们啧啧赞叹。

胡伟武庄严宣布，龙芯 LA 架构 CPU 核形成 LA132、LA264、LA364、LA464、LA664 五大系列，性能大幅提升；LA 架构基础软件体系，包括操作系统、浏览器、图形系统等走向成熟，标志着龙芯完成了系统性"补课"，全面掌握 CPU 和操作系统关键核心技术。

我也在线上观察着、体验着、感受着……

整个会议弥漫着一种别样气氛，显得十分浓烈、激情、欣慰。从话音中、眉宇间、眼神里，深深感受到对国产自主龙芯产品的一种难得自豪与自信。

这种自豪与自信，相互传递，互相影响，正在汇聚成一种科技自主创新、自立自强的磅礴力量和时代洪流。

随后，胡伟武在 2022 年龙芯年会上讲道，龙芯已踏上全面开展生态建设的新征程，面临更加激烈竞争，将实现从技术"补课"到生态建设的转变、从政策性市场到开放市场转变、从跟随性发展的"必然王国"到自主发展"自由王国"的转变，开启龙芯历史上的第二次重大战略转型，实现新的抱负宏图。重大转型的五条措施：

一是从通过芯片升级提升性能到通过芯片升级和系统优化提升性价比，降成本提性能；二是再次调整龙芯 1 号和 2 号定位，龙芯 1 号面向 MCU，龙芯 2 号面向 SOC；三是基础软件研发从操作系统与硬件的结合部，到更加重视操作系统与应用的结合部；四是更加注重结合应用需求优化解决方案，而不仅仅是进行个别技术指标的比拼；五是在 CPU 和 OS 能力基础上，进一步形成板卡 ODM 能力，通过高性价比板卡设计辐射产业链。

这是龙芯在新的历史征程上，又一次奋勇跨越、凤凰涅槃。

胡伟武面露笑意、底气十足，表示"十四五"如期完成新的重大战略转型，必然会迎来新一轮"爆发式"增长。如今的龙芯，没有第一次被迫重大转型时的生死考验，而是基础扎实、队伍强悍，资金充足、创新活力四射，市场前景看好。龙芯第四代产品3A6000研发已取得突破性进展，预期产品性能比上一代3A5000大幅提升40%以上，达到国际主流市场水平，还能做到面积更小，成本降低20%—30%，实现性价比的飞跃，继续用铁的事实书写龙芯最高性能、最低成本、最好生态的传奇。

嘹亮的转型号角已吹响，风展红旗如画。龙芯人再一次热血奔涌，向着新的目标进击攀登！

4. 夯实自主生态根基

夕阳西斜，北京西山苍烟落照。

胡伟武批阅完一份文件，走至窗边，倚窗眺望，夏季的夕阳像一只大红灯笼，漫漶游移，渐渐坠入西天厚厚的云层之中，苍山如烟、残阳似火。

此时，两声清脆敲门声打断胡伟武的遐思，转过身来说，请进。高翔推门走进来说，胡老师，有关建立开源社区的事，给您汇报一下。

胡伟武招手示意，让高翔坐在对面的椅子上，面带希冀之情说，开源社区关乎龙芯软件生态应用，你慢慢讲。

高翔说，我们的基础软件几乎全部来源于国际开源社区，大家自发利用国际开源软件，丰富龙芯软件生态，取得良好成效。现在，需要实现从自发参与到主动组织的转变，我们考虑建立龙芯开源社区、开发者公社，调动社会各方面力量，积极参与龙芯软件生态的开发与建设。

胡伟武微笑着说，很好！适应国际行业惯例，以建立龙芯开源社区为抓手，大兴软件开发活动，很有必要。但是，也要注意以此为平台，统一技术规范，让相关软件形成合力，创造我们自己的品牌。

高翔点点头说，明白，胡老师！我们以建立龙芯开源社区为新机遇，培养更多软件人才，进一步走活龙芯软件生态这盘棋。

胡伟武进一步强调，龙芯要调动一切可以调动的力量，激发一切能够激发的活力，在融入国际开源社区中强大自己，着力构建一个独立于西方的软件生态体系，获得国际认可。

好！我们马上行动起来，加快建体系、强开源、求实效。

当天夜晚，暮色四起，天气沉暗。但高翔办公室仍然灯火通明，如同白昼一般。他召集敖琪、王洪虎、李雪峰、姚长力等骨干，连夜研究建立龙芯开源社区和开发者活动事项。

大家集思广益、群策群力，初步形成建立龙芯开源社区、实施开发者计划，探讨出奖励先进、规范软件的基本构想和办法措施。

信息技术的国际开源社区是一个没有边际的大舞台，囊括信息技术软件各个领域，是一个非常宽泛庞大的特殊组织，一直由掌控信息技术主导权的西方国家把持。每个软件领域，都由影响力极强的企业或组织管理维护，吸引全世界范围内的参与者贡献代码软件，不定期迭代升级版本，螺旋式滚动发展。

高翔要求系统研发部按技术分组，分别参与对应的国际开源社区软件建设，将龙芯的研发成果，无偿贡献出来，让国际社会所接纳；同时也利用好开源社区平台，汲取各方营养，强大自身软件研发能力。

尤其值得称道的是，自 2015 年以来，龙芯成为国际开源软件界的重要贡献成员，龙芯的软件生态扩展到全球开发者，真正融入国际信息软件的大体系中，赢得天高任鸟飞、海阔凭鱼跃的广阔天地。

在国际开源社区的庞大体系中，龙芯将凝聚多年智慧心血的许多代码，免费向全世界开源，逐步实现龙芯软件研发成果与日俱增，参与国际研究活力四射，贡献数质量逐年增多，更具蓬勃生机活力……

2019 年 6 月，敖琪在龙芯平台精心研究国际开源项目 OpenJDK 的使用情况，慢慢发现存有一些边角问题。譬如，一个是内存偶发乱序，大约 1000 次出现一次，概率极小，但潜在危害较大。善于较真碰硬的敖琪，就召集 Java 虚拟机组有关人员做实验、搞排查，逐渐收敛问题。

他们利用整整一周时间，不仅在理论上弄清机理，而且对症下手修改代码，将补丁打好。

修改后的补丁提交到社区，有关国际专家审核后，给予极高评价说，很难发现的问题，居然被中国同行搞定了，这是来自世界东方的非凡智慧啊。

同时，系统研发部的浏览器 JS 引擎组、视频编码组、多媒体组等，以及芯片研发部的 IP 组、内核组、编译组等积极参与开源社区，以开放、共建、共享的姿态，欣然走入这无边无际的国际代码世界，真正融入国际软件世界之中。

那年，高翔在国际开源社区看到基础软件 FFMPEG 库，异常丰富、功能强大，处理图像具有超级能力时，就联想到龙芯基础编辑码算法还不够优化，影响了播放 4K 高清图像效果。他立即给视频编码组组长殷时友打电话，要求他们借鉴国际先进理念，攻克技术难关，解决播放超级分辨率视频不理想的问题。

给任务就是给信任，机不可失！殷时友带领小组的同事们，迅速投入到技术突击中，畅游于基础编辑码算法的汪洋世界中，不停更新算法，不断优化逻辑程序。历经 2 个多月的苦战，他们优化的 FFMPEG 基础软件，质量优良、性能卓越，一边提供客户使用，一边将优化成果贡献给开源社区，获得广泛好评。

然而，对于计算机微处理器核这个最底层的核心关键技术，国际企业为防止技术扩散失去竞争优势而不予开源。但龙芯心忧天下、情系家国，汪文祥率领 IP 组踊跃参与开源社区，将开源之路拓展到了龙芯核心技术。主要是针对国内许多高校计算机教学和科研缺乏第一手资料的窘境，将已在产品中使用的 LA132、LA232 微处理器核的完整代码，免费提供给合作伙伴及相关高校使用，授人玫瑰留余香、美人之美向未来。

那些加入该开源计划的师生和科研人，纷纷进入龙芯社区，就将这两款微处理器核的源代码尽收眼底，识得庐山真面目。不少学校的师生，基于这两款 IP，搭建起计算机组成原理课程的实验环境，深化教学内容，丰富教学情境，让教学活动多姿多彩而充满吸引力；还有许多研发人员，应用两款处理器核 IP 进行大量科研活动，让自身的科研创造力光芒四射、活力无限……

开源是一柄双刃剑、锋利无比，既交流智慧、贡献才华，又接受新鲜理念、智慧、方法，激活创新思维，打造一条技术向上的通天大道，使得自身思维不停滞，永葆攀登进取的斗志与乐趣。

龙芯研发推出自主指令集 LoongArch，参与共建共享软件生态风起云涌，彰显龙芯软件 LA 架构的胸怀和气度，让龙芯开源社区焕发出一抹生机朝气、一束时尚彩虹、一种生态文明，向着基础软件技术的"自由王国"迈进。

我坐在电脑前，随手点击鼠标，进入国际开源社区，赫然看到，龙芯 LA 架构开源社区，正在与 X86、ARM 等国际软件架构，并驾齐驱，成为世界开源软件多极世界中的一极。继续打开龙芯 LA 架构开源社区，还看到，有龙芯 BIOS、内核、GCC 编译器、浏览器、媒体播放器、Java 等分社区，拥有基础、办公、教育、工控等百余种应用，架构完整、方兴未艾……还有软件生态窗、内核区、多媒体区、意见建议等栏目；更有技术开放交流对话、答疑解难等，洋溢出轻松活泼的互动氛围，俨然如同一个充满活力而更具温度的技术交流大平台。

再翻开近些年的对话记录窗口，看到名目繁多的对话交流互动，以及解决软件问题的记载。去年 9 月的记录中，有一则关于 Java 虚拟机问题的求助信息。我顺便请教敖琪，他爽朗地笑了笑，饶有兴致讲述了前因后果。

去年深秋的一个夜晚，辛勤工作一天仍然加班的敖琪，揉揉酸胀的眼睛、晃晃有点发蒙的头颅，准备放松一下神经……便点击鼠标，进入龙芯开源社区 Java 区域逛一逛，浏览一下情况。

突然，一条意见吸引住他的视线，仔细看去，原来是一位客户用 Java 某一个库，在龙芯平台上跑总是崩溃，网络不支持服务，便发来请求支援的信息。

敖琪心想，用户提问题既是信任也是考验啊，强烈使命感驱使他迅速进入一种战斗状态，立即将组里还在加班的几名同事喊来，一起对现象会诊，探寻破解之法。

经过一番缜密分析，大家各抒己见……李雪峰突然眼前一亮说，我仔细观察，感到是代码区域设置过大，信息跳不过去出错，造成的卡死现象。

既然这样，我们赶快修改代码，形成一个新的补丁。敖琪道。

紧接着，李雪峰就快速进行修改，敖琪检查验证，通过配合协作，将补丁弄好。

此时，已是深夜 12 点多了。敖琪用商量口吻说，让修改后的 Java 虚拟机在机器上运行做验证吧，咱们回家休息，明早看结果再行处置。

翌日早晨，敖琪早早就来到实验室，检查实验结果，看到补丁可靠管用，Java 虚拟机性能得到更好优化。

于是，软件组再一次将升级后的 Java 虚拟机在龙芯社区发布，供上下游产业链用户使用。敖琪也打开龙芯社区，给提交问题的用户在网站回复，一五一十说明修改补丁的情况，还表达了真挚感谢！

诸如此类，通过龙芯开源社区交流互动、解决问题有很多。也有一些软件爱好者或用户，在开源社区提供自行设计的代码、软件，分享有关经验做法等，使得龙芯开源社区成为一个平等沟通的平台、共建共享的课堂。

在此基础上，龙芯实施软件生态开发者计划，调动内外力量共建应用合作社，汇聚自主信息化生态软件成果，打通应用开发者到用户的价值链，推动软件应用自主创新和优化，解决用户现实问题。还举办开发者大会，每年邀请产业链开发者欢聚一堂，共襄盛举，明确开发者奖励回报，调动各方共建软件生态，形成了燎原发展之势。

倘若将龙芯 LA 架构开源社区看成是融入世界、推进自身软件研发国际化的大平台；那么龙芯点燃信息教育创新之火，则是中国信息技术在教育领域的大课堂、大解决方案，正在潜移默化影响和改变着中国信息化事业的未来。

多年前，胡伟武曾在多个场合深情呼吁，我国的信息化教育有两块"短板"，须高度警醒。一是 2000 多所高校计算机专业，只教学生"用"计算机，不教学生"造"计算机，将计算机专业学习简单化，如同汽车专业当作驾校。二是中小学信息化课程成为"微软培训班"，被外国软件技术所裹挟。

建立自主信息技术软硬件体系，一定要从改造我国信息化教育做起！

当教育部掀起计算机教学改革的强劲东风，吹拂一座座大学校园，也吹绿计算机教学的广袤田园，使得许多高校大学将计算机教学目标，定位在提高学生的系统开发能力上，揭开计算机研发高不可攀的神秘面纱之时。

龙芯教育事业部经理杨昆，对"龙芯杯"全国大学生计算机系统能力培养大赛的方案进行反复修改，使其更加完善。胡伟武看了后，脸上露出欣喜之色说，这个解决方案好！破解历史难题，为国培养计算机人才；龙芯义不容辞，投入足够的资金和人力，值得！

教育部高等学校计算机类专业教学指导委员会更是喜出望外、翘指赞赏，为大赛提供一路"绿灯"，并担纲第一届比赛的主办单位。

此赛事被中央网信办获悉后，也给予肯定。从2018年起，中央网信办信息化发展局担任大赛的指导单位，指派中国互联网发展基金会作为大赛的主办单位，全程参与这项意义重大的赛事，助推大赛优质高效。

大赛每年举办一届，从设计思路到比赛规程，从器材筹措到资金提供，从比赛流程到环节设置，从组织运行到有关保障，以及初赛决赛等，龙芯具体承办。比赛设团体特等奖1个，奖金5万元；设一等奖2个，奖金1万元；设二等奖6个，奖金3000元；设三等奖20个，颁发奖品；其次，还设置个人一等奖、二等奖、三等奖等若干。

参赛队无须缴纳任何费用，每届赛事龙芯提供资金支持。

首届比赛启动定格在2017年3月，历经三个阶段，于8月20日结束。清华大学组织两支代表队强势参赛，北京航空航天大学、中国科学院大学、中国科学技术大学、国防科技大学、南开大学、中山大学等全国40多所高校组队，共有70支代表队280多名学生参赛角逐，一展CPU设计和编写系统软件的本领……

有人问，连续组织多届"龙芯杯"大奖赛，确实锻造出一批批CPU设计英才。那么，获奖的佼佼者们，毕业后是不是成为龙芯的囊中之物，悉数尽收呢？

杨昆语气淡然解释道，龙芯每年只能招到一两名获奖者，算是小有收获吧，而大多数获奖者，要么继续读书深造，要么去了国内知名IT企业，要么投身国家科研院所。总之，绝大多数获奖者服务于国家自主技术创新，契合龙芯为国育才、强大民族信息化事业的宏大目标。

譬如，2020年"龙芯杯"个人冠军陆俊峰，就将人生择业目标锁定在龙芯。他是北航的高才生，广西贵港市人，壮族，中等身材，颧骨微隆，鼻梁下沉，下巴稍稍翘起，显得清瘦精干，浑身流淌着八桂大地的坚韧、顽强。

2021年大学本科毕业时，面对五彩斑斓的选择，陆俊峰毫不犹豫将情感砝码拨到龙芯一边，选定做中科院计算所的研究生。汪文祥给予具体指导，围绕龙芯正在探索的多核技术，写出《片上多核共享高速缓存设计》的毕业论文，引发学术界关注。

谈到结缘"龙芯杯"的心路历程，陆俊峰娓娓道来说，龙芯打开我人生的另一扇门，让我步入CPU的多彩天地，非常惬意美妙，也有滴水之恩当涌泉相报之意。

其实，陆俊峰对龙芯关注已有多年，龙芯坚持自主研发的技术路线和品格情怀，让他们这些青年人敬而仰之，总想轻轻走近、吸吮身上光芒，总想用手抚摸、享受创新阳光，沐浴于自主创新、改变命运的追求中……

那年有参加"龙芯杯"团体比赛机会时，陆俊峰踊跃报名，如愿成为北航团体代表队的一员，担任内核IP主流水线的设计，与负责其他设计的同学密切配合、奋力攻关，在初赛角逐中，便一路过关夺隘，顺利进入决赛，在决赛中夺得团体二等奖，初步品尝到设计CPU的滋味。

再到2020年，有个人参加"龙芯杯"的可能时，他又一次将机遇紧紧抓住，当仁不让成为众多个人参赛选手中的一员。

陆俊峰单枪匹马挑战新高度，决心攻下新目标！

个人比赛内容，仍然是设计一款CPU，将团体4个人的任务变成独自一人完成。单挑全部设计任务，其难度可想而知，须有设计CPU的综合素质本领。

这对于一位矢志冲锋陷阵、敢于中流击水，具备较大可塑性的风华学子来说，并不可怕。他解释说，掌握全面设计技术，主要是肯下功夫，久久为功钻透龙芯教材，将理论转变为自己的动手能力，就能得心应手。

而真正的难题在于在规定时间内，激发出最大的内在爆发力和创造力，在技术绝境地带，实现惊人一跃的涅槃，将可能变为超能，超越所有竞争对手，实现最好的自我。

这年的"龙芯杯"大赛，受突如其来新冠肺炎疫情的干扰，只能将比赛放在网络平台上，千里大赛场，一网俱实现。

陆俊峰的赛场，是贵港市自己家的书房。他将摄像头架好，将会议系统调通，对自己的电脑反复检查，进入高戒备参赛状态。

初赛整整两个月时间，刚好是暑期，要求选手设计一款全新CPU。陆俊峰选定设计内核为单发射五级流水线的CPU，认真写好每一个代码，一个接着一个写，一行跟着一行编，总共写出密密麻麻四五千行代码，向着既定的目标靠近……接着，他进行缓存设计、协处理器设计、调试等环节。

他在调试中，重点进行结构优化，将访存这一级的逻辑移至其他级，试图将访存空间做大，提高频率优化性能，实现最佳。

经过拼搏努力，陆俊峰在160多名个人参赛选手中，排名第三，顺利晋级决赛。但陆俊峰并不满意，他内心深知，设计单发射的CPU难度并不大，与超越自己、超越同伴的最佳状态，还有不小距离。

暗暗鼓斗志，绝境大超越。他的血性再度被点燃与激发，还是不变的初衷，一定要将可能变成超能，实现最好的自我，独领风骚，力拔头筹！

8月16日这一天，决赛如期拉开帷幕。这是实现梦想的最后时机，他再一次认真检查有关准备，进入血脉偾张的冲锋状态。

决赛题目是编写一段汇编软件程序，在自己设计的CPU上跑起来，时间是两个小时。陆俊峰清醒意识到，这样的题目比较普通，实现目标很容易，但要进一步提升优化CPU性能，却有着无限可能，也是决定能否后来者居上的关键！

他横下一条心，沉着应战，首先快速利索编写出一个30多行的汇编程序，让其在CPU上欢快跑起来，完成保底任务。尔后，他开始挑战自我，绝地冲锋，凭着对系统指令内容熟悉的优势，迅速启用大赛没有使用的指令，绞尽脑汁给CPU设计了一个加速器，巧妙嵌入其中，强大CPU的性能。

正是这样的加速器，起到优化 CPU 处理器的特殊功能，让 CPU 原来需要 20 多个时钟周期完成的任务，现在一个周期就轻松实现，效率提升 20 多倍，性能大增。

如此突破，让他的成绩一路飙升，遥遥领先于其他选手，稳稳夺得桂冠，成为所有个人参赛选手中的风云人物。

颁奖也在网上举行，当组委会宣布大赛个人冠军是陆俊峰时，他在电脑前也情不自禁地鼓起掌来，自己对自己褒奖，为满意的自己喝彩！

陆俊峰激动地说，这是我上大学以来最为欣喜的时刻，人生得意须尽欢，莫使金樽空对月。

他兴高采烈走到自家房子的凉台上，纵目远望，夕阳下远山逶迤连绵，与蓝天相连，显得旷远辽阔；近处的罗泊湾大桥飞架南北、天堑变通途，在一束光芒四射的落日余晖下，显得更加恢宏壮观，令他留恋欣赏啊。

感念龙芯提供的机遇平台，他深情向北眺望，轻轻吟诵道：青山遮不住，毕竟有芯光。江晚闻鹧鸪，八桂何等殊。

与此同时，中国电子学会主办的全国大学生嵌入式芯片与系统设计大赛组委会领导，打电话向胡伟武求援说，我们大赛每年举办一届，全国 200 多所高校组队参加，准备使用国产 CPU 主板设计应用系统展开比赛。你们龙芯能不能作为协办单位，每年提供一些经费和几百个龙芯 CPU 开发板给予支持呢？

同样是为国培养人才，铸造民族信息化未来。胡伟武依然豪气干云，爽快地说，只要有利于培植国产自主信息技术，龙芯责无旁贷，大力支持。就这样，龙芯又成为该大赛的鼎力协助者，连续多年在人力、物力、财力等方面慷慨支持，让大赛红红火火起来……

龙芯还将开源信息化智慧之门向神州大地中小学校打开，形成波澜壮阔之势，破解我国信息化基础教育底子薄、条件差的顽症。

2021 年 9 月 17 日，北国已是秋风萧瑟、西风凋碧树了，但南国的浙江金华还是炎热高温、热浪炙人，仍未消退的暑气弥漫在婺州大地，让人有闷热难耐之感。地处金华市婺城区环城北路 639 号的金华教育学院礼堂内，师生们和参加信创培训班的数百名人员，聚精会神聆听胡伟武的授课。

大家脸上洋溢出喜悦、欣慰、激动，庆幸能够面对面聆听龙芯公司董事长、首席科学家胡伟武的高端授课辅导。胡伟武依然是平和、质朴、谦逊，用丰厚阅历与渊博学识，深入浅出、旁征博引，娓娓道来讲述中国计算机发展历程、信息产业面临的大变局，以及如何创建自主信息技术产业等，拨开大家对信息化建设认知上的一些迷雾，赢得雷鸣般的掌声与一束束深情之眸。

就在几个月前，在金华市支持下，龙芯会同金华教育学院创建了一个面积达 500 多平方米，集信创技术培训推广、信创教育软硬件适配和爱国主义教育为一体的高科技培训中心，设置有龙芯计算机、电子黑板，以及相关软件系统和教材，设施现代、时尚、配套。

据此，金华市教育局相继下发《关于举办信创技术培训班的通告》《关于举办全市中小学信息技术教师培训的通知》，依托该中心，启动了大规模信创培训工程，对金华市中小学（幼儿园）学校分管领导、信息技术学科教师等，进行系统全面的升级培训提高。

短短几个月，培训人员达 1800 余人，为基层培养出一大批自主信息化教学领头雁。

该市一位小学教师在体会中写道，聆听龙芯胡老师的报告和参观培训展厅，有眼前一亮之感，心灵受到启迪和震动，大家纷纷感到龙芯厉害了，国产信息化时代到来了，让我们携起手来，从娃娃抓起，为国家培养好信息化建设的接班人。

正是对国产自主信息技术的一往情深，2021 年起金华市采购龙芯3A4000、3A5000 电脑 1.5 万台，在金义小学、金东实验二小、金华第六中学等，掀起使用国产龙芯电脑教学的先行试点，让国产信息技术在基层扎根开花结果。

龙芯还与山西长治市携手合作，拉开国产自主电脑进校园的序幕，为长治市第六中学、第十中学等 6 所学校的 600 多名教师，配置龙芯 3A5000电脑、《手把手教你龙芯操作系统》教材，使龙芯电脑和 LA 架构软件落户校园。

面对基层中小学师生对龙芯电脑的满腔热忱，靳国杰迅即组织两支贴心技术服务队，巡回各个学校面对面服务，提供全面配套的解决方案，及时解决教师们遇到的软硬件难题和问题。

许多教师称赞道，龙芯 3A5000 电脑和 LA 架构软件，比引进国外技术品牌电脑，有着便捷清爽的优势。一位女教师还动情地说，使用龙芯电脑还有一个令人高兴的体会是，托底安全，解决了有些国外技术电脑时常有低俗黄色软件入侵和信息被盗的"老大难"，给我们培养青少年装上了保险锁，值得庆幸。

实际上，自主信息化技术的开源之火，一旦从一个个基层校园点燃，不断聚合燃烧，不断拓展扩大，就会爆发出无可比拟的巨大能量，由燃烧火种形成燎原之势。

当遍及整个神州大地时，又是一种什么样的情景呢？那将是，自主技术烈焰冲云霄、万里神州俱妖娆！

| 下 篇 |

红心烂漫

第八章　实事求是做根本

1. 探索规律——求实

长期以来，我国信息技术产业效益极低，与国际企业相差甚远。

据披露，2017年我国信息技术百强企业总利润约是美国苹果公司的85%，我国信息产业龙头企业与美国英特尔、苹果公司营销利润收入的巨大差距，更是引发了"惊叹之问"。

这年，为什么做电脑芯片的英特尔营销收入628亿美元、利润高达96亿美元，而做电脑整机的我国一个龙头企业营销收入430亿美元、利润仅5.35亿美元呢？为什么做手机整机的苹果营销收入2292亿美元、利润高达484亿美元，而做手机芯片的我国一个龙头企业营销收入21亿美元、利润几乎为零甚至亏损呢？

同是国际上响当当的高科技企业，同在一条产业链上，而我国电脑整机、手机芯片龙头企业的出库量在全球名列前茅，为何赢利却与美国公司冰火两重天呢？

"惊叹之问"令许多人悲伤、疑惑！但龙芯通过实践探索，认真剖析思考，探寻到了其中背后的密码。

实际上，国际信息技术产业链具有以核心技术为基础、以"解决方案为王"的本质特点。谁拥有了核心技术，掌控了整个产业生态链的"解决方案"，谁就能位于产业链高端，具有价格主导权而赢得丰厚利润。

而判断谁拥有"解决方案"的标准是什么？胡伟武总结出两点。一是谁决定最终产品怎么用，掌控产品使用品质属性；二是谁决定产业什么时候升级，掌控产业迭代节奏。也就是说，只要 Intel 和微软的产品一升级，在其产业链上的中国所有计算机厂家，都必须升级产品；只要 ARM 推出新的指令系统版本或处理器核，或谷歌推出新的安卓操作系统版本，全中国的手机芯片企业和手机企业都要随之升级产品。

这就揭示了"惊叹之问"的深层内在逻辑。是的，我国做电脑整机的龙头企业属于技工类技术整合，不掌控核心技术，更谈不上"解决方案"，在英特尔等 CPU 企业产业链中属于跟随性角色。产业链技术如何发展、何时升级，是掌握底层核心技术的 CPU 企业说了算，具有绝对权力；而我国电脑整机龙头企业只能亦步亦趋跟随性发展，处于产业链低端，难以获得本应得到的赢利份额。

在英特尔、微软、ARM、谷歌、苹果分别控制的电脑、手机产业链中，似乎没有一项核心技术是中国人贡献的，中国企业只能跟随性赚点小钱，接受美国公司的剥削与压榨。

据此，胡伟武提出，中国信息技术产业的根本出路，在于打造自主信息技术产业"底座"，构建独立于 Wintel 体系和 AA 体系的安全可控的信息技术体系和产业生态，实现信息产业核心技术的独立发展。

胡伟武对当今世界信息技术和产业体系不断探索研究，按内在技术依赖关系分为五层。第五层是应用层，如微信、电商、办公系统、智慧城市等。第四层是整机层，如 PC、服务器、打印机、防火墙、交换机等。第三层是以 CPU 为代表的芯片及以操作系统为代表的基础软件层。上述第四、第五层是我国信息技术产业发展得比较好的，不大受制于人。第三层的 CPU 和操作系统，经过努力也取得长足进步；但 CPU 和操作系统还没有"到底"，最下面还有两层，分软、硬两个方面，可以说是信息技术产业的"两条腿"。

软的"腿"第二层，包括芯片和基础软件的核心模块，如 CPU 核、

GPU 核、内存接口、高速 IO 接口等芯片核心 IP，以及 BIOS、内核、编译器、虚拟机、图形系统、浏览器等基础软件核心模块。我国绝大多数芯片都是基于国外 IP 核"攒"出来的。譬如，在 ARM 的平台上，一个企业可以不用技术人员，通过购买 IP 和委托服务的方式，设计出 CPU 芯片。操作系统核心模块也一样。Android 推出时自主研发了 Chromium 浏览器，但我国操作系统的浏览器都是对火狐或 Chromium 的迁移适配。

软的"腿"第一层，是以指令系统为代表的各类标准和协议，其中指令系统是信息技术产业的"根"技术；CPU 和操作系统都依赖于指令系统，而指令系统不再依赖其他技术。

硬的"腿"第二层，包括芯片的生产、封装、测试工艺。再往下第一层，包括工艺中使用的材料和设备，如晶圆、光刻胶等材料，以及光刻机、刻蚀机等设备，依赖于基础工业。测试工艺比较简单。我国封装工艺已处于世界先进行列，硅片的生产方面 14nm 已经量产，7nm 也已研制成功，可以满足绝大多数应用需求。但芯片工艺线中的材料和设备（如光刻机和光刻胶），还在很大程度上受制于人，正在攻关解决并已经取得可喜进展。

可见，信息技术产业体系的"两条腿"或两座基石，就是最底层的设计技术——指令系统和包括工艺材料设备在内的基础工业。谁掌控了"两条腿"，建立起"解决方案"，谁就能主导掌控整个信息技术产业生态链，无敌于天下。

为了掌握 CPU 芯片设计技术，龙芯进行了 20 年的软硬件技术"补课"，矢志不渝、久久为功，撸起袖子加油干，耐着性子坚持干，对芯片设计"底座"最基础的两层技术，一层堡垒一层堡垒攻，一个难题一个难题啃，做得扎实可靠，成功掌握了信息技术产业"软"的一条腿，完全实现了自主创新，攀登到芯片设计高峰之巅，获得一览众山小的宏阔视野。

有专家赞赏道，当下中国信息技术领域，龙芯 CPU 设计能力独步神州，系统掌握了整个设计流程技术，打通了技术链，获得掌控技术生态的大自由。更难能可贵的是，为建立自主信息技术产业探索出一条成功路子，作出导向示范，可谓是真正的英雄好汉！

纵观龙芯的奋斗历程，从理论到实践，再从实践到理论的持续探索，从未停歇，始终在结合具体应用，总结探索符合高科技企业实际的发展规律，创造出一个个非凡。

胡伟武结合研发成败总结道，高技术科研的成功是很难的，很多是建立在失败之上的，失败是成功之母；再者，世界上失败的人和事占大多数，而成功的倒不多，是极少数；光有失败的教训很难孕育出成功来，还须成功之父的鼎力相助。

而成功之父就是一切从实际出发，用实事求是的思想方法，在实践中探索符合实际的规律之道，天下大道。

有了成功之父与成功之母的合力作用，就能发生剧烈融合，实现从裂变到聚变，迸发巨大能量，从而孕育出真正的成功来。

碰到复杂技术问题时，不要轻易下结论，更不要急于推卸责任；而是要想办法找原因，做到定位准确、机理清楚，从而有效破解。

记得 2011 年，龙芯开展电子政务应用试点中，自主 CPU 与基础软件刚刚磨合，出现了桌面电脑卡顿、速度缓慢等棘手问题，有的甚至与国外产品有几十倍的性能差距。有人振振有词下结论说，我们的软件在国外英特尔 CPU 上用是可以的，但用到龙芯 CPU 上就不行了，速度缓慢，还是自主 CPU 性能不过关。

看似理由充分，证据确凿，但却是简单的主观主义。因为，他们不愿意花功夫探索为什么不行？不行在什么环节什么地方、原因何在呢？

譬如，用英特尔 CPU 花 1 秒跑完的应用，在龙芯上需要 10 秒。没有搞清楚这 9 秒是怎么多出来的，就直接下结论龙芯 CPU 不行。

而龙芯人不急不躁，耐着性子坚持干，一步步深入钻研内部机理，一点点查找自主 CPU 与市场主流产品的性能差距。主要在于通用处理器性能而不是专用处理性能，在于单核性能而不是多核性能，在于设计能力而不是先进工艺。

通过分析比较发现，龙芯 CPU 与国外英特尔 CPU 单核性能的主要差距，不在频率上，而在效率上。主要是微结构设计的差距导致相同主频下，自主 CPU 性能比国外的差 5 倍左右。

弄清了内在机理，龙芯明确了通过"先设计优化提升单核性能，再通过先进工艺增加核数"的正确研发方向。从 2013 年开始，通过从 3A1000 到 3A5000 的四轮迭代，完成了单核性能的技术"补课"；到 2021 年，才推出 16 核的 3C5000。而同期引进国外 ARM 技术的国产处理器，在相同工艺下，单核性能只有龙芯 3A5000 的 70% 左右。单纯通过不断提高工艺和增加核数来提升性能，后劲不足的问题已经显现。

同时大量实际应用，揭示了龙芯基础软件平台与 X86 等主流平台相比，没有充分磨合优化系统，没让自主 CPU 的性能充分释放出来，平均落下了 3 至 5 倍差距。

实践出真知，探索生良策。

胡伟武着眼全局，提出龙芯 CPU 整体系统优化的理念。他解释说，上个世纪 60 年代，美国实施阿波罗计划进行载人登月飞行任务时，当时的计算机也就每秒百万次速度，运算能力不及现在手机的 1%，为何能够完成如此复杂的任务呢？主要秘诀就是系统优化。再如革命战争年代，我军在武器装备落后的情况下，为什么总能打胜仗呢？主要是靠出色的战略战术、战斗精神等，使部队将武器性能发挥到极致……以此类推，我们对计算机各个局部进行适配、磨合、优化，就能大幅提高整个系统的性能。

正是系统优化的理念，让龙芯在政府电子政务应用试点中遇到的上千个问题，都一个个精准定位，有的放矢妥善解决，做到每个局部不如国外技术的情况下，整体性能超越了国外技术产品。

破解上千个问题，整体性能超越国外系统，将不可能变成神奇！

胡伟武曾自豪地说，判断技术的先进性，不是看它跟美国人跟得紧不紧，而是看它跟应用结合得紧不紧。

龙芯做决策搞科研，始终遵循客观规律，从不人云亦云、主观臆断。当客观规律与领导要求和大多数群众意见不一致时，也不简单顺从，而是通过深入细致调查研究，解剖麻雀，让大家看到主观主义和极端民主化的不良后果，从而把思想统一到正确的轨道上来，防止步入背离规律的误区。

他们在具体实践中，不断强大筋骨能力，所有蹚过的河、爬过的坎，都是成长进步的铺路石，都能变成自身的铠甲。挫折坎坷越多，铠甲就会越坚硬，甚至成为无坚不摧、所向披靡的利器。

作为中国的 CPU 企业，龙芯的主要产品是不同种类的 CPU 芯片，在服务客户过程中，碰到大量 CPU 与操作系统的配套问题，备受客户关注。

有人问，如果龙芯想成为中国的 Intel，与龙芯配套的微软是谁呢？

在龙芯产业化初期，龙芯积极与国内各信息化类和工控类操作系统企业适配，取得一定效果。但在实践中也遇到诸多问题。一是国内操作系统企业，一般不负责研发像浏览器、Java 虚拟机、编译器、图形系统、媒体播放等操作系统核心模块。在 X86 平台和 ARM 平台上，这些模块都是开源社区现成的，由 Intel 或 ARM 公司负责维护。而龙芯平台没有现成的，需要龙芯研发后提供给操作系统企业。二是操作系统企业由于不掌握这些操作系统的核心模块，在服务客户时需要龙芯直接服务；而且操作系统企业不给客户提供源代码，只提供目标码，对龙芯服务客户造成不少困难。三是操作系统企业为了保护自身利益，需要向龙芯客户收取操作系统使用授权费，往往比国外操作系统还贵，导致基于龙芯 CPU 的产品价格偏高。

聚焦实情，顺势而为。胡伟武创造性提出，龙芯融合 Wintel 模式和 AA 模式的新型商业模式。即像 Intel 一样卖 CPU，像 Google 一样免费提供开源的基础版操作系统，给包括操作系统企业、整机企业、系统企业在内的合作伙伴，由合作伙伴基于龙芯的开源操作系统形成产品操作系统。龙芯基础版操作系统，主要包括面向信息化应用的 Loongnix 和面向工控应用的 LoongOS 两条主线。

在此基础上，龙芯直面操作系统的跨硬件不兼容的老大难，即不同主板、不同固件、不同操作系统之间相互不兼容，每次应用都要进行烦琐适配，给使用带来很多麻烦和困难。他们潜心探寻不兼容疾症，发现是操作系统与主板及固件之间需要有统一的接口，解决许多业内人士感觉棘手的底层软件、硬件之间的兼容问题，就下功夫制定一个操作系统跨硬件兼容的《规范》，规定主板、固件、操作系统的应用标准，发布给合作伙伴使用，成功实现操作系统的跨硬件兼容，将业内许多人认为非常艰难的事，变成了现实。

同时，聚力解决应用的跨操作系统兼容，向国际开源 Linux 操作系统不兼容的世界性难题发起持续冲击；历时两个春秋，深层研究，析透机理，找到了不兼容的病灶。创造性开发出自定义打包格式、分层组合技术、软件包管理模式等，将其 3 万多个软件包分门别类梳理为应用软件与系统软件，让二者建立兼容联姻关系，创造出普适型兼容解决方案。此方案出炉后，只需应用厂商在任意版本的 Linux 操作系统上做一次适配，就能在其他版本的 Linux 上使用。

龙芯在这两方面技术创新的成功突破，为龙芯产业链建立好规矩，彻底破解了困扰业界许多年的操作系统跨硬件、应用跨操作系统兼容的壁垒，让龙芯技术平台兼容好用起来，风景无限好！

然而，建设龙芯 CPU 和操作系统软件技术平台，是一个只有起点而没有终点的恒久工程，需要技术人员始终横下一条心持续干，数年如一日规范基础软件，精心维护升级，持续不断。就像农家人盖房子打地基一样，夯实了、撒上一层土，再夯实、再撒一层土，不断夯实，反复奠基。

高翔解释说，如此兢兢业业、无怨无悔，坚持一两年不算啥，仅仅是例行性工作；坚持 5 年 10 年也不算啥，上升为一种信仰信念；只有坚守 20 年 30 年、一代人接着下一代人持久干，才算是真正的坚强伟岸，美丽龙芯，照亮世界。

我想，这样的坚持与坚守，可与中国信息化事业同荣光、共辉煌，永远镌刻在民族信息技术产业世界的记忆里，被自立自强的民族科技精神所铭记。

龙芯人不抱怨艰难曲折，不计较世事不公，更不忧千里马常有、而伯乐不常有；而是坦坦荡荡、真真切切，一辈子就踏踏实实干一件事，而且干得十分专注，认认真真、老老实实，倾心在自己一亩三分地里深耕细作，种出最好果实，种出神采飞扬的滋味。

龙芯人在科研实践中深悟规律，不看跟美国人跟得紧不紧，不看能不能获奖、能不能写出论文，而是看跟实际应用结合得好不好，能不能服务国计民生。

一些科研项目，即使在某方面实现了技术突破，填补了国家空白，但锁在抽屉里束之高阁，或者与实际应用需求相脱节，中看不中用，都不被龙芯称之为好科研，会被认为是一种浪费与失败。

龙芯人搞科研紧密结合国家经济社会发展需求，在工控、交通、金融、能源、电子政务等领域，解决了许多国计民生重要问题。而衡量科研成就的优劣，龙芯也不是单纯看经济效益，而是看是否符合龙芯科研价值观，从样品到产品的闭环是否形成，产业生态链的实际成效高低，研发能力有没有实现螺旋式上升等。

有了求实务实唯实，人就会拒绝浮躁、志向远大，心就比山高、存有定力，不谋求走近路，一镢头挖一口井，也不左顾右盼这山高于那山、患得患失，而是永远不放弃目标，攀登属于自己的高山之巅，纯粹而简单，认真而专一，让科研在国家经济建设中熠熠生辉。

龙芯实现产业化转型后，不以获奖和论文作为科研目标。也不拿名气和头衔衡量自身价值，而是以有利于国家和人民为标准。

这是摒弃纷扰繁杂、拒绝名利诱惑，受得了寂寞委屈，又是一种高贵的精神气质。记得世界著名诗人泰戈尔曾说，鸟翼系上黄金，鸟儿就飞不动了，更不可能搏击长空。

是的，能够有如此强大的自我克制欲，不图个人名利、走出小我格局，实事求是认准一条道，专心致志干一件事，就能心无挂碍，没有包袱拖累，从而展翅高飞，搏击风云，没有什么力量可以阻挡其成长发展的步伐。

2. 故障解决——扎实

夜阑卧听风吹雨，技术"兜底"入梦来。

用一诺千金的过硬本领，征战在龙芯产业链的广袤天地中……回望那吹角征程，仍能感受剑气如虹的诚实与执着。

2013 年夏日一个傍晚，夕阳将北京西山上空云彩烧得血色般火红，给直插云霄的高层建筑顶端映耀上一抹橙黄色，晚风像几株野草般摇响了抒情浪漫曲……系统研发部王洪虎下班后，骑着电动车由南向北行进在中关村北大街，在一个红绿灯路口停下来。

突然，兜里的手机振动了，他掏出一看是胡伟武电话，接听即传来那亲切而熟悉的声音，王洪虎吧！是的，胡老师。

胡伟武接着说，噢！连云港有一个客户的系统出问题了，性能太慢，达不到要求，你今晚出发，帮助客户把问题搞定吧。

好的，我马上就出发，一定让问题修正，请胡老师放心。

王洪虎典型的重庆人，个头不高，身材干练，小脸、宽额、睿智，眼睛很有神采、放着亮光，思维极其敏捷，迸发电光石火，行动极其坚定，勤于钻研，善攻难关，能破解别人难以破解的技术难题，也能创造精彩的故事。

他逐渐成长为龙芯首席工程师，属于系统领域的专家。

王洪虎深知，解决客户遇到的技术难题是龙芯生存发展的硬道理，龙芯要在激烈市场竞争中活下来、活得好，就必须把客户应用中遇到的问题解决了，坚定不移地技术"兜底"。"兜底"能力越强，说明龙芯越厚道，客户就越满意，建立起来的互利合作关系也就越稳固。

再者，以解决问题为机遇窗口，可不断改进优化计算机软硬件系统，减少故障率、增加成熟度，让龙芯应用问题越来越少，质量越来越好，性能越来越高，逐渐在市场竞争中处于优势地位，走向强大。

在一定意义上讲，客户就是龙芯的恩人，给恩人解决难题，实施技术"兜底"，既是应急救火，破解难题；也是自我拯救，必须刻不容缓。王洪虎耳畔又一次响起胡伟武的谆谆教诲，不由得加快电动车的速度，风风火火向家中方向驶去。随后，他收拾行装，携带好身份证，进入出差模式。

王洪虎在家门口打了一辆出租车，径直赶往首都机场。途中，他打开手机订购机票，可网络上显示，当晚到连云港的航班没有经济舱票了，怎么办？

他拨通胡伟武的电话请示说，胡老师好！今晚去连云港的航班经济舱票没有了，头等舱票还有，您看是今晚坐头等舱还是明早坐经济舱？

手机里传来胡伟武爽朗的回答，解决客户问题最重要，坐头等舱吧。

到达机场后，王洪虎迅即办理手续、安检等。可不巧的是，当晚整个华北地区，突遇雷雨天气，雷声从天边滚滚而来，"轰隆隆"响个不停，随之大雨倾泻而来，天地间陷入烟雨蒙蒙之中……

王洪虎坐在候机大厅，焦急等待着，时间却一分一秒不紧不慢地流逝，表现出既定的从容淡定。其实，素有勇挑重担、敢打必胜的王洪虎，那颗火热的心，早已飞到千里之外的连云港了，渴望能够尽早进入技术攻关状态……这样的等待，让他心神难定，时而起身溜达，盘算着客户系统可能的故障原因；时而向窗外眺望，期盼雷声能够停歇，大雨能够收敛；时而屏气静神，希望广播里能够传来航班登机起飞的消息。

这样的期盼，一直伴随王洪虎焦急的身影，迟迟没有出现。耐心等待了4个多小时，直到午夜1点多钟，才盼来准确消息，不是登机飞赴连云港，而是取消了航班，到机场旁边的酒店稍事休息，凌晨5:30再登机出发。

王洪虎只好背起背包，随同候机人群往机场外走。首都机场长长的甬道，空寂宁静，显得更加幽深，让他思绪的闸门又一次洞开，过去有关计算机研究的往事，如同放电影般一幕幕展开在眼前。

他从小就对计算机情有独钟，捣鼓计算机有声有色。上大学读研究生后，又专注于计算机系统研究，遨游于神秘的软件世界中，编写了无数应用软件。

2010年跨入龙芯团队后，更是如鱼得水，一头扎入系统软件"王国"中，乐此不疲、痛快淋漓。头一年，他所调试的软件代码量达100多万行，光用户态与内核态的传参结构体就有1200多行，对整个Linux系统、图形系统等都有深刻理解，技术能力有了质的飞跃。可以说，在龙芯一年多来的实践收获，比整个大学和研究生加起来，还要多得多深得多，受益匪浅。

他在运用开源软件基础上，自行开发出一系列龙芯系统软件，熟练掌握 10 多个复杂软件包的使用；大脑里储存的全是各种各样、变幻莫测的系统软件，对许多软件的性格特征了如指掌，使用起来驾轻就熟，得心应手。

而第一次修正计算机问题时，颇有点戏剧性。

那时，他踏入龙芯之门不久，龙芯 2 号系列某芯片的客户计算机出现的死机，似乎成了一个"烫手山芋"，横在大家面前。在高翔和帮带师傅安排下，他勇挑重担，毅然把难题揽了过来，先用一个测试程序试验，计算机就给他一个下马威，毫不留情再度死机。

从理论上讲，不可能啊，这让年轻气盛的王洪虎一头雾水。

旋即，他用假设怀疑法，将可能有的几十种情况逐个列出，然后埋头在机房里，一次次做实验，不断压缩排查范围，最终将问题定位为芯片硬件与系统软件磨合不到位上。随后，他连续加班写出 1000 多行的汇编代码，对系统进一步调整优化，很快就让死机问题得到稳妥解决。

首战告捷，令人另眼相待，初步确立了他排除故障扎扎实实、刀刀见血，事事能搞定的出色本领。

当走出机场时，轰鸣的大客车马达声，打断了王洪虎的思绪。他立即随着旅客上了大客车，赶到酒店入住，凌晨 4 点多起床，再乘车来到机场安检、登机。飞机准时于 5 点半滑离跑道，呼啸而起，冲入灰茫茫的天空。机翼上的航行灯闪烁不停，好似开路明灯一般，引导飞机迎着黎明前的晨曦，穿破薄薄雾霭，向着连云港方向飞去……

也就在刚刚登机前，王洪虎忽然察觉到旅客似乎少了一些，便询问空乘人员，原来飞机的延误，让一些旅客改变了行程。老实本分的王洪虎，就顺势将头等舱机票改为经济舱，主动回避了已经批准的超级享受……当飞机抵达连云港上空时，播音员甜美声音与陡然响起的音乐，将他的思维再次拉回到现实中来。

不一会儿，飞机稳稳降落在连云港白塔埠机场，他走出机场坐上出租车，穿过城区直达该客户单位。

这个客户机房里，技术人员翘首以盼等待着……王洪虎到了简单寒暄一番，便卸下肩上的背包，略带歉意说，让大家久等了，先开机看看现象吧!

一位主任设计师操作计算机键盘做演示,还带着抱怨之色说,你们龙芯 2F 不行啊,还不如这台英特尔 386 跑得快。冲着王洪虎的面,质疑龙芯的技术性能。

王洪虎没有怒怼,一脸平静回复道,到底慢在哪里?我们耐心分析分析,让事实说话嘛。

经过一整天系统软硬件架构分析,王洪虎发现,其操作系统没有把芯片的特性发挥出来,一些功能闲置了,使得 CPU 硬件没法与应用软件高效衔接,从而出现软硬件"两张皮"的问题。

王洪虎深入浅出对该所技术人员说,如果将龙芯 CPU 比作一栋大楼最基础的地基,那么操作系统就是中间的楼房主体,应用软件就是楼顶的花坛,将大楼装点得五彩缤纷、美丽大方。也就是说,计算机 CPU、操作系统、应用软件三者相辅相成,缺一不可。

不知不觉就到了翌日凌晨两点多,夜色如磬,深沉寂静。客户负责人内疚地说,太辛苦了,不能再加班了!我们送王老师回招待所,休息休息再干吧。

王洪虎在万籁俱寂之中,蹑手蹑脚回到房间歇息,睡了短短 4 个多小时,早晨起床吃过早饭就赶到机房,继续投入到故障分析定位之中。

在该所技术人员配合下,王洪虎首先做实验,将操作系统没有运行起来的问题一个个梳理出来,先后寻找到 5 个关键点;然后,他对系统代码进行逐个修改,如同精细工匠一般,慢活细做、精工巧做,将操作系统这座大楼主体的各个楼梯、各个电梯修缮一新,让通往楼顶的通道畅通无阻。

其间,细心的王洪虎还研究发现,该客户自行开发的应用软件缺陷不少,显得粗糙简陋,还有一些"堵点"。他认真将问题罗列成一个单子,提出详细修改方案,与他们一道接续推进软件优化,全面破解系统性能不佳的问题。

就这样,一天天接着干,连续奋战 7 天,他将该所提出的整个系统运行太慢、时常卡顿的问题,得到根本解决,运行速度比原来快了 10 倍,使龙芯 CPU 的速度超过国外同类产品，实现了颠覆性提高。

　　面对整个计算机系统轻松欢快运行、速度大幅提升的情景，一位工程师深有感慨地说，龙芯就是棒，把客户当兄弟，来得及时，调试速度还快，能让"土公鸡"摇身变成"金凤凰"，不服气不行啊！

　　另具典型性的事例是，西安一个研究所基于龙芯 3A1000、中标麒麟系统的设备，系统开机后运行正常，但长时间开机测试总会出现死机问题。这种偶发问题概率极少，没有任何规律，十分诡异。刚开始，怀疑是内存问题，请信号测试专家进行充分测试，得出的结论是，内存参数配置合理、信号完整，死机另有原因。

　　问题反映到龙芯后，公司领导深感故障特殊、修正难度较大，便组织跨部门 3 名技术骨干组成排故小组，由靳国杰带队，顶着 2015 年隆冬的严寒，迅即搭乘赴西安的航班亲临实地，蹲点排除故障。

　　该研究所贺总认真安排相关工作，腾出两个机房，遴选 7 名技术人员配合，还充满深情对靳国杰说，龙芯不远千里来帮助我们排除故障，殷殷之情可鉴！我们听候调遣、全力配合。

　　靳国杰面露难色说，问题设备故障出现概率太少，抓取故障现象太难，请给我们配备 10 台有故障的同样设备。我们同时开机做实验，加大故障复现率，尽快锁定问题。

　　没问题！贺总立即部署安排，让 10 台问题设备整整齐齐排列在机房内。

　　当天晚上，排故小组就进入战斗状态，像铆钉一般铆在机器设备前，开始做各种实验，复现故障现象……

　　这样紧张工作约莫一个月后，发现了故障设备的多个软硬件磨合问题，包括 USB 控制器问题等，但都不是导致死机问题的根源，让排故进入胶着状态。

　　这时，靳国杰接到了公司新的任务。他将王玉钱、李雪峰召集在一起说，根据公司安排，我要到其他客户处恢复故障设备，这里的任务交给你俩，有什么情况随时报告，什么时候排除故障什么时候返回，这事关龙芯的信誉。

最后一句话，靳国杰有意讲得慢了一点，字正腔圆，余音绕梁。

王玉钱、李雪峰深感肩上责任重大，不敢丝毫怠慢，继续夜以继日奋战，不厌其烦做实验、搞验证，最终将问题锁定在，由于系统软件底层设置中对内存访问窗口的地址配置不合理，导致缓存内容出错，进而造成 Cache 数据污染而引起死机。

又经过两人一个通宵修改软件后，故障现象基本排除。王玉钱终于长长舒了一口气，北望京城，顿生思念之情，天边有青山、可怜东逝水。他感慨两个多月的漫长日子，以及经历过的一个个奋战之夜。

贺总闻讯后，专门来看望他俩，饱含感激之意说，两位辛苦了，古长安是秦时明月汉时关的地方，遍地古迹、天下景仰。设备跑系统验证，由我们的人盯着，给你们两天假，出去看看名胜，也不枉来西安一趟。

望着贺总一脸真诚，王玉钱笑着说，谢谢了！但研究所不能陪同，不能派车，我们公司有规矩，不能给客户添任何麻烦。

好！一言为定。贺总拍了拍王玉钱肩膀沉声应道。

梦回古长安，再望灞桥春秋。

特别是完成一项重大任务，卸下肩上的重荷，轻松自在徜徉在秦关灞塬之间，"乐游原上清秋节，咸阳古道音尘绝"，肯定别有一番情趣和滋味。

王玉钱深知，中国自西周以来3000多年厚重历史，这里为中心的就有1000多年，伸手一摸就是炎黄文化，用脚一踩就是黄土厚塬，多情的黄土掩埋着无数帝王将相，秦砖汉瓦记录着许多千秋往事，春秋战国的诸子百家和战车铠甲，秦汉王朝的威武强悍、名扬天下，《诗经》《史记》的绝世瑰丽，等等，都是中华史册上的鸿篇巨制，江山如此多娇，令多少才子佳人俱折腰啊！

能够从中捡到一抹历史烟尘、寻得一丝旷世雄风，也是人生的一种幸运。

从古城墙到历史博物馆、从华清池到兵马俑、从碑林到大雁塔，他俩感受到悠久历史的回响，秦皇汉武唐宗威武大气的雄浑，历史古迹的沧桑烟尘。伫立在钟楼向远眺望，一抹冬日的血红漫漶于骊山与城垛之间，照耀着昔日的秦城汉关，让思绪仿佛又回到大唐帝都的繁华盛世之中……

一番自助式游览，给他俩生命里留下难忘记忆。

带着完成任务的成功喜悦以及古都多少苍茫往事的厚重记忆，王玉钱、李雪峰返京复命。

他俩敲开高翔办公室的门，走进去汇报两个多月来的点点滴滴、得失收获。

高翔高兴地说，王玉钱、李雪峰好样的！不负重托恢复了死机设备，给公司争了光。

2016年春节过后，又是一个新的开端，安全应用事业部成功修正许多客户的故障设备，准备收官小结画上圆满句号时，西安研究所的一个电话，将计划搁浅了。

已分管安全应用事业部的副总裁冯珂珂心里"咯噔"一下，脸上涌上一层阴云。

原来，去年底王玉钱他们修复的研究所随机死机问题设备，又冒出一个新问题——重启实验过程中，偶尔出现操作系统登录后仅有桌面背景，无桌面图标和底部 panel。他们自己评估是操作系统软件问题，请龙芯前来配合排除故障。

不管是谁的问题，故障出自哪个部件，龙芯的目标是让合作伙伴所有故障设备"起死回生"，保证正常使用。

这天上午，冯珂珂立即将王玉钱找来说，玉钱啊，西安研究所那套设备又出问题了。他们说主要是软件企业的问题，让我们去配合排故。我想，还是你继续去，善始善终吧。

明白！什么时间出发。

越快越好，客户至上、任务第一。

那我把手头工作简单交接一下，下午就出发。

当天下午，王玉钱搭乘高铁再赴西安，到了研究所一看，嗬！软件企业的3名技术人员已经抵达，进入齐装满员的排故状态。

研究所贺总热情介绍后，王玉钱就领命加入到排故攻关中。

又是长达两个多月的做实验、查问题、搞验证，天气由早春的微寒变成了暖和，又是西安城处处绿柳飞舞、落红无数之时。排故小组发现，出错的文件与实际文件比对，有 32 个字节有瑕疵，矛盾聚焦到了芯片。

贺总直接打电话给胡伟武，阐明怀疑 CPU。胡伟武当机立断说，你让王玉钱把板子带回来吧。我们在公司集中力量攻关，定给合作伙伴一个满意交代！

王玉钱办理了相关手续，背起行囊返京，将故障卡板带了回来。冯珂珂立即组织成立王玉钱等 3 人的攻关小组，继续排查故障。

他们不停做实验、搞验证，对比分析、寻找破绽，但推进极其困难……不知不觉 10 多天过去了。攻关小组穷尽办法，仍一筹莫展。

冯珂珂将芯片研发部的核心骨干王焕东请来，一起会诊。王焕东迅速投入战斗，连夜写了一个软件配置，修改了一个模块的几十行代码。

顿时，设备故障消失了，图标恢复正常。

但是问题机理不清，说不清楚为什么？王焕东只是凭主观猜测进行了软件修改。随即，攻关小组进行验证，又发现设备性能突然降低 30% 左右，令人迷茫困顿、不得其解。

又是一个夜晚，窗外万籁俱寂，一片漆黑，天空混沌而阴沉着，似乎在诉说着郁闷、困顿……王玉钱照例给各级领导发邮件汇报情况，将故障现象和疑惑一股脑儿发了出去。

旋即，他收到胡伟武回复：从明天晚上起，我来组织跨部门攻关，请相关部门抽调精锐力量，组成联合小组攻关。

王玉钱好像在黑暗中看到希望一般，心头骤然明亮起来……

第二天晚上 7 点整，胡伟武处理完一天公务后，亲自组织王焕东、乔崇、吴瑞阳、王玉钱等，进入"夜间攻关模式"。

会上，王玉钱简要汇报这台故障设备的来龙去脉，以及一系列故障现象和实验情况。大家仁者见仁、智者见智，畅谈见解看法。胡伟武审时度势，启发思路，安排大家分别做实验、搞排查……

这样的跨部门技术攻关，天天晚上如期进行，并然有序。胡伟武将亲切、友善、期待、启迪的目光，投向每一位参加攻关的奋斗者。

谁也说不清胡伟武眼光里有什么别样的魅力，但深感这种目光坚定、自信，是仁者的一种慈祥温暖的情怀，让彼此感到平等、亲切、尊重；是智者一种明亮睿智的光泽，让头脑细胞迅速活跃，进入亢奋状态；是勇者一种剑光闪闪的锋芒，闪耀着不屈的进取斗志，启发着每一个人的激情、灵感、智慧，激励大家向着技术纵深下潜、下潜、再下潜。

直到集体攻关第 16 天晚上，胡伟武听完大家报告的实验结果后，若有所思说，把 TLB 的内容打出来看看，有没有重项？第二天晚上再开例会时，靳国杰把打印出来的 TLB 表项内容放在了胡伟武面前说，果真是 TLB 有重项。

沿着这条思路，又经过 7 个昼夜连续不断的测试验证，做到了定位准确、机理清楚，仅修改一行代码，故障现象就完全消失。到此，前后历时 8 个月的设备桌面无图标的"硬骨头"啃下来了，让设备起死回生。

有关龙芯不惧怕技术产业链上的各种难题，始终不渝为合作伙伴技术"兜底"，实现技术故障的分析及解决，深沉而厚道，自觉而坚定。有道是，为有牺牲多壮志、敢教日月换新天。

坐在我面前的孟祥涛，就是龙芯一位负责售后服务的联络人。在他的微信群中，上千个网友几乎都是客户群，每天不论多忙，都随时掌握客户的需求，用优质服务，提供各种解决问题方案，以此取信客户，稳固产业链。

应我请求，孟祥涛打开手机，从微信中调出 2020 年帮助华东某研究所解决技术故障的部分事例，窥一斑而见全豹。

2 月 19 日，收到研究所寄来的两块计算机板卡，一块是 USB 接口有问题，另一块需做内存压力测试。他立即请示汇报，协调工程师处置，经过几天工作，问题得到解决。2 月 27 日，他将板卡包裹好后寄回，附上解决方案：USB 接口问题改插罗技鼠标解决，另一块板卡内存测试合格。

4 月 21 日收到两块板卡，一块故障现象是，做内存压力测试 24 小时报错一次、72 小时报错一次；另一块是机器开机后，机器卡在固件中，进入不了操作系统。他协调工程师进行排查，6 月 5 日将板卡寄回，附上解决方案：一是信号为 U9 的内存颗粒更换，二是信号为 U10 的信号内存颗粒更换。

6 月 17 日收到一块板卡，故障现象是高温环境下重启。他协调工程师排查，6 月 24 日将板卡寄回，解决方案是：信号为 U54 的 Pin16 输出异常，予以更换；还附带邮去共 9 页纸的测试现象，以及分析排故过程和结论。

7 月 20 日收到一块板卡，故障现象是运行不稳定。他协调工程师排查，结论是 CPU 焊接虚点，建议重新焊接。随即，他将板卡寄回，该研究所在专门焊接厂家重新焊好后，再一次寄回龙芯。他协调经过 ATE 测试合格后，10 月 20 日将板卡与测试合格报告一并寄回。

11 月 27 日收到 6 枚芯片，要求烧写程序。他协调工程师实施，当天完成任务，28 日将芯片寄回，附上技术测试报告。

12 月 26 日下午，新年的脚步款款走近之时，他突然接到该研究所于工程师的电话，是基于龙芯 CPU 的一套系统在野外使用中，突然出现蓝屏，请求技术支持。

这天刚好是周六，孟祥涛灵机一动说，别着急，我马上请示报告，立即建立一个"故障分析群"，让我们工程师出主意想办法排除故障。

如此好的思路，自然一路"绿灯"。

孟祥涛很快组织起包括 5 名工程师在内的"故障分析群"，投入远程技术服务。

该研究所技术人员在现场，不停描述故障现象，发送故障视频截图。龙芯这边技术人员不停分析可能的原因，与现场互动，逐个部件排除。历经连续 6 个小时的互动分析，将故障锁定在显示器与主机的连接线上，随即更换一条连线，故障排除，工作现场恢复正常。

以上是龙芯一个客户一年来技术"兜底"的情况，那么龙芯几千个客户，又有多少售后服务呢？

真实事例难以说尽，但值得肯定的是，龙芯优质高效践行"客户为中心"服务理念，在及时解决技术难题中，培育形成独特的龙芯气质、情怀、本领，也焕发出技术黏合性，将产业链客户紧紧凝聚一起，熔铸成肝胆相照的稳固产业生态。

2022年1月29日早晨，正值龙芯虎年春节放假的第一天。胡伟武仍然迎着冬日的朝阳来到办公室，梳理年关未尽事宜。突然，他接到一位用户单位领导的电话。对方说，京内某研究所一套有关SDIO控制器的通信设备出现故障，持续一个多月没能定位问题。事关重大，特请龙芯出手帮助在春节期间把故障排除，不耽误春节后上班使用。

养兵千日，用兵随时。既然机关信任，就必须冲得上去、打得赢。胡伟武边思考边底气十足地回答，我们一定不负重托，请机关领导放心。

此时，窗外已经弥漫起浓浓的年味，火红的灯笼、春联已隆重登场，产业基地路旁的树也披上节日盛装，洋溢出热烈喜庆的气息……胡伟武特事特办，立即在办公室调兵遣将。

他首先想到了乔崇，一个电话打过去询问道，乔崇，SDIO协议接口你熟悉吗？

乔崇恭恭敬敬回答，以前调过，有所了解。

那好！有一套重要通信设备的技术故障排除任务，请你立即与安全应用事业部联系，攻克这项技术难题。胡伟武交代道。

好的，胡老师，我马上联系。乔崇态度坚定。

旋即，胡伟武又给副总裁范宝峡等打电话，下达立即参与排除故障的紧急技术攻关任务……

范宝峡也不含糊，立即给张宝祺打电话。张宝祺推荐说，姜文奇对SDIO控制器比较熟，经验丰富，让他一起参加技术攻关吧。

好！你通知姜文奇，让他全力以赴参与攻关。范宝峡说道。

虽说龙芯是一个企业，但受命攻克技术难题历来是召之即来，是全天候无禁区的。只要有任务，不论是深更半夜还是逢年过节，不管是气候特殊还是环境恶劣，他们如同战士执行军令一般坚决果敢、英勇无畏，还有强强上阵打冲锋、众志成城攻难关的格局与传统。

乔崇一刻也不敢耽误，立即与有关部门取得联系，简单收拾一番，就背上自己的笔记本电脑匆匆出门，打了一辆出租车，直奔任务地点。到达现场后，他详细观看应用场景，听取有关情况介绍，得知是通信设备通过SDIO接口连接，使用中经常中断、卡死……他一边做实验，一边给张宝祺、姜文奇打电话，要求他们赶快到公司了解掌握SDIO控制器的逻辑，为快速锁定问题创造条件。

姜文奇、张宝祺立即掉头赶到公司，在电脑前将SDIO控制器逻辑代码调出来，对密密麻麻的1万多行代码，认认真真看了一遍，将关键技术节点记下来、烂熟于胸，尔后携带工具火速奔赴任务现场。

紧接着，黄帅、王玉钱、袁俊卿等也赶到了。

大家汇聚在一起，对设备继续一轮轮做实验，看现象、析原理、查问题，集智会诊，研判机理。

姜文奇、黄帅、张宝祺都是掌握龙芯核心技术的高手，他们脑子里存储着无数逻辑程序，当实验现象出现异样时，就敏锐比较逻辑程序、分析时序，寻找一些不易察觉的蛛丝马迹……当晚8点多，就将该所持续一个多月都没有锁定的技术故障精准定位，是通信设备与SDIO控制器不匹配造成的，需要解决读写数据不适配、应用场景软件不规范两个问题。

技术机理清晰，攻关目标明确。他们决定利用正面强攻的办法，修改驱动软件程序解决问题。深谙驱动软件的乔崇，一马当先，立即投入编写程序之中，头脑紧张有序地思索着活跃着，激荡出一串串神秘而美妙的音符……

深沉夜色静静流淌，幽暗月光轻轻摇曳，显示出别样黯淡的旋律……姜文奇他们对写好的软件进行实验，发现只能解决设备读写数据不适配的疾症，尚不能解决应用软件不规范的问题。

此刻，时间已到翌日凌晨两点多，机房里的计算机仍在沉声低鸣。然而，通宵加班奋战是龙芯人的常态，战胜不了困难不下火线是惯有的作风。他们一个个精神抖擞，全神贯注，乔崇双眼盯着屏幕，大脑飞速运转，双手不停敲击键盘，精心调试程序，似乎有乐在其中的兴奋、愉悦、激动……

该研究所孙主任难为情地说，龙芯的各位朋友，辛苦了！建议先到宾馆休息一会儿，缓缓劲，早晨吃过饭再干！

乔崇抬起头来与大家交换了一下眼色，张宝祺诚恳地说，既来之则安之，我们还是一鼓作气继续干吧，趁热攻关效果好。

看到龙芯人一脸真诚的那股子拼劲，孙主任无不感慨道，龙芯朋友有连续作战的过硬作风，百闻倒不如一见啊。

接着，乔崇、姜文奇等商议，迅速调整攻关思路，采取迂回之术，根据应用场景对驱动软件进行重新修改，打通迂回链路。他们不断修改，不停调试，改了再试、试了再改，进行了好几个反复，直到凌晨6点半时，驱动软件在通信设备上欢快地跑起来，流畅自如，悦耳和谐。

也就是说，历经近20个小时的连续奋战，初见成效。大家疲惫的脸上写满了笑意，显得格外温馨。孙主任感动地说，龙芯朋友真是作风过硬，技术精湛！

而乔崇却略带忧虑之情，淡淡地说，不知能否完全搞定？你们再加大压力进行稳定性测试，如有问题，我们继续回来攻关，搞不定不罢休！

一直到下午6点，乔崇代表攻关小组，给胡伟武发去短信汇报：

> 胡老师好！调到今天早晨6点半，完全按照黄帅、姜文奇分析结果的处理流程，出了一个相当稳定的版本，而且驱动代码完全成型了。我们先回家，根据客户测试情况，继续搞好后续调试。

胡伟武感慨不已，科研人员春节期间全天候奋战，始终把国家使命扛在肩上，初战告捷，值得肯定。他立即回复了一条短信：

> 好！你们辛苦了。请转告其他参与攻关的同事，这次攻关充分体现了龙芯团队作风强、技术硬，是一支召之即来、来之能战、战之必胜的英雄团队，为龙芯赢得了荣誉！

乔崇迅速将胡伟武的褒奖做了转达。大家异常激动，幸福感成就感油然而生，在寒冷的冬天化作一种汩汩流淌的暖流，澎湃激荡在内心深处。

果不出预料，乔崇他们离开后，该研究所传来消息，加大压力测试后通信设备还有病灶，存在丢失数据以及不接收的问题，请龙芯技术人员大年初三，再来现场调试解决。

仍然是客户的需求就是命令，义不容辞。

大年初三清晨的北京，街道上冷冷清清，一片沉寂，唯有节日的灯笼、彩灯、霓虹不停闪烁；一轮红日倾洒而来，将高楼大厦的顶端染上了淡黄色，给寒冷的冬日增添了一抹暖意。乔崇、姜文奇、王玉钱、袁俊卿等披着早晨的阳光，再次来到现场，斗志昂扬地投入到奋战中……他们根据现象分析认为，主要原因不在驱动软件，而是需要对通信设备的逻辑程序进行更新。

于是，经该研究所多方协调，请来了通信设备研制单位的李工程师。按照龙芯提出的技术方案，李工程师迅速更新通信设备的逻辑程序，乔崇、姜文奇他们随之调整驱动软件，以求相互匹配，打通"堵点"。

历经三个波次的认真修改更新，设备运行稳定可靠。此刻，已是大年初四凌晨两点多了。又经压力测试，设备故障消除。大家喜形于色，击掌欢庆，旋即踏着夜色离开。

随后，该研究所对技术设备进行极限压力测试，又出现运行不够稳定和传输数据速率上不去的瑕疵！龙芯立即派袁俊卿再度出击。

袁俊卿继续做实验、观察现象，又接续奋战两天，将驱动时序作了调整后，不稳定现象完全消除，传输速度由 3.4Mbps 提高到 40Mbps。

至此，春节收假之前，这套重要设备的故障彻底排除，画上圆满句号。

再一次验证，龙芯团队作风过硬、技术精湛，没有排除不了的技术故障，没有攻克不下的技术难关，是一支无往而不胜的英雄团队。

3. 技术试错——踏实

2018 年 5 月，龙芯产业园绿叶茂盛、鸟语花香，一派春意盎然、春潮澎湃。胡伟武端坐在笔记本电脑前，十指随着飞扬思绪"噼里啪啦"敲击键盘，屏幕上流淌出一篇《核心技术需要在试错中发展》的文章。

这是龙芯数年实践换来的感悟与真知。核心观点是，高科技核心技术的难点不光在于科学原理和设计，更在于工程细节的完善，对复杂系统"做出原型—试验—改进原型—再试验"的反复循环，多轮试错，让复杂技术细节不断改进，工程质量螺旋式上升，技术平台和产业生态得到完善，逐渐走向成熟可靠。

试错、试错、再试错，是产品和技术平台走向成熟不可逾越的一个重要环节，既是高技术产品升级迭代的本质规律，也是我国新型举国体制的巨大优势。

此文在网上一经推出，就引发热烈反响，点击留言急速倍增，搜狐网、凤凰网相继报道，引发科技领域热议，有着别有洞天、刮起一股新的"头脑风暴"意味。

在我国改革开放滚滚大潮中，对学习借鉴世界高科技曾走过一些弯路，有一些误区，尚有浮云遮住眼、混沌风尘迷的茫然与麻木。大体经历了四个阶段：

一是造不如买。认为中国高科技落后国外十万八千里，自己制造费时费力，质量不过关，还不如直接花钱买产品实惠，谋求快速改变经济社会落后的现状。

二是市场换技术。采取引进合资合作方法，给国外企业提供庞大市场，谋求在合作中获得核心技术，尽快赶上世界高科技前进步伐。

三是研不如买。以不为我有、但为我用的思路，花钱买国外技术、科研团队或科技公司，直接搬来为我所用，以此提高自身高科技研发本领。

四是弯道超车。将制造高科技产品，看成是打造锅碗瓢盆、修建农舍民居，简单地省略必要程序，谋求弯道走捷径，本身违反了复杂技术发展的客观规律。

不管是哪一种办法，本质上不是想节约资金和人力，而是节省时间，谋求尽快赶上国际科研步伐。但都有悖于高科技发展的内在规律，既没有如愿以偿尽快掌握技术，相反欲速则不达，迟滞了发展进程。教训十分深刻！

胡伟武深有感触说，高科技产品的技术密集性和复杂性，决定了只有用"市场带技术"理念，借助体制内市场的优势，踏踏实实试验每个程序、磨合每个细节，在试错中不断爬楼梯，实现螺旋式上升；产品达到市场主流技术水平后，再参与开放市场竞争发展。就好比我们抚养孩子，急不得、浮不得，既要投入足够的关爱，还要经历岁月打磨，七八岁不可能成熟，必须培养到十七八岁才能成人，30岁后步入而立之年的成熟期。

从国际信息企业成长看，普遍经历了初创、蛰伏、发展等才得到产品成熟，慢慢打开国际市场，时间周期一般是30年。再拿我国航天工业来说，1956年从零起步，踏上逐鹿星辰大海之路，到1990年4月西昌卫星发射中心成功发射"亚洲一号"卫星时，标志着我国进入世界商业航天市场，参与国际市场竞争，时间跨度是34年……而优越的资金、人才、机制，只能适度加速迭代试错进程，但不可能取代迭代试错过程。

胡伟武进一步比喻说，一名好厨师用一个小时能做出一桌佳肴。现在加大投入，使用60名厨师，那么用一分钟能做出一桌饭菜来吗？必要的时间，是完成一项复杂工作最根本的保证。

做科技产品的大忌就是急于求成，缺乏耐心匠心。不同科技产品有不同研制成熟周期，那些背离客观规律而急功近利、投机取巧，一味以缩短时间或走捷径来获取技术进步，简单地说用几年超越西方国家几十年高科技发展历程，无疑是一种盲目与无知！

谈到龙芯20年来发展壮大的技术积累时，胡伟武充满感情地说，这也是新型举国体制带来的奇迹。龙芯成长中，第一轮投资是天使资本，国家科研项目累计投入4亿多元，给予龙芯慷慨无私支持；第二轮是地方资本，投入2亿多元，护佑龙芯下海办企业，走上产业化发展道路；第三轮是社会资本，赋予龙芯跨越式发展的充足能量；第四轮是公众资本，龙芯在上海证券交易所科创板挂牌上市，步入现代企业多渠道融资发展的快车道。

没有新型举国体制对民族高科技企业的接力支持，就不可能有龙芯今天的青春芳华、羽翼丰满。

这也让人想起俄罗斯微电子所"E2K"CPU芯片的命运多舛。据披露，

"E2K"CPU 早期研发走在我国龙芯前列，处于国际领先地位。中科院计算所试图合作引进未果后，就被美国人买走了，发展改制几经颠沛，几多辛酸……目前尽管队伍尚在，但缺乏蓬勃朝气。

有一次，"E2K"的总师，在飞机上与中国一位芯片科学家偶然邂逅。谈到世界芯片研发，这位曾在国际芯片研发领域颇有影响力的大科学家，黯然伤感地说，我们的"E2K"饱受磨难，前程未卜，真羡慕你们中国人的龙芯啊！

是啊！龙芯有新型举国体制的呵护支撑，历时 10 多个春秋的政府电子政务应用试点，提供了非常宝贵的试错机会，让龙芯耐着性子不停试错发现毛病，不断改进迭代，让技术得以走向成熟。

曾协助胡伟武指挥过试错应用的张戈，内心极其复杂，脸上写满酸甜苦辣。他沉声说道，试错的过程极其曲折、坎坎坷坷，喜忧交织，有满怀激情的夙愿，有跃跃欲试的冲动，有停滞不前的苦恼，有问题成堆的沮丧，有受人奚落的消沉，还有万水千山只等闲、三军过后尽开颜的自信与豪迈。

何以促成这次政府电子政务应用试点呢？张戈坦率地说，具体原因我并不掌握，但在做出这一重要决策前后，国际上发生了一系列影响信息安全的重大事件，包括震撼世界的美国中情局前雇员爱德华·斯诺登事件。

从斯诺登披露的文件看，美国"棱镜"计划早在 2007 年就开始实施，监视范围涉及电邮、视频、存储数据、文件传输等，微软、雅虎、谷歌、苹果等美国九大网络巨头参与其中，不仅监听国内民众，还监听盟友、欧盟、北约等国家，更是将中国、俄罗斯等作为重点对象。

"棱镜"计划的曝光，让信息技术安全的隐忧浮出水面，引发人们对使用进口核心技术电子信息设备安全性的极大忧虑。

心忧社稷安危，培植自主创新技术，成为了驱动政府电子政务应用国产化的重要推手，将部分政策性市场倾斜给了国产自主 CPU。

谈到龙芯参与试点应用三个波次的试错实践，胡伟武将其比喻为爬楼梯。一轮试错，就是技术爬一层楼梯，解决电脑应用许多浅层次的问题缺陷；二轮试错，就是技术爬第二层楼梯，破解电脑技术一些难度较大的问题不足；三轮试错，就是技术爬上第三层楼梯，技术由初级向高级跃升，错误缺陷明显减少，解决关键性难题，使得电脑内部设计不断优化，研发能力由低向高迈进，直逼国际主流高端技术水平，进而参与国际自由市场竞争。

第一轮应用试点是基于龙芯 3A1000 的几千台电脑，各种性能不稳定的死机、卡壳、迟钝、崩溃等现象频繁发生，仿佛如同"嗡嗡嗡"归巢的蜜蜂一般，接踵而至，让人防不胜防，甚至是晕头转向，不知如何是好！

负责电脑调试的杜望宁回忆当时情景，仍记忆犹新。

他慨叹说，当时调试人员几乎是 24 小时连轴转，守候在机器旁，观察分析每一个故障、每一种现象、每一次崩溃，奋战得天昏地暗、生活失常。经常晚上和衣而睡，打几个盹就又投入工作，硬是靠苦干实干，把应用中的一个个问题解决掉，实现龙芯桌面电脑由"不可用"到"基本可用"，没有让试点泡汤。

稳定性问题基本解决后，速度成为电子政务中使用自主 CPU 的主要矛盾。一位在政府机关工作的正厅级领导曾对胡伟武说，使用龙芯电脑，早晨上班后先开机，再打开水泡茶，茶泡好了电脑就起来了；尔后点开浏览器闭目养神，内心默数 3 秒钟，浏览器就起来进入使用状态了……

机关领导对自主化试点的重视，令胡伟武非常感动，决心把包容体谅转化为动力，想方设法解决各种应用中的复杂问题，不负信任重托。

纵然机关领导表示出极大宽容和体谅，但任何谅解都是有限度的，也是不可持续的。随着时代的快速发展，宽容心理可能会不断被削弱、消减……而越是体谅情深、越要争口气，提高工艺水平，优化软件生态，破解"瓶颈"问题，尽快终结器不如人的被动局面。

只有技术无可挑剔、用户满意了，才能走出被同情的窘境。这是真正的硬道理、大道理。

念及至此，胡伟武走到张戈办公室，打开话匣子说，形势逼人，试点应用中错误越多，越是倒逼我们反躬自省。我们要开足马力，下功夫解决试点应用中的所有问题；研发人员也要到试点现场，解决应用中各类缺陷和不足，在下一代 CPU 推出之前，通过软硬件磨合提高性能，改进用户体验，打一个翻身仗。

张戈点点头说，明白，胡老师。我马上就安排，全力推进。

胡伟武进一步慨叹道，那些应用中出现的问题，研发人员身居斗室是想不出来的，一个个鲜活无比。这些问题，正是我们的先生和老师，也是改进技术推出新一代产品的重要抓手，一定要耐着性子看不足，把问题琢磨透，解决起来才有力量，才能拼出一条活路来。

这番话透彻深刻，一语切中追梦人。张戈顿感眼前明亮旷远，使劲点了点头，随即将自己的笔记本电脑打开，端到胡伟武面前说，我们已对应用中遇到的几百个问题进行梳理，分成八大类，准备联合芯片研发部和系统研发部共同解决。

很好！看透问题、矫正问题，抓住破解问题的"牛鼻子"，才能搭起通天大路。胡伟武露出满意之色肯定道。

正是龙芯高层的求实与警醒、检讨与反省，调集研发人员也奔赴热火朝天的试点应用第一线，亲身感受技术应用中一个个缺陷，情感得到浸淫，心灵受到刺激，理解了技术应用的关键和诀窍，紧锣密鼓展开技术大突击，加大了软硬件磨合力度。他们试用 1 台电脑，积累 1 台的故障现象；试用 100 台电脑，梳理归类 100 台的调试办法；试用 1000 台电脑，收敛集聚 1000 台的有益经验，将调试的高招绝招广泛推广，提高磨合优化的效果。

第一轮试错大功告成，爬上了第一层楼梯，让龙芯桌面电脑从"不可用"达到"基本可用"。龙芯人信心大增，士气高昂。

接着，政府电子政务应用第二轮试点如期展开，也预示着提供了第二轮"市场带技术"规模试错的良机。

其间，第二代龙芯产品 3A2000、3A3000 相继投入使用，性能比龙芯 3A1000 提升 4 至 5 倍，电脑运行速度明显加快，办公卡顿、不畅等问题不翼而飞；但使用浏览器观看视频、图形还不尽人意，仍有缓慢等不足情况。

试错又步入一个新平台，遇到新"瓶颈"。

负责软件浏览器技术升级的彭飞、余银等，深感肩上责任重大，试错升级迫在眉睫。

此时，作为龙芯合肥研发中心负责人的彭飞，带领一批技术骨干苦苦钻研 3 年之久，开发出国产自主信息平台上第一款龙芯浏览器，填补了龙芯桌面核心软件的空白。但眼前的浏览器，只是"可用"，没有达到"好用"，尚需深度优化适配，提升质量性能。

时光已到隆冬，彭飞站在冷风猎猎、寒气逼人的江淮大地，深深吸了两口凉气，似乎感受到潮湿凛冽的阴冷与透骨。然而，更让他紧张的是浏览器一个模块还有严重缺陷，几千万行的代码在脑子里如同一锅糨糊，理不出个头绪来。其代码调整、算法设计、架构优化等异常复杂，让他心头紧紧收缩着，不由得打了一个冷战。

宝剑锋从磨砺出，梅花香自苦寒来。越是艰难越向前，才是龙芯人的生命底色。随即，彭飞振作精神奔向办公室，带领人员开始新一轮技术攻关。

突然，窗外大雪纷飞，银白色的雪花在夜色中雪亮晶莹，映耀得窗户一片明亮。而彭飞他们埋头在浩瀚复杂的代码中，苦心奋战，精心优化。

这样，干起来就连轴转，几乎放弃所有的公休日、节假日，马不停蹄，车不止轮，用 180 多个日日夜夜苦苦奋战，终于完成浏览器重要模块的再研发，性能比第一代提高 2 至 3 倍，解决了制约桌面应用的问题。

龙芯其他软硬件技术人员，也斗志高昂，跑步进击，持续对内核、Java 虚拟机、办公软件、数据库、图形图像库等全面优化，与操作系统、数据库、整机、系统集成等厂商，协调配合解决客户试点中发现的各种问题；还进行基础软件规范，推出各种标准，让软硬件应用步入正规有序的新轨道。

芯片研发骨干汪文祥、杨梁、王焕东、苏孟豪等，也聚精会神研究试点应用中的问题，或蹲在电脑前认真检测，或反复做实验观察现象，或深研机理会诊病灶，或归类总结有关经验，在透析解决具体应用问题中锤炼研发"内功"。

看到凝聚着无数智慧与汗水的一台台电脑，轻松自如地运转起来……他们心中升腾起一种别样的成就感，电脑心脏中数以亿计的晶体管、线路图、节点，都是他们绞尽脑汁精心设计出来的，寄托着无尽情感，似乎每一个代码、每一个字符都如同他们周身的细胞，与血液一同流淌，同脉搏一起跳动，似乎能够感受到"嘭嘭嘭"同频共振的节奏……

面对一套系统出现的 3D 图形卡顿，每秒只能刷两张图的迟钝问题，姚长力仔细分析现象特点，沿着图形处理链路，一步步向纵深倒查，很快发现是软件系统不规范、图形处理没有启用专用部件 GPU，从而引发缓慢的问题。

经过对症下药，姚长力仅修改一个链接，问题就手到病除，图形处理达到每秒 20 帧的速度，比原来提高了 10 倍，带给客户大吃一惊的惊喜。

试错软硬件磨合效益大增，龙芯技术又爬上第二个大台阶，性能达到或超越国外引进技术的同类产品，实现"基本可用"到"可用"跨越。

研发人员在试错磨合中也深刻体悟到，提高研发能力、强大"内功"，仍有较大提升空间。他们采用国际高性能时钟设计技术、高性能锁存技术等，将 IP 核的队列做大，把芯片频率做上去，使得设计再度优化，步入一片绿茵缤纷的新天地。

胡伟武伫立在龙芯展厅，凝视龙芯成长进步的足迹，在通用、工控、交通、电力、金融、教育领域等应用，都是一条条快速上升的曲线，折射出龙芯在试错中改进、改进中迭代，技术不断试错升级的成长路径。

尽管试错过程，无法在展厅里鲜活生动呈现，但在龙芯人的记忆深处，却留下难以磨灭的印迹。任凭岁月销蚀、时光流逝，为制造"中国芯"不停试错、反复试错的内心坚守和精神境界，永远是龙芯人不懈的情感追求。

时光的车轮驶过 2019 年，伴随着政府电子政务应用进一步扩大应用规模，龙芯第三轮"市场带技术"规模试错又一次拉开帷幕。

这轮试错的明显特点是，龙芯第三代产品 3A4000、3A5000 相继亮相，KVM 虚拟机等软件启用，基础软件得到全面规范，龙芯 CPU 本身的缺陷问题越来越少，政府电子政务系统越来越多选择自主 CPU，试错重点从操作系统内部转向应用不够丰富的外部，以及产业生态链中的问题。譬如，整机产品美观度欠缺、工艺不够精致、应用生态单调等。早些年，国外垄断企业纷纷通过与国内有关单位"合资"成立 CPU 企业，或把国外技术"授权"给国内企业成为所谓的"自主 CPU"，让自主 CPU 技术发展趋于复杂化，群雄逐鹿各显神通。

特别是产业界部分人员对科技自立自强信心不足，加上急于求成的心理，总希望通过引进国外技术来发展自主CPU，实现"弯道超车"。

有着丰富实践经验的胡伟武，坚定地认为，我国不可能基于引进国外技术构建自主信息技术产业体系；发展关键核心技术，不仅要撸起袖子加油干，还要耐着性子坚持干；好的制度机制可以加速试错迭代，但不能替代试错迭代。

胡伟武还总结说，波浪式发展、螺旋式上升，是高科技进步发展的客观规律；那些急于求成的做法，实际上是更弯的"弯道"，反而会让产业生态建设步入误区，出现"翻烧饼"走回头路，从而发展得更加缓慢。

这样，龙芯下功夫坚持技术试错，又将试错扩大到全业务全领域，范围不断拓展，深度持续下潜，全面提高软硬件质量性能，丰富完善产业生态。譬如，搞好像浏览器、Java虚拟机等软件的升级优化，实现系统架构稳定和技术平台收敛，让基于龙芯CPU的应用持续升级发展。

要想知道梨子是什么滋味，就要亲自品尝，悉心体悟。

自2010年以来，胡伟武主导龙芯公司长期使用龙芯电脑和相关产品办公，随着龙芯CPU的迭代升级，而同步更换电脑，从自身使用感受和试错中发现产品的缺陷，精准定位问题，更加主动自觉地协助厂家完善相关产品工程细节。

譬如，一个合作伙伴推出基于龙芯3A3000芯片的防火墙网安设备后，龙芯就购买一批使用。刚使用第一天，就发现有崩溃、死机现象。他们专门进行长达两个月的不间断测试，发现了设备丢包严重、设备互联导致网络中断等12个具体问题，立即反馈厂家技术人员，还提供改进措施意见，使得厂家迅速升级设备软件，有效解决发现的问题。接着，龙芯对该款设备进行边使用边测试，使它在真实环境下加大压力，又进行长达6个月的耐心测试，发现了文件扫描病毒出现卡死等6个问题。他们继续协助厂家有的放矢地进行产品再改进、再升级，使得这款网安设备由基本不可用，逐渐走向可用及成熟可靠，获得良好市场效应。

龙芯人不仅是龙芯相关技术产品的更新迭代者，更是最为严厉的试错者批评者。他们将使用发现的不足问题，系统梳理，属于自身设计方面的，认真吸收消化和改进；属于产业链的，及时反馈给合作伙伴，提出中肯建议。这样让试错效益持续外溢，推动基于龙芯 CPU 的各种产品性能不断提升，功能持续完善优化，向着精品方向迈进。

是啊，试错是借助新型举国体制的优势，采取"市场带技术"策略，进行的自我进化和完善，是流淌在心灵深处，打造信息化品牌的崇敬、追寻、进取。

正如胡伟武所言，龙芯技术和生态体系的迭代升级无止境，龙芯试错步伐不停歇，依然需要步履坚定，铿锵向前，在试错中完善功能细节，消除缺陷不足，让龙芯技术实现永无休止的螺旋式发展，成为可供借鉴的高科技产业发展模式。

试错无声，踏实如金。

龙芯人锲而不舍、久久为功的试错，打磨的是一颗踏踏实实的匠心，更加重视实践应用，更加重视钻研内在机理，形成追求卓越的进取态度；锤炼的是一种认认真真的耐心，坐得了冷板凳，耐得住长寂寞，矢志不渝一年几年解决一个大问题，一辈子干好一件事，意志力更加坚韧不拔；雕琢的是一颗兢兢业业的真心，远离浮躁浮华，敢于面对自身缺点，不断固本创新、改过求新，实现新的浴火重生、自我涅槃。

可以断定，从实践到认识、从认识到实践，在实践中迭代试错的理念、意志、品格，已融入到龙芯技术创新迭代的骨血之中，拓展延伸到龙芯产业链上下游，将会演绎出山外有山楼外楼、绝处高峰天地留的绝妙风景。

第九章　自力更生艰苦奋斗是基石

1. 坚持攥紧"枪杆子"

龙芯不怕远征难，自主创新意阑珊。

2018年3月，正当龙芯劈波斩浪之时，也有好心人，通过非常渠道协调跨国企业，有偿转让部分 GPU 技术资料，支持国产 GPU 技术研发，以期取得技术突破。

副总裁冯珂珂获悉后，将情况向胡伟武作了汇报。

胡伟武立即义正词严道，千万不能起心动念，我们决不改变自主研发道路，决不能上了别人圈套被牵着脖子走。这是一种饮鸩止渴的办法，暂时能管点用，尽快取得发展；但长远看，会中断我们自主研发进程，阻碍我们形成自主研发能力，是一条重蹈覆辙的不归路。

思维敏捷的冯珂珂意识到了错误，立即向胡伟武检讨说，看来我对龙芯坚持走自主创新技术，认识还不够清醒坚定，脑子里还有旁门左道的"流毒"，需要反省铲除啊。

之前，一些国外跨国企业的代理人，通过各种途径找到胡伟武，热情提出与龙芯进行技术合作，采取授权龙芯先进技术，把源代码、设计流程交给龙芯，尽快获得技术突破。

有的甚至说，你们龙芯太保守了，如此辛辛苦苦从头开始搞研发图的是什么呢？开展国际合作多好，直接把我们先进设计拿去，打上龙芯标签进行销售，尽快赚大钱、得成功。

多么大方的施舍，诱惑力很强！但背后是国外垄断企业以小的利益，引诱龙芯上钩，中断龙芯自主研发进程而"缴枪不杀"，企图让中国人永远不要建立自主信息化技术产业，永远受制于人，永远停滞在产业链低端。

对此，胡伟武异常淡定，婉言谢绝说，你们只能给我们一代技术，用了一代下一代就没有了，还会废掉我们自主研发能力。龙芯的产品再丑，也是自家的孩子，流淌着中国人的骨血和情感，养大后会对中华大地忠心耿耿、肝胆相照的；而为了暂时利益抛弃自己的孩子，于情于理都不合适，龙芯没有人答应！

还有国外著名企业一位代理人，甚至打起胡伟武本人的主意，许以优厚待遇请他到国外企业做大事赚大钱。但胡伟武仍然淡定地说，谢谢好意，我不去了。

对方疑惑地问，为什么？

胡伟武答，要为自己的国家研制 CPU。

对方又说，您不来，能把您的同事推荐几位吗？

胡伟武仍然答，他们也不去。

对方仍然不解地问，为什么？

胡伟武仍然答，他们也要为自己的国家研制 CPU。

对方还是不甘心，降低了标准说，您的学生那么多，能把您的学生推荐几位吗？

胡伟武还是答，他们也不去。

对方更是不解地问，为什么？

胡伟武还是答，他们也要为自己的国家研制 CPU。

质朴坚定的回答，道出历经艰难曲折生死考验龙芯人的高度精神自觉，纯粹而坚定的报国情怀。这就是不受诱惑、不走捷径，坚定不移地扎根中华大地，倾心培植自主创新技术，走中国特色的信息化建设发展之路。

对于跨国企业所谓的技术合作和吸引人才，胡伟武洞若观火、心明眼亮，清醒意识到，各种拉拢和收买，其根本目的是摧毁迟滞我们的技术能力，阻碍我国发展自主信息技术能力，司马昭之心路人皆知。

胡伟武还形象比喻说，在革命战争年代，没有枪杆子就不可能取得政权，革命就会失败。国共重庆谈判时，蒋介石希望共产党放弃军队，根本目的是消灭共产党、占领全中国。毛泽东主席的斗争策略是牢牢攥紧枪杆子，人民武装的一颗子弹、一杆枪也不交给敌人，保证了革命胜利。而如今，倘若我们失去了自主研发能力，就等于缴了枪，中国自主建设信息化就会失败，继续承受西方跨国企业的技术垄断霸凌，永无休止地接受剥削与欺压。

这是多么精辟而深邃的分析判断，透彻犀利、入木三分，振聋发聩！

曾几何时，中国人将引进高科技的一个个美好希望寄托在道貌岸然的友邦上，结果飞机工业、汽车工业、车床工业等一个个均失去核心创新能力，在不动声色中被解除了"枪杆子"，丧失了竞争力，一度步入要么倒闭，要么濒临破产，要么负债累累的绝境……

据披露，国内曾前仆后继地引进国外技术，打造所谓的国产自主 CPU 公司，已经在 CPU 领域销声匿迹了好几家。除了其他复杂因素，主要是幻想吸收消化国外先进技术，但却走上了不归路。

以贵州华芯通为例，2016 年 1 月由美国高通公司与贵州共同投资 38.5 亿，雄心勃勃进军芯片产业，一年多后宣布第一代 ARM 架构的国产通用服务器芯片——昇龙 4800 量产。但又过了半年，企业关门倒闭，人去楼空……舆论剖析认为，从自身没有技术积累，使用 ARM 技术架构那一刻起，就决定了倒闭陨落的命运。

"市场换技术"是绝路一条，必败无疑！

专家认为，华芯通倒下是对国产芯片公司一个重大打击，对于同样研发 ARM 架构服务器芯片企业来说，也是前景不妙的信号。

如此幻想借用国外核心技术失败的悲剧仍然在上演，损失惨重，令人痛彻心扉！高科技自力更生永不过时，永远有生命力，是中国人建立自主信息技术产业体系的王道，别无他途！

当然了，龙芯建立自主技术体系，也不是关起门来排斥开放、自我封闭，而是坚持以我为主、以掌握自主软硬件核心技术能力为目标，在开放中学习、取长补短中提升能力，增长本领，牢牢掌握核心技术研发能力的"枪杆子"。

龙芯人谦虚若谷、勤勉好学，不盲从、不迷信、不教条，善于把强大对手当作学习标杆，取人优长、避其所短，勇于攀登信息技术和产业新高峰。

向苹果公司学习，借鉴通过系统优化提升用户体验的理念。

苹果公司立足自身 CPU 性能，认真对自身系统深入分析，一个应用一个应用地优化，一个特征一个特征地优化，一个像素一个像素地优化，打通技术链，优化全系统，做出苹果特色的产业生态体系，实现良好用户体验。

向谷歌公司学习，理解统筹操作系统开放和兼容的理念。

谷歌公司 Android 操作系统研发人员尽管不多，但在长期产业应用实践中，对产业形成正确深刻的理解，采取开放姿态，绝大多数软件包括浏览器都免费，同时通过系列规范来保证 Android 上的 APP 保持兼容，吸引客户广泛使用。

向英特尔公司学习，体悟以 CPU 为基础组织庞大产业链的做法。

英特尔芯片不满足已有优良性能，始终在迭代提升，同时通过一系列软硬件规范，保证 CPU、主板、操作系统、外设、应用的广泛兼容，利用芯片和操作系统的电脑解决方案，进行技术辐射，建立起比较完整的强大产业链……

龙芯人纵览国际信息技术产业几十年发展历程，更加清晰认识到，产业生态是建出来的、不是跟出来的，是自主发展起来的、不是引进来的；只有自主建生态的 CPU 企业，才能掌控自己的命运，有长远发展而活得好；凡是不建自己生态的企业或者跟生态的，都是命运多舛，产业发展受制于人，利润分配屈从于人，只能承受当马仔、做丫鬟的地位和痛苦。

对于如何汲取借鉴成就自我？胡伟武感悟到，学习不是照抄照搬、盲目跟随，更不是简单模仿、教条应用，而是学习他人的先进理念，结合自身应用实践，进行创造性的再认识、再探索、再提升，探索规律，另辟蹊径，建立具有中国特色的信息技术和产业体系生态。

即根据龙芯实际特点，采取英特尔＋谷歌＋苹果的技术商业模式，就是以 CPU 为基础组织产业链，通过不断的软硬件规范兼容和生态建设，进行技术辐射，建立比较完整的强大产业生态联盟；就是以开放操作系统和兼容理念，将操作系统和软件向客户免费开放，惠及产业链，吸引各种应用广泛普及；就是以更好的技术优化理念，使软硬件全面适配，深度优化系统，实现客户最佳使用体验，从而创造龙芯技术应用和商业新模式。

天地为公，大美无涯。龙芯汲取先进理念和做法，将操作系统兼容和软件免费开放的惊人举措，昭示着中国信息技术领域一个新的时代开始！

我的目光伫立在这几行文字之间，反复咀嚼体会，越嚼越有滋味，似乎能嚼出一种甘甜、一片天地、一股力量，悟出一种超越巨人的理念和胸襟。

记得早在 2013 年 3 月，一个春光明媚的日子，胡伟武披着浓浓春意在中科院计算所春季战略规划会上作报告。他心怀天下、前瞻未来，站在时代发展的战略制高点，发出中国要建立自主信息技术产业体系的深情呼唤；还进一步阐明，龙芯决不跟着别人生态走，刚开始小一点不要紧，生态差一点不要怕，矢志不渝自主建生态体系，一点点往大做，一步步往前走，一定能够实现星星之火再燎原、生态建设做强大的战略目标。

胡伟武最先提出中国应打造独立于美英的 Wintel 体系和 AA 体系以外的世界第三套信息技术产业体系，思维理念又向前迈出一大步。他还回答了中国信息技术产业体系建什么、怎么建？赋予了中国人建立信息技术产业新世界的崇高使命。

这是"惊涛拍岸，卷起千堆雪"的凌云壮志，是"江山如画，一时多少豪杰"的执着坚定，也是"谈笑间，樯橹灰飞烟灭"的从容气度！让在座每一位的情感飞跃起来、心潮澎湃起来……

报国有门，敢为天下先。

一位国家机关领导感慨道，思路决定出路，理念标定行动。胡伟武不愧是科学家中的战略家、战略家中的科学家，看得透彻深远，描绘出中国信息技术产业发展的宏伟目标，我们从中深受教益启迪。

胡伟武率领龙芯团队的战略思考从未停滞过，结合龙芯技术产业实践应用，纵情跋涉、奋勇前行，投身于从理论到实践、从实践到理论、再从理论到实践的螺旋式发展跃升之中。

2016 年春夏之交，胡伟武着眼当前、俯瞰天下，在龙芯中层干部会议上，纵论龙芯参与构建世界信息技术产业第三极的具体路径。他认为，有三个阶段性鲜明特征。

第一阶段，"十五""十一五"期间，在完成初步的技术积累后，主要面向应用比较单一的工控领域，如在网安、电力、交通等嵌入应用。属于起步阶段。

第二阶段，"十二五""十三五"时期，结合政府电子政务应用试点，从单一应用向复杂固定应用迈进，涉及通用操作系统、办公软件、数据库、中间件、浏览器、3D 图形等复杂环境，通过软硬件磨合升级，满足国内重要行业信息化需求。属于形成平台阶段。

第三阶段，"十四五"开始，通过单一及固定应用市场的开拓，在国产CPU 市场占有率达到一定数值，吸引下游企业来跟自主 CPU 及基础软硬件适配优化，全面建设信息技术产业生态。属于基本建成自主信息技术产业生态阶段。

胡伟武还以战略家的韬略，回答中国塑造世界信息技术产业"三足鼎立"怎么走的方略，洞悉时代大势，令人翘首赞叹！

而如今，在通过 20 年技术积累完成 CPU 和操作系统技术"补课"的基础上，建立基于龙架构的信息技术产业生态，应分三步走。第一步到 2025年，初步形成完全独立于西方的信息技术产业生态体系；第二步到 2030 年，自主信息技术体系更加丰富完善；第三步到 2035 年，实现架构成熟、功能卓越，具有较强国际竞争力，达到世界信息技术产业"三足鼎立"的态势。

那么，"三足鼎立"的中国自主信息技术产业体系，具体由什么构成呢？胡伟武独上高楼、望尽天涯路，精辟概括为三个环节：

第一，是基于自主 IP 核的芯片设计，IP 核决定了芯片的性能、成本、功耗、安全性等；第二，是基于自主指令系统的软件生态，指令系统是支撑软件生态的根本技术，如 X86 指令系统支撑英特尔计算机生态，ARM 指令系统支撑苹果手机生态；第三，是基于自主工艺的芯片生产，从设计到生产全过程达到自主创新。

上述三个"基于"，是我国信息技术产业的"痛点"和"堵点"；只要完全啃下来，就能实现我国信息技术产业的"国内大循环"。

这是龙芯人胸怀天下的情怀，也是当今世界殊、九天揽日月的壮志宏图！

基于自主 IP 核的芯片设计，经过近 20 年的顽强奋战、砥砺前行，龙芯已完全达到自主创新，本领逼近国际主流技术水平，攀登高峰、渐入佳境。

基于自主指令系统的软件生态，龙芯已突破层层封锁、逾越道道关隘，研发成功 LoongArch 的自主指令系统，系统掌握 CPU 和操作系统关键核心技术，向全面建成生态体系迈进。

基于工艺技术的芯片生产，国内自主工艺技术已经基本满足自主 CPU 的要求，但其所需要的材料和设备仍处于"艰难期"，还须国家各半导体生产企业及各方聚合力量，矢志不渝顽强奋斗。

此刻，我眼前仿佛狼烟再起、刀光剑影。上个世纪 80 年代，我国改革开放大门洞开，带来西方跨国信息企业的攻城略地，迅速抢占市场，也让中国人在开放市场中学习产业化、探索产业化，感受到市场激烈竞争的艰难、苦楚、残酷。

尽管没有炮火隆隆的阵地对垒、没有生命搏斗的血流成河，但这种隐形的科技战经济战与真枪真刀热战不同的是，悄悄销蚀和考验着一个国家的青春智慧乃至精神，既让国家融入国际体系而逐渐强大，也让一些人失去精神自信，滋生崇洋媚外的心理，甚至盲目认为太阳月亮也是国外的好。再者，西方企业凭借强大技术产业优势卷走中国人民丰厚劳动成果，还挥舞科技的达摩克利斯之剑，威胁着国家安全和经济产业安全，让天下受苦久矣。

塑造"三足鼎立"的新格局，自成一套技术产业生态体系，真正掌握技术能力的"枪杆子"，彻底终结中国人在信息化领域受剥削、受欺压的历史，让中华科技文明之光再度回归，民族复兴之路更加宽广。

仔细分析，这里饱含太多的理想抱负、内在逻辑，折射着太多的智慧力量。

龙芯人志存高远、胸怀世界，梦如东风、吹拂神州，既有脚踏实地耐着性子坚持干、撸起袖子加油干的心劲；又有雄关漫道真如铁、而今迈步从头越的意志向往，毅然决然奔跑在追梦圆梦的新征程上。

有人问道，龙芯历经这么多年发展，国产自主 CPU 与国外英特尔、苹果 CPU 相比，如何？

胡伟武曾经语重心长说，乞丐不能与"龙王"比宝，英特尔公司已有 50 多年历史，生产出全球第一款微处理器，带来计算机和互联网领域的革命；苹果公司也走过 40 多载历程，技术实力雄厚……

龙芯现阶段与这两个跨国企业没有可比性。我们只有建立自己的标准体系，形成自主创新能力，在局部指标不如国外产品情况下，打造出整体优于国外产品的应用系统，实现自主创新的新超越。

倘若不注重形成自主能力，满足于在国外体系中亦步亦趋，永远没有超越的机会，永远落后于人，永远不能终结受制于人悲伤和苦涩的命运。

龙芯人注重历练本领能力，从不自大自负自恋，从首席科学家到普通员工，不论职位高低，都是一名战士、一名学生，甘愿做党和人民的好战士，尊崇于龙芯企业文化；都有一种青春焕发的朝气、昂扬向上的锐气，始终不渝向前奔跑，志坚如铁，信念似钢；都是党的思想路线践行者，将不信邪、不怕鬼、不畏难装在脑子里，努力将不可能变成可能，平凡变为非凡。

2021 年 10 月 12 日夜，月色朦胧，暮霭深沉，整个天地像浸泡在墨水之中，漆黑幽暗。但龙芯大楼四层实验室，仍灯火通明，人影幢幢，王焕东、张宝祺等对刚刚流片归来的龙芯 3C5000 系统进行调试。

身为龙芯首席科学家的胡伟武、分管芯片研发部的副总裁范宝峡，以普通一兵的姿态，悄然走进实验室，与青年工程师们簇拥在一起，面对面研究调试攻关……

灯光雪亮如昼，大家沉浸在紧张激动的氛围中，边观摩调试，边技术探讨，边思维碰撞，你一言我一语，相互启发，让灵感、智慧、激情竞相奔涌，情感友谊交相辉映。

调试龙芯第一款 16 核 CPU 的主核，进展顺利，一路风平浪静。但调试从核时，CPU 跑不起来，遇到"绊脚石"，计算机停滞在那里，陷入困境。

紧张思索的时光一分一秒流逝，气氛骤然寂静而忐忑，平淡而翻飞。已经过许多攻关锤炼、具备高超技术的王焕东，临危不乱，立即带人认真检查，发现是从核的初始化段不正常。

王焕东胸有成竹说，看来是启动程序有问题，请张宝祺调试启动程序，修改软件代码。

张宝祺迅速行动，立即进入战斗状态，仅用半个多小时，就将软件代码修改到位。

随即，王焕东他们继续进行调试。像这样的 16 核 CPU，比 4 核更为复杂，调试工作量也巨大，需要逐核、逐路多项调试，费时耗力。奋战到凌晨两点多钟，胡伟武、范宝峡交代后续注重事项，就离开了实验室。

而王焕东带领 3 名技术骨干仍然铆在岗位上，接续战斗。他们又遇到多处问题，对内存分配重叠不匀、固件代码毛疵等不足，逐个调整解决。

直到翌日上午 10 点，龙芯 3C5000 基本调通，初步告捷。接着，他们又进行长达一周的稳定性调试，精心调整，精益求精，使得这款芯片的全部功能完全到位。整个系统欢快顺畅跑了起来，电脑屏幕闪烁出的一串串正确信息，令人舒心畅快，愉悦万千。

龙芯人谦虚诚实，从不气馁，在彼此学习中增强本领，磨炼筋骨意志；在向对手高手学习中丰富阅历，开阔视野；在向工作生活学习中，增强智慧能力。他们以永远学习、永不满足的姿态，浇铸非同寻常的气度、品质、本领。

龙芯人的骨头是坚硬的，心态是阳光的，从不抱怨，也不急躁，不把时间精力花费在无用的怨恨后悔等事项上，受了委屈误解，不争辩、不抛弃，荣辱不惊走自己的路，定力如山。

正所谓，心若向阳，则无惧悲伤；尽管征途漫漫，仍然一路放歌，潇洒奔向远方。

譬如，龙芯坚持自主创新受到诸多委屈，如因汉芯造假受到连累，被恶意攻击、无情打压；因重大专项转向被取消国家项目失去经费来源，生存陷入危机；因与引进国外技术路线激烈竞争，受到恶意诋毁，竟有人污蔑龙芯是假自主，阻止龙芯在关键领域信息系统中的应用；因推出自主指令集，受到竞争者嫉妒排斥，大肆渲染自主指令系统有知识产权纠纷、龙芯软件生态不佳的不实舆论……

对此，龙芯人不解释，也不申辩，而是内心一次次笃定：龙芯行不行，做给他们看。相反，每受到一次打压委屈，就激发一次内在动力，让本领能力得到一次提升，打压与委屈成了奋发进取的阶梯，让龙芯在委屈误解中成熟壮大。

龙芯人坚信，事实胜于雄辩，行动高于空谈；对误解、委屈与打压，最好的回击是，千磨万击还坚劲、任尔东西南北风，用无与伦比的奋斗，成就最好自主创新能力。胡伟武心正气定地解释道。

体验过人间冷暖的胡伟武，胸中有雄兵百万，受侮不辩，闻谤不答。他感慨道，对待所有的委屈甚至是遍体鳞伤，用不满、抱怨、痛恨都解决不了问题，还会带来更坏情绪，陷入心理灰暗之中不能自拔；唯有一片丹心，拥抱并不十分美好的生活，将困难挫折踩在脚下，才能成为真正的强者。

胡伟武曾用唐代诗人白居易的诗词："周公恐惧流言日，王莽谦恭未篡时。向使当初身便死，一生真伪复谁知？"来勉励龙芯人，坦然对待造谣中伤现象。

他坦率从容地说，公道自在人心，历史是公正的，真理是颠扑不破的，即使一时被颠倒了，时间冲刷淘洗后，也会把颠倒的真理重新更正过来，还得一个晴空朗朗、人间正道。这就是龙芯远离是非与纷争的智慧与淡定。

在庆祝龙芯成立 20 周年大会上，胡伟武饱含深情，总结出龙芯自力更生艰苦奋斗的三条有益经验，昭示龙芯自主创新的可喜成果：

通过自主研发，我们掌握了包括 CPU 核、GPU 核、内存接口、高速总线接口等系列化的上百种核心 IP，龙芯 CPU 性能在迭代发展中快速提高，超过引进国外技术的其他国产 CPU，逼近市场主流产品水平。

通过自主研发，我们推出自主指令系统及与之配套的基础版操作系统，掌握了包括内核、编译器、编程语言虚拟机、系统虚拟机、浏览器、媒体播放器、图形库等在内的操作系统核心技术，掌握了包括 UEFI 和 ACPI 在内的统一系统架构技术，为自主生态建设打下坚实基础。

通过自主研发，我们对用户碰到的软硬件问题能够做到定位准确、机理清楚，在客户中形成龙芯能解决问题、龙芯服务最好的口碑。我们有坚定信心，自主研发一定会体现为最高性能、最低成本、最好生态。

胡伟武的总结概括，道出了龙芯掌握自主研发能力的丰硕成果和精神追求，也是龙芯人生生不息、创新不止的强大动力。

龙芯人不愧是龙的传人，一腔热血赤胆情、自力更生向远行，不论遇到什么样艰难险阻，也要誓把信息技术能力的"枪杆子"攥在自己手中。

这就是龙芯人强大的内在逻辑，永远的雄心所在！

2. 扑下身子艰苦奋斗

20 年一梦再回首。

时光定格到 2021 年 8 月 19 日，龙芯 20 华诞。

在经久不息掌声和瞩目中，胡伟武、张福新、王剑、范宝峡、钟石强 5 位超过 20 年工龄的龙芯人，登上光彩照人的领奖台，每个人脖子上挂上象征着奋斗与荣光的龙芯 20 周年纪念奖牌，脸上洋溢出灿烂笑容。

此刻，张福新享受着赞誉与光芒，有一种恍如隔世之感。他 20 年来一步一个脚印，信念执着奋斗，步步留痕有印，事事掷地有声，至今仍然清晰在目。

2018 年深秋，江苏中科梦兰技术有限公司、江苏中科龙梦科技有限公司的产业化，走上快速发展轨道之时，他进京与胡伟武面谈后卸下两个公司总经理职务，重返龙芯总部，重启基础研究之梦，开启新的人生奋斗征程。

那天，天空格外晴朗，万里无云，秋日的艳阳洒在了龙芯产业园区，显得格外亲切明快，也预示着秋季的宜人气候成为强弩之末即将逝去，冬季的寒冷就要姗姗而来了。

车子稳稳停在龙芯大楼前，张福新敏捷下车，快步走入龙芯大楼。

自 2005 年 4 月与龙芯总部深情一别，前往常熟创办产业基地已有 14 个年头，当年青春焕发的毛头小伙子，如今步入不惑之年，已是鬓染微霜的成熟状态了。

在步入龙芯大楼一刹那间，张福新扭头回望，看到地上落满了秋叶，远处燕山进入层林尽染的美好时节，大楼前的银杏树霜叶金黄，风一吹便飘飘洒洒坠落一地。秋阳之下的落叶，反倒给他弹指一挥十几年的感慨，怜惜时光悠悠的人生苦短。

张福新再回过头来走进大楼，坐电梯径直上楼，来到办公区敲开胡伟武办公室的门。

请坐。胡伟武微笑地招呼张福新。

而张福新在恩师面前，自然还有点腼腆、拘谨，充满恭敬地坐在椅子上，挺直了身板，等待恩师发话。

胡伟武对学生向来直呼其名，直言其事，从不拐弯抹角，便直入主题说，你在常熟一干就是 14 个年头，很有建树，功不可没，在那里建起产业化基地试验田，各项工作走上了正轨。现在你卸下了公司总经理担子，我想让你做龙芯实验室主任，重新搞你钟情的基础技术研究，给龙芯腾飞插翼添羽。

胡伟武深知，张福新的最爱还是基础研究，到常熟做产业化基地并非他的特长和夙愿，实在是被逼无奈的应急之举；如今已是勇士归来，再做挚爱之事，建立龙芯一流实验室、展开前瞻性研究的时候了。

感谢胡老师和公司的关心厚爱，但我的基础研究放了十几年，恐难胜任，辜负了老师一片好意。张福新谦虚沉吟道。

我相信你，公司也相信你，就不要推辞了！当年从实验室到产业化，做出突出贡献；现在再从产业化到实验室，为芯片技术研发迭代再加速，肯定会有不一样的风景，干出不一般的成绩。

张福新坦然表态说，那好吧，回到实验室再从实事做起，一点一点做，积小胜为大胜吧！

不拘泥于平凡，扑下身子做实事；不图一鸣惊人，艰苦奋斗创佳绩，是龙芯自主创新的优良作风，也是龙芯产业与资本积累的重要法宝。

张福新的人生奋斗足迹，从一个侧面折射出龙芯的核心价值理念和发展路径。

龙芯研发能力的积累，没有走急功近利的捷径，也没有行"弯道超车"的险路，而是一步一个脚印、一层一个台阶，用步步为营、稳扎稳打的苦干拼命干，燃烧青春和智慧，逐渐建立起巍峨高耸的技术大厦、自立自强的产业化根据地，实现了龙芯技术和产业最文明、最稳健的原始积累，奠定了快速发展的根基。

与张福新一样，也是中科大毕业的乔崇，岁月也在他耿直、率真的脸膛上，雕刻了一轮痕迹，显得老成持重。在龙芯技术发展史册上，乔崇留下解决问题"超级能手"的印记，将龙芯的非凡传递到许多客户脑海之中。

我请教他解决客户技术难题的绝招之法，乔崇平静而淡定说，世界上没有超人、天才，只有用专注的生命力，从小事做起，由弱到强，一点点慢慢积累成就非凡，将本职工作做到了极致，就能成就最好的自己、神奇的自己。

是的，乔崇十几年前踏入龙芯之门时，虽说读博士学的是物理电子学，但他视野开阔，跨学科钻研，也成为计算机软件驱动方面的高手，在此领域造诣颇深。

另外，乔崇天资极佳，高科技接受能力很强，对计算机技术情有独钟，投入许多精力探寻其中奥妙。大学本科时，他就研究汇编语言，编写 DOS 常驻内存程序，研究主板电路图，本科论文就是做 ISA 总线的 DMA 多道数据采集卡，打下扎实基础。读研究生，他又醉心于计算机软件驱动，系统学习 Linux 编程，不断研究驱动程序开发，持之以恒、锲而不舍，拾级而上，成为擅长软件驱动调试的专家。

决心研透天底下的计算机软件，练就调试计算机的非凡本领，是乔崇恪守的理想抱负。

他走入开源社区学习软件，更是如饥似渴、孜孜以求，深入研析各类软件的性格、品质、机理，逐渐琢磨调试龙芯CPU的JTAG仿真调试工具，用此检测诊断CPU的状态，看哪里有毛病不足，哪里有缺陷问题，从而解决计算机和服务器的死机、卡顿、崩溃、黑屏等一系列具体问题。

起初，他编写一个粗糙的JTAG仿真器，只有上百行软件代码，具备简单检测功能。接着，他紧随龙芯CPU研发步伐，对这款仿真工具不断丰富完善，逐渐拓展成几千行、上万行，而且具备调试、检测、更新内核、支持用户等多项功能，进而成为调试龙芯CPU炙手可热的"高级CT"，能够诊断许多龙芯复杂应用的问题，体现出非凡本领。

用乔崇的思维逻辑看，扑下身子做一件事，年复一年接着做，创造性地做，年年都有新进步，周而复始找奥妙，不断提升摸规律，耐心体会享受其中的过程，就不觉得枯燥和辛苦了。如能心定神静，坚持十年几十年，重复数千次、千万次反复研究，就会在技能本领上不断超越，升级步入极高境界，破解其他人解决不了的疑难杂症，甚至是无人匹敌、所向披靡。

龙芯人坚信自主奋斗的目标，一点一滴积蓄本领能量。那种靠投机取巧、一口吃成胖子的"掠夺式"技术积累，不管标榜得如何体面、轰轰烈烈，或者披上何等华丽光环，终究不会牢固，经不起时间的检验，相反会付出惨痛代价。

记得2014年春，是龙芯发展历史上最艰难的时期之一，产业化建设探索显得那么艰难、苦涩、不易。概括起来是，业务骤增、服务滞后、管理失范、规矩紊乱、客户不稳，迫切需要走上正规有序、兴盛发达的阳光大道。

胡伟武专门来到安全应用事业部蹲点调研，窥探实情，解剖麻雀。

在一次例会汇总情况中，业务员汇报说，客户放弃龙芯或暂停龙芯产品开发的情况比较多，主要是由于龙芯CPU和操作系统平台还不够成熟，产业链还不够完善，安全应用事业部售后服务能力有限，技术"兜底"不到位，让部分客户失去了耐心；是不是不要坚持龙芯技术"兜底"的做法，使有限的技术服务能力产生更多的效益呢？

是否放弃技术"兜底"的厚道做法，是一个至关重大的问题！

胡伟武感触颇深，沉思片刻断然说道，这种只看眼前利益、不顾该领域龙芯长远利益的想法具有一定普遍性，暂时看对龙芯有利；但长远看会丢掉安全应用领域的人心和业务，还会发生"蝴蝶效应"影响其他合作伙伴，谁还会铁心与我们团结奋斗、共渡难关呢？

丢掉人心是最大的失败，对龙芯有百害而无一利。

随即，他缓了缓神情，不疾不徐道，我们龙芯不是资本家，不能一切盯着眼前利益打转转。我们高举的是为人民做龙芯、建立自主信息技术产业生态的大旗，一切要围着产业生态做文章，要有眺望产业链大利益的战略眼光；越是老客户越要搞好服务，把老客户留在龙芯产业链中，就有长远利益；也只有巩固好老客户，才能建起新根据地，不能"老熊掰棒子"，掰一个丢一个，这才是千万不能做的"傻事"。

经过一番循循善诱、鞭辟入里，大家理解了胡伟武舍得眼前小利益、谋求团结奋斗长远大利益的情怀，也感受到践行艰苦奋斗的工作作风，不能单纯喊在嘴上，必须落实在行动上；不能吃不了苦、吃不起亏，必须有凝聚合作伙伴共同奋斗的大格局。

为了解决安全应用事业部技术服务能力不足的问题，胡伟武让当时的系统研发部经理高翔兼任安全应用事业部经理，把本来在后台做研发的上百个基础软件研发人员随时可以派往"前线"服务客户，缓解了技术"兜底"能力不足的矛盾。

谈到这一话题，通用事业部的杜望宁神情亢奋、两眼放光，解释说，我们龙芯人倡导自立自强、吃苦吃亏，从浅层次看很辛苦，是吃了亏，受了委屈；但从长远看，培养了能力，得到了发展，积小本领为大能耐，其实是占了大便宜，得到大实惠，这才是辩证法的大道理。

此话怎讲？我略带疑惑之色问道。

他说，就拿我来说，在2013年龙芯最不景气、亏损严重之时，没有嫌弃工资待遇低，而另谋出路；而是将个人命运与龙芯团队绑在一起，忠实地坚持下来，看似收入少，吃了苦、吃了亏，但我得到了公司的信任，也增长了本领。随着公司扭亏为盈，薪酬逐渐水涨船高，我还成长为副组长、组长、部门技术负责人，既获道义感还得成就感，这不就是吃小亏、占大便宜嘛！

我仔细琢磨这番话，抬头看了看杜望宁。他憨厚质朴的脸膛写满了厚道诚实，大大的眼睛遽然明亮，释放出一丝质朴和神采，无疑是红雨随心翻作浪、青山着意化为桥的豁达与幸运。

实际上，杜望宁的人生追求，蕴含着胡伟武常讲的"从全局出发优化人生"的哲理。也就是说，人生想有好运势，就必须有顺应天道的智慧，将自己的追求绑定在爱党报国的大事业上，把握好知"天时"、顺"天道"的正确方位，始终不渝以爱国报国为前提；而想有硬本领，就须认准一条道，一门心思走到黑，舍得下苦功笨功，练就绝招绝活，创造获得"地利"优势；要想获得机遇、成就最好的自己，就须重操守修养，为人厚道，乐于吃亏，锤炼高德厚品，打造"人和"的大气场。如此顺应了"天时"，满足了"地利"，造就了"人和"，就自然能带来人生的好运与福报。

人生一辈子爬一座山，朝着一个目标攀登，做个"笨拙人"，就是山再高、坡再陡，只要不停歇，哪怕中途有下坡、摔过跤，总是能爬到巅峰，创造出山登绝顶人为峰的非凡成就。

而那些只会做局部优化的人，没有把握好爱国报国的大局，只关注小我利益，就会目光短浅，贪图小利，最终难以成就最好的自己。这也如同爬山，刚爬一座山，就害怕山高坡陡吃苦，而改变目标，又去爬另一座山；而从这座山跑到那座山，再从那座山跑到另外一座山，重新开始爬，一辈子都在山下兜圈子，一座山也没有爬上去，落得遗憾终身。

这就是说成功者不轻易改变目标，而注重调整方法；失败者往往不断调整目标，也不断调整方法，终将一败涂地。

当今中国科技界存有的浮躁现象，如同一种流感蔓延着。一些人疲于追逐名利、哗众取宠，哪个领域热门就成为哪个领域的"专家"，对科技之道不求甚解；也有的热衷于出场站台，获取存在感，而对学问一知半解、似是而非；还有的满足于急功近利、投机取巧，对别人的技术移花接木，弄一些浮华式成果，而不愿埋下头来自主耕耘、艰苦奋斗。

更有甚者，明明知道技术是借用别国的核心 IP 或基础软件，是在别人地基上盖房子，危及产业安全，但为了获取局部利益，而昧着良心说自己拥有自主知识产权，欺骗国人。

但我敢说，龙芯人信仰执着、脚踏实地，一步一个脚印探索奋斗，肯下笨功夫苦功夫，披星戴月在软硬件磨合实践中，锻炼在产业链技术"兜底"本领。他们从一件件不起眼的售后服务小事做起，解决客户遇到的所有应用难题，这样就将客户牢牢绑定在龙芯商业战车上，使龙芯的技术产业生态方兴未艾、越来越好。

对此，胡伟武看得透彻深刻，一针见血道，建立自主技术产业根据地要有战略眼光和长远打算，舍得今天投入为明天布局，看似今天收益低，可根据地建起来，通过政策性市场的试错迭代，软硬件生态体系驶入正常轨道，明天效益就会提上来，进而走向开放市场，赢得长远利益。这就是着眼长远扑下身子做事，铺路长远而筑梦未来啊。

建立龙芯产业链是一件难事，很难的大事，承载着一套国产自主技术产业生态体系。

龙芯人不急不躁、不卑不亢，恪守自主建设、团结奋斗，宁可项目做小一点，也矢志于建成体系，谋得龙芯技术平台的长远应用。他们不急于求成"摊大饼"，不急功近利做虚功，而是用艰苦奋斗的笨办法，一点一点建体系做生态，努力建设自主信息技术产业体系的根据地。

否则，不成体系，搞再大的项目，暂时轰轰烈烈、热热闹闹，获得巨大收益，但技术难以长久支撑下去，极可能造成产业生态链断裂而轰然倒下，丢失长远大利益。

干小事、做实事，心比天高；舍小利、顾大义，情似海深。

在一次全体员工大会上，胡伟武意气高扬、经略未来，眉宇间闪烁着一道犀利光芒说，事物发展的客观规律是弱小战胜强大，历史也是在弱小战胜强大过程中发展演进、走向未来的。天下大道莫过于此！

他话锋一转继续说，当然了，弱小战胜强大，也有前提条件；弱小要符合世界信息技术产业发展的潮流和客观规律，注重成本创新，走低成本、低功耗、节约型的信息化路子，有科学先进性，让利于客户和民众，才能赢得最广大民众的支持拥护。而走国外的豪华型信息技术产业路子，只为少数精英服务，貌似强大，但本质上还是虚伪落后，终将被弱小所取代。

胡伟武才思敏捷，睿智喷发，纵论发展国家自主信息技术产业的宏图大道！

不愿自力更生艰苦奋斗，老老实实建体系、做生态，而好高骛远、急功近利，总想东一榔头西一棒槌，借鉴他人技术为己所用，看似成效很大，聪明！其实是小聪明，不符合中国信息技术产业发展的内在规律，不适应信息技术积累之道，这样就难以担当 CPU 研发重任，更不可能肩负起建立国家自主信息技术产业集群的重任。

龙芯人深谙厚植根基、自主奋斗的真谛，时常徜徉于一件件小事的奋斗之中，不以事小、不以己悲，日积月累、久久为功，终将丰满羽翼，举重若轻，水到渠成赢得拥抱震撼信息技术产业的巨大机遇……

3. 突击攻关锤炼血性

2020 年元旦之后，京畿大地的零散积雪仍然覆盖在僵硬大地上，让北国处于封冻的冷漠、沉静、寂寥之中。

彼时，华中重镇九省通衢的武汉，传来新冠肺炎传染流行的苗头和征兆。有人忧心忡忡，揣测、预测、纠结着局势发展；还有人心里七上八下，担心发生什么旦夕祸福之事！

而环顾龙芯技术研发进程，厚积薄发、突飞猛进，令人欣喜。

自从龙芯推出第三代首款产品 3A4000，拉开"爆发式"增长的序幕以来，合作伙伴持续增多，产业生态不断优化，销售收入快速增长，前景向上向好。

但是，龙芯应用生态仍有缺项，基于龙芯技术的产业效益不高、链接不够紧密；再者，政府电子政务应用试点的政策性市场消退后，提升龙芯产品市场竞争的硬实力迫于眉睫，不容回避！

胡伟武在龙芯中层干部大会上脸色凝重地说，面对好的势头，我们不能骄傲自满，更要有深谋远虑，将目光投向更高更远，准备逾越两个坎：

一个是确保龙芯在政府政策性市场数量级增长中，继续保持主导地位，突击前进；再一个是后政策性时代市场消失或减少情况下，须继续保持稳定增长，而不是"断崖式"下降。如果我们只靠政策性市场生存，那就渺小了；只有在开放的市场上搏击奋斗、叱咤风云，才是真正的强者。

又是一个夜晚，窗外暮色沉沉，月光淡淡，而龙芯大楼里仍是灯火通明，橘白色灯光将室内照耀得如同白昼一般。胡伟武在20多平方米的办公室里踱步，思索如何加快推进龙芯整体研发水平，大大向前跨一步，再上一个新台阶，直逼国际高端主流研发水平，撞大开放市场的大门。

想着、想着……他走出房门，沿着长长走廊来到范宝峡的办公室。范宝峡也是一个"工作狂"，长年累月以办公室为家，不惧艰苦，勤勉敬业，正在电脑前紧张思考研究。

然而，范宝峡的工作方式与众不同，不是坐在椅子上伏案工作，而是站立在那里敲击键盘。他的笔记本电脑放在一个与人比肩的木头支架上，观看屏幕必须抬起头颅，成仰望姿势。这样主要是解决久坐和伏案低头工作，带来颈椎不适等一系列健康问题，达到既能超负荷工作，又不至于带来身体痼疾。

胡伟武关切地问道，范宝峡，这种姿态工作不错嘛！颈椎不疼了吧？

还好！工作方式健康，不用吃药了。

胡伟武微笑着点点头说，咱们的研发队伍还是比较整齐的，但也有潜力可挖，以往咱们从两年搞一个芯片，提高到一年搞两个芯片，今年准备研发龙芯3A5000、3C5000、7A2000、2K2000四款芯片和集成于7A2000的龙芯图形处理器GPU、PCIE3.0控制器两个大模块，势在必行。主要是加快提升产品性能，加紧完善生态链，下好先手棋，应对政策性市场消退后竞争力不够强的问题，推出新产品时不我待啊！

是的，按照常规情况，完成这6项大的任务至少需要两年。范宝峡说着，脸上浮现出一丝忧虑。

我想搞几个科研突击队，用比学赶帮超啃"硬骨头"办法，把大家的战斗热情再激发，潜能再挖掘，来一次战斗能力的再提速，更上一层楼。胡伟武说道。

接着，胡伟武说，如果没有意见，我们举行一次隆重的活动仪式，以你们芯片研发部为主力，掀起新一轮技术研发的突击会战，推动研发进程，也提升整体研发能力和拼搏精神。

好啊，太好了！范宝峡露出赞赏之色感慨道，咱们龙芯研发团队平均年龄也就 30 来岁，充满蓬勃朝气，年轻人身上有无限可能，走好这步棋，定能换得新气象，创造新局面。

随后，胡伟武分头征求其他领导意见，赢得一致赞同，燃烧起了澎湃激情。大家还纷纷献计出策，商定组成 6 支突击队，分别由王焕东、杨梁、苏孟豪、蔡飞、刘苏、黄帅等，担任突击队队长。每支突击队配备一批得力技术骨干，形成精干有效的攻关团队。

2020 年 1 月 18 日，是一个令人难以忘怀激情燃烧的日子。

公司提前制作了 6 面印有某某突击队名字的火红旗帜，找到雄壮激昂的乐曲，选择了一个宽敞大气的礼堂，隆重召开年终总结表彰大会暨家属答谢会，掀起新年度打硬仗的浓厚氛围。借此契机，给 6 支突击队授旗壮行，激发新一轮科研打冲锋、攻难关的壮志豪情。

大会播放雄壮有力的《龙芯之歌》后，公司宣布科研攻关大会战的决定，宣布 6 支突击队的人员组成、目标任务、时间节点等。

接着，会场响起了音乐《钢铁洪流进行曲》。那雄浑有力的音乐声中，夹杂着厚重滚烫的火热激情，仿佛是钢铁方阵中的铁甲隆隆、雷霆万钧，洋溢着威武、雄壮、激昂的豪迈气势，感受到了排山倒海、不可阻挡的浓厚氛围……

王焕东、杨梁等 6 位突击队队长，踏着铿锵音乐节奏，率领突击队员健步登台，列队组成 6 支即将出征的突击方阵，壮心不已、志在千里，如铁塔、似磐石、像精锐，岿然挺立，斗志高昂……令现场所有人都深受感染、热血沸腾。

当各个突击队队长依次走到胡伟武面前，用坚定有力的双手接过象征着使命与荣光的火红队旗时，心潮起伏，激情难抑，在火红旗帜下庄严宣誓：

3A5000 突击队，坚决完成任务！3C5000 突击队，保证完成任务！……

坚定有力的誓言、激昂雄壮的音乐，激荡回旋在会场之中，飘飘袅袅、恣意弥漫，让大家受到身临其境的熏陶，涌动起兴奋、激动、高亢的神情，焕发出"大鹏一日同风起，扶摇直上九万里"的豪迈壮志，使龙芯人科技报国的责任、荣光、使命在胸中萦绕……

大家心如明镜，深知这是一次全新而充满挑战的科研会战，也是一轮与时间赛跑，两年任务一年干、超越常规的技术攻坚，注定会有披星戴月的赶路、翻山越岭的艰辛、冲击关隘的艰险，还会有不可预测的成败……

王焕东、杨梁等 4 位久经沙场、历经磨砺的青年骨干，目光庄重严肃、神情沉稳，内心燃烧起挑战自我、超越极限的熊熊火焰，充满了自信与渴望。而刚过而立之年的刘苏、黄帅，青春蓬勃的脸膛上还未完全褪去时尚年少的稚气，则有风雷磅礴第一回的未知、忐忑、不安。

首次担当如此大任，意味着对整个研发任务负总责，既要在技术上冲锋陷阵、攻坚克难，搞定所有技术难题；又要在组织领导上精心统筹、周密协调，调动起各方面的积极性，为研发成败负总责。

千钧重担扛肩头，压力山大啊！

龙芯科研突击会战的消息，在网上一经发布，立刻引发网友关注。叫好的，有之；认同的，有之；理解的，也有之，为龙芯用这样的方式，再次强势驱动科研车轮而兴奋激动，充满了期待。

另外，怀疑的，有之；质问的，也有之……

有网友说，搞科研攻关用这种冒进的方式行吗？充满了疑惑。还有的说，研发 CPU 芯片龙芯有实力，经验丰富，值得信赖；但搞 GPU 工程浩大、太难了，之前没听说过，现在一年内要搞出来，不太可能，吹牛！

胡伟武仍然风轻云淡、信心满满，面对诸多质疑，用一以贯之的态度淡淡说道，对于社会上的杂音噪音，我们不争辩、不抱怨、不懈怠，他们怀疑不信，我们就做给他们看。

事实上，让授旗仪式中的豪言壮语，转变为如铁事实，大多时候并不容易，蕴含着无数坎坷曲折和辛勤汗水，更需要将龙芯往昔搞重大科研敢啃"硬骨头"的精气神焕发出来。

由于特殊情况，公司增加了 2K0500 项目，决定让青年技术骨干姜文奇担纲突击队长，并推后 2K2000 研发任务。相当于是把 2K2000 任务，调整成 2K0500。

突击队遇到的困难出乎想象，令人防不胜防。

首先遇到的是百年不遇新冠肺炎肆虐蔓延的考验，原来按部就班的工作生活秩序被统统打破了，让突击队陷入防疫与科研两线作战的特殊情境之中。

2020 年 1 月 28 日，龙芯迅即成立疫情防控领导小组，采购防疫物资，筹划落实各种防控措施。

2 月 1 日，海淀园管委会一位处长给胡伟武打电话说，区里经过多方努力，筹措到一批口罩，可以给龙芯公司 1000 个，问胡伟武有没有需要。如此雪中送炭解燃眉之急，让龙芯人心头暖暖的，促进龙芯春节收假后工作与防疫两兼顾，奋力投身科研攻关。随后，根据胡伟武的请求，海淀园管委会又帮龙芯公司解决了两只测温枪。

而春节放假时，GPU 突击队队长刘苏返回了老家安徽芜湖，原计划好好陪父母过个春节，顺便处理一下家里事务，在收假前返回公司。

但突然蔓延的重大疫情，让他坐卧不安，心已飞到公司科研突击攻关上。

大年初一夜，窗外微风徐徐荡漾，千门万户喜盈门，春风送暖入屠苏，火树银花的爆竹声划破夜色，将皖南地区的天空照耀成五颜六色，分外妖娆。传统的新年大吉拜年活动，少年儿童的各种嬉戏玩耍，让家乡沉浸在庚子年新春佳节的庆贺与欢乐之中。

刘苏一点也兴奋不起来，他惴惴不安地对父母说，不知疫情如何演进，如果影响到科研突击攻关，就没法向公司交代啊！有负重托。

我还是提前返京吧，有备无患。刘苏无奈地说道。

望着儿子忧虑焦灼的神情，父母相顾无言，唯有情无限，全家人陷入沉默、沉默……过了一会儿，一向疼他懂他的母亲，打破寂静对父亲说，还是让儿子返回吧，家里的事再大也是小事，公司的事是国家事，再小也是大事，不能有耽误和闪失啊。

父亲点头赞同说，那就赶快订票吧。就这样，刘苏未休完假，提前紧急从家乡搭乘航班返京，回到自己的岗位，全身心进入高状态，立即展开研发 GPU 的科研攻关。

黄帅在河北保定老家休假也十分焦急，思量应对疫情事态之策。他亦是一位奇才，中等个头，宽额、圆脸，戴着一副眼镜，质朴脸膛上透着一种单纯，明亮眸子闪烁着坦率、顽强。他从小聪明过人、才华出众，是家乡远近闻名的学霸，在北京大学读微电子专业研究生后，更是家乡的骄傲，倍受父母疼爱。

在全家人聚集一堂、其乐融融的新年之夜，母亲将家乡特产黄桃、红枣等洗得干干净净端上来，对黄帅说，趁着疫情控制人员流动，你就好好休休假，在家里多待一阵子。

黄帅面露难色，连忙解释道，哪里还能休假，公司要在国家危难时挺得住，为国分忧；再说了，我手头还有一个重要研究项目，越是疫情蔓延情况会越复杂，必须往前赶完成任务，不能掉链子，唯有这样才能不负使命，无愧良知。

那当然了，只要公司有急事，我和你爸不拦着，也不拖后腿，你甩开膀子去做吧！

父母的通情达理，让黄帅沉入到既欣慰又着急的情绪之中。他完全没有欣赏春节联欢晚会的兴致，而是身居斗室，坐在计算机前，默默投入到研发 7A2000 桥片的方案完善之中。

其实，7A2000 桥片旨在为龙芯 3A5000 系列 CPU 广泛应用作配套。其结构设计、功能验证、测试设计、全定制设计、物理设计等环节，工序非常烦琐，尤其是在 IO 接口的丰富程度、可扩展性和协议符合性上有更高标准。研发的规范性很强，不能越雷池半步，必须在约束框架和标准之内搞设计。

黄帅利用春节少走动、不聚会的要求，远离了走亲访友，将自己关在屋子里，对国际上通用的各类协议规范，一条一条阅读学习，掌握标准要求，奠定结构与逻辑设计的基础。

心有惦念处，行动更为殊。大年初五，黄帅耳边又一次回响起公司授旗仪式上的铮铮誓言，以及胡伟武对突击队的殷切期待，心里更是忧心如焚起来。他在家里实在待不住了，就拿起手机给 20 多名突击队员逐个打电话，询问有关情况，自己于大年初六辞别父母，驱车匆匆返京。

黄帅返回公司的第一件事，就是消毒、隔离等一系列措施，全力做好疫情防控，随后组织大家迅速投入到 7A2000 桥片研发之中。

而苏孟豪和刘苏负责研发的图形处理器 GPU，背景更为特殊，是建立龙芯技术体系生态的重要一环，不可或缺；除了广泛应用于各种图形处理外，还具备强大运算能力，在高端桌面、人工智能中大量使用，威力巨大。其研发难度大、耗时长，效费比不高。许多企业退而避之，采用拿来的实用主义。

但龙芯研发 GPU，不是一时心血来潮，而是从 2016 年就开始酝酿准备了，先期启动研发的调研、论证等工作。苏孟豪率领有关人员大胆尝试、奋勇探索，一路征战、一路凯歌，于 2019 年完成了验证模拟器，写出初步的 RTL，使得 GPU 研发前景变得清晰明朗，看到了希望。

用胡伟武的话说，前些年人手顾不过来，重点是夯实基础做准备；而当下，正是完善技术产业链的紧要之时，迅速攻下这一堡垒，打通"堵点"，让龙芯自主产业链再向前迈出一大步，更趋完善，为时未晚也。

在苏孟豪的强力支持下，刘苏按照研发专业和队员实际，合理协商分配任务，明确各自任务分工、目标要求，让各个方向研发齐头并进，协调推进。

对于稍晚一点返京人员，回来就按要求隔离了，不能到公司参与研发攻关。刘苏与苏孟豪商量后，就将电脑送到隔离地，让他们一边隔离一边科研。每天上午，他们利用微信平台的会议系统召开例会，交流工作进展，分析存在问题，部署安排任务，让研发有力有序地稳步向前。

譬如，参加突击队的小张，是一位中国科学院大学在龙芯见习的河北籍学生。他春节期间回家后，学校根据防疫要求，通知他春节后暂不返京，坚持原地隔离待命。

他只能待在河北老家等待，如何参与突击队的攻关呢？刘苏与他协商后，就将存有代码的笔记本电脑加密后，通过邮递寄给他。他收到电脑后，根据刘苏安排，在家里进行光栅化流水线的研发攻关，内容设计好后，再邮寄回龙芯，做到在家隔离与科研攻关两兼顾。

谈到疫情防控期间的科研攻关，刘苏颇为得意地说，疫情对于我们突击队来说，就是不能面对面聚集讨论开会；但我们搞好个人防护，坚持利用微信平台开会研究，把各自任务分好工，在网上讨论研究，不但没有影响研发，相反让大家更能心无旁骛地攻关，保证了研发进度和质量效果。

在整个GPU研发中，刘苏可谓是一马当先、冲锋在前，除了负责GPU的整体设计和技术把关外，还担当起通用计算模块的设计，以及批量测试问题的联调攻坚等。苏孟豪更是宝刀锋利、勇挑重担，在统筹做好其他芯片产品化等工作的同时，亲自担当除流处理器、光栅化流水线以外的模块设计，还在大家遇到技术难题时，立即出手帮助解决，发挥技术"压舱石"的关键作用。

当进入验证阶段时，正值三伏天，京畿上空骄阳似火、流金铄石，烈日灼灼烘烤着大地，滚滚热浪让人喘不过气来。往日坚硬的柏油路也被晒得稀软起来，散发出一丝丝焦灼味道……研发须搭建庞大的验证虚拟环境，困难挫折也如同炎热天气一般，让炼狱般的熬煎一股脑儿袭来。每前进一步，都要付出巨大努力，耗费很长时间。

攻关艰难时，苏孟豪亲自出面协调，系统研发部派专人前来设计用户态驱动，芯片研发部曾露等参与设计核心态驱动，与突击队员齐心合力展开技术突击。大家顶着高温炎热，守在计算机前，对1500多个测试集进行一项项检验，验证测试集中代码、图形的准确度，查找可能出现的差错，及时予以更正修改。

正常情况，每天做上百个测试，一边做测试，一边看波形，一边作调整，滚动接续进行实验与修改完善。而每个测试内容不一样，有的比较简单，一眼就能看出病症，立即予以修改；但有的很复杂，查找问题和调整波形，一干就是好几个小时，异常烦琐困难，让一些队员心烦意乱、焦躁不安，进入一种特别难耐的考验之中。

本着提高工作效率，苏孟豪发挥技术功底深厚、见解独到的过硬本领，针对设计和验证过程中碰到的各种不便，设计了一系列工具和脚本，避免手工操作的烦琐，使得研发效率高了起来。

有的问题表象，看似在软件方面，其实并非如此，病灶隐藏得很深，被许多外衣包裹得严严实实，很难发现。只有通过平心静气的深层逻辑分析，仔细排查，才能真正定位病症所在，有的放矢地调整修改。

譬如，刘苏测试一个水母图形，电路跑过后，发现电脑屏幕上图形似乎有点不对劲，主要是有一个区域能隐约看出一个三角形的轮廓，应当是那个三角形没画正确。

也有人说，差不多就算了，有一点小瑕疵应当包容理解。

对于图形生成机理，刘苏心如明镜，洞悉细微。一个水母图形模型是比较大的，由4400多个微小的三角形融合而成，而每个三角形又牵涉坐标、颜色、配置等，有着数量多达几十万个小元素。那么，具体问题定位到哪个元素、哪个点位，就犹如大海捞针、铁杵磨针一般艰难，令人望而生畏！

但刘苏则不然，他认真地说，设计出现针眼大的小孔，应用就会有斗大的风；如果把握不住技术上游的关口，下游就会后患无穷。

必须把所有一丝一毫的问题都找出来，妥善解决掉，才算是设计精确无误，这是我们精益求精必须坚守的原则。苏孟豪补充道。

于是，刘苏找来了一台加速器，让调试在加速器上跑起来，在超常快速、超越极限中，抓取波形看缺陷，比较哪个模块有异常，逐个予以排查。

调试对比整整进行了5天，总算将问题锁定在一个模块上。主要病灶是，三角形的图形位置与属性有错位，没有完全对应吻合，从而造成水母图形颜色的微小差异。

问题找准了，修改起来就很容易，仅用 10 多分钟就调整到位，让悬在大家心头很长时间的一块石头落地了，做到问心无愧事、众人皆识君。

在调试排查问题会上，刘苏深有体会说，我们定位问题比解决问题更困难，用时很长，需要的是一股子心劲。实际上，搞研发在一定意义上看，就是发现问题和定位问题的过程，问题全都找到解决了，研发自然就水到渠成。

黄帅率领的突击队也不顺利，最难攻的堡垒还是结构设计与验证环节。

悟性极高的黄帅认为，尽管桥片设计与 CPU 有相近之处，但工程量极其浩大，30 多个模块的代码，都要一个个认真编写，将每个模块的结构做好，为后续物理设计等夯实基础。更为特殊的是，须紧贴桥片多个接口的特性要求，既要置立于实际应用的高山之巅，有会当凌绝顶、一览众山小的气度，还要有严守规矩、始成方圆的本分；既要满足功能需求、符合规范标准，还要考虑键盘、鼠标、显卡等外接设备的兼容性，做到各方兼顾、全面可靠。

认识归认识，转换为实践自觉尚有一个艰难过程。

刚开始，突击队还劲头十足，能够沉得住气，下得了苦功夫。但随着设计工作全面铺开、纵深推进，大家遨游在枯燥烦琐的英文字母、各种符号和代码中，尤其是连续 3 个多月的超负荷奋战后，一些队员疲惫不堪、心力交瘁、体力有所不支时，意志力就衰弱了。

有一位队友面露难色对黄帅说，队长，我们前期耗费的时间太长了，该走捷径还得走啊，提高效率。随机验证也搞了十几轮反复，是不是 FPGA 验证简单一点，这样缠斗下去，黄花菜都凉了，恐怕难以按时完成任务。

黄帅意识到，个别人忍耐力已到了极限，需缓缓劲了。他就笑了笑说，咱们出去转转吧！

他俩走出龙芯大楼，沿着中关村环保园一条小路，一路西行，一边享受春天里绿茵缤纷、花儿烂漫，一边漫无天际地聊着，交流感情。

行至一个小山包前，挡住了前进道路。他俩只好绕行而过，回来时又遇到这个山包，又再次绕行。

黄帅触景生情说，这座小山活生生挡在道路上，不搬掉的话，尽管也能殊途同归到达目的地，但始终是个"拦路虎"，正如古代寓言故事愚公移山一样，舍得下大力气搬走王屋、太行两座大山，才能一劳永逸，以后就一马平川方便了。

古今类比，借物喻理。黄帅循循善诱继续说，我们设计桥片同理，遇到"卡脖子"的小山头，不解决掉，终究会立在那里挡路，让计算机跑起来别扭难受；只要下大功夫铲平了，以后就坦途无限，那该多好啊！

是啊，只有前期验证不凑合，做得扎扎实实，没有任何问题了，后续的设计才会更加顺利，可以事半功倍。

刚刚加入龙芯的小陈，在验证中向最难的 5 个模块发起绝地冲锋。他每天都加班加点超常奋战，早晨披着朝霞走进办公室，深夜踏着月色离开岗位，苦思冥想、穷尽办法，就连睡觉做梦都想着验证模块的事，时常将梦中的方法记下来，第二天带到公司深入研究，寻找最佳途径。

就这样，经过全身心投入的苦苦探索，啃"硬骨头"的坚忍不拔，苍天为之感动，大地为之动情，荒山亦为他们铺就一条道路，竟然使所有模块都在 FPGA 平台上跑起来，得到充分验证。

大家兴奋地击节叫好，感念生命中又多了风雨后的一束彩虹。

2021 年 1 月 21 日，黄帅对整个签核评审报告，最后又认认真真审看了一遍，心满意足在 7A2000 桥片项目负责人栏目，签上自己的姓名，圆满完成了任务。

而 4 个月前的 2020 年 9 月 9 日，王焕东率领的 3C5000 突击队则一路高歌，率先向公司递交了研发成果，成为 6 支突击队第一个圆满告捷的。

随即，2020 年 11 月 14 日，蔡飞率领的 PCIE3.0 突击队攻克最后一个堡垒，圆满完成了模块设计，向公司提交签核评审报告。

12 月 5 日，姜文奇率领的 2K0500 突击队圆满收官，突击员们捧着那面象征着光荣与梦想的火红队旗集体合影，留下恒久的激情记忆。

12 月 22 日，杨梁率领的 3A5000 突击队紧随其后，不辱使命出色完成研发任务,在签核评审报告上,庄严签上自己的姓名,无憾无悔。

对于青春年少的刘苏来说,他最难忘记这年 11 月下旬的一个下午,京北中关村环保园突然下起缠缠绵绵的小雪,雪花纷纷扬扬、飘然飞舞,让大地披上一层银装素裹,分外妖娆。

这天刚好是农历庚子年二十四节气的小雪,也是入冬以来北京的第一场雪,雪花随风不看厌、飘忽而来一片寒。

哇!下雪了,白茫茫一片,真好。参加完龙芯 GPU 签核评审的刘苏,望着窗外的飞雪,不禁从心底迸发出喜悦之色,感念冻醪催卯醉、小雪造冬寒。

签核评审会进展顺利,各位专家听取情况介绍,审看研发报告和资料,得出了设计先进、验证可靠的结论。

至此,历时一年的研发突击队宣告结束,青年刘苏心想事成建功业,也收获了在担当大任中心劲和意志力的淬火锤炼,脊梁骨硬朗了起来。

会议后,刘苏健步走出龙芯大楼,龙行虎步般迎着风雪在园区散起了步。雪花飘扬在天空中,轻飘飘、舞盈盈,落雪无声,使得天地呈现在一种新颖、纯洁、生动的氛围中。雪花飞舞着,亲吻着大地、建筑、枯树、原野,也亲吻着青年刘苏英俊坚毅的脸颊。他感到格外凉爽宜人,一点也不觉寒冷。

刘苏俯头凝视这些洁白晶莹的雪花,亮晶晶、白茸茸,耀灼目光,亲切可人,感到格外新奇、温馨、美妙……

第十章 为人民做龙芯成王道

1. 人民立场永常青

2021 年 12 月 26 日，胡伟武在第六届"中国制造日"作了题为《为人民造芯》主题演讲。他说：

为人民做龙芯，始终是龙芯生存发展的初心和根本所在。

一切以人民意志为意志，人民对信息化建设的美好需求与向往，就是龙芯为之奋斗的光荣梦想。

倘若站在个人或团队利益的立场上，一般会选择来钱快、见效大的产业，而不会选择周期长、难度大的信息化事业；即使选择了，也会受私心杂念影响，难以做成。只有像龙芯这样，选择了人民立场，才能置身于大我的高山之巅，眺望到常人难以看到的美妙风景，创造性总结出中国信息化建设须走"市场带技术"、而不是"市场换技术"的道路，努力建立独立于美英的第三套信息技术产业体系，以及自主信息技术产业体系"三环节"、CPU自主"三要素"等事关方向性的战略选择……远见卓识深邃旷远，飞越万千里。

在公司大会上，胡伟武多次阐述道，龙芯是为了国家信息化事业而生的，永远是"国家队"；龙芯没有自己的特殊利益，人民利益是龙芯最大利益，人民意志是龙芯最大意志。每次龙芯决定一件事要不要做，不是看对团队和个人有多少利益，而是看对国家和人民有没有好处；只要对国家和人民有好处，即便国家项目暂时不支持，即便龙芯是"少数派"，龙芯也要坚决去做。坚持的决心意志越大，收获成效也越高。

只要国家和人民有需要，再难也要做！这是为人民做龙芯的根本宗旨，也是龙芯人最高的价值尊崇！

胡伟武至今都记得关于人民地位的一次心灵碰撞。那是 2003 年时，一位胡伟武聘请做技术顾问的名叫 Ori 的犹太人工程师，与胡伟武探讨党派问题，问道，你们中国有多少共产党员？

胡伟武答，有 6800 多万。

Ori 接着说，你们 12.9 亿人，只有 6800 多万人入党，这个比例太低了。在美国无论是民主党还是共和党，党员在国民总数中的比例远远超过你们，是不是说明共产党在中国并没有得到民众拥护呢？

胡伟武说，我们入党很难，要求很高，表现要非常突出；入党时要写申请书，定期汇报思想、上党课，接受组织考察，还要有一年的预备期。你们在美国入党困难吗？

在美国入党很容易，只要在一张表上签上自己的姓名就可以，就能参与党内选举投票了。Ori 答道。

胡伟武进一步解释说，我们共产党员的标准很高，要面对党旗宣誓，承诺舍弃个人利益，一辈子公而忘私为人民服务，随时准备为党和人民牺牲自己的一切。

听到这里，Ori 脸上露出惊讶之色，进而竖起大拇指说，那你们共产党最厉害，有 6800 多万人愿意一辈子为人民服务，平均每 20 个人就有一个愿意为党和人民牺牲自己，真了不起，是神圣高大。

胡伟武脑海里又想到美国记者埃德加·斯诺在《红星照耀中国》所说的一句话：中国共产党身上展现出一种天命的力量。这与中国先贤信奉的"皇天无亲，惟德是辅"交相呼应，理念趋同。

天，就是人民大众，天命的力量，就是人民的力量，永远的强大力量。

"十五"期间，许多人对自主研发 CPU 芯片如临深渊、讳莫如深，缺乏信心，几乎没有人支持。龙芯站在人民利益的角度考量，在国家"缺芯少魂"的困境下，就是为国分忧，为民请命，坚定自主研发CPU的信心信念，决不崇洋媚外，屈从于他国技术跟随性发展。正是有如此强大的信心决心，龙芯人创造出研制龙芯1号、龙芯2号的史诗般奇迹，将自主研制CPU上升为国家意志。

"十一五"期间，推进自主CPU应用极其困难，难于上天揽月、下海捉鳖。龙芯积极响应党和人民的召唤，确立自主建立信息技术产业生态的宏大目标，毅然下海办企业走产业化道路，告别论文、待遇、职称等诱惑，彻底肃清"学院派"流毒，破解科研成果与市场应用"两张皮"的壁垒，实现"三通"：即科研与产业化人员理念通，大家融为一体，拧成一股绳，聚焦产业化；其次是利益通，将效益与技术研发相挂钩，彼此从产业化中受益，共享红利、导向鲜明；再次是技术通，把市场需求及时反馈给研发人员，将科研成果及时转化到产业化中，从而走通产业化路子，将使用自主CPU上升为国家意志。

"十二五"期间，当国家在信息技术领域受到极大威胁，需要真正的自主CPU时，龙芯有了准备，为国家和人民提供了"小米加步枪"，迅速掀起安全领域应用和电子政务试点。在推进试点应用的艰难岁月，龙芯强化人民意志，与各种生死考验做不屈不挠斗争，破解上千个技术难题，把英名写在中国信息化事业的丰碑上，积极推动将建立自主信息技术产业体系生态上升为国家意志。

"十三五"期间，面对中美科技战线的激烈交锋，龙芯更加坚定地捍卫人民利益，深刻理解习近平总书记关于"技术是难点，但更难的是对市场需求的理解，这是一个需要探索和试错的过程"的重要论述。胡伟武感慨道，习近平总书记这一重要论述反映了信息技术应用的本质特点规律，讲得那么深刻、那么透彻，让龙芯有了深刻顿悟，更加自觉理解市场需求，理解试错推进技术迭代，使龙芯在驾驭市场中完善工程细节，提升产品质量，走出"市场带技术"的成功之路。

"十四五"期间，龙芯仍然恪守人民情怀，正确理解习近平总书记关于加快构建新发展格局的经济思想，积极投身创建"三个基于"的国家自主信息技术产业体系：即基于自主 IP 核的芯片设计，基于自主指令系统的软件生态，基于自主工艺的芯片生产。这是一条异常艰难而不容易走通的道路，但走通后前途最光明，对国家和人民好处最大。面对艰难挫折，龙芯人肯下笨功、愿扎硬寨、敢打硬仗，不计青春智慧，不怕辛苦得失，成功推出我国信息技术领域第一部自主指令集——LoongArch 指令系统，为国家信息技术产业安全发展掌握了坚实"底座"，开启构建独立于西方 Wintel 和 AA 体系的世界第三套信息技术产业生态体系的新征程。

纵观为人民做龙芯的成长足迹，可清晰看到，龙芯以建强党总支、党支部、党小组和纯洁队伍思想作风为根本保证，以落实"三会一课"为重要抓手，始终用中华优秀传统文化和毛泽东思想、党建理论武装头脑，指导实践，永远与人民同呼吸共命运，获得正确前进方向和不竭精神动力。

在龙芯公司，党员数量占员工的 27%，发挥着中流砥柱作用。胡伟武勇立前沿，正人先正己，先身做示范，成为全体员工追寻的偶像与标准。

历经无数风吹浪打，龙芯人传承党的血脉基因，坚毅勇敢的脸膛上烙印着人民力量和人民情怀，以后浪者的姿态，日日夜夜冲锋跋涉在现代信息技术最前沿，骨子里还修炼着中华民族最优秀的文化传统，浇铸着四种宝贵品格：

一曰，责任心。以"国家兴亡，我的责任"的担当，将强大祖国信息化事业的使命扛起来，为天地立心、为生民立命，矢志兴盛中华民族信息化伟业。

二曰，自信心。以攻必克、战必胜的姿态，将追赶超越国际先进技术的信念立起来，确立外国人能做到的、中国人更能做得好的勇气胆魄。不信，就做给他们看。

三曰，包容心。以"人不知而不愠"的科研态度、"吃亏就是占便宜"的人生哲理，宽容失败，珍重友谊，滋养科研技术不断发展进步。

四曰，进取心。始终勇于做第一个吃螃蟹的人，敢于制定胆大包天、明确而简单的高远目标，并善于将目标细化分解、久久为功执行，思想永不停歇，奋斗永不止步，誓与对手会聚在人类信息技术的最高峰。

如此高贵的气质，得益于长期实践锤炼和厚重文化熏陶。每当芯片完成设计交付流片，都要在芯片版图上以党的重大事件命名，镌刻纪念多少周年字样，给科研成果附加一份红色基因，让大家耳濡目染受到教育熏陶。

譬如，2003 年龙芯 2B 流片成功，在每个硅片上都刻有"MZD110"的字样，纪念毛泽东同志诞辰 110 周年。

2010 年龙芯 1B 研发成功，在每个硅片上都刻有"XXZH80"的字样，纪念毛泽东同志发表《星星之火，可以燎原》80 周年；同年龙芯 1A 研发成功，在每个硅片上刻有"百团 70"的字样，纪念抗日战争百团大战胜利 70周年。

2011 年龙芯 2H 研发成功，在每个硅片刻上"CCP90"和党徽图案，庆祝建党 90 周年。

2020 年龙芯 3A5000 研发成功，将其代号命名为"KMYC70"字样，纪念中国人民志愿军赴朝参战 70 周年。

2021 年完成龙芯 3C5000 设计交付流片，将芯片代号命名为"CPC100"，庆祝建党 100 周年。

每逢重大党日活动，龙芯总要组织开展特色党课，或进行红色之旅，或重温入党誓词，或做一件有意义的好事……韶山毛泽东同志故居、井冈山旧址、抗日战争纪念馆、狼牙山五壮士纪念塔等红色家园，都留下龙芯人的足迹，使得每位党员的信仰初心，在红色基因和文化熏陶中，得到保值和坚守。

自 2002 年龙芯 1 号研发成功以来，每年毛主席诞辰日 12 月 26 日、逝世日 9 月 9 日，胡伟武都会怀着真挚情感，前往毛主席纪念堂瞻仰，缅怀一代伟人的丰功伟绩，感悟一代伟人的大公无私，让自我的精神、意志、思想得到升华。

龙芯人奋斗的场所，永远是人民的地方，行明理正道，没有歪门邪道、市侩庸俗；也没有臭铜烂铁，始终是清清爽爽、简简单单、淳淳朴朴，心不累、脑不忧、情不惑，全心全意为人民做龙芯，堂堂正正为祖国做贡献。

当走入龙芯人的精神世界，能够感受到他们的人生价值取向、大美思想情怀，以及为祖国和人民奉献青春智慧的一腔热血和光荣梦想。

其实，每一位龙芯人，都将自己看作人民的一个分子、一个细胞、一朵浪花，自觉融入到人民大集体的浩瀚江河之中，江海寄平生，获得顽强不息、永不枯竭的生命力。同时，又能从维护民族利益的角度出发，矢志为国家建立自主信息技术产业体系，让科研成果归属人民、惠及人民、成就人民，推进中华科技文明回归，支撑民族伟大复兴事业。

聚是一团火，散是满天星。放眼锦绣山河，龙芯已将建设发展中国信息技术产业生态的视野愿景拓展到全中国，让龙芯科技之光遍及神州大地。

除了北京龙芯总部外，龙芯在全国各地的亦庄、南京、广州、合肥、西安、太原、武汉、成都、沈阳、金华、长治、鹤壁等地建立12个子公司，成为拥有上千名员工的高科技品牌企业。

那年，彭飞只身到合肥创业时，感到肩上沉甸甸的，格外忐忑，不知能否招到合格人才？

他来到中科大先进技术研究院，通过领导协调，找到一间近百平方米的空房子，自己动手收拾打扫干净，然后在网上购买5套电脑办公桌，又在公司申请5套龙芯电脑，配置好各种实施，就让研发中心的雏形像模像样了。

独自坐在这间新的精神家园，彭飞感到有点孤独寂寥，组建队伍是当务之急。他立即拿起手机联系在合肥的一个个校友，随即前往拜访，邀请他们加盟龙芯，投身龙芯开创一片新的事业天地。

在当地，中科大不管是教学质量还是社会知名度，都享有盛誉，毕业生很抢手，不愁就业，也不愁美好的人生出路。

但彭飞的一番宣传还是蛮有效果，感染了一些有志于中国信息化事业的学友，汪清来了，余银等也来了。他就将4位学友召集在一起，初生牛犊不怕虎、跃跃欲试敢做主，对酒当歌、人生几何，为国打拼、不惧苦多。

酒至微醺、菜入五味之时，彭飞按捺不住内心的激越之情，再一次热血奔涌。他讲述了龙芯不一样的奋斗目标，坚持为人民做龙芯的根本宗旨，毅然走中国特色的信息化发展之路……倾吐了龙芯不一样的情怀，即善于从全局优化人生，誓把赤胆忠诚、科技报国书写在祖国信息化事业的丰碑上……陈述了龙芯不一样的追求，不图获奖、职称、论文，确立市场应用为标准的科研导向……憧憬了龙芯不一般的前景，不计较一城一池得失，着眼长远发展，矢志建立国家自主信息技术产业体系……

　　这样的目标、情怀、格局、理想，犹如一种强大磁场，散发出巨大能量，形成浓烈情感冲击波，一波接一波向外扩散浸淫，深深打动了学友们。

　　汪清兴奋地说，龙芯有重塑中国科研人风骨的情怀，心忧天下、精忠报国，很了不起。师兄，我愿意加入龙芯团队，只身报祖国、壮志忽如归。

　　余银等人斟满一杯酒，一饮而尽道，我们甘愿到龙芯麾下，挚爱龙芯、建功龙芯，做一个大写的龙芯人。

　　彭飞很受感动，站起来情不自禁说，公司正是用人之际，更是求才若渴，我们共同创业打拼，创造龙芯未来。

　　干杯！5人碰杯豪饮杯中酒、笑谈人生新追求，心灵紧紧融合在一起。

　　从此，合肥子公司承担了龙芯浏览器、JS引擎、多媒体、.netcore等操作系统核心基础软件开发任务，投入颇具挑战性创新性的科研实践……面对人员少任务重，他们加班加点，夜以继日，全身心投入到火热的龙芯事业中。没有条件就创造条件，让不可能变成可能；没有人脉关系，就让亲朋好友都成为不竭资源……只要心有所向、情有所系，没有什么困难能够阻挡住他们前进的步伐。

　　这也让我感慨，龙芯人的脚比路长，能行千里地万里路；龙芯人的力量过人，能扛千斤担万斤重！只要心中有信仰，脚下就有力量。

　　坚持为人民做龙芯天地广阔，乃人间大道，有充裕的营养和阳光雨露，有取之不竭的精神能量，发展到哪里都能扎下深根，生生不息，破土而出；都能茁壮成长、精进壮大，逐渐成长为信息技术产业的栋梁；都能开花结果、造福一方，用沉甸甸的科技成果惠及人民，为人民而永葆生机活力。

　　在人民至上的神州大地，越是坚持为人民做龙芯，越是好处多多，前途无量，利润越会滚滚而来……这就是成就人民利益的必然，也是龙芯发展的辩证法。

2.群众路线固基石

古人云，一蜂至微，亦可游观乎天地；一虾至微，亦可放肆于大海。

不论任何个体，即使微弱渺小，只要提供良好舞台，总能有无限潜力与可能，绽放出属于自身的独特魅力而映耀于天地之间。

2021年2月7日，龙芯总裁办邀请我参加龙芯党总支"三会一课"例行学习，聆听从中共十九届五中全会上归来胡伟武的专题辅导。

此时，已是农历腊月二十六，再过几天就是春节。我从寓所15层的窗户向外眺望，街道上的车辆明显稀落起来，一些单位门口已经贴了春联、挂上灯笼，一抹抹中国红亮丽起来，空气中弥漫着浓浓年味。

下午一点钟，我按约下楼走出院子。龙芯那辆曾经接送过我的商务车已停在路边，龙芯中科的司机张海龙又春风般迎上来问好，拉开车门请我上车，轻轻关上车门，尔后迅速回到驾驶位置，驱车前往龙芯产业园。

多次坐张海龙开的车，彼此熟识起来，就饶有兴致对他说，你每次对我客客气气，让我不好意思哈。他却道，您别见外，作为龙芯人，这是标准规范的工作程序，做事认真，对人感恩，说大点就是对国家忠诚、对企业负责、对家庭尽孝。

呵！好一种通俗易懂的家国情怀。我满是疑惑问道，你们在公司天天忙着工作，怎么尽孝呢？

小张回答说，我们公司倡导家国一体、爱国爱家，公司还给年龄超过60岁的员工父母亲，每月增发"孝亲奖"1000元（员工本人和公司各承担500元），直接把钱打到父母的银行卡上，表达尊老敬老的情感。这样"小家"能感知到"大家"温暖，"小我"能于"大我"融为一体，落得家庭支持公司，员工、家庭、公司都相互支持。

据悉，龙芯构建形成物质与精神并举的激励机制，建立公平与效率兼顾的多重分配体系，既有鼓励先进的鲜明导向，也有尊重平凡的温情舒展，各得其所、中庸平衡。员工每月的薪酬，主要体现劳动创造价值；每年的超额任务奖，有科研"专利奖"，也有销售"超额奖"，反映效率优先；每年的先进奖，设有"龙芯之星""优秀员工"评比，折射多劳多得的原则。而核心骨干的股权激励，彰显资本加快价值创造。人人享有的龙芯"风雨同行10年、20年、30年……"奖，以及"孝亲奖""工分奖"等，反映人人平等的理念。

所说的"工分奖"，是公司按照员工逐年累积工分多寡，实施资金奖励，让工龄长、积分多的员工得到更多报酬，体现公平优先。此奖发放时间是每年国庆节之前，重在强调社会主义制度的优越性。

就是一名不起眼的门卫值班员，按工作时间和履职成效，同样能获得相应工分。其工龄长了、加班多了、休假少了，逐年累积工分数额就增加，甚至远远超过年限短的技术骨干和领导，从而获得更多"工分奖"，彰显奉献者的价值。

谈起龙芯的"工分奖"制度，胡伟武解释说，是资本创造价值还是劳动创造价值呢？马克思主义者认为，只有劳动才能创造价值，资本、管理、技术可以加速价值的创造。股权激励本质上是属于资本主义的东西，强调效率，只能给少数人，与资本相关。工分是社会主义属性的东西，强调公平优先，照顾全体劳动者，与付出的劳动相关。股权可以带走，可以传给子孙，但工分离开龙芯就清零了；劳动终止，工分就终止。与股权相比，普通劳动者和公司最高领导的工分差距没那么大。

缘何在国庆节前发"工分奖"呢？就是要让全体员工认识到，工分与我国的社会主义国家性质相关。

龙芯不以资本逻辑主导运营，而以劳动价值规范发展，恪守群众路线。

这也让我想起龙芯另一名普通员工王旋。他只有中专学历，从事焊接工作，技术含量不高，但长达17年工龄以及踏踏实实的业绩，让他累积起较高工分，每年可获得较多"工分奖"，能够获得更多成就感和幸福感。

他坦露道，我在龙芯最舒坦的是，工作生活很有尊严，没有岗位高低贵贱，大家平等相视、战友相待，欢乐一起享受，艰难一同应对，是一个风雨同舟的大家庭。公司领导总是把群众利益放在前边，自身利益置于后面，平时见到我这个普通员工，时常还直呼其名打招呼，问长问短，让人心里暖暖的。

尤其令王旋珍藏在心的是，一个中秋节晚上加班后会餐，胡伟武竟然主动走到他面前热情地说，王旋，我敬你一杯。他根本没有想到，公司最高领导还会如此尊重他，在他没有敬酒的情况下，主动给他敬酒。他一下就蒙了，紧张得两颊绯红，一句话也说不出来，端起酒杯"咕咚"一下全喝了。

一杯酒特别情，永远留在王旋心中，成为一种温暖记忆，陪伴着他把青春与热血奉献在龙芯平凡岗位上。

的确，广大员工是企业生存发展的根基，每个人的劳动都有其价值所在，当把大多数人的物质和精神利益得到兼顾、人格尊严得到保障，胸中有了希望、诗意、远方，内在的潜力与才华就能得到极大开掘与激扬，就能汇聚成一种势不可当的群体性意志力量。

约莫半个多小时，车子驶到了龙芯产业园。面前是那幢设计新颖独特、貌似一艘巨轮的龙芯大楼。大楼呈长条形状，气宇轩昂、巍然挺立，楼前设有一个升旗台，旗台照壁上镶嵌着"一腔热血一颗心，精忠报国龙芯人"的鲜红大字，旗杆上方飘扬着一面鲜艳的五星红旗，与龙芯大楼交相呼应、相映生辉。

据胡伟武介绍，一般单位旗台上有三个旗杆，分别是国旗、上级单位旗帜和本单位旗帜。龙芯有意把旗台做成心形，上面只有一面国旗，寓意着"龙芯人心中只有国家，没有自己"。

下午两点准时讲课，大家已提前到达。我走进会场望去，会场里座无虚席、整齐有序。很多员工面前放着一个红色笔记本，笔记本封面印着毛泽东同志手书的"为人民服务"五个金色大字，让人倍感别样亲切、鲜艳和煦，心头热烈而温暖。

每位熟悉和不熟悉的面孔上，都流露出如饥似渴的期盼之情，希望尽快听到党的最新声音，感受到新时代的脉搏跳动和激昂旋律。

这次党课辅导，没有繁文缛节的客套话，而是开门见山直奔主题，博引旁征，深入浅出。胡伟武以亲历十九届五中全会的感悟，提纲挈领宣讲了全会的新发展阶段、新发展理念、新发展格局，以及构建以国内大循环为主体、国内国际双循环相互促进的新发展格局等核心要义；还结合龙芯科技创新实践，做了一些"头脑风暴"式的思考，展望龙芯发展未来。

有哲人说，往往高明的决策不太容易得到大多数人的认可，饱受质疑。但是，龙芯却例外。

因为，龙芯每年召开民主生活会进行"思想体检"，每月结合"三会一课"进行全员政治学习，坚持用毛泽东思想、党的创新理论和中华优秀传统文化武装员工，让科学理论植根头脑，成为流淌龙芯人心中的基因血脉和情感自觉，心智更加理性成熟。

有员工说，公司进行的政治理论学习，如同拨亮了一盏盏明灯，照亮前行方向，让我们心明眼亮，体会和享受到实实在在好处。

2021年党史学习教育中，胡伟武围绕学习收获体会说，学习党史，首先要学习我党创业时低成本运营的逻辑。在革命战争年代，共产党领导的红军不拿饷、八路军和解放军只有很少的津贴，物质待遇远远低于国民党军队，为什么没有官兵被国民党"挖"走？给龙芯的重要启示是什么呢？

如此思想拷问，引来纷纷热议思考，大雁列阵入彤云，百川归海看规律。大家普遍感到，龙芯绝大多数核心骨干面对多倍甚至百万年薪的诱惑，岿然不动，保持定力，最根本的是有以下几层思想逻辑：

第一，有胡伟武这样一位风骨卓然、把舵正向的灵魂式人物，起到"定海神针"作用；第二，有坚持为人民做龙芯的根本宗旨、坚持自力更生艰苦奋斗的工作作风、坚持实事求是的思想方法为核心价值观的龙芯企业文化，支撑精神世界；第三，有风清气正、见贤思齐的浓厚环境氛围，彰显科研创新自由；第四，有耐得住寂寞、挡得住诱惑、受得了委屈、打得了硬仗的一支过硬团队，形成不可阻挡的群体性意志力量。

这就是龙芯巍然挺立的奥妙所在，也是龙芯人独特的品格、意志、境界、力量之所在。

谈到龙芯人才层出不穷、蔚为壮观之宏大气象时，早年加入龙芯团队的张福新体会尤深。他老家在闽西农村，自然条件较差，家庭经济窘迫。那时，张福新读研究生，弟弟上大学需要钱，家里的旧房子快倒了，急需翻修……张福新看着父母异常着急的样子，就产生了放弃读博尽快就业挣钱的念头。

胡伟武知情后说，张福新，你才华出众，放弃读博，对国家和个人都是一种损失！于是，胡伟武多方筹措 2 万多元，解决了张福新家翻修房子的燃眉之急，也让张福新下定决心读博，顺利完成学业，成为龙芯团队的技术领军人物，活跃在芯片研发和产业化探索的广阔天地之中。

而龙芯另一位核心骨干杨旭，对团队的情感也十分深厚。他当年的婚礼，是在父母工作地山东莱阳市举办，距离北京有千里之遥。他感到路途遥远，担心邀请龙芯团队成员给大家带来不便，准备婚后送上喜糖补个惊喜。但胡伟武意外获悉后，就和黄令仪率钟石强等多名骨干，"咣当咣当"坐了一夜火车赶到莱阳，在市区小摊上吃了早餐，早早赶到酒店大堂等待婚礼大典。

婚礼开始前，杨旭西装革履，手捧鲜花，手挽穿着婚纱的新娘款款走进了大堂。胡伟武他们在大堂内向外迎去。杨旭发现后，猛然一惊，二话没说，立即将手中鲜花塞到新娘手中，扭头离开大堂向后跑去……

新娘为之一怔，胡伟武他们为之一怔，众亲友也为之一怔……原来，杨旭看到胡伟武他们赶到婚礼现场，喜上心头，激动万分，就不顾一切急忙跑去找他父母亲，让好好款待远道而来的贵客——自己的"战友"。婚礼期间，胡伟武送上真诚祝福，还与杨旭父母交流杨旭在龙芯工作情况，征求意见，获得家庭巨大支持，使得杨旭在龙芯科技大舞台上放飞梦想，成就非凡。

在龙芯团队，哪位骨干工作生活遇到困难，都会得到公司领导的无私帮助，可谓是，一片炽热心，天地日月明。

有一次，长治市领导会见胡伟武和龙芯长治产业基地负责人靳国杰。谈到龙芯的凝聚力时，这位市领导问胡伟武，你们龙芯团队有多少人是跟公司铁心干的？

胡伟武说，我觉得至少三分之一，还是有情怀的。随即，胡伟武扭头问坐在旁边的靳国杰，你觉得这个比例多了还是少了？

靳国杰毫不犹豫回答道，我觉得是百分之百。龙芯是为国家而战斗的集体，团队意识很强，不同心的人都走掉了。

在科研创新的生死搏击道路上，龙芯始终注重用党的意志锤炼党员骨干的党性人品，矫正员工的品德操守，强化科研报国情怀，形成又红又专、红重于专的基本要求，锤炼出精而又精、细而又细的工匠态度。

"红"对于龙芯人来说，就是忠诚党的领导，忠诚国家战略需要，始终不渝为国家和人民建功立德，不论遇到风吹雨打，不管受到生死考验，都矢志不渝，不好高骛远，脚踏实地，耐得住寂寞、挡得住诱惑、受得了委屈。

"专"就是专业技术本领，包括专业理论、专业技术、专业经验、专业本领，在自主创新实践中锻炼的自主创新能力等。

"红"重于"专"是龙芯特殊的标准要求，在两者兼备的情况下，更注重"红"的基因品格，以"红"为第一位，将信仰、信念、忠诚，看得比专业能力更重要。也就是说，作为一名专业人才，虽然技术能力很强，但其核心价值理念与龙芯不相符，信仰追求不端，能力愈强副作用会愈大。

胡伟武曾深有体会说，一位有良好道德品质的信息化苗子，我带上3年就可以成长为设计 CPU 高手，但思想不好、专业基础再好，我带上 10 年也没有用。

也就是，敬天立德，成就大才，先有精神硬才能技术强！

有一位企业家参观龙芯展厅，对这一理念提出质疑说，一个高科技企业，制胜之道的重要因素是专业水平，用人所长，避人其短，以"红"为重，会不会错失一些卓越人才，让企业技术创新受损呢？

龙芯分管嵌入事业部的副总裁杜安利，解释道，我们所说是"红"不是"左"的那一套，具体讲，就是葆有龙芯核心价值观，坚持科技报国；如果心思歪了，就会有破坏作用，不利于龙芯建设。

杜安利接着说道，《论语》中说，人生四大基本功课"德言政文"，以"德"为先，"德"最为重要，为说话、做事、求知奠基，这与龙芯"红"重于"专"相吻合。思想不"红"，就经受不住诱惑和考验，关键时就会迷失方向，甚至当"逃兵"；如果带着国家自主创新技术到了国外企业或合资企业，就会给国产自主CPU研发造成极大伤害。作风不"红"，拈轻怕重，事不关己、高高挂起，就会让龙芯事业受损。情感不"红"，满腹牢骚、戾气冲天，不知礼义廉耻，更会污染龙芯纯净的精神家园。

宁缺毋滥、精干有效，有利于龙芯健康发展，故而把团队思想品德锻造看得更重要、更优先。

这样一讲，就信服了，这也是龙芯带队伍的高明之处。这位企业家有感而发。

置身于龙芯，能够感受到浓浓的团队情战友爱。大家公心大于私心，友谊厚植于事业，充盈着正气。内部关系极其简单，领导从严节制内心，少私多公，以身作则；群众敬畏使命，虔诚执着，专心把本职做好做到极致，闪烁着平等友善、个个奋进的光辉。

有一次，后勤保障负责人曾想设立一个中层以上干部餐厅，让领导的餐饮环境条件优越一些，也方便接待客户宾朋。

但被胡伟武断然否决。他解释说，设立领导餐厅开小灶，无形中会造成一种等级观念，让群众望而生畏，影响平等和谐的内部关系；再说了，龙芯敬重客户，善待宾朋，不在迎来送往和吃吃喝喝上下功夫，而以无可挑剔的优质产品和技术服务为支撑，将精力与情感倾注于科研本体和产品质量上，体现真正意义的敬人行道。

在龙芯餐厅里，领导与群众一起排队打饭、一起用餐，成为一道亮丽风景。表面看委屈了领导，其实同吃一锅饭，同坐一张桌，彰显的是一种平等价值理念，让领导能亲近群众，群众能走近领导，及时了解沟通更多情况，对做好工作大有裨益，也让内部关系和睦、友善、亲切，充满更多朗朗笑声。

我也看到，在龙芯内部的所有会议、聚餐等，都不摆座位牌，不贴领导签，不排座次，回归简单朴素。参加活动的所有人员，根据自我感觉就便而坐，表面看少了一些职级排序、谁前谁后困扰，实则是倡导人人平等、个个相亲，淡化等级之分，消除尊卑贵贱，让科研人员心理少一些条条框框，多一些自由畅想与飞翔，内心温馨成祥。

一度时期也有人提议，划设领导专用车位，设立领导特殊岗位津贴等，但均被胡伟武否决。用他的话说，不可人为设置壁垒、差别、特权，将领导与群众的情感隔离开，容易助长官僚主义的歪风邪气。

事实证明，群众是真正的英雄，谁能尊重群众劳动，维护群众尊严，把群众利益摆在先，为其用心奋斗、用情奉献，群众就会拥护谁，历史也会成全谁，获得应有之成就。

那年，王焕东在博士论文作者栏目署了胡伟武的名字，以示重视和尊敬。胡伟武则将王焕东请到办公室诙谐地说，你给我署名，有让老师占学生学业成果之嫌啊！王焕东满脸诚恳解释说，您对论文多次提出意见还亲自修改，让论文有了脱胎换骨的提高，里边也有老师的智慧，实事求是应当署名。

为人师表，就应当给学生当人梯、改论文，让学生比自己攀登得更高、走得更远，这是天经地义的！动不动就挂名，有损老师帮学生的纯洁关系。我的导师夏培肃院士就是这样做的，时常把学生扶上马送一程，希望我们一代接着一代，把好传统传承下去。胡伟武严肃认真道出了心声。

多么博大的胸怀，多么浩阔的眼界！王焕东露出感动之色，无限深情地说，明白了，您的胸怀激励我更加扎扎实实做学问，报答老师的关爱和希望之情。

时至今日，王焕东回忆这段经历，仍然充满敬意说，胡老师淡泊名利，高风亮节，百闻不如一见，这是传承优良师道，也是学术之福。

王焕东还感慨道，胡老师在我们面前就是一座巍巍高山，令人敬仰。老师的科研成果等身，为国家贡献卓著，人格魅力厚重，但从不拿成果说事，也不拿资历贡献高人一等，低调质朴，而是几乎把人生的全部智慧心血，倾注在建立国家自主信息技术产业体系中，做争名应争国家名、计利当计人民利的科研人典范。

王焕东还解释道，我们做学生的，只有高山仰止，敬佩景从，以老师为榜样，谦虚谨慎做人、昂起头颅攻关，矢志做龙芯，以身报祖国！

我慢慢咀嚼王焕东这番话，心情久久不能平静，忽然想起古人常讲的，风成于上、俗形于下，上行才有下效的示范跟随作用。

是的，一个单位的信仰、风尚、观念，主要来自于领导层和决策者。主要领导的言行，就是一种鲜明导向，无声标准，会逐渐演化成这个集体群体性的品质、性格、追求，成为团队的共同精神追求和风气习惯。

龙芯领导层的群众观念、群众情怀，既修炼了自身敬畏使命、敬重员工的品格境界；也缔造出一个战斗而温暖的大家庭，让大家有亲切感归属感，从而激发出无与伦比的创造力和战斗力。

傍晚，我与龙芯另一位员工散步，畅谈龙芯文化的雄壮豪迈、诗意浪漫时，他就哼起《龙芯之歌》的旋律，背诵其歌词：

> 一腔热血一颗心，精忠报国龙芯人。誓把强国当己任，敢用青春铸忠诚。十年砺刃度清苦，一朝亮剑破敌阵。待到中华腾飞日，且让世界听龙吟。

多么威武有力的旋律，多么大气厚重的歌词，有爱国热忱和雄心抱负，也有奋斗历史和责任担当。我闭上眼睛想象，都感到有鲜活画面感，能够感受到中华科技之龙的英勇、忠诚、威武……

龙芯文化的神奇是，已将这首歌刻在全体员工心里、骨头上，成为一种群体性精神标尺与风尚追求。

3. 奉献报国一颗心

科学无国界，但科学家心中有家国。

在当今以金钱、利益成为衡量人生价值的一种重要标识，一些人把信仰、理想、道德当成交易的筹码时，很多人为此而心灰意冷，感叹极端利己主义的欲望横冲直撞，唏嘘人性与风骨，在利益面前的脆弱无奈之时。面前的龙芯科学家们，以粪土当年万户侯的浩然正气，气宇非凡地奔跑在中国信息化建设事业的坎坷道路上，让我又看到久违了的信仰信念和高尚情操，在科研领域熠熠生辉。

王洪虎，一位纵情遨游于龙芯 CPU 系统软件天地的高手。他满脑子存储的全是枯燥神秘的代码、字符，还有无数"解决问题"的奇思妙方。

在龙芯解决客户难题中，他功勋卓著，多次受客户钦点前去破解应用难题，其名声、好评、口碑徜徉于产业链。

就是这样一位叱咤信息技术领域的难得人才，心甘情愿接受龙芯的低薪酬，不以物喜，不以己悲，更不朝三暮四。他很多年属于骑车一族，最近才买了小车，曾经用坏了两辆电动自行车，风里来雨里去，不畏辛苦，青春无悔。

北京冬季零下 10 多度的天气司空见惯，特别是呼啸肆虐的寒风席卷而来，铺天盖地、锋利如刀，时常把长时间骑车的王洪虎冻僵了、吹透了，手脚失去知觉麻木起来，僵硬在那里缓和好长一阵子，才能正常行走活动。

王洪虎体会到，一个冬季上下班骑电动车，冷酷的寒气常常会浸透到肌体里、骨头上、血液中，在体内深深隐藏，直到次年体内的寒气似乎还未散尽，后背仍在发凉，尚有余寒萦绕。必须经过一个漫长炎热夏季的酷热高温，才能逐渐将那种透及骨骼的寒气逼退，直到秋天才能逐渐恢复正常。

这让他对北京冬季骑电动车心有寒意，不堪回首。

业内同行人士，曾奚落嘲讽他不识时务独守清贫，不会随机应变跳槽到薪酬高于龙芯数倍的互联网企业去，寻找鸟择良木而栖、人择优越而处的时尚。

但王洪虎自有道理，诚恳地说，我在哪里都是写代码，在龙芯尽管薪酬不是很高，但可以生活，更为重要的是将来老了躺着时，可以满怀豪情地给后代们讲故事，毫无愧疚地说，我曾为建立国家自主信息化事业做过一点点贡献，我曾经是龙芯团队的一员，与龙芯的英雄们一起战斗过，无愧于时代，无愧于生命。

王洪虎也满脸自豪道地说，干自己想干愿干的事，虽苦犹荣，虽亏犹乐，可以不知疲倦、不畏艰险地向前冲！我的物质生活尽管不够宽裕，但精神上极其富有，可以摘取和享受那种受人尊敬的耀眼光环。

这就是积淀在龙芯人灵魂深处的"吃亏不要紧，只要信仰真；奉献为龙芯，精神传子孙"的大情大义，灵魂道义。

我也曾漫步龙芯人奋斗的实验室和岗位中，体会忘我求索的战斗状态，深感他们是一支勇闯科学难关而无私奉献的英雄人。

每当夜幕降临后，龙芯大楼经常灯火通明、计算机低鸣，一个个勤奋质朴的身影活跃在灯光下，不问东西，不计得失，默默耕耘着、奋斗着……

在龙芯经常有不约而同主动加班的奋斗者。他们情系事业、争先恐后，风雨兼程、不懈奋斗，内心澎湃着不待扬鞭自奋蹄的精神自觉。

这是"一万年太久，只争朝夕"的自我加压，也是"快马加鞭未下鞍。惊回首，离天三尺三"的自我催征，恪守奋斗拼搏而光荣。

对此，胡伟武的解读是，制度管人的行为，想干不想干都要干，有约束作用；而文化管人的思想，就是武装思想情感，启发精神自觉，鞭策人主动干加油干，创造性地干，把无数不可能变成可能，创造出平凡中的非凡。

杨旭，清华骄子，是一位憨厚直率、敢打敢拼的硬汉子。他追随胡伟武，参与过许多科研技术攻关，经历了手工修改版图、鏖战 7 昼夜等极限考验。他回顾战斗征程，对龙芯人的思想行为总结提炼说，龙芯人的忠诚，体现在攻必克、战必胜的战斗血性上，没有完成不了的任务，只有下达不了的命令。

这又是何等威武豪迈，何等高傲雄强！

杜安利，巾帼不让须眉，更有着男儿般的勇敢无畏。

2020 年 7 月北京新冠肺炎疫情猖獗之时，有人谈疫色变，不敢外出，更不敢走访客户。而北京有一客户，急需龙芯上门咨询服务。任务当头，面对有疫情感染风险，杜安利神情自若请缨道，我与客户打交道有经验，心也细致沉稳一些，还是我去吧，全程搞好防护，做到胆大心细，密而不漏，感染风险是能防得住的。

于是，她周密细致做好防护，壮士出征般勇敢逆行，不畏风险出色完成任务，留下抗疫和工作两不误的美谈。

李晓钰，又是一位经历多岗位锻炼的女将。她走进龙芯，从最初做随机指令验证系统、测试向量，到 Linux 内核移植、FPGA 验证；从 RTL 撰写、网表仿真，到专利商标、侵权分析；再从人力资源、企业文化，到董事会秘书等，她历经诸多心路历程，性格磨炼得逐渐成熟豁达。

承担大规模的多片 FPGA 验证时，正逢她身怀六甲的妊娠反应期，多有不适，但每晚都是 10 点参加技术攻关会，熬到深夜才离开实验室。领导劝她不要参与加班了，但心怀执念的她，没有同意！一直挺着大肚子熬夜飞奔，以至于出世的女儿，也有了遗传基因，性格特坚韧特顽强，也能熬夜，仿佛如"夜猫子"一般，令李晓钰自愧弗如。

不管在哪个岗位，遇到什么挫折，李晓钰都心怀敬畏，认认真真做好每一项工作，全力以赴完成每一次任务，无愧于心。有人说，她像一个铁榔头，砸到哪里，哪里就火星四射、铿锵玫瑰，废料也能变成好钢。她也逐渐担当起公司总裁助理、办公室主任、董事会秘书等要职。

李晓钰将女性特有的认真、较真、执着，书写在龙芯事业上。她在一篇回忆文章中写道：龙芯就是我事业中一次美好的初恋，也是唯一的事业之恋，甚至是山盟海誓的绝恋。我为此而开心坚定！我骄傲，我自豪，我是龙芯人！

王焕东，又是冲锋在 CPU 设计最前沿的一位无畏勇士。他静如处子、动若脱兔、章法得当、功荣满身，编写 CPU 核心代码时，时常一两个月蹲在机房里，默默遨游在枯燥乏味的代码、符号世界之中，如同一颗螺丝钉，有股子钻劲挤劲，一直往技术机理深处钻，将其弄得透透彻彻、明明白白。

而到了攻关最为艰难之时，他又时常通宵达旦，连续奋战；有时为了找到问题症疾，弄清内在逻辑，几天几夜不睡觉是家常便饭。他的人生箴言是，没有解决不了的疑难问题，没有跨不过去的火焰山。

王焕东最信奉恩师胡伟武的那句话，别人不信，就做给他们看。

那年，龙芯与中科大携手合作，用 360 多个龙芯 2F 制作一台每秒万亿次的高性能计算机。王焕东代表龙芯，领衔参与核心部件设计。

　　他信心十足给自己定下标准，我的形象就是龙芯形象，必须顶天立地、不怕任何困难，用过硬本领诠释龙芯人的精神，书写龙芯人的品格。

　　而这台高性能计算机的结构非常复杂，标准要求特别高，调试起来特别困难。在那紧张激烈的两个多月里，王焕东辞别公休日和节假日，勇挑重担、矢志冲锋，几乎天天都奋战在实验室，早出晚归，戴月披星。不论遇到任何技术难题，他始终没有丝毫厌倦、敷衍、回避，而是拼命干、往前冲……

　　中科大的师生看在眼里、记在心头，无不感慨道，没想到龙芯人有如此强大的忍耐力和战斗力。你们那股子坐穿实验室、搞透计算机的心劲，势不可当，气不可遏，令人望而敬畏啊！

　　有这样的心劲，什么样的挫折困难都吓不倒难不住！

　　事隔 10 年后，原来用 360 多颗龙芯 2F 处理器实现的每秒万亿次通用高性能计算机，如今用王焕东等人最新设计的龙芯 3C5000 来做，只需要两颗就行了，其效能提高了 180 倍。

　　往昔崎岖烦琐多，而今大道简洁妙。这又是王焕东引以为豪的一件事。

　　黄令仪，第一代龙芯人的杰出代表，书写了龙芯的光荣传奇、奉献足迹。我见到她，是 2021 年 9 月 10 日国家第 37 个教师节。

　　这天上午，秋阳炽热，天空蔚蓝，一派秋高气爽的祥瑞之色。我随同杨旭专门来到北京冠城北园小区一个单元房，向黄令仪先生恭贺教师节，呈送龙芯授予她的"终身成就奖"金质奖牌。

　　敲开房门后，一股凉气倒吸于脑后。

　　尽管明知黄令仪已患病症，记忆出现障碍。但出于敬仰之情，了却一桩近距离目睹侠骨义胆"巾帼女杰"的心愿，我还是怀着复杂情感，走入这套简朴的单元房。

　　眼前的黄令仪，已是头发斑白、身体清瘦，面容憔悴。整个人已颤巍巍，神态明显迟钝……

　　一位"巾帼女杰"，中国计算机的老前辈、第一代龙芯人的杰出代表，竟然病魔缠身。我感念世事沧桑、人生无常！

她是龙芯成长发展史上燃烧自己、奉献终身的女科学家，曾协助胡伟武带领龙芯团队九死一生，闯过一个个蛟宫虎穴，难关险隘。

有关她的动听故事，如同童话世界中天方夜谭式的人物，一直储存在龙芯人的脑海之中，成为一种美丽而温馨的永恒。

科技强国、洗刷屈辱，是黄令仪人生中念念不忘的追求，也是她情感世界中的软肋！一提到此，就能唤醒她的理想抱负，让已经归于平寂的情感再也按捺不住了，周身的热血顿时再度奔涌起来，大有激越澎湃之势。

情有所仪，心有所向。黄令仪强大的内在力量再度被催生，退休后就加入龙芯。她引用曹操《龟虽寿》词句慷慨说道，老骥伏枥，志在千里；烈士暮年，壮心不已。

其实，黄令仪心中科技强国、洗刷耻辱的信仰信念，是基于埋藏在她心中那段痛彻心扉、铭心刻骨的人生往事。

她出生于战火纷飞的 1936 年冬，童年是在硝烟弥漫、腥风血雨的抗日战争中度过的。有一次，日军飞机来袭，刺耳尖利的防空警报又一次响起，南宁城一片骚动。父母拖家带口携带老人和年幼的黄令仪逃难，蜷曲藏身于潮湿阴冷的防空洞里……一阵阵剧烈的爆炸声震耳欲聋，防空洞里不时有泥土和碎石掉下，令她毛骨悚然、惊恐不已。

就在此时，躲在防空洞口的两名同胞被敌机炸死，浑身血肉模糊，污秽满面，刺鼻的血腥味弥漫在洞口周围，显得更加阴森恐怖。

山河破碎风飘絮，身世浮尘雨打萍。国将不国的悲惨，四处逃难的凄凉，满目疮痍的情景，在黄令仪幼小心灵留下永远的创伤，让她有深深苦难、切肤之痛，也在心灵深处埋下发愤强国、洗刷耻辱的人生火种。

这颗火种，始终在她生命长河中生生不息，点亮燃烧。

后来黄令仪上了大学，学习半导体知识，逐渐成长为科研骨干、科学家。她曾立下铮铮誓言：我这一辈子，最大的愿望就是匍匐于地，擦干净祖国人身上的耻辱。

不管何时，黄令仪脑海中始终存储着两位同胞被日本鬼子炸死的惨状，特别是血肉模糊的悲惨情景，刺鼻污浊的血腥味……她时常对同事说，我们这些人是被日本鬼子搜过身的，深知被人宰杀蹂躏的悲惨苦难，不忘国耻，方能自立图强！

她重返龙芯后，崇高理想再一次高扬，焕发出令人敬仰的第二青春。

公司搬到中关村环保园后，胡伟武曾郑重其事对她说，黄老师，您年事已高，不一定天天按时上下班，隔三岔五在研发关键时刻和签核阶段，来公司把把关就行，给年轻人传传经验，足矣。

但她不以为然，严肃回复道，既然当龙芯的老兵，就得像个老兵的模样，无愧龙芯、无愧我心啦！

于是，她始终"老牛亦解韶光贵，不待扬鞭自奋蹄"，从严要求自己，全身心融入龙芯团队，忘我一切工作着、奋斗着、拼搏着……

有时，龙芯团队夜晚加班攻关，组织者害怕她身体吃不消，专门到她办公室报告，请求她不必参加了。

可她却铁青着脸，沉声说道，你们不要嫌弃我老太婆，当年佘太君百岁还挂帅出征、为国效命。我现在还能加班，还有责任对年轻人进行传帮带，不能取消我为国做贡献的权利啊。

科研攻关紧张的日子里，她每天工作十二三个小时，与龙芯年轻人干在一起，苦在一起，乐在一起。在研发龙芯 2D、2E、2F 以及龙芯 3 号中，她精神矍铄立于研发第一线，经常坚守在实验室，拿着小本本做记录，一丝不苟进行技术把关。或者，她在电脑屏幕前，拖着鼠标查看版图、搞审核，从不放过任何疑问，直至把"问号"拉直才肯罢休。

谈到黄令仪的小本本，王焕东深有感触说，我对黄老师的小本本既敬佩又害怕，里边清晰记载着黄老师参与的每一次实验，每一个猜测，每一组数据，每一回讨论，清清楚楚、明明白白。有时，当我们对有的数据记得不太清楚而模棱两可时，黄老师准能翻开小本本，找到最为精准的记录，使大家感佩震惊，也让丢三落四者无地自容！

记得研制龙芯 3A2000，是首次采用更新工艺。面对设计经验不足、单元库不够成熟的问题，黄令仪再一次横刀立马，冲锋在设计最前沿。在前期设计中，初步考虑采用某公司提供标准单元库，解决龙芯单元库不够成熟的缺陷。但由于设计版本的更新，整个设计工作再生波折。

黄令仪不顾年迈体弱，亲自前往这个公司沟通协调。当这个公司知难而退打"退堂鼓"，说无法提供标准单元库时，她焦急得伏案痛哭、泪洒衣襟……令在场所有人都震惊了。

协助黄令仪一同前往的杨梁惭愧地说，是我工作没做好，竟让黄老师如此痛苦。吾辈当自强，须再努力！

黄令仪质朴无华，只要吃饱穿暖、干干净净就行，没有太多讲究。许多女性惯有的化妆、打扮、美容、娱乐等嗜好，与她毫无关联，一切都简简单单、朴朴素素。有一天上班竟然将鞋子穿错，右脚穿成了老伴的鞋子。由此可窥探到她生活的随意简便，以及穿戴上的低标准！

而她在科研事业中，则是出了名的认真较真者，将龙芯科研与国家使命联系起来，高高举过头顶。对于科研经费怎么用、用在哪里，个人得到什么待遇？她从不过问，更不计较，心灵纯洁无瑕、极端纯粹，清澈得如同一泓清水，干净得如一朵白云，没有一点尘埃、一丝杂质。

有一次，龙芯3号研制进入最后的版图审查阶段，气氛顿时紧张起来。黄令仪检查得特别严格，一个蛛丝马迹都不放过，一点小疑问都要弄清。这让一些人感到太苛刻了，难以接受，滋生了抵触和懈怠情绪。黄令仪总是说，不认真不严格，出了问题浪费了钱，谁负责？

她说得极其严肃认真、坚强执着，不怕得罪同事，也没有丝毫妥协、功利、私心，其真诚和无私无畏深深打动现场每一位人，令大家唏嘘不止，自感愧疚，又不由得默默投入到版图的筛查之中……

为此，胡伟武总是跟他的学生说，大家还是听黄老师的多查查吧，古语讲"子欲养而亲不待"，现在跟黄老师吵架，以后没人跟你们吵架的时候，才后悔呢。

每天清晨，黄令仪都要迎着黎明的朝霞或阳光，打太极拳。此时，她全神贯注站立于大地，静享清晨之光阴，呼吸天地之精气，抬臂提脚、运鼻呼气，一招一式意气贯通，连绵不断、浑然天成，将身心融入到强身健体之中，成为一抹心若朝阳、老当益壮的风景线。

那是 2015 年 5 月的一个早晨，黄令仪仍像往常一样，坐着杨旭开的车到了龙芯产业园，趁着上班前的一段时间，踩着清脆明亮的朝阳，又在一片空地上气沉丹田、练习太极。一套招式练下来，已是微微出汗、神清气爽了。

站在一旁观看的王朋宇，等到黄令仪收功后，热情迎上前来打招呼说，黄老师好！看您练太极简直是一种享受，我也想跟您学太极，提提精气神。

那好啊！练习太极可让一天的工作劲头饱满，效率大增。

黄令仪接着说道，前一段时间我生病了，工作起来没精神，眼睛也有点看不大清楚了，去医院开了点药，吃了后有所好转。现在，我有点着急，得赶快练练功，把身体调整过来，这样才能更好地工作。

如此轻描淡写自我检讨的一席话，却让王朋宇脸色唰的一下红了，红到耳根子后边。他感到脸上火辣辣的，有着无比震惊和羞愧，感到自己与黄老师相比突然渺小了许多。

他没有想到，眼前这位 79 岁的老人，内心竟然如此强大，身体生病不舒服，心里想的是怕耽误工作，还致力于通过坚持不懈的锻炼来调整，让身体好起来，继续为龙芯事业多做贡献呢。

其精神、意志、境界，令 30 来岁的王朋宇惭愧了，深感高山仰止、景行行止，虽不能至，然心向往之。年轻的自己，状态不够高，意志不够顽强，还须强大起来，努力、努力、再努力啊！

用黄令仪自己的话讲，人生取决于思维，生于忧患，死于安乐；命运取决于选择，成于报国，败于诱惑；快乐取决于内心，大爱常乐，小我恒苦。

她一生坚持于正念，风雨无阻、雷鸣有声。

有一次，胡伟武在食堂吃早饭时跟她聊天，带着征求意见的口吻说，黄老师，你年事已高，每天上下班这么远，特别辛苦。你把手头这件事忙完就不做具体工作了，这样你的工作始于"两弹一星"，50 年后又在大国重器上画一个圆满句号，有始有终、功德圆满。

没想到，黄令仪脱口而出说，胡老师，我这辈子最大的心愿就是匍匐在地，擦干祖国人身上的耻辱。我是亲眼看到过同胞被日本鬼子飞机炸死的，我们是被日本鬼子搜过身的，要不忘苦难、多为国家强大出力气啊。

仍然是心忧家国、情系科研！报国之情照汗青、气冲霄汉舞忠魂。

黄令仪对信仰执着坚守、始终如一，已将自己的生命、灵魂与龙芯事业紧紧系在了一起，可敬可佩，精神永恒！

2016年隆冬的北京，寒风呼啸，冷若冰霜，但京北一家餐厅内温暖如春、喜气洋洋。一曲《祝你生日快乐》的歌曲，将黄令仪80岁生日宴会推向高潮……

这天，黄令仪情不自禁，饱含热泪，向给她庆贺80岁生日的20多位龙芯领导和技术骨干投来谢意的目光！

胡伟武笑意盈盈，用热烈而亲切的语气说，毛泽东主席在《纪念白求恩》中对共产党员提出了五条标准。在我接触到的人中，黄老师是这五条做得最好的，黄老师很纯粹，没有丝毫的低级趣味，是我们年轻人学习的榜样。

黄老师是一个时代的光荣，是中国计算机事业的骄傲，她用长达半个多世纪的辛勤奉献，谱写了中国计算机人精忠报国、科技强国的华彩乐章。从黄老师纯洁无瑕的追求中，可以看到龙芯科研人的精神风骨。她有志气，对国家和民族赤胆忠心，矢志用青春热血换取后代过上有尊严的生活；她有骨气，对中国科研信心满满，坚信外国人能研制出来的东西中国人同样能研制出来；她有底气，科研能力高本领强，把人生理想书写在中国信息化事业崛起的不朽史册上。

志气、骨气、底气，字句千钧，情满乾坤。这是龙芯团队对黄令仪人生的生动诠释和最高褒奖。

龙芯总裁办张罗着给黄令仪制作了一本80岁寿辰纪念册，每一位参加活动者，都亲笔写下此时此刻的心声，表达真挚敬意和由衷祝福。李晓钰写道，您是龙芯人的榜样，学习您精益求精的态度，学习您创新报国的精神……

黄令仪脸上露出幸福微笑，沉浸在人生巨大获得感与欣慰感之中……自己从1960年大学毕业，投身中国计算机事业以来，56个春秋的追求拼搏，56 年的攻关奋战，不就是把中国人的计算机事业搞起来，让民族信息化事业昂首挺立于世界强国之林；不就是把中国科研人的精神传承下去，让精忠报国、科技强国的薪火不熄，熊熊燃烧在伟大祖国的广袤天地之中。

她也在龙芯年轻一代科学家成熟的面孔中、理想飞扬的激情中，眺望到龙芯的未来，窥探到中国信息化事业的美好前景……中国人身上曾经的耻辱，一定能够被擦得干干净净，无愧于中华民族悠久灿烂的文明史。

事后，胡伟武还是考虑到黄令仪家在市区的实际，出面协调在科学院南路的计算所大楼里找了一间办公室，让她就近上班，免得路途颠簸劳顿，有事通过电话联络。

当岁月的车轮继续滚滚向前，跨入到 2018 年 6 月的一天下午，胡伟武突然接到黄令仪家人的电话，说她突发疾病，头脑失去了感知，无法再上班了。

就这样，一位巾帼英雄的科研人生落幕了，似乎来得有点偶然，有点意想不到，尤其是以这种特殊方式，剥夺了她最后的人生愿望、执着追求。

有一次，胡伟武去看望她时，奇迹出现了。她麻木的头脑似乎又神奇般有了一些知觉，她反复盯着胡伟武说道，很抱歉，干不了活了。

一位风烛残年、病入膏肓的八旬老人，没有念及病情，也没有考虑康复之事，仍然惦念着设计"大国之芯"，歉意、愧疚不能再为国家多做贡献了！

还是永远不变的报国初心，永远的侠骨柔情！

2020 年，龙芯公司进行股份制改造，重新梳理龙芯团队成员在龙芯公司的股权。为了保证公司持续经营，胡伟武对龙芯团队成员持有龙芯公司的股权进行了"锁定"，即龙芯公司上市后，龙芯团队成员持有龙芯公司的股权不得单独在市场上交易，而是通过统一的持股平台持有龙芯公司股权进行统一交易。

考虑到黄令仪已经退休以及特殊贡献，胡伟武破例允许黄令仪按照龙芯公司的市场价先行套现退出，并委托黄令仪的学生杨旭处置此事。

杨旭将这一讯息反馈给黄令仪老伴后，老人仍淡然说道，这钱是我家支持胡伟武做龙芯的，老人不愿转让套现。

如此抱负情怀，很多人不理解。难道不是我将无我、报效国家的大义之举吗！

2020年1月11日，中国计算机协会在京隆重举行颁奖大会，颁发2019年CCF夏培肃奖。这是计算机事业中的盛典，中国工程院院士陈左宁、龙芯中科研究员黄令仪榜上有名，两位女中豪杰折冠夺魁。

但令人遗憾的是，时年84岁的黄令仪先生再也无法到现场享受这一盛典，体会这份特殊的荣光！中国计算机事业没有遗忘她，给予她应有的褒奖和礼遇。组委会的颁奖词是：

> 黄令仪研究员在长达半个多世纪的时间里，一直在研发一线，参与了从分立器件、大规模集成电路，到通用龙芯CPU芯片的研发过程，为我国计算机核心器件的发展做出了突出贡献。

黄令仪的英名写在中国信息化事业的丰碑上，标定了非凡的人生高度与成就。

历史永远铭记，祖国不会忘记！

4. 壮大产业统一战线

龙芯人的抱负追求，不是异想天开。

而是脚踏神州大地，将朋友搞得多多的，发展凝聚产业伙伴，组织建立基于龙架构的技术产业链，花开月圆，春意常在。

在早期龙芯产业化时，没有人愿意基于龙芯CPU做板卡。龙芯不得已自己做板卡，来降低用户投入和风险，逐步打开了市场。

多年后，一个炎热的下午，闷热酷暑笼罩着京华，似乎让人有窒息之感。张戈挟带着热浪，敲开胡伟武办公室的门，走进去汇报说，胡老师，我们做板卡销售与客户做板卡造成一些竞争利益冲突，恐怕会挤垮合作伙伴。

胡伟武沉思片刻说，从利润角度看，经营跟着市场走，追逐利润是企业的应有之义。从团结产业链伙伴角度看，龙芯做板卡与下游企业竞争，挤压他们赢利空间，也是一种自我损伤，久而久之会失去产业链伙伴支持，成为孤家寡人。从组织规范产业链的角度看，龙芯需要承担板卡方案参考设计产品化的责任，减轻下游企业负担，加强商业化引导。龙芯着眼于建立完善产业生态，调动产业链上的伙伴共同奋斗、携手发展。

综合看，龙芯做板卡和不做板卡是不同阶段的不同选择，必须走出与合作伙伴单纯的商业竞争，而是要着眼于规范产业生态、增强整个产业链的团结合作，兴盛国产自主信息技术产业发展！

是的，牺牲自己局部利益、支持团结合作伙伴，也是一种兴盛产业链的办法，授人玫瑰、手有余香。胡伟武和张戈的意见不谋而合，决定把大部分板卡生意拱手让给合作伙伴，调动产业链团结奋斗，兴盛龙芯产业生态。

于是，龙芯迅速调整商业模式，将原来卖芯片支持客户自己做板卡、帮客户设计板卡但用户自己生产、直接卖板卡的三种商业模式，调整为发展解决方案合作伙伴推广龙芯芯片、直接卖芯片支持整机客户自己做板卡、帮助客户设计板卡但用户自己生产。从而，让龙芯在产业链中更好地发挥组织引导作用，规范产业链建设，壮大产业生态。

获得技术支持和更多赢利的合作伙伴，深为感动地说，龙芯有蛟龙气魄，凡事从朋友角度和产业链整体考虑，有格局有情怀，让人佩服！

就是这种成就大局的好心态、大情怀，让龙芯产业链形成了同心协力齐奋斗的好局面，也缔结出唇齿相依、肝胆相照的友谊，成为龙芯一种成熟的商业之道。

也有人心存担忧说，商场就是利益场，赢利赚钱是硬道理。

然而，胡伟武心中自有"定盘星"，信心十足说，龙芯着眼于塑造世界信息技术产业"三足鼎立"的目标，必须有大局观，培养出一大批情同手足的"铁心"合作伙伴，才能兴盛国家信息化事业。

胡伟武进一步说，路遥知马力，日久见人心；只要我们真心对待合作伙伴，把各方面热情调动起来，形成稳固的产业生态，就能立于不败之地。

正如古语所言，风雷驱大地，到处有亲朋。龙芯在产业链的聚合力，不是靠以势压人、党同伐异获得，而是在让利"舍得"诚信中创造的。

舍得，亦是龙芯又一种智慧胸怀、品德操守。

在特定项目领域，勇于吃亏，让合作伙伴多赚钱，谋求整个产业链的团结奋斗；立足国家信息化建设长远利益，全力以赴做好生态体系；即使当下投入较大、赔了钱，但长期坚持下去，不断完善稳固生态体系，龙芯技术就能有强大"黏合性"，谋得长远发展好局面。

2021 年是新中国建设发展史册上极为特殊的一年，恰逢建党 100 周年，百年风华正茂、风云激荡；也是龙芯 20 华诞，正值青春年少、意气风发。

龙芯 3A5000、3C5000 等第三代产品全面推出，性能及接口功能逼近或达到市场主流产品水平，开启从 CPU 技术"补课"向全面开展生态建设的新征程；建起基于龙架构的基础软件技术体系，开始逐渐形成特色，迈出龙芯软件生态从跟随性发展的"必然王国"向自主发展的"自由王国"的铿锵步伐。

龙芯在政策性市场的批量应用，既为龙芯技术平台的试错迭代提供了丰富应用场景，又为长远发展提供了坚实物质保障，开启龙芯从政策性市场走向开放市场的新征程。

经历漫长而艰辛的软硬件"补课"，是龙芯凤凰涅槃的自我改造，经历千磨万击的摔打砥砺，让本领筋骨逐渐强大起来；也是腥风血雨的技术角逐、争锋较量，历经九死一生的苦苦挣扎和自我救赎，心智逐渐成熟，心性更加坚韧，龙芯技术扶摇直上千百里……彻底告别了芯片性能不足、操作系统不够完善的历史，使发展壮大的主要矛盾，转向产业链不够成熟、应用不够丰富等方面。

主要矛盾的转向，是建设发展的转轨，必将带来龙芯建设的思路转航。龙芯要从产业链最末端的"乙方"，转身成为全面组织产业链的"源头"，积极解决产业链中的各类复杂问题、各种解决方案，继续发挥技术"兜底"作用，不厌其烦支持软硬件一体的"小烟囱"式各类应用，孵化催生一大批中小合作伙伴。

譬如，在工控领域小有名气做板卡业务的北京一个科技公司，自 2011 年与龙芯合作以来，一直"铁心"耕耘龙芯，将龙芯多款 CPU 开发成百余种板卡，提供工控领域应用。其他引进国外 CPU 的企业，倾慕该公司的技术转化能力，多次找上门请求合作，但均被婉言谢绝。

该公司李总经理解释说，我们公司的原则是只做自主 CPU 板卡，不做引进国外技术的。龙芯是当下中国基因最红、情怀最正的国产自主技术品牌，坚定与龙芯合作，即使眼前收入低一点，但坚持长久定会有光明未来，百川东归海，天下之大道。

这是中国自主信息技术崛起的必然，也是"铁心"应用龙芯的逻辑。

仅 2021 年，龙芯就从家底中拿出 1000 万元，支持做龙芯整机的中小企业，以此壮大朋友圈，联合"铁心"应用开拓市场，闯荡天下。

在龙芯打造国产自主产业集群驱动下，2021 年 2 月，山西长治"龙芯信创产业园"举行入驻企业签约仪式，首批入园的 11 家企业进行签约，一个具有活力的龙芯产业联盟在三晋大地扎下了根。

同年，面积达 230 多亩的浙江金华市"龙芯智慧产业园"一期工程圆满落成，30 多家科技企业入驻。通过发挥龙芯技术和生态链优势，打造综合信息产业集群。当年产业园产值突破 20 多亿元，初步展现出龙芯产业链的巨大威力，更大的产业集群效益，将让人拭目以待。

截至目前，龙芯产业链拥有大大小小企业几千家，每年签订合同几千个，软硬件平台下游研发人员多达几十万人，已有几百家厂商推出数百款基于龙架构的科技产品，如龙芯桌面、服务器、网安产品等。

大有浩浩荡荡、波澜壮阔之激荡扩展之势！

长期与龙芯合作的公司一位工程师说，与龙芯合作的最大感受是，龙芯人诚实可靠、忠厚友好，对待下游客户像兄弟一般，所有技术不搞封锁，所有资料不设限制，既没有教会徒弟饿死师傅、留有一手的行业陋习，也没有设置技术障碍、获取特殊利益的阴暗伎俩，反倒有各美其美、美美与共的睿智豁达。

龙芯人建立自主信息技术产业平台，崇尚共商、共建、共享的胸怀格局，展现开放、文明、普惠的精神风貌，能够充分汲取全世界最新文明成果，推行开放操作系统、文档格式标准、数据库格式等，向客户提供完整全面的技术资料参数，制定基于开放软件的中小学及大学教育课程和方案，向"自主改变命运、创新成就未来"迈进……

龙架构以及相关基础软件，既添补国家空白，又得到国际学术界的赞同认可。国际主流开源软件已在龙架构上完成移植，形成更加完善的技术产业生态体系，直面人类信息化事业的美好未来。

胡伟武清醒意识到，国家自主软硬件生态走向强大，迫切需要一大批层出不穷的应用人才群体支撑，须打造超级巨大的信息技术人才方阵。

据此，龙芯广设课堂育英才，培训和比赛活动一波接一波、风起云涌，应用推广一项接一项、此起彼伏，文化辐射一浪接着一浪、方兴未艾，让自主信息化的技术种子、文化基因，从学校播撒，在企业培育，于社会传播，在神州大地广积善缘，蔚为壮观。

2021年5月28日，初夏的中原大地艳阳高照，绿色滚滚麦浪已变成一片金黄，进入夏收的黄金季节。而位于郑州市金水区文化路的河南艺术职业学院的多功能教室，则座无虚席、井然有序，墙壁上悬挂着"将自主进行到底""新时代芯生态——自主CPU发展路线"等醒目标语。

百余名大学生聚精会神聆听来自龙芯中科、统信软件、达梦数据库等民族信息化软硬件企业资深专家，就国产CPU、操作系统、数据库等自主创新技术解读，尽情收获自主信息技术的滋养和喜悦……

这是由龙芯发起的"百城千校·龙芯生态信创大讲堂"第一站郑州站的活动，从而拉开了龙芯信创人才培训的大幕。

2021年6月26日，龙芯走进山西高校"中国自主CPU——龙芯发展道路"专题巡回讲座，在2000多名师生意犹未尽中落幕，为大学校园点亮"自主改变命运、创新成就未来"的精神之火。

其间，记者与龙芯总裁助理、山西子公司负责人靳国杰对话颇有趣味。

记者问：想搞好CPU，最难搞定的是数字电路吗？是组成原理吗？是生产制造吗？

靳国杰答：最难搞定的是自己的老婆孩子。龙芯人长年累月在科研一线拼搏战斗，家庭也默默做出牺牲奉献，稳定好"后方"至关重要。

记者问：世界上最先进的工艺用于生产CPU，以前人们都关注资金、人才、体制机制，还有别的变量是什么？

靳国杰答：第四个变量就是时间。时间是核心技术产品最重要的门槛，不可替代。

记者问：指令集是CPU运行软件的二进制编码格式，你们为什么下功夫打造龙芯指令集？

靳国杰答：国人可以用英文写小说，但不可以用英文形成中国文化，只有用中文才能创造像唐诗、宋词、元曲这样恢宏瑰丽的篇章。

龙芯人的抱负志在神州，眺望万里遥，面向全世界。

龙芯参与国际竞争的理念是，致力于构建世界信息技术产业体系"三足鼎立"的格局，造福全人类；不将成功建立在损害别国正当利益上，而是谋求公平正义、普惠为民；不将竞争建立在丧失良知、掠夺殖民上，而是遵循中华文明和而不同、天下大同的道德风范，创建全球信息产业新格局，打造世界信息技术新文明。

胡伟武纵观古今、经天纬地，利用历史唯物观点解释道，龙芯坚决摒弃国际跨国企业贪图暴利、狭隘封闭的产业生态，坚决不走以强凌弱、垄断霸权的殖民掠夺道路，而是传承悠久厚重的中华文明，以满足最广大人民群众的信息化需求为目标，打造人类信息技术产业命运共同体，各美其美，天下大美。

目前，比起国际芯片企业，龙芯尽管资金不够多、规模不够大、生态不够强，但厚实的技术积累、蓬勃的创新活力，必将释放出提高性能、降低成本、降低功耗、优化生态的巨大优势，顺应了世界信息技术产业开放、公平、普惠的时代大潮流，最终创造由弱到强"三足鼎立"的世界新格局。

也有国际人士认为，国强必扩张，技强必凌弱，天下概莫能外。

胡伟武正本清源道，此言差矣！这是戴着有色眼镜的一种偏见，中华文明本质特征有大我性和利他性，血脉基因里没有以强凌弱、仗势欺人的习惯，而是信奉抑强扶弱、天下为公的道义；与西方惯用"海洋强盗"的霸权、掠夺有着本质不同。这就决定了龙芯强大以后，决不会走掠夺式、殖民式技术发展之路，而是仍然坚守为人民做龙芯的宗旨，与全世界共享科技文明发展之光。

他在《创新报国青春使命》演讲中，纵古论今、旁征博引说，中华文明是融汇到骨髓中的秉性、习惯、自觉，具有鲜明的继承性；中国是世界大民族中唯一没有资本掠夺大血债的民族，其崛起和繁荣完全依靠自身的勤劳智慧，具有无可争辩的正义性、文明性、先进性。现在中国经济总量以较快速度增长，完全是靠勤劳、汗水、本领创造的，我们不抢劫、不掠夺、不殖民，不将自身的繁荣建立在别国的痛苦之上。再者中国人受列强的欺压剥削久矣，深知其中的凄凉与悲惨，将心比心制止历史悲剧重演，而彰显国际公平正义。

胡伟武的历史观和发展观，无疑是文明梦想、美好愿景，是追逐暴利的资本家想都未想、永不具备的一种大美情怀，是眷顾名利企业家有心无力而难以企及的大美境界。

正如孟子云，穷则独善其身，达则兼济天下。

如此胸怀、品格、境界，不是一时意气用事，而是龙芯人传承中华文明的内在情感自觉，是拥抱人类信息技术产业命运共同体的精神使然。

走近胡伟武，看到他衣着朴素，浩气充盈，不是身着多年的中山装，就是穿着干干净净、领子已磨出毛边的衬衣，平平常常，普普通通，但散发出身正为范的强大气场。这种气场不是光鲜的官气，也不是迎合他人的俗气，更不是自命不凡的清高气，而是一种正大豁达的大雅之气，平实致远的大美之气，不言自威的凛然之气。

对话胡伟武，能感受到他纵古论今、思接千载的学养，对中华儒、释、道传统文化研究颇深，对"天行健，君子以自强不息；地势坤，君子以厚德载物""苟利国家生死以，岂因祸福避趋之""先天下之忧而忧，后天下之乐而乐"等民族经典，理解弥深，情感尤足，更有独到感悟和实践。

谈到中国革命文化，胡伟武对毛泽东、周恩来、朱德，以及"两弹一星"科学家等研究颇多，如数家珍，传奇故事信手拈来、绘声绘色，可以讲得天开云阔、风云跌宕……让人深深感到，他熟知脚下这块土地的厚重、红色血脉的珍贵，亦是研究中国革命建设改革的史学专家，学养丰厚，造诣非凡。

步入胡伟武办公室，看到房间内桌椅、书架，均是龙芯标准配置，没有一件高档家具，没有什么珠光宝气，更没有任何珍贵藏品，更多的是堆积着各种书籍。应当说，最值钱的是一台龙芯牌笔记本电脑，静静放在电脑桌上平淡而安详。

难道是没有条件和资源，置办高档家具、收藏古董名贵吗？非也。难道是不喜欢传统文化、疏远历史珍品吗？也非也。

我以为，这是一种壁立千仞、无欲则刚的人性自制力；是一束大道至简、朴素大雅的人性光辉；是一缕清清爽爽、简简单单的明媚清风，吹拂跌宕，可抵达人性的内心深处，浸染情感，洗涤灵魂，让心性简洁、高大、伟岸……

整个办公室最有吸引力的一尊毛泽东同志半身青铜塑像，放置在他办公桌后面的书架上，而电脑桌正前方，贴着白纸黑字打印的一段醒目文字：

> 一个高尚的人，一个纯粹的人，一个有道德的人，一个脱离了低级趣味的人，一个有益于人民的人。

这五句话出自1939年12月21日，毛泽东同志悼念伟大的国际共产主义战士白求恩写的《纪念白求恩》文章中。胡伟武只要在电脑前工作，抬头便可目睹这段文字。39个字组成的"五人标准"，如黄钟大吕、经典箴言，始终悬挂在头顶，陪伴着他、温润着他，有着难以言喻的鞭策、激励、警醒等。

我遐想，每每阅读这段文字，体悟其中的内涵要义，观照内心的爱憎追求、酸甜苦辣时，应当会有自我心理搏斗的苦楚、艰难、喜悦，也会有自我反省的理性、叩问、情趣，澎湃起心灵向往美好纯粹的激情与追寻。

那么，会有国际共产主义思想惊涛骇浪的灵魂洗礼吗？会有战争年代救死扶伤大义凛然的精神自觉吗？会有科研成果始终服务人民的初心本色吗？还会有同一切私心杂念、一切庸俗媚俗之风斗争的勇气决心吗？

肯定能让一切与之有悖的念想和行为，得到抑制而消失在萌芽状态。

我还想，胡伟武的人生苦旅跋涉在路途中，不断约束自我和完善自我，用自身的心灵净化、境界提升、卓越贡献，树立起独特而厚重的信任与威望，从而驾驭龙芯航船搏击风浪、扬帆远行。

龙芯人的胸怀，是包容借鉴、天下大同，将世界信息技术产业最优成果与为人民做龙芯的崇高信仰，相碰撞、相融合，生发出一种符合中国国情、有利于世界信息技术产业的最优模式，既不搞零和博弈、以强凌弱，也不行掠夺欺压，而是用最先进技术、最优商业之道、最美产业生态，在参与国际竞争的物竞天择中，促进全世界信息化事业公平健康发展。

龙芯获取商业利益，向来追求正当性、合理性、公平性，不崇尚狭隘自私，不奉行剥削欺压，而是践行互惠互利、携手共赢的前景。

那年苦苦钻研 CPU 调试方法研究的苏孟豪，经历无数披星戴月艰苦奋斗，对龙芯 CPU 各种技术行为进行抽象，自行编研出一款简单易行的软件测试环境，让以往调试 CPU 的艰难困苦，变成一种触手可及的简单事。

按说，这样一款耗费大量心血研发的"绝招"，或设置技术门槛，或收取费用，或隐秘保留，或采取技术授权，但公司却将其放置于龙芯开源网站，作出清晰标识，谁都可以无偿使用，不须留名，更勿点赞。

不求得实惠、留美名，但愿造福产业，服务民众。

用苏孟豪的话讲，使用的人越多，贡献率就越大，价值和意义也就越大，要将成就感书写在中国信息技术产业的浩瀚天空和人们信任信念和口碑中。

龙芯人胸怀如海、心性如水，朋友圈越来越大，道路越来越宽广，可谓是大鹏一日同风起、扶摇直上九万里……

一位国际友人观看龙芯的成果展览，了解龙芯建设发展历程后，由衷感慨道，如果世界上有一个地方可以打破 Wintel 与 AA 的垄断，那这个地方肯定是中国；如果世界上有一种力量可以打破 Wintel 与 AA 的霸权，那这种力量肯定是人民的力量；如果世界上还有一种新的文明照耀人类，那肯定是中国的人类命运共同体。

这段话意味深长，力量万钧，折射出中华文明几千年来深沉厚重、薪火相传的魅力，折射出人类信息技术产业由低级向高级发展的历史趋势，先进取代落后、公平正义取代自私狭隘，必将走向更加高级的文明发展模式。

是的，什么样的信息技术产业生态有利于人民，人民就会毫不犹豫选择，没有什么力量能够阻挡全人类对信息化事业的美好向往。

这一定是天下大势、天下归心，历史发展之必然！

结束语：永远的龙芯

胡伟武，人如其名，道弥其深。

他是掌舵龙芯、培育龙芯非凡文化和情怀的灵魂式人物。

2018年隆冬，经好友王少杰介绍，我有幸第一次走进龙芯展厅，了解龙芯奋斗历程，还与胡伟武进行"炉边对话"。他衣着简朴、身材魁梧的形象，如同一个强大的能量体，散发着正气充盈、威严亲切的气场。

当代科学家像胡伟武这样，能够走出科研功名利禄、小我格局的怪圈，秉承科研报国、服务人民的本色，特别是认清做企业家比当科学家更加艰难困苦的真相后，依然坚定走这条路，用真正的挚爱战胜坎坷和苦愁，已折射出了卓尔不群！

我感念胡伟武的突出贡献，不仅带领龙芯团队打造出代表中国自主创新品牌的龙芯CPU系列产品，让中国信息技术产业彻底摆脱了覆屋之下、漏舟之中、薪火之上的困境；钦佩他毅然决然破除科研界自我的个性，强化公心公德，为国培养出一大批有民族情怀、有志气骨气的科学家和工程师；更敬重他的先见之明、高远卓识，一步一个脚印助力成就中国自主信息技术产业的一次次大变局，还用一个个超前先进的理念，照亮民族信息化发展未来，撼动和影响了我国信息化建设事业，彰显出忧国所忧、为国担当的英雄主义，功德无量矣！

在与胡伟武探讨民族精神时，他讲了几个曾让我饱含热泪的故事。一个是抗美援朝的铁原阻击战，无数英雄儿女血染异国他乡，笃定就是把63

军打光了，也要在铁原坚守 15 至 20 天，至死不渝，感天动地，为我志愿军主力回防赢得了时间；再一个是上世纪 60 年代国家极度困难时，围绕"两弹一星"是否下马，一线科研人员说，如果国家有困难，我们可以每天只吃一顿饭，也希望项目不要下马。邓稼先在一次空投核试验由于降落伞原因失败时，自己亲自去把摔碎的核弹抱出来；还有郭永怀在从实验基地坐飞机回京时飞机失事坠毁，为了保护实验资料，他和警卫员用身体将资料公文包紧紧抱在一起英勇牺牲，保住了资料数据。

念念不忘的几个故事，折射出胡伟武的"三观"和对大国博弈较量的认知！

作为一位成果等身的科学家，胡伟武给我念叨最多的是国家强盛、民族复兴，忧思最多的是做好中国自主信息技术产业生态体系，并坚定不移呕心沥血、奋斗不息……

他曾说，自己头上的荣誉太多了，不想再有了，一辈子就想干好一件事，那就是构建自主信息技术体系，重构我国信息产业生态，把龙芯做成一个为我国自主信息技术产业提供"底座"的龙头企业。事实上，龙头企业很少，凤毛麟角，寥若晨星。凭什么成就龙头企业？凭一时的豪言壮语吗？凭一厢情愿的美好愿望吗？非也。我想，凭龙芯人的格局，为国办企业、为人民谋未来，总是从国家和民族的角度衡量企业的进退得失、成长发展，此乃大格局；凭龙芯人的度量，不求精英路线，而走群众道路，善于将自主信息技术产业领域绝大多数力量凝聚起来，把朋友搞得多多的，形成浩浩荡荡的洪荒之势，此乃大度量；凭龙芯人的战略思维，思想不停滞，思维不止步，变革不停顿，始终眺望未来、洞悉规律，葆有独到的思想、视野、行动，此乃大思维。

作为一位高科技企业家，胡伟武集智、信、仁、勇、严于一体，敬天爱业，纯粹旷达，科研攻关哪里最困难，他就出现在哪里；哪里最艰险，他就会冲在哪里，用打铁自身硬的侠骨义胆浇铸龙芯精神，影响龙芯群体，锻造出了龙芯人独特的品格、气质、风尚、情怀，让歪门邪道、乌七八糟不得近身。同时，他淡化个人功绩、英雄色彩，着力将自己置于"无为"状态，注重将个人魅力、牵引力量，转化成一种心向阳光的群体性追求，锤炼出一支有强烈报国情怀的英雄团队。他明知，建立世界第三套信息技术产业体系漫漫遥远，挑战极其严峻，但不怕耗时费力，煎熬身心；他明知，龙芯力量依然薄弱，但不惧对手强大，关隘重重；他明知，科技竞争异常激烈残酷，但不畏沉浮，燃烧生命，誓把乾坤力挽回。

作为一个奋斗者，胡伟武笃行慎独，天道无亲，唯有功德，有五个方面鲜明特点。他超勤奋，服膺于做龙芯行大道，景仰践行毛泽东思想、党的创新理论和中华优秀传统文化，矢志做党的好学生，从青丝满头到白发鬓霜，始终忘我一切地奋斗，心安而不动。他超抗压，不畏惧各种困境，不抱有任何幻想，多次在龙芯对手打压中风骨不倒，多次在无奈绝望中奋起逆行，将许多不可能变成可能，创造了龙芯传奇。他超自省，认为龙芯快速高效发展有过度依赖他个人的因素，企业还须实现从依赖个人向成熟制度机制转型，有意淡化自我，为而不恃，功成而不处。他超自律，将自己的工资设定在副总裁一半到三分之二之间，苛严约束，还感到有诸多性格缺陷、人性弱点，须持续修心净心、明志立德，追求我将无我、高尚纯粹。他超谦逊，敬畏使命责任，敬重员工和合作伙伴，曾多次阐述，真正的英雄是上甘岭战役等为国捐躯的革命先烈。自己和龙芯团队仅仅做了中国科研人应该做的事情，仍然微不足道，还须加倍努力。

玉树临风，超凡脱俗。我对他的德行雅量渐渐若有所窥，思有所悟，被大义高德、大我无畏所折服而自我鞭策，亟思以一点心得当面请正，释疑解惑，匡正人生。

辛丑年春节，我平心静气拜读龙芯中科《龙芯的足迹》，看到了胡伟武俊伟坚卓的人生追求、巍峨高耸的人格力量，深信他的作为皆关世道、深沉厚重，对龙芯的历史、精神、做法很有感悟，逐渐步入其情感世界之中。后经采访学习，再采访再学习，并请教龙芯同仁反复核实，著成此书。

谨以此书献给为建立我国自主信息化技术和产业而奋斗的忠勇之士、英雄人物！献给关注支持龙芯成长发展的读者朋友们！

参考书目

[1] 韩承德、唐志敏、祁威著：《恬淡人生——夏培肃传》，中国科学技术出版社、上海交通大学出版社 2020 年 6 月版。

[2] 李国杰著：《创新求索录》，电子工业出版社 2008 年 5 月版。

[3] 龙芯中科技术股份有限公司编写：《龙芯的足迹》2021 年（内部资料）。